The Unification of Feng-ya
Hanlin National History
Academy and
the Style of Poems in the Yuan Dynasty

河南大學哲學社會科學優秀成果文庫／展龍　主編

楊　亮──著

混一風雅
元代翰林國史院
與元詩風尚

社會科學文獻出版社
SOCIAL SCIENCES ACADEMIC PRESS (CHINA)

本書爲國家社科基金項目"元代翰林國史院與元詩風尚研究"（13CZW040）優秀結項成果

得到河南大學哲學社會科學優秀成果文庫資助

河南省高校科技創新人才支持計劃（人文社科類）（2019-CX-011）成果

河南大學哲學社會科學優秀成果文庫
總　序

　　"這是一個需要理論而且一定能够産生理論的時代，這是一個需要思想而且一定能够産生思想的時代。"當代中國廣泛而深刻的社會變革、宏大而獨特的實踐創新，爲哲學社會科學的理論探索、學術繁榮提供了强大動力和廣闊空間，一些傳統學科焕發新的活力、形成新的優勢，一些具有重大現實意義的新興學科和交叉學科日益勃興，一些冷門"絶學"得以傳承和發展。新時代加快構建中國特色哲學社會科學體系，就是要不斷推進哲學社會科學的學科建設和學術創新，深入研究和回答重大理論與現實問題，推出一大批重要學術成果，努力構建中國特色哲學社會科學學科體系、學術體系和話語體系。

　　高校是思想最爲活躍的地方，做好高校哲學社會科學工作，必須堅持馬克思主義的指導地位，明確哲學社會科學的發展方嚮，解放思想，實事求是，以高度的政治責任感和歷史使命感，自覺肩負起學習、研究和宣傳習近平新時代中國特色社會主義思想的使命任務，從改革發展的偉大實踐中挖掘新材料、發現新問題、提煉新觀點、提出新概念、構建新理論；從當代中國的偉大創造中規劃創作主題，捕捉創新靈感，深刻反映新時代的歷史巨變，描繪新時代的精神圖譜，努力做到立時代之潮頭、發時代之先聲，爲樹立中國形象、宣講中國故事、傳播中國聲音做出高校哲學社會科學的應有貢獻。

　　河南大學人文社科歷史悠久，積澱豐厚。1912 年，以林伯襄爲代表的河南仁人先賢，在歐風美雨和辛亥革命勝利的曙光中，創辦了"河南留學歐美預備學校"。後經中州大學、國立第五中山大學、省立河南大學等階段，1942 年改爲國立河南大學，成爲當時學術實力雄厚、享譽海內外的綜合性大學，聚集了范文瀾、馮友蘭、董作賓、蕭一山、羅章龍、郭紹虞、姜亮夫、嵇文甫、高亨、張邃青、朱芳圃、繆鉞、蒙文通、趙紀彬、關夢覺、王毅齋、徐旭生、張長弓、羅廷光、毛禮銳、江紹原、楊亮功、余家菊、陳仲凡、杜元載、羅夢冊、李秉德等著名學者，開闢了河南大學哲學、法學、文學、經濟學、歷史學、考古學、語言學、教育學、心理學等學科領域。新中國成立後，經院系調整，學校成爲一所以文見長的師範院校，李嘉言、任訪秋、于安瀾、孫作雲、孫海波、李白鳳、高文、胡思庸、華仲彥、趙儷生、郭人民、張明旭、凌培炎、楊震華、沙瑞辰、胡雄定、王壽庭等前輩學者在此執教，馬佩、朱紹侯、李潤田、吳祖謀、周守正、王漢瀾、黃魁吾、張振犁、王雲海、周寶珠、張今、劉炳善、劉增杰、劉思謙等後進學者承續薪火，致力於政治經濟學、邏輯哲學、古典文獻學、中國近現代文學、先秦秦漢史、宋史、中國近現代史、英語語言文學、教育學原理、民俗文化、人文地理、法理學等研究領域。1984年，學校復名“河南大學”，自此步入了快速發展的時期。2008年以來，河南大學先後躋身省部共建高校和國家“雙一流”建設高校行列，辦學層次整體提升，文科特色更趨鮮明，逐漸形成王立群等古典文獻學研究團隊，關愛和等中國近現代文學研究團隊，王蘊智等古文字研究團隊，梁工等聖經文學研究團隊，李偉昉等比較文學研究團隊，李振宏等史學理論研究團隊，李玉潔等先秦史研究團隊，程民生等宋史研究團隊，張寶明等中國近現代史研究團隊，閻照祥等區域與國別史研究團隊，呂世榮等馬克思主義哲學研究團隊，李小建等農區發展研究團隊，耿明齋等區域經濟研究團隊，苗長虹等人文地理研究團隊，李申申等教育史研究團隊，劉志軍等課程與教學論研究團隊，張大新等地方戲劇研究團隊，趙振乾等書法藝術研究團隊，牛保義等英語語言文學研究團隊，栗勝夫等武術文化研究團隊，程遂營等文化旅游研究團隊……一代代學人，以三尺講臺、一方天地，焚膏油以繼晷，恒兀兀以窮年，於中原沃土、大河之南修文治學、口授心傳，承續百年文脈，引領學林之先，探求民生大計，纘夯實了河南大學哲學社會科學的學科基礎，奠定了河南大學哲學社會科學的發展格局。

回首百年，河南大學作爲中國近現代高等教育的先驅，始終堅持“植根中原文化沃土，打造區域人才高地”的辦學目標，心繫民族命運，心繫國家發展，心繫人民福祉，逐漸形成了“明德新民，止於至善”“團結、勤奮、嚴謹、樸實”的校訓校風，鑄就了“堅持真理、追求進步，百折不撓、自强不息，兼容并包、海納百川"的精神氣質。五四運動中，馮友蘭、嵇文甫等創辦《心聲》雜誌，成爲河南傳播新思想、新文化的重要陣地；抗日戰爭中，馬可帶領"怒吼歌咏隊"深入農村宣傳抗日；范文瀾的名言"板凳寧坐十年冷，文章不寫半句空"，是河南大學"鐵塔牌"品格的最好注脚；嵇文甫總結的河南精神"明時務，達治體，文而不弱，武而不暴，蹈厲奮進，竭忠盡智，扶危困，振貧民"被融入辦學理念；鄧拓在河南大學讀書期間，便寫出了經典著作《中國救荒史》……河南大學先輩學人以一片丹心碧血，負軛前行，臻於至善，用自己的生命和信仰書寫着向往真理、追求進步的不朽樂章，是拓植代代河大人恪守本心、守護初心的寶貴精神財富。

近年來，河南大學緊緊圍遶"雙一流"建設目標和"黄河流域生態保護與高質量發展"國家戰略，繼往開來，開拓創新，産出了一大批重要學術成果，"河南大學哲學社會科學優秀成果文庫"即是其中的優秀代表。"文庫"所録成果既有微觀的實證探究，也有宏觀的理論闡述；既有斷代的專題考索，也有通代的整體梳理；既有材料的細緻解讀，也有觀點的深入詮釋；既有問題的調研分析，也有對策的實踐總結。這些成果一定程度上深化、細化、升華了相關問題的研究，代表着河南大學哲學社會科學研究的新成就、新特點和新趨嚮，對於促進我校哲學社會科學的繁榮發展，助推"雙一流"建設事業，無疑具有十分重要的意義。

新時代開啓新征程，河南大學哲學社會科學將行遠自邇，踔厲奮發，繼續堅持求知篤學、求真拓新、求實致用的學術志趣，在正本清源、守正創新中呈現新擔當，在百花齊放、百家争鳴中展現新作爲，努力將"河南大學哲學社會科學優秀成果文庫"打造成薈萃熠熠思想的人文精粹，展示灼灼真知的學林淵範，切實肩負起繁榮發展哲學社會科學的歷史使命，爲構建具有中國特色、體現時代特徵的哲學社會科學體系做出更多、更大貢獻。

展　龍

2020 年 12 月 24 日

目 録

下　編　文士活動篇

緒論 從制度沿革到詩史建構：元代翰林 國史院與元詩風尚

"混一"既是元人對本朝政治格局的事實性陳述，又暗含了元中後期文士對正統話語的建構。翰林國史院文士陳旅《國朝文類序》云："昔者南北斷裂之餘，非無能言之人馳騁於一時，顧往往囿於是氣之衰，其言荒粗萎冗，無足起發人意。……我國家奄有六合，自古稱混一者，未有如今日之無所不一，則天地氣運之盛，無有盛於今日者矣。……前世陋靡之風，於是乎盡變矣。孰謂斯文之興，不有關於天地國家者乎。"[①] 則在元朝南北混一的政治格局面前，元人形成了一種自疆域至政治、文化等層級分明的"無所不一"的觀念，而文風的統合是元代文士觀察"混一"結果的重要切入點。翰林國史院文士歐陽玄亦云："宋、金之季，詩之高者不必論，其眾人之作，宋之習近散骳，金之習尚號呼。南北混一之初，猶或守其故習，今則皆自刮劘而不爲矣。"[②] 二人都將文學氣度與大元氣象相聯繫，而就文學而言，導源於"詩三百"的"風雅正宗"，便成爲元代文士在"混一"話語催動下進行文統建構的正統所在，"風雅之道，先王治天下一要務也。風即風以動之之風，雅即雅烏之雅，以其聲能動物也。本於邦國，播於樂府，薦於郊廟，以考風俗，以觀世道，尚矣"[③]。"風雅"因兼有政治與文學雙重意蘊，而成爲翰林國史院文士建構文統的源流所在。

從制度設計而言，元代翰林國史院是由蒙古國史院與漢人翰林學士院兩個機構合并而成，這一機構參與并推動蒙漢二元政治的早期開展，且引

---

① （元）陳旅：《安雅堂集》卷四《國朝文類序》，《文淵閣四庫全書》本。
② （元）歐陽玄：《此山詩集序》，載李修生主編《全元文》第34册，鳳凰出版社，2004，第447頁。
③ （元）歐陽玄：《風雅類編序》，載李修生主編《全元文》第34册，鳳凰出版社，2004，第439頁。

導了有元一代的文化進程，而在這一過程中，蒙古人、色目人、漢人和南人共同供職於翰林國史院，他們通過交游酬唱、雅集宴答等活動，影響并引領了元代的詩歌風尚，使得翰林國史院成爲元代多族文士聚集的漢文化中心。元朝出現的大範圍的南士北游現象，伴隨兩都制而產生的扈從紀行詩，以及西北作家群等文學現象，無一不是這種在混一政治格局下的文學映射。整體而言，元代文士在文學創作中展現了元代"混一風雅"的歷史新格局。

本書對翰林國史院與元代詩歌的錯綜關係進行系統研究，希望能够再現元代空間統合與族群互動的時代風貌，藉以觀察元代知識精英跨地域、跨群際互動的新歷史格局；另一方面，可深入元代在承續中國詩歌傳統上的獨特與創新，并將元詩與唐宋詩置於同一維度之下，從而呈現元詩以及元詩史在中國詩史中的不同地位。

一　元代翰林國史院與元詩風尚研究緣起

元代文學研究長期受到文學史分期及文體的影響，在中國古典文學研究中一直處於薄弱環節。統覽中國近百年的古典文學研究史，可以清楚地看到元代的詩文一直處於被忽視的狀態，不管在研究的規模和數量上，還是在研究體系的完備及其整體的學術史構建上，都遠不及唐宋文學研究。其原因主要有兩個方面。

第一，元代文學研究受到傳統文學史的編著和分期的影響。文學史的編著和分期中，每個朝代的文學樣式和内容在整個文學史中所占的比重，一定程度上反映了一個時期研究者的研究重心和關注度。元代詩文的價值在傳統的研究視野中，往往爲元代俗文學研究所遮蔽，因此在諸多文學史著作中所占比重較小，成爲元代研究中相對缺乏關注的部分。再者，受到"格以代降"等觀念的影響，元代詩文較唐宋有所不及的觀念深入人心，因而很少有研究者專門以元代詩文作家爲對象進行研究，使其逐漸爲學界所忽視。

第二，從文體的角度而言，在傳統的學術研究中，元代詩文在總體上不如元曲受學界重視。民國以後，元代文學研究的重心在元曲，尤其是王國維的《宋元戲曲考》在學界的影響，以及"一代有一代之文學"的觀點深入人心。唐詩、宋詞、元曲成爲家喻户曉的文學史名詞，同時反映了學界對於這三個朝代文學的研究方嚮和重心。在學界將元曲視作學術熱點的同時，元代詩文中重要的文學問題與創作個體均較少爲學界所關注，逐漸成爲元代文學研究中相對較爲冷寂的一支。

自二十世紀九十年代以來，隨着學術風氣的轉移和視角多樣性的變化，元代文學研究也逐漸在整體上發生轉嚮，在文獻整理和專題研究上取得了重要突破，元詩研究被推到了學術研究的前沿位置，研究範圍和理論認知深度不斷拓展，處於一個重要的建構階段，總體呈現蓬勃的内在發展潛力和急切的重新審視需求。學界對元代詩文固有的印象在這一歷史語境中逐漸得到改觀，在思想觀念、藝術水準以及命題價值等方面的研究取得了比較大的成績。在文獻研究的基礎上，元代詩文研究的重點將會轉向具體實證性和交叉性的綜合研究。在此背景下，元代翰林國史院不可避免地進入了研究者的視野。首先，就文學研究而言，多置於 "元代文學史" 這一大範疇内。具體而言，可分爲幾種情況：一是貫通的元代文學史研究，如鄧紹基的《元代文學史》、楊鐮的《元詩史》等，對於元代重要文士雖有涉及，但并未將翰林國史院文士視作一個群體進行研究；二是對翰林國史院群體所屬的某個作家或作品的專題研究，如羅鷺的《虞集年譜》等；三是相關文獻資料的普查、整理等，如《全元文》《全元詩》等的整理。其次，就史學研究而言，前人尚缺少對於翰林國史院全面深入研究的專著，雖然有張帆、薩兆潙、山本隆義等的論文對元代翰林國史院做了簡要的介紹，但是關於翰林國史院的整體研究尚需進行系統的清理。

考察元代詩文研究成果可以發現，目前學界對翰林國史院文士群體的關注與挖掘有待進一步提升。翰林國史院群體的獨特性在整個文學發展脉絡中有待進一步梳理，成熟的元代文學群體研究框架尚未構建起來；在研究内容上，缺少綜合性，對元代翰林國史院設置背景、沿革缺乏詳盡研究，又未以此爲視角對文士之間的交往和詩壇的實際情形加以梳理，元代翰林國史院文士與詩歌活動更是較少引起研究者的注意；研究方法上，歷史和文化視野下的考察需要重新認識。將翰林國史院與整個元代社會、政治、文學創作聯繫起來的相關專著較少，全方位、多角度地對元代翰林國史院文士群體與元代多民族性、大一統性、廣地域性加以結合進行研究，缺乏對元代詩歌的歷史流變、民族屬性、流派演化、理論意義、詩文創作等立體性考察。

鑒於此，本書的研究以翰林國史院這一重要文士機構爲出發點，希望在以下三個方面有所拓展。

第一，彌補目前翰林國史院文士群體無專門研究之不足，促進元代政治史、思想史及文化史等的研究工作，推動元代文史研究的深入開展。元代翰林國史院對宋金翰院制度有所繼承，但又有自身的獨特性，翰林國史院有典制誥、撰寫青詞和祝文、祭祀等職能，起草誥命等文字以行聖意，在行文字句上需要慎之又慎，青詞和祝文的撰寫要在祭祀等宗教活動中符合規制，這些都需要由翰林國史院文士中博通經史之人來完成。另外，翰林國史院文士在人才選用方面擔當重任，尤其是延祐開科之後，選拔了大量人才。就政治影響方面而言，進一步促進蒙古政權對漢文化的接受，在政治職能的架構上延續并發展了漢文化的政治制度。就文學方面而言，科舉取士所得之人才對元代中後期詩文興盛，趨於雅正，起到了重要的促進作用。再者，翰林國史院負責修撰實錄和遼、宋、金三史，在哪朝爲正統的問題上發生爭論，爭執多年，最終確定三史皆爲正統，考察在此過程中所涉及的權力爭奪，能夠窺探元代政治生態之一斑。可以説，翰林國史院在政治運行和文化推行層面擔當着重要的責任。

第二，對於元代南北交融所呈現的獨特歷史、文學現象深入研究，探討其背後的深層歷史文化內涵和影響。元代是一個南北大融合的時代，在空前廣袤的國土之內，南北交流，互通有無，發展經濟和文化。但是元代立國後的近半個世紀未實行過科舉考試，使得讀書人的晉升之階受到極大阻礙，加之"四等人"制度的影響，向來爲文化富庶之地的南方地區最受歧視，南方文士企圖改變這種現狀，祇能通過北游大都來求取政治和文化上的話語權。另外，元代實行"兩都制"，皇帝每年要往返於兩都一次，許多文士扈從，沿途寫下大量描寫風物的詩作，在元代文學史上也是值得關注的文化現象。作爲四等人中的色目人，其政治地位較高，而且接受漢文化的教育程度較深，在詩文創作上取得了輝煌的成就，也爲元代文壇帶來新的活力。因此，"南士北游""西北作家群""扈從紀行詩"等現象是元代歷史和文學的獨特面貌，文化上的相互交融所呈現出的歷史獨特性以及所形成的文學現象，都需要去探討其背後的深層歷史文化內涵。

第三，通過對整個翰林國史院文士群體詩文的深入研究，探究詩歌創作方式，重新認識整個元代詩壇的發展格局及其走嚮，重新審視與評價元詩價值，確定其在整個文學發展史上的地位。元代翰林國史院不僅是一個文化機構，而且還是有元一代正統文脉延續和詩風導嚮的核心。在這一機構中的南北文士相互交游酬唱，從而逐漸奠定了元代詩文偏重以雅正復古爲主導的風格特徵，并在大德、延祐以後正式形成一個以大都爲中心，輻射四方的復古詩文圈。可以説，元代最具代表性的詩文創作群體，正是翰林國史院文士，他們不僅建構起有元一代的主流詩文風尚，而且對於明清的復古文風有所開啓和影響。因此，翰林國史院文士群體的創作及詩文理論研究，亟待進一步地發掘與探討。

二　元代翰林國史院制度及其文士創作特徵

元代翰林國史院的制度與文學研究是由翰林國史院的制度特殊性所决定的，其機構設置的穩定性和多族群的特徵，給文學的創作與發展帶來許多新的可能。蒙古族的國史院與漢族文士的翰林院，二者合稱爲翰林國史院，這在中國文化機構的設置上獨存於元代，而在此之前，兩個機構是彼此獨立的。元初的翰林國史院設置，承襲了遼金兩代翰林院與國史院的一些職能，并在前代職能的基礎上又有新的創造。在此機構任職的文士大多身居要職，《元史》卷八七《百官三》："翰林兼國史院，秩正二品。中統初，以王鶚爲翰林學士承旨，未立官署。至元元年始置，秩正三品。"[①] 可見，在翰林國史院中的文士，其在文壇上的身份與地位不容忽視，可以説，翰林國史院的文士掌握着文壇的絕對話語權，引領文壇的詩文風氣。因此，研究元代翰林國史院與詩文創作的關係，可以更好地把握元代詩文興起、走嚮以及在當時的社會中的意義與價值。將之放置在宏觀的文學史脉絡之中來考察，對這一機構以及元代文學都會有一個比較清晰的歷史定位。

第一，翰林國史院的穩定性特徵。

元代翰林國史院這一機構的穩定設置，長期存在於國家制度之中，無論在政治生態中，還是在文化交流圈中都占據至關重要的地位，穩定性帶來的是文士交往的頻繁性，在詩文創作上，唱和之作不斷出現。尤其是元仁宗延祐二年（1315）重開科舉，分左右榜制度遴選士子入仕，"今天子

---

① （明）宋濂等：《元史》卷八七《百官三》，中華書局，1976，第 2189 頁。

崇尚儒術，立進士科。昔之舉茂才者，咸試吏以盡其材智"。① 使得大量因身份限制的南方文士擁有了穩固而確切的仕進目標，有相當一部分的南方文士在科舉重開之後進入權力階層，擁有了自身的話語權，其中一部分日後成爲元代後期文壇上的中堅力量，如趙孟頫、楊載、黃溍、歐陽玄、干文傳等人均以此科入仕。他們大多入職翰林國史院，與北方文士有了平等的對話機會，在文學上的活動逐漸豐富，最終引發了元代文化圈的轉型與重構，不僅將其詩歌理念帶往北方，也將文道并重的文學理念、對平和雅正詩風和士人隱逸精神的追求等詩文風氣傳播至全國。

　　大德、延祐詩壇的歷史性演進與各個層級的互動與對流，權力話語對詩歌風尚的輻射與凝合，這無一不與翰林國史院的設置有着巨大的關聯。元朝是蒙古族建立的新王朝，不僅需要重新建立綱紀法度，而且需要新的理念和意識來重塑舊有的理念與意識，文學藝術亦是如此。延祐開科，"四書"成爲主要的取士標準，"世祖皇帝制度考文，朱氏之書，所以繼前聖而開來學者，大臣用以輔治，而道學遂與國家之運同盛於今日"。② 翰林國史院在科舉錄取人才上起到了重要的作用，從而使理學在元代學官化與制度化，"文與道一，而天下治盛；文與道二，而天下之教衰"③，"文以載道"的傳統思想在元代得以繼承和發展，接續中國之文脈，出現了"儒林四杰"（虞集、揭傒斯、柳貫、黃溍）這樣撐起一個時代的著名文士。

　　第二，翰林國史院文士構成的多族群特徵。

　　元朝與之前朝代的不同之處在於，在空前遼闊的疆域之內，各族群之間的交往更是空前頻繁，催生了文化上的多元化。在翰林國史院供職的有蒙古人、色目人、漢人、南人，這在元代之前是從來未曾出現過的情況，構成元代文學獨特的一面。現代文學研究往往基於當代人的視野，去誇大一種文學現象的產生，比如近代以來，關於元代文學的研究，學界一直將視野放置在元代的戲曲上，但是如果我們深入歷史則會發現，元代文學的核心體式仍然是中國傳統的以"詩文"爲核心的文學體式，詩文創作仍然

---

① （元）袁桷：《袁桷集校注》卷二三《贈孟久夫南台掾序》，楊亮校注，中華書局，2012，第1183頁。

② （明）陳能修，鄭慶雲、辛紹佐纂（嘉靖）《延平府志》卷五之一《延平路新修宣聖廟學記》，上海古籍書店，1961，第80頁。

③ （元）許有壬：《許有壬集》，傅英點校，中州古籍出版社，1998，第753頁。

占據文壇主流地位。由於元朝的多族群相互交流的空前頻繁，出現同題集詠的文學現象，并結集刊刻，其中知名者，如《玉山名勝》《草堂雅集》等，豐富了文學的內容。

　　多族群供職於同一個機構，這在元代是極有特色的社會現象，由此出現了南方文士入仕北方、西北作家群的産生等新的文化、文學現象，"要而論之，有元之興，西北子弟，盡爲横經。涵養既深，异才并出。云石海涯（貫云石）、馬伯庸（馬祖常）以綺麗清新之派振起于前，而天錫（薩都剌）繼之，清而不佻，麗而不縟，真能于袁（桷）、趙（孟頫）、虞（集）、楊（載）之外，别開生面者也。于是雅正卿（雅琥）、達兼善（泰不華）、迺易之（迺賢）、余廷心（余闕）諸人，各逞才華，標奇競秀。亦可謂極一時之盛者歟！"①這些用漢語寫作的非漢族文士，大大豐富了漢語寫作的内涵，爲元代詩壇注入了清新之風，凸顯了元代詩歌的獨特價值。色目詩人群體在詩文的創作上直抒胸臆，情愫率直動人，也有雄渾豪邁之作，爲元代詩壇注入新的氣息，推動了元代詩文風氣的革新。西北色目作家群在大德、延祐詩壇勃興，與科舉制的復開密切相關，翰林國史院任用這些文士，對提高蒙古、色目族群的整體文化水平起到了重要的社會作用，客觀上推動蒙古、色目人對漢文化的接受與習得。

　　第三，文學創作上，南北文風的一致性。

　　元代翰林國史院文士的詩文創作在有元一代的文學發展史上占據重要地位，翰林文士的文學主張可以説影響了一代的文風和詩風。元人在文學上師唐，"宗唐得古"的理論也在此時得以産生，其文學背景來源於對南宋萎靡詩文風氣的不滿，所以元人希圖一改前代低迷的詩文風氣，主張向唐人學習。而元朝實行的四等人制度，在社會中無形會增加這種文風統合的障礙，但是翰林國史院這一制度，讓南北文士皆能供職於此，很好地將南北文士聯繫在一起，南北文士相互切磋成爲可能，由此，北方詩文風氣與南方詩文風氣交織在一起。因此，元代在文學的發展上與前代有大不同：門閥、黨爭習氣不嚴重，也没有出現很强的地域觀念，各族群相互之間的交流空前繁盛。元代文學習唐，也正是在這一社會背景中形成的。

　　翰林國史院南北文士之間的互動，促進文學内容以及文學批評觀念的

---

① （清）顧嗣立：《元詩選》初集，中華書局，1987，第 1185～1186 頁。

極大改變。南方文士爲爭得文壇上的話語權，爭相北游取仕，南方的理學思想與文學觀念逐漸流傳至北方，并形成元代理學與文學互滲的格局。元代理學的興起，得益於趙復，趙復傳書於姚樞，開啓了理學北傳的先聲。後輩學者如姚樞、許衡、劉因等人，均深受趙復所傳之學的影響。在傳統的社會文化秩序中，幾乎所有的新變歷程都是以復古爲端起的。元代文人以復古爲旗號進行的詩文革新，既是革除金末、宋末文風萎靡的現實需要，又是建立有元一代詩歌新風尚的自覺追求。因此，在詩歌的創作方面，上追《詩經》以來的傳統，元代中葉開始，以"雅正"爲核心的詩學觀念逐漸成爲這一時期詩壇的主流風尚，理學在其中起到了重要的作用。如虞集推崇得情性之正，以一種平和寧靜的詩學審美觀來表達情感的含蓄與淡泊，其實質上是提倡以復古爲宗尚的雅正詩學。大德、延祐之時南方文士已取代了元初北人的詩壇主盟地位，甚至連馬祖常、迺賢等色目作家，都受到了南人詩歌的影響，以復古爲宗而倡雅正的詩歌理念，得到當時翰林文士群的集體認同。"雅正復古"的詩學理念終於在元代中期得以奠定，成爲元代詩文風氣的共同追求。翰林國史院文士的詩文風氣成爲文士模仿、師法的對象。

第四，詩歌領域中出現了一種新的文學體式——扈從紀行詩。

扈從紀行詩的産生，與元代的兩都巡幸制度有關，而翰林國史院文士扈從紀行詩的産生，依賴於上都地區的自然環境和人文環境。元代巡幸制度持續百年之久，一直到元順帝末年，其間每位皇帝都有巡幸上都之行。而且規模巨大，人員衆多，停留時間也長，因而以扈從巡行及上都爲題材的詩歌創作十分豐富。據統計，元代扈從紀行詩的總數有六百多首。而扈從紀行詩的創作主體也很廣泛，凡當時能詩者，儒、釋、道之流都有歌咏之作留下。其中研究和分析翰林國史院文士的上京紀行詩創作，對於深入瞭解元人詩歌創作實際和詩歌風尚，具有十分重要的意義。從内容來看，大多描寫上都地區的自然景觀、人文景觀，主要就是邊塞風光、邊疆地理、塞外風情和生活等；從題材上來看，有游歷詩、咏物詩、咏史詩、送別詩等，從審美風格上來看，由於扈從紀行詩常常選取關塞、大雁、戰馬、野草、强弓、駱駝等邊塞意象，因而具有邊塞詩廓大的氣象，相比館閣詩作，顯得粗獷豪邁。元人在文學上師法唐代，盛唐邊塞詩雄渾、浪漫的風格，在元代的扈從紀行詩當中也得到繼承，更有新的創獲。由於疆域面積空前廣大，扈從紀行詩的視野也更加闊大。在描寫邊塞景物自身粗獷的特點時，其粗獷豪邁之氣更勝於前。當然，也有許多描摹細膩、清麗，語言簡潔質樸，情感抒發平和自然的作品。

元初由於大都建設未徹底完成，元世祖大部分時間居於上都。元初扈從紀行詩少的原因主要是這時國家草創，國事冗雜，諸事未靖，文治不興。與此相應，這一時期翰林文士創作并留下的詩文數量也較少。扈從紀行詩作的繁榮和文壇繁榮局面的出現是一體的，具體是在大批南方文人進入翰林院後，也就是在大德、延祐以後，這一時期海內晏安，文治大興，文壇繁榮局面出現，而巡幸上都的規模也遠比初期大，因而這一時期扈從紀行詩的創作勃發，成爲文壇上一個令人矚目的現象。這一時期創作扈從紀行詩比較多的翰林文士有袁桷、許有壬、周伯琦、胡助、楊載、柳貫、馬祖常、薩都剌、迺賢等。

因此，以翰林國史院爲領導的元代扈從紀行詩對於元代詩壇來說有非常重要的意義。扈從紀行詩當中記載了元代上都地區的地理、自然風光、少數民族生活和飲食風俗、大都宮廷生活等方面的內容，是我們今天研究上都地區政治、經濟、人文方面的重要史料依據。同時，正是這些詩文創作，極大地豐富了元詩的意象，改變南宋以來卑弱萎靡的詩風。寫作扈從紀行詩的文士，在地理空間的視野上空前擴大，這對於增進文化認同，以及現代中國疆域的觀念都起到重要的借鑒意義。

第五，翰林國史院文士的創作還具有話語的複雜性。

縱覽有元一代，翰林國史院文士主要負責起草詔書文誥、備顧問以及撰寫青詞等工作，因此其創作話語自然偏重於歌頌元代帝王的功業，以及元代國力的昌榮隆盛。同時，元代翰林國史院文士的主體是漢人與南人，在族群識別中處於相對弱勢的地位，很難進入權力中樞，得到實際的政治話語權。因此，在元代翰林國史院文士的創作中，不乏感嘆個體生存之困境、羈旅扈從之苦楚的描寫。他們在自身的敘述中，將旅居京師，仕途失意的鬱鬱寡歡寄寓詩文，表現出與謳歌盛世截然不同的話語模式。翰林國史院文士在創作中所展現出的稱頌盛世與低迴哀怨的雙重面嚮，正是元代特殊的族群構成與制度規範下的產物。翰林國史院作爲元代最重要的文士機構，其主體無疑是南北漢族文士，且隨着時間推移，南方文士愈加成爲翰林國史院中的主要力量。而他們在元代按照族群識別身份的社會格局下，并不能掌握實際的政治權力，唯有供職翰林，以詩文酬唱消遣閑暇。這種生活境遇，使得元代翰林國史院文士的生活，在看似優渥的表面下，實則也充滿了酸辛與苦楚。元代獨有的扈從制度，要求翰林國史院文士每年要扈從上都，而在長達月餘的行途中，翰林國史院文士的境遇并不理想，因此在贊頌國勢昌盛、描摹扈從風物的同時，他們也會抒發旅途的疲憊勞頓，心情的抑鬱愁苦。這種話語表達的複雜性，所折射出的是元代翰林國史院文士，尤其是其中的南方文士的矛盾處境。一方面，他們身處元代這一國力強盛的王朝之中，時刻見證疆土廣袤、國勢昌隆，在詩文創作中反復稱頌國力的強大，鳴盛世之音，帶有強烈的自豪感與榮譽感。另一方面，翰林國史院文士又時時因無法進入權力中樞，多發生活困頓、仕途苦艱的哀嘆之辭，在個體的叙述中，時常抒發自身的苦悶與抑鬱。這種話語的雙重叙述，使得翰林國史院文士的創作呈現出複雜性，背後隱藏着元代政治制度與族群的不平衡與特殊性，因而對於探究元代政治環境的多元與複雜，無疑是一個值得深入挖掘的着眼點。

三 元代翰林國史院與元詩風尚研究的内容

翰林國史院作爲元代知名文士的集聚之所，可謂元代最爲重要的文化機構。在此供職的元代文士，均爲來自不同地域、不同族群的文士精英，由此而形成了元代的核心文士群體。他們在供職期間，通過自身的交游酬唱、雅集贈答，充分交流了各自的詩文創作觀念，多元的詩學觀念在交流中相互交融，逐漸形成以雅正復古爲宗尚的詩學理想，從而構成了元代詩歌創作的主體理念，并直接對元代詩文風尚的形成發揮了重要影響。因此，本書將分爲上、下兩編，旨在探討元代翰林國史院與元詩風尚之關係，并對其中的重要文士活動進行鈎沉。

上編是關於元代翰林國史院制度的考察，範圍是本書的第一章至第五章。

第一章考察了元代翰林國史院設立背景、設立時間、建制沿革、地址變遷四個問題，旨在厘清翰林國史院的起源與建制。

元代翰林國史院作爲元代重要的文化機構，其設立的歷史背景源於忽必烈的皇權爭奪，最初是漢族文士希冀引導皇帝"行中國之法"而倡議設置的。其中，翰林國史院分有上都、大都兩院，上都翰林國史院設於中統元年（1260），大都翰林國史院則在至元元年（1264）設置，其主要功能是典制誥、備顧問、修史三大項。元代翰林國史院品秩極高，由正三品迭升至從一品，且其中翰林承旨數量不斷增加，最終定於六員，如此設置的用意，乃是元朝上層以此頭銜籠絡漢族高官。這也意味着元代的翰林國史院重要性頗不及唐宋，在辦公地點上始終位處宮禁之外，多位於中書省附近，翰林國史院文士也并非天子近臣，而是多淪爲文辭之士。這就説明，元代翰林國史院從實質上是安置漢族知識分子，使其點綴文治、歌咏盛世，并緩和族群矛盾的文化機構。

第二章則對元代翰林國史院的主要職能進行考辨，以期更準確地把握它在元代政治體系下的具體作用。

元代翰林國史院初設時，值國家草創之際，機構不全，故而舉凡國家文化之事，俱委之翰林國史院。隨着國家鼎定，制度逐漸周密，翰林國史院的部分職能爲集賢院、蒙古翰林院、國子學等機構所承擔，其主要執掌集中於纂修國史、典制誥、備顧問三項。除此之外，元代翰林國史院事實上還有撰寫青詞和祝文、祭祀、經筵、奉使、掌兵等職掌。

首先，起草文書制誥是翰林國史院的基本職能，其文字涉及國家大政方針的頒布，因此要求文字典雅，條理縝密，表達精確，是以需要飽讀經史、博通詞賦的翰林文士執筆。而元代翰林國史院的特殊之處在於，元代國語爲蒙古語，必然涉及蒙漢文字翻譯問題，這就使得翰林國史院需要撰寫的詔告文書數量減少，且寫就後需要蒙古翰林院的譯寫潤色，使得翰林國史院官員的政治作用削弱。

其次，翰林國史院有着備顧問的職能。在忽必烈實現一統之前，他十分看重漢族士人，因此多授翰林職銜。這一時期，元初重要文士將翰林官員備顧問的職能發揮得淋漓盡致。而在國家四方平定之後，翰林國史院的備顧問職能逐步削弱，并有蒙古翰林院對其掣肘，因此翰林國史院文士能够參與的國家政事，亦逐步由對國家大政提出建議，轉到禮制、文教方面，在政治參與度上遠不及元初，不斷趨向政治權力的邊緣。

再次，翰林國史院尚負有撰寫青詞與祝文、祭祀、經筵、奉使等職，朝廷的全部文化活動，幾乎都有翰林國史院的參與，可見其在朝廷文化事業建設中的重要地位和作用。然而，從元代翰林國史院的職能來看，元代統治者是有意將翰林國史院弱化爲單純的以文字服務朝廷的閑散機構。這就使得元代翰林國史院文士難以進入權力核心，并對國家政令的制定產生實質影響，因此，文士普遍將目光投射於詩文詞賦，引導着元代詩文風尚的形成與嬗變。

第三章集中論述了元代翰林國史院纂修史書的職責，旨在厘清元代修史的相關問題。

元代翰林國史院自成立之日起，修史便是其最爲重要的職責之一。翰林國史院修史承擔兩大任務：一是本朝實録的纂修。元代實録的修纂，主要由漢族文士完成，但其主導者往往是蒙古人。因實録是漢語書寫，是以在修纂完畢後，要譯成蒙古語進呈奏讀。整體而言，元代編修實録的制度極爲嚴格，且因文化差異，蒙古上層官員不通漢語，因此對實録的修纂不甚干預。即使如此，元代實録仍然存在忌諱權臣而不書其惡事的現象。但總的來説，元代累朝實録的纂修卓有成效，《元史》本紀部分自世祖以後，便幾乎盡依實録而編修撰寫，爲後世修史提供了極大便利。二是前朝史書的編撰，即遼、宋、金三史的修纂。修三史之議提出極早，但由於參與修史的翰林國史院學者對於遼、金、宋正統地位，以及修史體例爭論不休，未能達成統一意見，因此在元順帝至正三年（1343）纔開始正式修纂。爲了修纂三史，元廷進行了長久的準備工作，搜羅了大量有關三史的資料。而在開始編纂三史時，元廷動用了各族的飽學宿儒，反映出元代對於文化的包容心態。而在史書的撰寫態度上，遼、宋、金三史的修撰較爲客觀，亦較少受到外界的干擾。結合元代修三史的波折，三史的最終修成，是各族文士共同努力的結果。元代翰林國史院各族文士在修史過程中的相互學習和影響，也見證了南、北方文士文學觀念和實踐的逐步合流，這對於研究元代文學史和民族關係史都具有重要意義。

第四章分析梳理元代翰林國史院與其他部門的關係。

首先，元代翰林國史院是隸屬中書省的文化機構，其活動主要受到中書省的管控。翰林國史院最爲重要的修史活動，主要由中書省右丞相監修國史，并成爲定例。翰林國史院所負責的典制誥之職，也需由中書省監察，以杜絕矯詔之事。而其他如備顧問、經筵等事，亦需在中書省的管理之下施行。

其次，翰林國史院與御史台聯繫緊密，很多翰林官員在秩滿後經常轉入監察體系，監察秩滿後又多重回翰林院，因爲翰林院、御史台均爲文職機構，建立之初多用漢人，且大多是精通漢文化的儒士，故其在秩滿遷轉時，多在兩部門間互轉。

再次，元代翰林國史院與樞密院的聯繫相對較爲疏遠。翰林國史院雖能夠參與軍事上的討論，但因其并無掌兵職權，且在中統三年（1262）李壇事件後，漢族世侯普遍被剝奪了兵權，因此翰林國史院文士與樞密院之間有所疏遠。此外，翰林國史院作爲元代最早設立的文化機構，其兼有多種文化職能，因此可視作元代各文館的母體。翰林國史院與集賢院曾有過合并，但在内部仍各司其職。而在二者分立後，集賢院的品秩一度高於翰林國史院，造成翰林國史院人才一度式微，但後由於朝廷的重視，翰林國史院又復得以勃興。昭文館也於至元年間設立，其人選多爲有專門技術之人才，故與翰林國史院之間的遷轉關係并不密切。奎章閣比翰林國史院、集賢院、昭文館設立時間晚，但其在極短的時間内執掌較重，多有分權翰林國史院之處，其人選亦多來自翰林、集賢兩院，罷改後，其職責多歸翰林國史院。

第五章對元代翰林國史院官員的來源進行考辨。

首先，翰林國史院作爲元代政治體系的一部分，其官員的選拔途徑是與國家的選舉制度相一致的。最主要的是薦舉徵召、科舉、由宿衛的蒙蔭三種手段。相比徵召的不定時性，元代初期的人才選拔主要依賴薦舉的形式。其中，漢人世侯爲薦舉人才的中堅，元初的重要文士，大多有過世侯幕僚教習的經歷，他們經舉薦至中央後，進入翰林國史院。這些文士又推薦其師生故友，在翰林國史院形成了一個關係緊密的文士群體，主導元初的文壇風尚。同時，來自游士階層的干謁求薦也是薦舉人才的重要來源。通過這種方式干謁的文士大多來自南方，他們競相游歷大都，干謁王公名卿，以求得薦舉機會，而最終多由學官而入仕。有元一代舉薦之風并未停止，即使是科舉復開之後，舉薦仍然長期存在。

其次，自延祐開科後，科舉取士成爲翰林國史院的重要選拔來源。科舉取士後，漢人、南人入翰林院者遠超蒙古、色目人，而翰林國史院爲"清貴"之職，蒙古、色目人并不願長久供職於此。雖然漢人、南人文士入仕艱難，但能夠進入翰林國史院已頗爲難得，因此多有長居翰林者。他們均由底層官員做起，逐步求取升遷。但蒙古、色目文士出路相對廣闊，升遷亦較爲迅速，而漢人、南人文士則大多局限於文館之中，較難得到遷

轉。這説明儘管科舉重開爲廣大文士提供了制度化的仕進路徑，但由於
"根脚"的差異，録用的蒙古、色目文士與漢人、南人文士的仕途却大不
相同，反映出元代特殊的族群制度對於不同族群文士仕宦的顯著影響，并
非科舉制所能彌合。

下編集中於對元代翰林國史院制度對文士創作、詩文風尚的關係進行
考辨與研究，包括本書的第六章至第九章。

第六章主要論述翰林國史院文士與元初文壇的關係。

（一）元初文壇風貌體現爲融合與開新并行。

首先，元初文壇是由接續金、宋文脉的南北文士共同建構的，在風格
上多元紛呈，在發展態勢上以交融爲主，但亦有創作上的顯著差異。北方
文士一脉繼承了金代元好問以來的詩歌創作傳統，提倡詩文創作要在"有
用之學"的視野下展開，在風格上以雄渾奇崛爲主，在詩歌宗法上以風雅
爲正，詩藝上則以唐宋名家爲範。南方文士則有意扭轉南宋末年"理學興
而文藝絕"的現象，主張清新雅潔的詩風。其中代表文士如戴表元、趙孟
頫、袁桷等人，均提倡詩應宗唐得古，體現豐雅清贍的氣韵。

其次，在元初詩壇的構建過程中，理學是塑造元代詩文風尚與文壇格
局的重要力量。隨着朱子學北傳，北方核心文士如姚樞、許衡、竇默、郝
經、劉因等人對朱子學多有學習與闡發，并將其推布至整個北方地區。而
南方文士亦繼承了南宋理學氛圍濃厚的傳統，其中不乏精擅性理經義之學
者。理學在元代成爲南北文士共同信奉的思想系統，也就成爲元代詩文發
展的思想背景。在南北文風逐漸走向融合的大趨勢之下，當時社會上的許
多文士都秉持理學正統的詩文觀念。他們心態普遍都較爲平和，在尊奉朱
子、崇尚理學的同時，也會涉獵陸子的心學，很少發生南宋文士尊朱還是
崇陸的門户之見與派系之爭。而對於理學的共同體認，也爲元代中期詩壇
趨向雅正復古奠定基礎。

再次，元初詩壇的整體創作已經呈現强烈的盛世心態。在元代疆域廣
袤、國力强盛的背景下，南北文士對元廷逐漸產生了强烈的認同，從而由
衷歌頌其廣大的疆土及萬國來儀的威嚴，其詩歌創作中亦有大量對於盛世
的稱頌之辭。總之，翰林國史院彙集了元初南北的文士精英，他們分別繼
承了金代與南宋的詩學傳統，雖然存在詩文觀念、學術旨趣的差異，但整
體而言，這些南北文士的詩風，也在交流中逐漸走向了融合。在盛世之

下，翰林國史院文士亦對於元代的雄強國力與廣大國土進行稱贊，逐漸表現出盛世話語，并成爲元代詩歌的重要表徵。

（二）選取三個在元初翰林國史院文士中極具代表性的個體創作，旨在對其創作風格的多元化進行考察。

首先，北方文士中，王惲提倡“有用之學”與“有爲之學”的學術旨趣，强調詩歌要詞必己出，創作則以唐人爲法，强調詩歌性情的中正平和之音。王惲身爲元初北方文士中文名卓著者，其文學創作接續金元兩代，是金元兩代文學的繼承者與傳播者。

其次，在南方文士之中，則以袁桷與趙孟頫較具代表性。袁桷的詩學主張基本上是在批判宋季詩弊的風潮下逐漸形成并完善的，其在繼承前輩友人如方回、吳澄、戴表元的詩學旨趣後，節節上推，確立了以《詩》爲宗法對象，若力不能至，則降格以求的詩學觀念，整體而言是一種師古的詩學觀。袁桷在對漢魏唐宋詩的學習與批判中，逐步形成了近體主唐、古體主《選》的創作特點，在風格上表現爲清新綺麗的特徵。這種風格，帶動了翰林國史院文士的清麗風潮，并對元代詩歌的多元化有所貢獻。而趙孟頫則是翰林國史院文士創作的另一個典型。趙孟頫在元人中身份最爲多元，在翰林國史院文士群中亦屬特殊，其詩書畫三絶的突出才能，個人的出衆姿容以及宋代皇室血統的高貴身份，均使其名揚天下，爲同時代人及後世所稱頌。但這種身世與名望，并未給趙孟頫帶來現實的經濟收益，且在一定程度上受到同時代北方文士的輕視。這種窘境，無疑爲研究元代南方文士真實生存境遇提供了一個良好的範本。而研究趙孟頫其人，則必然要將其詩歌創作與其書畫成就并論，趙孟頫因其書畫上的卓越成就，其藝術相關的詩文創作亦隨之流行，并成爲研究元代藝術與文學傳播的重要切入點。因此，從此意義而言，趙孟頫正是探討元代文士游於藝文的典型代表，是元代翰林國史院文士多重身份的經典個案。

第七章旨在討論元代中期元代文學所呈現的獨特面貌，即南士北游、西北作家群、扈從紀行詩，而與這三個特徵關係密切的是科舉制的實行。

（一）元代中期以來的科舉復開，對元代詩壇的整體思潮有所影響。

首先，元代科舉經過長久的爭論，并未罷黜詞賦一科，而是考核寫作應用文的能力，以考核古賦替代律賦，并在經義科考試中以“四書五經”爲取題範圍，均體現了元廷偏重實用、摒弃虛文的態度。這種思潮，也影響了擔任考官的翰林國史院文士的選題思路，并通過門生座主的關係，使這種文學觀傳承流衍，并逐步形成了以雅正爲核心的元代中期詩歌思潮。從實際效果來看，古賦列入考試，對於翰林院文士倡導的復古雅正詩文風尚是有推動作用的。而在實際的文士交游中，提倡雅正詩風的翰林國史院文士，又多有充任科舉考官者，這就使其後學門生對這種雅正復古的詩歌風潮有所接受，并將其延續與發揚。在此過程中，科舉制的重開及翰林國史院文士在科考中所發揮的作用，無疑是推動雅正復古詩文風潮的重要因素。

其次，在大德、延祐時期，翰林國史院文士的來源出現變化。經過元初南方文士的大量北上，翰林國史院以金蓮川幕府文士爲主導的格局被打破，逐漸走向多元化。而南方文士進入翰林國史院，爲南北詩風的交流及混一提供了條件。到了元代中期，南方文士已逐漸掌握了詩壇的話語權，并在批判反思金、宋詩風之弊的基礎上，提倡"詩宗風雅"的雅正復古詩風，是對南北詩風精華的萃取和凝合。可以説，元代中期雅正詩風的融合與形成，實由翰林國史院文士所引領，而南方文士則是這一風潮的實際推動者。

（二）南士北游促進了元詩風尚的改變，而兩都制直接促成了扈從紀行詩的出現，多族群互動和交流使得西北作家群的創作大放异彩。

首先，元代翰林國史院文士群體中的南方文士，通過大規模的全國移動，推動了元詩風尚的嬗變。從人員構成來看，元代統一南北後，翰林國史院文士便由北方文士所主導的格局逐步轉變爲南北文士同任翰林國史院，且南方文士逐漸主盟文壇的態勢。這種現象的形成，與元代南士北游的社會風氣密切相關。在元代一統後，南方文士紛紛北上求取仕進，游歷山川，有元一代亦未終止。在這種思想風潮下，元代南方文士通過游歷四方，對自身的詩文觀念有所反思與轉型，開始思索南宋文風之弊，積極與北方文士交流互動，并逐漸建構起以復古爲中心，以叙説盛世氣象爲主要表現的詩歌風格。在南士北游的過程中，許多南方文士進入翰林國史院，并成爲其中堅力量，推動了元代詩風的轉型。與此同時，南方文士在元代囿於其特殊的族群制度，一直處於政治權力的邊緣地帶，即使進入翰林國史院，亦是出任館臣文職，很少能够遷轉至核心部門。這就使得南方文士的叙述話語中，時常流露出對於生活窮苦、仕路艱辛的哀嘆，并對扈從過程中的困苦進行了大量的描寫。這種兩重性的話語叙述，爲元代南方文士所獨有。元代政治制度上的不平衡，致使南方文士的仕進之路十分艱難，是以在其叙述中充斥着稱頌盛世與低迴哀怨兩種面嚮。而探究這種話語表述，無疑爲探究元代南方文士的生存狀態與話語方式的複雜性有重要意義。

其次，扈從紀行詩是元代翰林國史院文士的另一獨特創作形式，這與元代兩都巡幸制是分不開的。元代扈從紀行詩是在元代實行兩都巡幸制的背景下而衍生出的文學體式，而這一文學形式又以翰林國史院文士爲主體進行創作，并成爲元詩中最爲特殊的題材。翰林國史院文士扈從紀行詩的產生，依賴於上都地區的自然環境和人文環境。自然環境指的是上都的草原、荒漠、高山以及苦寒的氣候，人文環境指少數民族的游牧生活及各種風物習俗，以及由於地處邊疆飽經歷代戰爭而具有的邊塞文化内涵。元代翰林國史院文士在扈從途中，創作了大量相關詩作。而這些詩作，從各個角度而言均有重要意義。一方面，這些扈從紀行詩作具有非常重要的文獻價值，他們所記載的元代上都地區的地理、自然風物、少數民族生活和飲食風俗、大都宫廷生活等方面的内容，是我們今天研究上都地區政治、經濟、人文方面的重要史料依據。另一方面，元代翰林國史院文士在扈從途中，其對上都地區具有邊塞特點的風物的描摹和關注，極大地豐富了元詩的意象。此外，扈從紀行詩在描寫异域風物時所表現出的雍容閑雅、質樸厚重的詩風，對於改變南宋以來卑弱萎靡的詩風，有極大的促進作用。

再次，元代翰林國史院中另一重要群體西北作家群，對元代詩文創作獨特風格的形成，起到了不可忽視的作用。元代西北色目作家群是元代最具特色的創作群體，而其代表文士亦多任職於翰林國史院。從創作風格而言，西北色目作家群展現出多重特點。第一，元代色目作家之詩多以清麗見稱，這種風格的體現與色目作家的族群特徵相吻合，并展現出近似建安及盛唐詩風的氣韵，顯得自然清新，較之漢族文士的創作反而更爲真摯。第二，西北色目作家群的創作多有秀麗之氣，在詩風上有借鑒李商隱等人之處，以辭藻的華美見長，而又不染俗氣，在元代詩壇上獨樹一幟。第三，西北色目作家的少數民族性格，使其創作中帶有强烈的雄放之氣。這些詩作展現出的獨特氣度與風貌爲元代詩壇帶來了雄渾剛健的曠野氣息和陽剛之美，并且在特定方嚮與某種程度上豐富和改變了傳統以來以漢人爲創作主體的文學的内在特質。

第八章着重探討了元代翰林國史院與元代後期詩壇之間的關係。

首先，元代翰林國史院與元代館閣體之間存在緊密的聯繫。翰林國史院爲元代館閣體詩歌創作提供了活動平台，大都文學圈的出現，文士交往活動頻仍，南北文士文風的交融等都使翰林國史院文士的創作有了明確的趨同意識。在元代後期，館閣詩風已經成爲詩壇的主流風尚，翰林國史院文士在政治話語權上的邊緣化，使其着意於探討詩文創作的審美性與藝術性。他們在大量的酬唱交游中，逐漸將南北詩風融合，形成元代雍容雅正的館閣氣象，由此決定元代詩文的風格走嚮。

其次，在元代後期的文士中，歐陽玄是其中的典型代表。他繼承了戴表元、袁桷、虞集等人的文藝思想，提倡詩文創作要以雅正爲追求，由此得以摹寫太平之盛，展現平和雍容之音。歐陽玄的性情論，則與其雅正觀一脈相承。若要實現詩宗風雅、師事唐人的詩學理想，則必須體現真摯的性情，并符合儒家之義理，得之於中和，方能到達詩言性情的境界。整體而言，在元代後期詩壇上，以雅正爲主導的館閣體詩風已經成爲主流，强調雍容中正的氣象成爲文士的普遍追求。而這一文學思潮的風靡，與翰林國史院文士的倡議和推動密不可分，可以説，元代詩文風氣的走嚮，在很大程度上爲翰林國史院文士所主導。

第九章則對元代翰林國史院文士的創作及元詩風尚在明清時期的傳播做出考察，旨在發現元詩史的構建脉絡以及明清詩學史眼中的元詩面貌，從而對元代翰林國史院文士的詩文影響乃至元詩在後世的定位有着更爲準確的把握。

元代翰林國史院文士在元代詩壇的核心地位，在後世元詩史的建構中依然被反復提及。明人對元詩的評論，隨着明代詩學風尚的不斷轉變而發生變化。明初詩壇由於直承元人，對於元詩整體較爲肯定，其詩學旨歸與元詩有着一致性，而又有着新變。到了明代中葉，隨着前後七子逐漸登上文壇，以復古爲核心的詩學觀成爲主流，加之勝國心態的普遍存在，元代詩歌逐漸爲明人所輕視，"元無詩"的言論頗爲風行。但在這樣的詩學視野下，仍然有部分詩論家對元詩頗爲認可，將其與唐詩相提并論。隨着明代後期詩學風尚的轉變，詩論家看待元詩的態度逐漸走向公允，如胡應麟將元詩視作其詩歌譜系中的必要環節加以評議，是對元代詩風的重新發現。整體而言，明代詩論家對元詩的態度并不一致，主流的態度是對元詩較少允可，但隨着文學思潮的嬗變，一些較爲客觀的詩論家亦對元詩評價甚高。而在評議形式上，由於詩話體的形式特徵，明人對元詩的議論大多散見於詩話、序跋之中，很少有對其較爲集中的論述。這就使得元詩的整體風貌在明人那裏很難得到較爲清晰的概括，有關元代代表詩人的論議也較難統一。因此，元詩在明代詩學評價中并未形成較爲固定的面目。

到了清代，儘管元代詩歌相比唐宋的專論在數量上遠爲不及，但其對於元詩史的有意構建，無疑是對元代詩學評價的發展。康熙年間，顧嗣立編選的《元詩選》，成爲元詩選本中的典範。顧嗣立對元詩的系統篩選與評述，使得清人接觸元詩中精品的機會增多，是以清人對元詩的編選工作持續不絕，對於元代詩史的建構亦隨之發展。清代以顧嗣立爲首的詩論家通過自身的努力，逐漸建立起初步的元代詩歌史。在清代論詩者看來，元詩雖有些許問題，如同質化較爲嚴重，詩風傷於纖巧，然亦頗有可取之處，并不能一味否定。而元詩大家如元好問、劉因、虞集、趙孟頫、袁桷、馬祖常等人，其一些佳作亦被清代詩論家譽爲無愧唐人，可見清人對元詩較有好感，也能够較爲客觀地認識與探討元詩。而明清詩論中對於元詩的評價，也幾乎都將其與唐宋詩置於同一維度下進行比較，并以此爲坐標系評議元詩。清人看待元詩的態度，整體看來較之明人要更加溫和，他們對於元詩典雅潤麗、清新自然的風神氣韵給予了較爲公允的評定，并將元詩視作一代之詩加以對待，正視其中如西北作家群、元詩四大家、玉山雅集詩人群等重要創作群體所做出的藝術成就。與此同時，清人開始將元詩進行分期，并遴選出各個時期的代表詩人，可視作最初的元詩史建構，而現下的元代詩歌史研究依然受到清人叙述的影響。應該説，清人對於元詩整體格局的界説與分析已頗具心得，在一定意義上已然做出了對元代詩壇圖景的描繪，同時是對古典詩學的一種反思與填補。

上　编

制度篇

第一章 元代翰林國史院興建沿革
與院址變遷

元朝雖由秉持游牧文化的蒙古族建立，但自其征服中原至立國百年後北逃草原，在這期間，漢文化傳承未有斷裂，并且由於蒙古族草原文化的補充與融合而更加豐富，更加具有活力。一方面，這是由於漢文化本身具有強大的生命力和包容性，另一方面，也與漢族士大夫的努力有關。元朝統治者依靠武力取得天下，對漢文化不甚重視，故而治國力求保持其族群特色，而不是選擇更符合中原實際的漢文化制度。而元代政權中的漢族士大夫，則努力向元統治者引進漢地的制度與文化。翰林院是傳統中國儲備精英人才的機構，官僚士大夫皆從此出，是歷代不可或缺的機構。漢文化傳承之所以在元代未有斷絕，其中很重要的一點，就是漢族士大夫積極推動建立翰林國史院，爲國家儲備人才，傳揚漢文化。而元代詩文創作在百年之中所取得的成就，也與這一機構有關。

翰林院這一機構其名稱、官制在歷代都有具體的不同，而在元代更加具有特殊性。瞭解元代翰林國史院這一機構的具體設置，便於我們認識其在士大夫中的地位及在元代文化生活中的作用。由於《元史》撰寫粗疏，訛誤頗多，再加上其他史料不足，翰林國史院的設置背景，官署的設立時間、院址等問題需要詳細地考證。

第一節 翰林國史院的設立背景

元代翰林院的設立是以忽必烈爭奪皇位爲背景。忽必烈爲世子時，爲爭奪天下，而積極求訪賢才，因此身邊聚集了很多金源區域的文人謀士，他們大多爲金朝舊臣或世家子弟，有較高的文化修養，一方面出於生計考慮，另一方面是期望實現儒家傳統中兼濟天下的抱負，或爲毛遂自薦，或

爲故交推舉，或由徵召，最終團結在重視漢文化的忽必烈左右，爲其出謀
劃策，受到重視。李冶、趙璧、商挺、姚樞、王鶚、王磐、許衡、史天澤
等一大批亡金遺民文士聚集到忽必烈身邊。"李冶，字仁卿，真定欒城人。
登金進士第，調高陵簿，未上，辟知鈞州事。歲壬辰，城潰，冶微服北
渡，流落忻、崞間，聚書環堵，人所不堪，冶處之裕如也。世祖在潛邸，
聞其賢，遣使召之……問今之人材賢否，對曰：'天下未嘗乏材，求則得
之，捨則失之，理勢然耳。今儒生有如魏璠、王鶚、李獻卿、蘭光庭、趙
復、郝經、王博文輩，皆有用之材，又皆賢王所嘗聘問者，舉而用之，何
所不可，但恐用之不盡耳。然四海之廣，豈止此數子哉。王誠能旁求於
外，將見集於明廷矣。'"① "趙璧，字寶臣，云中懷仁人。世祖爲親王，聞
其名，召見，呼秀才而不名，賜三僮，給薪水，命后親製衣賜之，視其試
服不稱，輒爲損益，寵遇無與爲比。命馳驛四方，聘名士王鶚等。又令蒙
古生十人從璧受儒書。敕璧習國語，譯《大學衍義》，時從馬上聽璧陳說，
辭旨明貫，世祖嘉之。"② "世祖在潛邸，遣趙璧召樞至，大喜，待以客禮。
詢及治道，乃爲書數千言，首陳二帝三王之道，以治國平天下之大經，彙
爲八目，曰：修身，力學，尊賢，親親，畏天，愛民，好善，遠佞。次及
救時之弊，爲條三十……"③ 忽必烈的求賢若渴與士人們的經世致用之心
相碰撞，必然創造一番天地，而漢族謀士在幫助忽必烈取得天下時，也不
斷地給他以儒家文化、治國之道的熏陶，最終爲元朝依照儒家文化建立國
家機構，平治天下打下了基礎。王鶚受世祖徵召，在藩邸奏對，"進講
《孝經》《書》《易》，及齊家治國之道，古今事物之變，每夜分，乃罷。
世祖曰：'我雖未能即行汝言，安知异日不能行之耶！'"④ 這裏的"异日"
就是指奪取皇位後。忽必烈在潛邸時，召見衆多漢族文士，討論治國之
道，竇默也在被召之中："命有司即日賣遣就道，既至入見，上問以治道，
公首以三綱五常對，遂大稱旨，一日三召，或至夜分不寢。公又言帝王之
學貴正心誠意，心既正，則朝廷遠近莫敢不一於正矣。因問今之明治道者

---

① （明）宋濂等：《元史》卷一六〇《李冶傳》，中華書局，1976，第 3759～3760 頁。
② （明）宋濂等：《元史》卷一五九《趙璧傳》，中華書局，1976，第 3747 頁。
③ （明）宋濂等：《元史》卷一五八《姚樞傳》，中華書局，1976，第 3711～3712 頁。
④ （明）宋濂等：《元史》卷一六〇《王鶚傳》，中華書局，1976，第 3756 頁。

爲誰，公以姚樞對，即日遣使召之。"① 竇默同其他士大夫一樣，向忽必烈宣講理學之"三綱五常"，并規勸皇帝"正心誠意"以求至治之道，同時向忽必烈推薦姚樞，姚樞因此得到任用，施展其才能。"庚申歲，上登寶位，首召公至上都，問曰：'朕欲求一人如魏徵者，可得否？'公對：'犯顏諫諍，剛毅不撓，許衡即其人也。若識深慮遠，有宰相才可大用者，則萬户史天澤即其人也。'"② 竇默在其位，爲忽必烈舉薦大量文士，這些文士進入朝廷之後，都積極推介他們的治國之術，爲元朝初期的文化建制提出了許多有價值的良策。

忽必烈成功奪取皇位後，漢族謀士的"齊家治國之道"一一實現。王鶚在世祖即位之初即首授翰林學士承旨，"制誥典章，皆所裁定"③，秩正二品。這時是未有官署，先行授官，之後纔有了翰林國史院以及蒙古翰林國史院。此時元世祖并不清楚建立翰林院的作用與功能，在他眼裏備顧問、供咨訪的作用更大些，但王鶚等人已經有了一套相對周詳的行政制度："請行選舉法，遠述周制，次及漢、隋、唐取士科目，近舉遼、金選舉用人，與本朝太宗得人之效，以爲'貢舉法廢，士無入仕之階，或習刀筆以爲吏胥，或執僕役以事官僚，或作技巧販鬻以爲工匠商賈。以今論之，惟科舉取士，最爲切務，矧先朝故典，尤宜追述'。"④ 立國之初，王鶚等人即上奏選舉之法，開科取士。在傳統的政治制度之中，科舉乃晉升之正途，知識階層唯此爲務，通過行科舉的選舉人才制度，可以將元世祖等上層統治者納入儒家的統治秩序之中，企圖"用夏變夷"，正如郝經所說的"今日能用士，而能行中國之道，則中國之主也"⑤，期望忽必烈"行中國之道"，成爲他們心目中的聖主。⑥ 雖然"王鶚請立選舉法，有旨令議

---

① （元）王磐：《大學士竇公神道碑》，載李修生主編《全元文》第 2 册，江蘇古籍出版社，2004，第 272 頁。
② （元）王磐：《大學士竇公神道碑》，載李修生主編《全元文》第 2 册，江蘇古籍出版社，2004，第 272 頁。
③ （明）宋濂等：《元史》卷一六〇《王鶚傳》，中華書局，1976，第 3756 頁。
④ （明）宋濂等：《元史》卷八一《選舉一》，中華書局，1976，第 2017 頁。
⑤ （元）郝經：《與宋國兩淮制置使書》，載李修生主編《全元文》第 4 册，江蘇古籍出版社，1998，第 103 頁。
⑥ 金源文士很早就對忽必烈實行漢法、推行儒治寄予期望。1252 年，忽必烈尚在潛邸，金源最有號召力的元好問即同張德輝一起北上觀見，奉上"儒教大宗師"尊號，忽必烈欣然接受，并特准免除儒户的兵賦。

舉行，有司難之，事遂寢"①，直到近半個世紀之後的延祐二年（1315）纔得以實現。而翰林國史院得以設置，大批漢族文士供職其中，因此，要行"中國之道"，翰林國史院的作用就凸顯出來了。翰林國史院在備顧問時，即可以將"中國之道"指導皇帝治國。另外，元世祖可能不甚清楚翰林院的作用，然而王鶚等漢族士大夫可是清楚的，作爲儲備人才之所，掌制誥，內閣宰輔，大都由此而選。這正是漢族知識分子積極推動設立翰林國史院的原因。

關於翰林國史院，這一名稱獨存於元代，全稱爲翰林兼國史院，是翰林學士院與國史院的合稱。兩個機構在元代之前都是分開的。翰林學士院不必多説，國史院之稱，最早出現在北宋。"元祐五年，移國史案置局，專掌國史、實錄，編修日曆，以國史院爲名，隸門下省，更不隸秘書省。"②遼、金均有國史院。《遼史·百官志》關於"國史院"的記載非常簡單。僅列"監修國史、史館學士、史館修撰、修國史"③ 四職，不過是隸屬翰林院之下，開元代翰林院與國史院合二爲一的先河。而金代翰林院與國史院別爲兩院，但人事、職能有交叉。《金史·百官志》關於國史院的記載頗詳：

> 國史院先嘗以諫官兼其職，明昌元年詔諫官不得兼，恐於其奏章私溢己美故也。
>
> 監修國史，掌監修國史事。
>
> 修國史，掌修國史，判院事。
>
> 同修國史二員。女直人、漢人各一員。承安四年更擬女直一員，罷契丹同修國史。
>
> 編修官，正八品，女直、漢人各四員。明昌二年罷契丹編修三員，添女直一員。大定十八年用書寫出職人。
>
> 檢閱官，從九品。書寫，女直、漢人各五人。
>
> 修《遼史》刊修官一員，編修官三員。④

---

① （明）宋濂等：《元史》卷六《世祖三》，中華書局，1976，第116頁。
② （元）脱脱等：《宋史》卷一六四《職官四》，中華書局，1985，第3877頁。
③ （元）脱脱等：《遼史》卷四七《百官志三》，中華書局，1974，第782頁。
④ （元）脱脱等：《金史》卷五五《百官一》，中華書局，1975，第1245頁。

金代國史院雖與翰林院并爲兩院，但國史院之官皆非正職，由多官兼任，監修國史多由宰相兼任，而修國史與同修國史則多由翰林官員兼任。

元初翰林國史院的設置，由王鶚等金源文人推動，故而承襲了遼金兩代翰林院與國史院的特點，而并國史院與翰林院爲一個機構，可以説是元代在繼承上的創新。

第二節　翰林國史院的具體設立時間考

關於翰林兼國史院的設置時間，文獻記載頗多，説法不一，尤其是《元史》所載，有前後矛盾之處，如有言中統二年（1261）的，也有言至元元年（1264）者的。這就貽誤後來頗多學者①，至今仍未有十分確切可靠的答案。這裏有必要做一個考證，厘清爲何《元史》記載前後不一，找出元代翰林國史院的準確成立時間。

1. 機構未設，先授官職

《元史》卷八七《百官三》言"翰林兼國史院，秩正二品。中統初，以王鶚爲翰林學士承旨，未立官署。至元元年始置，秩正三品"。② 這裏的説法是翰林國史院是在至元元年纔開始正式設立，但在此之前，儘管没有官署，但已先行授官了。

翰林國史院未立官署先設官是確定無疑的，因爲有金源文士在中統初立國時被授予翰林官職。王鶚是在中統元年七月被授予"翰林學士承旨兼修國史"③ 的，翰林院與國史院在王鶚的這一任命中已經歷史性地結合在一起了。與其同時代人、曾共任翰林官的王惲在其文集中對此也有記載，可爲佐證："承旨王公，字百一，曹州東明人，知人榜辭賦狀元。皇帝在潛時，首以禮幣徵焉。以老儒故，上甚敬重，每見，以'狀元'呼之。以元年七月受是職。"④ 在王鶚被任命爲翰林學士承旨之前，郝經已經被任命

---

① 按，對於翰林國史院的成立時間，學者大多從《元史》所載，却不明白爲何有兩個成立時間，因此多按兩説説之。

② （明）宋濂等：《元史》卷八七《百官三》，中華書局，1976，第2189頁。

③ （明）宋濂等：《元史》卷四《世祖一》，中華書局，1976，第67頁。

④ （元）王惲：《王惲全集彙校》卷八二《中堂事記下·七月廿七日丁亥》，楊亮、鍾彥飛點校，中華書局，2013，第3418頁。

爲翰林侍講學士，何源也被任命爲翰林待制，《元史》載："（中統元年三月）丁未，以翰林侍讀學士郝經爲國信使，翰林待制何源、禮部郎中劉人傑副之，使于宋。"[1] 又，《郝經傳》載："明年，世祖即位，以經爲翰林侍讀學士，佩金虎符，充國信使使宋，告即位，且定和議，仍敕沿邊諸將毋鈔掠。"[2] 除郝經、何源、王鶚在中統元年已被授予翰林院官外，竇默也在中統二年六月被授予翰林侍講學士之職，《元史》載："（中統二年六月）己酉，命竇默仍翰林侍講學士。"[3]《竇默傳》載："世祖即位，召至上都，問曰：'朕欲求如唐魏徵者，有其人乎？'默對曰：'犯顏諫諍，剛毅不屈，則許衡其人也。深識遠慮，有宰相才，則史天澤其人也。'天澤時宣撫河南，帝即召拜右丞相，以默爲翰林侍講學士。"[4] 王磐在中統二年被授爲翰林直學士，同修國史。高鳴也在世祖即位後被召爲翰林學士，兼太常少卿。《元史》載，元廷在中統元年、二年七月前，其翰林官員可考者已有多人，且其職位設置與金朝非常一致。元廷此時雖然任命了爲數可觀的翰林官員，但確實沒有設立官署的記載，"未立官署"并非虛言。當然，這些授官可以看作一時恩授，是世祖爲了招徠文臣謀士的一種賞賜。因爲這時官制尚不健全，這些翰林官職的授予，是沿用金朝的舊制，爲的就是招徠亡金遺民文士投效新朝。這正是在"未立官署"之前先行授官的作用。

2."中統二年"設置説

前引《元史》卷八七《百官三》言"（翰林兼國史院）至元元年始置"，這種説法較爲模糊，究竟是否可信，值得進一步商榷。事實上，《元史》中提及翰林院設立時間者有多處，《世祖一》記載翰林國史院的初立時間當在中統二年（1261）秋七月。

（中統二年秋七月）癸亥，初立翰林國史院。王鶚請修遼、金二史，又言："唐太宗置弘文館，宋太宗設內外學士院。今宜除拜學士院官，作養人才。乞以右丞相史天澤監修國史，左丞相耶律鑄、平章

① （明）宋濂等：《元史》卷四《世祖一》，中華書局，1976，第65頁。
② （明）宋濂等：《元史》卷一五七《郝經傳》，中華書局，1976，第3708頁。
③ （明）宋濂等：《元史》卷四《世祖一》，中華書局，1976，第70頁。
④ （明）宋濂等：《元史》卷一五八《竇默傳》，中華書局，1976，第3731頁。

政事王文統監修遼、金史，仍采訪遺事。"并從之。①

此處明言"初立翰林國史院"，表明元廷在此時已明確設立翰林國史院，《元史》這一記載是否可信呢？

王惲的《玉堂嘉話》多記翰林院典制及其任職時的一些事情。

> 中統建元之明年辛酉夏五月，詔立翰林院於上都，故狀元文康王公授翰林學士承旨。已而，公謂不肖惲曰："翰苑載言之職，莫國史爲重。"遂復以建立本院爲言，允焉，仍命公兼領其事。時不肖侍筆中書，兩院故事，凡百草創，經營署置，略皆與知。其年秋七月，授翰林修撰、同知制誥兼國史院編修官。②

王惲（1227～1304），字仲謀，號秋澗，元衛州路汲縣（今河南衛輝）人。王惲與王鶚等亡金遺民，被世祖忽必烈招至麾下，參與了元代開國建設，也是翰林國史院的籌劃創建者之一。清周中孚評價《玉堂嘉話》一書："今觀其書，於當時制誥，紀錄特詳，當與宋周平園《玉堂雜記》均足垂一朝之掌故。而於前代故實，多錄史所不載者，尤足以資考證，則體例又較周氏書爲賅備矣。"③ 故而他的記載是最足徵信的。根據王惲的記載，中統二年五月，元廷曾下詔於上都成立翰林院，後王鶚又上書言修史之重要，建議設立"本院"。所謂的"詔立翰林院"當爲"翰林學士院"。所謂的"本院"當是以修史主要任務的"國史院"。

另外，王惲《秋澗集》中《中堂事記》一文對翰林國史院初立情形有較爲詳細的記載。

> 七月廿七日丁亥
> 前大名路宣撫司幕官雷膺，前東平路宣撫司同議、權詳定官王惲同日授翰林修撰。……惲等謝不敏。既而奏准行翰林院事，中省既以

① （明）宋濂等：《元史》卷四《世祖一》，中華書局，1976，第71～72頁。
② （元）王惲：《玉堂嘉話·序》，楊曉春點校，中華書局，2006，第39頁。
③ （清）周中孚：《鄭堂讀書記》卷五六，上海書店出版社，2009，第934頁。

院印授承旨公，因與惲議曰："前朝士人無幾，若比老，使得沾一命，盡有光矣。"遂保奏廿餘人，擬爲隨路提舉學校官。是日，有詔："照會立翰林國史院，道與翰林承旨王鶚：'據保奏翰林院官修國史事，准奏收拾者。在這裏底先與職名者外，未到人員候來時定奪。'"今開坐元保人數并已除翰林院官職名如後：

一、已除：

翰林學士承旨兼修國史王鶚。

翰林侍讀學士郝經，差充國信使。

翰林侍講學士李昶，兼同議東平路軍民事。

翰林學士、知制誥同修國史李冶。

翰林修撰、同知制誥兼充國史院編修官雷膺、王惲。

二、未除見收拾：

王磐直學士。

徒單公履待制。

孟攀麟待制。

宋思誠修撰。

胡祗遹應奉。

右仰照會收拾者准此。

承旨王公，字百一，曹州東明人，知人榜詞賦狀元。皇帝在潛時，首以禮幣徵焉。以老儒故，上甚敬重，每見，以"狀元"呼之。以元年七月受是職。公上章言修史事云："自古國亡而史不亡，唐取隋，史焉；宋取五代，亦然。金不爲遼作史，至今天下有遺恨。我國家以神武定四方，皆太祖聖武皇帝廟謨雄斷所致，若不乘時紀錄以詔萬世，切恐歲久，漸至遺亡。"又舉前朝名筆數人，於是上特降是詔焉。①

王惲這段記載對於瞭解翰林國史院成立之初的情形彌足珍貴，我們可以從中獲得諸多資訊。首先，可知當時已經擔任翰林院官的有王鶚、郝經、李昶、李冶、雷膺、王惲等人，未除者尚有王磐、徒單公履、孟攀麟、宋思

---

① （元）王惲：《王惲全集彙校》卷八二《中堂事記下·七月廿七日丁亥》，楊亮、鍾彥飛點校，中華書局，2013，第3419頁。

誠、胡祗遹等人，其中王鶚、李冶、雷膺、王惲四人兼有明確的修史之職。另外，從這裏的記載來看，元朝廷是七月降詔設立翰林國史院的。那麼《玉堂嘉話》中所説的"辛酉夏五月，詔立翰林院於上都"又當作何理解？合理的解釋是這裏記載的七月下詔設立的當是以修史爲事的國史院。這從王惲記載的除官者大都有"修國史""同修國史"之職可以看出。也祇有這樣纔與前文所説的王鶚以"建立本院（國史院）爲言"相合。元初翰林院與國史院是分開的，後來纔合在了一起。所以胡祗遹纔分別爲翰林院和國史院撰寫了"廳壁記"。在《翰林院廳壁記》中他寫道："皇帝升祚之某年，立翰林院，自承旨而應奉，凡若干人……某官某人月日，書於院之廳壁。"① 而在《國史院廳壁記》中他寫道："皇帝即祚之某年，從翰林承旨王某之奏，斷自宸聰，敕中書省立國史院，仍合翰林院、太常寺，三而一之。一時受職者凡若干：某某。"② 胡祗遹（1227～1295），字紹聞，號紫山。河南武安人。他與王惲、王鶚都爲同時代人，也曾入翰林，爲翰林文字。故而他的記載也是足信的。結合胡祗遹的記載與王惲的描寫，可以確定，中統二年確實先設立翰林院，後又從翰林承旨王鶚之請而設立國史院，後來翰林院、國史院與太常寺合而爲一，成爲翰林國史院。所以王惲的記載中稱中統二年七月癸亥，詔立翰林國史院，這裏設立的的確是國史院。

3. "至元元年"設置説

《元史》卷八七《百官三》翰林兼國史院"至元元年始置"的説法在元代史料中多有顯示，《元史》卷一六〇《王鶚傳》記載：

　　庚申，世祖即位，建元中統，首授翰林學士承旨，制誥典章，皆所裁定。至元元年，加資善大夫。上奏："自古帝王得失興廢可考者，以有史在也。我國家以神武定四方，天戈所臨，無不臣服者，皆出太祖皇帝廟謨雄斷所致，若不乘時紀録，竊恐久而遺亡，宜置局纂就實録，附修遼、金二史。"又言："唐太宗始定天下，置弘文館學士十八人，宋太宗承太祖開創之後，設内外學士院，史册爛然，號稱文治。

---

① （元）胡祗遹：《紫山大全集》卷九《翰林院廳壁記》，《文淵閣四庫全書》本。
② （元）胡祗遹：《紫山大全集》卷九《國史院廳壁記》，《文淵閣四庫全書》本。

堂堂國朝，豈無英才如唐、宋者乎!"皆從之，始立翰林學士院，鶚
遂薦李冶、李昶、王磐、徐世隆、高鳴爲學士。①

此段引文亦將翰林國史院始立時間定爲至元元年，并稱其爲"翰林學士
院"。稱翰林國史院爲翰林學士院的例子在《元史》中不多見。并且從這
段記載來看，是王鶚上奏疏請立翰林院者，因而朝廷從其請而立翰林學士
院。但這些奏疏是否爲至元元年所上，却值得考證。因爲前面所引王鶚的
這些奏疏，與《世祖一》中記載中統二年，王鶚請修遼、金二史時所上奏
疏文字有相同處，兩處都舉唐、宋設翰林院之事爲例。另，王惲《中堂事
記》中記載王鶚中統元年被授翰林承旨職，然後上書請修史，其奏疏中有
云："我國家以神武定四方，皆太祖聖武皇帝廟謨雄斷所致，若不乘時紀
録以詔萬世，切恐歲久，漸至遺亡。"兩處所引奏疏文字都很相似。所以，
這裏所舉的奏疏，極有可能不是至元元年所上，而是中統二年所奏。但
是，可以肯定的是，王鶚的奏疏起了效果，元廷確實從其奏而設翰林國
史院。

除了《王鶚傳》之外，"至元元年"設翰林國史院還有多處證據。如
《世祖二》記："（至元元年）九月壬申朔，立翰林國史院。"② 另外，除了
《元史》的記載外，元代一些翰林文士的文章也可作爲佐證。黃溍《翰林
國史院題名記》記："世祖皇帝中統元年，初設翰林學士承旨，官止三品。
至元元年，乃建翰林國史院，而備學士等官。"③ 在《監修國史題名記》
中，他說："昔在世祖皇帝中統二年，翰林學士承旨王公鶚奏請立史局，
纂修先廟實録及遼、金二史。其國史，則請以右丞相史公天澤監修。上悉
從之，至元元年，始置翰林國史院。"④ 黃溍（1277～1357），字晋卿，婺
州義烏人，延祐三年（1316）中進士。至順初，任應奉翰林文字，後曾任
翰林直學士等職，與虞集、揭傒斯、柳貫等并稱"儒林四杰"。黃溍既曾

---

① （明）宋濂等：《元史》卷一六〇《王鶚傳》，中華書局，1976，第3757頁。
② （明）宋濂等：《元史》卷五《世祖二》，中華書局，1976，第100頁。
③ （元）黃溍：《翰林國史院題名記》，載李修生主編《全元文》第29冊，鳳凰出版社，2004，
第297～298頁。
④ （元）黃溍：《監修國史題名記》，載李修生主編《全元文》第29冊，鳳凰出版社，2004，
第297頁。

入翰林國史院，又撰《翰林國史院題名記》，他的記載也應當是可信的。

另外，除了"至元元年"說之外，元末明初的史學家危素也有一說：

> 世祖皇帝始御宸極，建翰林之官。至元元年，爰置學士院。四年，更置翰林兼國史院，階正三品。[①]

危素（1303～1372），字太樸，金溪人，少通《五經》，游吳澄、范梈門，至正元年（1341）用大臣薦授經筵檢討，是宋、遼、金三史主要纂修者之一。危素由國子助教遷翰林編修，至正二十年拜參知政事，不久又授翰林學士承旨。[②] 危素將翰林國史院的成立時間定爲至元四年，不知何所出。究其原因，元初翰林國史院建置變動不一，情況複雜，儘管危素是元末著名史學家，在宋、遼、金史的纂修中有重要作用，并且一直在翰林國史院任職，但恐於元初史實所知也未必詳細可靠。與王惲等相比，他的記載就顯得不太可信了。

關於元代翰林國史院的成立時間，如果危素的說法不可靠，前面的"中統二年""至元元年"這兩種說法，究竟哪一種是正確的呢？事實上，兩種說法都正確。因爲元代設兩都，實行兩都巡幸制度。兩都都有官署和行政機構，所以翰林國史院存在兩種成立時間。憲宗六年（1256），忽必烈命劉秉忠選擇合適的地點建立都城，劉秉忠就在金蓮川草原的旁邊、灤河北岸的平原上營建城郭，歷三年而建成，是爲開平，中統元年（1260），忽必烈在開平即位稱帝，四年，升開平府爲上都。中統五年八月，改燕京爲中都，并下詔改元，爲至元元年。上都便由此成爲陪都，每歲一巡幸，這便是兩都巡幸制度。[③] 儘管元朝到至元九年（1272）纔正式遷都大都，但是在這之前，皇帝往來中都與上都，在中都已經建立了政府機構。"中統二年"所設立的翰林國史院，王惲已經明言是在上都，所以《元史》及黃溍所說"至元元年始置"指的當是在中都所設立的翰林國史院，唯有這樣方解釋得通。而且定兩都之後，確實有必要在中都有一套政府機構。因

---

① （元）危素：《危太樸文集》卷五《翰林國史院經歷司題名記》，嘉業堂叢書本。
② （清）張廷玉等：《明史》卷二八五《危素傳》，中華書局，1974，第7314頁。
③ 關於元代的兩都巡幸制度，可參看陳高華《元代大都上都研究》，中國人民大學出版社，2010。

此《元史》纔記有這兩種成立時間。另外，《世祖二》所記的九月立翰林國史院，其前後文已經證明此時所立的翰林國史院當在中都。"九月壬申朔，立翰林國史院。以改元詔諭高麗國，并赦其境内。辛巳，車駕至自上都。"① 從車駕至自上都來看，在此之前，忽必烈是在中都的。所以詔立的翰林國史院當是在中都。

另外，因爲中統至至元初，國家草創，"時宫闕示建，朝儀未立"②，所以翰林國史院也没有正式的官署，而是在上都文廟辦公。王惲《秋澗集》載：

> 書示仲謀："王相修史事，宜急不宜緩。多半采訪，切恐老人漸無。費用不可惜，當置曆令一人專掌。以後打算。"
>
> "元裕之、蕭公弼奏用銀二千定，今即編修書寫請俸、飲食、紙札費用。若作定撰，三五百定都了。"
>
> "采訪文字，令言者旌賞，隱者有罰。仲謀所宜着心。編修且要二員，直須選擇魏太初、周干臣。云云。"
>
> "本把合用儒人兼管，不宜用他色目。如他日同修、編修人來，房屋決少，目今便合商議起蓋。蓋下房屋，都在文廟，已後也得用。謂如仲謀兼編修，徒單雲甫受直學士兼同修，李仁卿學士兼同修。胡紹開年小也，宜唤去。比至定俸，且與批支。若家小來更好，都交文廟裏住。史事早成，其他不預史事者在於文廟，自當退去。此明年話也，仲謀宜知之。書寫、典史、雜使，以後必須用。謂文字未集，且定編修二人。若踏逐書寫二名，更佳。雜使亦不可闕，將來院官不要人使唤？中統二年示。"③

需要指出的是，"蓋下房屋，都在文廟，已後也得用""史事早成，其他不預史事者在於文廟，自當退去"諸語明確表明翰林國史院辦公地點就在上都文廟。此書當作於中統二年八月左右，《元史》載："（中統二年八月）

---

① （明）宋濂等：《元史》卷五《世祖二》，中華書局，1976，第100頁。
② （明）宋濂等：《元史》卷一六〇《王磐傳》，中華書局，1976，第3753頁。
③ （元）王惲：《王惲全集彙校》卷一〇〇《玉堂嘉話》卷八《書示仲謀》，楊亮、鍾彦飛點校，中華書局，2013，第3976頁。

丁酉，命開平守臣釋奠於宣聖廟。"① 又，王惲《秋澗集》載："八月，上
都文廟告成，公命某官作釋菜諸文，頗論其間。"② 可見，翰林國史院在
設立之初恰逢上都文廟初步建成，故以文廟爲臨時辦公地點，也就是説，
翰林國史院此時仍没有自己的辦公地點。這種情形直到至元元年纔有所改
變，至元元年二月，"敕選儒士編修國史，譯寫經書，起館舍，給俸以贍
之"。③

　　至此可以得出結論，元代翰林國史院的前身正式名稱爲翰林學士院，
其成立當爲中統二年七月。翰林國史院成立經歷了大致三個階段：中統元
年至中統二年五月，元廷任命多人爲翰林官員，但没有設立官署，根本稱
不上一個正式的政府機構；中統二年五月，元廷下詔於上都成立翰林學士
院，但此時尚未來得及成立官署；中統二年七月，應王鶚的奏請，朝廷又
下詔於上都成立國史院，并賜給王鶚院印，這個國史院專門負責修訂國史
及遼、金兩朝歷史。其時，由於國家草創，諸多條件并不具備，制度亦不
精密，尤其人員缺乏，國史院的官員基本上是由翰林院官員兼任，所以後
來就將翰林院與國史院這兩個機構合并在一起，并稱翰林國史院。這個合
并可能并没有正式經朝廷詔命，不見諸史書，後來追記歷史者，都將翰林
院與國史院并稱爲翰林國史院，所以關於翰林院的成立時間，纔有多種説
法。而至於所謂"至元元年"説，很大程度上指的是在大都成立的翰林國
史院。因爲元代有特殊的兩都巡幸制度，上都與大都均有一套行政機構，
所以在上都成立翰林國史院之後，又於至元元年在大都成立翰林國史院。
所以在後來大都成爲元朝正式的都城之後，上都就成了夏都，而上都的翰
林國史院，也就成爲翰林文士筆下的"上都翰林分院"④，大都的翰林國史
院，則徑稱翰林國史院。後來追記翰林國史院的成立，因爲是先在上都成
立，就没有稱其爲分院，依舊根據習慣稱其爲翰林國史院，這就與在大都
成立的翰林國史院同名，因而導致其成立時間混淆。

　　綜上所言，則《元史》卷八七《百官三》載翰林兼國史院"至元元

---

① （明）宋濂等：《元史》卷四《世祖一》，中華書局，1976，第73頁。
② （元）王惲：《王惲全集彙校》卷九三《玉堂嘉話》卷一《大元中統二年秋七月》，楊亮、
　　鍾彦飛點校，中華書局，2013，第3779頁。
③ （明）宋濂等：《元史》卷五《世祖二》，中華書局，1976，第96頁。
④ 見（元）馬祖常《上都翰林分院記》，《石田文集》卷八，《文淵閣四庫全書》本。

年始置"説的是大都翰林國史院,而"中統二年"下詔成立的,則是先成立的上都翰林國史院。

第三節　翰林國史院的建置沿革

關於翰林國史院的建置情況①,《元史·百官三》有記載:

> 翰林兼國史院,秩正二品。中統初,以王鶚爲翰林學士承旨,未立官署。至元元年始置,秩正三品。六年,置承旨三員、學士二員、侍讀學士二員、侍講學士二員、直學士二員。八年,升從二品。十四年,增承旨一員。十六年,增侍讀學士一員。十七年,增承旨二員。二十年,省并集賢院爲翰林國史集賢院。二十一年,增學士二員。二十二年,復分立集賢院。二十三年,增侍講學士一員。二十六年,置官吏五員,掌管教習亦思替非文字。二十七年,增承旨一員。大德九年,升正二品,改典簿爲司直,置都事一員。至大元年,置承旨九員。皇慶元年,升從一品,改司直爲經歷。延祐元年,別置回回國子監學,以掌亦思替非官屬歸之。五年,置承旨八員。後定置承旨六員,從一品;學士二員,正二品;侍讀學士二員,從二品;侍講學士二員,從二品;直學士二員,從三品。屬官:待制五員,正五品;修撰三員,從六品;應奉翰林文字五員,從七品;編修官十員,正八品;檢閱四員,正八品;典籍二員,正八品;經歷一員,從五品;都事一員,從七品;掾史四人,譯史、通事、知印各二人,蒙古書寫五人,書寫十人,接手書寫十人,典吏三人,典書二人。②

除了元史的記載之外,黃溍在其《翰林國史院題名記》中也有記載:

> 世祖皇帝中統元年,初設翰林學士承旨,官止三品。至元元年,乃建翰林國史院,而備學士等官。八年,院升從二品。成宗皇帝大德

---

① 這裏主要分析翰林國史院的建置沿革,對蒙古翰林院的建置情況不作詳細分析。
② (明)宋濂等:《元史》卷八七《百官三》,中華書局,1976,第2189～2190頁。

九年，院升正二品。仁宗皇帝親攬御筆點定，置立學士承旨六員，學
士、侍讀學士、侍講學士、直學士各二員。皇慶元年，院升從一品，
迄今遵爲永制。先是，蒙古新字及伊斯提費并教習於本院，翰林國
史、集賢兩院合爲一，仍兼起居注、領會同館、知秘書監，而國子學
以待制兼司業，興文署以待制兼令，編修官兼丞，俱來隸焉。其後新
字既析置翰林院，而復立集賢院如故。今興文署已廢，本院於起居
注、會同館、秘書監、國子學之事悉無所預，回回學士亦省，而伊斯
提費以待制兼掌之。今上皇帝建宣文閣，而不設學士，詔以經筵、崇
文監皆歸於本院。崇文監言其非便而止。惟於學士承旨而下，摘官判
署經筵之文移。項因纂修后妃功臣傳，又以執政兼學士承旨等官，而
無常員。此建置沿革之大略也。①

另外，元末的危素也記載了翰林國史院的設置情形：

> 世祖皇帝始御宸極，建翰林之官。至元元年，爰置學士院。四
> 年，更置翰林兼國史院，階正三品。二十年，設典簿廳，以楊勛爲
> 之。大德九年，院升正二品。更典簿廳爲司直司，設司直一員，以陳
> 景元爲之；都事一員，王恭政爲之。皇慶元年，院升從一品。司直司
> 爲經歷司，設經歷一員，以田澍爲之；都事一員，王璧爲之。至正元
> 年，復以經歷兼經筵參贊官。此其沿革之大凡也。②

綜合上述三家記載，考訂訛誤，可以得出元代翰林國史院建置的若干問
題，并梳理其具體情形。

首先，翰林國史院最初的名稱爲“翰林兼國史院”，這是因爲其是由
翰林院與國史院合并而成的。最初的翰林兼國史院，事責衆多，兼掌他
職。一是教習蒙古新字。至元八年（1271），在國史院設新字學士。這是
爲了推廣蒙古文字。後來，應王鶚與寶默的奏請，另設蒙古翰林院，專掌

---

① （元）黃溍：《翰林國史院題名記》，載李修生主編《全元文》第 29 册，鳳凰出版社，
2004，第 297 ~ 298 頁。
② （元）危素：《翰林國史院經歷司題名記》，《説學齋稿》卷一，《文淵閣四庫全書》本。

一切蒙古文字之事。"默與王磐等請分置翰林院，專掌蒙古文字，以翰林學士承旨撒的迷底里主之；其翰林兼國史院，仍舊纂修國史，典制誥，備顧問，以翰林學士承旨兼修起居注和禮霍孫主之。帝可其奏。"① 蒙古翰林院的設置是在至元十二年。至此有關蒙古文字的事務從翰林國史院中剝離出來，專由蒙古翰林院負責。後來又設蒙古國子監和蒙古國子學②，設立蒙古翰林院、蒙古國子監、蒙古國子學是元代獨創，體現了元代統治者對本族文化的重視。元代蒙古翰林院與翰林國史院是兩個機構，如不加以區分極易混淆，元人陶宗儀《南村輟耕録》卷二一"公宇"條記載中書省下轄機構有翰林國史院和翰林院，其中翰林院下有國子監、國子學兩個機構③，此處陶宗儀之記載翰林院應該是蒙古翰林院，而《元史》之纂修者可能爲了區別，在翰林院前加上蒙古二字，實際上元人一般稱學士院即指翰林國史院，多數情況下稱翰林國史院，而有時也稱翰林院，如《元史》卷二一《成宗紀四》記："（大德十年八月）丁巳，文宣王廟成……命翰林院定樂名樂章"；卷七四《祭祀志三》："以廟制事，集御史台、翰林院、太常院臣議"，王惲《翰林院不當以資歷取人》等，所提到的"翰林院"實際上均指的是翰林國史院。因而對於史料中提及的翰林院與翰林國史院要仔細加以分別。翰林國史院最初除了教習蒙古文字之外，還要負責教習伊斯替費，即所謂的回回文字，其設置是在至元二十六年，設官吏五人，專掌其事。延祐元年（1314），設回回國子學，專掌伊斯替費。故而教習回回文字事務於延祐元年從翰林國史院中剝離出來。另外，至元二十年，將集賢院合并至翰林國史院中，兩年之後，又將集賢院獨立，不再隸屬翰林國史院。而據黃溍所記，元初，翰林國史院除了以上事務之外，還兼有起居注、會同館、興文署、國子監、秘書監等諸雜務，後來這些雜務均省費，翰林國史院的主要職責，簡化爲"典制誥、備顧問、修史"三大項而已。

其次，關於翰林國史院的品秩變化。《元史·百官三》總說其"秩正二品"是不準確的。因爲其品秩有一個變化的過程。初設時，秩正三品；

---

① （明）宋濂等：《元史》卷一五八《竇默傳》，中華書局，1976，第3732頁。
② （明）宋濂等：《元史》卷八七《百官三》，中華書局，1976，第2190~2191頁。
③ （元）陶宗儀：《南村輟耕録》卷二一"公宇"條，中華書局，1959，第259頁。

至元八年升從二品；大德九年，升正二品；皇慶元年，升從一品；從此之後，成爲定制，不復變更。總的來說，元代翰林國史院品秩之高，爲歷代所罕見；僅就品秩來説，幾乎與宰執相埒。關於其品秩情況，三家記載均相同，説明這是確定無疑的。

再次，關於翰林承旨的問題。元代翰林學士承旨多且數量不斷增加。至元六年，初置承旨三員；十四年，增一員；十七年，復增二員，二十七年，又增一員。至此院中承旨數量已多至七員。武宗至大元年，承旨增加至九員，延祐五年，減至八員。至仁宗時，御筆點定翰林國史院官員品秩及員額，翰林學士承旨方始減定爲六人，此後再無變化。僅就翰林學士承旨的品秩及數量來説，元代的翰林國史院實在是獨特。品秩高不復言，而就數量説，從最初三員，到九員，儘管後來定爲六員，但承旨數量仍超過學士的數量，這委實奇特，可謂冗濫。因爲翰林學士承旨相當於翰林院的院長，一般僅爲一員，是從翰林學士中選其優者而任命，而元代翰林國史院中學士承旨却多至六員，超過學士的數量。這説明元代翰林學士承旨與前代是大不同的。俞鹿年在《歷代官制概略》中説："唐代翰林學士大約爲六員，其中承旨一員尤爲重任，等於學士之長。宋代則以資深者一員爲之。"① 由此可以肯定，元代翰林學士承旨非從由學士升至，幾乎成爲加官，具有恩寵賞賜性質。關於元代翰林學士承旨的特殊性，蔡春娟《關於元代翰林學士承旨的幾個問題》一文中有詳細的分析，她綜合分析蒙古翰林院與翰林國史院的翰林學士承旨的授任情況，得出結論："翰林承旨一職在元初很快就發展爲一種虛銜。首先，大量的蒙古、色目貴族被安置在這一位置上。……其次，那些德高望重的儒林大老與名人魁士也被安置在這一位置上，前舉留夢炎、李謙、趙孟頫、張起岩等都是。再次是作爲一種贈官，胡亂地贈給那些與翰林身份或職位相關的人。至元朝後期，這一官職的使用更亂。"② 這確實反映了元代翰林學士承旨的問題，而這一問題的背後，反映的是元朝上層用高官虛銜來籠絡漢族知識分子，達到其統治上層穩定的目的。

① 俞鹿年編《歷代官制概略》，黑龍江人民出版社，1978，第 641 頁。
② 蔡春娟：《關於元代翰林學士承旨的幾個問題》，載《元史論叢》（第 11 輯），天津古籍出版社，2009，第 160~161 頁。

除了翰林學士承旨之外，翰林學士、侍讀學士、侍講學士、直學士品秩與員數與前代相差不甚大。其他沿革變化不多，唯有大德九年，改典簿爲司直，增都事一員；皇慶元年，改司直爲經歷。這一點危素的記載與《元史》所記相同。

元代翰林國史院官職雖屢變，但直到仁宗延祐時，大興文治，翰林國史院建置始成定制，不復有更改。從學士承旨以下，按品秩遞減，分別是承旨六員，學士二員，侍讀學士二員，侍講學士二員、直學士二員，計承旨六員，學士官六員，而屬官中待制五員、經歷一員、修撰三員、應奉翰林文字五員、都事一員、編修官十員、檢閱四員、典籍二員。此外翰林國史院尚有掾史、譯史、通事、知印、蒙古書寫、書寫、接手書寫、典吏、典書之職，但已經沒有品級，屬於吏員。

以上爲元代翰林國史院建置沿革的情形。

第四節　翰林國史院地址變遷①

唐宋學士院都在内廷辦公，皆在禁中，“唐翰林院在禁中，乃人主燕居之所”。② 宋代繼承唐代學士院制度，其中設北門，便於皇帝詔見，“唐制……蓋學士院在禁中，非内臣宣召無因得入，故院門別設複門，亦以其通禁庭也”。③《新唐書》中有更爲詳細的記載：“唐制，乘輿所在，必有文詞、經學之士，下至卜、醫、伎術之流，皆直於別院，以備宴見；而文書詔令，則中書舍人掌之。自太宗時，名儒學士時時召以草制，然猶未有名號；乾封以後，始號‘北門學士’。”④ 宋代翰林學士至學士院辦公，行走路綫都有規定，也是繼承唐代的制度：“又學士院北扉者，爲其在浴堂之南，便於應召。今學士初拜，自東華門入，至左承天門下馬待詔，院吏

---

① 這裏的地址變遷指的是大都的翰林國史院院址。
② （宋）沈括：《夢溪筆談校證》卷一《故事一》“唐翰林院”條，胡道静校證，上海古籍出版社，1987，第 15 頁。
③ （宋）沈括：《夢溪筆談校證》卷一《故事一》“唐翰林院”條，胡道静校證，上海古籍出版社，1987，第 17 頁。
④ （宋）歐陽修、宋祁：《新唐書》卷四六《百官一》，中華書局，1975，第 1183 頁。

自左承天門雙引至閤門，此亦用唐故事也。"① 辦公地點距離皇帝居住的內廷越近，說明其地位越重要。例如"凡拜宰相及事重者，晚漏上，天子御內東門小殿，宣召面諭，給筆札書所得旨。禀奏歸院，內侍鎖院門，禁止出入。夜漏盡，具詞進入；遲明，白麻出，閤門使引授中書，中書授舍人宣讀。其餘除授并御札，但用御寶封，遣內侍送學士院鎖門而已"。② 皇帝所用之寶封亦由學士院掌管，可見其地位之重要。金代也承宋代翰林制度，詞臣、中侍等仍得入禁中，如《金史》卷一二五《楊伯仁傳》："故事，諫官詞臣入直禁中。"③ 李庭《蘭亭先生文集序》中云："明昌下詔舉才行之士……召爲翰林應奉，入直禁中。"④ 顯宗之時，"中侍出入禁中，未嘗限阻"。⑤

　　元代翰林國史院的地位與重要性遠遠不如唐宋，就其辦公地點來講，并没有在內廷，其最初位置當離中書省不遠。中書省在大都鳳池坊北，鐘樓以西。鳳池坊在大都斜街北。⑥ 中書省是原來金朝烏珠舊宅。清姚之駰《元明事類鈔》卷八《官品門一　翰林院》載："《瀛洲道古錄》：元時翰林院以金烏珠第爲之。歐陽楚公詩：'翰林老屋勢深雄，猶是金家烏珠宮。'"⑦ 歐陽楚公就是歐陽玄，是元代後期著名文士，長期在翰林國史院任職，主修遼、金、宋史。其詩原文爲："翰林老屋勢深雄，猶是金家兀尤宮。定鼎初年曾作省，至今門徑鳳池通。"⑧ "定鼎初年曾作省"，即指忽必烈建立大都之後在此地建立中書省。翰林國史院就應該在這附近。同樣長年供職於翰林國史院的王惲亦曾作詩《直中書省》，描述了鳳池與翰院之景致："紫禁彤庭尺五天，沉沉碧綺鎖秋烟。鳳池波暖鏘鳴佩，翰苑才疏愧昔賢。人世好懷能幾度，風埃長路已三年。綠陰好在西園樹，辜負移

----

① （宋）沈括：《夢溪筆談校證》卷一《故事一》"唐翰林院"條，胡道靜校證，上海古籍出版社，1987，第 17 頁。

② （元）脫脫等：《宋史》卷一六二《職官二·翰林學士院》，中華書局，1985，第 3812 頁。

③ （元）脫脫等：《金史》卷一二五《楊伯仁傳》，中華書局，1975，第 2724 頁。

④ （元）李庭：《寓庵集》卷四，《藕香零拾》叢書本。

⑤ （元）脫脫等：《金史》卷一九《世紀補·顯宗》，中華書局，1975，第 414 頁。

⑥ （元）熊夢祥：《析津志輯佚》"城池街市"條，北京圖書館善本組輯，北京古籍出版社，1983，第 3 頁。

⑦ （清）姚之駰：《元明事類鈔》卷八《官品門一　翰林院》，《文淵閣四庫全書》本。

⑧ （元）歐陽玄：《圭齋文集》卷三《漫題四絕》，《四部叢刊》本。

床聽晚蟬。"① 於此可知，鳳池與翰苑應該較近。《析津志輯佚》言："至元二十七年，尚書省事如中書省，桑柯移中書省。於今尚書省爲中書省，乃有北省南省之分。後於至順二年七月十九日，中書省奏，奉旨：翰林國史院裏有的文書，依舊北省安置，翰林國史官人就那裏聚會。由是北省既爲翰林院，尚書省爲中書都堂省固矣。"② 歐陽玄亦有《侍宴北省》詩："臣本江南一布衣，恩榮今日及寒微。台纏列宿光相射，湛露迎陽畫未晞。仙醞飲來生羽翼，宮花留得奉庭闈。酒闌車馬如流水，回望紅云繞闕飛。"③ 其中叙述自己由布衣之身而進入"北省"。元代北省爲中書省的代稱，由《析津志輯佚》的記載可知，至順爲元明宗年號，説明翰林國史院最後的辦公地點在中書省。我們可以與清代編的《日下舊聞考》相互參證："元之翰林國史院屢經遷徙，至順間賜居北中書省舊署。《析津志》稱院內古木繁陰，蔚然森樾者，是也。自後遂爲定制。其地在鳳池坊北，鐘樓之西，鐘樓又在中心閣西，俱見《析津志》。按中心閣址爲今之鼓樓，則元之翰林院在今鼓樓迤西，與今翰林院無涉，第皆爲玉堂故實。"④

元代翰林國史院於成宗初曾經遷至中書省內辦公，王惲《院中即事》下小注載："元貞元年爲修實録，移在北中書省內。"⑤ 王惲的記載與《析津志輯佚》的記載并不矛盾，爲何會出現王惲所説的情況？

元世祖於至元三十一年（1294）正月去世，成宗即位後要修世祖實録，《元史》記載較爲清楚："（至元三十一年六月甲辰）詔翰林國史院修《世祖實録》，以完澤監修國史。"⑥ 前朝皇帝去世，繼任者要修實録，是一項重要的制度，元代也不例外，因而當時王惲所講的遷至中書省辦公，祇是暫時的，修《世祖實録》時遷出具體時間不詳。《元史》有一條記載很值得重視：（至大二年九月戊子）"尚書省臣言：'翰林國史院，先朝御容、實録皆在其中，鄉置之南省。今尚書省復立，倉卒不及營建，請買大第徙

① （元）王惲：《直中書省》，載楊鐮主編《全元詩》第五冊，中華書局，2013，第228頁。
② （元）熊夢祥：《析津志輯佚》"朝堂公宇"條，北京圖書館善本組輯，北京古籍出版社，1983，第8~9頁。
③ （元）歐陽玄：《侍宴北省》，楊鐮主編《全元詩》第三十一冊，中華書局，2013，第229頁。
④ （清）于敏中：《日下舊聞考》卷六四"官署三"條，北京古籍出版社，1983，第1053頁。
⑤ （元）王惲：《王惲全集彙校》卷三三《院中即事》，楊亮、鍾彦飛點校，中華書局，2013，第552頁。
⑥ （明）宋濂等：《元史》卷一八《成宗一》，中華書局，1976，第385頁。

之。'制可。"① 至大二年（1309）尚書省復立，又遷回原來的中書省，結果是翰林國史院遷出，購買成功與否不得而知。《析津志輯佚》之《台諫敘》言："國初至元間，朝議於肅清門之東置台，故有肅清之名。而今之台乃立爲翰林國史院，後復以爲台。"② 不知是否遷至此處。

至此我們可以得出結論：元代翰林國史院是中書省下轄機構，位於中書省附近，成宗元貞元年（1295）遷至中書省（兀尤第）舊址，武宗至大二年遷出，疑其遷至御史台舊址。其後又遷回中書省舊址。

元代翰林國史院的院址雖幾經遷徙，然而始終在宮禁之外，翰林國史院官員雖有"宿直"制度，實爲在翰林國史院內值班，非爲宿直禁中，以備待詔。這反映的是元代翰林國史院在元代政治生活中地位的弱化，其翰林文臣也不是天子近臣，能够經常隨侍左右。元代的翰林國史院幾乎成爲一個清閑養老的機構。因此，馬祖常在侍皇帝扈從上都時，抱怨道：

> 惟詞臣獨無他爲，從容載筆，給輈傳，道路續食，持書數囊，吏空牘，旬日不一署文書，夙夜雖欲求細勞微勤以自效，而亦無有。然後知上之人不欲役其心，使之研精於思慮，而專以文字爲職業，非如衆有司務以集事爲賢者也。③

這裏馬祖常已透露出惆悵傷感之情，抱怨天子祇以文字役使文臣，而從馬祖常的記載來看，似乎他們能够從事的文字之事也不多，"旬日不一署文書"。記載元代翰林國史院文臣清閑無實事者，在元人記載中頗常見。危素也有記載："素竊稽前代代言之官、纂修之職，皆號爲清華之地，國朝合而爲一，勢嚴而事重。其贊畫幕府者，簿書稀簡，獄訟不聞，一旬之間，亦三至公署而已。則朝廷之優容文臣，亦已至矣。"④ 危素這裏不敢明寫抱怨之情，不說皇帝遠詞臣，却贊天子優容文臣。王義山在《黄草塘移居圖跋》一文中記載歐陽公："自翰林爲學士，忽忽八年，歸潁之志雖未

---

① （明）宋濂等：《元史》卷二三《武宗二》，中華書局，1976，第516頁。
② （元）熊夢祥：《析津志輯佚·台諫敘》"創建沿革"條，北京圖書館善本組輯，北京古籍出版社，1983，第38頁。
③ （元）馬祖常：《石田文集》卷八《上都翰林分院記》，《文淵閣四庫全書》本。
④ （元）危素：《危太樸文集》卷五《翰林國史院經歷司題名記》，嘉業堂叢書本。

遂，未嘗一日忘焉。至今年六十有四，免幷居蔡，蔡與潁連，因得爲終老
之漸。"① 雖然在翰林院供職八年之久，但是仍然有歸隱山林之意，可見其
抱負與理想不得實現的無奈。從翰林國史院文士的日常工作也可看出其多
爲虛職，代其他部門立文字等職，幷不能在政治上掌握話語權。李冶《與
翰苑諸公書》載：

> 　　諸公以英材駿足，絕世之學，高驪紫清，黼黻元化，固自其所。
> 而某也孱資瑣質，誤恩偶及，亦復與吹竽之部，律以廉恥，爲幾不韙
> 耶？諸公愍我耄昏，教我不逮，肯容我竄名玉堂之署，日夕相與，刺
> 經講古，訂辯文字，不即叱出，覆露之德，寧敢少忘哉！但翰林非病
> 叟所處，寵祿非庸夫所食，官謗可畏。幸而得請投迹故山，木石與
> 居，麋鹿與游，斯亦老朽無用者之所便也。②

雖然是對翰林國史院接納自己的稱頌與感激，但是從中仍然可以發現一些
其他信息：翰林文士多爲"英材駿足，絕世之學"，但是他們之間的日常
事務卻是"刺經講古，訂辯文字"等事，難免讓有經國濟世政治理想的文
士感到不滿。這些記載都表明，元代翰林國史院實際成爲安置漢族士人，
使其點綴文治的文化機構。

---

① （元）王義山：《黃草塘移居圖跋》，載李修生主編《全元文》第 3 册，江蘇古籍出版社，
1998，第 134 頁。

② （元）李冶：《與翰苑諸公書》，載李修生主編《全元文》第 2 册，江蘇古籍出版社，
1998，第 17 頁。

第二章　元代翰林國史院的職能考

元代的翰林國史院初成時，國家草創，機構不全，尚不精密，故而舉凡國家文化之事，俱委之翰林國史院。"先是，蒙古新字及伊斯提費并教習於本院，翰林國史、集賢兩院合爲一，仍兼起居注、領會同館、知秘書監，而國子學以待制兼司業，興文署以待制兼令，編修官兼丞，俱來隸焉。其後新字既析置翰林院，而復立集賢院如故。今興文署已廢，本院於起居注、會同館、秘書監、國子學之事悉無所預，回回學士亦省，而伊斯提費以待制兼掌之。"[1] 即最初元代翰林國史院不僅要負責蒙、回（伊斯提費）兩種文字的教育，同時要兼着會同館、秘書監、國子學、興文署之事，後來隨着復立集賢院，析出蒙古翰林院，設立國子學，興文署被廢，翰林國史院的職掌已大爲削減，其主要職掌，祇剩下"纂修國史、典制誥、備顧問"三項。除此之外，元代翰林國史院事實上還有撰寫青詞和祝文、祭祀、經筵、奉使、掌兵等職掌。這些職掌在元代不同歷史時期有不同的特點，與政權的更迭密不可分。本書將從元代翰林國史院的這些職責出發，探究其演變過程，展現元代翰林國史院在元代職官體系中的地位和作用。元代翰林國史院修史職責，因屬其主要職能，涉及較多，筆者將會在後文專章闡釋，這裏不再具體討論。

第一節　起草詔書文誥

起草典章、誥書、制命等公文，即"典制誥"，是翰林院的一項基本職能。在元代翰林國史院內廳壁上有這樣一段文字："內則王侯之拜封，

---

① （元）黄溍：《翰林國史院題名記》，載李修生主編《全元文》第 29 册，鳳凰出版社，2004，第 298 頁。

百官之制誥；外則遺使四夷，懷柔遠人，凡王命言，必以文。每視草聖聽，虛注宸衷，點竄必辭理兼完，而後可彬彬郁郁，炳炳琅琅，聳扶杖之聽，拭思化之因。"① 古代治國行王命，必要用文字，而這"王命""聖聽"絲毫馬虎不得，必須寫得"彬彬郁郁，炳炳琅琅"纔行，要做到這些，必須由博通經史、嫻於辭令的翰林來完成。

元代詔書文誥當然也是由皇帝下達旨意，翰林國史院書寫，而元代日常誥敕除了漢文之外，還要有蒙古文譯寫②，然後令有關部門執行。詔書文誥涉及國家大政方針的各個方面，國家方針制定、政策變化、重大人事任免、朝政之更迭，都要發布表章文誥等公文，以昭告天下。這些公文的撰寫基本上委之"職在代言"的翰林國史院文士。如王鶚在中統元年世祖初即位便被授予翰林學士承旨，當時"制誥典章，皆所裁定"③；東平四杰李謙、徐世隆、孟祺、閻復，李謙爲其首，很快被王磐薦入元廷，"召爲應奉翰林文字，一時制誥，多出其手"④；而徐世隆也在至元元年被授爲翰林侍講學士，兼太常卿，"朝廷大政咨訪而後行，詔命典册多出其手"⑤；孟祺爲"應奉翰林文字，一時典册，多出其手"⑥；閻復也由王磐所薦，一路從翰林應奉升爲修撰，再升爲翰林學士，"帝屢召至榻前，面諭詔旨，具草以進，帝稱善"⑦；而謝端也是從翰林修撰升爲翰林待制再升爲翰林直學士，"居翰林久，至順、元統以來，國家崇號，慈極升祔先朝，加封宣聖考妣，制册多出其手"⑧；歐陽玄在翰林最久，歷事五朝，甚有才名，史載他於"致和元年，遷翰林待制，兼國史院編修官。時當兵興，玄領印攝

① （元）胡祗遹：《紫山大全集》卷九《翰林院廳壁記》，《文淵閣四庫全書》本。
② 張帆《元朝詔敕制度研究》對此有詳細研究，在此不贅述。張帆認爲："在頒發詔敕時，要使用至少兩種文字，通常是八思巴蒙古文和漢文。因此在起草後，還要經歷一個翻譯過程。有時是用漢字起草，再譯爲八思巴蒙古文；有時則是用蒙古文起草，再譯爲漢字。這使得元朝的詔敕頒發過程比前代王朝更爲複雜，因而分別設立了翰林國史院和蒙古翰林院兩所詔敕起草機構。在具體寫作上，元朝的詔敕并未完全繼承前代王朝的精緻特色，内容趨於簡單、質實。"見《國學研究》第十卷《元朝詔敕制度研究》提要，北京大學出版社，2002，第 107～158 頁。
③ （明）宋濂等：《元史》卷一六〇《王鶚傳》，中華書局，1976，第 3757 頁。
④ （明）宋濂等：《元史》卷一六〇《李謙傳》，中華書局，1976，第 3767 頁。
⑤ （明）宋濂等：《元史》卷一六〇《徐世隆傳》，中華書局，1976，第 3769 頁。
⑥ （明）宋濂等：《元史》卷一六〇《孟祺傳》，中華書局，1976，第 3771 頁。
⑦ （明）宋濂等：《元史》卷一六〇《閻復傳》，中華書局，1976，第 3773 頁。
⑧ （明）宋濂等：《元史》卷一八二《謝端傳》，中華書局，1976，第 4207 頁。

院事，日直内廷，參決機務，凡遠近調發，制詔書檄。既而改元天曆，郊廟、建后、立儲、肆赦之文，皆經撰述”。① 《元史》評價云：“凡宗廟朝廷雄文大册、播告萬方制誥，多出玄手。”② 對於翰林們來説，起草詔書誥命等公文應該是一項基本而普遍的工作，當然對於一些重要場合的誥書，則是翰林學士甚至是翰林學士承旨纔有資格撰寫。

　　元世祖在位時間較長，其施政措施對其後元朝歷代皇帝都有深遠的影響，其在位時發布的各種詔書文誥最多，也最重要，是元初朝政變化的重要記録，其中一些重要部分在《元史》中有體現。《元史》之外，其中最早收録這些章奏詔令的應該是《大元聖政國朝典章》，這部書刊行於大德七年（1303），其中詔令類世祖部分收有《皇帝登寶位詔》《中統建元詔》《建國都詔》《至元改元詔》《行蒙古字詔》《建國號詔》《立后建儲詔》《興師征南詔》《歸附安民詔》《頒〈授時曆〉詔》《上尊號詔》《頒至元鈔詔》十二篇詔書。③ 這十二篇詔書涉及當時國家最重要的方面，如定國都、建國號、討伐宋朝等。其中有些篇章也是名篇，爲後世翰林國史院的文士寫作提供了範本。如徒單公履爲元世祖所寫《建國號詔》，此篇所寫語言流麗、氣勢恢宏，是元代詔書的壓卷之作，反映了蒙古部落政權以繼承漢唐的正統中央集權王朝自居，這種自信基於國力的空前强大，標志着從草原部落聯盟向中原大一統政權的過渡，也説明了翰林國史院的書寫者的水準與造詣。又如至元十一年六月發布的《興師征南詔》，以順應天命的正統王朝自居，數宋朝之罪，義正詞嚴，恩威并施，是元代詔書的名篇，故非大製作不能爲。

　　譬如程鉅夫於皇慶二年（1313）爲元仁宗所寫《行科舉詔》也是元代詔書中的名篇：

　　　　惟我祖宗以神武定天下，世祖皇帝，設官分職，徵用儒雅，崇學校爲育才之地，議科舉爲取士之方，規模宏遠矣。朕以眇躬，獲承丕祚，繼志述事，祖訓是式，若稽三代以來，取士各有科目，要其本

① （明）宋濂等：《元史》卷一八二《歐陽玄傳》，中華書局，1976，第4197頁。
② （明）宋濂等：《元史》卷一八二《歐陽玄傳》，中華書局，1976，第4198頁。
③ 《元典章》詔令卷之一《典章一》，陳高華、張帆等點校，天津古籍出版社、中華書局，2011，第3～12頁。

末。舉人宜以德行爲首，試藝則以經術爲先，詞章次之，浮華過實，朕所不取。爰命中書，參酌古今，定其條制，其以皇慶三年八月，天下郡縣，舉其賢者能者，充賦有司，次年二月，會試京師。中選者，朕將親策焉。於戲，經明行修，庶得真儒之用，風移俗易益臻至治之隆。①

可以想見，當這篇詔書傳遍大江南北時，給仕進無路的儒士帶來怎樣的希望，正是這篇詔書的頒行標志着元朝在漢化的進程上又走進了一步。雖然其取士不寬，且實行歧視政策，及第者出身有差，但畢竟爲儒士開啓了仕進之路。實行科舉之後，翰林國史院官員大多由進士出身的文士充任，説明其人才選拔上也有一定的制度性。元朝亡國之時有許多爲其仗節死義者，考其出身多爲進士及第的文士，可見科舉在元代文士之中的影響力。對此，趙翼在《廿二史札記》中有專門的總結。

> 元代不重儒術，延祐中始設科取士，順帝時又停二科始復。其時所謂進士者，已屬積輕之勢矣，然末年仗節死義者，乃多在進士出身之人。如余闕元統元年進士，守安慶，死陳友諒之難。泰不華至順元年進士，死方國珍之難。李齊元統元年進士，爲高郵守，死張士誠之難。李黼泰定四年進士，守九江，死於賊。……皆見《元史》各本傳。諸人可謂不負科名者哉，而國家設科取士亦不徒矣。②

元代的詔書文誥爲研究元代歷史的第一手資料，當時的王鶚、王構、王惲、元明善、程鉅夫、袁桷、虞集等人都是寫作詔書的大家，在元代文壇上有重要影響。如王鶚撰《至元改元赦》：

> 應天者惟以至誠，拯民者莫如實德。朕以菲德，獲承慶基，内難未戢，外兵勿戢，夫豈一日，於今五年。賴天地之昇矜，暨祖宗之垂裕，凡我同氣，會於上都。雖此日之小康，敢朕心之少肆。比者星芒

---

① （元）蘇天爵：《元文類》卷九《行科舉詔》，商務印書館，1936，第 112 ~ 113 頁。
② （清）趙翼：《廿二史札記校證》卷三〇《元末殉難者多進士》，王樹民校證，中華書局，2013，第 737 頁。

示儆，雨澤愆常，皆關政之所由，顧斯民其何罪。①

此赦作於至元元年（1264）八月，詔中"應天至誠""拯民實德"等言，無不體現儒家的傳統倫理法制。王鶚作此赦是將元世祖忽必烈視爲中國歷史中的正統，代表王朝的合法性，從而消解了内外、夷夏之别，改元意味着明確了與傳統王朝之間的承續關係，以期弱化元代政治結構中的内在矛盾，也是對帝國征服政策的修正。

　　元代詔書文誥也有一定之規，翰林國史院文士在寫作詔誥時必須有一定參考，如元初徐世隆曾經"選前賢内外制可備館閣用者，凡百卷，曰《瀛洲集》，至今用之"。② 説明元代詔書的寫作也有一定的程式和要求。

　　除了詔書文誥以外，尚有制文的寫作。制，凡封三公等重要官員、赦令等稱爲制。吴訥言："迨乎唐世，王言之體曰'制'者，大賞罰、大除授用之；曰'發敕'者，授六品以下官用之，即所謂'告身'也。宋承唐制，其曰'制'者，以拜三公三省等職。辭必四六，以便宣讀於庭。'誥'則或用散文，以其直告某官也。"③ 元代也繼承宋代的制文制度，蘇天爵的《元文類》中收有很多著名制文，閻復的《加封孔子制》《丞相巴延贈謚制》、謝端的《加封孔子父母制》、虞集的《追封宣聖夫人制》、王磐的《降封宋主爲瀛國公制》、王構的《高麗國王封贈祖父母制》《趙與芮降封平原郡公制》、袁桷的《丞相拜珠贈謚制》等都是當時重要的歷史記録。此外尚有册文，主要指皇帝謚册、立皇太子、封立皇后等。同時遇到皇帝、皇后生辰，或是册封皇太子等事，翰林國史院要寫賀表，不過這不僅是翰林國史院的任務了，其他職能部門也要如此，翻檢元人文集，有很多翰林國史院的文士代作之筆，即指這種情況。有時，皇帝爲了禮遇已故勛臣貴戚，或者爲彰顯特殊的恩榮，抑或爲了旌揚義行，乃至一些重要寺廟宫觀的建立，都會令翰林國史院文士撰寫碑文，或者書寫篆額。這些碑文一般是由嫻於古文的碩儒大德來撰寫，由長於書法者書於碑上，趙孟頫、

---

① 《大元聖政國朝典章》詔令卷之一，清光緒三十四年刻本。
② （元）蘇天爵：《元朝名臣事略》卷一二《太常徐公》，姚景安點校，中華書局，1996，第 252 頁。
③ （明）吴訥：《文章辨體序説》之《制、誥》，于北山點校，人民文學出版社，1962，第 36 頁。

虞集、黃溍、歐陽玄等翰苑名公就奉敕撰寫了不少這類碑文。如曹文貞的神道碑銘便是由"中大夫禮部尚書臣曹鑒奉敕撰，翰林侍講學士通奉大夫知制誥同修國史知經筵事臣張起岩奉敕書"①；程鉅夫代撰《應昌路報恩寺碑》②；中書右丞相拜住的碑文便是黃溍代爲撰寫，"至正八年春正月五日，皇帝御興聖宮便殿中書省，臣以故右丞相郿文忠王神道之碑未建奏請，敕臣某爲之文以賜其家俾刻焉"③；順帝時，脱脱、賈魯主持治理黄河工程完畢，詔"敕翰林承旨歐陽玄製河平碑，以旌脱脱勞績，具載魯功，且宣付史館，并贈魯先臣三世"。④ 還有一些是爲自己親屬祖先請碑的，這些碑文也是由翰林文士撰寫。如趙良弼在其出使日本前奏："臣父兄四人，死事于金，乞命翰林臣文其碑，臣雖死絶域，無憾矣。"⑤ 在有文集存世的翰林文士的文集中，類似這樣奉旨撰寫的碑文數量非常多，不勝枚舉。

唐、宋時，翰林的主要職掌是撰寫詔令奏諭，因此得以與聞中書機秘，而且翰林學士草詔時還可皮裏陽秋，內寓褒貶，以表達己見。并且唐、宋時撰寫詔敕制令任務非常繁重，常常需要通宵撰寫，如《元稹集》外集卷七《奉和浙西大夫李德裕述夢四十韵》内述唐朝翰林典故，自注謂"麻制例皆通宵勘寫"。而在元代，翰林國史院的"典制誥"與前代截然不同。因爲元代國語爲蒙古語，這必然涉及蒙漢文字翻譯問題。自八思巴蒙文創制以後，朝廷大力推廣蒙古文字，"自今以往，凡有璽書頒降者，并用蒙古新字，仍各以其國字副之"。⑥《元典章》卷三一《禮部卷之四·學校一》"蒙古學·蒙古學校"條："至元八年正月□日皇帝聖旨：……一、省部台院凡有奏目，用蒙古字寫。……一、今後不得將蒙古字道作新字。"另外，"蒙古學·用蒙古字"條："至元二十一年五月，中書省：翰林院：備翰林直學士行龍興路提舉學校官呈：……今後擬令各處大小衙門，將應係貢進表章，并用蒙古字書寫。都省議得：今後諸衙門依例貢進表章，并

① （元）曹文臣：《曹文貞詩集》《後錄》，《文淵閣四庫全書》本。
② （元）程鉅夫：《雪樓集》卷五《玉堂類稿》，《文淵閣四庫全書》本。
③ （元）黃溍：《中書右丞相贈孚道志仁清忠一德功臣太師開府儀同三司上柱國追封郿王諡文忠神道碑》，載李修生主編《全元文》第30冊，鳳凰出版社，2004，第146頁。
④ （明）宋濂等：《元史》卷一八七《賈魯傳》，中華書局，1976，第4291頁。
⑤ （明）宋濂等：《元史》卷一五九《趙良弼傳》，中華書局，1976，第3745頁。
⑥ （明）宋濂等：《元史》卷二〇二《釋老傳》，中華書局，1976，第4518頁。

用蒙古字書寫，務要真謹，仰照驗施行。"① 《元史·刑法志》載："諸内外百司五品以上進上表章，并以蒙古字書，毋敢不敬，仍以漢字書其副。"② 由此可見，元代朝廷上下百司衙門，各種公文奏章都是以蒙古文書寫，以漢文爲副。至元十二年（1275），蒙古翰林院的設立，就是爲了解決中書詔誥的翻譯問題。但是蒙古翰林院成立之後，對以漢族文士爲主體的翰林國史院的"典制誥"的職掌帶來很大的衝擊。一是翰林國史院所需撰寫的詔誥文書大爲减少，據張帆的《元朝詔敕制度研究》及蕭啓慶的《元代的通事與譯史：多元民族國家中的溝通人物》所考③：元代大量詔旨是以國語即蒙古文下發的，這部分詔旨由蒙古翰林院草擬并譯爲漢文後下發，另外一少部分詔書由翰林國史院代撰，并由蒙古翰林院譯寫潤色。這部分翰林國史院撰寫的詔書，内容主要是一些重要事件或普遍性的國家政策，或者是一些封贈宣敕。但此類重要文書的撰寫畢竟十分有限，所以翰林國史院文士日常非常清閑，這在他們的文章中有大量反映，"制撰寡鮮，無可事者"④，有的詞臣因爲"多暇，日得考古論文"⑤，馬祖常《上都翰林分院記》中寫道："惟詞臣獨無他爲，從容載筆，給輅傳，道路饋食，持書數囊，吏空牘，旬日不一署文書，夙夜雖欲求細勞微勤以自效，而亦無有。"⑥ "旬日不一署文書"可見其清閑，因此翰林院文士不必每日赴院坐班，"十日僅聚三日，一月二十一日閑居私家……況九日完坐，又不過行故事同杯酌而已"。⑦ 二則是所撰詔誥文書内容要受蒙古翰林院的監察審閱。翰林國史院文士用漢語文言所撰寫的詔誥文書不經蒙古翰林院的譯寫潤色，是不能生效的，并且所譯詔書還要接受中書省、御史台的監察，仁

① 《元典章》卷三一《禮部卷之四》，陳高華、張帆等點校，中華書局，2011，第 1081 ~ 1083 頁。

② （明）宋濂等：《元史》卷一百二《刑法一》，中華書局，1976，第 2615 頁。

③ 見《國學研究》第十卷《元朝詔敕制度研究》（北京大學出版社，2002，第 107 ~ 158 頁），文中對於元代詔敕制度研究非常全面且細緻，可供參考。蕭文見《内北國而外中國：蒙元史研究》，中華書局，2007，第 435 頁。

④ （元）宋褧：《燕石集》卷一四《姜天麟墓碣銘》，《文淵閣四庫全書》本。

⑤ （元）李謙：《壽七十詩集序》，載元王惲《王惲全集彙校》附錄，楊亮、鍾彦飛點校，中華書局，2013，第 4543 頁。

⑥ （元）馬祖常：《石田文集》卷八《上都翰林分院記》，元至元五年揚州路儒學刻本。

⑦ （元）鄭介夫：《太平策二》，載李修生主編《全元文》第 39 册，鳳凰出版社，1998，第 61 頁。

宗延祐七年（1320）規定"翰林院譯詔，關白中書"①；另外，"諸翰林院
應譯寫制書，必呈中書省共議其稿，其文卷非邊遠軍情重事，并從監察御
史考閱之"。② 這些規定加劇了對原本權力不多的翰林國史院"典制誥"職
能的控制，使得翰林官員在政治上的作用更加弱化。需要注意的是，漢文
譯爲蒙古文是頗爲困難的，袁桷《閻復神道碑銘》載有一事。

> 桷嘗以（翰林國史）院屬侍公入講事堂……一日草詔書，其語意
> 難以入國語，大臣疑之，有集賢學士亦出微語。公召掾史具紙筆，請
> 學士改撰，學士人愧却立。會食畢，公改爲之，而前詔一字不復用。
> 一座大驚。③

這件事雖然意在闡明閻復才高，但也反映了漢文轉譯爲蒙古文的困難。爲
了使文言詔誥文字易於譯爲蒙古文，翰林國史院文士所撰的這些詔書文誥
大都質樸無華，對館閣文風也起到了一定的影響。

元代翰林國史院"典制誥"這一職掌的變化，使得翰林院成爲漢族文
臣的"養老尊賢之地"，起着籠絡漢族士大夫，點綴文治，緩和民族矛盾
的作用，一定程度上反映了元初那批漢族士大夫用夏變夷方略的失敗。

第二節　備顧問

元世祖在成立翰林國史院之前就已經仿金制選士授官，許多漢族士大
夫被授予翰林承旨、翰林侍講學士、翰林待制等職，應該説，此時元世祖
對翰林院的具體功能并不清楚。元世祖在爭奪帝位之前，金蓮川幕府的文
士主要作用就是出謀劃策，幫元世祖奪取帝位，如元世祖的重要謀臣姚樞
就建議其從建國方略的角度來考慮大局。④ 這些謀士的作用就是備顧問，
《經世大典序録·禮典·進講》中説："世祖之在潛藩也，盡收亡金諸儒學

---

① （明）宋濂等：《元史》卷二七《英宗紀一》，中華書局，1976，第606頁。
② （明）宋濂等：《元史》卷一〇二《刑法志一》，中書書局，1976，第2617頁。
③ （元）袁桷：《袁桷集校注》卷二七《閻復神道碑銘》，楊亮校注，中華書局，2012，第
　　1307頁。
④ （明）宋濂等：《元史》卷一五八《姚樞傳》，中華書局，1976，第3713頁。

士及一時豪杰知經術者而顧問焉，論定大業，厥有成憲。在位三十餘年，
凡大政令、大謀議，諸儒老人得以經術進言者，可考而知也。"① 這些亡金
儒士在世祖即位後，大都授予官職，并且多入翰林爲官，繼續備顧問，以
供皇帝"諮諏善道，察納雅言"。

　　由於元初翰林國史院事冗事繁，竇默與王磐等奏請世祖另置蒙古翰林
院，專門負責蒙古文字：

　　　　默與王磐等請分置翰林院，專掌蒙古文字，以翰林學士承旨撒的
　　迷底里主之；其翰林兼國史院，仍舊纂修國史，典制誥，備顧問，以
　　翰林學士承旨兼修起居注和禮霍孫主之。帝可其奏。②

蒙古翰林院與翰林國史院分置後，備顧問成爲以漢族士大夫爲主的翰林國
史院的三大主要職責之一。顧問的内容涉及國家生活的方方面面，如政
治、經濟、文化、外交、禮制、軍事等，上至郊廟祭祀、典禮儀法的制
訂，下及百姓生活、地方風俗，旁及天災人禍、水旱災禍的消弭之道，這
些翰林國史院的文士都可以提出建議，供皇帝及中書省參考咨詢。

　　備顧問的途徑大抵來説有四種：一是奉詔奏對；二是上書封事；三是
參加朝廷集議；四是經筵進讀。

　　其一，奉詔奏對。這在世祖一朝，尤其國家未一統之前，翰林國史院
文士作爲皇帝的謀士提供平天下與治國的謀議，主要便是通過這種"御前
奏對"的方式。如王磐在翰苑，"時方伐宋，凡帷幄謀議，有所未決，即
遣使問之，磐所敷陳，每稱上意。帝將用兵日本，問以便宜，磐言：'今
方伐宋，當用吾全力，庶可一舉取之。若復分力東夷，恐曠日持久，功卒
難成。俟宋滅，徐圖之未晚也。'"③ 由此可見，爲皇帝謀劃軍政大事，是
世祖初年翰林文士備顧問的一項重要内容。程鉅夫初被世祖召見時，"帝
謂近臣曰：'朕觀此人相貌，已應貴顯；聽其言論，誠聰明有識者也。可
置之翰林。'丞相火禮霍孫傳旨至翰林，以其年少，奏爲應奉翰林文字，

---

① （元）蘇天爵編《元文類》卷四一，商務印書館，1936，第 547~548 頁。
② （明）宋濂等：《元史》卷一五八《竇默傳》，中華書局，1976，第 3732 頁。
③ （明）宋濂等：《元史》卷一六〇《王磐傳》，中華書局，1976，第 3754 頁。

帝曰：'自今國家政事得失，及朝臣邪正，宜皆爲朕言之。'鉅夫頓首謝曰：'臣本疏遠之臣，蒙陛下知遇，敢不竭力以報陛下！'"① 歐陽玄被授翰林學士承旨時，"時當兵興，玄領印攝院事，日直內廷，參決機務"。② 《元史》中記載此類翰林文士御前奏對、與謀國家政事者還有很多例子，不再列舉。除了"御前奏對"，皇帝有時還會遣使至翰林國史院具體詢問，如"（至元十四年）三月庚寅朔，以冬無雨雪，春澤未繼，遣使問便民之事於翰林國史院，耶律鑄、姚樞、王磐、竇默等對曰：'足食之道，唯節浮費，靡穀之多，無逾醪醴麴蘖。況自周、漢以來，嘗有明禁。祈賽神社，費亦不貲，宜一切禁止。'從之"。③ 至元二十七年，"是歲地震，北京尤甚，地陷，黑沙水涌出，人死傷數十萬，帝深憂之。時駐蹕龍虎台，遣阿剌渾撒里馳還，召集賢、翰林兩院官，詢致災之由"。④ 此類天災，照例要詢問翰林院，尋求消災便民之法。

其二，上書封事。上書封事是古代文官建言獻策，參與政治的主要手段。元代翰林國史院雖然一向被視作清閑養老的機構，但是他們仍然有上書言事的權力，當然他們也非常積極於上書奏事，如制詔書檄。"既而改元天曆時，郊廟、建后、立儲、肆赦之文，皆經撰述。復條時政數十事，實封以聞，多推行之。"⑤ 李好文，字惟中，至治元年（1321）登進士第，然後進入翰林國史院，任編修官、國子助教；至正六年（1346）又遷翰林侍講學士，兼國子祭酒。後來朝廷開端本堂，教皇太子學習，順帝命李好文以翰林學士兼皇太子教諭。李好文雖上疏謙辭，但是不被允，最終還是就任，李好文在任皇太子教諭時，除了作《端本堂經訓要義》外，還"取古史，自三皇迄金、宋，歷代授受，國祚久速，治亂興廢爲書，曰《大寶錄》。又取前代帝王是非善惡之所當法當戒者爲書，名曰《大寶高抬貴手》。皆錄以進焉"。而至正十六年，李好文又上書皇太子，言"臣之所言，即前日所進經典之大意也，殿下宜以所進諸書，參以《貞觀政要》《大學衍義》等篇，果能一一推而行之，則萬幾之政、太平之治，不難致

① （明）宋濂等：《元史》卷一七二《程鉅夫傳》，中華書局，1976，第4015頁。
② （明）宋濂等：《元史》卷一八二《歐陽玄傳》，中華書局，1976，第4197頁。
③ （明）宋濂等：《元史》卷九《世祖六》，中華書局，1976，第189頁。
④ （明）宋濂等：《元史》卷一七二《趙孟頫傳》，中華書局，1976，第4020頁。
⑤ （明）宋濂等：《元史》卷一八二《歐陽玄傳》，中華書局，1976，第4197頁。

矣"。① 如果翰林文臣得以參加朝廷集議，討論時政，往往也會有條陳奏疏，如張珪、劉敏中等都參加了朝廷的集議，都將集議的結果撰爲奏疏呈上。《元史》中就全文引用了張珪的奏疏。另外，《元史》中記載翰林文士外放任他職時，常有上疏奏事，如郭貫於皇慶元年遷翰林侍講學士，第二年即出爲淮西廉訪使，"建言'宜置常平倉，考校各路農事'"。② 陳祖仁曾拜翰林直學士，又升侍講學士，除參議中書省事，至正二十五年，順帝欲大修上都宮闕，陳祖仁就上書諫止，勸皇帝"以生養民力爲本，恢復天下爲務"，皇帝也采納了。③ 陳祖仁之所以能上這樣的奏疏，并非是因爲其翰林侍講學士的職事，而是因爲其能夠參議中書省事。就《元史》中的記載來看，翰林文臣上書封事較多者，多是由於其兼監察御史或任職中書省。單純就任翰林，無他職任時，上疏言朝政時事者并不是特別多。

需要注意的是，元代翰林國史院文士的上書主事，仍舊多集中在朝廷文治方面，如禮儀、選舉、祭祀之類，真正的軍國機務，他們是不能建言的。這與前代相比是有很大不同的。

其三，參加朝廷集議。翰林國史院文士參與集議討論的，多是一些應對灾異之事。如劉敏中在武宗即位時被召爲翰林學士承旨，武宗"詔公卿集議弭灾之道，敏中疏列七事，帝嘉納焉"④；"泰定元年六月，車駕在上都。先是，帝以灾异，詔百官集議，珪乃與樞密院、御史台、翰林、集賢兩院官，極論當世得失，與左右司員外郎宋文瓚，詣上都奏之"。⑤《元史》卷七四《祭祀志三》載至治元年五月"以廟制事，集御史台、翰林院、太常院臣議"，卷七七《祭祀志六》記至正三年八月初七日："太常禮儀院移關禮部，具呈都省，會集翰林、集賢、禮部等官，講究典禮。"皇慶二年（1313），天下旱，"鉅夫應詔陳桑林六事，忤時宰意。明日，帝遣近侍賜上尊，勞之曰：'中書集議，惟卿所言甚當，後臨事，其極言之。'於是詔鉅夫偕平章政事李孟、參知政事許師敬議行貢舉法，鉅夫建言：'經學當

① （明）宋濂等：《元史》卷一八三《李好文傳》，中華書局，1976，第4218頁。
② （明）宋濂等：《元史》卷一七四《郭貫傳》，中華書局，1976，第4061頁。
③ （明）宋濂等：《元史》卷一八六《陳祖仁傳》，中華書局，1976，第4273頁。
④ （明）宋濂等：《元史》卷一七八《劉敏中傳》，中華書局，1976，第4137頁。
⑤ （明）宋濂等：《元史》卷一七五《張珪傳》，中華書局，1976，第4074頁。

主程頤、朱熹傳注，文章宜革唐、宋宿弊。'"①

其四，於經筵進讀時，乘間向皇帝建言進策。元後期經筵制度正式形成，許多翰林文士得任經筵講官，如張起岩、張珪、趙世延、許有壬、虞集、歐陽玄、忽都魯都兒迷失、月魯帖木兒、康里巎巎等，既有漢族文臣，也有蒙古、色目中通儒學者，主要是以備譯述。而在經筵進講經典之時，翰林文臣往往會乘間向皇帝討論治國之策，論議時政。如虞集，其"拜翰林直學士，俄兼國子祭酒。嘗因講罷，論京師恃東南運糧為實，竭民力以航不測，非所以寬遠人而因地利也。與同列進曰：'京師之東，瀕海數千里，北極遼海，南濱青、齊，萑葦之場也，海潮日至，淤為沃壤，用浙人之法，築堤捍水為田，聽富民欲得官者，合其眾分授以地，官定其畔以為限，能以萬夫耕者，授以萬夫之田，為萬夫之長，千夫、百夫亦如之，察其惰者而易之。一年，勿征也；二年，勿征也；三年，視其成，以地之高下，定額於朝廷，以次漸征之；五年，有積蓄，命以官，就所儲給以祿；十年，佩之符印，得以傳子孫，如軍官之法。則東面民兵數萬，可以近衛京師，外禦島夷；遠寬東南海運，以紓疲民；遂富民得官之志，而獲其用；江海游食盜賊之類，皆有所歸。'議定于中，說者以為一有此制，則執事者必以賄成，而不可為矣。事遂寢。其後海口萬户之設，大略宗之"。② 虞集是非常典型的翰林文臣，他極力效先輩儒臣，欲以儒家治道勸皇帝施用。適逢文宗興文治，重用儒士，且於翰林國史院之外，另置奎章閣，專門備顧問，據文宗對虞集等言，"故立奎章閣，置學士員，以祖宗明訓、古昔治亂得失，日陳於前，卿等其悉所學，以輔朕志。若軍國機務，自有省院台任之，非卿等責也"。這裏說出了翰林院與奎章閣文臣的作用，就是憑學問為皇帝建言，講明古今治亂得失。至於軍國機務，自非他們所能參與。即便如此，虞集等文臣，仍舊是竭忠盡慮，為皇帝建言，"集每承詔有所述作，必以帝王之道、治忽之故，從容諷切，冀有感悟，承顧問及古今政治得失，尤委曲盡言，或隨事規諫，出不語人。諫或不入，歸家悒悒不樂"。③ 虞集是元代翰林國史院文臣中的一個典型代表，極力效前代儒臣，以所學諫言皇

① （明）宋濂等：《元史》卷一七二《程鉅夫傳》，中華書局，1976，第4177頁。
② （明）宋濂等：《元史》卷一八一《虞集傳》，中華書局，1976，第4177頁。
③ （明）宋濂等：《元史》卷一八一《虞集傳》，中華書局，1976，第4179頁。

帝，其在侍經筵時乘間向皇帝建言論議，衹是其中一方面。雖然如此，僥幸爲皇帝親用，即時招當時權勢貴臣妒忌攻訐。御史中丞趙世安乘曾乘間請將虞集外放，文宗皇帝怒斥："一虞伯生，汝輩不容耶!"[1] 而巙巙"侍經筵，日勸帝務學，帝輒就之習授，欲寵以師禮，巙巙力辭不可。凡《四書》《六經》所載治道，爲帝紬繹而言，必使辭達感動帝衷敷暢旨意而後已。若柳宗元《梓人傳》、張商英《七臣論》，尤喜誦説。嘗於經筵力陳商英所言七臣之狀，左右錯愕，有嫉之之色，然素知其賢，不復肆愠"。[2]

應該説，在忽必烈奪取皇位，實現大一統之前，他非常看重漢族士大夫作爲謀士的作用，許多漢族士大夫正是基於這一原因被徵召或推選至元廷，并被授予他們特別看重的翰林職衝。因此對於前期的翰林國史院文士來説，他們相當受皇帝的寵信，他們所能建言的國家大政非常多。翰林國史院作爲供皇帝垂詢、備顧問的職能十分突出。如竇默致仕之後世祖對其仍是"召還，賜第京師，命有司月給廩禄，國有大政，輒以訪之"[3] 的待遇。又如郝經，"憲宗二年，世祖以皇弟開邸金蓮川，召經，諮以經國安民之道，條上數十事，大悦，遂留王府"。[4] 他作爲金蓮川幕府的重要謀士，翰林國史院成立之前，即任翰林侍讀學士，後來作爲國信使出使宋朝，"（中統元年三月）丁未，以翰林侍讀學士郝經爲國信使，翰林待制何源、禮部郎中劉人杰副之，使于宋"。[5] 可見元世祖對郝經的信任程度。

元世祖成立翰林國史院之後，逐步制度化，翰林國史院的備顧問的功能逐漸弱化，實際上偏離了竇默等人的設想。在元代統治核心中，元朝本位思想作祟，不容許作爲漢族主體的翰林國史院文士有決定政事的權力，成立蒙古翰林院就是爲了加强對以漢族士大夫爲主體的翰林國史院的控制。翻檢《元史》，漢族士大夫雖是翰林國史院的官員，但凡爲皇帝建言或是提出處理事件的意見時都會鄭重記下，説明備顧問在元代翰林國史院的文士中并不是一種常態，顯然翰林國史院的備顧問的權利在元代并不是主要的。并且翰林國史院文士所能够參與的朝廷政務，主要集中於禮制、

---

① （明）宋濂等：《元史》卷一八一《虞集傳》，中華書局，1976，第 4179 頁。
② （明）宋濂等：《元史》卷一四三《巙巙傳》，中華書局，1976，第 3414 頁。
③ （明）宋濂等：《元史》卷一五八《竇默傳》，中華書局，1976，第 3732 頁。
④ （明）宋濂等：《元史》卷一五七《郝經傳》，中華書局，1976，第 3698 頁。
⑤ （明）宋濂等：《元史》卷四《世祖一》，中華書局，1976，第 65 頁。

文教文化方面的事，不似前期那樣能對國家大政方針提出建議，以供朝廷決策采納。下面的事例具有典型性：

> 二年，加榮祿大夫、平章政事，尋與御史大夫禿赤奏："世祖聖訓，凡在籍儒人，皆復其家。今歲月滋久，老者已矣，少者不學，宜遵先制，俾廉訪司常加勉勵。"成宗深然之，命彧與不忽木、阿里渾撒里同翰林、集賢議，特降詔條，使作成人材，以備選舉。①

崔彧，小字拜帖木兒，曾任集賢侍讀學士、御史中丞、刑部尚書等職，很受皇帝信任。此處備顧問的原因是涉及儒士的待遇問題，所以必須與翰林國史院及集賢院的主管官員商議纔能解決，中書省對此不熟悉，翰林國史院及集賢院的從屬地位非常明顯。又如《大元通制序》所言："其宏綱有三：曰'制詔'，曰'條格'，曰'斷例'。經緯乎格、例之間。非外遠職守所急，亦彙輯之，名曰'別類'。延祐三年夏五月，書成。敕樞密、御史、翰林國史、集賢之臣相與正是。"② 此處涉及典章的制定，因而必須與翰林國史院、集賢院的官員商議，實際上這并非政事。如：

> 是年冬，起珪爲集賢大學士。……三年春，上遣使召珪，期於必見。珪至，帝曰："卿來時，民間如何？"對曰："臣老，少賓客，不能遠知，真定、保定、河間，臣鄉里也，民飢甚，朝廷雖賑以金帛，惠未及者十五六，惟陛下念之。"帝惻然，敕有司畢賑之。拜翰林學士承旨、知制誥兼修國史，國公、經筵如故。③

> 李孟，字道復，潞州上黨人。……仁宗監國，使孟參知政事。……帝每與孟論用人之方，孟曰："人材所出，固非一途，然漢、唐、宋、金，科舉得人爲盛。今欲興天下之賢能，如以科舉取之，猶勝於多門而進；然必先德行經術而後文辭，乃可得真材也。"帝深然其言，決

---

① （明）宋濂等：《元史》卷一七三《崔彧傳》，中華書局，1976，第4046頁。
② （明）劉昌：《中州名賢文表》卷三〇《大元通制序》，《文淵閣四庫全書》本。
③ （明）宋濂等：《元史》卷一七五《張珪傳》，中華書局，1976，第4074頁。

意行之。延祐元年十二月，復拜平章政事。①

　　會成宗崩，仁宗入定內難，以迎武宗，顯皆預謀。及仁宗即位，以推戴舊勛，特拜集賢大學士、榮祿大夫，仍宿衛禁中，政事無不與聞。……仁宗崩，辭祿家居者十年。文宗即位，復起爲集賢大學士，上疏勸帝大興文治、增國子學弟子員、蠲儒之徭役，文宗皆嘉納焉。②

張珪爲平宋大將張弘範之子，歷事四朝，爲朝廷重臣之一，任職中書省平章政事，英宗時鐵木迭兒依仗太后之勢專權，冤殺平章蕭拜住、御史中丞楊朵兒只、上都留守賀伯顏等重臣。張珪不懼鐵木迭兒餘黨勢力，而建議爲其平反，在朝廷之中極有影響力，儘管其後任職翰林學士承旨，但其影響力并沒有減弱，因而有備顧問的資格無疑。李孟是元仁宗的親信，其在元成宗崩後協助仁宗發動政變，奪取皇位，爲仁宗最親信的漢人。武宗即位後，任職中書，仁宗繼承皇位後，極得寵幸。後來鐵木迭兒專權，但仁宗對其信任并沒有減弱，因而李孟雖任翰林學士承旨，但其影響力顯然不僅是備顧問，甚至有決斷政事的潛在影響力。陳顥爲元武宗的親信，所以纔會出現雖爲集賢大學士，但仍宿衛禁中的情況，其影響不在於集賢大學士的職務，而在於宿衛禁中的特權，此點在元代極爲重要，怯薛的權力極大，可能陳顥所任即爲此職。

　　元代皇帝爲了顯示其對任職翰林國史院的官員的寵遇，時常會命決策者與其商議，這更多的是一種資格，而并沒有實際決策權，如：

　　皇慶元年，仁宗以曾前朝舊臣，特授昭文館大學士、資德大夫。累章乞致仕，不允，復起爲集賢侍講學士。國有大政，必命曾與諸老議之。③

　　頃之，拜河南行省參知政事，俄改治書侍御史，出爲淮西肅政廉訪使，轉山東宣慰使，遂召爲翰林學士承旨。詔公卿集議弭災之道，敏中疏列七事，帝嘉納焉。④

① （明）宋濂等：《元史》卷一七五《李孟傳》，中華書局，1976，第 4089 頁。
② （明）宋濂等：《元史》卷一七七《陳顥傳》，中華書局，1976，第 4131 頁。
③ （明）宋濂等：《元史》卷一七八《梁曾傳》，中華書局，1976，第 4135 頁。
④ （明）宋濂等：《元史》卷一七八《劉敏中傳》，中華書局，1976，第 4136～4137 頁。

於是文宗方開奎章閣，延天下知名士充學士員，洞數進見，奏對稱旨，超遷翰林直學士，俄特授奎章閣承制學士。洞既爲帝所知遇，乃著書曰《輔治篇》以進，文宗嘉納之。朝廷有大議，必使與焉。①

顯然梁曾、劉敏中、李洞曾參與朝廷大議。翰林文士的這類參與朝議，更多是象徵性的，以顯示皇帝對翰林官員的重視。

我們可以得出結論，翰林國史院備顧問的職能在世祖朝特別突出，尤其是在滅宋取得天下一統之前，這個時期元廷吸納了大量漢族知識分子進入翰林國史院，并且大都直接被授予翰林侍講、直學士等品秩較高的官職。其原因是，一方面，元朝完成了政權的統一大業，漢人對於國事的參謀干預也衹能從軍事轉移到政治體制各方面，而包括元世祖在內的元朝統治階層對漢人集團參與決策存在種種顧慮，通過各種手段使漢人遠離決策核心，逐漸邊緣化；另一方面，朝中集賢院、奎章閣等部門，包括禮部等部門，時有備顧問的記載，多個部門職能交叉、同時存在的情況也弱化了翰林國史院的備顧問權力。

第三節　其他職能

一　撰寫青詞和祝文

青詞和祝文的撰寫是翰林國史院文士的一項職責，後人研究尚未注意。

青詞，也作青辭、綠章，是道教齋醮等宗教活動時獻給天神上帝的奏章祝文。唐代帝王以老子爲始祖，故於長安太清宮供奉玄元皇帝（老子）和唐高祖、唐太宗、唐高宗、唐中宗、唐睿宗五帝，是唐皇室的家廟，太清宮舉行齋祭的詞文，專用青藤紙書寫，由翰林學士書寫時稱爲青詞。故唐翰林學士李肇言："凡太清宮道觀薦告詞文，用青藤紙朱字，謂之青詞。"② 宋代學士院青詞的撰寫是一項明確的任務，《宋史》志五五《禮五》："又加上五嶽帝后號……詔嶽、瀆、四海諸廟，遇設醮，除青詞外，增正神位祝文。"③ 顯

---

① （明）宋濂等：《元史》卷一八三《李洞傳》，中華書局，1976，第 4223～4224 頁。

② （唐）李肇：《翰林志》，《文淵閣四庫全書》本。

③ （元）脫脫等：《宋史》卷一〇二《禮五》，中華書局，1977，第 2487 頁。

然此處青詞不僅是道士的一種宗教活動，還是國家祭祀山川河嶽的一種宗教活動，以此來保佑皇朝永固、國家平安。故宋人楊億有言：

> 學士之職，所草文辭，名目浸廣。拜免公王將相妃主曰制，賜恩宥曰赦書、曰德音，處分公事曰敕，榜文號令曰御札，賜五品官以上曰詔，六品以下曰敕書，批群臣表奏曰批答，賜外國曰蕃書，道醮曰青詞，釋門曰齋文，教坊宴會曰白語，土木興建曰上梁文，宣勞錫賜曰口宣。此外更有祝文、祭文……奏議之屬。①

青詞和祝文的撰寫都是當時學士院所必須履行的職責之一。楊億談到的祝文是祭祀神時所寫的祝詞，爲了求福、禱告而寫。明徐師曾的《文體明辨序說》中已有十分明確的區分：祝文用以饗神，也就是劉勰所說的"祝史陳信，資乎文辭"，"昔伊祈始蠟以祭八神……此祝文之祖也"②，此後的虞舜祠田，商湯告帝，《周禮》中設置了太祝的官位，專門掌管六祝之辭。考察其大旨，基本可以歸爲六點：告、修、祈、報、辟、謁。用來祭祀天地山川社稷宗廟五祀群神，這些文章總體可以稱爲"祝文"。按照文章體例，有散文，也有韵語。雖然從文體上二者有所區分，但在元人那裏區分不大，王磐言："青詞主意不過謝罪、禳災、保佑平安而已。"③ 因爲二者承擔的功能一樣，都是向上天禱告，以求保佑，故元人文集中常將青詞和祝文編在一起，甚至有混用的情況。如王惲《秋澗集》和袁桷《清容居士集》中祝文和青詞編在一起，此外馬祖常《石田文集》卷六《青詞祝文》裏收有《壽寧宮設醮青詞》《祭星祝文》（太歲、白虎、病符、迎神、送神、喪門）。蘇天爵《滋溪文稿》卷二四有《祝文》類，《三月一日時祭太廟祝文》《四月時享祝文》《奏告太廟祝文》《皇后造册寶破玉開篆祝文》《皇后受寶册告祀郊廟祝文》《普慶寺祭三朝御容祝文》《太廟修吻獸奏告九室祝文》《即位後告祭太廟祝文》《長春宮設清醮青詞齋意》《周公

---

① （宋）楊億：《楊文公談苑》卷一一"學士草文"條，李裕民輯校，上海古籍出版社，1993，第 7 頁。

② （明）徐師曾：《文體明辨序說》，羅根澤校點，人民文學出版社，1962，第 155~156 頁。

③ （元）王惲：《王惲全集彙校》卷九六《玉堂嘉話》卷四，楊亮、鍾彥飛點校，中華書局，2013，第 3879 頁。

暑景殿竪柱上梁祝文》《五福太乙宮上梁祝文》，可以看出祝文和青詞在元人中是混用在一起的。青詞和祝文在元代應用非常廣泛，舉凡求雨、求福、延壽、保佑國家平安等各個層面，幾乎無所不包。雖然元代皇帝尊崇藏傳佛教，但對帶有道家性質的活動也較爲重視。王惲的《玉堂嘉話》卷一《爲春祈雨青詞》、《秋澗集》卷六七《大都城隍廟設醮保祐青詞》《至元三十年崇真宮設醮齋意》、卷六八《青詞》等還帶有早期金源文人的特色，即用詞還較爲質樸。到了袁桷、馬祖常、蘇天爵那裏則完成了定型，語言較爲華美、清麗，但并不是言之無物，確實說明了青詞和祝文的特點，如袁桷《梓潼青詞》爲其家族求福，盼望其子中舉，以保家族永葆繁盛，這是一種個人化行爲。

馬祖常的《壽寧宮設醮青詞》顯然是代表翰林國史院爲皇家祈福：

> 伏以道妙無言，神功不宰。既仰成於乾造，實默相於皇家。祇即琳宮，肅延羽服。誦瓊文之累笈，格絳景於叢霄。伏願有感必通，俾昌而熾。五風十雨，爰祈玉燭之調；億載萬年，益衍瑤圖之永。[1]

這些青詞語言都比較典雅、華美，用典較多，顯然是受過專門訓練，一般都由翰林國史院的文士完成。

元代吳澄對青詞、祝文就極爲不滿，其言：“先儒嘗論禱雨之事，其言曰：名山大川能興云致雨，今都不理會，却去土木人身上討雨。……青詞之類，皆矯巫僭亂之辭，適足以獲罪於天耳，豈足以感格哉？若欲致禱，當用祭文禱於山川之神，罪己哀吁，庶乎其可。今錄去韓昌黎袁州禱雨謝雨文三篇爲格式。”他曾在翰林國史院中任職，這種批判無疑是大膽的，說明元代統治者對此采取的包容態度和寬厚的立場。不過即使是批評，青詞與祝文也沒有停止，仔細體會吳澄的話，可以看出他并不反對祭祀求雨，祇要有正心誠意的精神即可，這未免太過籠統，無論如何正心誠意總要有一定的形式。在統治者和文士看來，青詞、祝文無疑是溝通人和神的媒介，因而也是一種儀式，這種儀式可以增強人的信心，即使是吳澄推薦的韓愈禱雨文、謝雨文，其内在的寫作思路和青詞、祝文也是相同

---

[1] （元）馬祖常：《石田文集》卷六《壽寧宮設醮青詞》，元至元五年揚州路儒學刻本。

的。不過這可以作爲一種有趣的現象來讀解，翰林國史院的文士在寫作青詞、祝文時是否真的相信，這就很難一一探討，但作爲顯露才氣的工具，青詞、祝文無疑是一個合適的選擇。

二　祭祀

祭祀是元代翰林國史院的一個重要職責，後世對此鮮有論述。元太祖、元太宗、元睿宗御容在翰林國史院，每年都要派遣翰林國史院官員祭祀，"御容三朝翰林門、翰林國史院 七月上"。[1] 在元代爲定制：

> 其太祖、太宗、睿宗御容在翰林者，至元十五年十一月，命承旨和禮霍孫寫太祖御容。十六年二月，復命寫太上皇御容，與太宗舊御容，俱置翰林院，院官春秋致祭。二十四年二月，翰林院言舊院屋敝，新院屋纔六間，三朝御容宜於太常寺安奉，後仍還新院。至大四年，翰林院移署舊尚書省，有旨月祭。……至治三年遷置普慶寺，祀禮廢。泰定二年八月，中書省臣言當祭如故，乃命承旨斡赤賣香酒至大都，同省臣祭于寺。四年，造影堂於石佛寺，未及遷。至順元年七月，即普慶寺祭如故事。二年，復祀于翰林國史院。重改至元之六年，翰林院言三朝御容祭所甚隘，兼歲久屋漏，於石佛寺新影堂奉安爲宜。[2]

雖然翰林國史院屢有遷徙，但其院官於春秋時祭祀三朝御容却成爲固定制度，成爲翰林國史院的職能之一，又如：

> （天曆二年二月）丙申，命中書省、翰林國史院官祀太祖、太宗、睿宗御容於普慶寺。[3]

> （泰定三年二月）甲申，祭太祖、太宗、睿宗御容於翰林國史院。[4]

① （元）熊夢祥：《析津志輯佚》之"祠廟儀祭"條，北京圖書館善本組輯，北京古籍出版社，1983，第64頁。
② （明）宋濂等：《元史》卷七五《祭祀四》，中華書局，1976，第1876～1877頁。
③ （明）宋濂等：《元史》卷三三《文宗二》，中華書局，1976，第730頁。
④ （明）宋濂等：《元史》卷三〇《泰定帝二》，中華書局，1976，第64頁。

元代皇帝視祭祀爲大事，并對其有詳細規定，熊夢祥言："山川祀典，國有常禮。而所在土神，因人而立。雨旱穰儈，無不禱焉。福國福民，於焉昭著。……五嶽四瀆，五鎮四海，名山大川，上降御香，用文翰清望之臣，每歲馳驛至彼，代祀行禮。比年，除南海南鎮依舊祝香，遣使由海道就彼致祭，其餘十七處合祭。擇静潔處所，平章等官初獻，台官亞獻，集賢院官終獻。所據憲官合行典禮。望祭祝文，先行定擬外，祭物與本部正官首領官提調，用已降支，係官鈔兩平收買，務要精潔。"① 其禮儀制定較爲複雜、煩瑣，翰林國史院撰樂章同時草具祝文：

> 至正九年，御史台以江西湖東道肅政廉訪使文殊訥所言具呈中書。其言曰："三皇開天立極，功被萬世。京師每歲春秋祀事，命太醫官主祭，揆禮未稱。請如國子學、宣聖廟春秋釋奠，上遣中書省臣代祀，一切儀禮仿其制。"……京朝文武百司與祭官如之，各以禮助祭。翰林詞臣具祝文，曰"皇帝敬遣某官某致祭"。②

"翰林院撿閣具祭文草稿就，請太常儀禮院博士赴禮部講究祭祀儀禮注。"③ 祭文及禮節要與太常儀禮院博士共同制定。每年祭祀時都要選擇吉日，即涓日，"六月，大都涓日，遣翰林院官一員，赴上都注香。比到，大臣奏上位親囑香授使者，乘傳回京，至健德門外禮賢亭住夏。宰輔百官恭迎至京。凡各寺有影堂者，分其祭儀"。④ 翰林國史院官員的祭祀詳細而又隆重，其祭祀及禮儀之規定完全按照過去中原王朝的禮儀制度執行，正是元朝統治階層漢化之表現。

　　同時元代規定每年要祭祀山川河嶽，其目的是爲國家祈福，《元史》中關於祭祀嶽瀆之事非常多。元代翰林國史院很多官員都曾經代皇帝祭祀，隨行者尚有道士，如虞集赴四川祭祀時，其隨行者爲道士危公遠，其

① （元）熊夢祥：《析津志輯佚》之"祠廟儀祭"條，北京圖書館善本組輯，北京古籍出版社，1983，第 59 頁。
② （明）宋濂等：《元史》卷七七《祭祀六》，中華書局，1976，第 1915 頁。
③ （元）熊夢祥：《析津志輯佚》之"祠廟、儀祭"條，北京圖書館善本組輯，北京古籍出版社，1983，第 60 頁。
④ （元）熊夢祥：《析津志輯佚》之"祠廟、儀祭"條，北京圖書館善本組輯，北京古籍出版社，1983，第 64～65 頁。

赴行時很多朝中文士都有送行之作。① 元代 "嶽鎮海瀆" 祭祀規定：

> 嶽鎮海瀆代祀，自中統二年始。凡十有九處，分五道。……集賢院奏遣漢官，翰林院奏遣蒙古官，出璽書給驛以行。中統初，遣道士，或副以漢官。至元二十八年正月，帝謂中書省臣言曰："五嶽四瀆祠事，朕宜親往，道遠不可。大臣如卿等又有國務，宜遣重臣代朕祠之，漢人選名儒及道士習祀事者。"②

祭祀時的祭品和封號都有詳細規定，所選名儒及道士負責祭祀嶽瀆之事是元代朝廷明確規定。名儒在元代一般由翰林國史院、集賢院的官員充當，道士也選擇修行的道士，說明元代對祭祀嶽瀆之重視。古人認爲山川河嶽都有神靈居住，而品行高潔的道士、名儒是溝通神靈和凡人的中介，這種祭祀的特點在歷代王朝中都非常受重視，元代與前朝相比更爲重視，并且更加頻繁，而這一任務常要翰林國史院或是集賢院的官員充當。其赴行時，同僚多送行，并賦詩唱和，多有題咏，這是當時的一種風氣，元人文集中多有記之者。

三 經筵③

中國從宋代開始，皇帝爲提高自己的施政能力和修養，由學養深厚的

---

① （元）虞集：《道園遺稿》卷三《代祀西嶽答袁伯長王繼學馬伯庸三學士》，《四部叢刊》本。顯然此處爲奉皇帝之命進行祭祀，而當時同僚都送行。

② （明）宋濂等：《元史》卷七六《祭祀五》，中華書局，1976，第 1900 頁。

③ 張帆的《元代經筵述論》是較早全面論述元代經筵問題的文章，其論述元代經筵沿革、經筵制度、經筵與上層蒙古貴族的漢化儒化、經筵與漢族儒士、經筵與元代政治、從經筵看元代文化政策等六個方面的問題。詳見中國元史研究會編《元史論叢》（第 5 輯），天津古籍出版社，1993，第 136～160 頁。王風雷亦對元代經筵有所論述，其認爲："元代的經筵，是蒙元帝王爲研讀經傳史鑒而特設的御前講席。文中第一部分論述了經筵的發展過程及其在蒙元時代肩負的兩種任務；向皇帝授課，揭示治道，培養君德；向皇帝進言，第二部分論述了元代經筵教學針對性之强；重啓迪、誘導；學以致用；帝王學習的主動性；以及同皇太子教育的不同特色；時間的不固定，帝王對經筵的重視。第三部分是學習內容；儒家經典、歷史，以及教材問題。"見《元代的經筵》，《内蒙古大學學報》（人文社會科學版）1993 年第 2 期，第 26～33 頁。姜海軍的《經筵制度與蒙元政權的儒化、漢化》一文也對元代的經筵制度作了回顧，并認爲元代對"經筵制度的重視與推行，是其儒化、漢化的重要體現。此舉不但提升了蒙元皇帝的儒學水準，而且加速了蒙元的漢化進程，反過來，也直接促使了蒙元對經學、儒學的實踐"。見《五邑大學學報》（社會科學版）2012 年第 4 期。本書僅討論翰林國史院與元代經筵中相關者。

大臣在御前講習經史，以提高自身素質。宋代經筵分爲春講和秋講，皇帝要從經史中豐富自己的治國經驗，從歷史中汲取教訓，如宋代朱熹、袁燮都曾經爲皇帝充當經筵。

元代經筵并不是翰林國史院的必備職責之一，但翰林國史院和其有密切的關係。元代從泰定帝開始有了經筵制度，泰定帝即位之後，爲了鞏固自己的統治，表明自己的正統地位，接受江浙行省左丞趙簡的建議，"請開經筵及擇師傅，令太子及諸王大臣子孫受學，遂命平章政事張珪、翰林學士承旨忽都魯都兒迷失、學士吳澄、集賢直學士鄧文原，以《帝範》《資治通鑒》《大學衍義》《貞觀政要》等書進講，復敕右丞相也先鐵木兒領之"。①

元代經筵無專官，多由翰林國史院文臣兼領其事，黃溍曾領經筵事三十有二年，非常熟悉其事，他在《翰林國史題名記》中曾提及文宗建宣文閣，以經筵事委之，然而實際上是"惟於學士承旨而下，摘官判署經筵之文移，頃因纂修后妃功臣傳，又以執政兼學士承旨等官，而無常員"。② 所以説經筵經官多由元代翰林國史院中學士承旨以下，選人或領或知，所以翰林國史院文士的官衛中常有"領經筵事"或"知經筵講官"等，如黃溍曾累官翰林侍講學士、知制誥、同修國史、同知經筵事。虞集曾經參加經筵，對此情況較爲熟悉，他記錄了當時經筵的詳情：

> 泰定元年春，皇帝始御經筵，皆以國語譯所説書，兩進讀左丞相獨領之。凡再進講，而駕幸上都，次北口。以講臣多高年，召王結及集執經從行。……四年之間，以宰執與者，張公珪之後，則中書右丞許公師敬，與今趙公世延也。御史臺則中丞薩忠迷失，而任潤譯講讀之事者，翰林則承旨野先帖木兒、忽魯而迷失，學士吳澄伯（幼）清、阿魯威叔重、曹元用子貞、撒撒千伯瞻、燕敕信臣、馬祖常伯庸，及集，待制彭寅亮允道、吳律伯儀，應奉許維則孝思也，集賢則大學士趙簡敬甫、學士王結儀伯、鄧文原善之也。李家奴德源、買閭

---

① （明）宋濂等：《元史》卷二九《泰定帝一》，中華書局，1976，第644頁。
② （元）黃溍：《翰林國史院題名記》，載李修生主編《全元文》第29冊，鳳凰出版社，2004，第298頁。

仲璋，皆禮部尚書。吳忽都不花彥弘，中書參議。張起岩夢臣，中書右司郎中也。……猶帶知經筵事，皆盛事也。①

能够任講經筵之職者，皆爲博學碩儒、元老重臣，從中可以看出當時經筵的具體制度，及泰定帝對經筵的重視。吳澄和鄧文原都曾在翰林國史院任職，在當時都極有影響，選擇他們充當經筵也是爲了改善泰定帝在南坡之變中不佳的形象，以求得到文士支持。虞集曾經參與經筵制度的制定，"天子幸上都，以講臣多高年，命集與集賢侍讀學士王結執經以從，自是歲嘗在行。經筵之制，取經史中切於心德治道者，用國語、漢文兩進讀，潤譯之際，患夫陳聖學者未易於盡其要，指時務者尤難於極其情，每選一時精於其學者爲之，猶數日乃成一篇，集爲反覆古今名物之辨以通之，然後得以無忤，其辭之所達，萬不及一，則未嘗不退而竊嘆焉"。② 以蒙古文和漢文進讀，是元代經筵的特色之一，同時説明泰定帝根本不懂漢文，因而需要同時譯成蒙古文，這也是元代經筵的特色。如延祐四年（1317），翰林學士承旨忽都魯都兒迷失、劉賡等譯《大學衍義》以進③……凡譯講的經典，一般是由蒙古或色目翰林文士與翰林國史院文士同時進呈奏讀，以保證譯寫的品質。可以看出虞集儘量在經筵中爲泰定帝講述古代聖明君主之事迹，希望以古代興亂之事引導泰定帝，其過程不可謂不謹慎艱難，不過效果如何就不得而知了。

如果没有漢文化的歷史背景，想讀懂中國古代君主之治亂很難，不過虞集儘量做到這點，他甚至利用自己充當經筵的便利向皇帝建言，如其曾利用經筵進諫糧運之事。④

其他曾經任職翰林國史院并且擔任過經筵的還有張起岩、周應極、黄溍⑤等人。其中張起岩身份最爲顯貴，他"拜翰林學士承旨、知制誥兼修

---

① （元）虞集：《道園學古録》卷一一《書趙學士簡經筵奏議後》，《四部叢刊》本。
② （明）宋濂等：《元史》卷一八一《虞集傳》，中華書局，1976，第4176～4177頁。
③ （明）宋濂等：《元史》卷二六《仁宗三》，中華書局，1976，第578頁。
④ （明）宋濂等：《元史》卷一八一《虞集傳》，中華書局，1976，第4178頁。
⑤ （明）宋濂等：《元史》卷一八一《黄溍傳》："未幾，落致仕，除翰林直學士、知制誥同修國史。尋兼經筵官，執經進講者三十有二，帝嘉其忠，數出金織紋段賜之。升侍講學士、知制誥同修國史、同知經筵事。"

國史、知經筵事"。① 以承旨的身份兼任經筵，不可謂不顯赫。又如"周伯琦，字伯溫，饒州人。父應極，至大間，仁宗爲皇太子，召見，獻《皇元頌》，爲言於武宗，以爲翰林待制。後爲皇太子説書，日侍英邸。仁宗即位，遷集賢待制，終池州路同知總管府事"。② 周應極正是因爲學識較好而被皇帝發現，命其爲皇太子（英宗）説書，即指其充當經筵之事。自文宗之後，經筵逐漸制度化，以建奎章閣爲標志。天曆二年（1329）二月，文宗建奎章閣學士院，翰林學士承旨忽都魯都兒迷失和趙世延并爲奎章閣大學士，侍御史撒迪和翰林直學士虞集并爲侍書學士。奎章閣的主要任務之一就是講授經筵，設授經郎二員，講授經學，以勳舊、貴戚子孫等充之，翰林編修揭傒斯即曾充任此職。元順帝即位之後，將奎章閣罷去，雖保留了經筵，但遠不如宋代規範。

四　奉使

翰林國史院成立後，也時常承擔奉使之職。奉使之職，頗爲不易，爲求不辱使命，奉使之人須有勇有謀，行事須有理有節，示以恩信，顯以國威，方爲稱職。元人首以翰林院官身份出使者爲郝經，"（中統元年三月）丁未，以翰林侍讀學士郝經爲國信使，翰林待制何源、禮部郎中劉人杰副之，使于宋"。③ 郝經使宋，被拘十六年，《郝經傳》對此次奉使經過及艱難境遇作了詳細記載。

> 明年，世祖即位，以經爲翰林侍讀學士，佩金虎符，充國信使使宋，告即位，且定和議，仍敕沿邊諸將毋鈔掠。……時經有重名，平章王文統忌之。既行，文統陰屬李璮潜師侵宋，欲假手害經。經至濟南，璮以書止經，經以璮書聞于朝而行。宋敗璮軍于淮安，經至宿州，遣副使劉人杰、參議高翔請入國日期，不報。遺書宰相及淮帥李庭芝，庭芝復書果疑經，而賈似道方以却敵爲功，恐經至謀泄，竟館經真州。經乃上表宋主曰："顧附魯連之義，排難解紛，豈知唐儉之

① （明）宋濂等：《元史》卷一八二《張起岩傳》，中華書局，1976，第 4195 頁。
② （明）宋濂等：《元史》卷一八七《周伯琦傳》，中華書局，1976，第 4296 頁。
③ （明）宋濂等：《元史》卷四《世祖一》，中華書局，1976，第 65 頁。

徒，款兵誤國。"又數上書宋主及宰執，極陳戰和利害，且請入見及
歸國，皆不報。驛吏棘垣鑰戶，晝夜守遏，欲以動經，經不屈。經待
下素嚴，又久羈困，下多怨者。經諭曰："嚮受命不進，我之罪也。
一入宋境，死生進退，聽其在彼，我終不能屈身辱命。汝等不幸，宜
忍以待之，我觀宋祚將不久矣。"居七年，從者怒鬥，死者數人，經
獨與六人處別館。又九年，丞相伯顏奉詔南伐，帝遣禮部尚書中都海
牙及經弟行樞密院都事郝庸入宋，問執行人之罪，宋懼，遣總管段佑
以禮送經歸。賈似道之謀既泄，尋亦竄死。經歸道病，帝敕樞密院及
尚醫近侍迎勞，所過父老瞻望流涕。明年夏，至闕，錫燕大庭，咨以
政事，賞賚有差。秋七月，卒，年五十三，官為護喪還葬，謚文忠。
明年，宋平。①

從中不難看出，奉使之人會面臨各種意想不到的困難，為完成任務，既要
能言善書，更要行事沉穩，臨機果決，威武不屈。郝經之後，元廷多次遣
翰林官員奉使异邦：

　　（至元二十六年正月）戊申，遣參知政事張守智、翰林直學士李
天英使高麗，督助征日本糧。②

　　（至元二十九年九月）選湖南道宣慰副使梁曾，授吏部尚書，佩三
珠虎符，翰林國史院編修官陳孚，授禮部郎中，佩金符，同使安南。③

　　（大德八年十一月壬子）遣制用院使忽鄰、翰林直學士林元撫慰
高麗。④

　　祺就試登上選，辟掌書記。廉希憲、宋子貞皆器遇之，以聞於
朝，擢國史院編修官。遷從仕郎、應奉翰林文字，兼太常博士。一時

①　（明）宋濂等：《元史》卷一五七《郝經傳》，中華書局，1976，第3708～3709頁。
②　（明）宋濂等：《元史》卷一五《世祖一二》，中華書局，1976，第319頁。
③　（明）宋濂等：《元史》卷一七《世祖一四》，中華書局，1976，第366頁。
④　（明）宋濂等：《元史》卷二一《成宗四》，中華書局，1976，第461頁。

典冊，多出其手。至元七年，持節使高麗，還，稱旨，授承事郎、山東東西道勸農副使。①

《元史》卷一七八《梁曾傳》對出使安南前後作了詳細的描寫：

> 三十年正月，至安南。其國有三門：中曰陽明，左曰日新，右曰云會，陪臣郊迎，將由日新門入。曾大怒曰："奉詔不由中門，是我辱君命也。"即回館，既而請開云會門入，曾復執不可，始自陽明門迎詔入。又責日燇親出迎詔，且講新朝尚右之禮。以書往復者三次，具宣布天子威德，而風其君入朝。世子陳日燇大感服，三月，令其國相陶子奇等從曾詣闕請罪，并上萬壽頌、金冊表章、方物，而以黃金器幣奇物遺曾爲贐，曾不受，以還諸陶子奇。八月，還京師，入見，進所與陳日燇往復議事書。帝大悅，解衣賜之，且令坐地上，右丞阿里意不然，帝怒曰："梁曾兩使外國，以口舌息兵戈，爾何敢爾！"是日，有親王至自和林，帝命酌酒，先賜曾，謂親王曰："汝所辦者汝事，梁曾所辦，吾與汝之事，汝勿以爲後也。"復於便殿賜酒饌，留宿禁中，語安南事，至二鼓方出。明日，陶子奇等見詔，陳其方物象、鸚鵡于庭，而命曾引所獻象。曾以袖引之，象隨曾轉，如素馴者，復命引他象，亦然。帝以曾爲福人，且問曰："汝亦懼否？"對曰："雖懼，君命不敢違。"帝稱善。或讒曾受安南賂者，帝以問曾，曾對曰："安南以黃金器幣奇物遺臣，臣不受，以屬陶子奇矣。"帝曰："苟受之，何不可也！"尋賜白金一錠、金幣二；敕中書以使安南三珠金虎符與之。②

《梁曾傳》中不僅描寫了梁曾、陳孚與安南國主周旋進退的過程，而且對梁曾歸朝後受到世祖皇帝的贊譽，以及受人詆毀之事也有繪聲繪色的描寫，從中既可看出奉使活動之重要，又可見奉使之人面臨的來自國內國外的種種困難。奉使活動既然能"以口舌息兵戈"，元廷選翰林官員充當奉

---

① （明）宋濂等：《元史》卷一六〇《孟祺傳》，中華書局，1976，第3771頁。
② （明）宋濂等：《元史》卷一七八《梁曾傳》，中華書局，1976，第4134～4135頁。

使之人也就可以理解了,《陳孚傳》强調 "往復三書, 宣布天子威德, 辭直氣壯, 皆孚筆也"①, 正是强調了翰林辭臣之文化修養、道德品質對於促成奉使成功的巨大作用。

　　翰林館臣在外能奉使成功, 在内也時有奉使撫慰、詔諭之責。所不同者, 撫慰之責多在國家承平之時, 詔諭之責多在國家動亂之際。"(泰定二年) 九月戊申朔, 分天下爲十八道, 遣使宣撫。……翰林侍講學士帖木兒不花、秘書卿吳秉道之京畿道。"② 本次宣撫, 泰定帝之目的是管理官吏的不法行爲, 瞭解人民疾苦, 興利除害。規定犯罪的官員, 四品以上者停職, 五品以下處決。針對政績較佳者, "暨晦迹丘園", 有才能可以輔治者, "具以名聞"③, 賦予了宣撫者很大的權力。又, "(至正五年) 十月, 遣官分道奉使宣撫, 布宣德意, 詢民疾苦, 疏滌冤滯, 蠲除煩苛, 體察官吏賢否, 明加黜陟。有罪者, 四品以上停職申請, 五品以下就便處決, 民間一切興利除害之事, 悉聽舉行。其餘必合上聞者, 條具入告。……河東陝西道, 以兵部尚書不花、樞密院判官靳義爲之, 翰林應奉王繼善爲首領官"。④ 這兩次宣撫, 是承平時所爲, 目的當然是緩解矛盾, 維護統治。但當國内矛盾激化, 各地起義風起云涌之時, 翰林院官也時有奉使詔諭之責:

　　　　(至正十五年四月) 詔翰林待制烏馬兒、集賢待制孫撝招安高郵張士誠, 仍賫宣命、印信、牌面, 與鎮南王孛羅不花及淮南行省、廉訪司等官商議給付之。⑤

　　　　(至正十五年五月) 江浙行省參知政事納麟哈剌統領水軍萬户等軍, 會本省平章政事定定, 進攻常州、鎮江等處。命將作院判官烏馬兒、利用監丞八十奴招諭濠、泗, 淮南行省左丞相太平助之; 章佩監丞普顔帖木兒、翰林修撰烈瞻招諭泗陽, 四川行省平章政事玉樞虎兒

---

① (明) 宋濂等:《元史》卷一九〇《陳孚傳》, 中華書局, 1976, 第 4339 頁。
② (明) 宋濂等:《元史》卷二九《泰定帝一》, 中華書局, 1976, 第 659～660 頁。
③ (明) 宋濂等:《元史》卷二九《泰定帝一》, 中華書局, 1976, 第 659 頁。
④ (明) 宋濂等:《元史》卷九二《百官八》, 中華書局, 1976, 第 2342～2343 頁。
⑤ (明) 宋濂等:《元史》卷四四《順帝七》, 中華書局, 1976, 第 924 頁。

吐華等助之。①

時局動亂之時奉使詔諭，其危險性絲毫不遜色於出使敵對時之异邦，集賢
待制孫撝在詔諭張士誠時就付出了生命代價。

> 張士誠據高郵叛，或謂其有降意，朝廷擇烏馬兒爲使，招諭士誠，
> 而用撝輔行。撝家居，不知也。中書借撝集賢待制，給驛，就其家起
> 之。撝強行抵高郵，士誠不迓詔使。撝等既入城，反覆開諭，士誠等皆
> 竦然以聽。已而拘之他室，或日一饋食，或間日一饋食，欲以降撝，撝
> 唯詬斥而已。乃令其黨捶撝，肆其陵辱，撝不恤也。及士誠徙平江，撝
> 與士誠部將張茂先謀，將撝所授站馬札子，遣壯士浦四、許誠赴鎮南王
> 府，約日進兵復高郵。謀泄，執撝訊問，撝罵聲不絕，竟爲所害。後賊
> 中見失節者，輒自相嗤曰："此豈孫待制耶！"事聞，贈翰林侍讀學士、
> 中奉大夫、護軍，追封曹南郡公，謚忠烈。賜田三頃恤其家。②

翰林官員擔任奉旨之職，表現出來的不僅是儒士特有的文化修養，更有士
子 "富貴不能淫，貧賤不能移，威武不能屈" 的骨氣，郝經、孫撝都是奉
使方面的杰出代表。

五　掌兵

元朝設官，以樞密院掌兵權，翰林院與兵權相離甚遠，似不當有掌兵
之行爲。然元朝設官混亂，很多職位都是皇帝根據個人喜好設定的，違背
常理賦予臣下官職也時時有之。但元代翰林掌兵，則主要指的是蒙古翰林
院，因在歷代翰林制度中爲特例，這裏稍加論述。元朝中後期，經常以翰
林學士承旨兼任樞密院知院。如延祐元年十一月辛未，以翰林學士承旨答
失蠻知樞密院事③；天曆二年，以翰林學士承旨也兒吉尼、元帥梁國公列
捏并知行樞密院事，以翰林學士承旨闊徹伯知樞密院事，位居知院事上④；

---

① （明）宋濂等：《元史》卷四四《順帝七》，中華書局，1976，第 925 頁。
② （明）宋濂等：《元史》卷一九四《孫撝傳》，中華書局，1976，第 4403～4404 頁。
③ （明）宋濂等：《元史》卷二五《仁宗二》，中華書局，1976，第 567 頁。
④ （明）宋濂等：《元史》卷三三《文宗二》，中華書局，1976，第 741～744 頁。

至順元年，重又以翰林學士承旨也兒吉尼知樞密院事。

翰林院官員掌兵也分爲承平時掌兵與動亂時掌兵，承平時掌兵多爲勛貴子弟承襲父兄之職：

> （曷剌）子不花，宿衛仁宗潛邸。及即位，特授中順大夫、中書直省舍人，改客省副使，遷太中大夫、典瑞太監，改左司員外郎、參議中書省事，拜中奉大夫、中書參知政事，資德大夫、宣徽副使、同知宣徽事，改典瑞院使，兼世其父監軍，佩金虎符，改翰林學士。至治元年，仍翰林學士，監軍，領東蕃諸部奏事。①

> 別兒怯不花……至正二年，拜江浙行省左丞相。……在鎮二年，雖兒童女婦莫不感其恩。召還，除翰林學士承旨，仍掌宿衛。②

> 也先忽都，名均，字公秉。少好學，有俊才，累遷殿中侍御史、治書侍御史、翰林侍讀學士，皆兼襲虎賁親軍都指揮使。③

又，致和元年（1328）八月，"前湖廣行省左丞相別不花爲中書左丞相，太子詹事塔失海涯爲中書平章政事，前湖廣行省右丞速速爲中書左丞，前陝西行省參知政事王不憐吉台爲樞密副使，與中書右丞趙世延、同僉樞密院事燕鐵木兒、翰林學士承旨亦列赤、通政院使寒食分典機務，調兵守禦關要，征諸衛兵屯京師，下郡縣造兵器，出府庫犒軍士"。④ 以上皆爲承平時翰林院官參議兵機例。

元朝後期，國內矛盾激化，農民起義此起彼伏，元廷得人爲急，翰林院官員掌兵之事亦時有發生：

> （至正十二年二月壬寅）命翰林學士承旨八剌與諸王孛蘭奚領軍

---

① （明）宋濂等：《元史》卷一三五《曷剌傳》，中華書局，1976，第 3286 頁。
② （明）宋濂等：《元史》卷一四〇《別兒怯不花傳》，中華書局，1976，第 3366 頁。
③ （明）宋濂等：《元史》卷一四〇《太平傳》，中華書局，1976，第 3371 頁。
④ （明）宋濂等：《元史》卷三二《文宗一》，中華書局，1976，第 705 頁。

守大名。①

　　（至正二十七年八月）甲寅，以右丞相完者帖木兒、翰林承旨答爾麻、平章政事完者帖木兒并知大撫軍院事。②

元廷此時掌兵之翰林院官員皆是蒙古或色目人，足見元廷對漢人、南人防範之嚴，也可見元廷對兵權之重視。但元廷在刀兵四起之時，還是努力調整自己的統治政策，放寬了對漢人特別是南人的任用限制，以鞏固自己在中原的統治。至正十二年三月，元順帝傳詔："南人有才學者，依世祖舊制，中書省、樞密院、御史台皆用之。"③ 從元世祖到元順帝，中間歷朝皇帝對南人任官的限制終於打破了，但這時元朝已經處於風雨飄搖之中了。爲了進一步籠絡人心，元順帝於當年三月再次下詔：

　　隨朝一品職事及省、台、院、六部、翰林、集賢、司農、太常、宣政、宣徽、中政、資正、國子、秘書、崇文、都水諸正官，各舉循良材干、智勇兼全、堪充守令者二人。知人多者，不限員數。各處試用守令，并授兼管義兵防禦諸軍奧魯勸農事，所在上司不許擅差。守令既已優升，其佐貳官員，比依入廣例，量升二等。任滿，驗守令全治者，與真授；不治者，全削二等，依本等敘；半治者，減一等敘。雜職人員，其有知勇之士，并依上例。凡除常選官於殘破郡縣及迫近賊境之處，升四等；稍近賊境，升二等。④

元朝此時所選官員都是"堪充守令"者，哪怕祇是"知勇之士"，朝廷將"不限員數"予以録用，可見其選人之急迫。又從選官凡"迫近賊境之處，升四等；稍近賊境，升二等"來看，其選官主要目的就是防範、鎮壓農民起義，維護自己在中原的統治。元廷在此時以翰林院官員共掌兵機，恐怕也是不得已而爲之。

①　（明）宋濂等：《元史》卷四二《順帝五》，中華書局，1976，第895頁。
②　（明）宋濂等：《元史》卷四七《順帝十》，中華書局，1976，第980頁。
③　（明）宋濂等：《元史》卷四二《順帝五》，中華書局，1976，第896頁。
④　（明）宋濂等：《元史》卷四二《順帝五》，中華書局，1976，第897頁。

六　結語

從以上內容可以看出，元代翰林國史院的職責有起草詔書文誥、備顧問、修史、撰寫青詞和祝文、祭祀、經筵、奉使、掌兵等。在國家承平時期，元代翰林國史院主要承擔起草詔書文誥、修史、撰寫青詞和祝文、祭祀、經筵、備顧問、奉使等職責，而這些方面幾乎囊括了元廷的整個文化生活，可見元代翰林國史院在元廷文化事業建設中的重要地位和作用。這說明元代翰林國史院的職責有一個演變的過程，這個過程既包括不同時期不同職能的增減，也包括同一職能在不同時期的強化與弱化。從元代翰林國史院的職能來看，元代統治者是有意將翰林國史院弱化爲單純的以文字服務朝廷的閑散機構。元代翰林國史院不設於禁中，不得與聞中樞機密，其基本職能典制誥也由蒙古翰林院監督譯寫，而所謂的備顧問，也衹在前期翰林文士充當謀臣時，尚能對軍機要務建言，而後則主要就國家的文化事物如禮制、選舉、祭祀等事上提供自己的建議，修史之事除了修實錄之外，三史的修訂也要到晚期順帝時纔展開，其時間也不過幾年。至於撰寫青詞、祭祀、奉使等職務，則多屬雜項、臨時性的事務，這些事項更反映出了翰林國史院國家政治地位的下降。對於翰林國史院文士來說，翰林國史院變成了一個"安老置散"的機構，他們對此都有清晰的認識。在李冶看來，"翰林非病曳所處，寵禄非庸夫所食，官謗可畏"①，翰林國史院是非常重要的機構，任翰林者都當有所作爲，然而現實則是，"翰林視草，惟天子命之，史館秉筆，以宰相監之，特書佐之流，有司之事耳，非作者所敢自專，而非非是是也。今者，猶以翰林史館爲高選，是工諛譽，而善緣飭者爲高選也。吾恐識者羞之"②。李冶講這些話正當元代翰林國史院初設立時，他這裏將翰林院文士視爲書佐之流，是根據金代的翰林院而言的。元代翰林國史院的職權更不如金代，虞集在《翰林學士承旨劉公神道碑》中沒有直接抱怨翰林國史院文士清閑無事，而說："士大夫生乎斯世，

---

① （元）蘇天爵：《元朝名臣事略》卷一三《内翰李文正公》，姚景安點校，中華書局，1996，第 262 頁。
② （元）蘇天爵：《元朝名臣事略》卷一三《内翰李文正公》，姚景安點校，中華書局，1996，第 263 頁。

安富尊榮，自壯至老，優游以終，不亦幸乎。"① 因此可以說，元代翰林國史院雖然品秩高至從一品，但也僅是以高官虛銜表達對漢族文臣的尊重而已。

---

① （元）虞集：《道園學古録》卷一七《翰林學士承旨劉公神道碑》，《四部叢刊》本。

第三章 元代翰林國史院編修史書職責考

元代翰林國史院自成立之初，修史就是它的主要職責之一。翰林國史院修史承擔兩大任務：一是本朝實録的纂修，二是前朝史書的編撰。本朝實録的撰修爲後人編修和研究元代史提供了最直接和可信度較高的史料，前朝史書的編撰則主要指元朝政府對宋、遼、金三朝歷史的官方總結，這兩者對於中國歷史記載的完整性都具有重要意義。

第一節 纂修實録

元代從太祖（鐵木真）、拖雷（監國）、太宗（窩闊台）、乃馬真后（稱制）、定宗（貴由）、海迷失后（稱制）一直到憲宗（蒙哥）的蒙古尚帶有部落政權的性質，很多措施短視而又缺乏歷史的眼光，没有固定的實録編撰制度。實録的編撰是對本朝各種重要事件的記録，因而對後世的研究有無比重要的意義。史書的編修隨着元世祖皇位的確立而逐漸得到重視，其中王鶚起的作用最大，《元史》有關其傳記失之太簡，蘇天爵的《元朝名臣事略》卷一二《内翰王文康公》和王惲《玉堂嘉話》有關其生平的記述，可以勾勒出其在奠定元代修史中的作用。一朝之建立或是一機構之成立，其規模、氣度與首倡者之主張往往會對後世産生深遠影響，王鶚的建議對翰林國史院功能的確立至關重要。

王鶚學養深厚，同時又有在金朝翰林院任職的經歷，所以他對修史一事極爲重視，屢屢向元世祖建言要重視史事，使元世祖感到了修史的重要性。

"自古帝王得失興廢，班班可考者，以有史在。我國家以威武定四方，天戈所臨，罔不臣屬，皆太祖廟謨雄斷所致，若不乘時紀録，竊恐歲久漸至遺忘。《金實録》尚存，善政頗多；遼史散逸，尤爲未備。寧可亡人之國，不可亡人之史。若史館不立，後世亦不知有今日。"上甚重其言，命修國史，附修遼、金二史。①

由上可以看出，王鶚具有史家的責任感，"寧可亡人之國，不可亡人之史"強調了保存歷史對於知得失興亡的作用，因此説服了元世祖，不久即開始纂修實録。王惲在翰林國史院成立之初就被任命爲編修，其對王鶚力勸元世祖下詔修史也有詳細記載：

> 承旨王公，字百一，曹州東明人，知人榜詞賦狀元。皇帝在潛時，首以禮幣徵焉。以老儒故，上甚敬重，每見，以"狀元"呼之。以元年七月受是職。公上章言修史事云："自古國亡而史不亡，唐取隋，史焉；宋取五代，亦然。金不爲遼作史，至今天下有遺恨。我國家以神武定四方，皆太祖聖武皇帝廟謨雄斷所致，若不乘時紀録以詔萬世，切恐歲久，漸至遺亡。"又舉前朝名筆數人，於是上特降是詔焉。②

《元史》也記載了王鶚致力於修史之事的活動：

> （中統三年八月）戊申，敕王鶚集廷臣商榷史事，鶚等乞以先朝事迹録付史館。③

> （中統四年夏四月）王鶚請延訪太祖事迹付史館。④

在王鶚的積極倡導下，元廷於中統二年七月初設翰林兼國史院，并開始着手修史之事，編修實録之事亦於此時開始。自元世祖時起，編修實録逐漸規範完善，後世皇帝大多也按照這種要求執行。

---

① （元）蘇天爵：《元朝名臣事略》卷一二《内翰王文康公》，姚景安點校，中華書局，1996，第239頁。
② （元）王惲：《王惲全集彙校》卷八二《中堂事記下·七月廿七日丁亥》，楊亮、鍾彦飛點校，中華書局，2013，第3419頁。
③ （明）宋濂等：《元史》卷五《世祖二》，中華書局，1976，第86頁。
④ （明）宋濂等：《元史》卷五《世祖二》，中華書局，1976，第92頁。

元世祖死後，成宗即位，即命翰林國史院史臣修《世祖實録》，并將之作爲一個重要的大事來看待：

> 甲辰，詔翰林國史院修《世祖實録》，以完澤監修國史。①

元繼承宋、遼、金舊制，也有監修國史一職，如王鶚曾奏修以右丞相史天澤監修國史，後爲世祖采納，至元十三年（1276）詔耶律鑄以平章軍國重事的身份監修國史；但是以宰相監修國史，是在成宗時，“其後，恒以上相專綜監修之務，或并命次相，則曰同監修”②，其後，纂修實録者多以丞相宰執擔任。成宗以後，丞相監修國史的有：大德十一年（1307）七月，以中書左丞相塔剌海爲中書右丞相、監修國史。武宗至大元年（1308）五月，授左丞相塔思不花上柱國、監修國史；至大二年十一月，以太尉、尚書右丞相脱脱監修國史。仁宗延祐元年二月，以合散爲中書右丞相、監修國史。順帝至正八年（1348）正月詔修后妃功臣傳，特命左丞相太平同監修國史；至正二十五年九月詔以伯撒里爲中書右丞相監修國史；擴廓帖木兒中書左丞相同監修國史；至正二十七年十一月，命中書左丞相帖里帖木兒同監修。元代尤重監修國史之任，“特給印章，別設官屬”③，這在前代是未曾有的事。監修國史下設的屬官掾史、長史等，如英宗至治二年（1322）拜住進右丞相監修國史後，聞李泂名聲，將其從太常博士“擢監修國史長史”④；至正十四年秋吴郡施克讓“以監修國史掾史”身份乘船至浙右。⑤

參與實録纂修的翰林國史院職官有翰林學士、翰林學士承旨、翰林侍講學士、翰林侍讀學士、翰林國史院編修官等。參與纂修實録的人員一般在翰林國史院中簡選學士文才優異者。如姚燧於元貞元年（1295）以翰林學士召修《世祖實録》。設置檢閱官，姚燧與翰林侍讀高道凝最終裁決。⑥ 曹

① （明）宋濂等：《元史》卷一八《成宗一》，中華書局，1976，第385頁。

② （元）黄溍：《監修國史題名記》，載李修生主編《全元文》第29冊，鳳凰出版社，2004，第297頁。

③ （元）黄溍：《監修國史題名記》，載李修生主編《全元文》第29冊，鳳凰出版社，2004，第296頁。

④ （明）宋濂等：《元史》卷一八三《李泂傳》，中華書局，1976，第4223頁。

⑤ （元）王禕：《王忠文公集》卷六《送施掾史序》，《文淵閣四庫全書》本。

⑥ （明）宋濂等：《元史》卷一七四《姚燧傳》，中華書局，1976，第4058頁。

元用官拜中奉大夫、翰林侍講學士，兼任經筵官，以修仁宗、英宗兩朝的實錄。① 王利用"擢翰林待制，兼興文署，奉旨程試上都、隆興等路儒士。升直學士，與耶律鑄同修實錄"。② 王構"成宗立，由侍講爲學士，纂修實錄，書成，參議中書省事。……武宗即位，以纂修國史，趣召赴闕，拜翰林學士承旨"。③ 再如程鉅夫，雖然是南人，但很受尊崇，其屢屢參加皇帝實錄的纂修工作，"（大德）十一年，拜山南江北道肅政廉訪使，復留爲翰林學士。至大元年，修《成宗實錄》。二年，召至上都。……皇慶元年，修《武宗實錄》"。④ 除此之外，還徵集各地名儒充實翰林國史院，參與修史事。"李之紹，字伯宗，東平平陰人。……至元三十一年，纂修《世祖實錄》，徵名儒充史職，以馬紹、李謙薦，授將仕佐郎、翰林國史院編修官。直學士姚燧欲試其才，凡翰林應酬之文，積十餘事，并以付之。之紹援筆立成，并以稿進。燧驚喜曰：'可謂名下無虛士也。'"⑤ 李之紹最後也是靠此走入仕途。可見元代對纂修實錄一事無論是制度還是人員配備都是相當完善的。

據王慎榮統計，元代翰林國史院文士參與纂修累朝實錄的有王磐、閻復、色坲默、烏魯克台、王構、姚燧、趙孟頫、高道凝、張昇、李之紹、申屠致遠、張九思、李謙、元明善、程鉅夫、鄧文原、蘇天爵、廉惠山海牙、曹元用、馬祖常、謝端、吳澄、成遵、王結、張起岩、歐陽玄等。⑥ 從中可見參與編修實錄的史官以漢人、南人居多，蒙古、色目人較少，但領導修纂實錄工作的則多是蒙古人。

實錄纂修完成之後，因是漢語書寫，還要經過翻譯，最後進呈、奏讀。如世祖至元二十三年（1286），時任翰林承旨的撒里蠻上奏提議，將國史院奉命修撰的《太祖實錄》，翻譯成畏吾字，待奏讀之後再行纂定。⑦ 又"（至元二十五年）二月庚申，司徒撒里蠻等進讀祖宗實錄，帝曰：'太宗事則然，睿宗少有可易者，定宗固日不暇給，憲宗汝獨不能憶之耶？猶

① （明）宋濂等：《元史》卷一七二《曹元用傳》，中華書局，1976，第4026頁。
② （明）宋濂等：《元史》卷一七〇《王利用傳》，中華書局，1976，第3993～3994頁。
③ （明）宋濂等：《元史》卷一六四《王構傳》，中華書局，1976，第3856頁。
④ （明）宋濂等：《元史》卷一七二《程鉅夫傳》，中華書局，1976，第4017頁。
⑤ （明）宋濂等：《元史》卷一六四《李之紹傳》，中華書局，1976，第3862頁。
⑥ 見王慎榮《對〈元史〉本紀史源之探討》，《中央民族學院學報》1989年第5期。
⑦ （明）宋濂等：《元史》卷一四《世祖十一》，中華書局，1976，第294頁。

當詢諸知者'"。①

　　"（元貞二年十一月）己巳，兀都帶等進所譯《太宗》《憲宗》《世祖實錄》，帝曰：'忽都魯迷失非昭睿順聖太后所生，何爲亦曰公主？順聖太后崩時，裕宗已還自軍中，所紀月日先後差錯。又別馬里思丹炮手亦思馬因、泉府司，皆小事，何足書耶？'"② 如至治三年（1323）二月國史院呈進仁宗實錄，前一天拜住"詣翰林國史院聽讀。首卷書大德十一年事，不書左丞相哈剌哈孫定策功，惟書越王禿剌勇決從容。謂史官曰：'無左丞相，雖百越王何益？録鷹犬之勞，而略發踪指示之人，可乎？'立命書之。其他筆削未盡善者，一一正之，人皆服其識見"。③ 拜住提出修改意見，是因爲其但任國史監修官。由前面幾則材料可見，進呈奏讀實錄，實際上是讓皇帝對所修實錄提出意見，儘管已修訂之實錄不可能再更改，但皇帝的意見卻要在後來的實錄纂修中得到貫徹。有時皇帝提出意見時，監修大臣也會提出意見，如前面所舉的拜住例。另外，實錄的進呈和奏讀大都由蒙古翰林院的院長即翰林學士承旨擔任。如"大司徒撒里蠻、翰林學士承旨兀魯帶進《定宗實錄》"④；"翰林學士承旨玉連赤不花等進順宗、成宗、武宗實錄"。⑤ 當然也有例外，如"翰林承旨董文用等進《世祖實錄》"。進呈實錄的文書也多由翰林院中的漢族文士捉刀。如袁桷曾經代撰有《進五朝實錄表》：

　　　　皇祖有訓，聿成四繫之書；大歷無疆，允纘五朝之治。鳳陳載筆，上徹凝旒。欽以邦啓治平，運符熙洽。禮樂刑政教化之具，炳若丹青；典謨訓誥誓命之文，昭如日月。維累聖繼承之述作，實皇家混一之謨猷。宜謹具寮，書嚴信史。雖編摩之匪一，幸聞見之悉同。欽惟陛下，祇奉鴻圖，光膺龍御。惟天佑於一德，咸曰湯孫；受命丕若歷年，悉循堯道。仁宣孝治，學廣文明。臣某等職忝汗青，官慚尸素。帝王之制可舉，今已稡於巨編；詩書所稱何加，願有光於億載。⑥

————————

① （明）宋濂等：《元史》卷一五《世祖十二》，中華書局，1976，第 309 頁。
② （明）宋濂等：《元史》卷一九《成宗二》，中華書局，1976，第 407 頁。
③ （明）宋濂等：《元史》卷一三六《拜住傳》，中華書局，1976，第 3305 頁。
④ （明）宋濂等：《元史》卷一六《世祖十三》，中華書局，1976，第 338 頁。
⑤ （明）宋濂等：《元史》卷二四《仁宗一》，中華書局，1976，第 554 頁。
⑥ （元）袁桷：《袁桷集校注》卷三八《進五朝實錄表》，楊亮校注，中華書局，2012，第 1691 頁。

有元一代，除元順帝亡國未有實錄之外，其他都能做到對前朝皇帝實錄的編纂，并且成爲一項制度性措施：

（至大元年二月）乙卯，命翰林國史院纂修《順宗》《成宗實錄》。①

（至治元年十一月）甲申，敕翰林國史院纂修《仁宗實錄》。②

（至治三年春正月）授前樞密院副使吳元珪、王約集賢大學士，翰林侍講學士韓從益昭文館大學士，并商議中書省事。拜住言："前集賢侍講學士趙居信、直學士吳澄，皆有德老儒，請徵用之。"帝喜曰："卿言適副朕心，更當搜訪山林隱逸之士。"遂以居信爲翰林學士承旨，澄爲學士。……（二月）丙寅，翰林國史院進《仁宗實錄》。③

（泰定元年十二月）丙寅，命翰林國史院修纂英宗、顯宗實錄。④

（至順元年二月）戊申，命中書省及翰林國史院官祭太祖、太宗、睿宗三朝御容。……丁卯，翰林國史院修《英宗實錄》成。……（秋七月）丁巳，命中書省、翰林國史院官祀太祖、太宗、睿宗御容於大普慶寺。⑤

（天曆二年二月）丙申，命中書省、翰林國史院官祀太祖、太宗、睿宗御容於普慶寺。……（九月）戊辰，敕翰林國史院官同奎章閣學士采輯本朝典故，准唐、宋《會要》，著爲《經世大典》。……（十一月）乙卯，翰林國史院臣言："纂修《英宗實錄》，請具倒剌沙款伏付史館。"從之。⑥

即使是漢化最不深的泰定帝也能遵照前朝制度來修實錄，可以看出這一制

① （明）宋濂等：《元史》卷二二《武宗一》，中華書局，1976，第 497 頁。
② （明）宋濂等：《元史》卷二七《英宗一》，中華書局，1976，第 627 頁。
③ （明）宋濂等：《元史》卷二八《英宗二》，中華書局，1976，第 627~628 頁。
④ （明）宋濂等：《元史》卷二九《泰定帝一》，中華書局，1976，第 652 頁。
⑤ （明）宋濂等：《元史》卷三四《文宗三》，中華書局，1976，第 753~760 頁。
⑥ （明）宋濂等：《元史》卷三三《文宗二》，中華書局，1976，第 730~745 頁。

度的嚴格執行情況。有元一代，共撰成十七部實錄，但由於睿宗拖雷、裕宗真金、順宗答剌麻八剌、顯宗甘麻剌四人的帝號爲死後追認，故學者論及元代實錄，多稱其爲十三部，也即《明會要》中説"得十三朝實錄，惟元統以後之事未備。乃命儒士歐陽佑等往北平、山東采遺事。至是還朝，重開史局。七月丁亥，書成，凡二百十二卷"。①

清代趙翼評價元朝所修實錄説："其時內廷記載，又有所謂脱必赤顏者，仁宗嘗命譯出，名曰《聖武開天記》，其後虞集總裁遼、金、宋三史，因累朝故事有未備者……世祖以來，始有實錄。……明初得元十三朝實錄，即據以修輯，此元史底本也。然是時徐一夔致書王禕曰'史莫過於日曆及起居注，元朝不置日曆，不設起居注，獨中書置時政科，遣一文學掾掌之，以事付史館，及易一朝，則國史院即據以修實錄而已'。"② 趙翼評價"元之實錄已不足爲信史"③，較爲苛刻，不足爲論，僅可作爲一家之言。而《元史》中權臣之事迹所載最爲詳明，説明元代自元世祖以來所開設的撰修實錄制度有很完善的制度性保障。

實錄的纂修④有嚴格的保密措施，外人不允許觀看，"翰林院臣言於帝

---

① （清）龍文彬：《明會要》卷三六《職官八·修前代史》，中華書局，1956，第631頁。
② （清）趙翼：《廿二史札記校證》卷二九"元史"條，中華書局，1984，第649~650頁。
③ （清）趙翼：《廿二史札記校證》卷二九"元史"條，中華書局，1984，第650頁。
④ 關於《實錄》纂修人員，趙翼有所歸納，其云："然《元史》大概亦尚完整，則以舊時纂修實錄者多有熟於掌故之人，如董文用修國史，於祖宗功德近戚將相家世助伐，皆記憶貫串，史館有所考究，悉應之無遺。（《文用傳》）又拜住監修國史，將進《仁宗實錄》，先一日詣院聽讀，首卷書大德十一年事，不書哈剌哈孫定策功，但書越王禿剌擒阿忽台事。拜住曰'無左丞相，雖百越王何益？'立命書之。（《拜住傳》）可見實錄亦自矜慎。其執筆撰述者又多老於文學，如姚燧爲一代宗工，當時子孫欲叙述先德者，必得燧文，始可傳信，不得者每以爲恥。（《姚燧傳》）袁桷在詞林，凡勛臣碑銘多出其手。（《桷傳》）歐陽玄擅古文，凡王公大臣墓隧之碑，得元文以爲榮，片言隻字，人皆寶重。（《歐陽玄傳》）而皆與纂修實錄之列。（《世祖實錄》，李之紹、馬紹、李謙、姚燧、張九思、張昇所修。《裕宗實錄》，張九思所修。《成宗實錄》，元明善、程鉅夫、鄧文原所修。《順宗實錄》，元明善所修。《武宗實錄》，元明善、蘇天爵所修。《仁宗實錄》，元明善、廉惠山海牙、曹元用所修。《英宗實錄》，曹元用、馬祖常、廉惠山海牙所修。《泰定帝實錄》，成遵、王結、張起岩、歐陽玄所修。《明宗實錄》，成遵、謝端所修。《文宗實錄》，王結、張起岩、歐陽玄、蘇天爵、成遵所修。《寧宗實錄》，謝端所修。累朝后妃、功臣傳，張起岩、楊宗瑞、揭傒斯、吕思誠、貢師泰，周伯琦等所修。以上俱見各本傳）……順帝一朝雖無實錄，而事皆明初修史諸人所目擊，睹記較切，故伯顏、太平、脱脱、哈麻、孛羅、察罕、擴廓等《傳》，功罪更爲分明。"趙翼《廿二史札記校證》卷二九"元史"條，中華書局，1984，第650~651頁。

曰：'實録，法不得傳於外，則事迹亦不當示人'"。① 因而實録的纂修者有保證實録内容不外泄的任務，這點元代的翰林國史院的官員和前朝相比一點也不遜色。《元史》中就記録有翰林國史院官員反對皇帝閲當朝實録的例子，較爲重要：

> 吕思誠，字仲實，平定州人。……已而入國子學爲陪堂生，試國子伴讀，中其選。擢泰定元年進士第，授同知遼州事，未赴。……擢翰林國史院檢閲官，俄升編修。文宗在奎章閣，有旨取國史閲之，左右舁匱以往，院長貳無敢言。思誠在末僚，獨跪閣下争曰："國史紀當代人君善惡，自古天子無觀閲之者。"事遂寢。②

中國歷代王朝都十分重視史書的編纂，因此史學特别發達，但所修史書往往涉及當朝人物的是非功過，因而想保持中立立場的史官就會遇到困難，他們往往會受到來自各種權力層面的影響，甚而有竄改实録内容的現象發生。而元代的蒙古上層官員可能由於文化上的原因，不盡通曉漢語，因而對翰林國史院文士的活動及其記録較少注意，故對實録的纂修很少干涉。這點是元代比較突出的現象，但是也有例外，如元文宗，知漢語，熟悉漢文經典，故而會有取閲國史之事，若非吕思誠諫止，恐怕文宗也能讀到實録對自己的記載。仁宗時，丞相鐵木迭兒爲權相，非常驕横，馬祖常知其曾盜觀國史，"離率同列劾奏其十罪，仁宗震怒黜罷之"。③ 當然在鐵木迭兒被廢罪名中，盜觀國史僅爲其中之一。但據此亦足以説明元代同樣重視實録的保密性。儘管如此，後來者對於元代實録還是不夠客觀，明代修《元史》雖多據實録，却也指出了實録存在的問題："元之舊史，往往詳於記善，略於懲惡，是蓋當時史臣有所忌諱，而不敢直書之爾。"④ 結合鐵木迭兒盜觀國史一事來看，元代翰林院在編纂實録時，確實有忌諱權臣而不直書其惡者，這就導致元代實録存在一定程度的失實。

總的來説，元代累朝實録的纂修還是很有成效，如《元史》的本紀部

---

① （明）宋濂等：《元史》卷一八一《虞集傳》，中華書局，1976，第4179頁。
② （明）宋濂等：《元史》卷一八五《吕思誠傳》，中華書局，1976，第4248頁。
③ （明）宋濂等：《元史》卷一四三《馬祖常傳》，中華書局，1976，第3412頁。
④ （明）宋濂等：《元史》卷二百五《奸臣傳》，中華書局，1976，第4557頁。

分自元世祖時期以後元代各朝皇帝的記録非常詳盡，而前朝非常簡略，便是由於本紀部分主要依據實録來撰寫。如果没有實録，如實地纂修是不可能的。

第二節　編撰遼、金、宋三朝歷史

一　三史編撰前的準備與關於正統的論争

翰林國史院編有《遼史》《金史》《宋史》。這三部書的編纂歷程艱辛，從元世祖中統二年（1261）即有動議：

> （中統二年七月）癸亥，初立翰林國史院。王鶚請修遼、金二史，又言："唐太宗置弘文館，宋太宗設内外學士院。今宜除拜學士院官，作養人才。乞以右丞相史天澤監修國史，左丞相耶律鑄、平章政事王文統監修遼、金史，仍采訪遺事。"并從之。①

王鶚作爲亡金的學者，具有史家的責任感，要爲故國保存歷史，故而上書元世祖請修實録及遼、金二史，元世祖時也確實允其請，下詔立翰林國史院。翰林國史院成立後，積極進行修史工作：中統三年八月，"敕王鶚集廷臣商権史事，鶚等乞以先朝事迹録付史館"②；至元元年二月，"敕選儒士編修國史，譯寫經書，起館舍，給俸以贍之"。③ 王鶚還積極爲修史尋訪人才，他在爲元好問所撰《遺山集後引》中說："國朝將新一代實録，附遼、金二史，而吾子榮膺是選。無何，恩命未下，哀訃遽聞，使雄文巨筆不得馳騁於數十百年之間，吁，可悲夫！"④ 可見修史之事準備得很早，甚至人選都已選定了。脱脱所撰《進遼史表》云："我世祖皇帝一視同仁，深加湣惻，嘗敕詞臣撰次三史，首及於遼。"⑤《宋史》的纂修也早爲漢族

---

① （明）宋濂等：《元史》卷四《世祖一》，中華書局，1976，第72頁。
② （明）宋濂等：《元史》卷五《世祖二》，中華書局，1976，第86頁。
③ （明）宋濂等：《元史》卷五《世祖二》，中華書局，1976，第96頁。
④ （元）王鶚：《遺山集後引》，載元好問《遺山先生文集》卷末，中華書局，2013，第896頁。
⑤ （元）脱脱等：《遼史》附録《進遼史表》，中華書局，1974，第1555頁。

士大夫所重視。元朝滅南宋占領臨安時，翰林學士李槃奉詔招宋士至臨安，董文炳對李槃説："'國可滅，史不可没。宋十六主，有天下三百餘年，其太史所記具在史館，宜悉收以備典禮。'乃得宋史及諸注記五千餘册，歸之國史院。"①應該説，傳統士大夫對於保存故國文獻，促使歷史傳承淵源有自，都是有深切責任感的，"國可滅，史不可没"的意識在士大夫中深入人心。後來阿魯圖在《進金史表》中也引用了這句話，"蓋曆數歸真主之朝，而簡編載前代之事，國可滅史不可滅，善吾師惡亦吾師"②，以闡明纂修前代之史的重要性。而在《進宋史表》中，他又提到"欽惟世祖聖德神功文武皇帝，初由宗邸親總大軍，龍旗出指於離方，羽葆歸登於乾御。……及夫收圖書於勝國，輯黼扆於神京，拔宋臣而列政塗，載宋史而歸秘府。然後告成郊廟，錫慶臣民，推大賚以惟均，示一統之無外。樞庭偃武，既編戡定之勳；翰苑摛文，尋奉纂修之旨。事機有待，歲月易遷，累朝每切於繼承，多務未遑於製作"。③阿魯圖這裏所説的就是董文炳告李槃之事，"翰苑摛文，尋奉纂修之旨"，説明收宋史書圖籍入翰林國史院後，朝廷曾下詔翰林國史院據以編修宋史，然而"累朝每切於繼承，多務未遑於製作"，歷朝因循推遲，未能有所成就。這裏的歷朝，説明修三史事不僅在世祖時有過準備，在之後的仁宗延祐年間和文宗天曆年間等文治極盛時，也是曾動議編修三史的，但是始終未能成功。④阿魯圖在《進金史表》中也説："是以纂修之命，見諸敷遺之謀，延祐申舉而未遑，天曆推行而弗竟。"⑤

可見儘管修史之事動議甚早，但是因循推遲，直到元順帝至正三年（1343）纔正式開始纂修三史。這其中最主要的原因是參與修史的翰林國史院學者對於遼、金、宋正統地位，以及修史體例問題爭論不休，未能達成統一意見。虞集在《送墨莊劉叔熙遠游序》中説：

　　上甚善之，命史官修遼、宋、金史，時未遑也。至仁宗時，屢嘗

---

① （明）宋濂等：《元史》卷一五六《董文炳傳》，中華書局，1976，第3672頁。

② （元）脱脱等：《金史》附録《進金史表》，中華書局，1975，第2899頁。

③ （元）脱脱等：《宋史》附録《進宋史表》，中華書局，1985，第14253頁。

④ （元）楊維楨：《正統辨》，載陶宗儀《南村輟耕録》卷三，中華書局，1959，第34頁。

⑤ （元）脱脱等：《金史》附録《進金史表》，中華書局，1975，第2900頁。

以爲言。是時，予方在奉常，嘗因會議廷中而言：諸朝曰三史文書闕略，遼金爲甚，故老且盡，後之賢者見聞亦且不及不於今時，爲之恐無以稱上意。典領大官是其言，而亦有所未逮也。天曆至順之間，屢詔史館趣爲之。而予別領書局未奏，故未及承命，間與同列議三史之不得成，蓋互以分合論正統莫克有定。①

　　楊維楨在《正統辨》中也曾提及"延祐天曆間，屢勤詔旨，而三史卒無成者，豈不以正統之議未決乎？"元代修三史前關於正統的論爭，主要分爲兩派，一派以金爲正統，一派以宋爲統，"主宋者曰宋正統也，主金者曰金正統也"；元初時起爭論者有盧摯、徐世隆、王約、張起岩、張樞等。圍繞這些論議，出現了許多文章，如楊奐的《正統八例總序》、姚燧的《國統離合表序》、修端的《三史正統論》等。而且，關於正統的爭議在三史編撰工作開始後，仍存在於纂修官之間。至元末，三史修成，但正統之爭辯猶未停息，王禕、楊維楨是其代表，力爭宋的正統地位。兩派之中，贊成金的正統地位的，多是元初的金朝遺民文士及蒙古、色目通儒學者，如盧摯、徐世隆、張起岩等；以宋爲正統者，多是南方文士，他們以歐陽修的《正統論》及朱熹《通鑒綱目》所確定的正統觀爲依據，力爭宋爲正統。② 如揭傒斯在其《通鑒綱目書法序》中說："古之有天下者莫若舜、禹、湯、武，然湯有慚德，武未盡善。舜、禹之後，得天下者莫如漢，曹氏親受漢禪，威加中國，卒不能奪諸葛孔明漢賊之分。元魏據有中國，行政施化，卒不能絕區區江左之晋而繼之，此萬世之至公而不可易焉者，而猶或易之，此《綱目》不得不繼《春秋》而作，而《書法》不得不爲綱目而發也。此朱子之志也。"③

　　在當時南北對立紛爭之時，也有一些學士提出了調和意見。修端是其代表，修端的《三史正統論》一文收在王惲的《玉堂嘉話》中，他批評將金朝附於宋史後爲載紀的觀點，主張從歷史事實出發去看待遼、金、宋的

① （元）虞集：《道園學古録》卷三二《送墨莊劉叔熙遠游序》，《四部叢刊》本。
② 朱熹《通鑒綱目》廢弃陳壽《三國志》尊魏爲正統的作法，而重歸正統於蜀漢。自此後宋人多尊從朱熹《通鑒綱目》所定之正統。
③ （元）揭傒斯：《揭傒斯全集》文集卷三《通鑒綱目書法序》，上海古籍出版社，1985，第 287 頁。

正統地位，提出以遼、宋、金各爲正統的説法："以五代之君通作《南史》，朱梁名分猶恐未應；遼自唐末保有北方，又非篡奪，復承晋統，加之世數名位，遠兼五季，與前宋相次而終，當爲《北史》；宋太祖受周禪，平江南，收西蜀，白溝，迤南悉臣於宋，傳至靖康，當爲《宋史》，金太祖破遼克宋帝，有中原百餘年，當爲《北史》；自建炎之後，中國非宋所有，宜爲《南宋史》。"① 虞集也贊成擱置争議，以三家各爲史書，以使儘快完成修史之事，他説："今當三家各爲書，各盡其言，而核實之，使其事不廢可也。乃若議論，則以俟來者。"②

直到元順帝至正三年（1343），由丞相脱脱提出的"三國各與正統，各系其季年"③ 可以看出，脱脱"三國各與正統"的觀點，實是源於修端及虞集等。至於"議者遂息"，事實當然不是如此，祇不過争議先被擱置了而已。④ 其後，順帝下修三史詔曰："這三國爲聖朝所取制度、典章、治亂、興亡之由，恐因歲久散失，合遴選文臣，分史置局，纂修成書，以見祖宗盛德得天下遼、金、宋三國之由，垂鑒後世，做一代盛典。交翰林國史院分局纂修，職專其事。"⑤

自至正三年四月順帝下詔修三史，到至正四年三月，《遼史》完成；至正四年十一月，《金史》上奏；至正五年十月，《宋史》也上表朝廷。僅兩年時間，三史全部修完，其效率令人驚嘆，這其中《宋史》卷帙宏大，達 496 卷，近 500 萬字。這樣的速度實在可觀。

三史之所以能够修成，與之前做有充分的材料搜輯準備工作有關。以《宋史》而言，元滅宋時，特意收宋代圖籍史書歸翰林院，這是《宋史》

---

① 見王惲《王惲全集彙校》卷一百《玉堂嘉話》卷八，楊亮、鍾彦飛點校，中華書局，2013，第 3957 頁。後來的危素寫有《上賀相公論史書》，其中對各以遼、金、宋爲正統的觀點進行批判，認爲"凡此四者皆非有遠見高識，烏足以論天下事哉！"這種觀點對後來的修史有重要影響，因爲後來危素在修史中起了重要作用。見《危太樸文集》卷六《上賀相公論史書》，嘉業堂叢書本。

② （元）虞集：《道園學古録》卷三二，《四部叢刊》本。

③ （明）權衡：《庚申外史》，清雍正六年魚元傅抄本。

④ 關於三史正統的論争，學界研究頗多，可參看李治安《修端〈辯遼宋金正統〉的撰寫年代及正統觀考述》，《内陸亞洲歷史文化研究——韓儒林先生紀念文集》，南京大學出版社，1996，第 243 ~ 256 頁。王曉清《宋元史學的正統之辨》，《中州學進》1991 年第 5 期；李哲《元修三史與正統之辨》，《史學理論與史學史學刊》2013 年卷，社會科學文獻出版社，2013；陳芳明《宋遼金史的纂修與正統之争》，《食貨月刊》1972 年第 8 期。

⑤ （元）脱脱等：《遼史》《附録·修三史詔》，中華書局，1974，第 1554 頁。

纂修的主要材料依據。除此之外，翰林國史院文士中具有史學修養者如王
鶚、袁桷等，也十分重視保存史料。

王鶚十分重視修遼、金二史，積極搜輯材料，定其編撰體例，在翰林
國史院成立不久，《金史》的獨立體例已經成形，王惲在其文集中亦有詳
細記載：

> 《金史》，王文康公定奪。此王狀元先生時爲承旨學士。
> 帝紀九
> 太祖　　　　　　　太宗
> 熙宗　　　　　　　海陵庶人
> 世宗　　　　　　　章宗
> 衛紹王實録闕。　　宣宗
> 哀宗實録闕。
> 志書七
> 天文五行附。　　　地理邊境附。
> 禮樂郊祀附。　　　刑法
> 食貨交鈔附。　　　百官選舉附。
> 兵衛世襲附。
> 列傳舊實録三品已上入傳，今擬人物英偉、勳業可稱，不限品從。
> 忠義　　　　　　　隱逸高士附。
> 儒行　　　　　　　文藝
> 列女　　　　　　　方技
> 逆臣忽沙虎。　　　諸王后妃開國功臣在先。①

王惲記載了王鶚在翰林國史院成立之初爲修《金史》所作的體例上的規
劃。王鶚對金朝的文獻淵源、典章制度頗爲熟悉，後來的體例也確實按照
王鶚的體例進行，如果當時即確定三史體例的話，三史於元初修成的可能
性還是非常大的。

---

① （元）王惲：《王惲全集彙校》卷一百《玉堂嘉話》卷八，楊亮、鍾彥飛點校，中華書
　　局，2013，第3975頁。

翰林國史院成立後，遼、金、宋三史的修撰工作確實在不間斷地進行着，但似乎收效甚微，王惲以監察御史身份上書朝廷，希望能廣開言路，搜訪佚逸，以防遺老漸逝，無從訪求。

> 切惟古者修史，雖野史傳聞，不以人廢。伏見國家自中統二年立國史院，令學士安藏收訪其事，數年巳來，所得無幾。蓋上自成吉思皇帝，迄於先帝，以神武削平萬國，中間事功不可殫紀。近又聞國史院於亡金《實錄》內采擇肇造事迹，豈非慮有遺忘歟？然當間從征諸人所在尚有，旁求備訪，所獲必富。不然，此輩且老，將何所聞？合無榜示中外，不以諸色等人，有曾扈從征進，凡有記憶事實，許所在條件，或口爲陳説，及轉相傳聞，事無巨細，可以投獻者，官給賞有差。如此庶望人效衆美，國就成書，使鴻休盛烈晦而復明，備見一代之史，顧不盛歟！①

從這段文字中，我們可以看出王惲在當時雖已不再擔任翰林國史院官職，但對修史之事却念念不忘，仍然爲朝廷積極獻策，唯恐遲誤了修史之事。這一方面説明了修史之事在當時影響廣泛，另一方面則説明了修史工作進展得并不順利，所收成效很小。

《宋史》的編修工作在元初就不斷進行着，在元英宗（1321～1323）時期就已全面展開。其間，袁桷撰寫了《修遼金宋史搜訪遺書條列事狀》：

> 猥以非才，備員史館，幾二十年。近復進直翰林，仍兼史職，苟度歲月，實爲曠功。伏睹先朝聖訓，屢命史臣纂修遼、金、宋史，因循未就。推原前代亡國之史，皆係一統之後史官所成。……卑職生長南方，遼、金舊事，鮮所知聞。中原諸老，家有其書。必能搜羅會粹，以成信史。
>
> 竊伏自念：先高叔祖少傅正獻公燮，當嘉定間，以禮部侍郎、秘書監專修宋史，具有成書。曾祖太師樞密越公韶，爲秘書著作郎，遷

---

① （元）王惲：《王惲全集彙校》卷八四《烏台筆補·論收訪野史事狀》，楊亮、鍾彥飛點校，中華書局，2013，第3477頁。

秘書丞，同預史事。曾叔祖少傅正肅公甫，吏部尚書商，俱以尚書修撰實錄。讜薄弱息，獲際聖朝，以繼先躅。宋世九朝，雖有正史，一時避忌。今已易代，所宜改正。①

袁桷在此《事狀》之後列出大量的書目，涉及《宋史》的各個方面，能看出他對修史做了大量的準備工作，亦能看出他急於修史的迫切心情。此時南宋故家尚在，典籍猶存，而其對祖先曾經參與宋代史書和實錄的纂修既感到榮耀，又感到無奈。家族的文化傳承，使袁桷對修史有一種歷史感和責任感，他迫切希望看到前朝史書能在他的手中完成，因而對《宋史》的纂修所費心力最多。而實際上，他確實是修史的最佳人選，其對宋代歷史之造詣即如其所言：“自惟志學之歲，宋科舉已廢，遂得專意宋史。亦嘗分彙雜書文集，及本傳語錄，以次分別。不幸城西火災，舊書盡火毀。然而家世舊聞，耳受目睹，猶能記憶。”② 其家族和自身的學養，使他對歷史有着濃厚的興趣，對宋代歷史着力甚深。此時的袁桷已進入人生的暮年，可能感到時日無多，他平淡的敘述中滲透些微的焦灼與急切，否則他也不會反復在《事狀》中講述自己的家世。袁桷此例同樣可見元朝修史進展之緩慢，以及翰林國史院官員對此之重視。

　　而歷史的機緣往往在此，此時的他得到了朝廷重臣拜住的支持。拜住對他非常器重，自然使他萌生了修史的希望，不過他進行的工作并沒能完成，蘇天爵對此事記載最爲詳明，“至治中，鄆王柏柱獨秉國鈞，作新憲度，號令宣布，公有力焉。詔繪王像，命公作贊賜之。公述君臣交修之義以勵王。王尤重公學識，銳欲撰述遼、宋、金史，責成於公。公亦奮然自任，條具凡例及所當用典册陳之，是皆本諸故家之所聞見，習於師友之所討論，非牽合剽襲漫焉以趨時好而已。未幾，國有大故，事不果行。”③ 此處的國有大故，指元英宗至治三年的南坡之變，英宗、拜住被害，這使修

---

① （元）袁桷：《袁桷集校注》卷四一《修遼金宋史搜訪遺書條列事狀》，楊亮校注，中華書局，2012，第 1844～1845 頁。

② （元）袁桷：《袁桷集校注》卷四一《修遼金宋史搜訪遺書條列事狀》，楊亮校注，中華書局，2012，第 1850 頁。

③ （元）蘇天爵：《滋溪文稿》卷九《袁文清公墓志銘》，陳高華、孟繁清點校，中華書局，1997，第 135～136 頁。

史一事徹底中斷，而袁桷也從此心灰意冷。新即位的泰定帝來自漠北，對漢文化更加陌生，認識不到修史的重要價值與意義，何況泰定帝與政變的參與者有着密切的關係。於是，袁桷於泰定元年（1324）告老還鄉，不再言修史之事，雖然其後曾被命修史，但都無果而終。到了至正三年（1343），袁桷去世二十多年後，史官按照他所制定的《史例》修成《宋史》。故蘇天爵言："公歿二十餘年，今天子特敕大臣董撰三史，先朝故老存者無幾，衆獨於公追思不忘。會遣使者分行郡國，網羅遺文古事，而江南舊家尚多畏忌，秘其所藏不敢送官。公之孫同知諸暨州事曦乃以家書數千卷來上。三史書成，蓋有所助。"① 因爲袁桷之家族爲東南藏書大家，其家族又爲文化世家，其藏書對《宋史》之修成助益尤多。正是因爲在修三史之前，充分搜輯了所需要的資料，故其編撰十分迅速。清人趙翼在《廿二史札記校證》中對元修三史之速作了一個説明：

> 元順帝時，命名脱脱等修宋、遼、金三史，自至正三年三月開局，至正五年十月告成。以如許卷帙，成之不及三年，其時日較明初修《元史》更爲迫促。然三史實皆有舊本，非至脱脱等始修也。各朝本有各朝舊史，元世祖時又已編纂成書，至脱脱等已屬第二三次修輯，故易於告成耳。……可見元世祖時，三史俱已修訂。……至順帝時，詔宋、遼、金各爲一史，於是據以編排，而紀、傳、表、志本已完備，故不三年遂竣事。人但知至正中修三史，而不知至正以前已早有成緒也。②

據趙翼的説法，三史實都有舊本在，既然確定三史各與正統，分別成史，那麼就無須重新編排，祇要在所存舊史的基礎上加以增輯整理就可以了。然而，趙翼的三史"早有成緒"僅是一家之言。在元人虞集、楊維楨、袁桷等人的記載中，都明確説明元廷雖有修史的準備，但都遷延未成。而三史之所以能够迅速完成，最大的可能應是之前準備工作充分，材料充實。

---

① （元）蘇天爵：《滋溪文稿》卷九《袁文清公墓志銘》，陳高華、孟繁清點校，中華書局，1997，第 136 頁。

② （清）趙翼：《廿二史札記校證》卷二三"宋遼金三史"條，王樹民校證，中華書局，1984，第 494～495 頁。

除了搜集材料這個主要因素，朝廷的重視亦非常重要。當時元廷於修史給予大量人力物力支持，除了翰林國史院文士之外，還召其他文館的人員參與其事，在《修三史詔》中説要在集賢、秘書、崇文以及其他諸多衙門中發現有文學博雅、德才兼備之士，令其充任修撰工作。[①] 另外，朝廷還徵召各地儒士參與修史工作，危素曾在《送彭公權序》中言及此事：

> 皇帝即位十有一年，詔修遼、金、宋史……中書平章政事康里公、今御史大夫秦中賀公、翰林學士承旨汴南張公、盧陵歐陽公、故侍講學士豫章揭公、今陝西行台侍御史大名李公、翰林侍講學士長沙楊公、故禮部尚書襄陰王公爲總裁官，各辟布衣士爲校勘。[②]

二　三史纂修人員之構成

朝廷對修史一事較爲重視，因而在翰林國史院擔任修史之士皆爲一時之俊彦，如：

> 歐陽玄，字原功，其先家盧陵，與文忠公修同所自出。……詔修遼、金、宋三史，召爲總裁官，發凡舉例，俾論撰者有所據依。史官中有怛怛露才、論議不公者，玄不以口舌爭，俟其呈稿，援筆竄定之，統系自正。至於論、贊、表、奏，皆玄屬筆。五年，帝以玄歷仕累朝，且有修三史功，諭旨丞相，超授爵秩，遂擬拜翰林學士承旨。[③]

歐陽玄（1273～1358）是元代後期大都文壇的領軍人物，於天曆年間曾經參與修纂《經世大典》，積累了豐富的經驗。修宋、遼、金三史的要求更高，因成於衆手，不僅要有統一的標準，而且還要文風統一，最主要的是史家的立場還需保持中立、公正無私的態度，史載："歐陽玄曰：明宗皇帝詔修遼、金史，揭公俟斯與其選。人問修史之道何先，公曰：收書用

---

① （元）脱脱等：《遼史》《附錄·修三史詔》，中華書局，1974，第1554頁。
② （元）危素：《危太樸文集》卷七《送彭公權序》，嘉業堂叢書本。
③ （明）宋濂等：《元史》卷一八二《歐陽玄傳》，中華書局，1976，第4196～4198頁。

人。又問用人何先，曰：用人先論心術。心術者，修史之本也。心術不正，其他雖長，不可用。此千古篤論。"① 故元廷在選擇修史人員時極爲慎重，所選多爲公認人品醇正、文風不浮的文士。

當時主其事者尚有張起岩、呂思誠。張起岩爲人耿介、剛直，曾大膽反對文宗觀覽《實錄》，其 "論事剴直，無所顧忌，與上官多不合。詔修遼、金、宋三史，復命入翰林爲承旨，充總裁官，積階至榮祿大夫。起岩熟於金源典故，宋儒道學源委，尤多究心，史官有露才自是者，每立言未當，起岩據理竄定，深厚醇雅，理致自足"。② 這在很大程度上保證了修史不受外界的干擾。關於呂思誠，史料記載不太詳細，但也是由監察部門調入翰林國史院修，《元史》本傳記載 "字仲實，平定州人。……改禮部尚書，御史台奏爲治書侍御史，總裁遼、金、宋三史，升侍御史，樞密院奏爲副使，御史台留爲侍御史"。③ 估計是考慮其有實際工作經驗，能協調各方。其他修史人員《元史》多有記載：

> 汪澤民，字叔志……至正三年，朝廷修遼、金、宋史，召澤民赴闕，除國子司業，與修史。書成，遷集賢直學士，階太中大夫。……遂以嘉議大夫、禮部尚書致仕。既歸田里，與門生故人相往返嬉游，超然若忘世者。④（《汪澤民傳》）

> 干文傳，字壽道，平江人。……至正三年，召赴闕，承詔預修《宋史》，書成，賞賫優渥，仍有旨四品以下各進一官。⑤（《干文傳傳》）

> 張翥，字仲舉，晉寧人。……至正初，召爲國子助教，分教上都生。尋退居淮東。會朝廷修遼、金、宋三史，起爲翰林國史院編修官。史成，歷應奉、修撰，遷太常博士，升禮儀院判官，又遷翰林，

---

① （清）孫承澤：《春明夢餘錄》卷一三 "歐陽玄" 條，《文淵閣四庫全書》本。
② （明）宋濂等：《元史》卷一八二《張起岩傳》，中華書局，1976，第 4195 頁。
③ （明）宋濂等：《元史》卷一八五《呂思誠傳》，中華書局，1976，第 4249 頁。
④ （明）宋濂等：《元史》卷一八五《汪澤民傳》，中華書局，1976，第 4253 頁。
⑤ （明）宋濂等：《元史》卷一八五《干文傳傳》，中華書局，1976，第 4255 頁。

歷直學士、侍講學士，乃以侍讀兼祭酒。①（《張翥傳》）

吳當，字伯尚，澄之孫也。……會詔修遼、金、宋三史，當預編纂。書成，除翰林修撰。②（《吳當傳》）

伯顏，一名師聖，字宗道，哈剌魯氏，隸軍籍蒙古萬户府，世居開州濮陽縣。……至正四年，以隱士徵至京師，授翰林待制，預修《金史》。既畢，辭歸。③（《伯顏傳》）

巎巎字子山，康里氏。父不忽木，自有傳。……尋拜翰林學士承旨、知制誥兼修國史、知經筵事，提調宣文閣崇文監。……一日，進讀司馬光《資治通鑑》，因言國家當及斯時修遼、金、宋三史，歲久恐致闕逸。後置纂修，實由巎巎發其端。④（《巎巎傳》）

余闕，字廷心，一字天心，唐兀氏，世家河西武威。……尋以修遼、金、宋三史召，復入翰林，爲修撰。⑤（《余闕傳》）

廉惠山海牙，字公亮，布魯海牙之孫，希憲之從子也。……至正三年初，行郊禮，召拜侍儀使。明年，預修遼、金、宋三史，遷崇文太監。自是累遷爲河南行省右丞。⑥（《廉惠山海牙傳》）

王思誠，字致道，兗州嶧陽人。……召修遼、金、宋三史，調秘書監丞。⑦（《王思誠傳》）

李好文，字惟中，大名之東明人。……（至正）四年，除江南行

---

①　（明）宋濂等：《元史》卷一八六《張翥傳》，中華書局，1976，第4284頁。
②　（明）宋濂等：《元史》卷一八七《吳當傳》，中華書局，1976，第4298頁。
③　（明）宋濂等：《元史》卷一九〇《伯顏傳》，中華書局，1976，第4349～4350頁。
④　（明）宋濂等：《元史》卷一四三《巎巎傳》，中華書局，1976，第3413～3415頁。
⑤　（明）宋濂等：《元史》卷一四九《余闕傳》，中華書局，1976，第3426頁。
⑥　（明）宋濂等：《元史》卷一四五《廉惠山海牙傳》，中華書局，1976，第3447～3448頁。
⑦　（明）宋濂等：《元史》卷一八三《王思誠傳》，中華書局，1976，第4210～4213頁。

台治書侍御史，未行，改禮部尚書，與修遼、金、宋史，除治書侍御史，仍與史事。俄除參議中書省事，視事十日，以史故，仍爲治書。已而復除陝西行台治書侍御史，時台臣皆缺，好文獨署台事。① （《李好文傳》）

揭傒斯，字曼碩，龍興富州人。……詔修遼、金、宋三史，傒斯與爲總裁官，丞相問："修史以何爲本？"曰："用人爲本，有學問文章而不知史事者，不可與；有學問文章知史事而心術不正者，不可與。用人之道，又當以心術爲本也。"且與僚屬言："欲求作史之法，須求作史之意。古人作史，雖小善必録，小惡必記。不然，何以示懲勸！"由是毅然以筆削自任，凡政事得失，人材賢否，一律以是非之公。至於物論之不齊，必反覆辨論，以求歸於至當而後止。……時方有使者至自上京，錫宴史局，以傒斯故，改宴日。使者以聞，帝爲嗟悼，賜楮幣萬緡，仍給驛舟，護送其喪歸江南。② （《揭傒斯傳》）

泰不華，字兼善，伯牙吾台氏。……年十七，江浙鄉試第一。明年，對策大廷，賜進士及第，授集賢修撰，轉秘書監著作郎，拜江南行台監察御史。……召入史館，與修遼、宋、金三史，書成，授秘書卿。③ （《泰不華傳》）

危素，字太樸，金溪人，唐撫州刺史全諷之後。少通《五經》，游吳澄、范梈門。至正元年用大臣薦授經筵檢討。修宋、遼、金三史及注《爾雅》成，賜金及宮人，不受。由國子助教遷翰林編修。纂后妃等傳，事逸無據，素買錫餅饋宦寺，叩之得實，乃筆諸書，卒爲全史。④ （《危素傳》）

余貞，字復卿，寧州人。……至元間，以翰林修撰召修宋、遼、

① （明）宋濂等：《元史》卷一八三《李好文傳》，中華書局，1976，第 4216~4217 頁。
② （明）宋濂等：《元史》卷一八一《揭傒斯傳》，中華書局，1976，第 4184~4186 頁。
③ （明）宋濂等：《元史》卷一四三《泰不華傳》，中華書局，1976，第 3423~3424 頁。
④ （清）張廷玉等：《明史》卷二八五《危素傳》，中華書局，1974，第 7314 頁。

金三史。史成，乞歸養。①（《余貞傳》）

　　阿魯圖，博爾术四世孫。父木剌忽。阿魯圖由經正監襲職爲怯薛官，掌環衛，遂拜翰林學士承旨，遷知樞密院事。……（至元四年）五月，詔拜中書右丞相、監修國史……時詔修遼、金、宋三史，阿魯圖爲總裁。五年，三史成。②（《阿魯圖傳》）

　　太平，字允中，初姓賀氏，名惟一，後賜姓蒙古氏，名太平，仁杰之孫，勝之子也。……嘗受業於趙孟頫，又師事云中呂弼。……遼、金、宋三史久未克修，至是太平力贊其事，爲總裁官，修成之。③（《太平傳》）

從中可以發現，修史人員皆爲一時翰苑名臣。

　　三史分局修纂，脱脱爲都總裁，裁決三史之事，其下又分設三史總裁官。總裁《遼史》的官員有六位：鐵睦爾達世、張起岩、呂思誠、賀惟一（太平）、揭傒斯、歐陽玄；負責纂修的官員有四人：廉惠山海牙、徐昺、王沂、陳繹曾。另外由於三朝實錄、野史、傳記、碑文等資料并不是集中在一起，而是散落各地，故當時政府專門令行省和各處正官提調，《遼史》附錄中的《修史官史》中記載的提調官員由中書省、禮部及工部的官員構成，共計十四位。④ 負責修《金史》的總裁官共七人：鐵睦爾達世、張起岩、楊宗瑞、賀惟一、歐陽玄、王沂、李好文；纂修官有六位：沙剌班、王理、伯顏、費著、趙時敏、商企翁。⑤ 其提調官由中書省、六部及太學禮儀院、翰林國史院的官員構成，共計二十位。負責《宋史》的總裁官有七位：鐵睦爾達世、賀惟一、張起岩、歐陽玄、李好文、王沂、楊宗瑞，與修《金史》者同；纂修官有二十三位：斡玉倫徒、泰不華、杜秉彝、宋褧、王思誠、汪澤民、干文傳、張瑾、貢師道、麥文貴、余闕、李齊、劉

①　（清）（乾隆）《江西通志》卷六七《余貞傳》，《文淵閣四庫全書》本。
②　（明）宋濂等：《元史》卷一三九《阿魯圖傳》，中華書局，1976，第3361頁。
③　（明）宋濂等：《元史》卷一四〇《太平傳》，中華書局，1976，第3367～3368頁。
④　據《遼史》附錄《進遼史表》及《修史官員》兩文統計。
⑤　據《金史》附錄《進金史表》及《修史官員》兩文統計。

聞、賈魯、馮福可、陳祖仁、趙中、王儀、余貞、譚愷、張翥、吳當、危
素等。修《宋史》的提調官共計二十三位。①

　　從族群構成來看，修史人員中有很多色目人、蒙古人，他們亦爲飽學
醇儒之士。譬如伯顔，雖爲蒙古人，但遠近受學千餘人，儒學修養頗爲深
厚；巙巙，字子山，元初名臣不忽木之子；廉惠山海牙，字公亮，布魯海
牙之孫，希憲之從子。這些人都是元代所謂“好根脚”之人，多有祖上福
蔭，但他們同時傾心漢文化，是元代少數族群漢化最成熟階段的代表，儒
學修養深厚，在藝術與文學修養上均爲元朝翹楚，如余闕是元代著名詩
人，巙巙爲著名書法家。將之作爲論據，筆者認爲是所謂勝國心態下元朝
統治者對文化采取一種相容和廣泛吸收的態度，對於所謂的民族屬性倒不
甚在意，因而宋、遼、金三史的纂修人員有多種民族屬性。對於人才任
用，仍是嚴格按照儒家的倫理規範進行選拔，甚至更爲保守。可以看出元
代修史相對來説較爲客觀，并且較少受外界干擾，即以修史人員來講，能
抛開族群偏見，如實際主事者歐陽玄爲南人，大體能做到以德行和才藻作
爲選拔纂修人員的標準，這點着實難得。

　　綜上所述，元代翰林國史院的修史職責既包括對前朝史書的編寫，也
包括對本朝實録的撰修，這些都對保證中國史學傳統的延續性和完整性做
出了不可磨滅的貢獻。另外特別值得注意的是，任職翰林國史院的多民族
群體，這一特徵爲元代所獨有，極大地促進了以漢族文化爲主的多元文化
交融。元廷在修史過程中的開放心態和包容態度，對日後中國文化的走嚮
影響深遠。元代翰林國史院的修史過程并非一帆風順，而是歷經波折，翰
林國史院任職的各族文士面臨各種困難和挑戰，他們相互磨礪，各盡所
能，保證了修史工作的最終完成。從這一角度來講，元代翰林國史院在修
史方面取得的成就更顯得難能可貴，各族文士在修史過程中的相互學習和
影響，也見證了南、北方文士文學觀念和實踐的逐步合流，這對研究元代
文學史和族群關係史都有重要意義。

---

① 據《宋史》附録《進宋史表》及《修史官員》兩文統計。

第四章　元代翰林國史院與元廷
其他職能部門之聯繫

元代翰林國史院與元廷其他職能部門關係遠近程度不一，這裏將從其與中書省、御史台、樞密院的關係中考證其管理與遷轉情況，從其與其他文館關係中理清其職能變化情況。

第一節　翰林國史院與中書省、御史台、
樞密院的淵源

元代以中書省總理政務，翰林國史院是中書省下轄機構，其在設立之初即和中書省有千絲萬縷的聯繫。元世祖即帝位之後，在制度上實行變革，設置中書省總攬政務，樞密院掌兵權，御史台司黜陟。實行內外分治，在內有寺、監、衛、府，負責皇城內部日常事務；在外設有行省、行台、宣慰司、廉訪司，負責國家的政務。地方上管理人民的機構有路、府、州、縣。官員任用蒙漢有別，蒙古人任職權力大於漢人和南人。[1] 翰林國史院與蒙古翰林院分立後，其主要職責祇剩下"纂修國史、典制誥、備顧問"。[2] 翰林國史院成立後，王鶚即奏請修史，包括遼、金史和元史，并請中書省左、右丞相監修：

> （中統二年七月）癸亥，初立翰林國史院。王鶚請修遼、金二史，又言："唐太宗置弘文館，宋太宗設內外學士院。今宜除拜學士院官，作養人才。乞以右丞相史天澤監修國史，左丞相耶律鑄、平章政事王

① （明）宋濂等：《元史》卷四《世祖一》，中華書局，1976，第57頁。
② （明）宋濂等：《元史》卷八《世祖五》，中華書局，1976，第165頁。

文統監修遼、金史，仍采訪遺事。"并從之。①

　　從此，中書丞相監修史事成爲定例，且國史多由右相監修。初立翰林國史院時，史天澤以中書省右丞相的身份監修國史。此後，成宗朝之完澤，武宗朝之塔剌海，仁宗朝之合散，英宗朝之拜住，泰定帝朝之塔失帖木兒，明宗、文宗朝之燕鐵木兒，順帝朝之伯顔、阿魯圖、托克托、朵兒只、孛羅帖木兒、撒里皆曾以中書省右丞相的身份監修國史。②

　　監修國史多由中書省右丞相擔任，但也有例外。《元史》卷九《世祖六》載："（至元十三年六月）戊寅，詔作《平金》《平宋録》，及諸國臣服傳記，仍命平章軍國重事耶律鑄監修國史。"③ 《元史》卷四一《順帝四》載："（至正八年正月）詔翰林國史院纂修后妃、功臣列傳，學士承旨張起岩、學士楊宗瑞、侍講學士黄溍爲總裁官，左丞相太平、左丞吕思誠領其事。"④ 耶律鑄以平章軍國重事監修國史，太平、吕思誠以左丞相監修國史，皆屬例外。正因爲如此，《太平傳》對於太平以左丞相監修國史一事的評價是："明年正月，詔修后妃、功臣傳，特命太平同監修國史，蓋異數也。"⑤ 同樣，翰林國史院初立之時，以左丞相耶律鑄、平章政事王文統監修《遼史》《金史》，但在順帝朝修《遼史》《金史》《宋史》時，其總裁官爲中書省右丞相脱脱。另外，《廿二史札記》記載"成宗即位，詔完澤監修世祖實録。元貞七年，國史院進太祖、太宗、定宗、睿宗、憲宗五朝實録"。⑥ 完澤於此時擔任中書省右丞職位。這説明了翰林國史院在元中後期已經完全步入正軌，運作按照儀軌進入程式化。

　　翰林國史院有典制誥之職，文獻中多有記載翰林學士知制誥一職，但實際上這一職責是由中書省管轄的，也就是説翰林院的制誥職責的最終决

---

① （明）宋濂等：《元史》卷四《世祖一》，中華書局，1976，第71～72頁。
② 依次見《元史》卷一八《成宗一》，卷二二《武宗一》，卷二三《武宗二》，卷二五《仁宗二》，卷一三六《拜住傳》，卷二九《泰定帝一》，卷三一《明宗》，卷三八《順帝一》，卷一三九《阿魯圖傳》，卷一三九《朵兒只傳》，卷四六《順帝九》，中華書局，1976。
③ （明）宋濂等：《元史》卷九《世祖六》，中華書局，1976，第183頁。
④ （明）宋濂等：《元史》卷四一《順帝四》，中華書局，1976，第880頁。
⑤ （明）宋濂等：《元史》卷一四〇《太平傳》，中華書局，1976，第3368頁。
⑥ （清）趙翼：《廿二史札記校證》卷二九《元史》，王樹民校證，中華書局，2013，第649頁。

定權在中書省，《元史·刑法志》記載"諸翰林院應譯寫制書，必呈中書省，共議其稿"。① 甚至有些時候需要特別強調，《元史》卷三四《文宗三》載："詔：'僧、道、獵户、鷹坊合得璽書者，翰林院無得越中書省以聞。'"② 元朝三令五申强調中書省對翰林國史院典制誥職責的監察是非常必要的，目的就是防止矯詔事件的發生。在此之前的至元十九年，王著和高和尚矯詔刺死阿合馬，此事在當時影響巨大，元朝政府對朝廷制誥監防不能不嚴。王惲《秋澗集》卷九三《玉堂嘉話》卷一"大元中統二年秋七月"條載："初，公既草諸相宣辭，通作一卷實封，細銜書名，上用院印，付惲呈省。"③ 可見，國史院所作制誥之類，不僅要"呈省"，還要"實封"，元廷對制誥管理之嚴可見一斑。

翰林國史院典制誥之職雖然接受中書省的監督，但有時還是不免因所草制册不合上層統治者的意圖而受到牽連，甚至有喪命之虞。閻復曾奉旨爲桑哥撰寫輔政碑，桑哥敗後，閻復當時"已改廉訪使，亦坐免"。④ 不僅如此，閻復被免職後，還有人不停以此事發難。至元二十九年二月，御史臺月兒魯、崔彧等言："馮子振、劉道元指陳桑哥同列罪惡，詔令省臺臣及董文用、留夢炎等議。其一言：'翰林諸臣撰《桑哥輔政碑》者，廉訪使閻復近已免官，餘請聖裁。'帝曰：'死者勿論，其存者罰不可恕也。'"⑤ 忽必烈此時對存者的態度仍是"罰不可恕"。至元二十九年五月，中書省臣言："妄人馮子振嘗爲詩譽桑哥，且涉大言，及桑哥敗，即告詞臣撰碑引諭失當，國史院編修官陳孚發其奸狀，乞免所坐，遣還家。"帝曰："詞臣何罪！使以譽桑哥爲罪，則在廷諸臣，誰不譽之！朕亦嘗譽之矣。"⑥ 因忽必烈此時態度的轉變，閻復爲桑哥撰寫輔政碑一事纔告一段落。即使這樣，閻復直到元成宗即位後，纔被再次起用。⑦ 虞集也曾因草詔事，險些被清算。虞集曾奉旨草詔，言順帝非明宗親生子，昭告天下。順帝即位

---

① （明）宋濂等：《元史》卷一〇二《刑法一》，中華書局，1976，第2617頁。

② （明）宋濂等：《元史》卷三四《文宗三》，中華書局，1976，第760頁。

③ （元）王惲：《王惲全集彙校》卷第九三《玉堂嘉話卷第一》，楊亮、鍾彥飛點校，中華書局，2013，第3779頁。

④ （明）陳邦瞻：《元史紀事本末》卷七《阿合馬桑盧之奸》，中華書局，1979，第53頁。

⑤ （明）宋濂等：《元史》卷一七《世祖一四》，中華書局，1976，第360頁。

⑥ （明）宋濂等：《元史》卷一七《世祖一四》，中華書局，1976，第362頁。

⑦ （明）宋濂等：《元史》卷一六〇《閻復傳》，中華書局，1976，第3773頁。

後，近臣以此事上告順帝，順帝言："此我家事，豈由彼書生耶！"① 如果不是元順帝大度，虞集恐怕要家破人亡了。後世雖多言元代無文字獄之興，但由此可見，詞臣的命運沉浮仍舊係於統治者一念之間，亦可以看出，元廷令翰林院行制誥之職，多是用其撰寫文章之才，也即吳澄所言的翰林文士多"博記覽，尤諳於典故；能文章，尤工於制誥"②，而并非真正地將這一職權授予翰林院。元代上層統治者出於"侵略與被侵略"心理的顧慮，并沒有完全接納漢族文士，尤其是南方的文人士大夫，況且又是才能如此出衆的漢族文士。實際上，他們的這種敵視與防備在一定程度上來自於恐懼。故而元代的翰林院雖是中央機構，品階頗高，但未掌握很大的實際權力，因此翰林文士多有虞集所言的"安富尊榮，自壯至老，優游以終"③ 的閑散生活。

翰林國史院備顧問之職責適用範圍很廣，議政範圍涵蓋政治、經濟、軍事、外交、文化等各個方面。至元十四年三月，"以冬無雨雪，春澤未繼，遣使問便民之事於翰林國史院，耶律鑄、姚樞、王磐、竇默等對曰："足食之道，唯節浮費，靡穀之多，無逾醪醴麯糵。況自周、漢以來，嘗有明禁。祈賽神社，費亦不貲，宜一切禁止。' 從之"。④ 至元二十七年（1290）九月，"是歲地震，北京尤甚，地陷，黑沙水涌出，人死傷數十萬，帝深憂之。時駐蹕龍虎台，遣阿刺渾撒里馳還，召集賢、翰林兩院官，詢致災之由"。⑤ 至治二年（1322）十二月，"以地震、日食，命中書省、樞密院、御史台、翰林、集賢院集議國家利害之事以聞"。⑥ "中書省臣欽奉聖旨，以恒暘、暴風、星芒之變，同御史台、集賢、翰林院會議。"⑦ 以上是爲參議灾害例。至元十九年（1282）四月，"敕和禮霍孫集中書省部、御史台、樞密院、翰林院等官，議阿合馬所管財賦，先行封籍府庫"。⑧ "皇慶二年四月二十六日，中書省奏：台官人每與俺文書，'江南

① （明）宋濂等：《元史》卷一八一《虞集傳》，中華書局，1976，第 4180 頁。
② （元）吳澄：《吳文正集》卷三三《送曾異初序》，《文淵閣四庫全書》本。
③ （元）虞集：《道園學古錄》卷一七《翰林學士承旨劉公神道碑》，《四部叢刊》本。
④ （明）宋濂等：《元史》卷九《世祖六》，中華書局，1976，第 189 頁。
⑤ （明）宋濂等：《元史》卷一七二《趙孟頫傳》，中華書局，1976，第 4020 頁。
⑥ （明）宋濂等：《元史》卷二八《英宗二》，中華書局，1976，第 626 頁。
⑦ （元）程鉅夫：《雪樓集》卷一〇《議灾异》，《文淵閣四庫全書》本。
⑧ （明）宋濂等：《元史》卷一二《世祖九》，中華書局，1976，第 241 頁。

平江等處有的係官地內，撥賜與了諸王駙馬并寺觀諸官員每的地土，他每自委付着管庄的人每，比官司恣意多取要糧斛分例搔擾，教百姓每生受有。合追復還官，供給國家。' 麼道説有。杭州行省也這般與文書來。俺與御史台、集賢翰林院老的每一同商量來，除與了諸王、公主、駙馬、寺觀的田地，依已了的聖旨，與他每佃户合納的租糧，官倉里收了，各枝兒於倉里驗納來的數目關支。"① "至正十年，右丞相脱脱欲更鈔法，乃會中書省、樞密院、御史台及集賢、翰林兩院官共議之。"② 以上是爲參議財賦、鈔法例。至元十五年五月，"詔諭翰林學士和禮霍孫，今後進用宰執及主兵重臣，其與儒臣老者同議"。③ 至元十七年七月，"廣東宣慰使帖木兒不花言：'諸軍官宜一例遷轉。江淮郡縣，首亂者誅，没其家。官豪隱庇佃民，不供徭役，宜別立籍。各萬户軍交參重役，宜發還元翼。'詔中書省、樞密院、翰林院集議以聞"。④ 至治二年（1322）三月，"己巳朔（舊脱朔字），以國學廢弛，命平章廉恂、參議張養浩、都事字术魯翀董之。仍命省台與翰林院、國子監同議興舉"。⑤ 至治三年春正月，"起前樞密院副使吳元珪、王約爲集賢大學士，翰林侍講學士韓從益爲昭文館大學士，并商議中書省事"⑥，以上是爲參議宰執、軍事例。至元十七年十一月，"翰林學士承旨和禮霍孫等言：'俱藍、馬八、闍婆、交趾等國俱遣使進表，乞答詔。'從之，仍賜交趾使人職名及弓矢鞍勒。降詔招諭瓜哇國"。⑦ 至元九年，"張鐸與日本人彌四郎等十二人至京師。良弼本意欲見日本王，説以罷兵修好，既見拒，乃與太宰府守護官議。守護官亦恐兵連禍結，與良弼定約，遣彌四郎僞稱使介，修飾其詞，偕張鐸報命。帝召見張鐸，宴勞之，鐸奏良弼遣臣入奏，與日本人彌四郎等至太宰府，其守護官云：'曩爲高麗所紿，屢言上國來伐，豈意皇帝先遣行人下示璽書，然王都去此尚遠，顧先遣人從使者回報，故良弼使鐸同日本人入覲。'帝疑之，命翰林學士承旨和禮和孫問於姚樞、許衡等皆對曰：'誠如聖算，彼

① 《通制條格校注》卷一六《田令·撥賜田土》，方齡貴校注，中華書局，2001，第485頁。
② （明）宋濂等：《元史》卷九七《食貨五》，中華書局，1976，第2483頁。
③ （明）宋濂等：《元史》卷一〇《世祖七》，中華書局，1976，第200頁。
④ （明）宋濂等：《元史》卷一一《世祖八》，中華書局，1976，第224~225頁。
⑤ （清）屠寄：《蒙兀兒史記》卷一二《碩德八剌可汗十》，民國刊本。
⑥ （清）屠寄：《蒙兀兒史記》卷一二《碩德八剌可汗十》，民國刊本。
⑦ （明）宋濂等：《元史》卷一一《世祖八》，中華書局，1976，第227頁。

懼我加兵，故使此輩伺吾强弱耳，不宜聽其入覲。'帝從之"。① 以上是爲參議外交例。至元七年（1270）九月，"劉秉忠、姚樞、王磐、竇默、徒單公履等上言：'許衡疾歸，若以太子贊善王恂主國學，庶幾衡之規模不致廢墜。'又請增置生員，并從之。秉忠等又奏置東宮宮師府詹事以次官屬三十八人"。②延祐三年（1316）四月，"命中書省與御史台、翰林、集賢院集議封贈通制，著爲令"。③ "延祐七年七月，英宗命省臣與太常禮儀院速製法服。八月，中書省會集翰林、集賢、太常禮儀院官講議，依秘書監所藏前代帝王袞冕法服圖本，命有司製如其式。"④ 以上是爲參議教育、禮儀例。

翰林國史院、集賢院因參議國事，對國家政事多有助益，故在致仕方面可與他官不同。大德四年五月，成宗皇帝特旨强調，"諭集賢大學士阿魯渾撒里等曰：'集賢、翰林乃養老之地，自今諸老滿秩者升之，勿令輒去，或有去者，罪將及汝。其諭中書知之。'"⑤ 又於大德七年七月，"詔除集賢、翰林老臣預議朝政，其餘三品以下，年七十者，各升散官一等致仕"。於正史之外，元人的文集中也有對此事的記載，而且漢族文士對元廷此舉多持肯定之態。如程端禮在《送張縣尹致仕序》中言："《禮》稱七十致仕，蓋以人之氣血既衰，可以告老而爲吾休息之計，不過就其人所自處者而論之耳。而後世因之以爲例，凡登茲年者，息不爲世用。夫當齒德俱尊之時，正有以決大疑、定大謀而例去之，則無老成人矣！故國朝惟翰林、集賢與它官之精力未衰者，不在致仕限，良有以也。"⑥ 又程端學在《送周教授回任序》中説："年及致仕，而不得施於政也。國朝之制，惟集賢、翰林及精力未衰者，不在致仕限，周君矍鑠如此，尚堪一行，幸無讓。"⑦ 不僅如此，元廷對於翰林院之人選也非常在意，曾多次下旨强調。大德七年，議翰林院、國子學官員，朝臣認爲："文翰師儒難同常調，翰

① 柯劭忞：《新元史》卷一五八《趙良弼傳》，張京華、黃曙輝總校，上海古籍出版社，2017，第3311頁。
② （明）宋濂等：《元史》卷七《世祖四》，中華書局，1976，第151頁。
③ （明）宋濂等：《元史》卷二五《仁宗二》，中華書局，1976，第573頁。
④ （清）魏源：《元史新編》卷七八《禮》，清光緒三十一年邵陽魏氏慎微堂刻本。
⑤ （明）宋濂等：《元史》卷二〇《成宗三》，中華書局，1976，第431頁。
⑥ （元）程端禮：《畏齋集》卷三《送張縣尹致仕序》，民國《四明叢書》本。
⑦ （元）程端學：《積齋集》卷二《送周教授回任序》，民國《四明叢書》本。

林院宜選通經史、能文辭者，國子學宜選年高德劭、能文辭者，須求資格相應之人，不得預保布衣之士。若果才德素著，必合不次超擢者，別行具聞。"① 該議指出了翰林院、集賢院用人當以學識品德爲先，資格不應之人不得預選。皇慶元年正月，仁宗詔書言："翰林、集賢儒臣，朕自選用，汝等毋輒擬進。人言御史臺任重，朕謂國史院尤重；御史臺是一時公論，國史院實萬世公論。"② 仁宗認爲翰林、集賢職責重要，欲親選其人。不久，"敕李孟博選中外才學之士任職翰林"③ "詔遴選賢士，纂修國史"。④ 而且元人在雜劇創作中對此也有所反映，如白樸《東墻記》言："皇帝詔旨：爾狀元馬彬有文武全才，博學宏詞，可授翰林學士。"⑤ 又費唐臣《貶黃州》言："小官若無才學，怎居翰林之職？想當日，夜對內殿，寵賜金蓮，際遇非淺也。"⑥ 由之可以看出，元代統治者在用人上的遠見卓識。他們雖未深入經受漢族統治借以維護統治的儒家思想的熏陶，但往往能夠跳出漢族統治儒學化制度的若干窠臼條例，實施更符合當下統治的制度章程。而且，元廷在對翰林、集賢文士的任用上表明他們對翰林院參議國事的行爲是既滿意又支持的，也可見元代早期北方漢族知識分子所受倚重的程度。

翰林院其他職責如祭祀、進講經筵等，也是在中書省管理之下。天曆二年七月，"敕中書平章政事哈八兒禿同翰林國史院官，致祭太祖、太宗、睿宗三朝御容"⑦，是爲祭祀例。《秘書監志》所載一事也可看出翰林院在中書省管理之下的祭祀職責。

延祐七年五月，准中書禮部關，奉中書省札付，撿校官呈中書省，照得省部架閣庫見收文卷簿籍諸物，切恐各庫不爲用心，失於收架，於延祐六年十二月二十八日連送禮部郎中張朝，請仰依已行事理施行。奉此，將見收諸物與本庫官典一同分揀，於內除必合存留□□

① （明）宋濂等：《元史》卷八三《選舉三》，中華書局，1976，第2064頁。
② （明）宋濂等：《元史》卷二四《仁宗一》，中華書局，1976，第549頁。
③ （明）宋濂等：《元史》卷二四《仁宗一》，中華書局，1976，第552頁。
④ （明）宋濂等：《元史》卷二四《仁宗一》，中華書局，1976，第556頁。
⑤ （元）白樸：《東墻記》，明脉望館抄校本。
⑥ 隋樹森編《元曲選外編·蘇子瞻風雪貶黃州雜劇·第一折》，中華書局，1959，第356頁。
⑦ （明）宋濂等：《元史》卷三一《明宗》，中華書局，1976，第701頁。

中書令、尚書令、翰林國史院祭□□御容金銀器盒案衣禮物等錢，累年開讀過詔赦，并追到諸人元受宣命、敕牒、執把、鋪馬、聖旨、諸王令旨，一切文憑，依舊收貯，外據其餘諸物，行下省架閣庫，依數交付秘書監，就便差人關領，依例收貯。①

許有壬在泰定間"始以省台翰林通儒之臣知經筵事而設其屬焉"②，《宋元資治通鑒》則詳細記載泰定元年（1324），"甲戌，江浙行省左丞趙簡，請開經筵及擇師傅，令太子及諸王大臣子孫受學，遂命平章政事張珪、翰林學士承旨忽都魯都兒迷失、學士吳澄、集賢直學士鄧文原，以《帝範》《資治通鑒》《大學衍義》《貞觀政要》等書進講，復敕右丞相也先鐵木兒領之"。③ 此爲進講經筵例。

翰林國史院與御史台聯繫緊密，很多翰林官員在秩滿後經常轉入監察體系，監察秩滿後又多重回翰林院。以王惲爲例，王惲官翰林修撰、翰林待制後，轉入監察體系，歷官河南河北道提刑按察副使、燕南河北道提刑按察副使、山東東西道提刑按察副使，秩滿後，又重回翰林院，官翰林學士。④ 其神道碑銘稱其"五任風憲，三入翰林"⑤，所言不虛。張起岩也有類似經歷，歐陽玄在《元封秘書少監累贈中奉大夫河南江北等處行省參知政事護軍追封齊郡公張公先世碑》中對他複雜的仕宦履歷有所介紹："初授集賢修撰，遷國子博士、監丞、司業，歷翰林待制、監察御史、中書右司員外郎郎中，兼經筵官，轉太子左贊善、燕王司馬，拜禮部尚書、參議中書省事，升翰林侍講學士、中奉大夫、知制誥、同修國史，尋以本官知經筵事，出爲江南浙西道肅政廉訪使，未行，奏留侍講，進知經筵。俄除陝西諸道行御史台侍御史。"⑥ 至元二十九年三月，"御史大夫月兒魯等奏：

---

① （元）王士點、商企翁編次《秘書監志》卷五《秘書庫》，高榮盛點校，浙江古籍出版社，1992，第99頁。

② （元）許有壬：《至正集》卷四四《敕賜經筵題名碑》，《文淵閣四庫全書》本。

③ （明）宋濂等：《元史》卷二九《泰定帝一》，中華書局，1976，第644頁。

④ （明）宋濂等：《元史》卷一六七《王惲傳》，中華書局，1976。

⑤ （元）王惲：《王惲全集彙校》附錄《序志題跋之屬·秋澗先生大全文集後序》，楊亮、鍾彥飛點校，中華書局，2013，第4485頁。

⑥ （元）歐陽玄：《圭齋文集》卷九《元封秘書少監累贈中奉大夫河南江北等處行省參知政事護軍追封齊郡公張公先世碑》，《四部叢刊》景明成化本。

'比監察御史商琥舉昔任詞垣風憲，時望所屬而在外者，如胡祗遹、姚燧、王惲、雷膺、陳天祥、楊恭懿、高道（按：似當爲高凝，《元史》卷一七二《程鉅夫傳》作'高凝'）、程文海、陳儼、趙居信十人，宜召置翰林，備顧問。'帝曰：'朕未深知，俟召至以聞'"。① 此處所舉十人，除陳天祥、楊恭懿外；其他八位皆先後在翰林院供職，亦可見翰林院官多與御史台官員互轉。

　　翰林院官多與御史台官員互轉的原因，當與翰林院、御史台建立之初人員任用情況有關。翰林院初建之時，正值元朝初入中原之日，他們對於包括翰林院在內的漢文化頗不熟悉，故翰林院所用官員除正職外，多用漢人。御史台的情況與此相似，"御史台，秩從一品。……至元五年，始立台建官，設官七員。……察院……至元五年，始置御史十一員，悉以漢人爲之。八年，增置六員。十九年，增置一十六員，始參用蒙古人爲之。至元二十二年，參用南儒二人"。②從中可以看出，御史台至元五年時始立，御史十一人悉用漢人，直到至元十九年，纔參用蒙古人。不僅如此，御史台始立時，除了御史大夫、御史中丞、殿中侍御史外，侍御史、治書、監察御史也全部用漢人，王惲《秋澗集》載："至元改元之五年秋七月，憲台肇建，於以配肅天德，用昭太微執法之象。詔前平章政事塔察公爲御史大夫；曰中丞，曰殿中侍御史，以帖赤木、八剌撥灰貳焉；曰侍御史，曰治書，曰監察御史，純用漢人。一切事宜，率循舊典。其裏行十有二人，令各舉所知以充員數。"③ 正因爲翰林院、御史台均爲文職機構，建立之初多用漢人，且大多是精通漢文化的儒士，故其在秩滿遷轉時，多在兩部門間互轉。

　　翰林院與樞密院之關係較爲疏遠，雖然翰林院自始至終都有備顧問的職責，歷來有關軍事的國事多參與討論，但以翰林院官遷轉爲樞密院官的例子并不多。究其原因，一是翰林之職與掌兵之術相去甚遠，二者之間的遷轉不太可能；二是元廷對漢人多有猜疑，特別是元中統三年李璮事件後，漢人世侯多被解除兵權，元廷對於漢人的提防更重，委漢人以兵權對

---

① （明）宋濂等：《元史》卷一七《世祖一四》，中華書局，1976，第361頁。
② （明）宋濂等：《元史》卷八六《百官二》，中華書局，1976，第2177～2179頁。
③ （元）王惲：《王惲全集彙校》卷八三《烏台筆補序》，楊亮、鍾彦飛點校，中華書局，2013，第3439頁。

元廷來説實在是一件需萬分謹慎之事。元朝前期、中期一直堅持這一原則，直到元後期纔出現個別例外，元順帝時政局不穩，刀兵四起，翰林院官亦有直接參與軍事者，然亦以蒙古、色目人爲多，漢人、南人掌兵者史不見書。至正三年七月，"翰林學士承旨也兒吉尼知樞密院事"。① 至正三年十月，"以湖廣行省平章政事鞏卜班爲宣徽院使，行樞密院知院刺刺爲翰林學士承旨"。② 至正十二年二月，"命翰林學士承旨八剌與諸王孛蘭奚領軍守大名"。③ 至正十五年四月，"詔翰林待制烏馬兒、集賢待制孫撝招安高郵張士誠，仍賫宣命、印信、牌面，與鎮南王孛羅不花及淮南行省、廉訪司等官商議給付之"。④ 至正十五年五月，"江浙行省參知政事納麟哈剌統領水軍萬户等軍，會本省平章政事定定，進攻常州、鎮江等處。命將作院判官烏馬兒、利用監丞八十奴招諭濠、泗，淮南行省左丞相太平助之；章佩監丞普顏帖木兒、翰林修撰烈瞻招諭沔陽，四川行省平章政事玉樞虎兒吐華等助之"。⑤ 至正二十七年八月，"以右丞相完者帖木兒、翰林承旨答爾麻、平章政事完者帖木兒并知大撫軍院事"。⑥ 以上直接參與兵機之翰林院官員，也兒吉尼、刺刺、八剌、烏馬兒、烈瞻、答爾麻等都是蒙古、色目人，漢人、南人任翰林者則没有直接參與軍事的記載，元朝對漢人、南人任軍機的限制自始至終都没有解除。

元代的官僚機構自忽必烈建立之後，未作太大的變動，中書省、樞密院、御史台是這一官僚機構的權力中樞，"札牙篤帝（元文宗）有恒言：'中書省、樞密院，吾左右手也；御史台，治吾左右手病者也'"。⑦ 由之可看出三者在元朝統治管理中的關鍵地位。翰林國史院這一機構與三者均存在很多交集，借由對翰林院與三者關係的考察不僅可以完善對元代翰林國史院這一機構的研究，而且亦可以由此看出這一機構在元廷中較高的政治地位，進而分析翰林文士在政壇與文壇之間如何生存。

---

① （明）宋濂等：《元史》卷四一《順帝四》，中華書局，1976，第760頁。
② （明）宋濂等：《元史》卷四一《順帝四》，中華書局，1976，第869頁。
③ （明）宋濂等：《元史》卷四二《順帝五》，中華書局，1976，第895頁。
④ （明）宋濂等：《元史》卷四四《順帝七》，中華書局，1976，第924頁。
⑤ （明）宋濂等：《元史》卷四四《順帝七》，中華書局，1976，第925頁。
⑥ （明）宋濂等：《元史》卷四七《順帝十》，中華書局，1976，第980頁。
⑦ （明）王世貞：《弇山堂別集》卷五十二《都察院左右都御史表》，魏連科點校，中華書局，1985，第976頁。

第二節　翰林國史院與其他文館之關係

忽必烈繼承大統後，於中統初按官僚體制建設政府，時政府草創，翰林院兼有多個文館的職責，幾乎是所有文館的母體。

> 世祖皇帝中統元年，初設翰林學士承旨，官正三品。至元元年，乃建翰林國史院，而備學士等官。八年，院升從二品。成宗皇帝大德九年，院升正二品。仁宗皇帝親攬御筆點定，置立學士承旨六員，學士、侍讀學士、侍講學士、直學士各二員。皇慶元年，院升從一品，迄今遵爲永制。先是，蒙古新字及伊斯提費并教習於本院，翰林國史、集賢兩院合爲一，仍兼起居注、領會同館、知秘書監，而國子學以待制兼司業，興文署以待制兼令，編修官兼丞，俱來隸焉。其後新字既析置翰林院，而復立集賢院如故。今興文署已廢，本院於起居注、會同館、秘書監、國子學之事悉無所預，回回學士亦省，而伊斯提費以待制兼掌之。今上皇帝建宣文閣，而不設學士，詔以經筵、崇文監皆歸於本院。崇文監言其非便而止。惟於學士承旨而下，摘官判署經筵之文移。頃因纂修后妃功臣傳，又以執政兼學士承旨等官，而無常員。此建置沿革之大略也。①

從中可以看出，翰林院在當時幾乎承擔了所有的文化事業。後集賢院、蒙古翰林院分立，國子學、興文署歸集賢院，會同館歸禮部，翰林國史院的職責主要就剩"纂修國史、典制誥、備顧問"②了。

翰林國史院與集賢院關係較爲密切，二者在國初曾同一官署，但《元史》中關於二者分合時間與次數的記載語焉不詳。《元史》卷八七《百官三》載：

> 翰林兼國史院，秩正二品。中統初，以王鶚爲翰林學士承旨，未

---

① （元）黃溍：《金華黃先生文集》卷八《翰林國史院題名記》，元鈔本。
② （明）宋濂等：《元史》卷八《世祖五》，中華書局，1976，第165頁。

立官署。至元元年始置，秩正三品。六年，置承旨三員、學士二員、侍讀學士二員、侍講學士二員、直學士二員。八年，升從二品。十四年，增承旨一員。十六年，增侍讀學士一員。十七年，增承旨二員。二十年，省并集賢院爲翰林國史集賢院。二十一年，增學士二員。二十二年，復分立集賢院。①

集賢院，秩從二品，掌提調學校、徵求隱逸、召集賢良，凡國子監、玄門道教、陰陽祭祀、占卜祭遁之事，悉隸焉。國初，集賢與翰林國史院同一官署。至元二十二年，分置兩院，置大學士三員、學士一員、直學士二員、典簿一員、吏屬七人。②

從前文"翰林兼國史院"條來看，集賢院與翰林院在至元二十年之前别爲兩院，至元二十年合爲一院，至元二十二年又分爲兩院。從前文"集賢院"條來看，集賢院與翰林國史院歷來别爲兩院，祇是辦公地點"同一官署"而已，至元二十二年，分置兩院，即辦公地點始分。

事實上，翰林國史院與集賢院在至元十八年時就有過合并，又於至元十九年分立爲兩院。至元十八年十月，"用和禮霍孫言，於揚州、隆興、鄂州、泉州四省，置蒙古提舉學校官各二員。以翰林學士承旨撒里蠻兼領會同館、集賢院事，以平章政事、樞密副使張易兼領秘書監、太史院、司天台事，以翰林學士承旨和禮霍孫守司徒"。③ 對於翰林國史院與集賢院的這次合并與分立，《秘書監志》有比較詳細的記載：

至元十八年十一月二十五日，奉司徒府札付，十月二十日奏准：翰林國史院領會同館、集賢院，都并做一個衙門。必闍赤撒里蠻爲頭兒。蒙古翰林院是寫蒙古字聖旨，這勾當大有，并在漢兒翰林院裏不宜一般。如今依舊翰林院交脱里察安爲頭兒，秘書監、大史院、司天台人也多有，俸錢也多有，都并做一個衙門，交張平章不妨樞密院勾

---

① （明）宋濂等：《元史》卷八七《百官三》，中華書局，1976，第 2190 頁。
② （明）宋濂等：《元史》卷八七《百官三》，中華書局，1976，第 2192 頁。
③ （明）宋濂等：《元史》卷一一《世祖八》，中華書局，1976，第 235 頁。

當，兼管着做頭兒。這并了三個衙門，總頭兒火魯火孫守司徒，判翰林國史集賢院，領會同館，知秘書監事。阿散右丞判翰林國史集賢院，領會同館，知秘書監事。阿里省裏與參政的名兒，兼同判翰林國史集賢院，領會同館，知秘書監事。已令各官欽授。①

至元十九年六月二十五日，准中書吏部關，承奉中書省札付欽奉聖旨節該：革罷司徒府、農政院等衙門，坐到下項事理，合下仰照驗施行。承此，當部除已委請本部王郎中依上施行外，合行移關，請照驗依奉省札內處分事理，將本府應有文卷簿籍，若有合交付翰林院等各衙門計問，本部已委官就便交割，仍將交付訖各項事目數目開坐關來。中書省札付准中書省咨，五月二十五日聞奏，火魯火孫爲頭省官人每奏將來："司天台秀才每會同館蒙古翰林院等管着，奏來我這省裏行，又那裏押文字行呵，不宜的一般。必闍赤每也空吃俸錢有，罷了撒兒蠻、脫兒盞、斡脫赤每，那每各自勾當裏理會行者。我雖在省行呵，也是管着那的一般有。"奏將來有。聖旨了也。欽此。②

對於翰林國史院與集賢院的此次分立，袁桷在其文集中也有記叙，然將二者分立的時間記爲至元十八年："十八年七月，皇曾孫生，是爲武宗，上命擇嘉名以進。是歲分翰林集賢院爲兩，道教專掌集賢，始自公議。"③

翰林國史院與集賢院合并後，全稱爲翰林國史集賢院，元人將合并後的集賢院稱爲翰林集賢院，集賢大學士稱爲翰林集賢大學士。至元二十一年十二月，"命翰林承旨撒里蠻、翰林集賢大學士許國禎，集諸路醫學教授增修《本草》"。④ 許國禎此時的身份是"翰林集賢大學士"。"十九年，

---

① （元）王士點、商企翁編次《秘書監志》卷一《設司徒府》，高榮盛點校，浙江古籍出版社，1992，第 29 頁。

② （元）王士點、商企翁編次《秘書監志》卷一《爲革罷司徒府事》，高榮盛點校，浙江古籍出版社，1992，第 30 頁。

③ （元）袁桷：《袁桷集校注》卷三四《有元開府儀同三司上卿輔成贊化保運玄教大宗師張公家傳》，楊亮校注，中華書局，2012，第 1566～1567 頁。

④ （明）宋濂等：《元史》卷一三《世祖十》，中華書局，1976，第 271 頁。

召爲兵部尚書。明年，除禮部尚書，遷翰林集賢學士，知秘書監。"① 董文用此時的身份是"翰林集賢學士"。"至元二十二年，添校書郎一員。三月初三日，翰林集賢侍講學士牒：通事舍人周馳學問才能若處館閣校讎之任相應。准此，秘府具呈中書省照詳。十一月二十四日，准吏部關，承奉中書省札付，照會侍儀司，通事舍人周馳授將仕郎、秘書監校書郎。"② 此處有"翰林集賢侍講學士"的稱謂。《元書》也記載有這種稱謂："帝遂拜。由是每親祀，必命好文（李好文）攝禮儀，使拜禮部尚書……歷翰林集賢侍講學士、國子祭酒、參知湖廣政事、湖北廉訪使。"③ 實際上，此種稱謂似可表明，雖然翰林國史院與集賢院合并，但二者的合并祇是形式上的合并，在翰林院内部仍分爲翰林國史院與翰林集賢院兩部分。

翰林國史院與集賢院的最終分立在至元二十二年十二月，"乙酉，立集賢院，以札里蠻領之"。④集賢院分立後，其地位逐步提升，甚至其品秩曾一度高於翰林國史院。集賢院在至元二十四年（1287）升爲正二品，翰林國史院升爲正二品的時間則在大德九年（1305）；集賢院在大德十一年升爲從一品，翰林國史院升爲從一品的時間則在皇慶元年。"集賢院……二十四年，增置學士一員、侍讀學士一員、待制一員。尋升正二品，置院使一員，正二品；……大德十一年，升從一品，置院使六員、經歷二員。"⑤ "翰林兼國史院……大德九年，升正二品，改典簿爲司直，置都事一員。至大元年，置承旨九員。皇慶元年，升從一品，改司直爲經歷。"⑥

集賢院地位高於翰林國史院後，《元史》中有多處將集賢院排在了翰林國史院的前面。大德四年五月，"帝諭集賢大學士阿魯渾撒里等曰：'集賢、翰林乃養老之地，自今諸老滿秩者升之，勿令輒去，或有去者，罪將及汝。其諭中書知之'"。⑦ 大德七年七月丙子，"詔除集賢、翰林老臣預議

---

① （元）蘇天爵：《元朝名臣事略》卷一四《内翰董忠穆公文用》，姚景安點校，中華書局，1996，第 279 頁。

② （元）王士點、商企翁編次《秘書監志》卷一《設屬官》，高榮盛點校，浙江古籍出版社，1992，第 27 ~ 28 頁。

③ （清）曾廉：《元書》卷八〇《李好文傳》，清宣統三年刻本。

④ （明）宋濂等：《元史》卷一三《世祖十》，中華書局，1976，第 282 頁。

⑤ （明）宋濂等：《元史》卷八七《百官三》，中華書局，1976，第 2192 頁。

⑥ （明）宋濂等：《元史》卷八七《百官三》，中華書局，1976，第 2189 ~ 2190 頁。

⑦ （明）宋濂等：《元史》卷二〇《成宗三》，中華書局，1976，第 431 頁。

朝政，其餘三品以下，年七十者，各升散官一等致仕"。① 大德十一年十一月，"太白犯房。闊兒伯牙里言：'更用銀鈔、銅錢便。'命中書與樞密院、御史台、集賢、翰林諸老臣集議以聞"。② 至元二十七年，"召集賢、翰林兩院官，詢致灾之由"。③《通制條格》中的記載也有多處將集賢院列在了翰林院之前，如"撥賜田土"條，皇慶二年四月二十六日，"這般與文書來，俺（仁宗）與御史台集賢翰林院老的每一同商量來"。④ 而且，在元代文人的撰寫過程中，他們亦有不少將集賢院置於翰林院之前者。劉敏中在《翰林院議事》中言："欽奉聖旨，以恒暘、暴風、星芒之變同御史台、集賢、翰林院會議"⑤，歐陽玄在爲趙孟頫所撰神道碑中亦如此言，至元二十七年，"圻甸地震，北京尤甚，死傷數十萬，上憂之，自灤京還。先遣平章阿刺渾撒里馳至都，召集賢、翰林兩院老臣問故"。⑥ 從以上記載來看，翰林國史院在至元二十四年至皇慶二年，其地位確實要低於集賢院。即使在皇慶二年後，也偶有史料將集賢院置於翰林國史院之前者。至正十年，"右丞相脱脱欲更鈔法，乃會中書省、樞密院、御史台及集賢、翰林兩院官共議之"。⑦ 元代後期的危素在其文集中也是先稱集賢院，後言翰林院，"《經邦軌轍》十卷。……監察御史以君所著有補於當世，薦於朝，集賢、翰林兩院較其書，亦以爲善"。⑧ 翰林國史院與集賢院分立，特別是集賢院地位高於翰林國史院後，翰林國史院定然人才日微，諸多弊端也逐漸顯現。而且元朝的翰林院是承繼金朝翰林院而設，在這一過程中，元朝并未完全加以選擇，金朝翰林院諸如人才任用等方面的弊病也一并出現在元朝翰林院中。劉祁在《歸潛志》中就金朝翰林院用人方面存在的問題直言不諱：

　　　　金朝取士，止以詞賦、經義學，士大夫往往局於此，不能多讀

① （明）宋濂等：《元史》卷二一《成宗四》，中華書局，1976，第 453 頁。
② （明）宋濂等：《元史》卷二二《武宗一》，中華書局，1976，第 490 頁。
③ （明）宋濂等：《元史》卷一七二《趙孟頫傳》，中華書局，1976，第 4020 頁。
④ 《通制條格校注》卷一六《田令·撥賜田土》，方齡貴校注，中華書局，2001，第 485 頁。
⑤ （元）劉敏中：《中庵集》卷一五《翰林院議事》，清抄本。
⑥ （元）歐陽玄：《圭齋文集》卷九《元翰林學士承旨榮祿大夫知制誥兼修國史贈江浙等處行中書省平章政事魏國趙文敏公神道碑》，《四部叢刊》景明成化本。
⑦ （明）宋濂等：《元史》卷九七《食貨五》，中華書局，1976，第 2483 頁。
⑧ （元）危素：《危學士全集》卷三《經邦軌轍》，清乾隆二十三年刻本。

書。其格法最陋者，詞賦狀元即授應奉翰林文字，不問其人才何如，故多有不任其事者。或顧問不稱上意，被笑嗤，出補外官。章宗時，王狀元澤在翰林，會宋使進枇杷子，上索詩，澤奏："小臣不識枇杷子。"惟王庭筠詩成，上喜之。呂狀元造，父子魁多士，及在翰林，上索重陽詩，造素不學詩，惶遽獻詩云："佳節近重陽，微臣喜欲狂。"上大笑，旋令外補。故當時有云："澤民不識枇杷子，呂造能吟喜欲狂。"①

這一弊病在元朝翰林院的遺緒造成了諸多問題，元初王惲歷任翰林，對此深有體會。其直接以《翰林院不當以資例取人》爲事狀之名，指責翰林院以資歷取人之害：

> 竊惟人材，不出政事、文章而已。政務但曾諳練，尚可勉爲；至於文章，自非天材有學者，不可强爲。今翰院職掌人等，樂其安簡，占處名位，守以歲月，以次而遷，有從書寫至修撰、待制者。今後合無從本院精選人材勾當，不宜循遷，以塞賢路。②

這種狀況後來逐步引起了元廷的重視，以至到元仁宗皇慶元年時，元廷不得不提升了翰林國史院的品秩，并大力補充翰林國史院官員。皇慶元年正月，仁宗下詔升翰林國史院秩從一品，翰林院和集賢院的儒士由皇帝親自挑選。仁宗在强調了翰林國史院的重要地位後，又於皇慶元年、皇慶二年大力選拔儒臣充任翰林國史院官。皇慶元年六月，"敕李孟博選中外才學之士任職翰林"。③ 皇慶二年四月，"詔遴選賢士，纂修國史"。④ 皇慶二年五月，"河東廉訪使趙簡言：'請選方正博洽之士，任翰林侍讀、侍講學士，講明治道，以廣聖聽。'從之"。⑤ 對於仁宗此舉，元代文人在文集中

---

① （金）劉祁：《歸潛志》卷七，崔文印點校，中華書局，1983，第 72 頁。
② （元）王惲：《王惲全集彙校》卷九一《翰林院不當以資例取人》，楊亮、鍾彥飛點校，中華書局，2013，第 3733 頁。
③ （明）宋濂等：《元史》卷二四《仁宗一》，中華書局，1976，第 552 頁。
④ （明）宋濂等：《元史》卷二四《仁宗一》，中華書局，1976，第 556 頁。
⑤ （明）宋濂等：《元史》卷二四《仁宗一》，中華書局，1976，第 557 頁。

多有記述，而且多爲贊頌之詞，翰林學士程鉅夫所作的《翰林院升從一品謝表》尤具代表性：

> 　　天開文運，治載睹於熙朝；地切禁林，恩比崇於極品。具僚胥慶，斯道增華。中謝欽惟皇帝陛下，德與日新，聖由天造。遇儒臣而特異，相古所無；進院秩以示優，自今而始。親授銀章之重，益爲玉署之榮。臣等學愧前修，位隆往代。典謨訓誥，敢忘黼黻之勤；元首股肱，願效賡歌之盛。①

自此之後，元朝翰林國史院的狀況有了很大的改觀。可以説，若無元廷的重視，元代的翰林國史院則無發展契機。而從另一方面來説，元廷之所以對翰林國史院沒有持放任自流的態度，正是因爲這一機構所具有的重大價值不可錯失。對於這一價值，翰林文士與元廷統治者都有着各自的認識與把握。翰林文士身處其中，與翰林國史院的興廢休戚相關，所以他們會爲其存在的弊病撰寫事狀，也會爲其得到重視而上呈謝表；對於元廷來説，翰林國史院是維護統治的一個機構，當其出現的問題日益嚴重并影響到相關職能的發揮與部門的運行時，元廷對其價值的認識則更爲深刻，是以對其的態度也不再鬆懈。

　　集賢院分立後，負責提調學校，徵求賢良隱逸，還負責陰陽祭祀，祭祀孔廟等皆屬其責，至正十六年二月，“命集賢直學士楊俊民致祭曲阜孔子廟，仍葺其廟宇”。② 然集賢院除了分內的祭祀活動外，有時也代替翰林國史院祭祀睿宗。至順元年十二月，“遣集賢侍讀學士珠邁詣真定，以明年正月二十日祀睿宗及后于玉華宮之神御殿”。③ 至順二年十二月，“遣集賢直學士答失蠻詣真定玉華宮，祀睿宗及顯懿莊聖皇后神御殿”。④ 又《河朔訪古記》記載：“玉華宮在真定路城中，衙城之北，潭園之東，是爲睿宗仁聖景襄皇帝之神御殿，奉安御容者也。……制命羽流崇奉香鐙，置衛

---

① （元）程鉅夫：《雪樓集》卷四《翰林院升從一品謝表》，《文淵閣四庫全書》本。
② （明）宋濂等：《元史》卷四四《順帝七》，中華書局，1976，第 930 頁。
③ （明）宋濂等：《元史》卷三四《文宗三》，中華書局，1976，第 770 頁。
④ （明）宋濂等：《元史》卷三五《文宗四》，中華書局，1976，第 794 頁。

士以守門闥，歲以月日，中書以故事奏聞，命集賢院臣代祀函香致醴。"①
睿宗之祭祀本當由翰林國史院官員祭祀，集賢院代爲祭祀，也説明集賢院
之地位與翰林國史院相當。集賢院除了本院職責外，還不時擔任其他職
責。大德九年二月，"令御史台、翰林、集賢院、六部，於五品以上，各
舉廉能識治體者三人，行省、行台、宣慰司、廉訪司各舉五人"。② 此爲舉
人之責。泰定三年十二月，"召江浙行省右丞趙簡爲集賢大學士，領經筵
事"。③ 致和元年三月，命趙世延、趙簡、阿魯威、曹元用、吳秉道、虞
集、段輔、馬祖常、燕赤、㢉术魯翀并兼經筵官。④ 此爲參與經筵之責。至
正五年十月，派遣官員奉使宣撫，宣揚聖德，體察人民疾苦，替民伸冤，廢
除苛捐雜税，監視官員廉潔與否。"其餘必合上聞者，條具入告。……京畿
道，以西台中丞定定、集賢侍講學士蘇天爵爲之，太史院都事留思誠爲首
領官。"⑤ 此爲奉使宣撫之責。除上述職責外，集賢院與翰林國史院一樣，
也具有備顧問的職責，《元史》中關於集賢、翰林參議國事的記載處處可
見，兹不贅述。當然，集賢院與翰林國史院一樣，也是較清貧的一個衙
門，故有時也能得到元廷的特旨獎賞。大德二年正月，"以翰林王惲、閻
復、王構、趙與㻛、王之綱、楊文郁、王德淵，集賢王顒、宋渤、盧摯、
耶律有尚、李泰、郝采、楊麟，皆耆德舊臣，清貧守職，特賜鈔二千一百
餘錠"。⑥ 元廷於本年同時賜鈔給翰林、集賢兩院官，既是對兩院官的肯定
與褒獎，也從側面顯示出兩院官之清貧。

　　昭文館也是在至元初設立的文館，《元典章》載"昭文館大學士"秩從二
品。⑦《元史》中未對昭文館有專門之介紹，《新元史》載："集賢院。……
元初，集賢與翰林國史同署。至元二十二年，始分兩院。置大學士三員，
《元典章》昭文館大學士，從二品，亦至元時所置，其何時裁省無考。"⑧

---

① （元）納新：《河朔訪古記》卷上，清武英殿聚珍版叢書本。
② （明）宋濂等：《元史》卷二一《成宗四》，中華書局，1976，第462頁。
③ （明）宋濂等：《元史》卷三〇《泰定帝二》，中華書局，1976，第675頁。
④ （明）宋濂等：《元史》卷三〇《泰定帝二》，中華書局，1976，第686頁。
⑤ （明）宋濂等：《元史》卷九二《百官八》，中華書局，1976，第2343頁。
⑥ （明）宋濂等：《元史》卷一九《成宗二》，中華書局，1976，第417頁。
⑦ 《元典章》之《吏部卷之一·職品》，陳高華、張帆等點校，中華書局，2011，第193頁。
⑧ 柯劭忞：《新元史》卷五七《百官三》，張京華、黃曙輝總校，上海古籍出版社，2017，
　 第1496頁。

可見，昭文館與翰林國史院、集賢院一樣，也在至元初設立。《蒙兀兒史記》記載："（至治）三年正月，又請召用致仕，老臣吳元珪、王約、韓從益、趙居信、吳澄置之集賢、昭文、翰林。"①　但史料中翰林院、集賢院與昭文館同時出現的次數并不是很多，實際上這在一定程度上説明了在元代昭文館和翰林院、集賢院之間的交會之少。《元史》中關於昭文館大學士的最早記載爲姚樞，《元史》卷四五《姚樞傳》載："十年，拜昭文館大學士，詳定禮儀事。"姚樞之"詳定禮儀事"，與唐代昭文館的職責有些類似，負責管理圖籍，受授生徒，還參議國家的制度沿革以及禮儀的制定。後昭文館之職多與太史院、太醫院有關，所選任官員多爲知曉天文曆象、禮儀制度之人，也就是所謂的"藝能之士"。②　田忠良、靳德進、劉元皆曾官昭文館大學士，三人傳記皆在《元史》之《方技傳》中③；許衡、楊恭懿、郭守敬、趙秉溫、岳鉉等曾以昭文館大學士或昭文館學士身份領太史院事或知太史院事④；完顏致、楊元直、趙秉溫、韓公麟等曾以昭文館大學士或昭文館學士身份領太醫院事或知太醫院事。⑤　如上所言，昭文館官員多爲有一技之長的藝能之士，故一般的翰林國史院、集賢院官員很難在昭文館中任職，翰林國史院與昭文館之間的遷轉也相應較少。

　　奎章閣學士院設立較晚，且持續時間不長，然地位崇隆。奎章閣學士院成立於天曆二年二月甲寅⑥，後至元六年十二月戊子罷⑦，歷時十二年。奎章閣之設立與罷改，反映了元朝設官確實是"繁簡因乎時，得失係乎人""因事而置，事已則罷"。⑧　奎章閣成立之意，本爲"命儒臣進經史之

①　（清）屠寄：《蒙兀兒史記》卷一二二《鐵木迭兒拜住列傳》，民國刊本。

②　（元）程鉅夫：《雪樓集》卷一九《趙國公田府君神道碑銘》，《文淵閣四庫全書》本。

③　（明）宋濂等：《元史》卷二〇三《方技傳》，中華書局，1976，第4535頁。

④　詳見姚燧《牧庵集》卷七《三賢堂記》、姚燧《牧庵集》卷一八《領太史院事楊公神道碑》、宋褧《燕石集》卷一二《都水監改修慶豐名閘記》、蘇天爵《滋溪文稿》卷二二《故昭文館大學士中奉大夫知太史院侍儀事趙文昭公行狀》、鄭元祐《僑吳集》卷四《元故昭文館大學士榮禄大夫知秘書監鎮太史院司天台事贈推誠贊治功臣銀青榮禄大夫大司徒上柱國追封申國公諡文懿湯陰岳鉉字周臣第二行狀》，《文淵閣四庫全書》本。

⑤　詳見程鉅夫《雪樓集》卷五《匡氏褒德之碑》、卷一三《楊氏先塋記》，蘇天爵《滋溪文稿》卷四《皇元贈儀同三司太保趙襄穆公神道碑陰記》、卷二二《資善大夫太醫院使韓公行狀》，《文淵閣四庫全書》本。

⑥　（明）宋濂等：《元史》卷三三《文宗二》，中華書局，1976，第731頁。

⑦　（明）宋濂等：《元史》卷四〇《順帝三》，中華書局，1976，第859頁。

⑧　（明）宋濂等：《元史》卷八五《百官一》，中華書局，1976，第2120頁。

書，考帝王之治"①，元文宗在挽留虞集等人時也説"立奎章閣，置學士員，日以祖宗明訓、古昔治亂得失陳説於前，使朕樂於聽聞"②，故奎章閣之主要職責即進講經筵，是以奎章閣文士多身兼經筵之官。如楊瑀《山居新話》記載："後至元年間，阿鄰帖木兒大司徒知經筵事，乃子沙剌班亦爲奎章閣侍書學士，兼經筵官"③，又蘇天爵在爲王憲所作行狀末題"至順四年九月壬戌，奉政大夫、奎章閣授經郎兼經筵譯文官蘇天爵狀"。④ 奎章閣設立之初，其官員選用主要來自翰林、集賢兩院，"（天曆二年二月）甲寅，立奎章閣學士院，秩正三品，以翰林學士承旨忽都魯都兒迷失、集賢大學士趙世延并爲大學士，侍御史撒迪、翰林直學士虞集并爲侍書學士，又置承制、供奉各一員"。⑤ 其設官用意及主要職責決定了其官員來源必須是熟知漢文化的儒士，故其官員遷轉也和翰林、集賢兩院密切相關。

奎章閣設立後，得到元文宗的大力支持，甚至元文宗親製《奎章閣記》以記其興建始末。⑥ 其品秩迅速上升，附屬部門逐步增多，職責也逐步擴大。奎章閣於天曆二年二月設立時品秩爲正三品，八月即升爲"正二品，更司籍郎爲群玉署，秩正六品"，同月又"立藝文監，秩從三品，隸奎章閣學士院；又立藝林庫、廣成局，皆隸藝文監"。⑦ 這樣，奎章閣就有群玉內司、藝文監、藝林庫、廣成局等附屬部門，職責也相應擴大。奎章閣在擴大自己職能的同時，勢必分散其他文館的職責，翰林國史院也在其列。天曆二年，即奎章閣設立這一年九月，"戊辰，敕翰林國史院官同奎章閣學士采輯本朝典故，准唐、宋會要，著爲《經世大典》"⑧，翰林國史院修史之職即爲奎章閣所分。更有甚者，至順元年二月，"以修《經世大典》久無成功，專命奎章閣阿鄰帖木兒、忽都魯都兒迷失等譯國言所紀典章爲漢語，纂修則趙世延、虞集等，而燕鐵木兒如國史例監修"⑨，翰林國

① （明）宋濂等：《元史》卷八八《百官四》，中華書局，1976，第 2222 ~ 2223 頁。
② （明）宋濂等：《元史》卷三四《文宗三》，中華書局，1976，第 751 頁。
③ （元）楊瑀：《山居新話》，清知不足齋叢書本。
④ （元）蘇天爵：《滋溪文稿》卷二三《元故參知政事王憲穆公行狀》，陳高華、孟繁清點校，中華書局，1997，第 383 頁。
⑤ （明）宋濂等：《元史》卷三三《文宗二》，中華書局，1976，第 730 ~ 731 頁。
⑥ （明）宋濂等：《元史》卷三五《文宗四》，中華書局，1976，第 773 頁。
⑦ （明）宋濂等：《元史》卷三三《文宗二》，中華書局，1976，第 739 頁。
⑧ （明）宋濂等：《元史》卷三三《文宗二》，中華書局，1976，第 740 ~ 741 頁。
⑨ （明）宋濂等：《元史》卷三四《文宗三》，中華書局，1976，第 751 頁。

史院修史之職被大大削弱。雖然《經世大典》由奎章閣專修，其修史人員其實都是原翰林、集賢官員，亦可見翰林、集賢兩院與奎章閣遷轉關係之密切。奎章閣成立後，不僅漸分翰林國史院修史之職，其議政地位也絲毫不讓翰林、集賢兩院。至順三年二月，"燕鐵木兒兼奎章閣大學士，領奎章閣學士院事。己巳，命燕鐵木兒集翰林、集賢、太禧宗禋院，議立太祖神御殿。詔修曲阜宣聖廟"①；至順三年十一月，"詔翰林國史、集賢院、奎章閣學士院集議先皇帝廟號、神主、升祔武宗皇后及改元事"②；至元二年十二月，"詔省、院、台、翰林、集賢、奎章閣、太常禮儀院、禮部官定議寧宗皇帝尊諡、廟號"。③ 以上皆爲奎章閣參議國事例。至順三年四月，"命奎章閣學士院以國字譯《貞觀政要》，鏤板模印，以賜百官"，此爲奎章閣以國語敷譯儒書例。綜上所言，奎章閣主要職責爲進講經筵，後逐步取得參議國事、修訂國史、敷譯儒書之權力。

奎章閣其盛也匆匆，其廢也忽忽。元順帝在後至元六年（1340）十二月戊子，"罷天曆以後增設太禧宗禋等院及奎章閣"④，又於至正元年（1341）六月戊辰，"改舊奎章閣爲宣文閣"，奎章閣地位一落千丈後，翰林國史院的地位得到了恢復與提高。先於至元六年七月戊寅，"命翰林學士承旨腆哈、奎章閣學士巎巎等刪修《大元通制》"⑤，奎章閣專修《經世大典》的例子不復存在了。又於"至元六年十二月，改藝文監爲崇文監。至正元年三月，奉旨，令翰林國史院領之"⑥，原屬奎章閣之崇文監歸翰林國史院所管。至正元年十二月己巳，"以翰林學士承旨張起岩知經筵事"⑦，經筵事在此時也歸翰林國史院所管。奎章閣罷改後，翰林國史院地位有所鞏固與提高。奎章閣這種新興機構雖受聖寵，步趨極盛，并且許多翰林文士均進入閣內，有架空翰林院之態、代替翰林院之勢，却僅榮十餘年，最終走向衰亡；而翰林院這一傳統機構即使在元文宗與寧宗時日漸萎靡，但經受時間與歷史考驗而演化來的優勢却并未消失，反而歷久彌新，在新的

---

① （明）宋濂等：《元史》卷三六《文宗五》，中華書局，1976，第801頁。
② （明）宋濂等：《元史》卷三七《寧宗》，中華書局，1976，第813頁。
③ （明）宋濂等：《元史》卷三九《順帝二》，中華書局，1976，第837頁。
④ （明）宋濂等：《元史》卷四〇《順帝三》，中華書局，1976，第859頁。
⑤ （明）宋濂等：《元史》卷四〇《順帝三》，中華書局，1976，第858頁。
⑥ （明）宋濂等：《元史》卷九二《百官八》，中華書局，1976，第2330頁。
⑦ （明）宋濂等：《元史》卷四〇《順帝三》，中華書局，1976，第862~863頁。

時代環境中彰顯它的光輝。翰林院與奎章閣之間的這種逆嚮發展關係——政治地位上的高與低互反，很大程度上説明了中國古代政治制度的穩定性，在比較完善的內部結構中已不需要新的中央機構的融入。同時，這一制度整體的穩定性又決定了翰林院這一機構的穩定性與持久性。

綜上所述，翰林國史院官員受中書省之管轄，其各項職責的行使都要受到中書省的監督，翰林院官也常有在中書省任職之記載。翰林國史院官員與御史台官員之遷轉更爲普遍，兩部門副職及以下官員皆多由漢人擔任。翰林國史院與御史台之間的遷轉不多見，且所遷轉之官皆爲蒙古、色目人，漢人、南人任翰林者没有直接參與兵機的記載。在與其他文館關係中，翰林國史院與集賢院關係最爲密切，兩院曾有多次分合，集賢院在至元二十四年至皇慶元年間地位曾高於翰林國史院。昭文館也於至元間設立，其人選多爲有專門技術之人才，故與翰林國史院之間的遷轉關係并不密切。奎章閣比翰林國史院、集賢院、昭文館設立時間晚，但其在極短的時間內執掌較重，多有分權翰林國史院之處，其人選亦多來自翰林、集賢兩院，罷改後，其職責多歸翰林國史院。

第五章　元代翰林國史院官員的構成

元朝作爲征服王朝，在統治漢文化地區時，其本身的游牧文化與自成體系的儒家社會衝突不可避免，作爲征服者的元文化始終對漢文化保持一定的拒斥，這就使得元朝内部的社會體制具有明顯的二元性。因此，元朝的社會政治體系與文化和中原王朝相比是非常複雜的。

元代的社會政治體系不似中原王朝那樣傳承有緒、制度成熟完備，而是在游牧文化與漢文化的碰撞、融合中形成的，由此各項制度并無一定之規，呈現出複雜性和多樣性。就以負責治理國家的官員的選拔來说，"仕進有多歧，銓衡無定制"是其主要特點。就此，《元史》卷八一《選舉一》對此有描述：

> 元初，太宗始得中原，輒用耶律楚材言，以科舉選士。世祖既定天下，王鶚獻計，許衡立法，事未果行。至仁宗延祐間，始斟酌舊制而行之，取士以德行爲本，試藝以經術爲先，士褒然舉首應上所求者，皆彬彬輩出矣。
>
> 然當時仕進有多歧，銓衡無定制，其出身於學校者，有國子監學，有蒙古字學、回回國學，有醫學，有陰陽學。其策名於薦舉者，有遺逸，有茂异，有求言，有進書，有童子。其出於宿衛、勳臣之家者，待以不次。其用於宣徽、中政之屬者，重爲内官。又蔭叙有循常之格，而超擢有選用之科。由直省、侍儀等入官者，亦名清望。以倉庾、賦税任事者，例視冗職。捕盗者以功叙，入粟者以資進，至工匠皆入班資，而輿隸亦躋流品。諸王、公主，寵以投下，俾之保任。遠夷、外徼，授以長官，俾之世襲。凡若此類，殆所謂吏道雜而多端者歟！矧夫儒有歲貢之名，吏有補用之法，曰掾史、令史，曰書寫、銓寫，曰書吏、典吏，所設之名，未易枚舉，曰省、台、院、部，曰

路、府、州、縣，所入之途，難以指計。雖名卿大夫，亦往往由是躋
要官，受顯爵；而刀筆下吏，遂致竊權勢，舞文法矣。

　　故其銓選之備，考核之精，曰隨朝、外任，曰省選、部選，曰文
官、武官，曰考數，曰資格，一毫不可越。而或援例，或借資，或優
升，或回降，其縱情破律，以公濟私，非至明者不能察焉。是皆文繁
吏弊之所致也。①

　　元初廢除唐宋以來的主要的選官手段科舉，直到元延祐時纔開始恢
復，選官有了常途。在此之前，選官無定制，有選自學校的，有舉薦者，
有出自宿衛、勳臣舊家蒙蔭的，也有徵召、超擢者。并且元代的一個特
點，是重視"吏"。吏在漢族傳統官僚社會中，是不入流的，與士大夫官
僚有鮮明的區別，而元代選官，可以從吏中補用。實際上，漢族傳統官僚
社會對吏的忽視是有長遠而深刻的考慮，在很大程度上吏對儒家聖哲之學
的接受與訓練并不是非常充分與系統，若重用之，則不免對國家的管理與
統治帶來一些問題，而這些問題多出現在了選官吏補的元代官僚機構當
中。"吏民往往不循禮法，輕犯憲章，深不副朝廷肅清風俗、宣明教化之
意"② "人吏幼年廢學，輒就吏門禮義之教，懵然未知，賄賂之情，循習已
著，日就月將，薰染成性，及至年長，就於官府勾當，往往受贓曲法，遭
罹刑憲"③，又"吏人不習書史，有奸佞貪污之性，無仁義廉恥之心"④ 等
指責吏之陋弊的言論在元人文集中也多有出現。而這實際上也就是《選舉
志》中所說的"吏道雜而多端"。

　　"吏道雜而多端""士進多歧"這些均是從國家層面而言的，看似多
端，其中大多對普通人有很多的限制。普通人仕進之途還是不多的，姚燧
在《送李茂卿序》中說："大凡今仕唯三途，一由宿衛，一由儒，一由吏。
由宿衛者，言出中禁，中書奉行制敕而已，十之一。由儒者，則校官及品
者，提舉、教授，出中書；未及者則正、錄而下，出行省宣慰，則十分之

①　（明）宋濂等：《元史》卷八一《選舉一》，中華書局，1976，第 2015～2016 頁。
②　《通制條格校注》卷五《學令·廟學》，方齡貴校注，中華書局，2001，第 209 頁。
③　《通制條格校注》卷五《學令·科舉》，方齡貴校注，中華書局，2001，第 242 頁。
④　《通制條格校注》卷五《學令·科舉》，方齡貴校注，中華書局，2001，第 243 頁。

一半。由吏者，省、台、院、中外庶司、郡、縣，十九有半焉。"① 蘇天爵則更是認爲國初仕進之途僅有爲吏這一途，"我國家初定中土，取士之制未遑，仕者悉階吏進"。② 而普通士人能够獲取的寥寥仕進之途，却没有公平地給予他們仕宦機會。劉壎記載"輸財助邊，納粟應令，猶爲有説，進瓜果人亦官之，何義歟？宋待進納者最有節，不過假以浮名，使由場屋特優其取予，差易進身爾，不使驟入流品也。非公私兩利者歟？無亦曰多田翁捐所餘數百斛，計直幾何，即獲與正塗常選齒，不褻吾名器歟？一蹴而躐升，則彼之賢勞鞅掌積日累月者，得毋觖望？且寒畯乏資者，復何由升歟？"③

實際上，蘇天爵所説僅限國初且比較片面，比較全面的還是姚燧的説法。姚燧這裏所説的入仕三途宿衛、儒、吏可以看作入仕前的個人成分，而具體來説選官的手段或者方法，則主要有徵召、薦舉、拔擢、蒙蔭，科舉恢復之後，科考成爲選官的主要手段。

翰林國史院作爲元代政治體系的一部分，其官員僚屬的選拔途徑和手段與整個國家的選官制度是一致的。最主要的也是徵召、薦舉、科舉、由宿衛的蒙蔭。其中徵召、薦舉在元代的選官手段中占有很大的比重，也最複雜，這裏作詳細考察。

第一節　由徵召薦舉者入選

徵召、薦舉，作爲引納人才的手段，顯然是有區别的，受徵召者多是被動的，受薦舉者有自薦和被薦兩途。但二者却有一個共同點，即受徵召、舉薦者必有非常之聲譽。

一　自上而下的徵召

元朝的徵召人才填充其統治階層是自其征服活動而進行的。如元朝滅

---

① （元）姚燧：《姚燧集》卷四《送李茂卿序》，查洪德編校，人民文學出版社，2011，第68頁。

② （元）蘇天爵：《滋溪文稿》卷一四《焦先生墓表》，陳高華、孟繁清點校，中華書局，1997，第226頁。

③ （元）劉壎：《水雲村稿》卷一三《策問》，《文淵閣四庫全書》本。

金時，世祖曾命趙璧"馳驛四方，聘名士王鶚等"。① 中統時，又徵召大儒許衡爲懷孟路教官。王鶚向世祖進言籌建翰林國史院，於是後來徵召至儒士，多有授予翰林官者。如王磐入都，拜翰林直學士，同修國史。在平定江南後，世祖又多次下詔訪求逸才。如至元十三年二月下詔："前代聖賢之後，高尚儒、醫、僧、道、卜筮，通曉天文曆數，并山林隱逸名士，仰所在官司，具以名聞。"② 其後又於至元十八年下詔求賢。後世祖又命程鉅夫赴江南訪求賢臣。《元史·程鉅夫傳》記載，至元二十三年，程鉅夫奉詔徵舉趙孟頫、葉李、余恁、萬一鶚等二十多人，這些人世祖皆給予職位任用之。至元二十五年，復下詔求賢，胡子孺被有司舉薦至大都，拜集賢修撰，後改授揚州教授。又如，《新元史》記載柳貫"肆力於古文詞，以察舉爲江山縣學教諭，又爲昌國州學正。考滿，至京師。翰林學士吳澄語人曰：'柳君如慶云甘露，天下士將被其澤。'翰林學士承旨程鉅夫以'墨一笏'贈之，曰：'天下文章，今屬子矣。'延祐四年，特授湖廣等處儒學副提舉，未上，改國子助教，擢博士。泰定元年，遷太常博士。……至正元年，召爲翰林待制，兼國史院編修官"。③

在元朝前期，尤其是世祖至元年間，類似前舉這般徵召賢良飽學之士，較世祖朝之後，是比較頻繁的，但總體上來看，數量十分有限。

二 依賴社會關係的薦舉

舉薦是與徵召同時進行的，但與自上而下有數的徵召授官相比，舉薦選官顯然規模更大，所得人才也尤多。如元朝滅金過程中，元好問曾給耶律楚材舉薦數十位故金文士④；王鶚籌建翰林國史院，并任首位翰林學士承旨時，即"薦李冶、李昶、王磐、徐世隆、高鳴爲學士"。⑤《元史類編》載："《言行録》云，鶚侍潛邸嘗舉楊奐、元好問修金史，未及召而卒。又舉李冶、李昶、王磐、徐世隆、徒單公履、高鳴爲學士，楊恕、孟

---

① （明）宋濂等：《元史》卷一五九《趙璧傳》，中華書局，1976，第3747頁。
② （明）宋濂等：《元史》卷九《世祖本紀》，中華書局，1976，第179頁。
③ 柯劭忞：《新元史》卷二三七《柳貫本傳》，張京華、黃曙輝總校，上海古籍出版社，2017，第4534～4535頁。
④ （元）蘇天爵：《元文類》卷三七元好問《上耶律中書書》，商務印書館，1958，第489～490頁。
⑤ （明）宋濂等：《元史》卷一六〇《王鶚傳》，中華書局，1976，第3757頁。

攀鱗爲待制，王惲、雷膺爲修撰，周砥、胡祇遹、孟祺、閻復、劉元爲應奉，凡前金遺民及當時鴻儒，搜抉殆盡。"① 《元史類編》的記載是大略而言，未必盡可靠。如李謙、孟祺、閻復等，實爲王磐所舉薦，除此四人外，王磐又舉薦了許多同鄉學生，《王磐傳》載："所薦宋衜、雷膺、魏初、徐琰、胡祇遹、孟祺、李謙，後皆爲名臣。"② 上述人才，大都是金源士人。蒙古滅金以後，金源地區世家勢力乘勢而起，憑藉財聚斂兵丁，安定一方，并積極招納賢才，聚之府中，逐漸在北方形成了幾個勢力甚大的世侯集團。這些世侯集團積極與元朝政府相聯繫，助其攻城掠地，因而他們在元朝正式立國之後，也深受恩寵，得享高官厚祿。魏初《故總管王公神道碑銘》有記："壬辰北渡後，諸侯各有分邑，開府忠武史公之于真定，魯國武惠嚴公之于東平，蔡國武康張公之于保定，地方二三千里，勝兵合數萬，如异時齊、晋、燕、趙、吳、楚之國，競收納賢俊，以繫民望，以爲雄誇。迨中統建元，罷侯置守，諸賢萃於朝，及分布内外，迄今迨餘十年。其生存零落，功名事業，因大小之不齊。"③ 這裏提到的史公、嚴公、張公等，就是當時的世侯集團真定史天澤、東平嚴實、保定張柔等，世侯制度在中統建元以後廢黜，原世侯集團大多由於軍功而被封官拜爵。世侯集團在元初易代之際在文化上的貢獻甚巨。他們喜歡招納賢才，收養寒士，大批戰亂中的寒素儒士都聚集在他們的幕府中，爲金源文化保存了火種，在其幕府中的寒素儒士後來大都入仕元朝，絕大部分取道薦舉，進入翰林國史院。

這些舉薦入朝爲官者，大都是由先入朝爲官者舉薦其師生故友，而後這些師生故友又復舉薦其所識所知者。如王磐曾在東平嚴實所興學中任授，當時受業者數百人，後來他所舉薦入朝爲官者，皆是其在東平講學時的學生。而王磐本人能够充任翰林直學士，實出自王鶚所薦舉。而李謙、閻復輩也曾舉薦自己在東平講學時的學生。如李之紹曾在東平受業李謙門下，後經李謙、馬紹推薦，入翰林國史院任編修官，與修《世祖實錄》。④

元初翰林國史院初設時，院中諸長老如王鶚、王惲、王磐，皆爲亡金

① （清）邵遠平：《元史類編》卷二一，清康熙三十八年原刻本。
② （明）宋濂等：《元史》卷一六〇《王磐傳》，中華書局，1976，第3755頁。
③ （元）魏初：《青崖集》卷五，《文淵閣四庫全書》本。
④ 見（明）宋濂等《元史》卷一六〇《李謙傳》，中華書局，1976，第3767頁。

文士，當時徵召舉薦入翰林院任學士、編修、應奉者，又多爲這些院中長老的師友知交，所以元初翰林文士群體，主要由金源地區文士構成，一時文壇風尚所係，俱爲這些金源文士所左右。

除了前文所舉的師友輾轉薦舉之外，元代薦舉入選中，來自游士階層的干謁求薦也是薦舉中的一大部分。這一仕進方式在對元朝侵略的仇視心態逐漸轉變的南方士人中也非常興盛，南士北游求仕的情況，在科舉恢復之前，可謂一時盛事。而就士人來說，其干謁求薦者，多由儒即學官而入仕。

前面已經提到元代"仕進多歧""吏道多端"，但入仕爲官方法與前代相較的確更多，也更容易，然而士人入仕之後的升遷則非常困難。《通制條格‧選舉‧蔭叙錢穀》載：

> 延祐元年十二月，中書省。江西行省咨："照得腹裏從陸至從柒品流官子蔭授院務等官，俱有升轉定例。江南平定日久，南北通除，歷仕官員蔭叙，正陸品官子巡檢內任用，漸次轉入流品，從六品子止於近上錢穀官，雖任數十界，別無入流之例，不分允除係腹裏、江南歷仕人員，但除南方者一概如此。且如根脚係江南入仕超升之人，俱經回降，既將正陸品以上子孫，依腹裏歷仕人員例於流官內蔭叙，惟有從陸品至從七品人員子孫，止令錢穀官內委用，不許升轉，誠爲偏負。如准與腹裏從陸品以下蔭叙錢穀官一體於雜職資品內流轉，其於選例歸一。"吏部議得："江南歷仕從陸品至從柒品官員，其致仕、身故之後而子孫承蔭者，若擬不申，事涉不倫，亦合比依腹裏蔭例，一體移咨各處行省，將前項應蔭之人，依例監當差使，滿日於從玖品雜職升用。"都省准擬。①

對於其中所言的"腹裏升轉定例"，《元典章‧吏部官制承蔭‧正六七品子孫承蔭升轉》條亦有記載：

> 照得大德十年正月內承奉中書省札付，奏准，內外合設的巡檢，於九品人內委付，腹裏巡檢任回及考者，止於巡檢內注受。所歷未及

---

① 《通制條格校注》卷六《蔭叙錢穀》，方齡貴校注，中華書局，2001，第286頁。

者，於省札錢穀官內定奪，通理巡檢月日，實歷六十月，升從九品流官內委付。從六品子，各於近上錢穀官務提領歷三界，升省札錢穀官，再歷三界，通理七十二月，升從九品雜職。正七品子，於酌中錢穀官務副使，歷三界，升提領、省札，各歷三界，通理一百八月，升從九品雜職。從七品子，於近下錢穀官都監內任用，歷三界，升務使提領、省札，各歷三界，通理一百四十四月，升從九品雜職。①

元代的中書省直轄地區雖有升轉之定例，但其中的遷轉過程十分複雜，周期非常漫長，而且亦存在諸如"遷轉避籍"②等嚴苛條例。此端種種，使得許多文人士大夫雖獲得入仕機會，然而晋升之路却异常艱難，遙遙無期。士人官場中的這種艱辛的生存狀態在元人文集中多有呈現，而且亦有一些身居高位者注意到此種問題，而他們於其中流露出的更多的則是無奈。方回在《送仇仁近溧陽州教序》中說："昔之仕也，難於仕而易於達；今之仕也，易於仕而其達則難。……何易於仕而難於達？學校之士，自縣教諭，爲山長、學正，一任即可，入路府州教授以入流，路府州縣諸司存吏以年老，爲吏部且提控，考滿則外省咨內省以入選，軍功隨軍，此不可化，似乎入仕之甚易也。"③袁桷在《處士黃仲正甫墓志銘》中說："自騁舉之法疏，人得以易售。"④另外，至元年間，朝廷多次下詔訪求賢逸，并有比較明確的規定，"（至元十三年閏三月）御史臺欽奉聖旨條畫節該：'諸官吏若有廉能公正者，委監察體察得實，具姓名聞奏。隨路州縣若有德行才能可以從政者，保申提刑按察司，再行訪察得實，申臺呈省。'欽此。憲臺議得，今後保薦人材，皆須直言所長，務要名行相副。如自州縣舉保，從本屬總管上司牒委正官復察相同，移文按察司委官體訪。如有按察司舉明者，舉官訪察得實，移文本司，別委正官復察相同，各開著明實迹，前後保察官員職名，保結申臺。若保舉職官，亦仰依上復察在任爲政

①　《元典章》吏部卷二《承襲》，陳高華、張帆等點校，中華書局，2011，第259～260頁。

②　《通制條格校注》卷六《遷轉避籍》，方齡貴校注，中華書局，2001，第287頁。

③　（元）方回：《桐江續集》卷三四《送仇仁近溧陽州教序》，《文淵閣四庫全書》本。

④　（元）袁桷：《袁桷集校注》卷二八《處士黃仲正甫墓志銘》，楊亮校注，中華書局，2012，第1401頁。

各各實迹，保結開申。所保不當，罪及保官。"① 元廷爲招賢納士而出台的
這些條例規定，使得無論北方抑或南方的許多士人競相游歷大都，干謁王
公名卿，以求得薦舉機會，而元代的一個獨特現象——游士之風的興盛便
是緣於此。故而，從這些方面來看，元代士人入仕的機會可能較前代更爲
容易，科舉恢復之前的仕進門檻也更低，但實際上，對於元代士人，尤其
是南方士人來說，之後的遷轉是非常困難的。

另外，姚燧所説的當時"仕唯三途"，即宿衛、儒、吏三途，而實際
情況則是士人以此入仕者非常有限。第一，宿衛一途，其祇限於蒙古、色
目貴族和世家子弟，對於普遍意義上的士人來說則是不予考慮的。第二，
由吏入仕，對於士子來說，其發揮的作用也是比較有限的。而其主要原因
則是爲吏在思想觀念上不爲精研聖哲之學的讀書人廣泛接受，他們不屑爲
之。余闕在《楊顯民詩集序》中説：

> 我國初有金宋，天下之人，惟才是用之，無所專主，然用儒者爲
> 居多也。自至元以下，始浸用吏，雖執政大臣，亦以吏爲之。由是中
> 州小民粗識字能識文書者，得入台閣，共筆札，累日積月，皆可以致
> 通顯，而中州之士見用者隨漫寡。況南方之地遠，士多不能自至京
> 師，其抱才蘊者又往往不屑爲吏，故其見用者尤寡也。及其久也，則
> 南北方之士亦自町畦以相訾，甚若晋之於秦，不可與同中國。故夫南
> 方之士微矣！延祐中，仁皇初設科目，亦有所不屑而甘自没溺於山林
> 之間者，不可勝道，是可惜也。②

又程端學《送陳子敬序》言："由吏胥而仕者，亦無難矣！然君子處，已
不敢自易而常難之，故能斤斤徼戒飭懼，求寡過之地，以成光大之業。"③
而且，儒、吏之間相互鄙薄，即陸文圭於《儒學吏治》中所言："今之儒、
今之吏，祇見其捍格而不相合耳。……儒不習吏，謂之拘儒；吏不業儒，
謂之俗吏。儒誚吏曰：'務刀筆筐篋，不知大體。'吏詆儒曰：'有人民社

① 《通制條格校注》卷六《舉保》，方齡貴校注，中華書局，2001，第295頁。
② （元）余闕：《青陽先生文集》卷四，《四部叢刊續編》本。
③ （元）程端學：《積齋集》卷三《送陳子敬序》，民國《四明叢書》本。

稷，何必讀書。'"① 二者之間的争論更使得衆多士人不願爲吏。第三，自世祖朝起，朝廷重用吏，其結果是弱化了以往飽讀經典的儒家士人的作用，即如前引余闕所説的，粗識文字通文書者即可入台閣共筆札，積累年月，便可位居通顯，這對於以讀書入仕，即傳統的以學問兼濟天下的士人來説，顯然是一種羞辱。官吏來源擴大之後，對於學而優則仕的士人來説，實際上是非常不利的。而士人的尊嚴所在——"不屑爲吏"，使得士人通過爲吏以求入仕爲官"見用者尤寡"。當然，即便是士人放下尊嚴，由吏求官，但由吏入宦之途仍舊十分艱難。如元代著名畫家大痴道人黄公望，在隱居之前，也曾奔走仕途，至元中，他曾被浙西廉訪使徐琰辟爲書吏，得"浙西憲吏"一職，後隨張閭經理錢糧獲罪，之後又起爲中台察院掾，因忤權豪被繫獄，出獄後纔絶意仕途，野服黄冠，悠游山水。可以説，吏的地位低下，升轉且極困難，難有保障，稍不謹慎，即如黄公望這般爲觸忤權勢，下獄殆死。是以一般士人很少選擇由吏入宦。前文已言，以吏補官是有很多弊端的，這些問題逐漸在元代官僚機構中顯露，"文繁則吏冗，吏冗則官冗，官冗則議論紛紜，政日紊亂"②，上層統治者對此亦有所察覺，而且仁宗"見吏弊，欲痛剗除之"③，是以元廷在人員任用上對儒士逐漸稍有傾斜。所以，宿衛、儒、吏這三種選擇中，由儒入官成爲士人的普遍選擇，士人往往先任各地方學校、書院的學官，再由學官遷轉爲流官。吳澄在《送周德衡赴新城教諭序》中也説："今世儒者入仕，格例無不階縣學官而升之。"④ 其又在《贈紹興路和靖書院吳季淵序》中說："今世之學官，大率借徑以階仕進。"⑤ 關於學官，從《元史·選舉志》可以看出，元代的學官，就其職位來看，主要有教授、學正、山長、學録、教諭，其中祇有儒學教授一職是有品級的，是九品，而在教授之上，管理學校之事的是儒學提舉，正提舉從五品，副提舉從七品。學正、山長、學録、教諭，是不入品的。即便是這些不入品的，也有考察和升遷。從《選

① （元）陸文圭：《墻東類稿》卷三《儒學吏治》，《文淵閣四庫全書》本。

② （元）胡祇遹：《紫山大全集》卷一三《君臣論》，《文淵閣四庫全書》本。

③ （元）黄溍：《金華黄先生大全集》，卷二三《元故翰林學士承旨中書平章政事贈舊學同德翊戴輔治功臣太保儀同三司上柱國追封魏國公謚文忠李公行狀》，元鈔本。

④ （元）吳澄：《吳文正集》卷三〇《送周德衡赴新城教諭序》，《文淵閣四庫全書》本。

⑤ （元）吳澄：《吳文正集》卷三〇《贈紹興路和靖書院吳季淵序》，《文淵閣四庫全書》本。

舉志》來看，學正、山長、學録、教諭的選任，可由集賢院及台憲等官舉薦，科舉實行之後，以下第舉人充學正、山長，備榜舉人充教諭、學録，也接受舉薦。總的來看，學官的選任和升遷有正常的考選，也接受舉薦。因爲各省、各路、各縣都設有學校，所以學官之職位特別多，同時接受集賢院及台憲等朝臣舉薦，因此大批士人奔走京師，干謁求薦，以謀得一學官。

申萬里在《元代教育研究》中指出："元代學官特別是江南學官的仕進之路是非常艱難的，不僅得到學官不易，而且升轉更難。"[①] 申萬里曾引程端學《送花教授秩滿序》一文中的話認證，兹轉引如下：

> 士之校官進而受一命之寵者，難矣哉！律，二十五始得仕，由鄉校薦之郡，郡試其文，移憲覆核，率二三年爲直學，典司廩餼之出納。又二三年上之行省若大府，行省若大府類其名，復三四年，授一諭若録。近者五六年，遠者數十年，然後領事。三年秩滿，復如之。又十數年升正若長，正三年始上都省、部，又三年始授一命爲州教授。州教授三年，始升之郡，郡教授三年，始入流爲縣主簿。士而至於州教授年且致仕矣。故得州教授者十三四，得郡教授者十二三，得縣主簿者十不一二，有終身不得者焉。[②]

將程端學這段話與方回的《送仇仁近溧陽州教序》相印證，確實可説明元代士人易仕而難於達。即升教授已如此之難，可以想見其他。而從另一角度來看，士人仕於學官的最初動機就不是純粹的，而升轉繞是他們的真正目的，因此學官之制積弊頗多且久。吳澄在《題進賢縣學增租碑引》中言"進賢學産，隱没虧折，前後學官安視，而不經意教諭"。[③] 徐明善在《送李君序》中也説："今之爲學官者，其教不能植，其志有所撓，往往不堪其冷。"[④]《元典章》對此亦有論説："照得隨路雖有設立學官，其所在

① 申萬里：《元代教育研究》，武漢大學出版社，2007，第 477 頁。
② 申萬里：《元代教育研究》，武漢大學出版社，2007，第 477 頁。
③ （元）吳澄：《吳文正集》卷五六《題進賢縣學增租碑引》，《文淵閣四庫全書》本。
④ （元）徐明善：《芳谷集》卷一《送李君序》，民國豫章叢書本。

官司例皆看同泛常，不爲用心勉勵，以致學校之設有名無實。"① 而這實際上是一種惡性循環，士人以升轉爲目的仕於學官，并不真心仕職，故而在職位上難有所成，因此没有晋升機會，升轉艱難。學官正常升轉困難，故而士人往往捨此而擇他徑。其中很重要的一點就是薦舉，依靠中央或地方權貴的薦舉而升任教授或其他流官，所以元代的學官也是游士干謁階層的一部分。

總結元代士人求官的過程，一般士人，可被薦授爲各地學録、教諭等職位較低的學官，優秀且聲名顯揚者，交接朝中大臣，可被薦爲教授，教授即入流，之後仍可由薦舉再任其他高官。所以，一般布衣士子主動求薦或被薦，所得官職以各州、路教授爲主。如《元史·儒學二》中所舉之陳孚以布衣上《大一統賦》，聲聞於朝，而被授爲上蔡書院山長；熊朋來爲參政徐琰、李世安推薦，後得任福建、廬陵兩郡儒學教授；戴表元被薦爲信州路儒學教授。當然也不乏聲名特別優秀，而舉薦者身份顯赫，爲朝廷信任，這就有可能由布衣而任提舉、國子助教，甚至翰林編修等品秩更高的流官。如劉詵的同郡人劉岳申、龍仁夫在文學上與劉詵齊名，兩人分別被薦爲遼陽儒學副提舉和江浙儒學副提舉；楊載年四十不仕，户部賈國英屢薦於朝，以布衣而被任爲翰林國史院編修官，與修《武宗實録》。

元代翰林國史院官吏中有一大部分也是由各地的學官經國史院文臣或者集賢院、御史臺及其他朝廷文臣舉薦而任。如曹元用，最初以鎮江路儒學正考滿游京師，後爲翰林承旨閻復所賞識，舉薦其爲翰林國史院編修官；袁桷最早爲麗澤書院山長，大德初年，爲翰林文士閻復、程鉅夫、王構所薦，被授爲翰林國史院檢閲官。鄧文原最初爲高克恭舉薦，得任杭州路儒學正，他在《故大中大夫刑部尚書高公行狀》中説："文原自公爲都事使杭，首受公知，亦與在舉中。"② 大德二年，鄧文原被調爲崇德州教授；五年，則被擢爲應奉翰林文字，開始了館閣任職經歷。孛术魯翀於大德十一年被薦爲襄陽縣儒學教諭，後升汴梁路儒學正，在元朝編修《世皇實録》時，受姚燧舉薦，於至大四年被授爲翰林國史院修官，由此進入館

---

① 《元典章》禮部卷四《學校》，陳高華、張帆等點校，中華書局，2011，第 1088 頁。

② （元）鄧文原：《故大中大夫刑部尚書高公行狀》，載李修生主編《全元文》第 21 册，江蘇古籍出版社，1998，第 100 頁。

閣。元詩四大家可説俱是由薦舉而得以入翰林國史院的。楊載以布衣被薦
入翰林，而范梈最初也是游京師求仕，別人游京師求仕，都是"必囊筆
楮、飾賦咏以偵候於王公之門，當不當，良不論也。審焉以求售，若乘必
駿，食必稻，足趼而腹果，介然莫有所遭。夫争藝以自進，宜有不擇焉
者。心誠知之，孰慚其非？故幸得之，則歸於能。其不得之，則歸於
人"。① 他却"賣卜燕市"，是以三年不售，袁桷在送他南還的序文中安慰
他説："君所爲詩文幽潔而静深，怨與不怨，皆存乎天。慨然南歸，善治
其學，彌謹其徇，使果擇士耶？無以易矣。譬之璞焉，蓄極而光，遇寧有
不遂者乎？"② 後來果爲董中丞士選慧眼相中，"召置館下，命諸子弟受學
焉，由是名動京師，遂薦爲左衛教授，遷翰林國史院編修官"。③ 虞集早年
曾隨其父在江西行省左丞董士選館中授館，大德元年隨董氏入都，以文章
游於大都文臣中，爲姚燧、程鉅夫所稱贊，後由董士選薦爲大都路儒學教
授，大德十一年，遷國子助教，直至仁宗時一路升遷，進入館閣。元明善
也是爲董士選所舉薦入朝爲官的。《元史·元明善傳》有記："二人（指虞
集與元明善）初相得甚歡，至京師，乃復不能相下。董士選之自中台行省
江浙也，二人者俱送出都門外，士選曰：'伯生以教導爲職，當早還，復
初宜更送我。'集還，明善送至二十里外，士選下馬入邸舍中，爲席，出
橐中肴，酌酒同飲，乃舉酒屬明善曰：'士選以功臣子，出入台省，無補
國家，惟求得佳士數人，爲朝廷用之，如復初與伯生，他日必皆光顯，然
恐不免爲人構間。復初中原人也，仕必當道；伯生南人，將爲復初摧折。
今爲我飲此酒，慎勿如是。'"④ "惟求得佳士數人"，由此可見董士選在舉
薦賢才上的用心了。當然，這與董家在朝廷中的地位有關，董家當時是北
方世家，深受朝廷重視，故而能一薦得中。董氏中，以好賢愛才聞名的不
光有董士選，還有其叔父董文用。董文用在任御史中丞時，即大力薦舉人
才，舉胡祗遹、王惲、雷膺、荊幼紀、許楫、孔從道十餘人爲按察使，徐

① （元）袁桷：《袁桷集校注》卷二三《送范德機序》，楊亮校注，中華書局，2012，第
1162頁。
② （元）袁桷：《袁桷集校注》卷二三《送范德機序》，楊亮校注，中華書局，2012，第
1162頁。
③ 見（元）揭傒斯《揭文安集》卷八《范先生詩序》，中華書局，2013，第185頁。
④ （明）宋濂等：《元史》卷一八一《元明善傳》，中華書局，1976，第4173頁。

琰、魏初爲行台中丞。蘇天爵稱讚他"其好賢樂善，尤出天性，雖待下士，必盡禮，至老且貴，終不倦。人有善，必推舉之，而名公大人聞公所薦，亦必曰：'出董公門，佳士也。'故天下之士争歸之"。①董文用後來也任翰林學士承旨，所以董氏一族在翰林文士中有很高的地位。揭傒斯與楊載類似，都是在四十歲左右時，由布衣被薦入翰林院編修，真正是"朝爲田舍郎，暮登天子堂"。程鉅夫、盧摯曾先後任湖南憲長，程鉅夫得識盧摯，非常器重他，還將從妹嫁與他。皇慶元年，揭傒斯入京師，館於程鉅夫之門，延祐元年，經程鉅夫、盧摯薦於朝，被授爲翰林國史院編修官。②

翰林國史院文臣本身許多是自學官等受薦入館。一方面，有被薦經歷的翰林文士以及居於高位的好賢者對於後進賢士，大多會積極獎掖鼓勵；另一方面，元廷積極招攬人才，并制定相關條例鼓勵薦舉，對於朝臣舉薦的賢士，也多予以任用。是以，趙孟頫、虞集、袁桷、歐陽玄、黃溍、姚燧、馬祖常等館閣公卿都以薦賢進才、獎掖後進爲己任。虞集作爲"一代斗山"，尤喜援引後進，《元史》中説"（虞集）論薦人才，必先器識，心所未善，不爲牢籠以沽譽"，又説"山林之士知古學者，必折節下之，接後進，雖少且賤，如敵己"。③其他翰林文士也樂於向朝廷舉薦，尤其是仕進艱難的南方文士，都極力引薦。因此翰林國史院文臣與各地的學官文士互動非常頻繁，也是元人文集中常見與教授、山長、教諭、學正等學官贈送酬答的原因。如黃溍《送富州陳教授詩序》中説：

> 浦陽陳彦正教授富州，里友方壽甫合同志之士，爲歌詩以餞之，徵予言序其首。蓋君子之仕也，將以行其志焉爾。法守之所拘，吏議之所迫，位彌下則事彌多。静窐動違，鰓鰓然左右顧望。能求其志之必行者，幾何人哉？獨官于學校者，責任雖重，而得以優游事外，無所拘迫，若可以行其志矣。夫何今之所謂稱其職者，率以崇土木、謹簿書爲上務？其次則妄自菲薄，指所居之地爲閑曹冷局，計其歲月而

---

① （元）蘇天爵：《元朝名臣事略》卷一四《内翰董忠穆公文用》，姚景安點校，中華書局，1996，第286~287頁。

② 見（元）黃溍《揭公神道碑》，載李修生主編《全元文》第30册，鳳凰出版社，2004，第177頁。

③ （明）宋濂等：《元史》卷一八一《虞集傳》，中華書局，1976，第4180~4181頁。

去之，曰"吾姑藉以求一資半級而已"。是宜有志之士所不屑爲也。
彦正可謂有志之士，非乎？①

針對當時求仕者多以儒學教授爲進階之官，不甚重視，庸碌無爲，所以黄
溍在序文中勉勵陳彦正勿輕視學官，以有志之士自礪。這樣的文字，在翰
林國史院文士中非常普遍。

　　然而，并非所有的舉薦都是適當與合法的，其中不免有一些投機取巧
之士與重利結黨之輩，所以元廷在鼓勵"保薦人材"條頒布後，於至元二
十一年五月明確規定："照得欽奉聖旨條畫内一款：'諸官吏若有廉能公正
者，委監察體察得實，具姓名聞奏。'欽此。即不曾許監察等官擅行公文，
於諸衙門保人委用。近年以來，内外臺監察御史每有保舉人員，多不呈
臺，但移文各道按察司并諸衙門録用。蓋自恃其勢可以必行，名曰公文，
實則私意，即與陰相囑托無异。今後凡保舉官吏及草澤之士，并須指陳實
迹，呈臺定奪，不得擅行公文，於各道提刑按察司及諸衙門保舉委用，其
諸衙門亦不得承受。"又於大德十一年十一月規定："會驗欽奉聖旨條畫節
該：'諸官吏若有廉能公正者……。'欽此。先爲所保人員泛無實迹，議
得，風憲之職，責任尤重，苟非其人，不可妄舉。今後但有薦舉人員，須
要從公明白開寫五事、廉能、异政各各實迹，及舉察官姓名申呈。"② 也就
是説，元廷對所薦人才的任用是有所擇取的，并不是凡薦必用，而這實際
上影響到了對一些真正的能人賢士的舉薦。吳澄就是如此，其"經明行修
大，受之才"③，董士選多次薦於吏部却不用，而後雖授予官職，却未能出
任。《新元史·吳澄傳》記載："元貞二年，董士選爲江西行省左丞，雅敬
澄。及拜行臺御史中丞，入奏事，首以澄薦。未幾，士選遷樞密副使，又
薦之。……遂授應奉翰林文字，同知制誥兼國史館編修官。有司敦勸久
之，乃至，而代者已到官，澄即日南歸。"④ 實際上，排除舉薦而不被任用

---

① （元）黄溍：《送富州陳教授詩序》，見李修生主編《全元文》第 29 册，鳳凰出版社，
　　2004，第 56 頁。
② 《通制條格校注》卷六《舉保》，方齡貴校注，中華書局，2001，第 296 頁。
③ 柯劭忞：《新元史》卷一七〇《吳澄傳》，張京華、黄曙輝總校，上海古籍出版社，2017，
　　第 3524 頁。
④ 柯劭忞：《新元史》卷一七〇《吳澄傳》，張京華、黄曙輝總校，上海古籍出版社，2017，
　　第 3524 頁。

者與履薦而不仕者，真正能够舉薦賢良者與獲舉薦機會入仕者是非常有限
的，而南方文士的處境則更爲慘淡，誠如戴表元在《送方中全北行序》中
所言：“曩時江南士大夫去關洛遠，嘗患於難仕，仕又必須材望，雖有家
門之行、鄉曲之譽，而非官府公薦、公卿通知，則不可必得，往往塵埋竄
伏，没世而無聞者多矣。”①

延祐初，科舉恢復，游宦之風漸息，赴京師求薦舉的游士大有減少，
劉詵在《送歐陽可玉》中載：“自宋科廢而游士多，自延祐科復而游士少，
數年科暫廢而游士復起矣！蓋士負其才氣，必欲見用於世，不用於科，則
欲用於游，此人情之所同。”② 儘管如此，薦舉作爲一種選官途徑，仍然在
科舉恢復之後持續存在。因爲即便有了科舉這一穩定的選官手段，但元代
的科舉選士數量有限，而且左右榜的區分也致使漢族士人仕進的機會較
少，而學官作爲入仕之階在開科取士之後并未廢除，薦舉仍然有存在的基
礎。但是，多數漢族文士即便通過科舉進入了仕途，所任之職也多是地方
低級官吏，想要獲得升轉，仍然需要依賴朝中權臣的舉薦。以歐陽玄爲
例，延祐二年（1315），歐陽玄登進士第，同知平江州。延祐六年，調太
平路蕪湖縣尹。泰定元年（1324），改任武岡縣尹。三年後考績，歐陽玄
被虞集舉薦入朝，任國子博士，由此開始了京中文臣生涯。實際上，虞集
的舉薦是其仕宦生涯——由地方進入中央的一個關鍵轉折點。若没有虞集
的舉薦，歐陽玄恐怕要在地方官任上遷轉更久。另外，元朝統治者在招納
人才時對薦舉這一方式仍是接受的，而且還會頒布詔令鼓勵舉薦。延祐七
年十一月，仁宗詔曰：“比歲設立科舉，以取人材，尚慮高尚之士，晦迹
丘園，無從可致。各處其有隱居行義、才德高邁、深明治道、不求聞達
者，所在官司具姓名，牒報本道廉訪司，覆奏察聞，以備録用。”③ 并多次
下詔徵求指斥時政、經邦治國的言論，且能寬容地采納其中合理的諫言，
對諫言者也多予以任用。而且，對於有利於教化又能啓迪後人的著書立説
者，朝廷也大多斟酌録用。這些招納人才的方式，實際上，在元代之後的
統治中成爲一種常態。由此可見，元代在開科取士之後，徵召舉薦作爲選

① （元）戴表元：《剡源集》卷一三《送方中全北行序》，《四部叢刊》景明本。
② （元）劉詵：《桂陽文集》卷二《送歐陽可玉》，《文淵閣四庫全書》本。
③ （明）宋濂等：《元史》卷八一《選舉一》，中華書局，1976，第2035頁。

拔人才的補充手段，仍舊在官方存在。

就今天來看，徵召舉薦對翰林國史院文士有非常重要的意義。一方面，這是漢族士人學而優則仕的重要方式；另一方面，通過徵召薦舉，游士入都以詩文求官，翰林國史院文士與地方士人頻繁互動，形成了一個聯繫緊密的士人群體。對於元代詩壇而言，新詩風的形成與流衍，便在這個士人群體中完成。

這裏將元代曾任職翰林國史院，其由徵召或者薦舉者，統計彙爲一表。其中所謂徵召類，指首次在元爲官者，如父祖輩曾在元朝爲官，即使本人是被徵召而授官，仍歸於承襲蒙蔭類中，見表 5 - 1。

按：表 5 - 1 中人物如果以任職情況來分，基本可分爲三種：一種是確實在翰林院任職者，此類人占大多數；一種是曾被授予翰林國史院職位，但未曾赴任者，鄭玉、張樞、杜本皆此類人；一種是生前既沒有在翰林院任職的經歷，又不曾被徵召爲翰林院官，祇是卒後被授予翰林院官職者，許國禎、李元禮、杜瑛皆此類也。

另外，分析表 5 - 1，亦可發現元代徵召薦舉爲官的一些特點。

首先，表 5 - 1 中蒙古人、色目人、漢人、南人皆有，但蒙古人、色目人數量遠遠少於漢人、南人。究其原因，蒙古、色目諸人，在元朝統一海內之時，多列籍軍戶，以戰功獲勛者多，以儒學起家者少，而翰院之職需要有極深的漢文化背景方能勝任，故蒙古、色目人中能擔此任者不多。另外，蒙古、色目人在元前期受徵召者少，越往後期受徵召者越多。其中緣由則是國家統一之後，靠軍功獲職已不可能，而靠蒙蔭入仕對於下層蒙古、色目人來説也不可能，因此，科舉成爲諸多蒙古、色目人眼中更爲現實且可靠的入仕途徑。"元代鄉舉十七科産生蒙古、色目鄉貢進士約兩千人，而鄉試不幸落榜者可能十倍於此。換言之，科舉的采行誘使數萬蒙古、色目子弟埋首經籍，投身場屋，企圖以學問干取禄位元，遂加速這些族群漢化的步伐。"[1] 科舉的施行大大加速了蒙古、色目人的漢化進程，很多人接受并學習漢文化，科舉中第者藉以入仕，而對落第者來説，因其具備了一定的漢文化基礎，被徵召擔任翰林院官成爲可能，故元朝後期受徵

---

[1] 蕭啓慶：《元代科舉特色新論》，台灣"中央研究院"歷史語言研究所《中央研究院歷史語言研究所集刊》第八十一本第一分，台灣商務印書館，2010，第 12 頁。

表 5－1　元代薦舉徵召之任職概況

姓名	家世淵源	初次入仕官職	曾任翰林官職	史源
高智耀，字顯達（1206～1271）	河西人，世仕夏國	夏國進士第	世祖即位，授翰林學士	《元史》卷一二五《高智耀傳》《元史新編》卷三一《高智耀傳》《新元史》卷一五六《高智耀傳》
安藏（生卒年不詳）	畏兀氏，世居別失八里	覲見世祖，授翰林學士	翰林學士，翰林學士承旨	《新元史》卷一九二《安藏傳》
迦魯納答思	畏兀兒人	翰林學士承旨安藏、札牙答思薦於世祖，授翰林學士承旨	翰林學士承旨	《元史》卷一三四《迦魯納答思傳》《新元史》卷一九二《迦魯納答思傳》
郝經，字伯常（1223～1275）	澤州陵川人，金朝郝天挺孫	世祖以皇弟開邸金蓮川，召經；初授江淮荊湖南北等路宣撫副使	翰林侍讀學士	《元史》卷一五七《郝經傳》《元史新編》卷三一《郝經傳》《新元史》卷一六八《郝經傳》
姚樞，字公茂（1203～1280）	柳城人，後遷洛陽	授東平宣撫使	1276年，陞翰林學士承旨	《元史》卷一五八《姚樞傳》《元史新編》卷三一《姚樞傳》《新元史》卷一五七《姚樞傳》
竇默，字子聲（1196～1280）	廣平肥鄉（今河北肥鄉）人	世祖召至潛邸，初授太子太傅，辭不受	1260年，任翰林侍講學士	《元史》卷一五八《竇默傳》《元史新編》卷三一《竇默傳》《新元史》卷一五七《竇默傳》
宋子貞，字周臣（1185～1266）	潞州長子人，金太學生	金末，入嚴實幕府，為幕府詳議官	1261年，任翰林學士	《元史》卷一五九《宋子貞傳》《元史新編》卷三一《宋子貞傳》《新元史》卷一五八《宋子貞傳》
王磐，字文炳（1202～1293）	廣平永年人，金正大四年經義進士第	金末，入嚴實幕府；中統元年，授益都等路置撫副使	於中統間，任翰林直學士，翰林學士	《元史》卷一六〇《王磐傳》《新元史》卷一八五《王磐傳》

续表

姓名	家世淵源	初次入仕官職	曾任翰林官職	史源
王鶚，字百一（1190~1273）	曹州東明人，金正大元年狀元	世祖召至藩邸；中統初，授翰林學士承旨	1260年，翰林學士承旨	《元史》卷一六〇《王鶚傳》《元史新編》卷三二《王鶚傳》《新元史》卷一八五《王鶚傳》
高鳴，字雄飛（1209~1274）	真定人	諸王旭烈兀將征西域，召薦為彰德路總管	世祖時，任翰林學士	《元史》卷一六〇《高鳴傳》《元史新編》卷三二《高鳴傳》《新元史》卷一八八《高鳴傳》
李冶，字仁卿（1192~1279）	真定欒城人（今屬河北），金進士第	世祖召至藩邸；中統初，授翰林學士	1265年，翰林學士	《元史》卷一六〇《李冶傳》《元史新編》卷三二《李冶傳》《新元史》卷一七〇《李冶傳》
李昶，字士都（1202~1289）	東平須城人，金興定二年（1218）廷試第二甲第二人	金末，嚴實辟授都事	1265年，嚴忠范罷侯，特授翰林學士，翰林侍講學士	《元史》卷一六〇《李昶傳》《新元史》卷一八五《李昶傳》《元史類編》卷二一《李昶傳》
王思廉，字仲常（1238~1320）	真定獲鹿（今屬河北）人	至元十年（1273），董文忠薦授符寶局掌書	至元十四年翰林待制，後陞翰林學士，翰林學士承旨	《元史》卷一六〇《王思廉傳》《元史新編》卷三二《王思廉傳》《新元史》卷一八八《王思廉傳》
李謙，字受益（1233~1311）	鄆之東阿（今屬山東）人	王磐薦為應奉翰林文字	翰林應奉；1278年，翰林直學士；1281年，翰林學士讀；1294年，翰林學士；1302年，翰林學士承旨	《元史》卷一六〇《李謙傳》《元史新編》卷三二《李謙傳》《新元史》卷一八七《李謙傳》
徐世隆，字威卿（1206~1285）	陳州西華（今屬河南）人，金正大四年（1227）進士第	金末，嚴實招致東平幕府，俾掌書記	1264年，翰林侍講學士；後陞翰林學士	《元史》卷一六〇《徐世隆傳》《元史新編》卷三二《徐世隆傳》《新元史》卷一八五《徐世隆傳》

续表

姓名	家世淵源	初次入仕官職	曾任翰林官職	史源
孟祺，字德卿（約1230～約1281）	宿州符離（今屬安徽）人	金末，入嚴實幕府，掌書記	應奉翰林文字	《元史》卷一六〇《孟祺傳》《元史新編》卷二九《孟祺傳》《新元史》卷一七三《孟祺傳》
閻復，字子靖（1235～1312）	平陽和州人	金末，入嚴實幕府；歲己未，掌書記於行臺	翰林應奉、翰林修撰、翰林直學士、翰林侍講學士、翰林學士承旨	《元史》卷一六〇《閻復傳》《元史新編》卷四七《閻復傳》
王構，字肯堂（1246～1309）	東平人	金末，爲東平行臺書紀	1274年，爲翰林國史編修官；1277年，應奉翰林文字1276年，爲侍講學士；1307年，拜翰林學士承旨	《元史》卷一六四《王構傳》《元史新編》卷三二《王構傳》《新元史》卷一九〇《王構傳》
魏初，字大初（1232～1292）	弘州順聖人	中統元年，辟爲中書省掾史	國史院編修官	《元史》卷一六四《魏初傳》《元史新編》卷三一《魏初傳》《新元史》卷一七〇《魏初傳》
孟攀鱗，字駕之（1204～1267）	云內人，金正大七年（1230）進士	中統三年，授翰林待制，同修國史	翰林待制，卒贈翰林學士承旨	《元史》卷一六〇《孟攀鱗傳》《元史新編》卷三五《孟攀鱗傳》《新元史》卷一八五《孟攀鱗傳》
李之紹，字伯宗（1253～1326）	東平陰人	至元三十一年，徵授翰林國史院編修官；应奉翰林文字	翰林國史院編修官、應奉翰林文字、翰林直學士	《元史》卷一六〇《李之紹傳》《新元史》卷一九一《李之紹傳》《元史類編》卷三五《李之紹傳》
王惲，字仲謀（1227～1304）	衛州汲縣（今河南衛輝）人	中統元年，辟爲東平詳議官	中統初，翰林修撰；1277年，翰林待制；1293年，翰林侍講學士，卒贈翰林學士承旨	《元史》卷一六七《王惲傳》《元史新編》卷三二《王惲傳》《新元史》卷一八八《王惲傳》

续表

姓名	家世淵源	初次入仕官職	曾任翰林官職	史源
楊文郁，字從周（1224～1303）	其先恩州（今河北清河），六世祖徙家濟陽（今屬山東濟南）	至元初年，爲提刑按察使陳節奏薦，除闕里教授；後爲王惲薦授應奉翰林文字。	至元十五年，應奉翰林文字，翰林修撰，翰林直學士知制誥同修國史；翰林學士	（乾隆）《濟陽縣志》卷一二《翰林學士楊公神道碑》《秋澗集》卷八八《薦濟南士楊從周事狀》
楊剛中，字志行（生卒年不詳，壽七十四）	其先松陽（今屬浙江）人，曾祖父時徙建康（今江蘇南京）	初辟爲江寧縣學正，遷徽州路學官學正教授；丞相脫脫薦爲翰林國史院史官，兼國史編修官	翰林待制	《元史》卷一九〇《楊載傳》《元史新編》卷四七《楊載傳》《新元史》卷二三七《楊載傳》
趙與票，字晦叔（1242～1303）	宋宗室子，嘗登進士第	至元十三年，世祖召至上京，授翰林待制	1276年，翰林待制，翰林直學士；1282年，翰林侍講學士，翰林學士	《元史》卷一六八《趙與票傳》《元史新編》卷四七《趙與票傳》《新元史》卷一九〇《趙與票傳》
許國禎，字進之（約1200～約1275）	絳州曲沃人	世祖徵至瀚海，留掌醫藥	1275年，翰林集賢大學士；卒贈翰林學士承旨	《元史》卷一六八《許國禎傳》《元史新編》卷四一《許國禎傳》《新元史》卷一五一《許國禎傳》
雷膺，字彥正（1225～1297）	渾源（今山西大同）人，雷淵子	丞相史天澤鎮真定，辟爲萬戶府書記	1261年，任翰林修撰	《元史》卷一七〇《雷膺傳》《元史新編》卷三二《雷膺傳》《新元史》卷一九五《雷膺傳》
胡祇遹，字紹聞（1227～1295）	磁州武安（今屬河北）人	中統初，張文謙宣撫大名，辟員外郎	1264年，應奉翰林文字；翰林學士	《元史》卷一七〇《胡祇遹傳》《元史新編》卷三二《胡祇遹傳》《新元史》卷一七四《胡祇遹傳》
暢師文，字純甫（1247～1317）	南陽人，暢訥子	至元五年，丞相安童辟爲右三部令史	1306年，拜翰林待讀學士，知制誥同修國史；後陞翰林學士	《元史》卷一七〇《暢師文傳》《新元史》卷二〇二《暢師文傳》

续表

姓名	家世淵源	初次入仕官職	曾任翰林官職	史源
吳澄，字幼清（1249~1333）	撫州崇仁人	程鉅夫起澄至京師；後權應奉翰林文字	1301年，應奉翰林文字；1323年，遷翰林學士	《元史》卷一七一《吳澄傳》《元史新編》卷四六《吳澄傳》《新元史》卷一七○《吳澄傳》
趙孟頫，字子昂（1254~1322）	宋太祖子秦王德芳之後	至元二十三年，程鉅夫薦入朝，後授兵部郎中	1310年，翰林侍讀學士；1314年，翰林侍講學士；1316年，授翰林學士承旨	《元史》卷一七二《趙孟頫傳》《元史新編》卷四七《趙孟頫傳》《新元史》卷一九○《趙孟頫傳》
鄧文原，字善之（1259~1328）	綿州人，徙錢塘	至元二十七年，行中書省辟為杭州路儒學正	1301年，應奉翰林文字；1305年，翰林修撰；1317年，翰林待制；1325年，翰林侍講學士	《元史》卷一七二《鄧文原傳》《元史新編》卷四八《鄧文原傳》《新元史》卷二○六《鄧文原傳》
袁桷，字伯長（1266~1327）	慶元人，宋同知樞密院事韶曾孫	部使者舉茂才異等，起為麗澤書院山長	1297年，翰林國史院檢閱官；1303年，應奉翰林文字；翰林待制直學士；1316年，翰林待制	《元史》卷一七二《袁桷傳》《元史新編》卷四六《袁桷傳》《新元史》卷一八九《袁桷傳》
郭貫，字安道（1250~1331）	保定人	以才行見推薦，為樞密院書掾	1304年，翰林待制直學士，翰林直學士；1312年，翰林侍講學士；1323年，拜翰林學士承旨，未就	《元史》卷一七四《郭貫傳》《新元史》卷二○一《郭貫傳》
夾谷之奇，字士常（？~1289）	其先出女真加古部，後徙夾谷，徙家滕州	授濟寧教授，辟中書省掾	1285年，翰林直學士	《元史》卷一七四《夾谷之奇傳》《新元史》卷一八八《夾谷之奇傳》
張養浩，字希孟（1270~1329）	濟南人	山東按察使焦遂聞之，薦為東平學正	1311年，授翰林待制；1313年，翰林直學士；後進翰林學士，不赴	《元史》卷一七五《張養浩傳》《元史新編》卷四○《張養浩傳》《新元史》卷二○二《張養浩傳》
張昇，字伯高（1261~1341）	其先定州人，後徙平州	至元二十九年（1292），薦授翰林國史院編修	1292年，除翰林國史院編修官，應奉翰林文字，翰林修撰	《元史》卷一七七《張昇傳》《新元史》卷一八七《張昇傳》

续表

姓名	家世淵源	初次入仕官職	曾任翰林官職	史源
李元禮，字庭訓（生卒年不詳）	真定人	歷易州，大都路儒學教授	卒贈翰林直學士	《元史》卷一七六《李元禮傳》《元史新編》卷四〇《李元禮傳》《新元史》卷一九六《李元禮傳》
劉敏中，字端甫（1243~1318）	濟南章丘人	至元十一年（1274），由中書接樞兵部主事	1274年，翰林直學士；1308年，翰林學士承旨	《元史》卷一七八《劉敏中傳》《元史新編》卷三九《劉敏中傳》《新元史》卷一九一《劉敏中傳》
王約，字彥博（1252~1333）	其先汴人，徙真定（今河北正定）	至元十三年（1276），王磐薦爲從事	1276年，翰林國史院編官，後陞翰林直學士	《元史》卷一七八《王約傳》《元史新編》卷四〇《王約傳》《新元史》卷一八七《王約傳》
宋衟，字弘道（約1230~1286）	潞州長子（今屬山西）人，金兵部員外郎元吉之孫	趙經略河南，禮聘之；中統三年（1262），擢翰林修撰	1262年，任翰林修撰	《元史》卷一七八《宋衟傳》《新元史》卷一九一《宋衟傳》
張伯淳，字師道（1243~1303）	杭州崇德人，宋進士	至元二十三年（1286），授杭州路儒學教授	1292年，翰林直學士，1300年，翰林侍講學士	《雪樓集》卷一二七《翰林侍講學士張公墓志銘》《元史》卷一七八《張伯淳傳》
元明善，字復初（1269~1322）	大名清河（今屬河北）人	浙東使者薦爲安豐、建康兩學正	1311年，翰林待制承直郎兼國史院編修官；1312年，翰林直學士；1313年，翰林侍讀；1320年，授翰林學士	《元史》卷一八一《元明善傳》《元史新編》卷四七《元明善傳》《新元史》卷二〇六《元明善傳》
劉賡，字熙載（1248~1328）	洺水人（今河北威縣），劉肅孫	至元十三年（1276），薦授國史院編修官	1276年，授國史院編修，後陞應奉翰林文字；1295年，陞翰林直學士；1312年，翰林學士承旨；1342年，復授翰林學士承旨	《元史》卷一七四《劉賡傳》

续表

姓名	家世淵源	初次入仕官職	曾任翰林官職	史源
虞汲，（? ~1318）	臨川崇仁人		翰林院編修官	
虞集，字伯生，一字德機（1272~1348）	臨川崇仁人	大德初，大臣薦授大都路儒學教授	1319年，翰林待制，兼國史院編修官	《元史》卷一八一《虞集傳》《元史新編》卷三九《虞集傳》《新元史》卷二〇六《虞集傳》
范梈，字亨甫，一字德機（1272~1330）	清江（今湖北恩施）人	朝臣薦爲翰林院編修官	1307年，翰林院編修官，翰林應奉	《元史》卷一八一《虞集傳》《元史新編》卷四七《范梈傳》《新元史》卷二三七《范梈傳》
揭傒斯，字曼碩（1274~1344）	龍興富州（今江西豐城）人	程鉅夫、盧摯薦爲翰林國史院編修官	1314年，翰林國史院編修；1316年，應奉翰林文字；1333年，翰林待制，翰林直學士；1342年，翰林侍講	《元史》卷一八一《揭傒斯傳》《元史新編》卷四七《揭傒斯傳》《新元史》卷二〇六《揭傒斯傳》
柳貫，字道傳（1270~1342）	浦陽人	始用察舉爲江山縣儒學教諭	1341年，任翰林待制	《元史》卷一八一《柳貫傳》《元史新編》卷四七《柳貫傳》《新元史》卷二三七《柳貫傳》
許有壬，字可用（1287~1364）	其先世居居穎，徙湯陰（今屬河南安陽市）	年二十，暢師文薦入翰林，不報；延祐二年（1315），中進士	1347年，翰林學士；後仕至翰林學士承旨	《元史》卷一八一《許有壬傳》《元史新編》卷四三《許有壬傳》《新元史》卷二〇八《許有壬傳》
李㴋魯䗙，字子彝（1279~1338）	其先隆安人，徙鄂州順陽（今河南淅川）	大德十一年（1307），薦授襄陽縣儒學教諭	1311年，翰林國史院編修官；1318年，翰林修撰；1335年，翰林侍講學士	《元史》卷一八三《李㴋魯䗙傳》
李泂，字溉之（1273~1331）	滕州（今屬山東）人	姚燧薦爲翰林國史院編修官	翰林國史院編修官，監修國史長史，翰林待制；1328年，陞翰林直學士	《元史》卷一八三《李泂傳》《元史新編》卷四七《李泂傳》《新元史》卷二三七《李泂傳》

续表

姓名	家世淵源	初次入仕官職	曾任翰林官職	史源
周應極，字南翁（生卒年不詳）（周伯琦父，1309年尚在世）	饒州（今江西波陽）人	仁宗召爲翰林待制	1307年，翰林待制	《元史》卷一八七《周伯琦傳》《元史新編》卷四七《周伯琦傳》《新元史》卷二一一《周伯琦傳》
鄭滁孫，字景潞（鄭滁孫弟，宋末元初人，元世祖至元中前後在世）	處州（今浙江青田）人，登宋景定間進士第	召授翰林國史院編修官	世祖時，任翰林國史院編修官，應奉翰林文字	《元史》卷一九〇《鄭滁孫傳》《元史新編》卷四六《鄭滁孫傳》《新元史》卷二三七《鄭滁孫傳》
陳孚，字剛中（1259～1309）	台州臨海（今屬浙江）人	至元中，上《大一統賦》，署上蔡書院山長	1292年，翰林國史院編修官，1300年，陞翰林待制	《元史》卷一九〇《陳孚傳》《元史新編》卷四七《陳孚傳》《新元史》卷二三七《陳孚傳》
董朴，字太初（1232～1316）	順德（今屬河北）人	至元十六年（1279），提刑按察使司薦爲陝西知法官	1312年，翰林修撰	《元史》卷一九〇《董朴傳》《元史新編》卷四六《董朴傳》《新元史》卷二三四《董朴傳》
楊載，字仲弘（1271～1323）	其先浦城（今屬福建）人，後徙杭	年四十，户部賈國英數薦爲翰林國史院編修官；又登延祐初進士第，授饒州路同知浮梁州事	1312年，翰林國史院編修官	《元史》卷一九〇《楊載傳》《元史新編》卷四七《楊載傳》《新元史》卷二三七《楊載傳》
周仁榮（生卒年不詳），字本心	台州臨海人。父周敬孫，宋太學生	用薦者著美化書院山長	1324年，翰林修撰	《元史》卷一九〇《周仁榮傳》《元史新編》卷四七《周仁榮傳》《新元史》卷二三六《周仁榮傳》

续表

姓名	家世淵源	初次入仕官職	曾任翰林官職	史源
陳旅，字衆仲（1288～1343）	興化莆田（今屬福建）人	用薦者爲閩海儒學官	1338年，應奉翰林文字	《元史》卷一九〇《陳旅傳》《元史新編》卷四七《陳旅傳》《新元史》卷二三七《陳旅傳》
伯顏，一名師聖（以顏爲姓），字宗道（1295～1358）	哈剌魯氏（即葛邏祿），世居開州濮陽縣	至正四年（1344），徵授翰林待制	1344年，翰林待制	《元史》卷一九〇《伯顏傳》《新元史》卷二三三《伯顏傳》
瞻思，字得之（1277～1351）	其先大食國人，太宗時家真定（今河北正定）	天曆三年（1330），召爲應奉翰林文字	應奉翰林文字	《元史》卷一九〇《瞻思傳》《元史新編》卷四六《瞻思傳》《新元史》卷二一四《瞻思傳》
趙弘毅，字仁卿（？～1368）	真定晉州人	始辟翰林書寫	翰林書寫，國史院編修官	《元史》卷一九六《趙弘毅傳》《元史新編》卷四九《趙弘毅傳》
鄭玉，字子美（1298～1358）	徽州歙縣人	至正十四年，徵爲翰林待制，辭不起		《元史》卷一九六《鄭玉傳》《元史新編》卷四六《鄭玉傳》《新元史》卷二三一《鄭玉傳》
黃㮚，字殷士（1308～1368）	撫州金溪（今屬江西）人	至正十七年，左丞相太平奏授淮南行省照磨	至正十七年後，由國子監丞陞翰林待制兼國史院編修	《元史》卷一九六《黃㮚傳》《元史新編》卷四六《黃㮚傳》
杜瑛，字文玉（1204～1273）	其先霸州信安人，金亡徙家彰德（今河南安陽）	屢徵不起	卒後，天曆間，贈翰林學士	《元史》卷一九九《杜瑛傳》《元史新編》卷四六《杜瑛傳》《新元史》卷二四一《杜瑛傳》
杜本，字原父（1276～1350）	其先居京兆，徙清江	屢徵不起。至正三年，以隱士召爲翰林待制兼國史院編修，以疾辭		《元史》卷一九九《杜本傳》《元史新編》卷四六《杜本傳》《新元史》卷二四一《杜本傳》

续表

姓名	家世淵源	初次入仕官職	曾任翰林官職	史源
張樞，字子長（1292~1384）	婺之金華（今屬浙江）人	屢徵不起。至正七年（1347），召爲翰林修撰，不就。		《元史》卷一九九《張樞傳》《元史新編》卷四六《張樞傳》《新元史》卷二三四《張樞傳》
留夢炎，字漢輔（1219~1295）	衢州（今浙江衢縣）人。宋淳祐四年進士第一，累官至宋丞相	入元，起爲禮部尚書	世祖朝任翰林學士承旨，成宗元貞元年（1295）致仕	《元書》卷五五《留夢炎傳》
董立，字植夫	咸寧（今屬湖北）人	至正七年（1347），以隱士召爲翰林修撰，後調監察御史，遷國子修業	1347年，翰林修撰	《雍大記》卷二八《董立傳》
完者圖，亦名完者都拔都	回回人	至正七年（1347），以隱士召爲翰林待制	1347年，翰林待制	《元史》卷一三一《完者都傳》《元史新編》卷三七《劉國傑傳》《新元史》卷一二《完者都傳》
執禮哈琅		至正七年（1347），與完者圖一同被召爲翰林待制	翰林待制	《元史》卷四一《順帝本紀四》、卷一一四《太平傳》《元史新編》卷四三《太平傳》《新元史》卷二三七《李孝光傳》
蘇大年，字昌齡（1296~1365）	真定（今河北正定）人	至正十三年（1353）上書於朝，授翰林國史院編修官	1353年，授翰林國史院編修官	《明一統志》卷三《佛法金湯編》卷六《蘇大年傳》
迺賢，又作迺賢，字易之（1309~1368）	合魯（一作葛邏祿、義馬馬）氏，世居金山之西，後宦遊江浙，卜居於鄞	辟爲東湖書院山長，至正間，用薦爲翰林國史院編修官	翰林院編修官	《元史類編》卷三六《迺賢傳》《新元史》卷二三八《迺賢傳》
汪澤卿，字景良（生卒年不詳）	徽州黟縣（今安徽黟縣）人	宋亡爲黟縣縣丞，世祖時開館爲史，爲留夢炎薦，授翰林國史院編修官	國史院編修官，陞應奉翰林文字，同知制誥	《江南通志》卷一六七《弘治》《徽州府志》卷七《黟縣三志》卷一一四

续表

姓名	家世淵源	初次入仕官職	曾任翰林官職	史源
愛薛 （1227～1308）	西域拂林人	初事定宗；中統四年（1263），命掌西域星曆、醫藥兩司事	翰林學士承旨	《元史》卷一三四《愛薛傳》《元史新編》卷三二《世祖文臣中·愛薛傳》《新元史》卷一九九《愛薛傳》
盧旦 （1274～1314）	濮陽（今河南濮陽）人	姚燧薦爲國史院編修官	元貞年間任國史院編修，後陞翰林應奉、翰林修撰、翰林待制	（正統）《大名府志》卷六《元詩選》二集丙《元詩紀事》卷一〇
朱德潤，字澤民 （1294～1365）	原籍睢陽（今河南商丘）平江人（《新元史》記，貲應爲昆山人）。父環，長洲篇學教論	延祐末，趙孟頫薦授應奉翰林文字	1319年，任應奉翰林文字兼國史院編修官	《新元史》卷二三七《朱德潤傳》

召入翰院供職者多於元前期人數。另外值得注意的是，元廷徵召爲官，多發生於元朝前期，特別是元世祖朝，徵召大量漢人賢士爲官。原因之一是文人士大夫的確頗具才干，而元廷此舉更爲深層的原因實則是籠絡漢族知識分子，便於加強對中原地區的控制。但整體來説，翰林院文士中漢族士人仍多於蒙古、色目人，而最基本的原因則是漢族人口數量遠遠超過蒙古、色目等少數民族人口數量。受深厚漢文化浸潤的漢族文士擁有奇才异能者不乏其人，這一數量遠多於少數民族文士。

其次，無論蒙古、色目人，還是漢人、南人，於元前期受徵召者居翰院高位者多，越往後期，授官越低。以蒙古、色目人爲例，元前期受徵召者安藏、迦魯納答思、愛薛三人皆官至翰林學士承旨，高智耀官至翰林學士，孛术魯翀官至翰林侍講學士，而後期受徵召者迺賢、執禮哈琅、完者圖、瞻思、伯顔、夾谷之奇等人，在翰院中最高也不過做到翰林直學士。漢人、南人中，由金入元者中，王鶚、閻復、王思廉、李謙、王構、劉敏中等人皆官至翰林學士承旨，由宋入元者中，留夢炎、趙孟頫皆官至翰林學士承旨。究其原因，元朝在混一宇内之時，每并一國，得人爲急，需大量吸收被征服地區之人才來維護統治，故封官之厚，令人艷羨。"及取中原，太宗始立十路宣課司，選儒臣用之。金人來歸者，因其故官，若行省，若元帥，則以行省、元帥授之。"[1] 當然，元朝授官之慷慨也有誘降之目的，其分化敵軍陣營之作用不可小覷。王鶚，前金狀元，元世祖即位後"首授翰林學士承旨，制誥典章，皆所裁定"[2]，直接讓其擔任翰林院最高官職；留夢炎，宋淳祐四年進士第一，趙孟頫，宋宗室子，二人入元不久就官至翰林學士承旨。此三人皆是在元朝征服金、宋不久即入元爲官者，故升遷迅速，很快就官至極品。元廷此舉，一是務得人才，二是收買人心，維護統治，故入元愈早，升遷愈快。至元朝中後期，國家承平日久，官多闕少，又無敵人可分化，故任翰院官職者升遷較前期要慢許多，且絶大多數人所至品級也不高。

最後，翰林國史院官員之比例，明顯呈現前期漢人占優勢、後期南人占優勢之現象，該現象也是歷史使然。元代前期的朝臣主要以憑藉地緣優

---

① （明）宋濂等：《元史》卷八五《百官一》，中華書局，1976，第2119頁。
② （明）宋濂等：《元史》卷一六〇《王鶚傳》，中華書局，1976，第3757頁。

勢的金源地區文士爲主，他們相互薦舉聯繫，成爲掌握翰林國史院的主要力量；而宋亡後，江南人才漸漸進入大都，與北方文士相抗禮，而此時的北方士人圈逐漸凋零，南人之間相互薦引，大量江南文人士大夫進入朝堂，所以元代後期，南方文士成爲翰林國史院的主導力量。

總的來看，元朝通過徵召或薦引進入翰林國史院的官員，諸色人等皆有，但漢人、南人比例遠遠超過了蒙古、色目人。從任職高低、升遷快慢來講，先入元廷且名聲較著者升遷更快，居官更高，反之則升遷較慢，居官不高。從對比漢人、南人角度來看，元朝前期漢人人數多，官階較高；元朝後期則南人人數多，官階却普遍不高。

第二節　由科舉者入選

元朝科舉，是在斷斷續續中進行的，廢興接踵。"元初，太宗始得中原，輒用耶律楚材言，以科舉選士。世祖既定天下，王鶚獻計，許衡立法，事未果行。至仁宗延祐間，始斟酌舊制而行之，取士以德行爲本，試藝以經術爲先，士褒然舉首應上所求者，皆彬彬輩出矣。"[1] 元朝直到元仁宗時，科舉纔逐步走上正途。蕭啓慶先生《元代進士輯考》一書統計了《元史》的"選舉制""百官志·選舉附錄"以及相關《本紀》的資料，得出結論：自延祐二年開科，元朝科舉經歷五十二年，前後共舉行十六次，得進士一千一百三十九人，詳見表5-2。

表5-2　元代科舉取進士狀況

年代	右榜狀元	左榜狀元	人數
延祐二年（1315）	護都答兒	張起岩	56
延祐五年（1318）	護都答兒	霍希賢	50
至治元年（1321）	達普化	宋本	64
泰定元年（1324）	捌剌	張益	86
泰定四年（1327）	阿察赤	李黼	86
天曆三年（1330）	朵列圖	王文燁	97
元統元年（1333）	同同	李齊	100

---

① （明）宋濂等：《元史》卷八一《選舉一》，中華書局，1976，第2015頁。

续表

年代	右榜狀元	左榜狀元	人數
至正二年（1342）	拜住	陳祖仁	78
至正五年（1345）	浦顔不花	張士堅	78
至正八年（1348）	阿魯輝帖穆而	王宗哲	78
至正十一年（1351）	朵列圖	文允中	83
至正十四年（1354）	薛朝晤	牛繼志	62
至正十七年（1357）	倪儆	王宗嗣	51
至正二十年（1360）	買住	魏元禮	35
至正二十三年（1363）	寶寶	楊軾	62
至正二十六年（1366）	赫德溥化	張棟	73
總計			1139

資料來源：蕭啓慶《元代進士輯考》導論“元代的科舉制度及文獻”，台灣中研院歷史語言研究所專刊之一〇八，2021，第 19 頁。

從表 5 - 2 來看，元代通過科舉考試所取士是非常多的。這一點，元人也有認識，“以科舉取之，猶勝於多門而進”。[1] 即科舉取士是要超過之前科舉未復時的仕進多門的。元代進士根據任官情況可分爲三類。一類是祇歷内任或基本上祇歷内任者，這一類人數很少，而升遷則最快。例如至治元年科左榜狀元宋本，初授從六品的翰林修撰，歷内任七職，至天曆二年（1329）秋便升至從三品的藝文太監。一類是内外通調，既歷内任亦歷外任者，這類人在元代進士中不少於三分之一，仕至從三品以上的元代進士大多屬於這一類。這類人的升遷速度與其歷官情況相適應，歷内任時升遷較快，歷外任時升遷較慢，不過其中多數人的情況是歷外任的時間長於内任。如延祐二年科左榜進士歐陽玄，初授正七品的平江州同知，歷外任三職，内任四職，至順二年（1331）升爲從三品的藝文少監。一類是祇歷外任或基本上祇歷外任者，這一類人數較多，升遷最慢，仕至從三品以上者甚不多見。另外值得注意的一點，由進士直接授予翰林官職者，大多爲左榜第一名，即漢人或南人狀元，其官職一例授翰林國史院修撰，唯首科狀元張起岩特旨授集賢修撰，次科即延祐五年左榜狀元霍希賢任職情況不明。至治元年，右榜狀元爲達普化，才華不輸漢人，故授集賢修撰；而左

---

[1] （明）宋濂等：《元史》卷一七五《李孟傳》，中華書局，1976，第 4089 頁。

榜狀元爲宋本，則例授翰林國史院修撰。其他可以考知的左榜狀元，初授皆爲翰林國史院修撰。

這裏將《元史》中所載，科舉出身而後來進入翰林國史院的官員見表5－3。

通過表5－3，我們會發現以下現象：首先，漢人、南人數目遠遠多於蒙古、色目人。其次，所有以上翰林院官可大致分爲三類：其一是一生仕履主要在翰林國史院，此類人幾乎歷官翰林國史院所設各級官階，歐陽玄、吕思誠、李好文、陳祖仁、楊宗瑞是這類人的代表；其二是一生中僅有爲期不長的一段時間在翰林院任職，很多人一生僅擔任過翰林院某一官階，這類人占多數；其三是生前并没有在翰林國史院任職，卒後被封贈爲翰林官職，孫撝即爲此類。在翰林院任職的官員中，絕大多數人是從翰林院低級官職做起，蒙古、色目人亦不例外。

以科舉進入翰林院爲官者中，漢人、南人數量遠遠多於蒙古、色目人這一現象，并非説明漢人、南人在科舉政策方面享有特權，録取名額多於蒙古、色目人。而事實上，元朝設立科舉，實行雙重配額制和右、左榜制，其目的是維護蒙古、色目人的特權。關於元朝科舉特色，已有多篇文章論證，兹不贅述。[①] 漢人、南人多於蒙古、色目人這一現象，在某種程度上恰恰説明翰林國史院是“清貴”之地，很多蒙古、色目人并不願意在此處任職，而漢人、南人地位較低，入仕途徑不廣，能列職翰林國史院已屬不易，故有一生皆在翰林國史院供職者。漢人、南人終身在翰林院供職者中也有官至高階者，歐陽玄、李好文、吕思誠就官至翰林學士承旨，可爲佐證。

在以上人員中，漢人、南人無一例外都從翰林院底層官階做起，有人最終身居高位，但大多數是在中下級官職間遷轉。仕任翰林國史院的蒙古、色目人則大致分爲三個類別：一類是雖任翰林官職較短，但升遷迅速，官職較高，如廉惠山海牙、月魯不花就是此類；一類是從低級官職做起，升遷較快，雖未能在翰院得居高官，但後來在中書省、御史台等其他

---

① 關於元代科舉情況，可參考余大鈞《關於四等人制下的科舉取士》（《國學研究》2004年第7期，第209～233頁），姚大力《元朝科舉制度的行廢及其社會背景》（《元史及北方民族史研究集刊》1982年第6期，第26～59頁），蕭啓慶《元代科舉特色新論》（台灣《中央研究院歷史語言研究所集刊》，第八十一本第一分，第1～36頁）等。

表 5 - 3 元代科舉進士之任職狀況

姓名	家世淵源	科第	初仕情狀	歷任翰林官職	史源
馬祖常，字伯庸（1279~1338）	雍古部人，月合乃曾孫，世祖時家光州（今河南潢川）	延祐初，鄉貢、會試皆中第一，廷試為第二	應奉翰林文字	1315年，應奉翰林文字；至治（1321~1323）間，翰林待制；1324年，翰林直學士	《元史》卷一四三《馬祖常傳》；《元史新編》卷三九《馬祖常傳》；《新元史》卷一四九《馬祖常傳》
泰不華，字兼善（1304~1352）	伯牙吾台氏，塔不台子，父時家台州（今屬浙江）	年十七，至治元年（1321）江浙鄉試第一，賜進士及第	集賢修撰	1349年任翰林侍讀學士，知制誥同修國史	《元史》卷一四三《泰不華傳》；《元史新編》卷四五《泰不華傳》；《新元史》卷二一七《泰不華傳》
余闕，字廷心，一字天心（1303~1358）	唐兀氏，沙剌臧卜子，世居河西武威（今甘肅武威），後隨父家盧州（今安徽合肥）	元統元年（1333），賜進士及第	泗州同知	應奉翰林文字，翰林修撰、翰林待制	《元史》卷一四三《余闕傳》；《元史新編》卷四五《余闕傳》；《新元史》卷二一八《余闕傳》
廉惠山海牙，字公亮（生卒年不詳）	畏吾人，布魯海牙玄孫，廉希憲從子	至治元年（1321），逕進士第	承事郎，順州同知	1354年，翰林學士承旨，知制誥同修國史	《元史》卷一四五《廉惠山海牙傳》；《元史類編》卷三六《廉惠山海牙傳》；《新元史》卷一五五《廉惠山海牙傳》
月魯不花，字彥明（1308~1360）	蒙古遜都思氏，脫帖穆耳子，赤老溫五世孫	元統元年進士第	台州路錄事司達魯花赤	翰林侍講學士	《元史》卷一四五《月魯不花傳》；《元史新編》卷四九《忠義三·月魯不花傳》；《新元史》卷二二一《月魯不花傳》
黃溍，字晉卿（1277~1357）	婺州義烏（今浙江義烏）人	延祐二年（1315）進士第	台州寧海丞	應奉翰林文字，翰林直學士、翰林侍講學士	《元史》卷一八一《黃溍傳》；《元史新編》卷四七《黃溍傳》；《新元史》卷二○六《黃溍傳》

续表

姓名	家世淵源	科第	初仕情狀	歷任翰林官職	史源
歐陽玄, 字原功 (1283～1357)	其先家廬陵, 徙瀏陽 (今湖南瀏陽)	延祐二年, 賜進士出身	岳州路平江州同知	1328年, 翰林待制; 1329年, 翰林修撰; 1333年, 翰林直學士; 1345年, 翰林學士承旨	《元史》卷一八二《歐陽玄傳》
宋本, 字誠夫 (1281～1334)	大都人。父宋禎, 曾官江陵	至治元年, 賜進士及第	翰林修撰	1321年, 任翰林修撰	《元史》卷一八二《宋本傳》《元史新編》卷三〇九《宋本傳》《新元史》卷二〇八《宋本傳》
宋褧, 字顯夫 (1294～1346)	大都人, 宋本弟。父宋禎, 曾官江陵	登泰定元年進士第	校書郎	1337年, 翰林待制, 擢翰林直學士	《元史》卷一八二《宋本傳》《元史新編》卷三〇九《宋本傳》《新元史》卷二〇八《宋本傳》
謝端, 字敬德 (1279～1340)	蜀之遂寧人, 宋末遷居江陵 (今湖北荊州)	延祐五年, 擢進士乙科	潭州路同知湘陰州事	1319年, 翰林待制; 翰林直學士	《元史》卷一八二《謝端傳》《元史新編》卷四一七《謝端傳》《新元史》卷一九一《謝端傳》
王思誠, 字致道 (1291～1357)	兗州嵫陽 (今山東兗州) 人	至治元年進士第	管州判官	1321年, 翰林國史院編修官; 應奉翰林文字, 翰林待制	《元史》卷一八三《王思誠傳》《元史新編》卷四〇三《王思誠傳》《新元史》卷二〇八《王思誠傳》
李好文, 字惟中 (生卒年不詳)	大名東明人	登至治元年進士第	大名路濬州判官	翰林國史院編修官, 1346年, 任翰林待講學士, 翰林學士承旨	《元史》卷一八三《李好文傳》《元史新編》卷四一三《李好文傳》《新元史》卷二一一《李好文傳》
蘇天爵, 字伯修 (1294～1352)	真定 (今河北正定) 人。父蘇志道, 歷官嶺北行中書省左右司郎中	1317年, 國子學生公試第一	大都路薊州州判官	1324年, 翰林國史院典籍官, 應奉翰林文字; 1334年, 翰林待制	《元史》卷一八三《蘇天爵傳》《元史新編》卷四一三《蘇天爵傳》《新元史》卷二一一《蘇天爵傳》

续表

姓名	家世淵源	科第	初仕情狀	歷任翰林官職	史源
呂思誠，字仲實（1293～1357）	平定州（今山西平定）人。父呂允，以平定知州致仕	泰定年進士第	同知遼州事，未赴	翰林國史院檢閱官，翰林編修、翰林學士承旨	《元史》卷一八五《呂思誠傳》《元史新編》卷四一《呂思誠傳》《新元史》卷二一二《呂思誠傳》
韓鏞，字伯高（生卒年不詳）延祐五年（1318）進士，至正七年（1347）任有官職	濟南人	延祐五年中進士第	翰林國史院編修官	翰林國史院編修官，1342年，翰林侍講學士	《元史》卷一八五《韓鏞傳》《元史新編》卷四一《韓鏞傳》《新元史》卷二一二《韓鏞傳》
李稷，字孟豳（1304～1364）	滕州（今屬山東）人，李兗忠孫	泰定四年進士第	湛州判官	1327年，翰林國史院編修官	《元史》卷一八五《李稷傳》《元史新編》卷四四《李稷傳》《新元史》卷一七三《李兗傳》
歸暘，字彥溫（1305～1367）	汴梁（今河南開封）人	至順元年（實為天曆三年1330）進士第	同知潁州事	1349年，任翰林直學士，同修國史	《元史》卷一八五《歸暘傳》《元史新編》卷四四《歸暘傳》《新元史》卷二一二《歸暘傳》
陳祖仁，字子山（1314～1368）	汴（今河南開封）人，父安國，仕為元朝常州陵尹	至正二年，賜進士及第	翰林修撰	1342年，始任翰林修撰，翰林侍制；1363年，翰林直學士	《元史》卷一八六《陳祖仁傳》《元史新編》卷四四《陳祖仁傳》《新元史》卷二一六《陳祖仁傳》
成遵，字誼叔（1304～1359）	南陽穰縣（今屬河南南陽）人	元統元年，中進士第	翰林國史院編修官	1333年，翰林國史院編修，應奉翰林文字；1338年，授奉翰林文字	《元史》卷一八六《成遵傳》《元史新編》卷三五《成遵傳》《新元史》三二一三《成遵傳》
宇文公諒，字子貞（1292～?）	其先成都人，徙吳興（今杭州）	元統元年進士第	徽州路同知婺源州事	1333年，授應奉翰林文字，兼翰林國史院編修官	《元史》卷一九〇《宇文公諒傳》《元史新編》卷四六《宇文公諒傳》《新元史》二三六《宇文公諒傳》

续表

姓名	家世淵源	科第	初仕情狀	歷任翰林官職	史源
楊景行，字賢可（生卒年不詳）	吉安太和州（今江西太和）人	延祐二年進士第	贛州路會昌州判官	翰林待制	《元史》卷一九二《楊景行傳》《元史新編》卷四八《楊景行傳》《新元史》卷二二九《楊景行傳》
郭嘉，字元禮（？～1358）	濮陽（今河南濮陽）人。祖昂，父嘉，俱以戰功顯	泰定三年進士第	彰德路林州判官	翰林國史編修官	《元史》卷一九四《郭嘉傳》《元史新編》卷四九《郭嘉傳》《新元史》卷一六六《郭昂傳》
孫撝，字自謙（生卒年不詳）	曹州（今山東荷澤）人	至正二年進士	授濟寧路錄事	卒贈翰林待讀學士	《元史》卷一九四《孫撝傳》《新元史》二三〇《孫撝傳》
石普，字元周（生卒年不詳）	徐州人	至正五年進士	國史院編修官	1345 年，授國史院編修官	《元史》卷一九四《石普傳》《元史新編》卷四九《石普傳》《新元史》卷二三〇《石普傳》
周鑋，字以聲（生卒年不詳）	瀏陽州（今湖南瀏陽）人	泰定四年進士第	衡陽縣丞	翰林國史編修官	《元史》卷一九五《周鑋傳》《元史新編》卷四九《全普庵撒里傳》《新元史》卷二三一《周鑋傳》
烏馬兒（1307～？）	回回人，居大名，後徙襄陽（元代名烏馬兒者頗多，其籍貫未能確定）	元統元年進士第	翰林編修	翰林編修、翰林待制	《元史》卷四四
李黼，字子威（1298～1352）	潁州（今安徽阜陽）人	泰定四年，以明經魁多士	翰林修撰	1327 年，授翰林修撰	《元史》卷一九四《李黼傳》《元史新編》卷四五《李黼傳》《新元史》卷二一七《李黼傳》

续表

姓名	家世淵源	科第	初仕情狀	歷任翰林官職	史源
黃清老，字子肅（1290～1348）	邵武（今福建邵武）人	泰定三年浙江鄉試第一，泰定四年進士	翰林檢閱	1327年任翰林國史院典籍、翰林檢閱、翰林應奉文字	蘇天爵《滋溪文稿》卷一三《元故奉訓大夫湖廣等處儒學提舉黃公墓碑銘》《新元史》卷二二六《鍾律傳》
王沂，字師魯，（生卒年不詳，約卒於1362年以後）	其先云中人，徙真定（今河北正定）	延祐二年進士第	臨淮縣尹，嵩州同知	至順三年任國史院編修，元統三年後曾任翰林侍制，翰林直學士	《元書》卷八九《陳旅傳》
楊宗瑞，原字廷鎮（生卒年不詳）	醴陵（今屬湖南），一說揭陽人	延祐二年進士，一說泰定四年進士	不詳	翰林修撰，翰林侍讀學士，翰林侍講學士，翰林侍制，翰林直學士	《元史》卷二九《本紀第二九泰定帝一》，《元史》卷四一《本紀第四一順帝四》《元詩選》癸集
徐昺（生卒年不詳）	安陽（今屬河南）人	天曆初進士（實當爲天曆三年進士）	監察御史	翰林學士承旨	《明一統志》卷八
林泉，字清源（1299～1361）	興化莆田（今福建莆田）人	天曆二年（實當爲天曆三年）進士	同知福清州事	翰林待制，翰林直學士	《新元史》卷二二九《林泉生傳》
曾堅，字子白（生卒年不詳）	金溪（今屬江西）人，一說臨川人	至正十四年進士	初授國子助教，遷翰林修撰撰	翰林修撰，翰林直學士	《元詩選》癸集巳上
楊俊民，字士杰（1298～?）	真定（今河北正定）人	至順元年進士第	翰林應奉	翰林應奉	蘇天爵《滋溪文稿》卷一六《楊氏東塋碑銘》
文允中（生卒年不詳）	成都人	至正十一年左榜進士第一	翰林修撰	翰林修撰	《四川通志》卷一二
方道叡，字以愚（生卒年不詳）入明不復出	淳安（今浙江淳安）人	至順二年進士第（當爲天曆二年即1330年）	翰林編修	翰林編修	《浙江通志》卷一七七

续表

姓名	家世淵源	科第	初仕情狀	歷任翰林官職	史源
余貞，字復卿（生卒年不詳）	寧州人	泰定四年進士	上海縣丞	翰林修撰，後任應奉翰林文字	《元詩選》癸集丙
李祁，字一初（1299～?）	茶陵州（今屬湖南）人	元統元年進士	應奉翰林文字	應奉翰林文字	《新元史》卷二二八《李祁傳》
李齊，字公平（1301～1353）	廣平（今屬祁州邯鄲）人，一說祁州蒲陰（今河北安國）人	元統元年左榜進士第一	授翰林修撰	翰林修撰	《元史》卷一九四《李齊傳》《元史新編》卷四九《李齊傳》《新元史》卷二二〇《李齊傳》
汪文璟，字辰良（一字臣良）（?～1368）	常山（今浙省常山）人	泰定元年進士	余姚州判官	翰林編修	《萬姓統譜》卷四六《元詩選》癸集巳下
段天祐，字吉甫	汴梁（今河南開封）人	泰定元年進士	靜海縣丞	應奉翰林文字、同知制誥，兼國史院編修	《書史會要》卷七《元詩紀事》卷二二
貢師泰，字泰甫（1298～1362）	寧國宣城（今屬安徽）人，貢奎子	泰定四年進士第	太和州判官	應奉翰林文字、翰林待制	《元史》卷一八七《貢師泰傳》《元史新編》卷四三《貢師泰傳》
張以寧，字志道（1301～1370）	福州古田（今福建古田）人	泰定四年進士	黃巖州判官	翰林侍讀學士	楊榮《文敏集》卷一九《故翰林侍讀學士朝列大夫張公墓碑》
陳植，字中吉（生卒年不詳，延祐四年曾中江西鄉試）	永豐（今江西永豐縣）人	元統元年進士	南康路錄事	翰林待制	《元詩選》癸集巳上《吳文正集》卷二八《送陳中吉序》
程端學，字時叔（1278～1334）	鄞（今浙江鄞縣）人	泰定元年進士第	仙居縣丞，尋改國子助教	翰林編修	（乾隆）《浙江通志》卷一七五、《大明一統志》卷四六《新元史》卷二三六《程端禮傳》

姓名	家世淵源	科第	初仕情狀	歷任翰林官職	史源
楊舟,字梓夫,一字梓人(生卒年不詳)	慈利(今湖南慈利縣)人	至治元年進士	茶陵州同知	翰林待制	危素《說學齋稿》卷三《楊梓人待制文集序》《元史新編》卷九一《藝文志》
劉尚質,字仲殷(生卒年不詳,至正十八年即1358年尚在世)	曲沃(今屬山西)人	泰定四年進士	稷山縣尹	翰林編修	(乾隆)《山西通志》卷三六《元詩選》癸集丙
潘從善,字擇可(生卒年不詳,明洪武中尚在世)	台州黃巖(一作太平,皆屬浙江)人	至正十一年進士	翰林國史院編修	翰林國史院編修	《萬姓統譜》卷二六(乾隆)《浙江通志》卷二九
錢用王,字成夫(生卒年不詳,在明洪武初尚為官,十二年告老還鄉)	廣德(今屬安徽)人	至正十四年進士	翰林國史院編修	翰林國史院編修	《宋元學案補遺》卷九二《禮部志稿》卷五一
薩都剌,字天錫(約1272~1340)	答失蠻氏,定居居雁門(今山西代縣)	泰定四年進士	應奉翰林文字	應奉翰林文字	《新元史》卷二三八《薩都剌傳》
王理,字伯循(生卒年不詳)	興元南鄭(今陝西南鄭)人	泰定元年登進士第		翰林國史院編修,後陞翰林修撰	(至正)《金陵新志》卷六《元詩選》癸集上

官署得居要職，馬祖常、余闕是也；一類是從低級官職做起，升遷較慢，終其一生也未能官居較高官職，泰不華、薩都剌即爲此類。仔細分析蒙古、色目這三類人，不難發現，決定他們升遷的實際上是他們的"根脚"。"根脚"深者升遷快，"根脚"淺者升遷較慢，而這和整個元代官職的遷轉規則是一致的。不過，如果將蒙古、色目與漢人、南人作對比的話，還是很容易看出，蒙古、色目人的升遷較漢人、南人確實要快得多，出路相對比較寬廣。

第三節　由世襲蒙蔭者入選

元朝對官員子弟承襲職務有較明確的規定，《元史》卷八三《選舉三·銓法中》載：

至元四年，詔："諸官品正從分等，職官用蔭，各止一名。諸蔭官不以居官、去任、致仕、身故，其承蔭之人，年及二十五以上者聽。諸用蔭者，以嫡長子。若嫡長子有廢疾，立嫡長子之子孫，曾玄同。如無，立嫡長子同母弟，曾玄同。如無，立繼室所生。如無，立次室所生。如無，立婢子。如絕嗣者，傍蔭其親兄弟，各及子孫。如無，傍蔭伯叔及其子孫。諸用蔭者，孫降子、曾孫降孫、婢生子及傍蔭者，皆於合叙品從降一等。諸蔭子入品職，循其資考，流轉升遷。廉慎干濟者，依格超升。特恩擢用者，不拘此例。其有不務廉慎，違犯禮法者，依格降罰，重者除名。諸自九品依例遷至正三品，止於本等流轉，二品以上選自特旨。諸職官蔭子之後，若有餘子，不得於諸官府自求職事，諸官府亦不許任用。"①

大德四年，省議："諸職官子孫蔭叙，正一品子，正五品叙。從一品子，從五品叙。正二品子，正六品叙。從二品子，從六品叙。正三品子，正七品叙。從三品子，從七品叙。正四品子，正八品叙。從四品子，從八品叙。正五品子，正九品叙。從五品子，從九品叙。正

---

① （明）宋濂等：《元史》卷八三《選舉三》，中華書局，1976，第 2059～2060 頁。

六品子，流官於巡檢内用，雜職於省札錢穀官内用。從六品子，近上錢穀官。正七品子，酌中錢穀官。從七品子，近下錢穀官。諸色目人比漢人優一等蔭叙，達魯花赤子孫與民官子孫一體蔭叙，傍蔭照例降叙。"①

從中可以看出，元代對於子孫蒙蔭居官有非常明確的規定，既規定了蔭官者身份，又規定了蔭官者品級。如果嚴格按照這樣的程式來執行，則蔭官人數和品級都會受到很大限制，而非蔭官之人則有更多的入仕和升遷機會。可事實上，元朝任官强調"根腳"，凡有"根腳"的家族，其世世代代多承襲顯官。《通制條格·選舉·蔭例》條則直接言"取蔭例官員，擬合具父祖前後歷仕根腳"。② 很多有"根腳"的家族子弟，常常以質子的形式充當宿衛等，故元朝之承襲蒙蔭子弟多爲元朝顯赫家族所出。漢人和南人雖有父祖輩在元朝爲官者，多數官階不高，其子弟很少能像蒙古、色目"有根腳"的家庭一樣承襲職務，官至極品。更有甚者，元朝在其蒙蔭規定中尚有"特恩擢用者，不拘此例"③ 之言，這就更爲有"根腳"家族進入仕途和快速升遷打開了方便之門。

本節所列承襲蒙蔭之官，并非指直接承襲爲翰林官員者，而是指其本人祖輩曾在元朝爲官，且本人曾在翰林國史院爲官者。詳見表5-4。

表5-4中的人物亦可分爲兩類：一類是生前曾在翰林國史院爲官，此類人爲多數；另一類人是生前未在翰林國史院居官，卒後被封贈翰林國史院官職者，海壽、劉因、敬儼、陳思謙、同恕，皆此類也。

表5-4與表5-1、表5-3形成了鮮明對比，表5-1、表5-3中漢人、南人數量遠遠多於蒙古人、色目人，但表5-4中之蒙古人、色目人却遠遠多於漢人、南人數量。究其原因，一方面是因爲元朝政府中本以蒙古人、色目人居高官者多，即使嚴格按照蒙蔭規定來授官，蒙古人、色目人也會占很大優勢，其起步就比漢人、南人要高得多；另一方面，元朝授官有很大的隨意性，并非嚴格按蒙蔭規定來授官。以阿禮海牙爲例，其初次

---

① （明）宋濂等：《元史》卷八三《選舉三》，中華書局，1976，第2060~2061頁。

② 《通制條格校注》，方齡貴校注，中華書局，2001，第263頁。

③ 《元典章》卷二《承蔭·品官蔭叙體例》，陳高華、張帆等點校，中華書局，2011，第254頁。

表 5-4　元代承襲蒙蔭之任職狀況

姓名	家世淵源	入仕初期情形	曾任翰林院官職	史源
送里威失（生卒年不詳）	伊吾廬人，塔本曾孫	成宗時備宿衛，初授河西廉訪司僉事	1317 年，任翰林侍講學士	《元史》卷一二四、卷一三一《塔本傳》《新元史》《塔本傳》
阿鄰帖木兒（生卒年不詳）	畏吾人，哈剌亦哈赤北魯曾孫		翰林待制，至治（1321～1323）間，任翰林學士承旨	《元史》卷一二四《哈剌亦哈赤北魯傳》《新元史》卷一三六《哈剌亦哈赤北魯傳》
高睿（生卒年不詳）	河西人，高智耀子	初授符寶郎	翰林待制	《元史》卷一二五《高智耀傳》《新元史》卷一五六《高智耀傳》
不忽木，一名時用，字用臣（1255～1300）	世為康里部大人，燕真子	給事裕宗東宮，授利用少監	1290 年，任翰林學士承旨	《元史》卷一三〇《不忽木傳》《元史新編》卷三〇《不忽木傳》《新元史》卷一九八《不忽木傳》
回回，字子淵（1291～1341）	康立部人，不忽木子，巎巎兄	成宗朝宿衛，擢太常寺少卿	翰林侍講學士	《元史》卷一四〇《巎巎傳》《元史新編》卷三九《巎巎傳》《新元史》卷一九八《不忽木傳》
巎巎，字子山（1295～1345）	康立部人，不忽木子，回回弟	幼業國學，長襲宿衛，始授承直郎，集賢待制	1345 年，翰林學士承旨	《元史》卷一四〇《巎巎傳》《元史新編》卷三九《巎巎傳》《新元史》卷一九八《不忽木傳》
久住（生卒年不詳）	畏兀人，阿魯渾薩理子		翰林侍講學士	《元史》卷一三〇《阿魯渾薩理傳》
普班（生卒年不詳，事世祖潛邸，卒年八十九）	畏吾人，闊里別幹赤子	事世祖潛邸，命長必闊赤	翰林承旨	《元史》卷一三〇《普班傳》《元史新編》卷三六《普班傳》《新元史》卷三〇六《普班傳》
膁合（生卒年不詳）	西域弗林人，愛薛子		翰林學士承旨	《元史》卷一三四《愛薛傳》

续表

姓名	家世淵源	入仕初期情形	曾任翰林院官職	史源
唐仁祖，字壽卿（1249～1301）	畏吾人，唐古直子	少以質子入侍，中書省選充蒙古掾	1281年，翰林直學士；1291年，翰林學士承旨；1301年，翰林學士承旨	《元史》卷一三四《唐仁祖傳》《元史新編》卷三四《唐仁祖傳》《新元史》卷一九二《唐仁祖傳》
唐恕（生卒年不詳）	畏吾人，唐仁祖子	初授奉訓大夫、壽武庫提點	至大中，任翰林待制	《元史》卷一三四《唐仁祖傳》《新元史》卷一九二《唐仁祖傳》
字顏忽都（生卒年不詳，1324年進士）	玉耳別里伯牙吾台氏，和尚孫	起進士知鄭州	翰林國史院經歷	《元史》卷一三四《和尚傳》
孺真（生卒年不詳，世祖時人，1292年任有官職）	畏吾人，小云石脫忽憐孫	由會同館使同知通政院	翰林學士承旨	《元史》卷一三四《小云石脫忽憐傳》
斡羅思（生卒年不詳）	康里氏，明里帖木兒子	內府必闍赤	武宗時（1308～1311），兼翰林學士承旨	《元史》卷一三四《斡羅思傳》《元史新編》卷四五《慶童傳》《新元史》卷一九九《斡羅思傳》
博羅普化（生卒年不詳）	康里氏，斡羅思子	初直宿衛，為速古兒赤	至大元年（1308），任翰林侍講學士	《元史》卷一三四《斡羅思傳》
不花（生卒年不詳）	兀速兒吉氏，曷剌子	宿衛仁宗潛邸，初授中書直省人	延祐中至至治元年（1321），任翰林學士	《元史》卷一三五《曷剌傳》《新元史》卷一七八《曷剌傳》
伯都（生卒年不詳）	西土人，曲樞長子，伯帖木兒兄	大德十一年（1307），授翰林學士	翰林學士	《元史》卷一三七《曲樞傳》《新元史》卷一九一《曲樞傳》
伯帖木兒（生卒年不詳）	西土人，曲樞次子，伯都弟	大德十一年（1307），待授正義大夫、懷孟路總管府達魯花赤	至大四年，除翰林學士承旨知制誥兼修國史	《元史》卷一三七《曲樞傳》《新元史》卷一九一《曲樞傳》

续表

姓名	家世淵源	入仕初期情形	曾任翰林院官職	史源
阿禮海牙（約1303~1363）	畏吾氏，脫列子	早事武宗、仁宗，爲宿衛，初授平章政事	仁宗末，翰林學士承旨	《元史》卷一三七《阿禮海牙傳》《元史新編》卷四一《阿禮傳》《新元史》卷二〇五《阿禮海涯傳》
奕赫抵雅爾丁，字太初（1268~1314）	回回氏，亦速馬因數	初爲中書掾，後授江西行省員外郎	翰林侍講學士	《元史》卷一三七《奕赫抵雅爾丁傳》《元史新編》卷三九《雅爾丁傳》《新元史》卷二一四《奕赫抵雅爾丁傳》
沙剌班，字敬臣（生卒年不詳）	畏兀人，阿鄰帖木兒長子		翰林學士，翰林學士承旨	《元史》卷一二四《哈剌亦哈赤北魯傳》《新元史》卷二三六《哈剌亦哈赤北魯傳》楊瑀《山居新語》卷三
朵爾帖木兒（生卒年不詳，至正二十年尚在世）	札剌兒氏，朵兒只子		翰林學士	《元史》卷三九《朵兒只傳》
朵爾直班，字惟中（1314~1353）	札剌兒氏，木華黎七世孫，拜住從子	初授尚衣奉御	1341年，授翰林學士	《元史》卷一三九《朵爾直班傳》《元史新編》卷四二《多爾只傳》《新元史》卷二一〇《木華黎傳下》
阿魯圖（？~1351）	阿兒剌氏，博爾朮四世孫，木剌忽子。	由經正監纍職爲怯薛官，掌環衛	至元初，授翰林學士承旨，至元四年（1267）代脫脫爲三史總裁官，監修國史	《元史》卷一三九《阿魯圖傳》《元史新編》卷四〇《博爾朮傳》《新元史》卷二一一《博爾朮傳》
別兒怯不花，字大用（？~1350）	燕只吉䚟氏，阿忽臺櫃子	仁宗宿衛，初授八番宣撫司達魯花赤	翰林學士承旨	《元史》卷一四〇《別兒怯不花傳》《新元史》卷二一〇《別兒怯不花傳》
太平，字允中，初姓賀氏，字惟一（1301~1363）	京兆鄠（今陝西西安）人，賀仁傑孫，賀勝子	襲父職，爲虎賁親軍都指揮使	1349年，任翰林學士承旨	《元史》卷一四〇《太平傳》《元史新編》卷四一《賀太平傳》《新元史》卷一七五《賀仁傑傳》

续表

姓名	家世淵源	入仕初期情形	曾任翰林院官職	史源
也先忽都, 名均, 字公秉（生卒年不詳）	京兆鄠人, 太平子		翰林侍讀學士	《元史》卷一四〇《太平傳》《元史新編》卷四二《賀太平傳》（記作耶先忽都）《新元史》卷一七五《太平傳》
達識帖睦邇（亦有作達識帖睦見）作達識帖睦邇, 字九成（生卒年不詳）	康里氏, 亦納脫脫子	以世冑補官, 為大府監提點	翰林承旨	《元史》卷一四〇《達識帖睦邇傳》《元史類編》卷三八《達識帖睦邇傳》《新元史》卷二〇〇《亦納脫脫傳》
伯嘉訥（生卒年不詳）	康里氏, 阿沙不花子		翰林侍讀學士	《元史》卷一三六《阿沙不花傳》《元史新編》卷三六《阿沙不花傳》《新元史》卷二〇〇《阿沙不花傳》
慶童, 字明德（？～1368）	康里氏, 斡羅思子	仁宗時, 給事內廷, 遂長宿衛, 初授大宗正府掌判	翰林學士承旨	《元史》卷一四二《慶童傳》《元史新編》卷四九《慶童傳》《新元史》卷二〇九《慶童傳》
小云石海涯, 漢名貫云石, 字浮岑（1286～1324）	回鶻人, 阿里海涯子, 因父名貫只哥, 遂取貫為姓	襲父官為兩淮萬戶府達魯花赤	1313年, 翰林侍讀學士	《元史》卷一四三《小云石海涯傳》《元史新編》卷四七《貫云石傳》《新元史》卷一六〇《阿里海涯傳》
月魯帖木兒（？～1352）（仁宗時在世）	卜領勤多禮伯台氏, 曾闌奚子	仁宗時入宿衛, 拜監察御史	1349年, 任翰林學士承旨	《元史》卷一四〇《月魯帖木兒傳》《元史新編》卷三九《自當傳》《新元史》卷二一五《月魯帖木兒傳》

续表

姓名	家世淵源	入仕初期情形	曾任翰林院官職	史源
亦憐真班 （？～1354）	西夏人，唐兀氏，俺伯子	仁宗召入宿衛，初授翰林侍講學士	翰林侍講學士，後拜翰林學士承旨	《元史》卷一四五《亦憐真班傳》《元史新編》卷四三《呂思誠傳》《新元史》卷一五〇《暗伯傳》
普達失理 （生卒年不詳）	西夏人，唐兀氏，亦憐真班次子		翰林學士承旨知制誥兼修國史	《元史》卷一四五《亦憐真班傳》《新元史》卷一五〇《暗伯傳》
達禮麻識理，字遵道 （？～1367）	高昌人，怯烈台氏，阿剌不花子	經筵選充譯史	1367年，任翰林學士承旨	《元史》卷一四五《達禮麻識理傳》《元史新編》卷四三《呂思誠傳》《新元史》卷二一四《達里麻識里傳》
董文用，字彥材 （1224～1297）	真定藁城（今河北藁城）人，董俊三子	世祖潛藩文書，初授中書省左右司郎中	翰林學士；1290年，陞翰林學士承旨	《元史》卷一四八《董俊傳》《元史新編》卷三三《董文用傳》《新元史》卷一四一《董文用傳》
海壽 （生卒年不詳）	高昌人，鐵哥朮孫	由宿衛世祖朝累官至杭州路達魯花赤	卒贈翰林直學士	《元史》卷一三五《鐵哥朮傳》《新元史》卷三二六《鐵哥朮傳》
劉因，字夢吉 （1249～1293）	保定容城（今河北容城）人，劉述子	至元十九年（1282），授右贊善大夫	卒贈翰林學士	《元史》卷一七一《劉因傳》《元史新編》卷三六《劉因傳》《新元史》卷一七〇《劉因傳》
吳京 （生卒年不詳）	撫州崇仁（今江西崇仁）人，吳澄次子		翰林國史院典籍官	《元史》卷一七一《吳澄傳》《元史新編》卷三四《吳澄傳》《新元史》卷一七〇《吳澄傳》
程鉅夫，原名文海，以字行 （1249～1318）	其先自徽州徙郢州京山，後家建昌（今江西南城）。程飛卿從子	世祖時入爲質子，授管軍千戶。	1279年，翰林應奉；1280年翰林修撰；翰林集賢直學士；1305年，翰林學士；1311年，翰林承旨	《元史》卷一七二《程鉅夫傳》《元史新編》卷三四《程鉅夫傳》《新元史》卷一八九《程鉅夫傳》

续表

姓名	家世淵源	入仕初期情形	曾任翰林院官職	史源
姚燧，字端甫（1238~1313）	原柳城（今屬遼寧朝陽）人，後遷洛陽（今河南洛陽）。姚格子，姚樞從子	始為秦王府文學，未幾授奉議大夫兼舉提舉陝西、四川、中興等路學校	1287年，翰林直學士；1295年，翰林學士；1309年，翰林學士承旨	《元史》卷一七四《姚燧傳》《元史新編》卷四七《姚燧傳》《新元史》卷一五七《姚樞傳》
張孔孫，字夢符（1233~1307）	其先出遼之烏若部，遷隆安（今屬吉林）。張之純子	辟東平萬戶府議事官	翰林學士承旨	《元史》卷一七四《張孔孫傳》《元史新編》卷三三《張孔孫傳》《新元史》卷二〇二《張孔孫傳》
張珪，字公端（1264~1327）	易州定興（今河北定興）人，張柔孫，張弘範子	年十六，攝管軍萬戶	1325年，陞翰林學士承旨	《元史》卷一七五《張珪傳》《元史新編》卷四〇《張珪傳》《新元史》卷一三九《張柔傳》
李孟，字道復，號秋谷（1255~1321）	其先潞州上黨（今山西長治）人，後徙漢中（今屬陝西），李唐子	至元十四年（1277），隨父入蜀，行省辟為掾椽，不起	翰林學士承旨	《元史》卷一七五《李孟傳》《元史新編》卷三八《李孟傳》《新元史》卷二〇一《李孟傳》
敬儼，字威卿（1256~1339?）	其先河東（今屬山西）人，後徙易水（今河北易縣）。敬元長子	御史中丞郭良弼薦為殿中知班	卒贈翰林學士承旨	《元史》卷一七五《敬儼傳》《元史新編》卷二九《宋本傳》《新元史》卷二〇一《敬儼傳》
王結，字儀伯（1275~1336）	其先易州定興（今河北定興）人，世祖時徙中山（今河北定州），王逖勤孫	充仁宗宿衛，後授典牧太監	1333年，除翰林學士	《元史》卷一七八《王結傳》《元史新編》卷四〇《王結傳》《新元史》卷二〇八《王結傳》
耶律希亮，又名禿忽思，字明甫（1247~1327）	義州人（今屬遼寧），耶律鑄子	中統四年，世祖命為速古兒赤、必闍赤	1310年，陞翰林學士承旨	《元史》卷一八〇《耶律希亮傳》《元史新編》卷二五《耶律楚材傳》《新元史》卷一二七《耶律楚材傳》

续表

姓名	家世淵源	入仕初期情形	曾任翰林院官職	史源
趙世延，字子敬（1260～1336）	其先雍古族人，居云中北邊（今屬山西大同），後家成都，按竺邇孫，趙國寶（即黑梓）子	至元二十一（1284）年，授云南諸路提刑按察司判官	1328年，翰林學士承旨，辭不就；1330年，翰林學士承旨	《元史》卷一八〇《趙世延傳》《元史新編》卷四〇《楊多爾只傳》《新元史》卷一四九《按竺邇傳》
陳思謙，字景讓（1289～1353）	趙州寧晉（今河北寧晉縣）人，陳思謙孫	丞相高昌王亦都護舉思謙，授典寶監經歷	卒贈翰林學士承旨	《元史》卷一八四《陳思謙傳》《元史新編》卷四〇《陳思謙傳》
張翥，字仲舉（1287～1368）	晉寧襄陵（今山西臨汾）人。父某，曾調饒州安仁縣典史，又爲杭州鈔庫副使	至正初，召爲國子助教	翰林國史院編修官，翰林應奉，翰林修撰，翰林直學士，翰林侍講學士，翰林學士承旨	《元史》卷一八六《張翥傳》《元史新編》卷四四七《張翥傳》《新元史》卷二一一《張翥傳》
周伯琦，字伯溫（1298～1369）	饒州（今屬江西）人	蔭授南海縣主簿	1325年，翰林修撰；1348年，翰林待制；翰林直學士	《元史》卷一八七《周伯琦傳》《元史新編》卷四四七《周伯琦傳》《新元史》卷二一一《周伯琦傳》
吳當，字伯尚（1297～1361）	撫州崇仁（今江西崇仁）人，吳澄孫	蔭授萬億四庫照磨，未上，用薦者改國子助教	1345年，翰林修撰；1357年，翰林直學士	《元史》卷一八七《吳當傳》《元史新編》卷四四六《吳當傳》《新元史》卷一七〇《吳澄傳》
同恕，字寬甫（1254～1331）	其先太原人（今山西太原），徙奉元（今屬陝西西安）。父繼先，廉希憲辟掌陝右庫鑰	趙世延奏爲魯齋書院領教事	卒贈翰林直學士	《元史》卷一八九《同恕傳》《元史新編》卷四四六《同恕傳》《新元史》卷二三五《同恕傳》
諳都剌，字瑞芝，漢姓爲馬蘭（1276～1346）	凱烈氏。祖阿思蘭，仕至冀寧路達魯花赤	成宗時，爲翰林院札爾里赤，職書制誥	蒙古翰林院札爾里赤（蒙語譯官），應奉翰林文字，翰林待制	《元史》卷一九二《諳都剌傳》《元史新編》卷四四八《諳都剌傳》《新元史》卷二二九《諳都剌傳》

续表

姓名	家世淵源	入仕初期情形	曾任翰林院官職	史源
田天澤（生卒年不詳）	其先平陽趙城（今屬山西洪洞）人，徙中山（今河北定興縣）。田忠良子		翰林侍講學士、知制誥兼修國史	《元史》卷二〇三《田忠良傳》《新元史》卷二四二《田忠良傳》
攔思監（？～1364）	怯烈氏，野先不花孫，亦憐真子。	泰定初，襲長宿衛，爲必闍赤怯薛官	翰林學士承旨	《元史》卷二〇五《攔思監傳》《新元史》卷二三一《攔思監傳》
韓從益（生卒年不詳）	安陽人，韓謝子		翰林侍講學士	《元史》卷二八《英宗二》
許師敬，字敬臣（約1255～1340）	懷之河內（今河南沁陽）人，許衡第四子		翰林學士承旨，知制誥兼修國史	《宋元學案》卷九〇
定住（？～1358）	康里氏	由宿衛累官中書參知政事	1344年，遷翰林學士承旨	《新元史》卷二一〇《定住傳》
揭汯，字伯防（1304～1373）	龍興富州（今江西豐城）人，揭傒斯子	至正十年以蔭補秘書郎	除翰林編修，後陞翰林修撰	宋濂《文憲集》卷三〇《元故秘書少監揭君墓碑》《新元史》卷二〇六《揭傒斯傳》
許楨，字元幹（生卒年不詳，元末尚在世）	其先世居潁州，後徙湯陰（今河南湯陰縣）。許有壬子	以功補太祝	應奉翰林文字	《元詩選》初集卷二四

入仕即官平章政事①，平章政事爲從一品高官，於蒙蔭規定不符，故阿禮海牙之入仕不能按蒙蔭來對待。另一個現象則頗爲有趣，在表5－4擔任翰林院高官的蒙古人、色目人中，絶大多數祇擔任過翰院某一官職，且所居官職頗高，却并没有在翰院内部逐步升遷的仕履。換言之，這些高官都是"空降"任職的，擔任翰林院高官很大意義上是出於監管目的，或根本就是爲滿足進一步遷轉而設的跳板，昔班、脉合、臘真、斡羅思、伯帖木兒、阿禮海牙、阿魯圖、别兒怯不花、達識帖睦邇、慶童、月魯帖木兒、普達失理、達禮麻識理、耶律希亮、趙世延、搠思監、定住等更是一步而至翰林學士承旨之職。這裏的統計當然會有因史料缺乏而不盡正確之處，但如此多的蒙古人、色目人曾擔任過翰林院最高官職却是一個不争的事實。以如此之多的不甚通曉漢文化的蒙古人、色目人爲翰林院高官，其中元朝派這些人來監管翰林院的意味則一目了然。需要指出的是，這裏的翰林學士承旨必然包括蒙古翰林院中承旨之職，但關於蒙古翰林院的記載頗少，此處姑且籠統言之。

　　表5－4中還有一個現象值得注意，即在蒙古、色目高官"入仕初期情形"一欄中，出現次數最多的兩個詞是"宿衛"和"潜邸"。關於此種情況，姚燧在《送李茂卿序》中對元朝之入仕早有論述："大凡今仕唯三途，一由宿衛，一由儒，一由吏。由宿衛者，言出中禁，中書奉行，制敕而已，十之一。由儒者，則校官及品者提舉、教授，出中書；未及者則正、録而下，出行省、宣慰，則十分一之半。由吏者，省、台、院、中外庶司、郡縣，十九有半焉。"② 姚燧所言之宿衛制度，即所謂怯薛制度，元代怯薛長期由木華黎、博爾忽、博爾术、赤老温等所謂"四杰"家族擔任，怯薛實際上擔當的是元朝皇室的家臣角色。由於這些人本身就出自閥閲之家，又能長期在皇室重要成員身邊任職，故其升遷之速非外官外臣可比，漢人、南人就更難以望其項背了。

　　相對於蒙古、色目人能輕易擔任翰院高官來説，漢人，特別是南人的仕履就要艱難得多。别的姑且不論，即使是頗受元世祖賞識的程鉅夫，也

① （明）宋濂等：《元史》卷一三七《阿禮海牙傳》，中華書局，1976，第3314頁。
② （元）姚燧：《姚燧集》卷四《送李茂卿序》，查洪德編校，人民文學出版社，2011，第71頁。

是從低級的翰林應奉做起。如果單純將漢人、南人進行對比的話，漢人居翰院高官者又遠遠多於南人。表5－4中，董文用、姚燧、張孔孫、張珪、李孟、張起岩、許師敬皆爲漢人，這些人都官至翰林學士承旨，而官至翰林學士承旨的南人僅程鉅夫、張翥兩人而已。結合元朝中後期南方文士統治文壇的局面來看，我們不得不說，北方文士得了官職，却失了文壇，而南方文士一統文壇的局面，與南方文士的努力密不可分。

第四節　其他任用選拔途徑

爲文獻資料不足所囿，《元史》中所載之翰林官員，今天有很多人我們不能詳考其入仕途徑，姑且列表於後，以俟後來考證，見表5－5。

表5－5中，就名字來看，絶大多數爲蒙古、色目人，其所仕也當是蒙古翰林院。就官職來看，多是翰林學士承旨。元廷當是出於恩賞籠絡的目的，賞給許多蒙古、色目人一品翰林學士承旨官。這與表5－4中承襲蒙蔭的蒙古、色目人士"空降"翰林學士承旨，具有相似性。

準確地説，元代翰林國史院官員的來源，應該根據蒙古翰林院和翰林國史院一分爲二，單就漢人、南人所主的翰林國史院來講，徵召、薦舉以及科舉恢復後，通過進士入仕，是翰林國史院任職官員的主要選拔手段。至於選自"宿衛""怯薛"，由承襲蒙蔭而入仕，進而進入翰林的，則主要對於蒙古、色目人士而言，他們進入的當是蒙古翰林院。徵召、薦舉，主要的對象是漢人或南人。而科舉分左右榜，左右榜進士之後進入翰林院，也應當是分蒙古翰林院和翰林國史院的。而對元代文壇而言，翰林國史院文士的所指，應不包括蒙古翰林院，比較元代文壇創作的主體仍然是漢族文士。

表 5－5　元代其他任用選拔途徑之翰林官員狀況

姓名	家世淵源	初仕情狀	曾任翰林官職	史源
安藏札牙答思 （生卒年不詳）			翰林學士承旨	《元史》卷三三四《迦魯納答思傳》
明里董阿 （？～1340）			仁宗時，曾任翰林學士	《元史》卷一四四《月魯帖木兒傳》
撒的迷底里 （生卒年不詳）			任翰林學士承旨	《元史》卷一五八《竇默傳》
和禮霍孫 （生卒年不詳）	佚其氏族	至元五年（1268），授翰林待制	翰林待制、翰林學士承旨	《新元史》卷一九七《和禮霍孫傳》
獨胡剌 （生卒年不詳）		至元五年（1268），授翰林待制	翰林待制	《新元史》卷一九七《和禮霍孫傳》
王時 （生卒年不詳）	大寧人		翰林學士承旨	《元史》卷一八四《王克敬傳》
褚不華，字君實 （？～1356）	隰州石樓（今屬山西）人	泰定初，補中瑞司譯史	卒贈翰林學士承旨	《元史》卷一九四《褚不華傳》《元史新編》卷四九《褚不華傳》《新元史》卷二一七《褚不華傳》
樊執敬，字時中 （？～1352）	濟寧鄆城（今山東鄆城縣）人	由國子生擢授經郎	卒贈翰林學士承旨	《元史》卷一九五《樊執敬傳》《元史新編》卷四九《樊執敬傳》《新元史》卷二一七《樊執敬傳》
俞述祖，字紹芳 （生卒年不詳）	慶元象山（今浙江象山）人	翰林書寫，考滿調廣東元帥府都事	翰林書寫、國史院編修官	《元史》卷一九五《俞述祖傳》《新元史》卷二二一《俞述祖傳》
拜住，字閏蕃 （生卒年不詳）	康里人	累官至翰林院都事	翰林國史院都事	《元史》卷一九六《閏木傳》《新元史》卷二二三

姓名	家世淵源	初仕情狀	曾任翰林官職	史源
朴賽因不花，字德中（？～1368）	肅良合合人	由枢密速古兒赤授利器庫提點，轉資正院判官	翰林學士，翰林學士承旨	《元史》卷一九六《朴賽因不花傳》《元史新編》卷四九《朴賽因不花傳》《新元史》卷二三三《朴賽因不花傳》
詹玉（生卒年不詳）			翰林應奉	《元史》卷一九《何中傳》
鐵失，《元史》作"物兒賈"（？～1323）	鐵木迭兒養子	英宗即位初，鐵失以翰林學士承旨、宣徽院使，爲大醫院使。後領中都威衛指揮使。	翰林學士承旨，至治二年（1322），遷翰林侍講學士	《元史》卷二七《鐵失傳》《新元史》卷二二四《鐵失傳》
何源（生卒年不詳）			翰林待制	《元史》卷四《世祖一》
徒單公履，字云甫（生卒年不詳，金末即登士第）	女真族，遼海（今屬遼寧）人一作濮嘉（今屬河南）人		翰林待制，侍講學士	《元史》卷九《世祖六》《秋澗集》卷五九
撒里蠻（生卒年不詳）			翰林學士承旨	《元史》卷一一《世祖八》
李天英（生卒年不詳）			翰林直學士	《元史》卷一五《世祖一二》
兀魯帶（生卒年不詳）			翰林學士承旨	《元史》卷一六《世祖一三》
王之綱（生卒年不詳）			未詳	《元史》卷九《成宗二》《元史新編》卷七《本紀五》
王德淵（生卒年不詳，武宗時尚在世）	廣平永年（今屬河北）人、李冶學生	至元後，任翰林修撰	翰林修撰，翰林直學士，翰林學士，翰林學士制誥同修國史	《澗圓海艎序》

续表

姓名	家世淵源	初仕情狀	曾任翰林官職	史源
僧家（生卒年不詳）			翰林承旨	《元史》卷二〇《成宗三》
林元（生卒年不詳，元成宗大德八年左右尚在世）			翰林直學士	《元史》卷二一《成宗四》《新元史》卷二四九
不里牙敦（生卒年不詳）			翰林學士承旨	《元史》卷二三《武宗二》《新元史》卷一一《本紀第十五》
阿林鐵木兒（生卒年不詳）			翰林侍講	《元史》卷二四《仁宗一》《新元史》卷一六《本紀第十六》
玉連赤不花（生卒年不詳）			翰林學士承旨	《元史》卷二四《仁宗一》
答失蠻（1248～1304）	蒙古克烈氏（一作怯烈氏）	世祖在潛邸時為宿衛，即位後除戶部尚書	1299年，翰林學士承旨	《蒙兀兒史記》卷五〇《答失蠻》
完者不花（生卒年不詳）			1317年，翰林侍讀學士	《元史》卷二六《仁宗三》
忽都魯都兒迷失，又名忽都魯篤彌實（生卒年不詳，1329年任有職位）	畏吾氏		翰林學士承旨	《元史》卷二六《仁宗三》
阿憐鐵木兒（生卒年不詳）			翰林學士	《元史》卷二六《仁宗三》
赤因鐵木兒（生卒年不詳，1308年任有職位）			翰林學士承旨	《元史》卷二六《仁宗三》

续表

姓名	家世淵源	初仕情狀	曾任翰林官職	史源
八兒思不花（生卒年不詳）			翰林學士承旨	《元史》卷二六《仁宗三》
趙居信，字季明（生卒年不詳）	許州人		1323年，翰林學士承旨	《元史》卷二八《英宗二》
斡赤（生卒年不詳）			翰林學士承旨	《元史》卷二九《泰定帝一》
帖木兒不花（生卒年不詳），孟速思（1205～1267）子	畏吾爾氏		翰林侍講學士	《元史》卷二九《泰定帝一》
阿魯威，字叔重，號東泉（生卒年不詳）	蒙古人		泰定帝（1324～1328）時，翰林侍講學士	《元史》卷三〇《泰定帝二》
燕赤（生卒年不詳）			翰林直學士	《元史》卷三〇《泰定帝二》
阿憐帖木兒（生卒年不詳）			翰林承旨	《元史》卷三〇《泰定帝二》；《新元史》卷二一《本紀第二一》
教化（生卒年不詳）			翰林侍講學士	《元史》卷三一《本紀第三一明宗》
不答失里（生卒年不詳）			翰林學士承旨	《元史》卷三一《本紀第三一明宗》
斡耳朵（生卒年不詳）			翰林學士承旨	《元史》卷三一《明宗》

续表

姓名	家世淵源	初仕情狀	曾任翰林官職	史源
庸兀 （生卒年不詳）			翰林學士承旨	《元史》卷三一《明宗》
亦列赤 （生卒年不詳）			翰林學士承旨	《元史》卷三二《文宗一》
阿不海牙 （生卒年不詳）			1317年，翰林學士承旨	《元史》卷三二《文宗一》
馬哈某 （生卒年不詳）			翰林直學士	《元史》卷三三《文宗二》
也兒吉尼 （生卒年不詳）			翰林學士承旨	《元史》卷三三《文宗二》
闊徹伯 （生卒年不詳）			翰林學士承旨	《元史》卷三三《文宗二》
教化的 （生卒年不詳）			翰林學士承旨	《元史》卷三四《文宗三》
伯顏也不干 （生卒年不詳）			翰林學士承旨	《元史》卷三四《文宗三》
押不花 （生卒年不詳）			翰林學士承旨	《元史》卷三五《文宗四》
塔失海牙 （生卒年不詳）			翰林學士承旨	《元史》卷三五《文宗四》
典哈 （生卒年不詳）			翰林學士承旨	《元史》卷三六《文宗五》

续表

姓名	家世淵源	初仕情狀	曾任翰林官職	史源
暖哈（生卒年不詳）			翰林學士承旨	《元史》卷四〇《順帝三》《新元史》卷一九九《愛薛傳》
三保（生卒年不詳）			翰林學士	《元史》卷四〇《順帝三》
完者圖（生卒年不詳）	回回人		翰林待制	《元史》卷四一《順帝四》
剌剌（生卒年不詳）			1343年，翰林學士承旨	《元史》卷四一《順帝四》
八剌（生卒年不詳）			翰林學士承旨	《元史》卷四二《順帝五》
晃火兒不花（生卒年不詳）			翰林學士承旨	《元史》卷四二《順帝五》
渾都海牙（生卒年不詳）（1352年在世）			翰林學士承旨	《元史》卷四二《順帝五》
闊怯（生卒年不詳）			翰林學士承旨	《元史》卷四二《順帝五》
烈瞻（生卒年不詳）			翰林修撰	《元史》卷四四《順帝七》
朵列帖木兒（生卒年未詳，至正末任有官職）			翰林學士承旨	《元史》卷四四《順帝七》

续表

姓名	家世淵源	初仕情狀	曾任翰林官職	史源
脱脱（生卒年不詳，至正元年以翰林學士承旨致仕）	世居范陽（今屬河北），初爲縣達魯花赤，陞爲大都路兵馬都指揮指		翰林學士承旨	《元史》卷四四《順帝七》、《金華黃先生文集》卷二八《翰林學士承旨脱脱公先塋碑》
禿魯帖木兒（？～1364）	哈麻妹婿		翰林學士	《元史》卷四四《順帝七》、《元書》卷九六《哈麻傳》
籊子（生卒年不詳，1358年尚在世）			翰林學士承旨	《元史》卷四五《順帝八》
答爾麻（生卒年不詳）			翰林承旨	《元史》卷四七《順帝十》
老章（生卒年不詳）			至正間，爲翰林承旨	《元史》卷七七《祭祀六》
王繼善（生卒年不詳）			翰林應奉	《元史》卷九二《百官八》
李銓，字平叔（生卒年不詳）	朔州（今屬山西）人		1295年，翰林待制；延祐初，翰林待制學士知制誥同修國史	袁桷《清容居士集》卷三二《李司徒徙行述》、《宋元學案補遺》卷九○

下　編
文士活動篇

第六章　翰林國史院文士與元初文壇

第一節　融合與開新：元初南北文壇格局
及其思想之嬗變[①]

　　元初南北完成統一，在新的時空背景之下，元代文壇出現新的特點。由多元逐漸走向混一是元初文壇的總體性特徵。在元初，由於南北一百五十多年的分裂，雙方文化展現出諸多不同之處。伴隨着南北混一，南北文士交往頻繁，在南人北上與北人南下風潮的影響下，元初南北文壇的不同風格以及相互之間的交融，爲元代詩文向前發展奠定了重要的社會文化背景。南北的差異與交融也爲元代文壇的長遠發展和興盛提供了條件，推動元代文學的轉型，而翰林國史院成爲南北文士彙集之地。可以説，是翰林國史院文士共同塑造了元初文壇格局，而元朝完成南北統一爲新文學風貌的形成創造了客觀條件。元代完成統一之初，南北文學呈現迥异的風貌。其金源區域文士與故宋區域文士在學術、文學風貌等方面呈現出較大的差异性。伴隨着元朝漢化程度的加深，爲有效治理漢地，元朝統治者積極網羅南北有才之士，并委以重任。在這一背景下，北方文士懷着經邦濟世之志，積極入仕，南方文士接連北上，尋求仕宦機會。南北重要文士紛紛聚集到翰林國史院之中，翰林國史院成爲元初文學活動的中心。正是在翰林國史院中，南北文士交游唱和，切磋學術，相互影響，由此南北文風日漸交融，元代文壇主流文風逐漸形成。

[①]　該部分内容曾發表於《民族文學研究》2010 年第 1 期。

一　元初文壇的多元格局

元初文壇與前代相比出現了一些新現象。一方面，一些新的文學群體開始出現。如西北作家群體的崛起，這些西北作家中不少是翰林國史院文士。另一方面理學北傳，逐漸成爲南北文士共同的思想背景。除此之外，元代空前遼闊的疆域與强盛的國勢使得當時文士多有勝國心態。這種心態反映在不同地域與族群文士的文學創作中。

元代詩僧釋來復在《蜕庵集序》中説：

> 嗚呼，詩豈易言哉！大雅希聲，宮徵相應，與三光五岳之氣并行天地間，一歌一咏，陶冶性靈，而感召休徵，其有關於治教，功亦大矣。然自删後，至於兩漢，正音猶完。建安以來，浸尚綺麗，而詩道微矣。魏晋作者雖優，不能兼備諸體。其鏗鍧軒昂，上追風雅，所謂集大成者，惟唐有以振之，降是無足采焉。逮及於元，静修劉公復倡古作，一變浮靡之習；子昂趙公起而和之，格律高深，視唐無愧。至若德機范公之清淳，仲弘楊公之雅贍，伯生虞公之雄逸，曼碩揭公之森嚴，更唱迭和於延祐、天曆中，足以鼓舞學者而風厲天下，其亦盛矣哉！①

釋來復在此品評了自《詩經》以來歷代詩歌的風格變化，自兩漢至於魏晋南北朝以至於唐，都有品評，唯獨略過宋不談，亦可見元人對宋詩的輕視態度。論及當代，天曆以前諸詩人入其眼者，唯有劉因、趙孟頫、元詩四大家諸輩。這幾人確實代表了元代天曆以前詩歌創作成就的最高峰。就身份而言，這幾人除劉因之外都曾入翰林國史院，屬於館閣文士。而其他人論元代詩歌時，所評論者，也大都是翰林國史院文士。事實上，歷覽元人及明清以來論元代文學的批評文字，我們可以發現，他們所批評的文士，大都有翰林國史院任職的經歷。

明代何喬新《重刊黃楊集序》：

---

① （清）陸心源：《皕宋樓藏書志》卷一〇四“蜕庵詩四卷”條，光緒萬卷樓藏本。

　　有元一代，俗漓政厖，無足言者。而其詩矯宋季之委靡，追盛唐之雅麗，則有可取者。蓋自郝伯常、姚公茂鳴於北方，而馬伯庸、薩天錫諸公繼作，楊仲弘、范德機倡於江南，而虞伯生、揭曼碩諸公從而和之，及其久也，上自台閣名公，下至山林逸士，外至徼塞部長，往往以詩名家。雖其間不能無粗豪之譏，纖巧之病，要之不失爲能言之士也。[1]

　　從時人以及後世對於元代文壇發展的評論中可以發現，所評論者皆爲主導當時詩風和文風的杰出之士。他們來自不同的地區與文化背景，通過交流與融合，塑造了元代文學新風貌。他們的身份，除一二人未任職翰林國史院外，大都是翰苑名公，俱以詞章名世。翰林國史院成爲元初彙集南北文士的重要文學創作與交游場所，正是在南北翰林文士的倡導之下，元代文學新風貌纔得以形成。

　　元初北方文壇的學術與文學源流。相對於南宋遺民來説，金源地區文士最早參與蒙古政權在北方的漢化進程，因此也比較早地認同元朝的合法性，這些文士在元政權中往往身居高位，并且與蒙古、色目貴族有比較緊密的聯繫。代表性文士有由金入元的元好問，他被尊爲文壇盟主。在元好問的影響之下，北方涌現出一批成就較高的文士，如郝經、王惲、許衡、劉因、姚樞、王磐、姚燧、閻復、王構等人，他們都與元好問有着直接或間接的師承關係。例如劉因之父劉述北歸後與元好問多有交流，其中元好問有《寄劉繼先》，"清霜茅屋耿無眠，坐憶分携一慨然。楚客登臨動歸興，謝公哀樂感中年。凄涼古驛人烟外，迤邐荒山雪意邊。千樹春風水楊柳，待君同繫晋溪船"。[2]元好問在詩中除了表達人到中年渴望回歸鄉里的願望，還希望能够在忻州老家與劉述相會。清顧嗣立在編選《元詩選》時認爲元承金、宋之餘緒，元好問以其鴻朗高華之作崛起於中州，郝經、劉因等人繼之，所以纔有了中統、至元年間的北方文學的盛況。追溯元初北方文士文化源頭，北宋時期北方蘇學、南方伊洛之學，以及南宋時期的考亭之學，都對元初北方文士的詩文產生了極爲重要的影響。金源文士尤其

---

① （明）何喬新：《椒邱文集》卷九《重刊黃楊集序》，《文淵閣四庫全書》本。
② （元）元好問：《元好問全集》卷九《寄劉繼先》，山西古籍出版社，1990，第270頁。

推崇蘇軾的詩文成就，如蔡松年、趙秉文等人都是蘇軾的後繼者。繼承金源文化傳統的元好問崛起於中州，以蘇氏文風爲標榜，器識超拔，所以能開啓百年後文士之脉。有元一代的詩文風氣，説是以元遺山爲先導，實不爲過。

　　元好問以其個人的影響力，凝聚了大批的才能之士，影響了元初北方的文壇走嚮，開啓了有元一代之文風。因此顧嗣立在其編選的《元詩選》中認爲元好問乃元代詩歌第一人。而這則引發了一個爭論，即元好問屬金還是屬元。清人翁方綱主張元好問是金源詩文大家，而非元代詩人：

> 　　遺山撰録《中州集》云："國初文士如宇文太學、蔡丞相、吴深州之等，不可不謂之豪杰之士，然皆宋儒，難以國初文派論之，故斷自正甫爲正傳之宗，党付溪次之，禮部閑閑公又次之。"遺山之論如此，而顧俠君乃以遺山入元詩何耶？[1]

翁方綱對顧嗣立將元好問列爲元詩第一人的做法提出疑問，他以元好問《中州集》中所論金代文學爲依據。而顧嗣立認定元好問爲元詩第一人的看法，在元代詩文集選編中已經得到實踐。如元人蘇天爵選編時人詩文時，就已經將元好問的詩文收入《元文類》之中。如詩歌有五言古詩《箕山》、七言歌行《湘夫人咏》、古詩《鄧州城樓》，文章有《崔府君廟記》《傷寒會要序》、《上耶律中書書》、《孫伯英墓志銘》、《丞耶律公神道碑》及雜著《故物譜》等。元人之所以將元好問視爲元朝文士，主要原因在於元好問的聲望和影響力。元好問在入元之前就在詩文上取得相當大的成就，在文壇上久負盛名，金源文人大多對其推崇備至，他們或多或少地都曾有過直接或間接師法元好問的經歷。元好問無疑是元初漢族文士的代表，後世在追溯自身詩文淵源時，自然將元好問推尊爲元代文學第一人。金源文士是元初北方政壇的重要力量，他們積極追溯文化源流，實際上是試圖對元代的正統性重新確認。

　　元人如此推重元好問，其重要原因在於元人將元好問看作風雅詩風的重要傳承者。通過追叙元好問能够承接先秦以降的風雅詩風，以此在當下

---

① （清）翁方綱：《石洲詩話》卷七，人民文學出版社，1981，第 237 頁。

詩壇倡導風雅詩風，這對整個元代風雅詩風的形成具有重要作用。元人郝經在《陵川集》中梳理了自《詩經》以來的文學發展歷程，認爲詩歌在李白、杜甫時達到頂峰，之後"纖靡淫艷，怪誕癖澀，浸以弛弱，遂失其正"①，到了宋代蘇軾、黃庭堅又樹立新的標杆。金源時期，文士大多耽於科場，置詩文不顧。百餘年之後，元好問崛起於文壇，"上薄《風》《雅》，中規李杜，粹然一出於正，直配蘇黃氏。天才清贍，邃婉高古，沉鬱大和，力出意外。巧縟而不見斧鑿，新麗而絶去浮靡，造微而神采粲發"②。在郝經看來，元好問承續《詩經》以來的文學成就，其影響力相當於李白、杜甫、蘇軾、黃庭堅諸人，他還認爲其以文化續命之人的自我責任意識獨自擔起了振開元初詩壇的重任，承襲古人之詩文，糅合古今之通變，另起未有之新意，在萬籟俱寂的元初詩壇上點響了平地之上的雷鳴，開啓了元詩之先河。

元好問的文學成就不僅在當時産生巨大影響力，後世對其評價也頗高，後世一般認爲元好問能夠承繼先秦以來的文學傳統，不論從詩歌還是散文，都能夠與前代李白、杜甫、韓愈等人相比肩，同時具有自己鮮明的特色。如《四庫全書總目》中稱贊元好問"才雄學贍"，是金元之際的文章大家，尤其是他的碑版志銘諸作，堪稱文章之法度，是時人爭相學習的對象。③四庫館臣認爲在易代之際，元好問振臂一出，削盡蕪詞俚曲，在元好問及其追隨者的艱辛努力下，重整文壇詩風，使元初文風爲之一變，不可不謂其大宗。《全金詩》對元好問之褒評也不遺餘力，認爲金朝百年以來，得文派之正而能主持文壇重任的，大定、明昌年間的党懷英，以及貞祐、正大年間的趙秉文，而北渡之後，祇有元好問一人而已。金後期國家戰亂，民不聊生，文氣奄奄，而元好問在文壇上的地位，讓其成爲起衰救壞的衆望之人。雖然元好問沒有很大的政治權力，但是學人盡知他的文章獨步天下，願意以之爲師，文壇因元好問而爲之一變。"大較遺山詩祖李、杜，律切精深，而有豪放邁往之氣；文宗韓、歐，正大明達，而無奇纖晦澀之語；樂府則清雄頓挫，閑婉瀏亮，體制最備，又能用俗爲雅，變

① （元）郝經：《陵川集》卷三五《遺山先生墓銘》，《文淵閣四庫全書》本。
② （元）郝經：《陵川集》卷三五《遺山先生墓銘》，《文淵閣四庫全書》本。
③ （清）永瑢等：《四庫全書總目》卷一六六《遺山集四十卷附錄一卷》提要，中華書局，1965，第1421頁。

故作新，得前輩不傳之妙。東坡、稼軒而下，不論也。嗚呼！遺山今已矣！"①

正如前文所講，後世認爲，元初北方幾位重要的文士與元好問都有密切聯繫，後世將元初文壇的源流歸於金朝，在某種程度上是由於元好問在金元之際的承接作用。明清兩代文士多認爲元初重要文士如劉因、郝經等人的詩文宗法元好問。明人儲巏認爲劉因、郝經皆承續元氏一脉："不然容城劉氏、陵川郝氏，節行文學，在當時莫之與京，獨於遺山，向慕尊稱之至，抑又何邪？"② 翁方綱認爲入元的劉因在詩文上效法元好問："静修全學遺山。遺山風力極大，而所受則小。若静修之《桃源行》云'小國寡民君所憐，賦役多慚負天子'則傷於小巧矣。"③ 劉因的詩純是元好問詩的架構，但是却没有元好問爲詩的雅正，有刻意爲之之意，略有傖氣處。從詩的格調上來看，元好問爲詩如"天骨開張"，想學習并不容易，祇能"别有化裁"。劉因爲詩有雄奇磊落之氣，如果從爲詩的源流派别上言之，那麽劉因尚未登元好問之室。④ 在翁方綱看來，劉因以元好問爲學習對象，雖在文學成就和文壇地位及影響方面不及元好問，却能"别有化裁"。翁方綱雖是在言詩，但其評語也同樣適用於散文領域。元初北方文士相繼師法元好問，繼而追認蘇軾的文學成就，正如潮流一般席捲了整個元初文壇，即使是如"不學無用學，不讀非聖書，不爲憂患穢，不爲利欲拘，不務邊幅事，不作章句儒"⑤ 的郝經，也在其文集中常常透露出此種風潮。由此可見，元代立國之初，北方文壇的潮流是以學習元好問、模仿蘇軾之詩文風格爲主的，所以元初北方文壇的詩文風格表現出了清新婉麗不足而粗放豪邁有餘的獨特風格。

北方文士不僅在元初文壇上引領當時的文風，而且在政治上同樣掌握着話語權。元代初期，大量北方漢人文士進入政權之中，他們在推動元代實行有利於保持漢地文物制度的政策方面具有重要作用。憑藉較高的政治和社會地位，他們在詩文的審美取嚮上對元初文壇的形成與發展具有變革

---

① （清）郭元釪：《全金詩》卷六三元徐世隆《遺山先生文集序》，《文淵閣四庫全書》本。

② （清）施國祁：《元遺山詩集箋注》卷一《儲重刊後序》，清道光二年南潯瑞松堂蔣氏刻本。

③ （清）翁方綱：《石洲詩話》卷五，人民文學出版社，1981，第157頁。

④ （清）翁方綱：《石洲詩話》卷五，人民文學出版社，1981，第153頁。

⑤ （元）郝經：《陵川集》卷二一《志箴》，《文淵閣四庫全書》本。

性的意義，并且對以後的文壇走嚮產生持續的影響。

　　元初，金源學術崇尚實學，即關注現實，注重文學的實用價值。衆多懷着經邦治國理想的金源文人加入政權，這就使得他們更加注重關注社會現實，重視民生疾苦，此種淑世情懷在他們的詩文作品中充分地顯現了出來。在詩文創作時，他們敢於直言，抨擊時政，評論時事，有着儒家傳統的入世情懷。當時衆多文人如姚樞、郝經、王惲、盧摯、劉因等的詩文集基本上是以此種風格貫穿始終。如在元初烽火硝烟剛剛消停之際，百姓、士兵因戰爭而患疾病，而致傷殘，國初文士憐恤民生疾苦，憂慮百姓病痛，遂而對醫經醫術多加關注，他們的詩文作品中多有涉及醫經醫術，如文士劉因曾作《眼醫詩卷》一首：

　　　　火景元中暗，月光徒外明。每當天抹漆，未便目無睛。暗自何年有，明從底處生。若知當告我，心事在蟾精。①

　　此外，劉因還對醫術較爲精通，他對醫經著作進行一些補注闡釋。如《書示瘍醫》云：

　　　　《周禮·瘍醫》：“凡療瘍，以五毒攻之，以五氣養之，以五藥療之，以五味節之。”五毒，疑即醫師所聚毒藥。凡五藥之有毒者，非謂一方五藥而可以盡攻諸瘍也。攻與療所以去其疾也，養與節所以扶其本也，蓋攻則必養之，療則必節之，攻視療加急，養視節加密，理勢然也。鄭氏釋五毒：“以黃堥，置石膽、丹砂、雄黃、礜石、慈石其中，燒之三日三夜，其烟上者，以鷄羽取之，以祝創，惡肉破，骨則盡出。”宋楊文公見楊嶠驗之，果如鄭所云，此蓋古方五毒藥之一爾。若即以是爲五毒，則不惟聖人之言不如是之狹，而執兼與下文“五氣”“五藥”“五味”之言亦不類矣，予又恐以楊之偶中而致人之不中也。賈氏疏又以五藥爲五毒，則鄭既失經之意，而賈又失鄭之意也。②

---

① （元）劉因：《靜修先生文集》卷七《眼醫詩卷》，《四部叢刊》景元本。
② （元）劉因：《靜修先生文集》卷二一《書示瘍醫》，《四部叢刊》景元本。

元初汲縣的王惲對醫術也多有涉及。他曾爲金人張元素所注的醫學名著《難經》作序：

> 醫之有《難》《素》，猶六經之有《春秋》《易》也。……潔古張先生，醫師之大學也，以是書注釋雖博，未免有仁智殊見體用不回之間，於是研思凝神，探索玄奧，發遺意於太素之出，妙理於諸家之表，使體用一源，得失兩判，復隨其疾，證附以禁忌方，論述經解廿四卷。……予嘗觀其旨要，顧天下之事，未有不極其理而能臻於妙者，矧醫術精微，主司萬命。惟其至精非一，世之所能備；惟其至微非一，賢之所能窮。……誠生民之命脈，醫學之淵會也。①

元初南方文壇呈現出與北方不同的學術思想背景。南方一派的文士基本上爲南宋遺民，他們在學術傳統及詩文理念上繼承了故宋遺留下來的知識體系和認識框架。宋亡之後，原南宋區域的文士活動逐漸産生改變，文壇風氣也隨之發生了轉嚮，更多文士轉向了學術研究，力圖通過自己的能力來保存故國遺留的文獻資料，這使他們在學術的鑽研與探究上更精、更細、更深。南方文士在元初的關注點在學術，其中作爲南宋學術的集大成者和南方文士精神領袖的王應麟是這一時期的杰出代表。王應麟在學術上的成就主要在經學及史學方面，而在文學領域并未過多着力，其詩文創作也大多是無意而爲。黃宗羲將其列入《宋元學案》中"深寧學案"一節，清人全祖望在序録中對其評論道：

> 祖望謹案：四明之學多陸氏，深寧之父亦師史獨善以接陸學。而深寧紹其家訓，又從王子文以接朱氏，從樓迂齋以接呂氏。又嘗與湯東澗游，東澗亦兼治朱、呂、陸之學者也。和齊斟酌，不名一師。《宋史》但誇其辭業之盛，予之微嫌于深寧者，正以其辭科習氣未盡耳！若區區以其《玉海》之少作爲足盡其底緼，陋矣！②

---

① （元）王惲：《王惲全集彙校》卷四一《潔古老人注難經序》，楊亮、鍾彥飛點校，中華書局，2013，第 1985 頁。
② （清）黃宗羲：《宋元學案》卷八五《深寧學案序録》，中華書局，1986，第 2856 頁。

在全祖望看來，王應麟雖折中於朱熹、呂祖謙、陸九淵之學，"不名一師"，尤以史學名家，然其辭文仍囿於舉子之業，陷於"理學興而文藝絕"① 與"理學興而詩始廢"② 的怪圈之中。在王應麟的影響下，南宋文壇長期沉浸在重視經史之學、忽視詩文創作的風氣之中。多數眼光明鑒的南方文人在目睹了文壇盡為惡濁氣之後欲糾偏救弊。在衆多文士的努力之下，南方文壇在以舒岳祥、戴表元、袁桷為代表的時代發生了質的改變。清人顧嗣立在其詩評著作《寒廳詩話》中對此種流變作了論述，認為元代的詩歌承續宋季，西北地區代表人物是元好問、郝經、劉因，到中統、至元年間詩壇走向興盛，但是仍然不免有粗豪的習氣。東南地區的代表人物為趙孟頫、袁桷、鄧文原、貢奎等人，到此時，文壇風氣為之一變。③ 顧嗣立還在《元詩選》對戴表元詩歌的品評中提到其為變宋季詩文舊習，力倡新變，"剡源詩律雅秀，力變宋季餘習"。④ 另外，《四庫全書總目》在對戴表元的評價中也透露出了當時文壇風氣的變化：

> 顧嗣立《元詩選》小傳，稱宋季文章氣萎薾，而詞骫骳，帥初慨然以振起斯文為己任。其學博而肆，其文清深雅潔，化朽腐為神奇。閑事攀畫，而隅角不露。尤自秘重，不妄許與。至元大德間，東南之士以文章大家名重一時，帥初一人而已。又引宋濂之言曰，濂嘗學文於黄文獻公。公於宋季詞章之士樂道之而不已者，惟剡源戴先生為然云云。⑤

可以説，元初南方文士，其學術色彩更加濃重，理學對其影響相較北方也更為深刻，這就使得南宋文學發展受到一定程度的束縛。入元的南方文士多次批評這一現象，正是對南宋文學發展的一種反思。

空間的轉移與元初文學的融合。元代完成統一之後，政治環境相對寬

---

① （元）袁桷：楊亮校注《袁桷集校注》卷二八《戴先生墓志銘》，《文淵閣四庫全書》本。
② （元）袁桷：楊亮校注《袁桷集校注》卷二一《樂侍郎詩集序》，《文淵閣四庫全書》本。
③ （清）顧嗣立：《寒廳詩話》，載丁福保《清詩話》，上海古籍出版社，1978，第 83 頁。
④ （清）顧嗣立：《元詩選》卷八，中華書局，1987，第 226 頁。
⑤ （清）永瑢等：《四庫全書總目》卷一六六《剡源集三十卷》提要，中華書局，1965，第 1424 頁。

鬆，許多南方遺民北上，希望能够在新朝獲得仕宦機會。正是在此期間，他們將南方的詩文理論和文壇風氣傳布到了北方，南北文風發生碰撞、交融，這給元代文壇的發展注入新的活力，元代新文風也在這期間孕育。元中期文壇上出現的兩位大家——虞集和袁桷，提倡詩文變革，融和南北文風，接續《詩經》以來的詩歌傳統。他們以此身體力行，親自實踐，引導文人在詩文創作上轉變風格，成爲諸多文士崇敬師法的對象，這就使得元朝文壇呈現出詞彩華美、中和雅正的詩文風尚。明人宋濂在《柳待制文集序》中叙述元代中期文壇狀況時將虞集推至頗高的文壇地位，他認爲元朝大一統之後，社會相對穩定，文壇得到平穩的發展，到中統、至元年間，出現了大批在詩文上有頗高造詣的文士，但是從天曆以來，文壇所推崇的祇有虞集、揭傒斯、黃溍和柳貫四人而已。① 清人翁方綱在《石洲詩話》中評論元代中期詩人時也給予虞集極高的評價，認爲入元之後，文壇上雖然人才輩出，但是能够稱得上盡善盡美的并不多，"虞文靖公承故相之世家，本草廬之理學，習朝廷之故事，擇文章之雅言，蓋自北宋歐、蘇以後，老于文學者，定推此一人，不特與一時文士爭長也"。② 作爲浙東文士的袁桷，爲元代大德、延祐間文壇上的領袖，此點在後人的文集中多次出現，"自宋南渡而後，吾鄉學者以多識相尚。文清得王氏之傳，其于近世禮樂之因革，管閬之選次，朝士大夫之族系，九流諸家之略録，俱能溯源執本，得其指歸。浙河以東，於斯爲盛"。③ 在兩位南方文壇領袖及元初至元中諸公的倡導與努力下，元代文壇焕然一新。歐陽玄在《歐陽玄雍虞公文集序并札》中對此作了簡要概括，認爲元朝文風與"造化功用"和"國家氣象"相關，爲文應該有用於世。元朝統一之初，館閣所用之人皆爲金、宋的遺民，前期的文風呈現出位高者更強，位低者萎靡。但是隨着南北文風進一步融合以及文化政策逐漸放寬，四方之士集於京師，風雅相尚的文風也慢慢形成。④ 其在《羅舜美詩序》中對元代詩文從元初到元中期

---

① （明）宋濂：《柳待制文集序》，見（元）陳旅《安雅堂集》卷五《宋景濂文集序》，《文淵閣四庫全書》本。

② （清）翁方綱：《石洲詩話》卷五，人民文學出版社，1981，第 162 頁。

③ （清）胡文學、李鄴嗣：《甬上耆舊詩》卷三《學士袁文清公桷》條，《文淵閣四庫全書》本。

④ （元）歐陽玄：《歐陽玄雍虞公文集序并札》，見（明）趙琦美《趙氏鐵網珊瑚》卷五，《文淵閣四庫全書》本。

的流變作了論述，認爲元朝自延祐年間以來，文風出現轉變，日益興盛，京師的文士大都以魏晋與唐人爲宗，一改金、宋的舊習，趨近於雅正，詩風尚古。① 經過十幾年的發展，到了元仁宗延祐年間，南北文風逐漸走向了融合并歸爲一宗。

　　學術派與理學派，南宋文人文化的不同屬性。南宋滅亡之後，故宋區域的遺民文士分爲兩派。其中對元初南北文風交融影響頗大的一派以王應麟爲主要代表及宗法對象。南宋滅亡之後，王應麟一直隱居於四明鄞縣，以著書立説爲志業，培養了大批有名的弟子，其中代表有舒岳祥、戴表元、胡三省、袁桷、任士林、袁衰等人。他們在文學和史學上均有相當深厚的造詣，成爲一時的文壇俊杰。王應麟的史學成就最高，其所著《漢藝文志考證》一書中的多處細節對清代的考據之學有諸多啓發之功。清人姚振宗在《漢書藝文志條理》中充分肯定了其在史學考證上的篳路藍縷之功，"宋以來考證是《志》唯王深寧氏所得爲多，然其學非專門，例多駁雜。誠如西莊王氏（鳴盛）所謂'本原之地，未曾究通，不得其要領者'。其於全書僅得十之三四耳。然使後之人尋流溯源，引申觸類，未始不以其書爲先聲之導。則其有功於是《志》，亦何可輕也"。②

　　四明之地受陸九淵心學的影響非常深遠，但是文士中如王應麟、袁桷等人同時對朱子之學也相當推崇，如袁桷在《龔氏四書朱陸會同序》中認爲朱熹與陸九淵兩人本爲同流：

　　　　生同時，仕同朝，其辯爭者，朋友麗澤之益，朱陸書牘具在。不餘百年，异黨之説興，深文巧辟，而爲陸學者不勝其謗，屹然墨守，是猶以丸泥而障流，杯水以止燎，何益也？淳祐中，番易湯中氏合朱陸之説，至其猶子端明父清公漢，益闡同之，足以補兩家之未備。③

　　由此可以看出，袁桷從思想上消解了朱陸之間的分歧，主張朱陸合流共尊。同時，舒岳祥等人對南宋葉適以來的永嘉事功學派也多有繼承。舒

---

① （元）歐陽玄：《圭齋文集》卷八《羅舜美詩序》，《四部叢刊》景明成化本。
② （清）姚振宗：《漢書藝文志條理叙録》，《續修四庫全書》本。
③ （元）袁桷：《袁桷集校注》卷二一《龔氏四書朱陸會同序》，楊亮校注，中華書局，2012，第 1089 頁。

岳祥師事葉適高徒吳澄，其詩文理念與主張受永嘉之學的影響較大，袁桷在爲戴表元所作的墓志銘中提到其爲永嘉之學的嫡傳，稱後宋一百五十年間，理學興起，致使文藝幾乎斷絕。袁桷在其墓志銘中這樣寫道：“永嘉之學，志非不勤也，挈之而不至，其失也萎。江西諸賢，力肆于辭，斷章近語，雜然陳列，體益新而變日多。故言浩漫者蕩而倨，極援證者廣而纇，俳諧之詞，獲絕于近世，而一切直致，弃壞繩墨，棼爛不可舉。文不在兹，其何以垂後。先生（戴表元）深憫焉。方是時，禮部尚書王公應麟、天台舒公岳祥師表一代。先生獨執子弟禮，寸聞隻語，悉囿以爲文。”① 因而可以説，這一派系同時是陸氏之學、朱子之學、永嘉之學的傳承者與後繼人。這一派在宋末元初至元代中期之間逐漸形成、發展，并在國力日强、國局日穩的元代中期不斷壯大，吸引了諸多文士效法、模仿，這在客觀上促進了元代文學的發展，爲新的文壇格局的出現奠定了基礎。其中的領軍人物戴表元通過自己的詩文創作實踐，提出諸如“緣於人情時務”②、宗唐得古、“作詩惟宜老與窮”③、“游益廣、詩益肆”④ 等理念，其學問博廣而肆，其文章清深雅潔，南方文士甚爲推崇，成爲當時東南文章大家。在其引領之下，南方文士接踵而出，詩文之作鱗次櫛比，蔚爲大觀，此盛大之境況、傳布之廣闊促使其文學觀念逐漸走向北方。之後袁桷北上大都，入職翰林，有機會和更多的北方文士相接觸，其詩文創作主張上就可以得到更廣泛的交流與傳播，比如與當時北方有名望的文士閻復、元明善、王構等人皆有詩文唱和往來，并曾得到諸位學士推薦入仕元廷。大德初，袁桷得到閻復、程鉅夫、王構的推薦，改翰林國史院檢閱官。⑤袁桷入仕元朝之後，學術上積極推行其師戴表元和自己的文學主張，在文壇上產生了相當的影響力。當時，南方文士趙孟頫以宋王孫的身份入仕元朝，其儒雅的氣質，冠絕一時。而鄧文原、袁桷常與趙孟頫詩文唱和，進而又影響到當時的詩壇，使得風氣又爲之一變。繼而元詩四大家（虞集、

---

① （元）袁桷：《袁桷集校注》卷二八《戴先生墓志銘》，楊亮校注，中華書局，2012，第1349～1350頁。
② （元）戴表元：《剡源集》卷八《張仲實文編序》，《四部叢刊》景明本。
③ （元）戴表元：《剡源集》卷八《周公瑾弇陽詩序》，《四部叢刊》景明本。
④ （元）戴表元：《剡源集》卷九《劉仲寬詩序》，《四部叢刊》景明本。
⑤ （清）顧嗣立：《元詩選》初集卷一九，中華書局，1987，第593頁。

楊載、范梈、揭傒斯）一時并起，繁榮了至治、天曆年間的文壇，實際上，這期間文壇的興盛爲大德、延祐年間的文風奠定了基礎。在仕元期間，袁桷與馬祖常、趙孟頫、鄧文原、虞集等人多有詩文唱和，他們在文學主張上有諸多一致之處，因而關係非同一般。

南北文化交融下的産物：元代色目文士的漢化。值得注意的一點，色目文士馬祖常，深受袁桷文學思想影響，是當時南方文風北傳、北方文士接受的一個典型，而他在這一背景下的詩文創作也得到後世的稱贊。《四庫全書總目》對馬祖常的詩文有相當高的評價，認爲其文“精贍鴻麗，一洗柔曼卑冗之習”①，在詩歌方面的創作更是“才力富健”，“長篇巨製，回薄奔騰，具有不受羈勒之氣”。② 至元年間，蘇天爵編撰的《元文類》收錄馬祖常詩歌二十首，文章二十篇，相比其他作家數量頗多。而且蘇天爵還請於朝，將馬祖常文集付梓刊刻，流傳於世，并親自爲文集作序。蘇天爵在序中稱贊馬祖常直追漢魏隋唐詩文風尚，後輩諸多學人追慕其詩歌風格，是以文壇風氣爲之一變。由之可看出，馬祖常在當時文壇上的影響和地位。馬祖常的交往之中，袁桷、虞集、王構等人更是與他常有詩文唱和。大德、延祐在元代文學發展史上具有舉足輕重的地位，之所以能在這段時間出現文壇極盛的局面，與馬祖常等人有相當深的關係。但是，後世在研究馬祖常時，大多關注點在其少數民族身份，把他當成學習漢文化的典範來研究，這樣難免降低了馬祖常作爲元代文壇領一時風氣者的地位。不過從現有資料來看，馬祖常爲學受到袁桷很深的影響，此已爲研究者證實。

總體上看，有元一代的詩文大家基本上出現於元代中期，特別是集中在元仁宗延祐年間（1314～1321）。之所以能够產生如此多的文學大家，一個重要原因是當時南北文士積極交流，相互學習：“國朝統一海宇，氣運混合，鴻生碩儒，先後輩出，文章之作，實有以昭一代之治化。蓋自兩漢以下，莫於斯爲盛矣。當至元、大德間，有若陵川郝文忠公、柳城姚文公、東平閻文康公、豫章程文憲公、吳興趙文敏公，皆以前代遺老，值國

---

① （清）永瑢等：《四庫全書總目》卷一六七《石田集十五卷》提要，中華書局，1965，第167頁。

② （清）永瑢等：《四庫全書總目》卷一六七《石田集十五卷》提要，中華書局，1965，第167頁。

家之興運，其文龐蔚質奧，最爲近古。延祐以後，則有臨川吳文正公、巴西鄧文肅公、清河元文敏公、四明袁文清公、浚儀馬文貞公、侍講蜀郡虞公、尚書襄陰王公，其文典雅富潤，益肆以宏，而其時則承平浸久，豐亨豫大，極盛之際也。”① 其中諸位重要的文士，如郝經、姚燧、閻復、程鉅夫、趙孟頫、吳澄、鄧文原、元明善、袁桷、馬祖常、虞集、王沂等人都是元代文壇上的詩文大家。從地域視角來看，至元、大德年間的著名文士大多來源於金源區域，而來自故宋區域的著名文士僅有程鉅夫、趙孟頫等寥寥幾人。這種反差局面到了元代中後期發生了逆轉，南方文人占據了文壇的絕對優勢，處於上風地位。隨着元朝統治日趨穩定，故宋遺民接連北上，入仕元廷，他們對元代詩文風貌形成的影響增强。由於受到家學與南方學術氛圍的影響，他們在學術研究與詩文創作上都取得了不小的成就，借助北上大都的機會，其學術觀點逐漸傳播開來，影響了一大批元代文士。元代中期文壇代表性作家基本上來源於南方，南方比較著名的代表作家有揭傒斯、柳貫、黃溍、歐陽玄等人，而北方代表祇有馬祖常與蘇天爵。元代後期的文壇領袖在師承上多與大德、延祐年間的詩文大家有直接的聯繫。值得注意的是元中後期文士同時是學術上的代表人物，最顯著的例子是“儒林四杰”與蘇天爵。北方文士蘇天爵爲元代北方大儒安熙的嫡傳。安熙曾經師從烏叔備，而烏叔備又是元朝大儒劉因的弟子，安熙在儒學上十分推崇朱熹，其思想也是北方儒學的代表。元中後期南北文士兼具文學與學術雙重屬性的現象表明元代科舉對當時士人的重要影響。

　　元代文壇不僅有南北之分，而且此時的文壇還出現了一個特殊的群體，即西北少數民族作家群。這是以前文壇上從未出現過的新現象，這個群體的出現對有元一代文學的面貌的形成與發展產生了頗大的影響。可以説元代西域色目作家群是元代族群融合與文化發展的一種表現，對於中國古典文學發展及後世產生了重要影響，色目作家群對於充實中國文學的風格以及體裁貢獻良多，其中不少色目作家留下很多優秀的文學作品，這已經成爲中國文學中重要的財富。西域色目群體源於元朝對西北地區的征服和管轄。伴隨元統治者對漢地的征服以及漢化程度的加深，這些西域色目群體大量涌入漢地，他們在漢地學習并逐漸接受漢文化。同時元代統治者

---

① （明）王褘：《王文忠集》卷六《宣城貢公文集序》，《文淵閣四庫全書》本。

賦予了他們較高的政治地位，元末著名文士戴良説："昔者成周之興，肇自西北。西北之詩，見之於《國風》者，僅自豳、秦而止。豳、秦之外，王化之所不及，民俗之所不通，固不得繫之列國矣。我元受命，亦由西北而興。"① 他們對延續幾千年的漢文化感到驚嘆，并驚訝其屢經王朝更迭，却未消亡殆盡，反而經久不息，歷久彌新，遂對其産生了濃厚的興趣，主動并積極地學習漢文化，并經常與漢族文士交往唱和，純粹美好的初衷與動機以及極佳的學習交往氛圍，促使他們逐漸觸及了漢文化的深層意藴，文學創作方面也産生了大量有價值的作品。"其沐浴休光，沾被寵澤，與京國内臣無少異。積之既久，文軌日同，而子若孫，遂皆捨弓馬而事詩書。至其以詩名世，則馬公伯庸、薩公天錫、余公廷心其人也。論者以馬公之詩似商隱，薩公之詩似長吉，而余公之詩則與陰鏗、何遜齊驅而并駕。此三公者，皆居西北之遠國，其去豳、秦，蓋不知其幾千萬里，而其爲詩乃有中國古作者之遺風，亦足以見我朝王化之大行，民俗之丕變，雖成周之盛莫及也。"② 戴良在文中提到的馬祖常、薩天錫、余闕等文士都來自西域，都有西北少數民族背景，他們也都在元代文壇上占據一席之位，并對元代獨特詩文風格的形成與發展産生了很大的影響。這一特殊的文學群體也爲清人顧嗣立所發覺，其在編選《元詩選》時對此現象作了相關論述："明成化間，吴人張習企翱書其刻集後曰：'元詩之盛，倡自遺山，而趙子昂、袁伯長輩附和之。繼而虞、楊、范、揭者出，號爲大家。間有奇才天授，開闔變怪，莫可測度，以駭人之視聽者。初則貫雲石、馮子振、陳剛中，後則楊廉夫，而薩天錫亦其人也。觀天錫《燕姬曲》《過嘉興》《織錦圖》等篇，婉而麗，切而暢，雖雲石、廉夫莫能道。他如《贈劉雲江》《越台懷古》《題爛柯山》《石橋》諸律，又和雅典重，置諸松雪、道園之間，孰可疑異。'要而論之，有元之興，西北子弟，盡爲横經。涵養既深，异才并出。雲石海涯、馬伯庸以綺麗清新之派振起于前，而天錫繼之，清而不佻，麗而不縟，真能于袁、趙、虞、楊之外，別開生面者也。于是雅正卿、達兼善、迺易之、余廷心諸人，各逞才華，標奇競秀，亦可

① （元）戴良：《九靈山房集》卷二一《鶴年吟稿序》，《文淵閣四庫全書》本。
② （元）戴良：《九靈山房集》卷二一《鶴年吟稿序》，《文淵閣四庫全書》本。

謂極一時之盛者歟！"① 從元人戴良、清人顧嗣立的言辭之中看出元代西北少數民族作家群體在詩文創作上取得的極大成就及所呈現的繁盛局面。他們也和金源文士、南宋遺民一樣共同促進了當時文壇多元風尚局面的形成。

就整個元初文壇格局，近代的吳梅在其著作《遼金元文學史》中評價元初南北文學時有所言及："予惟有元之文，分南北二宗。北宗以元裕之爲圭臬，輔之者爲郝伯常、楊煥然，其接武而興者，則有劉夢吉、王仲謀、姚端甫、馬伯庸、盧處道、許可用。南宗又分兩派：在江右者倡於吳幼清，而其後虞伯生、揭曼碩、歐陽元功卓然爲大家；浙東之在鄞者，戴帥初、任叔實、袁伯常（伯長），在婺者則有許益之、吳立夫、黃晉卿、柳道傳、吳正傳。"② 這裏，吳梅在對遼金元的文學史料進行整理與研究中，認識到有元一代文學成就的取得是在南北文士交流融合中出現的，其中北方文壇以元好問爲盟主。元代散文的發展與繁榮是南北文風交融的結果與產物，有元一代詩歌的發展與興盛亦是如此。吳梅還認爲元代散文在整個文壇上又劃分爲兩個派別，其一是以吳澄爲代表的江西文派，另外的成員還有虞集、揭傒斯、歐陽玄等人，其二是以戴表元、袁桷、任士林等文人爲主要代表的浙東文派。吳梅在上述言論中提到的諸位文人都是元代文壇上的佼佼者，他們在文學上的成就及對諸多文士的獎掖與影響都直接關係到元代文壇格局的形成與變化。

二　元初詩文風貌形成的理學背景

理學是塑造元代詩文風尚與文壇格局的重要力量。在元代完成南北統一之前，南北由於分裂局面，學術上有非常明顯的差異。南宋時期涌現了不少理學家，著名者如朱熹、真德秀等人，在他們的努力下，理學在南宋取得了長足的發展。在這一理學思想彌漫的大環境下，理學對南宋文士產生很大影響。所以可以説，南宋文壇的發展與理學有很深的關聯性。理學雖然沒有在南宋進入官方統治，但在此後長時段的歷史中，其作爲官方哲學思想，一直是中國思想界中不可動搖的統治思想，而這與南宋衆多儒士

① （清）顧嗣立：《元詩選》初集，中華書局，1987，第 1185～1186 頁。
② 吳梅：《遼金元文學史》，據商務印書館 1934 版年重排，上海書店出版社，1992，第 609 頁。

的努力是密不可分的。但是，伴隨着理學逐漸居於統治地位，文士思想逐漸一元化，而這其中利弊共存，對文學與學術思潮的發展與演進產生了深遠的影響。理學興起的南宋時期，就已有一些文士看到了其中的弊端，并且對理學家們的譏評之語頗爲精準中的：

> 嘗聞吳興老儒沈仲固先生云："道學之名，起於元祐，盛於淳熙，其徒有假其名以欺世者，真可以噓枯吹生。凡治財賦者，則目爲聚斂；開閫捍邊者，則目爲粗材；讀書作文者，則目爲玩物喪志；留心政事者，則目爲俗吏。其所讀者，止《四書》《近思録》《通書》《太極圖》《東西銘》《語録》之類，自詭其學爲正心、修身、齊家、治國、平天下。故爲之説曰：'爲生民立極，爲天地立心，爲萬世開太平，爲前聖繼絶學。'其爲太守、爲監司，必須建立書院，立諸賢之祠，或刊注《四書》，衍輯語録。然後號爲賢者，則可以釣聲名，致膴仕，而士子場屋之文，必須引用以爲文，則可以擢巍科，爲名士。否則立身如温國，文章氣節如坡仙，亦非本色也。於是天下競趨之，稍有議及，其黨必擠之爲小人，雖時君亦不得而辨之矣。其氣焰可畏如此。然夷考其所行，則言行了不相顧，卒皆不近人情之事。异時必將爲國家莫大之禍，恐不在典午清談之下也。余時年甚少，聞其説如此，頗有嘻其甚矣之嘆。其後至淳祐間，每見所謂達官朝士者，必憒憒冬烘，弊衣菲食，高巾破履，人望之知爲道學君子也。清班要路，莫不如此，然密而察之，則殊有大不然者，然後信仲固之言不爲過。蓋師憲當國，獨握大柄，惟恐有分其勢者，故專用此一等人，列之要路，名爲尊崇道學，其實幸其不才憒憒，不致掣其肘耳。以致萬事不理，喪身亡國，仲固之言不幸而中。嗚呼！尚忍言之哉！"[1]

道學之士往往在學術上假道學之名，在政治上希圖把持社會輿論，在思想和文化上以道學作標尺，衡量一切社會價值，對道學之外的許多事物進行評判干涉。

實際上，南宋末不少文士已經開始反思理學對文學的影響，并就理學

---

[1]　（宋）周密：《癸辛雜識續集》卷下《道學》，中華書局，1988，第 169～170 頁。

對國運的影響提出自己的見解。宋末文人戴表元言："吾不屑往與之議
也。"①名儒真德秀也對假道學之士有所批判，認爲他們所作之文雖聲稱是
鳴道之文，而實際上非然："文章在漢唐未足言盛，至我朝乃爲盛爾。忠
肅彭公以濂洛爲師者也，故見諸著述大抵鳴道之文，而非復文人之文。"②
元人袁桷亦對此種以理爲詩的詩風有苛責之語："唐詩有三變焉，至宋則
變有不可勝言矣。詩以賦比興爲主，理固未嘗不具，今一以理言，遺其音
節，失其體制，其得謂之詩與？"③并提出"理學興而詩始廢"一語，"方
南北分裂，兩帝所尚，唯眉山蘇氏學。至理學興而詩始廢，大率皆以模寫
宛曲爲非道。夫明於理者，猶足以發先王之底蘊，其不明理，則錯冗猥
俚，散焉不能以成章，而諉曰：'吾唯理是言，詩實病焉。'今夫途歌巷
語，《風》見之矣。至於二《雅》，公卿大夫之言，縝而有度，曲而不倨，
將盡夫萬物之藻麗，以極其形容贊美之盛，若是者，非誇且誣也。《五經》
言理，莫詳於《易》，其辭深且密，闡幽顯微，不敢以直易言之，考於經
皆然也"。④

　　此時，在詩壇上除了以理學思想爲主旨的詩歌，還有一派也相當發
達，即"濂洛風雅派"。宋元之際的文人金履祥的《濂洛風雅》一書，其
所編選的詩歌主要爲北宋的周敦頤、張載、楊時，南宋的朱熹、呂祖謙、
真德秀、何基、王柏等人所作，他們都是理學大家，精研義理，并不以詩
歌名世。四庫館臣認爲："蓋選録者履祥，排比條次者則良瑞也。昔朱子
欲分古詩爲兩編而不果。朱子於詩學頗邃。殆深知文質之正變、裁取爲
難。自真德秀《文章正宗》出，始別爲談理之詩。然其時助成其稿者爲劉
克莊，德秀特因而删潤之。故所黜者或稍過，而所録者尚未離乎詩。自履
祥是編出，而道學之詩與詩人之詩千秋楚越矣。夫德行、文章，孔門即分
爲二科；儒林、道學、文苑，《宋史》且別爲三傳。言豈一端？各有當也。
以濂、洛之理責李、杜，李、杜不能爭，天下亦不敢代爲李、杜爭。然而

---

① （元）戴表元：《剡源集》卷八《張仲實文編序》，《四部叢刊》景明本。
② （宋）真德秀：《西山先生真文忠公文集》卷三六《跋彭忠肅文集》，《四部叢刊》本。
③ （元）袁桷：《袁桷集校注》卷五〇《題閔思齊詩卷》，楊亮校注，中華書局，2012，第
　　2224頁。
④ （元）袁桷：《清容居士集》卷二一《樂侍郎詩集序》，楊亮校注，中華書局，2012，第
　　1117頁。

天下學爲詩者，終宗李、杜，不宗濂、洛也。此其故可深長思矣。"① 由此即可明瞭南宋末期此詩派在詩風上雖黨同伐异，動則以義氣利益相爭，實際上，從大的文學史脉絡中看，其價值與影響并未成氣候。同時期的諸多詩派之外的文人都已深諳詩派之中的因果，均對其嗤之以鼻。戴表元也在文章中大加批判這種不良的風氣："然當是時（南宋度宗時）諸賢高談性命，其次不過馳騖於竿牘俳諧場屋破碎之文，以隨時悦俗，無有肯以詩爲事者。惟夫山林之退士、江湖之羈客，乃僅或能攻，而館閣名成藝達者，亦往往以餘力及之。"② 南宋滅亡之前，許多儒生仍然看不清社會真實狀況，埋首於性理之學，積極於功名而死讀四書之義，於國於家實在是無用之舉，由此可以想見宋末文壇的真實情景。

　　雖然南宋末文士對理學提出批評，但是理學在元代仍然成爲南北文士共同信奉的思想系統，理學也就成爲元代詩文詩文發展的思想背景。宋末理學北傳，不少北方儒士，如姚樞、許衡等人尊信理學，形成著名的"正統儒學集團"。③ 正是在這些北方文士的接受和傳播之下，理學逐漸爲北方士人所接受。在南北逐漸走向融合的大趨勢之下，當時社會上的許多文士都秉持理學正統的詩文觀念。在目睹南宋激烈的朱陸之爭造成慘烈後果的情境下，他們心態普遍都較爲平和，在尊奉朱子、崇尚理學的同時，也會涉獵陸子的心學，很少發生南宋文士尊朱還是崇陸的門户之見與派系之爭。元朝在漢化的過程中，依靠文士管理朝政，招賢納士，廣建書院，培養後繼接班人，并將理學尊奉爲官方哲學。當時情境之下，理學宗師朱熹的《四書章句集注》成爲南北儒士床頭案几之上的必備書，理學書籍也成爲諸多文士的必讀書，另外，在南宋汗牛充棟的"四書"訓注闡釋之下，元代諸儒仍注疏"四書"，但另闢蹊徑，另解新意，出現了爲數不少的理學大師。元初文士王惲言："夫《四書》所載，性命道德之懿，修齊治平之方，道統所由傳授，學者所以修習，推明天理，維持世教。如水、火、

① （清）永瑢等：《四庫全書總目》卷一九一 "濂洛風雅條" 提要，中華書局，1965，第1737 頁。

② （元）戴表元：《剡源集》卷八《方使君詩序》，《四部叢刊》景明本。

③ 蕭啓慶指出忽必烈潛邸幕府中，有不少學崇程朱的儒者，他們在潛邸中多處於師儒的地位，代表人物有姚樞、竇默、許衡等人。這些文士對程朱理學在北方的傳播貢獻極大，如姚樞敦請南方大儒趙復北上講學，許衡以朱子之學教授國子監，培養了一大批崇信漢文化的蒙古和色目貴族。

菽、粟，日用而不可闕。伊洛名公，後宋諸儒，集解纂疏，論之詳矣。近年，上而公卿大夫，下而一邑一郡之士，例皆講讀，僉謂'精詣理，極不可加尚'。先生復能沉浸濃郁，含英咀華，發先儒之未及，附己意之所見，自爲一家之説，其學與志可謂勤而知所務矣。"① 其認爲朱子之學於日用之上不可或缺，這說明了朱子之學除了在學術上對詩文風格產生影響之外，還在日常的倫理規範中具有指導作用。由宋入元的容城劉因就是推崇朱學的一位理學大師，其在朱子"格物致知"的基礎之上精研義理，并對其作進一步的闡釋：

> "天"之聲清而上，"地"之聲濁而下，形感而聲出焉，理於是乎在。"來"之聲必來，"去"之聲必去，事感而聲出焉，理亦於是乎在。初無心，曰"天""地""去""來"也。至於一草一木，其聲亦必象其形。曰"樹"，有植立之象焉；曰"枝"，有散殊之象焉。至於曰"鵝"、曰"鴨"、曰"雞"、曰"雀"、曰"鴉"之類，則又因其聲而聲焉者也。"鴰鴰"，所以協鵝也；"喈喈"，所以協雞也。言語生於有聲之後，而其理具於有聲之前。有聲之後，則古今方域日益不同。人惟見其不同，而不知其同也。知其同，則知吾之所以說唯諾者，不但説唯諾也。授坐而立，授立而跪，齟齬於其形也；當唯而諾，當諾而唯，齟齬於其聲也。聖人之所以制禮者，非誠有制也，特知之焉爾。②

劉因認爲某個具體事物在世間還未出現之前，其"理"在它之前就已經具備了，這顯然是對朱熹"理在事先"思想的進一步解說。雖然劉因的學術根柢并不是朱子之學，但是朱子之學北傳并逐漸成爲北方文士共同尊信的學說。除此之外，元朝所建的國子學，從始至終均以朱子之學爲法，對推崇朱學不遺餘力。許衡爲元代大儒，其儒學造詣頗深，并在元初有着非常高的政治地位，其對元初影響的範圍與深度都很大，故其作爲儒學正統之

---

① （元）王惲：《王惲全集彙校》卷四三《義齋先生四書家訓題辭》，楊亮、鍾彥飛點校，中華書局，2013，第 2056~2057 頁。
② （元）劉因：《靜修先生文集》卷二〇《維諾後説》，《四部叢刊》景元本。

士在元代立國之初對傳播朱子之學有很大的功績。魯齋先生作爲元初儒學大師，其學術思想影響了諸多文士，其弟子遍布國家的各個機構，如翰林學士姚燧等人。這些包含蒙古、色目以及漢人的弟子群體成爲元代重要的政治與文化力量。這對當時的社會風氣，尤其是文壇的風氣轉變起到了非常重要的影響。清人皮錫瑞認爲雖然蒙古滅掉南宋，但南宋的學説與思想却傳布到了北方，"金、元時，程學盛於南，蘇學盛於北。北人雖知有朱夫子，未能盡見其書。元兵下江、漢，得趙復，朱子之書始傳於北。姚樞、許衡、竇默、劉因等翕然從之。於是元仁宗延祐定科舉法，《易》用朱子《本義》，《書》用蔡沈《集傳》，《詩》用朱子《集傳》，《春秋》用胡安國《傳》，惟《禮記》猶用鄭注，是則可謂小統一矣。尤可異者，隋平陳而南并於北，經學乃北反并於南；元平宋而南并於北，經學亦北反并於南。論兵力之强，北常勝南；論學力之盛，南乃勝北。元平宋而南并於北，經學亦北反并於南。論兵力之强，北常勝南；論學力之盛，南乃勝北。隋、元前後遥遥一轍，是豈優勝劣敗之理然歟？抑報復循環之道如是歟？"[1] 皮錫瑞雖認爲宋元之間的這種奇怪現象用因果迴圈之理殊不可解，但他的描述説明了元廷統治之下，本來在南方備受推崇的朱子之學隨之北傳，并且在北方產生了深遠的影響。

朱子之學在元代正式成爲官學，這對後世特別是明清兩代產生了極爲深刻的影響。元仁宗延祐年間，國家重開科舉，廣大讀書人推崇朱子之學，而且國家也以之爲主要的考試内容，這樣既迎合了社會上的讀書人，又承認了朱子學的正統地位，程朱理學逐漸成爲元代的官方哲學。儘管後來元廷實施了廢除科舉之舉措，但程朱學説在元廷實行科舉考試的幾十年間無疑對元代的思想界和教育界產生了深刻而持久的影響。蘇天爵言："昔我世祖皇帝既定天下，惇崇文化，首徵覃懷許文正公爲之輔相。文正之學，尊明孔、孟之遺經，以及伊、洛諸儒之訓傳，使夫道德之言，衣被天下。故當時學術之正，人材之多，而文正之有功於聖世，蓋有所不可及焉。逮仁廟臨御，肇興貢舉，網羅俊彦。其程試之法，表章六經。至於《論語》《大學》《中庸》《孟子》，專以周、程、朱子之説爲主，定爲國是，而曲學异説，悉罷黜之。是則列聖所以明道術以正人心、育賢材以興

① （清）皮錫瑞：《經學歷史》第九《經學積衰時代》，中華書局，2008，第281～282頁。

治化者，其功用顧不重且大歟。"① 相較於《元史·選舉志》的記載，蘇天爵的觀點無疑更具形象性和真實感，由此可以想見當時朱子學在元代被重視的程度。南宋的舉子業在士子們將其作爲步入仕途的敲門磚這一功利世俗思想的影響下，一步步走向空談高論，不務實際。元代的科舉之業雖爲元廷培養并選拔了諸多有識之士，但仍未逃脱南宋舉子業所陷入的深淵。由宋入元的陸文圭曾對此有所感嘆，"浮誕補綴之詞章，清高虛曠之議論，垢玩姑且之政事，百五六十年而後亡，獨非幸耶！"② 元人韓性亦對此搖頭感慨，"延祐初，詔以科舉取士學者，多以文法爲請。性語之曰：'今之貢舉悉本朱子《私議》爲貢舉之文，不知朱氏之學，可乎？《四書》《六經》，千載不傳之學，自程氏至朱氏發明無餘蘊矣，顧行何如耳。有德者必有言，施之場屋，直其末事，豈有他法哉！"③ 韓性此言雖是對科舉祇取朱子之理學爲考核內容，致使文士祇研讀朱學，而弃古時以來的儒學經典，但從此言論中亦可知朱學在元廷的影響力度與盛行程度。

南宋與元代雖都因理學思想主導文人而使其思想趨於一元，影響了文壇的多元化發展與繁榮，但與南宋末期文人不同的是，元代文人對程朱學説的接受有很大的自由度，他們在進行詩文創作時不是像南宋 "濂洛風雅派" 那樣窮究義理，囿於程朱理學的邊框，而是擇取其中一點或幾點進行當下闡釋，并在進行文學創作時對理學有機地加以選擇及接受。如在元朝滅掉南宋時，宋代義理之學興起之際宣揚的 "夷夏之辨" 風氣彌漫整個元初文壇，元代大儒郝經於此時挺身而出爲元廷 "正名"。其對儒家經典中所謂的 "夷夏之防" 更爲强調 "用夏變夷"④ 這一資源加以改造，以 "夷夏互變" 作爲思辨的邏輯起點，承繼并發展了二程以來的道統觀念。

> 故堯舜而下，三代而已矣；三代而下，二漢而已矣。後世不可及也，二漢之亡，天地無正氣，天下無全才。及於晉氏，狙詐取而無君臣，讒間行而無父子，賊妒騁而夫婦廢，骨肉逆而兄弟絕，致夷狄兵

---

① （元）蘇天爵：《滋溪文稿》卷五《伊洛淵源録序》，陳高華、孟繁清點校，中華書局，1997，第73～74頁。

② （元）陸文圭：《墻東類稿》卷六《送曹世宏序》，《文淵閣四庫全書》本。

③ （明）馮從吾：《元儒考略》卷三，清光緒知服齋叢書本。

④ （宋）朱熹：《四書章句集注》，中華書局，1983，第260頁。

争而漢之遺澤盡矣，中國遂亡也。故禮樂滅於秦，而中國亡於晋。已矣乎！吾民遂不沾三代、二漢之澤矣乎。雖然，天無必與，惟善是與；民無必從，惟德之從。中國而既亡矣，豈必中國之人而後善治哉？聖人有云"夷而進于中國則中國之"，苟有善者，與之可也，從之可也，何有于中國于夷？故符秦三十年，而天下稱治；元魏數世，而四海幾平。晋能取吳，而不能遂守；隋能混一，而不能再世。以是知天之所與，不在於地而在於人，不在於人而在於道，不在於道而在於必行力爲之而已矣。嗚呼！後世有三代、二漢之地，有三代、二漢之民，而不能爲元魏、符秦之治者。悲夫！①

郝經於此認爲無論是天意還是民意，對政治合法性的認可都來源於對道的認同，與族群無涉。無論是古時符秦、魏孝文帝，還是元世祖，祇要他們效行道統，能秉承天意，順承民意，都可以統治管理中國東西南北四方之疆域。概而言之，郝經堅持"今日能用士，而能行中國之道，則中國之主也"。② 郝經"夷夏之辨"的觀點擇取了程朱學說的道統觀，而去其正統高於道統的觀點，爲傳統的"用夏變夷"觀注入了新的內容，由此可以窺測元人對程朱學說自由選擇的點滴痕迹。

　　總體來看，雖然南宋末年，南方文士開始反思理學對南宋亡國以及文學的消極影響，但是理學卻在北方迅速傳播，并成爲南北文士共同尊信的思想學說。在某種程度上，理學促進了元初南北思想與文化的融合，爲此後南北文學的進一步交融創造了思想條件。雖然元初如許衡、劉因、吳澄等人并不是翰林文士，但是其弟子如姚燧、蘇天爵、虞集等人都成爲元代中後期的重要文士，他們的思想深受理學的影響，可以説元初理學的傳播影響了元代中後期文學發展。

三　元初南北翰林文士詩文創作的新氣象

　　元代空前的疆域與强盛的國力使得元人普遍具有勝國心態，這種心態顯現在元人生活的方方面面。其中元人的藝術創作無疑成爲這種優越的勝

---

① （元）郝經：《陵川集》卷一九《辨微論·時務》，《文淵閣四庫全書》本。
② （元）郝經：《陵川集》卷三七《與宋國兩淮制置使書》，《文淵閣四庫全書》本。

國心態與文化盛世心態的直接表現，元代有大量詩文內容表現這種盛世風貌。

　　在有强烈勝國心態的元人眼中，他們的詩文作品直追兩漢、盛唐，甚至有過之而無不及。在元代文學研究中很少有人注意到此點，實際上這涉及評價元代詩文在中國古典文學史上的定位問題。元代疆域遼闊，前朝莫比："若元，則起朔漠，并西域，平西夏，滅女真，臣高麗，定南詔，遂下江南，而天下爲一，故其地北逾陰山，西極流沙，東盡遼左，南越海表。蓋漢東西九千三百二里，南北一萬三千三百六十八里；唐東西九千五百一十一里，南北一萬六千九百一十八里。元東南所至不下漢、唐，而西北則過之，有難以里數限者矣。"[①] 在中國歷史的發展過程中，元代的國土面積之廣闊是空前的，邊患問題也得到很好的解決，這就使得文士的活動區域空前廣闊。元代西北等地的少數族群不斷內遷，一些漢族文士游歷邊疆。不同族群的文士在大一統疆域內能夠不斷進行文化交流，南人北上，北人南下，蒙古、色目族群大量內遷，多族群的交融在一定程度上塑造了元代多元的文學生態格局。元朝爲蒙古族建立的王朝，其合法性的闡釋與建立離不開漢族文士的努力。伴隨着諸多儒學大家闡釋與重構以及討論宋、遼、金史修撰問題并最終確定三史均爲正統之後，除了故宋區域的部分南宋遺民之外，基本上不存在質疑元代政權合法性的問題，整個元代疆域之內的衆多文人對元代政權的正統性與合法性均較爲認同。南北統一至元貞時期，社會經濟和文化都得到持續的恢復和發展，加之實行寬鬆的統治政策，遺民的不合作情緒得到緩和，尤其是大批南方文士在心理上認同元朝的正統性，他們在詩文創作中表現出來的信心也逐漸增長起來，這實際上說明，元朝的統治在文化上得到解決，政治的合法性得到普遍承認。活動於這一時期的南方文士袁桷對元世祖統治時期的至元時代的强盛繁榮極爲贊頌，此種自豪情緒在其作品《廬陵劉老人百一歌》中明晰而直白地顯露了出來：

　　　昔聞寧王嘉定時，平淮如掌糧如坻。襄陽高屯十萬卒，武昌金埒饒軍資。西蜀環山堆錦繡，滔滔南紀喉襟首。峨眉積雪不動塵，玉壘

---

① （明）宋濂等：《元史》卷五八《地理一》，中華書局，1976，第1345頁。

浮雲古今守。當年行都號全盛，翠箔珠簾争鬥勝。西湖不識烽台愁，
北關已絶強鄰聘。寶慶天子来自外邸朝諸侯，土疆日窄邊庭憂。大帥
偃蹇藩鎮侔，小壘榷剥租瘝稠。春城弦管暗烟雨，四十一年變滅同浮
漚。咸淳太阿已倒持，銅山之賊專宮帷。樓危金谷山鬼泣，舸走白浪
江神悲。老人年周一甲子，至元大帝車書合文軌。每話承平如夢中，
萬事東風過馬耳。祇今行歲一百一，坐閲天地同昨日。秭歸聲苦紅葉
翻，邯鄲睡熟黃粱失。門前手種青桐百尺長，笑指截取諧宮商。少君
荒唐方朔誕，不如老人親見深谷爲高岸。我孫之孫爲玄孫，翔鷹峙鶴
高下飛集駢清門。憑公欲補先朝事，濡毫更作長生記。①

在此作中，袁桷將忽必烈譽爲“大帝”，并在字裏行間以元世祖統治期間
“車書合文軌”的承平、繁盛局面爲榮，頗爲自豪。

　　空前廣闊的國土以及不同地域族群的遷徙流動，特別是南北文士的交
流，使得元代文化上出現大融合。在元代文壇逐漸形成并不斷發展的大局
勢之下，元代文士對本朝的文壇詩文風氣的構築格外重視，他們對某一詩
文風氣與風格的揚弃與選擇往往帶有很強的自覺性、主動性以及嚴謹性，
而非完全沿襲前代。元代文人對詩文全盛的唐王朝甚爲推崇，在詩文創作
上所體現出的宗唐得古趨嚮也同國家的統一穩定有相當的聯繫。在元朝人
看來，祇有漢、唐可與元代相提并論，與此同時，在詩文創作理念上元人
以漢、唐作爲師法對象。元代記載法律條文的《通制條格》一書，曾言及
有宋一代的弊政，并將其直接從元代的律令條文中剔除，如“其間有將些
小荒遠田地夾帶佃户典賣，稱是隨田佃客，公行立契。又佃客男女婚姻，
主户攔當，需求錢物方許成親。憲台相度：前項事理即係亡宋弊政，至今
未能改革。南北悉皆王民，豈有主户將佃客看同奴隸役使典賣、男女婚嫁
亦聽主户可否之理。擬合嚴行禁約”。② 此外，元人長谷真逸曾對宋代某一
時期的文壇狀況有所言及：“宋南渡後，文體破碎，詩體卑弱。”③ 另外，

① （元）袁桷：《袁桷集校注》卷八《廬陵劉老人百一歌》，楊亮校注，中華書局，2012，
第 414 頁。
② 《通制條格校注》卷四《户令·典賣佃户》，方齡貴校注，中華書局，2011，第 196 頁。
③ （元）長谷真逸：《農田餘話》卷上，明寶顔堂秘笈本。

"宋祚將終，不獨文氣衰弱，民間歌曲皆靡靡亡國之音"①。南宋之後，雖有個別文人豪士於文壇之中出淤泥而不染，但元人對有宋一代詩文的整體評價偏低，其背後的原因即與元代强盛國力關係極大。

　　元朝人的勝國心態展現到詩文創作上時常透露出一種宏大的氣象和格局，這是國家强大所帶來的信心展現。正如《毛詩大序》中所言："治世之音安以樂，其政和；亂世之音怨以怒，其政乖；亡國之音哀以思，其民困。"② 陳旅爲蘇天爵《元文類》作序曾言："元氣流行乎宇宙之間，其精華之在人，有不能不著者，發而爲文章焉。然則文章者，固元氣之爲也。徒審前人製作之工拙，而不知其出於天地氣運之盛衰，豈知言者哉？蓋嘗考之：三代以降，惟漢、唐、宋之文爲特盛。就其世而論之，其特盛者又何其不能多也？千數百年之久，天地氣運難盛而易衰，乃若此，斯人之榮悴概可知矣。先民有言：'三光五岳之氣分，大音不完，必混一而後大振。'"③ 可以看出，陳旅是將文學的盛衰與國家興亡聯繫起來，尤其是在統一的國家局面之下，隨着政局的穩定，國力的强盛，文學也會逐漸走向興盛繁榮，"昔者南北斷裂之餘，非無能言之人馳騁於一時，顧往往囿於是氣之衰，其言荒粗萎冗，無足起發人意。其中有若不爲是氣所囿者，則振古之豪杰，非可以世論也。我國家奄有六合，自古稱混一者，未有如今日之無所不一，則天地氣運之盛，無有盛於今日者矣。建國以來，列聖繼作，以忠厚之澤涵育萬物，鴻生俊老，出於其間，作爲文章，龐蔚光壯。前世陋靡之風，於是乎盡變矣。孰謂斯文之興，不有關於天地國家者乎？"④ 陳旅從國家氣運與文學的關係這一出發點指出在當時的元朝，國家繁榮昌盛，國力雄厚，隨之而來的是元代文壇的活躍與元代文學的繁榮。陳旅借助此種因果邏輯，來表明元代文士的勝國心態。

　　若比較元代南北文人的詩文集論著就會發現，建國之初，元世祖爲便於統治管理大一統王朝，重用了衆多漢族文士，尤其是地緣較近且承認元廷正統的北方文士，在元代初中期，他們任有官職，涉足朝政，帶着獲得

---

① （元）長谷真逸：《農田餘話》卷上，明寶顏堂秘笈本。
② （漢）毛亨著，（漢）鄭玄箋，（唐）陸德明音義，（唐）孔穎達疏《毛詩注疏》卷一，《文淵閣四庫全書》本。
③ （元）陳旅：《安雅堂集》卷四《國朝文類序》，《文淵閣四庫全書》本。
④ （元）陳旅：《安雅堂集》卷四《國朝文類序》，《文淵閣四庫全書》本。

政治地位的優越感及重建唐堯、虞舜時期的清明政治的使命感，他們有着
強烈且明確的參政意識，所以在北方文士的詩文著作中，常常可以看到他
們對元廷統治不當之處與社會不公之處的批評性文字及建設性表達，以及
憂慮下層人民疾苦、體恤百姓生存艱辛的酸楚之語，同時還夾雜大量的政
論性文章。元初文士王惲一生耿介正直，頗爲關注民生民情，其《大雹行
（至元四年五月十五日也）》一文叙寫了百姓辛苦耕種農作物之後，悉心照
料，期待着好的收成會如期而至，然而天公并未作美，碩大的雨雹不期而
至，將還未成熟的農作物一一摧殘殆盡：

> 雷師掠地西山麓，北會豐隆出蒼嵠。崩雲掩落赤日烏，烈缺光騰
> 燭龍目。黑風駕海天外立，萬騎先聲振林谷。雲濤怒捲惡雨來，中雜
> 冰丸幾千斛。殺聲咆哮屋碎瓦，百萬神兵自天下。奮然橫擊合陣來，
> 昆陽之戰何雄哉！又如馬陵之道萬弩發，矢下雨如無魏甲。斧形鵝卵
> 見自昔，异狀奇模此其匹。野人庭戶變縞館，霧涌烟霾與龍敵。又疑
> 蛟人泉客泣相別，淚灑珠璣恣狼藉。葉穿鳥死庭樹慘，禾麥擊平驚赭
> 赤。神威收斂俄寂然，瀟瀟合浦還珠玭。整冠變色立前廡，但見土窩
> 萬杵一一皆深圓。五行有占非小變，調元失所誰之愆？又聞夏冬愆伏
> 之所致，亦以政治持化元。孔子修《春秋》，二百四十二載間。特書
> 雨雹凡兩次，大率貶黜臣下侵君權。况今朱明壯陽月，胡爲縱此群愿
> 之所顛？歷關上訴九虎怒，蟻虱小臣非所言。獨憐田家被灾者，寒耕
> 熱耘，手足成胝胼。差科大命寄一麥，眄眄見熟療飢涎。一新到口不
> 得食，哀哉何以卒歲年！①

從這首詩歌可以感受到王惲對忍飢挨餓的農夫本以爲新收成的穀物能解決
全家的飢餓，并能有足够的節餘度過除夕之夜的念想不幸落空的痛心與同
情。而且，其中亦有對元代上層統治者未能體察民情及對受難的百姓施以
援助的指責與批判。然而，此類文字在南士的文集中却很少見到。其中緣
由可能與他們希望被元代上層統治者認同并得到任用有關。南方文士的創

---

① （元）王惲：《王惲全集彙校》卷六《大雹行（至元四年五月十五日也）》，楊亮、鍾彥飛
　　點校，中華書局，2013，第221～222頁。

作之中時常出現表明對元政權正統的認可及表現對大一統王朝強盛的頌揚。虞集也認爲元廷强盛的國力，興隆的氣數，定能促成元代文學高峰的到來，"國家興隆之運，蓋與斯文相爲表裏，民生熙洽之朝，日用而不知。昔者中州喪亂，學問道熄，民無暇於禮義，而文義之傳以微矣。世祖皇帝在藩邸，得异人以輔成大業，而經濟之文焕然於建元之際。迨至元中，天下既定，軍旅既息，法度已備，一時黎獻，布在中外，人文宣暢，近古莫及也。於是文學之士，彬彬而起"。① 元朝疆域的廣大，國家的繁盛，國局的穩定，國土之內的人士流動交流都相對自由，南北文士學術交流和文學活動日益頻繁，這都讓元人對此時的文壇信心滿滿，并希冀建立一種全新精神面貌以適應元代比擬盛唐氣象的新變文學風氣。作爲南方文壇上的領軍人物虞集，其詩文經常流露出這種盛世心態。而且不僅是虞集，幾乎整個南方文士在文學創作上均有這種傾嚮。

同時，南方文士對南宋文壇的弊病也多有論述。從虞集文集中可以直接而明晰地體察到這種文學現象："文運隨時而中興，概可見焉。然予竊觀之，朱子繼先聖之絶學，成諸儒之遺言，固不以一藝而成名，而義精理明，德盛仁熟，出諸其口者，無所擇而無不當。本治而末修，領挈而裔委，所謂立德立言者，其此之謂乎？學者出乎其後，知所從事而有得焉，則蘇曾二子望歐公而不可見者，豈不安然有拱足之地，超然有造極之時乎？而宋之末年，說理者鄙薄文辭之喪志，而經學、文藝判爲專門，士風頹弊於科舉之業，豈無豪杰之出，其能不浸淫汩没於其間，而馳騁凌厲以自表者，已爲難得，而宋遂亡矣。中州隔絶，困於戎馬，風聲氣習，多有得於蘇氏之遺，其爲文亦曼衍而浩博矣。國朝廣大，曠古未有。起而乘其雄渾之氣以爲文者，則有姚文公其人。其爲言不盡同於古人，而优健雄偉何可及也。繼而作者豈不瞠然其後矣乎！"② 由虞集此文可以看出宋元之際文壇風氣轉變的原因和背景，尤其比較全面地闡釋了南方文壇衰敗的具體情景。因此，身爲南方文壇代表的戴表元和袁桷看到這種頹敗之氣，就必然爲之高呼，大加批判之辭。尤其是南宋末期更是體現出國之將亡的風氣，讀書人沉湎於科舉無用學問之中，對社會現實缺乏關注，在見識上更

① （元）虞集：《雍虞先生道園類稿》卷一八《焦文靖公葬齋存稿序》，《四部叢刊》本。
② （元）虞集：《雍虞先生道園類稿》卷一八《劉桂隱存稿序》，《四部叢刊》本。

是鼠目寸光，看不到社會中的隱患，對於經典更是束之高閣而不觀，日日
忙於門戶派系之爭，對於輿論不加考察地盲目從衆。實際上，南宋末期的
文壇已步履維艱，無法繼續發展，社會風氣和文壇風氣實是必須來一場大
的改變。虞集、袁桷等頗有遠見卓識的一批文士，他們由宋入元而身處故
宋領域，遂而對此種現狀有非常深刻的體會。虞集之師吳澄也是由宋入元
的文士，也曾經歷過南宋的科舉，對於文壇現狀的認識相當有見地。他曾
説：“文者，士之一技耳，然其高下與世運相爲盛衰，其能之者，非天之
所與不可得，其關係亦重矣哉！東漢至于中唐六百餘年，日以衰敝，韓柳
二氏者出，而文始革；季唐至于中宋二百餘年，又日以衰敝，歐陽王曾三
氏者出，而文始復。噫！何其難也！……盛行方行貢舉。貢舉者，所以興
斯文也。而文之敝往往由之，何也？文也者，垂之千萬世，與天地日月同
其久者也。貢舉之文，則決得失於一夫之目，爲一時苟利禄之計而已矣，
暇爲千萬世計哉！貢舉莫盛於宋，朱子雖少年登科，而心實陋之，嘗作
《學校貢舉私議》，直以舉子所習之經、所業之文爲經之賊、文之妖。今將
以尊經右文也，而適以賊之、妖之，可乎？斯敝也，惟得如歐陽公者知貢
舉，庶其有瘳乎？閑之於未然，拯之於將然，俾不至於爲賊爲妖，而爲朱
子所陋，則善矣。儻有今之歐陽公，試問所以閑之、拯之之道。”① 指出南
宋大行科舉之制，施以功名誘惑，驅使文士專營於貢舉之文，而致使文章
失去了應有的生機活力，陷入單一凋敝境地。到了承繼師説的袁桷、虞
集，其批判意識更加尖鋭。這實際上説明，元初南方文壇的有識之士已經
在文學領域開始有意識地進行了文化上的轉型。

　　元代文學倡導雅正，歌頌盛世，其背後蘊含着深刻的思想背景。元初
忽必烈任用漢人，實行漢法，恢復北方社會秩序，此後完成南北統一，這
是南北文士特别是北方文士歌頌元朝的重要因素。和南方文士相比，北方
文士較早進入元朝，他們在推行漢法等方面發揮了重大作用。以得時行道
爲己任的儒士在這時能够施展自己所學，實現恢復社會秩序的願望，因此
對忽必烈以及元朝多有歌頌。稍晚於袁桷、虞集的蘇天爵有着一種别於前
者的自信心態。蘇天爵對元代充溢着自信與自豪感的立足點更高：“夫天
將定一函夏，躋世隆康，則生文武神聖之君爲斯民主，又必有道德中正之

① （元）吳澄：《吳文正集》卷二七《送虞叔當北上序》，《文淵閣四庫全書》本。

臣以輔相之，然後明道術以叙彝倫，興禮樂以敷治化。伏睹世祖皇帝之所以爲君，魯齊之所以爲臣，其有見於斯歟。故朝廷公卿之上，郡縣庠序之中，皆明夫《易》《詩》《書》《春秋》《論語》《孟子》之文，以敦夫君臣、父子、夫婦、兄弟、朋友之典，曲學邪説，悉罷黜之。今稽是編，文正之爲學也，精思苦索以求其所未至，躬履實踐以行其所已知，識儒先傳授之正，辨异端似是之非。其被召而立於朝也，嚴乎出處之義，盡其事上之禮。謂國家居中土當行漢法，則歷年多而可久；治天下定其規模，則事有序而不紊。本之於農桑學校以厚民生，輔之以典禮政刑以成治效。蓋欲君之德比於三代之隆，民之俗登於三代之盛者也。嗚呼！先生德業若此，非學術源流之正乎！是學也，伊、洛、洙、泗之學也。自聖賢既没，正學不傳，秦漢以降，學亦多歧矣。或以記誦詞章爲問學之極致，或以清虛寂滅爲性理之精微，或以權謀功利爲政事之機要，是皆非學之正，此道之所以弗明、世之所以弗治也。"[1] 元人的儒學創新意識雖不及宋明二朝，没有實現對傳統儒學如宋代程朱理學、明代陸王心學般的突破，但從元人蘇天爵的言論中可以窺測元人對本朝儒學的高度自信及其背後的緣由。蘇天爵基於在元代有能力重興三皇五帝時期之淳樸教化這一高度，認爲祇有程朱理學是承續孔孟而來的儒學正統，指出并批判了諸如以記誦爲主的詞章之學、永嘉學派的功利之學等未得儒學之正的曲學邪説，"《伊洛淵源録》者，新安子朱子之所輯也。朱子既録八朝名臣言行，復輯周、程、邵、張遺事，以爲是書，則汴宋一代人材備矣。天爵家藏是書，有年及來鄂省課於憲府，朱公刊置郡學，與多士共傳焉。間嘗誦程子之言，曰：'周公殁，百世無善治；孟軻死，千載無真儒。蓋治不出於真儒，雖治弗善也。'自聖賢既遠，治教漸微，漢唐數百年間，逢掖之徒，豈無名世者歟？蓋溺於詞章記誦之習者，既不足以知道德性命之原；詖於權謀功利之説者，又不足以求禮樂刑政之本。此教之所以不明，治之所以勿古若也。"[2] 在元代仁宗統治時期，程朱理學以"皇慶科舉條制"的制定爲標志被確立爲元代官方哲學，此前元代諸多文士倡導的"和會朱陸"在此之後逐漸被追求仕進

① （元）蘇天爵：《滋溪文稿》卷第六《正學編序》，陳高華、孟繁清點校，中華書局，1997，第 78 頁。

② （元）蘇天爵：《滋溪文稿》卷五《伊洛淵源録序》，陳高華、孟繁清點校，中華書局，1997，第 73 頁。

的文士遺弃而轉向朱學。在實行以程朱理學爲法的科舉制的元代，陸學被頗多文人摒弃，并爲許多文士指責。活動於元代中後期的蘇天爵也認爲陸學私開户牖，分裂了聖人之道，并認爲"陸氏之學，其流弊也，如釋子之談空説妙，至於鹵莽滅裂，而不能盡夫致知之功"。① 由此可知，蘇天爵認爲前代歷朝雖都尊崇儒學但都未能大行於世的原因是他們未具備儒家"内聖外王"理想的條件。在儒家思想當中，内聖主要通過自我修爲，而外王，則是參與現實政治建構，以成就儒學理想中的君主，構建能够媲美上古三世的儒家理想社會。祇有這樣，纔是一個完整的"内聖外王"的理想人文範式。而在元代，無論是在許衡、王惲、馬祖常等北人的眼中，還是在趙孟頫、袁桷、虞集、吴澄等仕進的南人眼中，元世祖無疑是其達到"内聖外王"的理想君主。元朝在儒學上實行寬鬆政策，對故宋地區的南人在文化上采取了争取的統治策略。大批南方文士開始改變此前的種族成見，心理上也逐漸認同元朝的統治。雖然南宋與金朝的君主都尊崇儒學，但是在元人看來，他們不是雄才大略、經天緯地的君主，不能外王，而在元人心目中能够達到外王標準可以與上古時期的堯、舜、禹相比的君主也祇有元世祖。如果抛開此點而去研究元代文學，是無法理解元人在儒學上的這種自信而又自負的心態。

元代諸多文士在洋溢着高度自信心的同時，開始關注并尋求自身在學術傳承中的地位，即爲自身尋求在學術演進鏈條上的正當性與合法性。這種追求正是在其對元朝正統性與合法性確認的基礎上展開的。文士蘇天爵就是一個突出的例子，他在文集中格外强調自身在學統上的合法性與正當性，而同時，這印證了元人對自身文化在學術傳承中占據頗高地位的優越感，顯示了元人極高的自信心態。元代晚期的文士戴良對元代盛時的詩文之盛况仍追念不已，其言："唐一函夏，文運重興，而李杜出焉。議者謂李之詩似風，杜之詩似雅，聚奎啓宋歐、蘇、王、黄之徒，亦皆視唐爲無愧。然唐詩主性情，故於風雅爲猶近；宋詩主議論，則其去風雅遠矣。然能得夫風雅之正聲，以一掃宋人之積弊，其惟我朝乎！我朝興地之廣，曠古所未有，學士大夫乘其雄渾之氣，以爲詩者，固未易一二數。然自姚、盧、劉、趙諸先達以來，若范公德機、虞公伯生、揭公曼碩、楊公仲弘，

---

① 　（元）鄭玉：《師山集》卷三《送葛子熙之武昌學録序》，《文淵閣四庫全書》本。

以及馬公伯庸、薩公天錫、余公廷心，皆其卓卓然者也。至於巖穴之隱人，江湖之羈客，殆又不可以數計。蓋方是時，祖宗以深仁厚德，涵養天下垂五六十年之久，而戴白之老，垂髫之童，相與歡呼鼓舞於閭巷間，熙熙然有非漢、唐、宋之所可及。故一時作者，悉皆餐淳茹和，以鳴太平之盛治。其格調固擬諸漢唐，理趣固資諸宋氏，至於陳政之大、施教之遠，則能優入乎周德之未衰，蓋至是而本朝之盛極矣。"① 戴良文中所評述的元代文壇盛況出現於元世祖到元仁宗之際，是戴叔能及與其同時代之文士心嚮往之的文壇盛世。戴良也認爲文學的發展盛衰與一國力量的強弱息息相關，其欽慕的元代詩文及學術之興榮與元代繁盛時期國力之強大有着緊密關聯。元朝軍隊被朱元璋攻破之後，他仍對元王朝念念不忘，遂退隱於四明深山，寧死也不願入仕明朝。活動於元代後期的諸多文士都有和戴良相似的心理，創造了元代詩壇上獨一無二的"鐵崖體"的楊維楨亦神往并醉心於元代之承平盛世，"猗歟聖元，宅都於燕。皇居帝宇，峨峨九天。虎關魏闕，夐隔風烟。承明金馬，著作之富；木天青瑣，典籍之繁。使六經之道昭回於雲漢之表，而承製之士彬彬乎賈董之賢；崇茅茨土階之儉質，而何炎劉宮闕之足論。望玉堂兮天上，縗冠佩兮群仙。爛彩筆其如虹，燭文明於八埏"。② 元人心目中的元朝及其詩文成就可以比擬漢唐，然而後世之人仍囿於"正統"這一概念未將元朝與唐、宋、明、清諸朝置於同等地位，對元代政治、經濟、文化等各方面的研究也略顯可憐，并對享有國祚僅百餘年的元人自視甚高的心態也不甚理解。當朝之人對自身的定位與後世之人對其評價兩者之間有着巨大的差異，這無疑是中國古典文學史上一個奇特而罕見的文學現象，而元代也成爲一個有別於時人之定位與後人之評價對等的獨特王朝。

在元廷開明寬鬆的政策之下，國土之內的南北文士在人員流動和文化交流上空前頻繁，在大面積的流動中，促進元初文壇走向融合。正是這種大範圍的交流使得元代文壇在中國文學史上出現了極具代表性的人物，也使得元代以漢唐盛世文風爲宗法對象的詩文潮流產生。此外，元代統治者持有的這種多元文化共生、多個民族融合共存的統治理念，打破了由來已

---

① （元）戴良：《九靈山房集》卷二九《皇元風雅序》，《文淵閣四庫全書》本。
② （元）楊維楨：《鐵崖賦稿》卷下《白虎觀賦》，清勞權家鈔本。

久、閉塞淺短的"夷夏之防"思想桎梏，爲文學、哲學、政治制度、社會風俗等的持續發展與演進充注了新的活躍因素。可以説元朝在十三至十四世紀成爲東亞大陸地區多族群聚集之地，也是多元文化的彙聚場所。正是在這一背景之下，原有的分裂局面以及思維慣性被打破，民族融合、文化多元繁榮成爲元代重要特徵。

程朱理學是元代文化的重要組成部分。元人極爲尊崇程朱理學，并將其奉爲官方哲學，然此舉使諸多文士陷入以朱子學爲法的科舉應試之中，而敏鋭明鑒之士察覺"朱氏之學，其流弊也，如俗儒之尋行數墨，至於頹惰委靡，而無以收其力行之效"①，遂逐漸由研讀義理轉向對内心世界的體察。由此，可以更爲清晰深刻而又全面地理解王陽明之心學在明代大盛的背景與緣由以及元明之際的文士對心學的認識由"另開户牖""分裂聖人之道"② 而轉爲認可、研習的因由。

元代完成南北統一，結束了金末以來的長期戰亂，社會秩序得以恢復，這使得元代文士多抱有一種盛世心態，這種心態影響了元代的詩歌創作。在諸多元代文士尤其是元代中後期文人的理解與認識中，元代强大的國力及包容的態度直接刺激了元代詩文的發展，并促使元代在中國古典文學史上開創了繼漢魏風骨、盛唐氣象之後的第三個文學高峰。從另一個角度來説，由南北文風交融而促成的元代文壇的極度繁榮也對元代王朝的穩定統治及社會、經濟、政治等諸多方面的發展產生了不可勝言的積極影響與推力。

第二節　"有用"與"中和"：翰林文士
王惲文學宗尚論③

一　王惲生平及學術交游考論

王惲在元初北方文士中具有典型性，其學術以及文學宗尚一方面繼承

---

① （元）鄭玉：《師山集》卷三《送葛子熙之武昌學録序》，《文淵閣四庫全書》本。
② （元）王元恭：（至正）《四明續志》卷八，明刻本。
③ 該部分内容發表於《河南科技學院學報》（哲學社會科學版）2017 年第 3 期。

金源，另一方面對元代學術與詩文發展產生重要影響。作爲元初北方的代表文士，王惲的文學創作風格的形成，與當時北方獨特的歷史生態與社會環境密不可分。王惲在金末元初致實摒虛的學術風氣中成長起來，因此其學術旨趣偏重於實學，講究學術經世致用的一面，其詩文風格亦體現出古樸平易、典雅雄渾的氣象。而欲探求王惲的詩文風格之形成，則必須了解其生平與著述的特點與狀況，繼而對其文學宗尚進行剖析，以此見出元初北方翰林國史院文士的典型性。

王惲，字仲謀，號秋澗，衛州汲縣（今河南衛輝）人。王惲生於金正大四年（1227），卒於元大德八年（1304），年壽七十有八，於元代士人中可謂長壽。其仕宦大體順要，爲官四十年，勤於政事，也勤於筆耕，著作宏富，早年受其父王天鐸影響，用功於儒業。王天鐸以儒治家，“吾已錯，斷不容再，寒殍死，無吏習，能一至於道，以儒素起家，吾歿則瞑目矣”①之訓，其子王公孺於《王公神道碑銘》亦言：“自少至老，未嘗一日不學，易簀方停筆。”② 王惲早年問學於永年先生（王磐）、元遺山（元好問），習經世實用之學，受到過系統的儒家教育，治史爲文深得王磐等人真傳。中統初在姚樞的推薦下，召爲翰林修撰。至元五年拜監察御史，九年升平陽路判官，十四年入爲翰林待制，歷河南、燕南、山東憲副，所治之地皆有贊譽。至元二十六年升福建憲使，第二年以疾歸。至元二十九年起爲翰林學士，大德五年致仕。大德八年卒，年七十八，諡文定。

王惲之卒年，《元史》卷一六七《王惲傳》：“大德八年六月卒。贈翰林學士承旨、資善大夫，追封太原郡公。”③ 王公孺《王公神道碑銘》：“不幸於大德甲辰歲六月辛丑以疾薨於私第正寢之春露堂，享年七十有八。越九月己酉葬。”④ 大德甲辰歲，即1304年，亦即大德八年，當爲確說。

關於王惲的生年，目前學界仍有爭論，所見的説法大致有三個：第

---

① （元）王惲：《王惲全集彙校》卷四九《南塘王氏家傳》，楊亮、鍾彥飛點校，中華書局，2013，第2302頁。

② （元）王惲：《王惲全集彙校》附錄王公孺《王公神道碑銘》，楊亮、鍾彥飛點校，中華書局，2013，第4447頁。

③ （明）宋濂等：《元史》卷一六七《王惲傳》，中華書局，1976，第3935頁。

④ （元）王惲：《王惲全集彙校》附錄王公孺《王公神道碑銘》，楊亮、鍾彥飛點校，中華書局，2013，第4445頁。

一,《中國大百科全書》（中國文學卷）①、唐圭璋《全金元詞》②、蔣星煜《元曲鑒賞辭典》③ 等作將其定爲 1228 年（按，即金正大五年）；第二，《辭海》④、《中國文學家辭典》（遼金元卷）⑤、鄧紹基《元代文學史》⑥ 認爲是 1227 年（按，即金正大四年）；第三，王季思主編《元散曲選注》⑦、卜鍵主編《元曲百科大辭典》⑧ 則認爲是 1226 年（按，即金正大三年）。針對這三種不同的時間定位，韋家驊在《胡祇遹卒年和王惲生年考》一文中考定爲 1226 年⑨，鄭海濤《元人王惲生卒年考——兼與韋家驊先生商榷》則提出當生於 1227 年⑩，都有可參考的理由。但是按照中國傳統計歲的方法，韋先生推斷沒有將虛歲計入，今從王惲子王公孺"享年七十有八"及鄭海濤先生的意見，定王惲生年爲金正大四年，即 1227 年。

另外，關於王惲是否在元大德五年以翰林承旨學士致仕，袁冀先生認爲，《元史》記載王惲"大德元年，進中奉大夫。二年，賜鈔萬貫。乞致仕，不許。五年，再上章求退，遂授其子公孺爲衛州推官，以便養，仍官其孫筍秘書郎。大德八年六月卒"，其中"五年"之說爲大德二年又過五年之意，即大德七年致仕，第二年卒。并舉陳儼所作《故翰林學士秋澗王公哀挽詩序》中"内翰王公謝事之明年，終命於家"以爲證。⑪ 觀《秋澗集》内所作文，最晚者僅至大德五年，由於現存資料有限，除此外便沒有直接之證據以駁袁冀先生"五年"之說，故特備此說於此。

王惲，曾祖王經，隱居，謚文元先生；曾祖妣呂氏，臨清大家。祖父王宇，贈集賢侍讀學士、大中大夫，追封太原郡侯，謚敏懿；祖妣孟氏、韓氏，并追封太原郡夫人。父王天澤（1202～1257），字振之，號思淵子，

①　《中國大百科全書》（第二版）第 23 册"王惲"條，中國大百科全書出版社，20009，第 56 頁。
②　唐圭璋：《全金元詞》，中華書局，2000，第 648 頁。
③　蔣星煜：《元曲鑒賞辭典》，上海辭書出版社，2008，第 36 頁。
④　《辭海》，上海辭書出版社，1980，第 1194 頁。
⑤　鄧紹基、楊鐮主編《中國文學家辭典》（遼金元卷），中華書局，2006，第 321 頁。
⑥　鄧紹基：《元代文學史》，人民文學出版社，1991，第 253 頁。
⑦　王季思主編《元散曲選注》，北京出版社，1981，第 26 頁。
⑧　卜鍵主編《元曲百科大辭典》（中册），學苑出版社，1991，第 70 頁。
⑨　韋家驊：《胡祇遹卒年和王惲生年考》，《文學遺産》1995 年第 2 期，第 115～116 頁。
⑩　鄭海濤：《元人王惲生卒年考——兼與韋家驊先生商榷》，《古籍整理研究學刊》2008 年第 6 期，第 56～57 頁。
⑪　見袁冀《元史研究論集》之《元史札記》第七條，台灣商務印書館，2006，第 344 頁。

金末官戶部主事，元憲宗七年卒，年五十六，贈正奉大夫、大司農卿，追封太原郡公，謐莊靖；顯妣靳氏追封太原郡夫人。妻推氏（1227~1286），共城人，至元二十三年卒，年六十，追封太原郡夫人。長子王公孺，生卒年不詳，字紹卿，至元三十一年任秘書監著作佐郎，大德二年進著作郎，歷翰林應奉，延祐間出知潁州，至治元年爲翰林待制。孫王笋，1275年生，卒年不詳，小名韈郎，字君貢，大德七年任秘書郎，延祐六年累遷刑部郎官。

由上可見，王惲的生平殊少波瀾，仕途較爲平順，加之其得享高壽，久在翰苑，因此與元初北方的重要文士大多有所交游。而在王惲早年的學術思想形成期，他與元好問、王磐、劉祁、楊奐等人交往密切，“遺山紫陽翁，鹿庵暨神川。四老鑄顏手，誨我扣兩端。騰口爲獎藉，孺子有足觀”。[1]可見在王惲心目中，金代耆老對其學術思想的形成，實有着重要作用。

據現有史料，王惲與王磐親炙最久，其學術得其真傳最多。王磐，字文炳，號鹿庵，永年（今河北邯鄲）人，王惲稱其“經義第，人品高邁，儀範一世，文章精極理要，臨大節，不可奪”[2]，歷任翰林直學士，太常少卿，以資德大夫致仕。王惲結識王磐甚早，“國朝甲辰、乙巳間，鹿庵先生教授共城，不肖亦忝侍几杖”[3]，當時王惲年方十七歲，與王磐結識後，開始跟隨其學習，其主題就是“有用之學”。王惲自言“僕自弱冠，時從永年先生問學。先生以科舉既廢，士之特立者當以有用之學爲心，於是日就《通鑒》中命題，或有其義而亡其辭，或存其辭而意不至者，課之以爲日業。雖云此何時也，然觀多事之際，斯文有不可廢焉者，小子其勉旃！”[4] 王磐自身爲金代進士，其學養深厚，文氣宏富，但由於元初不行科舉，士大夫已不能如從前通過科舉入仕，因此告誡王惲需將有用之學視作爲學之大要。王磐訓練王惲是從《資治通鑒》着手，以此增強其史識與文學修養，可以説，王惲的史學基礎，正是在此階段奠定的。也就是説，王惲對有

① （元）王惲：《王惲全集彙校》卷三《元日示孫阿韈六十韻》，楊亮、鍾彥飛點校，中華書局，2013，第89~90頁。

② （元）王惲：《王惲全集彙校》卷五九《碑陰先友記》，楊亮、鍾彥飛點校，中華書局，2013，第2606頁。

③ （元）王惲：《王惲全集彙校》卷六一《提點彰德路道教事寂然子霍君道行碣銘》，楊亮、鍾彥飛點校，中華書局，2013，第2667頁。

④ （元）王惲：《王惲全集彙校》卷四一《文府英華叙》，楊亮、鍾彥飛點校，中華書局，2013，第1972頁。

用之學的倡導根源於王磐。換言之，在王惲學術思想的建立過程中，王磐起到了關鍵作用，王惲對於有用之學的闡發，正在此基礎上得以展開。

而另一位對王惲影響極大的金代文士，則是金元文壇上的"一代文宗"元好問。在王惲的《遺山先生口誨》中，詳細記載了遺山對王惲的教誨："先生略扣所學，喜見顔間，酒數行，令張燈西夾曰：'吾有以示之。'先生憑几東嚮坐，予二人前侍，披所獻狂斐，且讀且竄。即其後，筆以數語擺其非是，且見循誘善意，而於體要工拙、音韻乖叶尤切致懇。"① 從中可見，元好問對王惲的指導，主要集中於爲文法度，通過批閱其所寫文章，以指導其作文之法。元好問文章風格雄健，法度謹嚴，"才雄學贍"②，風格兼采韓愈、蘇軾。作爲後輩的王惲，在跟隨元好問學習中，很大程度上受此風格影響。"每篇終，不肖跽授教，再拜起立。夜嚮深，先生雖被酒，神益爽，氣益溫，言益屬。覺泉蒙茅塞灑灑然頓釋，如醉者之於醒，萎者之於起也。"③ 在與元好問的接觸中，王惲深爲其風神氣度及眼光識見所折服，前輩對後輩之勉勵指正的場景使之印象深刻。對王惲而言，此次會面，不僅是其向元好問問學的開始，更深受文壇領袖風範的觸動，印象極深。

在王惲看來，元好問對他的教導，最爲重要的是對於"文章，千古事業"的強調："千金之貴，莫逾於卿相，卿相者，一時之權。文章，千古事業，如日星昭回，經緯天度，不可少易。顧此握管銛鋒雖微，其重也，可使纖埃化而爲泰山，其輕也，可使泰山散而爲微塵，其柄用有如此者。況老成漸遠，斯文將在，後來女等，其勗哉毋替。"④ 文以載道自古以來便是中國文學中最爲重要的命題之一，正是由於士人階層具有的話語權力，使其能夠對道統的歸屬與譜系進行認定與塑造，從而完成文統與道統的合一。元好問所強調的文章事業，是士大夫所具有的重要話語權力，且隨着時間之流逝，能夠流傳久遠，較之一時之權柄更爲重要。此語一出，"坐

① （元）王惲：《王惲全集彙校》卷四五《遺山先生口誨》，楊亮、鍾彦飛點校，中華書局，2013，第 2166 頁。
② （清）永瑢等：《四庫全書總目》卷一六六《遺山集四十卷附錄一卷》提要，中華書局，1965，第 1421 頁。
③ （元）王惲：《王惲全集彙校》卷四五《遺山先生口誨》，楊亮、鍾彦飛點校，中華書局，2013，第 2166 頁。
④ （元）王惲：《王惲全集彙校》卷四五《遺山先生口誨》，楊亮、鍾彦飛點校，中華書局，2013，第 2166 頁。

客四悚，有惘然自失，不覺嘆而發愧者”①，可見當時的回應頗爲强烈。王
惲對此事印象極深，是以在日後仍在夢中憶起元好問之教，“道必細論能
出理，文徒相剽亦何顔”。② 王惲講求“深造自得”之説，一生著述豐厚，
筆耕不輟，可視作對元好問這一教誨的遵照與踐行。對於王惲而言，在與
元好問的交往中，其文學才能得到當時文壇領袖的肯定，無疑使其頗爲振
奮。事實上，元好問亦認爲王惲乃可造之才，希望以己之學授之，他稱贊
王惲“孺子誠可教矣。老夫平昔問學頗得一二，歲累月積，針綫稍多，但
見其可者，欲付之耳。可令吾侄從予偕往，將一一示而畀之，庶文獻之
傳，罔陷越於下”③，希望將生平所學授於王惲，可謂將其視作傳人。而從
王惲的詩文創作來看，其風格與元好問頗爲切近，以至於四庫館臣評價王
惲詩文成就時，認爲二人風格近似：“文章源出元好問，故其波瀾意度，
皆不失前人矩矱。詩篇筆力堅渾，亦能嗣響其師。”④ 由此可見，在詩文創
作的技巧層面，王惲深受元好問之影響，其對於文章功用重要性的體認，
亦得自元好問。如果説從王磐那裏，王惲獲取了要以有用之學立世的根本
準則，那麼，元好問則是王惲詩文風格與審美旨趣的引領者。正是在其與
元好問的交游中，王惲逐步確立了雄渾平易的文學風格，并由此而成爲元
代北方文士中的代表人物。

　　對於王惲而言，與元好問、王磐等人的學術交游，奠定了其學術根基
與詩文創作的主導風格，而以致用爲本的學術理路，則使其著述與文集均
體現出對於經史之學的關注。以此理解作爲北方文士的王惲，則更能見出
在元初的語境中，翰林國史院北方文士的獨特性。

二　王惲著述考

　　王惲終生筆耕不輟，著述宏富，據其子王公孺所撰《王公神道碑銘》

---

① （元）王惲：《王惲全集彙校》卷四五《遺山先生口誨》，楊亮、鍾彥飛點校，中華書局，
　　2013，第 2166 頁。
② （元）王惲：《王惲全集彙校》卷一四《五年六月初八日夢遺山先生指授文格覺而賦之以
　　紀其異》，楊亮、鍾彥飛點校，中華書局，2013，第 639 頁。
③ （元）王惲：《王惲全集彙校》卷四五《遺山先生口誨》，楊亮、鍾彥飛點校，中華書局，
　　2013，第 2167 頁。
④ （清）永瑢等：《四庫全書總目》卷一六六《遺山集四十卷附錄一卷》提要，中華書局，
　　1965，第 1433 頁。

可知其大概的著述情況："平昔著《相鑒》五十卷，《汲郡志》十五卷，其《承華事略》《守成事鑒》《中堂事記》《烏台筆補》《玉堂嘉話》，賦、頌、詔、誥、表、啓、書、疏、詩、文、碑、志、銘、贊、樂府，號《秋澗大全文集》者，一百卷。"①《元史》卷一六七《王惲傳》言："其著述有《相鑒》五十卷、《汲郡志》十五卷，《承華事略》《中堂事記》《烏台筆補》《玉堂嘉話》，并雜著詩文，合爲一百卷。"②（按，中華書局本《元史》此處標點有誤，合爲一百卷者，即《秋澗集》，所收僅《承華事略》《中堂事記》《烏台筆補》《玉堂嘉話》并雜著詩文，《相鑒》《汲郡志》未收入，當與《秋澗集》并列，不當與集内書籍一并用頓號）另外，我們通過翻閱《秋澗先生大全文集》所收一些序跋還發現，王惲生平著作當遠不止上述的數量，而今這些均不見存，當亡佚日久。但從序文的記載，亦可窺其亡佚著作之梗概，這些書并不僅是政論或史論類文章，而是内容豐富，涵蓋範圍相當廣泛，由此王惲的生平行誼喜好及學問之廣可見一斑。雖然許多著作已亡佚，但相關的序跋文章流傳下來，對於我們更全面地認識王惲尤爲珍貴。

（一）《秋澗集》

《秋澗集》流傳至今爲一百卷，卷一爲頌、賦，卷二至卷三四爲詩，卷三五爲書、議，卷三六至四三爲記、序，卷四四至卷四六爲雜著，卷四七至卷七○爲行狀、碑、銘、贊、傳、文、箴、表、啓、疏，卷七一至卷七三爲題跋，卷七四至卷七七爲樂府，卷七八至卷七九爲《承華事略》，卷八○至卷八二爲《中堂事記》，卷八三至卷九二爲《烏台筆補》，卷九三至卷一○○爲《玉堂嘉話》。現在存世的《秋澗集》，最早可見之本乃元至治初刊本，其餘流傳較多，而且比較重要的版本還有明弘治十一年刊本、清《四庫全書》本、清影抄本。

1. 元至治初刊本。《秋澗集》的成書過程，在此書後序中有詳細記載，王惲大德八年去世之後，其子王公孺爲其父整理遺作，以體分類，編次爲一百卷。編成後由於家貧而無力刊播，直到延祐六年（1319），此時距離

---

① （元）王惲：《王惲全集彙校》附錄王公孺《王公神道碑銘》，楊亮、鍾彥飛點校，中華書局，2013，第 4447 頁。

② （明）宋濂等：《元史》卷一六七《王惲傳》，中華書局，1976，第 3935 頁。

王惲逝世已有十五年之久，長孫王笥取王惲遺稿，告之公孺曰："朝廷公議：先祖資善府君平生著述光明正大，關係政教，嘗蒙乙覽，致有弘益堂移江浙行省給公帑刊行，以副中外願見之心。"① 具體聖旨內容可參見元刊本前的製詞，此文目前存於陸心源《皕宋樓藏書志》卷九七②中。至治元年經中書省議，王惲《秋澗集》依郝經《陵川文集》例，書稿移至江浙行省，召嘉興路儒學刊行二十部，所費從儒學學田錢糧內支取。儒學路刻書爲元代書籍傳播之一大途徑，爲元代版刻業的興盛做出過重要的貢獻，刊布了大量有價值的詩文集著作，從現存的儒學路所刻之書來看，其刻書體例謹嚴，在眾多版刻中屬佳品。莫伯驥《五十萬卷樓群書跋文》卷三③收錄《秋澗集》殘卷題跋時曾引有明代陸深《儼山外集》卷一二④，詳言元代儒學刊書例法。

至治二年，《秋澗先生大全文集》刊刻完畢，現存元刊本前題詞頁末有"右計其工役，始於至治辛酉之三月，畢於至治壬戌之正月"三行。又有"嘉興路司吏楊恢監督，嘉興路儒學路學錄余元第董工，前蘭溪州判唐泳涯校正"三行。至治元年刊本由於印數較少，流傳範圍較小，得之不易。到成化五年（1469）劉昌提學河南，編纂《中州名賢文表》時稱：

> 昌至衛，訪之不可得，最後於史參政坐聞，參政舉《玉堂嘉話》數事顧謂昌曰："此在王文定公集中，集板在嘉興，可致也。"昌又遍訪之祥符，儒官有自嘉興來者，乃始托。購文定公集逾年而得，則殘缺過半矣。⑤

可知元刊本經過元末戰火，所存較少，明代時已罕見於世，且缺頁漫漶，故非爲善本。

現知元刊本最早著錄收藏者爲清初藏書家季振宜，可能得自錢謙益絳

---

① （元）王惲：《王惲全集彙校》附錄王公儒《秋澗先生大全文集後序》，楊亮、鍾彥飛點校，中華書局，2013，第4486頁。

② （清）陸心源：《皕宋樓藏書志》卷九七，中華書局，1990，第1201頁。

③ 莫伯驥：《五十萬卷樓群書跋文》卷三，文海出版社印行，1994，第86頁。

④ （明）陸深：《儼山外集》卷一二，《文淵閣四庫全書》本。

⑤ （明）劉昌編《中州名賢文表》卷二八《秋澗集》附錄劉昌後序，華文書局印行，清康熙刊本影印。

雲樓①，現存本有季氏手跋，文中間或有季氏批語。此本迭經完顏麟慶、章綬銜諸人收藏，後歸陸心源皕宋樓。陸氏《皕宋樓藏書志》卷九七著錄甚詳。皕宋樓書籍散出後，此書歸張乃熊，《菦圃善本書目》② 中有所著錄，抗戰期間售於代表國立中央圖書館的"文獻保存同志會"，現存台北"中央"圖書館。

此本半頁十二行，行二十字。製詞序文逢"世祖皇帝""朝廷""裕宗皇帝""聖朝"等詞，皆頂格提行，以明所尊。可爲元刊明證。前有至大春二月翰林學士承旨、中奉大夫、知制誥兼修國史王構序，又構子王士熙跋，又秋澗庶子承務郎、同知磁州公儀跋，至治壬戌春孟嘉禾郡文學掾羅應龍書後。又有總目按文體分五卷，後有秋澗授翰林修撰、封謚、文集刊行製詞，"諸賢慶壽哀挽詩并序"，後附嗣子公孺所撰神道碑銘。全書卷終有王公孺、王秉彝後序。

此本季振宜康熙六年手跋時已有嘆息："惜乎板殘，無銀錠之頁落，乏玉楮之巧，如逢好月，一天皎皎，而蝦蟆又食之矣，可惜可惜。"③ 蓋文字多有漫漶，墨釘隨處可見，且有後人墨描修補痕迹，因修致錯多處。又總計缺頁一百四十三頁，致部分篇章幾不可讀。故民國張元濟編選《四部叢刊》時沒有選用此本。後 1985 年，台北新文豐出版公司將此本列入《元人文集珍本叢刊》，所缺頁用《四部叢刊》所影明刊本補齊，元刊本就此重新問世，可爲整理校勘之最原始祖本，頗爲珍貴。

另據《北京圖書館古籍善本目錄》④，中國國家圖書館藏有兩種元刊本：其一（三六〇〇）存九十七卷，共三十五冊；另一（〇一八〇五）存六十六卷，共十二冊。現國家圖書館網站館藏目錄檢索不到任何一部，疑爲誤錄。

2. 明弘治十一年刊本。由於明代時《秋澗集》已不易得，弘治丁巳（1497）冬，李瀚巡按河南，在汴梁與時任河南按察司僉事、學政車璽語

---

①　按，錢氏《絳雲樓書目》卷四《金元文集類》有"王秋澗文集"著錄。見（清）錢謙益《絳雲樓書目》卷四《金元文集類》，商務印書館，1997，第 365 頁。

②　張乃熊：《菦圃善本書目》，台北廣文書局，1958，第 267 頁。

③　（元）王惲：《王惲全集彙校》附錄《季振宜跋》，楊亮、鍾彥飛點校，中華書局，2013，第 4481 頁。

④　北京圖書館編《北京圖書館古籍善本目錄》，書目文獻出版社，1987，第 634 頁。

及王惲，車氏曾至汲縣拜祭王惲阡墓，并令有司修葺，又曾於汲訪求王惲文集不可得。李瀚發現王惲詩文的價值，并且倡導將其發揚光大，“不於故址表章之，何以風動鄉之士民？”① 故巡按河北道時，有右參政祝直夫、僉事包好問將《秋澗集》考證疑誤，爲王惲著作的整理提供幫助。李瀚檄命開封、衛輝守馬龍、金舜臣繕寫翻刻，弘治十一年夏四月工畢，車璽爲之序，即爲明弘治刊本。

此本係覆刻元刊本而來，基本沿用元本體例，行款一仍其舊，半頁十二行，行二十字，遇元帝字樣亦空格提行，及至异體字、筆劃特點也大致與元刊本同。所不同處大致有：此本前有王秋澗先生小像及秋澗圖；元刊本前之王構、王士熙、王公儀、羅應龍等人序跋皆闕，而代以車璽序；版心無字數與刻工姓名；元刊製詞、哀挽、墓志等列於總目之後、目錄之前，但版心又刊“秋澗集目錄”，未免眉目不清，明刊則皆改刻於全集最後，版心刊“秋澗集附錄”，較爲允當；元刊空格提行處多代以墨釘；筆記重出條目作注說明，然亦未全部抉出。

明弘治本陸心源《儀顧堂題跋》卷一三②、《皕宋樓藏書志》卷九七、丁丙《善本書室藏書志》卷三三③、《八千卷樓書目》卷一六④皆有收錄題跋。民國九年（1920）《四部叢刊》本即據丁丙八千卷樓所藏明刊本影印，中間計缺八頁（按，卷六第十五頁、卷二十九第二頁、卷三十四第十四頁、卷四十一第七、八頁，卷四十四第十八頁，卷五十九第四頁、卷七十四第八頁），其中據宋賓王抄本補兩頁（按，卷三十四第十四頁、卷七十四第八頁），其餘六頁元刊本亦闕，存白頁於卷中以待後補。由於《四部叢刊》發行量相對較大，各大圖書館均有收藏，而且爲鉛字排印，便於閱讀，因此，《秋澗集》的這次刊本最爲易得，通行學人中。原明刊本現藏南京圖書館。

3. 《四庫全書》本。四庫本題名爲《秋澗集》，據《四庫全書總目》⑤稱，所據底本爲“兩淮馬裕家藏本”。此本既無序跋之類，亦無目錄，祇

① （元）王惲：《王惲全集彙校》附錄《李瀚序》，楊亮、鍾彥飛點校，中華書局，2013，第4513頁。

② （清）陸心源：《儀顧堂題跋》卷一三，中華書局，1990，第205頁。

③ （清）丁丙：《善本書室藏書志》卷三三，中華書局，1990，第590頁。

④ （清）丁立中編《八千卷樓書目》卷一六，國家圖書館出版社，2009，第178頁。

⑤ （清）永瑢等：《四庫全書總目》卷一六六，中華書局，1965，第874頁。

有正文一百卷。中華書局《玉堂嘉話》點校者楊曉春先生稱據與元刊本、明刊本對比，發現其中字爲元刊本不誤而明刊本誤者，故極可能馬氏家藏本出於"明刊本之舊抄本"。然此本卷九七《玉堂嘉話》自"漢制武帝北伐乃置萬騎太守"條後有闕，少六條，約明刊本一頁半，恰爲現存元刊本所缺之頁，疑元刊本系統此頁一直闕，故無從補齊。清初宋賓王所抄校本題跋亦稱自己力求補足元刊本，終篇仍闕六頁。此六頁據楊曉春前言提及兩頁：卷九十二第十頁、卷九十五第九頁[①]，其餘未見，是否包括卷九十七第十三頁，待查。宋氏抄本出自元刊本，百般訪求，仍不可補齊，則當時元刊本系統此頁已極難得。而明刊本則不闕，故若馬裕藏本若從明刊本抄出，則此頁之闕於理不通，馬氏抄本極有可能亦爲元刊本系統抄補本。四庫本對元代人名、地名及清代避諱字眼竄改較多，總體價值不大。現可見有影印《文淵閣四庫全書》本、影印《摛藻堂四庫全書薈要》本，薈要本較文淵閣本精善。

4. 清抄本。清代另有數種抄校本存世，據《中國古籍善本書目・集部上》[②] 第四四九頁收錄有清初抄本、宋賓王校補并丁丙同跋抄本、嘉慶十一年、十三年王宗炎家抄校并跋本、韓泰華校并跋抄本、金檀跋抄本等五種，可備校勘參考之用，惜乎均不得見。其中宋賓王抄校本較爲重要，既在四庫本之前，又無參考明刊本，對於勘探元刊本原貌有重要意義，丁丙《善本書室藏書志》卷三三[③]有著錄，收有宋氏跋語，國家圖書館有縮印膠捲供查閱。

（二）《王氏藏書目録》

王惲在四十一歲時作《王氏藏書目録》，書成，有序文一篇，見《秋澗集》卷四一《王氏藏書目録序》，據序文內容可知，此書作於至元四年秋七月，此目録爲王惲於曝曬其父王天鐸藏書時所作。

王天鐸於金亡後隱居淇上，終生學《易》不輟，爲一方名士。（按，生平事迹詳見《秋澗集》卷四四《家府遺事》、卷四九《南廊王氏家傳》《金故忠顯校尉尚書戶部主事先考府君墓志銘》、卷五九《文通先生墓表》、卷六六《先君思淵子畫像贊》，《宋元學案補遺》卷七八《校尉王思淵先

---

① 按，此頁元刊本實則不闕。

② 《中國古籍善本書目・集部上》，上海古籍出版社，1996，第 449 頁。

③ （清）丁丙：《善本書室藏書志》卷三三，中華書局，1990，第 590 頁。

生天鐸學案》）隱居期間在汲汲於觀書研學之同時，也大量收藏圖書，有意識地爲王惲弟兄成長創造一個讀書之優越條件。"聞一异書，惟恐弗及。其弱冠時，先君氣志精强，目覽手筆，日且萬字，不下年，得書數千卷。"[①] 友人劉衝曾問其爲何孜孜矻矻於此，答曰：

> 吾老矣，爲子孫計耳。有能受而行之，吾世其庶矣乎。世人知榮保其爵禄，不知一失足赤吾之族；知富寶其金玉，不知一慢藏已爲盜所目也。何若保書之爲寶乎？若子若孫由是而之焉，爲卿相，爲牧守，爲善人，爲君子，上以致君澤民，下以立身行道，道其在於是矣。[②]

王天鐸畢生讀書研學，雖年老，仍努力爲其子孫聚書，教育子孫積極向學。數千卷藏書量於金末元初之北方已算得上大家了，其藏書勝於積富之觀念，以及對於後人由儒顯身之期許更是令人感慨。受其父儒者精神的影響，王惲在仕途上提倡經世之學，爲有用之學和有爲之學，立身行道，致君澤民，成就其在文化史上的地位。

王惲不負其父的期望，在其位，謀其政，積極事功，踐行了儒者立身治世的標準。經姚樞推薦進入仕途，任職翰林修撰，在職期間所起草之詔制辭命，得到上下一致認同，共稱允洽敏贍。其文筆才思固然有個人天賦及師承淵源的重要因素，然其父王天鐸使家富藏書以培養其學識的成長背景更是不可忽略。對此王惲此年曝書於庭時也不禁感慨：

> 遺言在耳，遺書在櫝，感念平昔，不覺泣下。因復慨嘆，仕不爲進，退足自樂，蓋所恃者，此爾。然置之而不力其讀，讀之而不踐其道，與無書等矣。《傳》曰："遺子黃金滿籯，不如教之一經。"此誠先君之志也，可不懋敬之哉？[③]

---

① （元）王惲：《王惲全集彙校》卷四一《王氏藏書目録序》，楊亮、鍾彦飛點校，中華書局，2013，第1965頁。

② （元）王惲：《王惲全集彙校》卷四一《王氏藏書目録序》，楊亮、鍾彦飛點校，中華書局，2013，第1965頁。

③ （元）王惲：《王惲全集彙校》卷四一《王氏藏書目録序》，楊亮、鍾彦飛點校，中華書局，2013，第1965頁。

對其父的教誨時刻銘記於心，身體力行。并與其子王公孺對這些藏書加以編檢校定，作此目錄以存世。據目前所知見，此書可謂元代第一部私家目錄著作[1]，可惜的是此書已亡佚，後世不得見其體例及收錄書目詳情。

（三）《汲郡圖志》

又名《汲郡志》，見《秋澗集》卷四十一《汲郡圖志引》。此書作於中統三年（1262）到至元三年間（1266），《王公神道碑銘》與《元史》均稱爲十五卷，爲王惲私人所作其家鄉衛州汲縣地方志。

汲郡，又稱衛州，即今河南省新鄉市衛輝市，歷稱名郡，金代爲河平軍，元中統元年升爲衛輝路總管府[2]，汲縣爲府治所在。此地是四通八達的交通要道，“衛得天中桑土之野，北通燕趙，南走京洛，太行峙其西，大河經其南，河山之間盤盤焉一都會也”。[3]

對於作此書的緣由，王惲曾稱“述先君之志也”。由圖志的序文可知，由於戰亂和舊志久不傳世，汲郡歷史風物名迹多以訛傳訛，不得正傳，王天鐸生前早有志於修一部完備汲郡地方志，他退居汲縣後，尋訪舊志圖經不可得。王氏家族“世郡人也，生於斯，長於斯，宦學於斯，聚族屬於斯，由宋而金而皇朝，百有五十餘祀”[4]，故王天鐸同大多數士大夫一樣，有很深的鄉邦情結，對於舊郡遺俗不傳極其感慨，而且他在生前即教導王惲郡屬歷史，并立志修一部完善的地方志以正之，但志未得酬便過世。

中統三年，《秋澗集》卷六三《故吏部尚書高公祭文》：“惟中統壬戌之春，惲以事累退耕於墾畝者，再罹寒暑。”[5] 其時正值李璮叛亂被平，丞相王文統因有所涉被殺，王惲因與王文統關係密切，牽連其中，由史天澤承保得歸家鄉。[6] 王惲因此事歸居家鄉，讀書著述，發現王天鐸“所藏遺

① 張長華：《元代書目所知錄》，《山東圖書館季刊》1991 年第 3 期。
② （明）宋濂等：《元史》卷五八《地理志一》，中華書局，1976，第 1363 頁。
③ （元）王惲：《王惲全集彙校》卷四一《汲郡圖志引》，楊亮、鍾彥飛點校，中華書局，2013，第 1967 頁。
④ （元）王惲：《王惲全集彙校》卷四一《汲郡圖志引》，楊亮、鍾彥飛點校，中華書局，2013，第 1967 頁。
⑤ （元）王惲：《王惲全集彙校》卷六三《故吏部尚書高公祭文》，楊亮、鍾彥飛點校，中華書局，2013，第 2732 頁。
⑥ 按，此段歷史具體考證可參見蔡春娟《李璮、王文統事件前後的王惲》，《中國史研究》2007 年第 3 期。

書，泪灑行間，懍嘆久之"。① 此遺書當即王天鐸未完稿《汲郡志》。於是王惲決心繼志著述，完成此書，以慰己父。自此"聚書一室，研精致思，蟫蠹群言；外則訪諸耆宿，雜采傳記碑刻，復爲按行屬邑，以覆其所得"②，并得到同郡士人相助③，歷經五年，所成十五卷，終竣完工。

王惲史才歷來爲人稱道，此書所作，當可見其治史之一斑，惜乎久不傳。其子王公孺撰《王公神道碑銘》時其書尚存，其後除《元史》外未見有書目著録，亦未見有言之者。其後二百年，明代嘉靖年間，汴梁李濂在其《嵩渚文集》卷七二《讀王秋澗文集》④ 中已稱此書不可得見，當在此期間亡佚矣。然明末清初黃虞稷《千頃堂書目》中却著録此書⑤，處於元無名氏《相台續志》與王鶚《汝南遺事》之間。《相台續志》今已不存，《汝南遺事》尚存，故此《汲郡志》亦當是黃氏按圖索驥，未見其書而録。此類情況在《千頃堂書目》中多見，如於柳貫《待制集》二十卷之外另録《別集》二十卷，但此別集從不見傳。

（四）《文府英華》

《文府英華》，見《秋澗集》卷四一《文府英華叙》，不知卷數。此書作於至元三年，成於至元四年，爲王惲所輯自戰國以上至於金數代文章之選本。

據序言稱，此書爲受其師王磐啓發而作。⑥ 王磐弱冠時曾從金代名儒麻九疇學習，汲汲於學問，是北方理學傳承之重要人物。曾中正大四年經義第，金末已有巨名，《元史》稱："文辭宏放，浩無涯涘。"⑦ 金亡時顛沛四方，曾流寓汲縣附近之共城⑧，以授業教徒爲生，王惲即當在此時從

① （元）王惲：《王惲全集彙校》卷四一《汲郡圖志引》，楊亮、鍾彥飛點校，中華書局，2013，第 1967 頁。

② （元）王惲：《王惲全集彙校》卷四一《汲郡圖志引》，楊亮、鍾彥飛點校，中華書局，2013，第 1967 頁。

③ （元）王惲：《王惲全集彙校》卷二四《挽趙教授公净》，楊亮、鍾彥飛點校，中華書局，2013，第 1968 頁。

④ （明）李濂：《嵩渚文集》卷七二《讀王秋澗文集》，北京圖書館古籍珍本叢刊，第 360 頁。

⑤ （清）黃虞稷：《千頃堂書目》卷八，上海古籍出版社，2001，第 167 頁。

⑥ （元）王惲：《王惲全集彙校》卷四一《文府英華叙》，楊亮、鍾彥飛點校，中華書局，2013，第 1972 頁。

⑦ （明）宋濂等：《元史》卷一六〇《王磐傳》，中華書局，1976，第 3751 頁。

⑧ 按，蘇天爵《國朝名臣事略》卷一二《内翰王文忠公》："丙申（1236），襄陽雖作，公子身北歸，至洛西，適楊中書惟中被命招集士流，一見喜甚，録其名，授以告身，惟所欲往，遂北游河内。居亡何，值王榮之變去，隱共山，尋遷相下。"（中華書局，1996，第 241 頁。）

王磐學。是時，元朝征服北方不久，科舉俱廢，王磐所授爲經世實用之
學，據王惲記載，他主要針對《資治通鑒》編纂中的兩個問題，即"或有
其義而亡其辭，或存其辭而意不至者，課之以爲日業"。① 認爲雖然現在科
舉不行，但多事之秋，貫通其中致用之意當有所爲。後來王惲經歷世故以
後，益發覺得其言有徵。王磐入元後爲名臣，德望甚高，壽享九十二。又
於翰林院中爲領屬，王惲得以隨時受其教，歷五十年，實爲影響最深之業
師。《玉堂嘉話》提及者凡二十三條，所談皆治史爲文之道。王惲作文即
承王磐之緒，奉王氏文法爲圭臬，源流有致。

此書之編纂，大體以王磐所謂有用之學爲準的，所編多取作者"古人
臨大節，處大事，征伐號令，渙汗雲爲之祭，含章時發，以之功業成而聲
名白者"。② 編取時代跨度"斷自戰國以上，迄於金"。③ 文章多爲"文字
粲然適用於當世，觀法於後來者"。④ 是書編選兩年，以《資治通鑒》爲
綱，時間跨度頗廣，當卷帙宏大，惜今不存。

此書可視爲王惲展示個人史家及選家才干之重要成果，亦是元初北方
文士致力於服務元朝，強調文學功用之重要產物，具有鮮明的時代特色。⑤
其提倡"爲有用之文""語語有徵"的文學觀正是元初期北方文人集團創
作的一大特點。觀王惲一生的創作，亦以此爲準繩，下筆爲文多有出處，
當於此多有所得。⑥

三　王惲文學宗尚與價值重估

《秋澗集》雖然有一百卷之多，但後世對其作品之引用多在其史料方

① （元）王惲：《王惲全集彙校》卷四一《文府英華叙》，楊亮、鍾彥飛點校，中華書局，
　　2013，第 1972 頁。
② （元）王惲：《王惲全集彙校》卷四一《文府英華叙》，楊亮、鍾彥飛點校，中華書局，
　　2013，第 1972 頁。
③ （元）王惲：《王惲全集彙校》卷四一《文府英華叙》，楊亮、鍾彥飛點校，中華書局，
　　2013，第 1972 頁。
④ （元）王惲：《王惲全集彙校》卷四一《文府英華叙》，楊亮、鍾彥飛點校，中華書局，
　　2013，第 1972 頁。
⑤ 魏崇武：《憂"賤生於無用"而呼喚"有用之文"——元代初期文學功用觀的時代特徵
　　之一》，《民族文學研究》2010 年第 1 期。
⑥ （元）王惲：《王惲全集彙校》附錄王公孺《秋澗先生大全文集後序》，楊亮、鍾彥飛點
　　校，中華書局，2013，第 4485 頁。

面，凸顯其史料價值。然而，王惲生於金末元初，是當時的重要文士，以文字侍奉翰林三十餘年，影響巨大，又師承金代諸多文壇耆宿，可謂金元文風轉型中的重要人物。從王惲的作品可以看出金代文學創作的大致狀況，因此研究王惲的詩文創作，無論對研究當時文學創作風氣還是文學思想流變，都具有重要的意義。另外，研究王惲的詩文創作，應該從其本人的詩文作品入手，聯繫當時南北文風的歷史流變，既可以窺探王惲個人的文學特點，也可以對金末元初文壇的實際狀態有一個相對恰當的把握。

關於王惲的文學觀念，其子王公孺所撰文集後序說：

> 先考文定公人品高古，才氣英邁；勤學好問，敏於製作；下筆便欲追配古人。騰芳百代，務去陳言，辭必己出，以自得有用爲主。精粹醇正，非他人所可擬……天資既異，師問講習者又至，繼之以勤苦不輟，致博學能文之譽聞於遠近，其後五任風憲，三入翰林，遇事論列，隨時記載，未嘗一日停筆。平生底緼，雖略施設，然素抱經綸，心存致澤，桑榆景迫，有志未遂，一留意於文字間，義理辭語，愈通貫精熟矣。故學者以正傳，各家推尊之。①

王公孺稱頌其父人品高尚，而且天資較好，這是敬仰其父的人格，有溢美成分，但是言其父孜孜於創作，以“自得有用爲主”爲創作思想確實點出了王惲創作成就頗高的關鍵因素，而且這也是金元之際北方文士在實際創作上所奉行的主要原則之一，爲有用之學，積極於事功。

王惲對於有用之學的體認，在元初北方文士的論述中具有典型性。在王惲的學術視野與詩文創作中，是否“有用”成爲王惲判斷從政、爲學、爲文之主要標準。王惲認爲“君子之學貴乎有用，不志於用，雖曰‘未學’可也”。② 王惲言：

> 講究義理，其用有三：體認明白，臨事能施爲出，一也；道義傳

---

① （元）王惲：《王惲全集彙校》附錄王公孺《秋澗先生大全文集後序》，楊亮、鍾彥飛點校，中華書局，2013，第4485頁。

② （元）王惲：《王惲全集彙校》卷四一《南廊諸君會射序》，楊亮、鍾彥飛點校，中華書局，2013，第1959頁。

受，必托於言辭筆頭發明出來，二也；其或諸生請益，發藥啓迪，化若時雨，三也。至若都曾經歷，祇爲目前，不曾專心理會；又不能記誦，乍了若無，使此心茫然，如道傍空舍，諸物得去來住持，不敢認爲已有；又學既不固，及人説着，方才省記，終了自無所得。①

王惲在這裏對“有用”之學進行了分層闡釋，實際上是從自己的讀書和行事的體會中得來，他將義理、作文、經歷、體認結合在一起，很明確地表明了“志乎用”的重要性，這也成爲王惲評價文士論文水準高低的一個重要標準。其評價胡祇遹時説：

> 金季喪亂，士失所業，先輩諸公絶無僅有，後生晚學既無進望，又不知適從。或泥古溺偏，不善變化；或曲學小材，初非適用。故舉世皆曰：“儒者執一而不通，迂闊而寡要。”於是士風大沮。惟公起諸生，秉雄剛之俊德，負超卓之奇才，慨然特達，力振頽風，志大學，致實用，談笑議論，揮斥流俗，文章氣節振蕩一時。其見諸容度事業者，皆仁義道德之餘，剛明正大，終始一節，追配昔賢，矯革時弊。②

王惲贊賞胡祇遹“致實用”，促使文壇風氣爲之一變。胡祇遹長期在翰林國史院任職，在資歷與輩分上長於王惲，而且二人交往過從很多，二者在學術和文風上具有高度的一致性。而這種普遍重視實用的學術風氣，與金末元初的社會環境有着密不可分的關係。

經歷蒙金之間的戰爭，金源之地上層貴族及文士所受到的戰亂之苦并不比下層百姓少，而且他們因爲文化素養較高，可以通過寫文章來表達自己對苦難的感受。元好問的《中州集》、劉祁的《歸潛志》記述很多士大夫死於戰亂，這在當時是普遍的現象。“大夫、士、衣冠之子孫陷於奴虜

---

① （元）王惲：《王惲全集彙校》卷四四《日用》，楊亮、鍾彦飛點校，中華書局，2013，第 2069 頁。

② （元）王惲：《王惲全集彙校》卷四〇《故翰林學士紫山胡公祠堂記》，楊亮、鍾彦飛點校，中華書局，2013，第 1943 頁。

者，不知其幾千百人。"① 亂世之中，手無縛雞之力的文士，除了寫作詩
文，在國家戰爭上似乎没有太大的作用，自然會産生無用的想法，因而文
集中記載很多儒士無用的文字也就不足爲奇了。許多後世的文章在論述元
代詩文及思想轉變之時，有意無意誇大了儒學及儒士的歷史作用。而《元
史》的修撰已經是明初的事情了，修史者對金、宋、元之間朝代更迭之下
的儒學及儒士的作用體會并不深切，對儒學的認識大多從文獻資料中來，
看不到當時的社會真實情況，所以記載有誇大，這也是後世修史的通常做
法。王惲正是在這種背景之下對士大夫倡言并踐行的"有用之學"有深切
的感受。

王惲并不認爲僅僅仕進就是"有用之學"，他對"有用之學"有着明
確的主張。

> 萬物盈於兩間，未有一物而不爲世用者，況人乎？人之爲物，得
> 氣之全而靈之最者也。苟自弃自暴，不爲世之所用，非惟返不及物，
> 而賤之所由生也。……彼衣敝緼袍，并夫華簪盛服之士，貴賤固有間
> 矣；其所以秉有靈彝，物備於我者則不殊也。故爲士者惡可惡其居貧
> 處賤，戚戚然世之不我用也？要當明德志學，思求其致用之方可也。
> 世之所謂學者多矣，有有爲之學，有無用之學。窮經洞理，粹我言
> 議，俾明夫大學之道者，此有用之學也；如分章摘句，泥遠古而不
> 通，今攻治异端，昧天理而畔於道，若是，皆無益之學也。②

顯然王惲將爲學分爲"有爲之學""有用之學""無用之學""無益之學"
四種。王惲這種認識是根據當時的客觀現實而提出的，首先這跟身份貴賤
與財富多少無關，"有用之學"關鍵在於是否爲"致用之方"，顯然對現實
社會的觀照成了王惲判斷所學是否有用的一個主要標準。而不關乎社會現
實情況，埋首於故紙堆，泥古不化，做所謂尋章摘句的學問，在王惲看來
於現實無用，當然算不上真學問，皆爲無益之學。當時的一些儒士當然不

---

① （金）段成己：《創修栖雲觀記》，明成化《山西通志》卷一五，齊魯書社，《四庫全書存
目叢書》史部第174册。
② （元）王惲：《王惲全集彙校》卷四四《賤生於無用説》，楊亮、鍾彦飛點校，中華書局，
2013，第2132頁。

認同王惲的觀點，對此，王惲專們寫有《儒用説》予以駁斥。"士農工賈謂之四民，四民之業，惟士爲最貴。"[1] 王惲認爲元朝的建立，儒士在其中起到了不可替代的作用，其真正的用意是在批評當時一些蒙古權貴認爲儒者無用的觀念：

> 國朝自中統元年以來，鴻儒碩德，躋之爲用者多矣。如張、趙、姚、商、楊、許、三王之倫，蓋嘗忝處朝端，謀王體而斷國論矣。固雖文武聖神廣運於上，至於弼諧贊翼，俾之休明貞一，諸人不無效焉。今則曰"彼無所用，不足以有爲也"，是豈智於中統之初，愚於至元之後哉？予故曰："士之貴賤，特係夫國之重輕，用與不用之間耳。"嗚呼，國之所以爲國者，有其人也。今天下之心同然而深惟者，天統大開，六合同軌，及其選一材，取一士，舉目望洋，無所於可正。孔子稱杞宋二邦無足徵證，蓋傷其賢既不足，文典之傳有不可強而爲者。復以時務論之，今選行其上，材乏於下，是有國者之最所當病。故唐取士之法，歲萬人爲率，猶三十年可盡，況法未備而無所取哉？又老成先進、文學經制之士，舉海內而計之，不三數人耳。故州郡所謂學校勉勵進修之方，從而無實，埽地何有？[2]

金朝在與蒙古的征戰中，連年戰敗，百姓流離失所，生活苦不堪言，士大夫曾經的品題鑒賞、吟詩作賦的生活方式完全淹没於戰火之中，作爲他們晋升之階的科舉制在這樣的年代亦無法正常實行，幾乎斷絶。"貞祐喪亂之後，蕩然無綱紀文章。"[3] 從文獻記載來看，當時金源士大夫命運改變之劇烈程度比宋元之間南宋士大夫還要慘烈，祇不過後世關注不多而已。王惲舉出張文謙、趙復、姚樞、商挺、楊果、許衡、王鶚、王磐、王構等當時對元朝建立，在文教方面起重要作用的士大夫來反駁儒士無用的觀點。建國初期，百廢待興，在這種情況下，真正有識之士當然不會把心

---

[1] （元）王惲：《王惲全集彙校》卷四六《儒用説》，楊亮、鍾彦飛點校，中華書局，2013，第 2182 頁。

[2] （元）王惲：《王惲全集彙校》卷四六《儒用説》，楊亮、鍾彦飛點校，中華書局，2013，第 2183 頁。

[3] （金）元好問：《元好問全集》卷三五《紫微觀記》，山西古籍出版社，2004，第 598 頁。

思放在吟詩作對之上，而是把主要精力都放在恢復漢文化，傳播儒學，挽
救當時飽受苦難之生靈。

王惲認爲自己所學能够在朝廷上施展，爲社會創造價值，就是有用之
學，因而他對仕進抱着積極態度和用世精神，如其在給元仲一的信中説：

> 蓋聞居天下有二道焉，"出"與"處"而已。……第所可惜者，
> 時也。朝廷向明而治，聖王順應而行，圖回天功，混一區宇，綱羅英
> 俊，片善俾舉。彼聞風興起者，雖山澤之島菟，布衣之賤士，思砥節
> 礪行，竭力悉智，願仰副上之好賢樂善之實焉。……嗚呼！何君不
> 聖？何王不明？必得聰明至靜之士，見微知著，臨事不惑，斷於中而
> 察於外，夫然後可得非常之士而能建莫大之功。當今之時，可以與權
> 者，舍上人一二輩，其孰舉哉？①

他對仕進態度明確而又積極，甚至爲自己所學無用，不能積極用世而
感到焦慮：

> 若僕也，蟬蠹書史，兀坐窮年，占畢之外，百事不解，邇來二十
> 有八年矣。《傳》曰："四十、五十而無聞焉，斯亦不足畏也。"僕每
> 讀至此，未嘗不掩卷嘆息，内增愧赧。噫！自治不勇而喋喋於左右
> 者，何哉？蓋僕恨以荒疏無似，不能卓然自表於世，而上人遭際乃
> 爾，君臣之義既不可廢，今日之出可謂千載一時也。②

顯然，能够爲朝廷任用而一展抱負是王惲人生之最大理想。所以王惲在詩
文中反復表露"以斯文效用，將托於不朽故也"③ 的情懷。

元好問曾言："死不難，誠能安社稷、救生靈，死而可也。"④ 但是元

---

① （元）王惲：《王惲全集彙校》卷三五《上元仲一書記書》，楊亮、鍾彦飛點校，中華書
局，2013，第 1752 頁。
② （元）王惲：《王惲全集彙校》卷三五《上元仲一書記書》，楊亮、鍾彦飛點校，中華書
局，2013，第 1752 頁。
③ （元）王惲：《王惲全集彙校》卷三五《謝張詹丞書》，楊亮、鍾彦飛點校，中華書局，
2013，第 1760 頁。
④ （元）脱脱等：《金史》卷一一五《完顏奴申傳》，中華書局，1975，第 2525 頁。

好問的個人遭際與選擇有其無奈之處，他深知面對現實的選擇是務實而又慘痛的，所以他的弟子王惲、郝經入仕元朝，元好問非常支持。郝經曾言："今日能用士，而能行中國之道，則中國之主也。"[①] 可以説，元好問、王惲、郝經等人的主張在文字表述方面雖然不同，但其實質内涵是一致的。追求安邦濟世的務實之學、有用之學是當務之急。從這個角度來講，王惲爲文樸實剛健、中和沉穩，不作艱深含混之語，其文得蘇軾之才氣，又有歐陽修平淡之美，深受元好問影響也就很好理解了。時人王秉彝序其文集時讚文曰：

> 語性理則以周邵程朱爲宗，論文章則以韓柳歐蘇爲法，才思泉涌，下筆輒數千言。星回漢翻，韶鳴鳳躍，千變萬狀，可駭可愕，文中巨擘也。[②]

又時人陳儼爲在爲他所作的哀挽詩序中稱：

> 惟公嗜古力學，凡所未見書訪求百至，必手爲謄寫，老大尤篤……平生詩文幾四千篇，雜志總八十卷，方易簀，始停筆，其勤可知矣。其振躍來世宜矣。[③]

王惲一生勤於著述，其文章作法受益於王磐、劉祁、元好問等文章大家。尋諸《玉堂嘉話》，多可見師徒討論爲文技巧之對話，大抵以唐宋古文爲準的，熟讀唐代文賦，并師法其中，推崇詞必己出，不落前人窠臼，以自得有用爲主，以虛言陳詞爲恥[④]，不尚奇險，"力取於中和中做精神"[⑤]，提

---

① （元）郝經：《陵川集》卷三七《與宋國兩淮制置使書》，《文淵閣四庫全書》本。
② （元）王惲：《王惲全集彙校》附録王秉彝序，楊亮、鍾彦飛點校，中華書局，2013，第4486頁。
③ （元）王惲：《王惲全集彙校》附録陳儼《故翰林學士秋澗王公哀挽詩序》，楊亮、鍾彦飛點校，中華書局，2013，第4547頁。
④ （元）王惲：《王惲全集彙校》卷四三《遺安郭先生文集引》卷二，楊亮、鍾彦飛點校，中華書局，2013，第2050頁。
⑤ （元）王惲：《王惲全集彙校》卷九四《玉堂嘉話》卷二，楊亮、鍾彦飛點校，中華書局，2013，第3802頁。

倡"浮艷陳爛是去，方能造乎中和醇正之城"。① 在其一生的文字之中，有用務實一直是他追求的目標。王惲言中和，但中和具體所指卻很難用語言表達。然其師元好問在《詩文自警》中對"中和"作了具體規定：

> 　　文須字字作，亦要字字讀。要破的，不要粘皮骨；要放下，不要費抄數；要工夫，不要露椎鑿；要原委，不要着科白；要法度，不要窘邊幅；要波瀾，不要無畔岸；要明白，不要涉膚淺；要簡重，不要露鈍滯；要委曲，不要強牽挽；要變轉，不要生節目；要齊整，不要見間架；要圓熟，不要拾塵爛；要枯淡，不要沒咀嚼；要感諷，不要出怨懟；要張大，不要似叫號；要叙事，不要似甲乙賬；要析理，不要似押韵文；要奇古，不要似鬼畫符；要驚絕，不要似敕壇咒；要情實，不要似兒女相怨思；要造微，不要鬼窟中覓活計。②

　　王惲在爲實用文章的主張下，其碑志、事狀、序記、札記、題跋記述廣泛，對當時社會巨大變遷、宗教力量興起、文士活動詳情、機構設置變遷都有翔實記述，是研究當時社會狀況的重要資料。他注重實用，但并不忽視文章技巧，對文法有較多論述，所以他作傳記不拘泥於固定格式，常常能出新技，其文既有史家之筆法，又有小説家之風致，其碑文深得"中和"之旨，行文變化多端。

　　王惲存世的大量詩作中，各類詩體均有涉及，詩歌風格深受元好問的影響，崇尚氣骨風神，推崇唐詩氣象，主張"温醇典雅""平淡而有涵蓄，雍容而不迫切"③，實是元代"舉世宗唐"詩風之先行者。從詩論主張來看，王惲強調詩歌要合乎性情，并要得其"中"，也就是詩歌創作內容要"夫人之生，禀精五行，有情有性。仁、義、禮、智，主之於中，所謂性也；喜、怒、哀、樂、愛、惡、欲，感之於外，所謂情也。聖賢存養撙節，

①　（元）王惲：《王惲全集彙校》卷四三《遺安郭先生文集引》，楊亮、鍾彥飛點校，中華書局，2013，第 2051 頁。
②　（金）元好問：《元好問全集》卷五二《詩文自警》，山西古籍出版社，2004，1424 頁。
③　（元）王惲：《王惲全集彙校》卷四三《遺安郭先生文集引》，楊亮、鍾彥飛點校，中華書局，2013，第 2051 頁。

求合乎中而已"。① 由此可見，在王惲眼中，詩之上品要反映性情，也就是將儒家規定範圍下的倫理概念，通過藝術化的手法，表現個體的情感。但這種情感表達必須在一個適度的範圍內，即"中"。從王惲的詩歌創作實際來看，他無疑是在努力踐行這一詩學理念。

王惲《秋澗集》存詩凡三十四卷，詩作以七絕爲主，存世有二十一卷之多，爲元詩之最。其歌行頗似遺山，氣度非凡，如《俠義行》《長慶行》等，律詩也動蕩開闔，章法分明，句律妥帖，不作小家口吻，如《燕城書事》等，除却一些應酬唱和詩作外，他也注重記錄社會現實，有刻意模仿杜詩痕迹，唐人風采時有閃現。如《桑灾嘆》：

> 稚桑發暮春，綠葉光旆旆。田家歲計固不常，農婦相桑掃蠶蟻。黑霜一夜從天來，萬樹焦枯遭燎毁。今春繼以海多風，翦碎枝條生意靡。天孫仰訴錦機空，寡氏倚壇如喪妣。蠶生時序三月尾，過晚終非應時美。祇緣闕飼勒遲生，往往中乾空滿紙。山東自古絲纊窟，大收之年有不熟。一婦不蠶天下寒，况復例灾過慘酷。緼袍雖敝歲可卒，所嗟盛陽月，陰凝返爾肅。府州文移速於火，稍緩申期慮難復。不知和氣誰所傷，田野疲氓先被毒。部家科勘動正月，中省限催嫌不促。老農拊樹嘆不已，頻年桑灾免絲徵楮幣。人言此是前省過，但恐已免復徵又似去年秋税例。②

此詩描寫桑灾對於養蠶人生計的巨大影響，致使其無法按時繳納税銀，因此使得桑農悲嘆不已、求告無門的悲劇。元代是桑灾頻發的時代，桑農的社會處境時時陷入困頓。王惲有感於此，是以作詩咏嘆。這種對於社會現實的關注，自然是中國詩史的久遠傳統之一。但其詩對於生民疾苦慨嘆的精神內核，正與杜詩及白居易的新樂府一脉相承。王惲雖久在翰苑，但其生活履歷豐富，又極富經世致用精神，因此其詩多有社會關懷的意味在內。而對於社會不公的揭示，却依然要限制在温柔敦厚的詩學旨歸中，而

① （元）王惲：《王惲全集彙校》卷四三《恕齋詩卷序》，楊亮、鍾彦飛點校，中華書局，2013，第 2066 頁。
② （元）王惲：《王惲全集彙校》卷九《桑灾嘆》，楊亮、鍾彦飛點校，中華書局，2013，第 344 頁。

不應全盤陷入哀怨之辭。在王惲的詩歌創作中，這一原則幾乎貫穿始終。這種詩歌審美宗尚，實得自元好問、王磐等金代耆宿，然而又有新變。王惲詩歌較少有激烈的情感表現，其情之宣發多數較爲含蓄蘊藉，很難從中讀出確切的情感立場，即使論議，也多是以史家之眼，立論較爲客觀平和。這種詩風，與元好問滿含家國之悲，沉鬱悲壯的格調有所區別，既是王惲個人生平經歷的體現，亦是元初一統時代下的映射。

對於王惲的詩歌成就，歷代詩論者大多將其視作遺山之羽翼。故清代顧嗣立《元詩選》初集卷一五《秋澗詩小序》言："秋澗詩，才氣橫溢，欲馳騁唐宋大家間。"又對《秋澗集》存詩過多提出批評："然所存過多，頗少持擇，必痛加芟削，則精彩愈見。"亦對王惲所處詩歌創作時代背景及其源處作了簡要分析："北方之學，變於元初，自遺山以風雅開宗，蘇門以理學探本，一時才俊之士，肆意文章，如初陽始升，春卉方苗，宜其風尚之日趨於盛也。"① 顧爲元詩選家之大成者，所閱極多，此處自然是行家語。而到了乾隆年間，四庫館臣評價王惲《秋澗集》詩文點到爲止，重點強調其良史才干：

> 惲文章源出元好問，故其波瀾意度，皆不失前人矩矱。詩篇筆力堅渾，亦能嗣響其師。論事諸作，有關時政者尤爲疏暢詳明，瞭若指掌。史稱惲有才干，殆非虛語，不止詞藻之工也。②

不難看出，清代論者對於王惲的詩歌成就大多持肯定態度，儘管顧嗣立認爲王惲詩歌因其體量較大，顯得略有繁蕪，但依然肯定其詩歌成就有唐宋大家風采。但近代以來，受元代詩文研究整體邊緣化影響，王惲詩文創作隨之未受重視。二十世紀九十年代初，鄧紹基主編之《元代文學史》纔給予元詩文很大肯定及關注，對於王惲及詩文作了分析評價。總體而言，鄧氏認爲平庸之作占多數，較爲低下③；對於王惲取法元好問持否定態度，認爲把王惲詩歌創作與元好問聯繫起來，失之根據，總覺勉強。④ 然按諸

---

① （清）顧嗣立：《元詩選》初集卷一五《秋澗詩小序》，中華書局，2002，第 444 頁。
② （清）永瑢等：《四庫全書總目》卷一六六，中華書局，1965，第 1433 頁。
③ 鄧紹基主編《元代文學史》，人民文學出版社，1991，第 401~402 頁。
④ 鄧紹基主編《元代文學史》，人民文學出版社，1991，第 416 頁。

王惲自叙及生平創作，雖未長期親至遺山門下，一仍推崇，私淑詩文創作章法，處處可見，故鄧説不確。

二十一世紀初，楊鐮《元詩史》對於王惲詩作給予了較公允的評定，認爲其七言律絶成就較大，諸種近體詩受元好問影響，古詩師法韓愈，其中反映現實作品可稱佳作，然由於身居高位，感慨有空洞之嫌，終難稱優秀作品。①

綜而言之，王惲的詩文評價存在一個變化過程，即愈後愈不爲重視，近代已少有人論及。一方面，文章流變發展有一定的歷史内因，即詩文作品總是在不斷地超越前者，一代後人追前人是一個常見的發展趨勢。另一方面，元代中期以後，北方文人地位大大下降，南方文士逐漸復歸主流并大放异彩，其光輝掩蓋了以王惲等爲代表的北方文人，以至於對其詩文成就評價也隨之有所忽略。這些都是我們需要注意的，因此在評價元初北方文士有必要對北方文士占據主導地位時期的整體詩文創作環境加以還原，由之纔能得出允洽合適的評定。而在這一過程中，王惲身爲元初北方文士中文名卓著者，其文學創作接續金元兩代，是金元兩代文學的繼承者與傳播者。其以有用之學看待文學，并將其視爲評價文學之優劣的重要準則。而其以中和爲上的文學觀念，使得其詩風竭力以追摹風雅，體察性情，追求平易雅正的詩風。這種詩學主張，可以説是元代翰林國史院提倡雅正復古詩風的先聲，對於後來者的創作有着重要的啓示意義。從此角度而言，對於王惲文學成就的關注，無疑是考察元初文學風尚嬗變的關鍵節點。

第三節　“師古”與“尚清”：南方翰林文士袁桷詩歌宗法與創作論②

一　袁桷融合南北詩風與追求雅正的詩學主張

清人錢謙益曾云：“宋之亡也，其詩稱盛。”③ 在元剛建立大一統王朝

---

① 楊鐮：《元詩史》，人民文學出版社，2003，第286~289頁。
② 該部分内容原載《西北民族大學學報》（哲學社會科學版）2010年第1期。
③ （清）錢謙益：《牧齋有學集》卷一八《胡致果詩序》，錢仲聯標注，上海古籍出版社，1996，第800頁。

的這段時期，無論北方文士抑或南方文士，都沉浸在對宋季文學頹敗原因及未來文學發展前景的思考與斟酌當中，而作爲中國古代文學主流文體之一的詩歌是他們關注的重中之重，并且南北文人在對宋季之弊尤其是文與道分裂爲二的認識上達到了高度的一致，而且在提出的解決方案上也有頗多契合之處：回歸唐詩，并肯定北宋詩歌。但在詩歌創作上，二者卻呈現出不同的狀態，其中北方文士在元好問的影響下更爲注重詩歌的言簡意真以及社會意義的體現，南方文士卻在很大程度上仍囿於南宋江西詩派與江湖詩派末流的詩弊之中。而處於元代初盛之際的南方文士袁桷，其北上之後，融合南北詩學思想，力倡宗唐得古，并在元代逐漸形成的雅正詩風之外，另在翰林國史院詩歌創作中引領了一股綺麗詩風，并將之充注入元代詩壇，成爲元人學唐詩的一種典範以及審美範式。

首先，元初北方詩學。北方的郝經、劉因、王惲等元初文士對宋末詩歌中的文道問題都有着較爲深刻且相似的理解。元初的北方文壇實際上是金末文學在元初的延續發展形成的，郝經、劉因、王惲等元初人均是在金末文壇大宗元好問的影響下而進行詩學主張闡發與詩歌創作。"元初活躍於文壇的世祖潛邸文人、東平行台幕府文人、河北三鎮的文人、河汾地區文人和其他遺民文人，都深受元好問影響。"[1] 其中最具代表性的文人就是其弟子郝經及後起的詩學與理學大家劉因。作爲元好問的學生，郝經無疑繼承了其師的詩學理念，而且其認爲"詩自三百篇以來，極於李杜，其後纖靡淫艷，怪誕癖澀，浸以弛弱，遂失其正。二百餘年而至蘇黃，振起衰踣，益爲瑰奇，復於李杜氏。金源有國，士務決科干禄，置詩文不爲，其或爲之，則群聚訕笑，大以爲异。委墜廢絕，百有餘年，而先生出焉。當德陵之末，獨以詩鳴，上薄《風》《雅》，中規李杜，粹然一出於正，直配蘇黃氏"。[2] 他於此中對其師顯露出的推重之情自然是不言而喻。而劉因年僅八歲時元好問即已去世，但其曾隔空而發"晚生恨不識遺山，每誦歌詩必慨然"[3] 的感嘆，由此足見其對元好問詩歌的尊崇。另外，王惲亦曾有言："金自南渡後，詩學爲盛，其格律精嚴，詞語清壯，度越前宋，直以

---

① 查洪德：《元代詩學通論》，北京大學出版社，2014，第32頁。

② （元）郝經：《陵川集》卷三五《遺山先生墓銘》，《文淵閣四庫全書》本。

③ （元）劉因：《静修集》卷一八《跋遺山墨迹》，《文淵閣四庫全書》本。

唐人爲指歸。"從中可看出，其對元好問引領下的直追唐詩的金代詩學的
敬重與欽慕。

元好問生活於金元易代之際，身經戰亂，由富足而至一貧如洗。這種
經歷使其對人生世事有着更爲深刻的理解與感悟，并將這種感發寄予詩作
之中，吟咏而出，是以其在詩學理念上更爲提倡"吟咏性情"。其在《楊
叔能小亨集引》中對此點有着深刻而充分的闡發：

> 有所記述之謂文，吟咏情性之謂詩，其爲言語則一也。唐詩所以
> 絶出於三百篇之後者，知本焉爾矣。何謂本？誠是也。……故由心而
> 誠，由誠而言，由言而詩也，三者相爲一。情動於中而形於言，言發
> 乎邇而見乎遠，同聲相應，同氣相求，雖小夫賤婦孤臣孼子之感諷，
> 皆可以厚人倫、美教化，無他道也。故曰："不誠無物。"夫惟不誠，
> 故言無所主，心口別爲二物，物我邈其千里。……唐人之詩，其知本
> 乎？何溫柔敦厚，藹然仁義之言之多也！幽憂憔悴，寒飢困憊，一寓
> 於時，而共厄窮而不憫、遺佚而不怨者，故在也。至於傷讒疾惡，不
> 平之氣不能自掩，責之愈深，其旨愈婉，怨之愈深，其辭愈緩，優柔
> 饜飫，使人涵泳於先生之澤，情性之外，不知有文字。幸矣，學者之
> 得唐人爲指歸也。[①]

是以可知，他對詩歌"吟咏性情"的高度肯定，以及對"絶出於三百篇之
後"的唐詩尤爲推崇。而且其還發出"性情之外，不知有文字"的論調，
他認爲"文章之於外而拙於内者，可以驚四筵而不可以適獨坐……文章以
意爲主，字語爲役。主强而役弱，則無使不從。世人往往驕其所役，至跋
扈難制，甚至反役其主"[②]，又"鬥靡誇多費覽觀，陸文猶恨冗於潘"，由
此可以看出，元好問對真實内容和真摯感情的重視，以及對華美辭藻的反
對與批駁。因此，元好問的這種强調言簡意真的詩學思想自然對元初諸人
的詩學觀念有深刻的影響。另外值得注意的是，郝經、劉因諸人詩學主張

---

① （金）元好問：《元好問文編校注》卷五《楊叔能小亨集引》，狄寶心校注，中華書局，
　　2012，第 1022～1023 頁。

② （金）元好問：《中州集》卷四《常山周先生昂》，《文淵閣四庫全書》本。

形成與完善亦是在由趙復傳來的南宋朱子理學的熏染下進行的。陶自悦在爲郝經《陵川集》所作序中言其"理性得之江漢趙復，法度得之遺山元好問"。① 而且，劉因於詩學大家之外另有一身份，即北方理學大師。

因此，在朱子之學的陶染下，以及面對國初百廢待興的時代背景，元初北方諸多文士更爲關注"有用之學"。同時，元初的北方詩歌又承續元好問主持的金代詩壇餘波，呈現出一副生機之態，正如顧嗣立在《寒廳詩話》中所言："元詩承宋金之季，西北倡自元遺山，而郝陵川、劉静修之徒繼之，至中統、至元而大盛。"② 但同時，北方詩壇却普遍顯露出一種重質而輕文的傾嚮，如王惲在詩歌上宗法語言直白如話、主旨反映社會現實的唐人白居易，而且後期的蘇天爵對此種現象有所論説："我國家平定中國，士踵金、宋餘習，文辭率粗豪衰苶。"③ 而到了世祖統治後期，這種詩風與當時元廷達到的盛世氣象尤爲捍格不入。

其次，元初南方詩學。元初的北方地區在北宋滅亡之後即在少數民族的統治之下，并與南宋統治的南方地區對立而存在，詩學主張與詩歌創作均較爲得到一定程度的發展。與之相對的南方地區，在南宋滅亡之後，雖認識到宋末江西詩派末流與江湖詩派之弊，在詩歌理論上達到了一定高度，却在詩歌創作上仍然延續着南宋末世遺風。

就南方詩論，方回、吴澄、戴表元等人提出了許多非常深刻且獨到的見解。文學史上多認爲方回提出了江西詩派"一祖三宗"説，非常推尊江西詩派，而實際上方回并非始終持此觀點，其由宋入元，目睹了江西詩派末流之發展狀況，他尖鋭地指出了江西詩派在模仿杜詩時"又或有太粗疏而失邯鄲之步"④ 的問題，而且其對江湖詩派也予以嚴厲批評，"近世詩學許渾、姚合，雖不讀書之人皆能爲。五七言，無風雲月露、冰雪烟霞、花柳松竹、鶯燕鷗鷺、琴棋書畫、鼓笛舟車、酒徒劍客、漁翁樵叟、僧寺道觀、歌樓舞榭則不能成詩，而務諛大官，互稱道號，以詩爲干謁乞覓之資。敗軍之將，亡國之相，尊美之如太公望、郭汾陽。刊梓流行，醜狀莫

---

① （清）陶自悦：《陵川集序》，載（元）郝經《陵川集》卷首，《文淵閣四庫全書》本。
② （清）顧嗣立：《寒廳詩話》，見丁福保輯《清詩話》，上海古籍出版社，1978，第83頁。
③ （元）蘇天爵：《滋溪文稿》卷二九《書吴子高詩稿後》，陳高華、孟繁清點校，中華書局，1997，第495頁。
④ （元）方回：《瀛奎律髓》卷一〇 杜甫《立春》評，上海古籍出版社，1993，第357頁。

掩。嗚呼！江湖之弊，一至於此"。① 另外，吳澄就整個宋季詩壇之弊以及延續到元初的宋末餘緒發出了譏評之語："詩自風騷以下，惟魏晉五言爲近古，變至宋人，浸以微矣。近時學詩者頗知此，又往往漁獵太甚，聲色酷似而非自然。"② 戴表元則尖銳地指出了宋詩之弊的深層緣由，"務道者不屑爲詩，務科舉者無暇爲詩"③，也就是説，宋朝尤其是南宋季世，文與道分裂爲二，甚至出現文學家與理學家兩方對壘的局面，導致詩歌與《詩經》所達到的文質彬彬境界相去甚遠，萎靡不振。"八音與政通"的觀念在古人那裏從未曾中斷，南宋滅亡後，許多遺民文士從詩文入手反思故國滅亡之因。是以在上述詩論大家的倡導下，南方文壇掀起了反思宋季詩弊的風潮。而且，他們也認識到需要通過師古來扭轉此種局面，如戴表元等人以《詩經》風雅傳統及漢魏六朝詩歌爲宗法對象："爲詩必擬古，自近古名能詩人陶、謝以來之作，規模略盡，故下筆輒無今人近語。時可之於詩，其視余殆可謂莫逆於心者耶。"④ 其認爲詩歌必須通過"擬古"，方能規避近世境界狹窄、骫骳柔弱的不良詩風，但從"自近古名能詩人陶、謝以來之作，規模略盡"一語可知他所謂的"古"就是漢魏六朝時期乃至以前的優良詩歌傳統。另外，方回、劉壎等人推尊北宋蘇軾、黄庭堅諸人，而且也意欲以唐人高處之作爲法。⑤

　　然而，理論來源於實踐，元初南方諸多文士的詩歌創作却未能真正地踐行他們提出的詩學理論，也未能徹底規避他們所批判的宋季詩弊。如方回《仲夏書事十首》其九："細酌浮菖酒，閑吟樹蕙文。賣符羞米賊，采藥按桐君。壬日近梅潦，午風生草薰。湖航三紀夢，荷蓋石榴裙。"閑酌之後吟咏花草之幽的享樂是其對江湖詩派的批駁之處，然而此情、此景、此境亦出現在其詩作之中。而且，南宋滅亡之後，隱居於家鄉四明鄞縣的王應麟以其經學與史學之功吸引了許多遺民文士從其門下，於南方自成一派。因而，其弟子戴表元、舒岳祥等人均以以學術爲詩的王應麟爲詩法對

①　（元）方回：《桐江集》卷一《送胡植芸北行序》，《文淵閣四庫全書》本。
②　（元）吳澄：《吳文正公集》卷一七《黄養源詩序》，《文淵閣四庫全書》本。
③　（元）戴表元：《剡源文集》卷八《方使君詩序》，《文淵閣四庫全書》本。
④　（元）戴表元：《剡源文集》卷八《李時可詩序》，《文淵閣四庫全書》本。
⑤　關於此點，查洪德於《元代詩學通論》（北京大學出版社，2014）第十二章（第 389～392 頁）、附錄四（第 463～467 頁）、附錄五（第 477～490 頁）有所論述。

象，可以説，此類詩歌創作與江西末流"以文字爲詩、以才學爲詩、以議論爲詩"① 并無二致，實際上仍未脱離宋季詩弊。

事實上，在元世祖的統治下，國勢日强，元朝國運日穩，國局日盛，至元後期及之後的大德年間，元廷日益興盛繁榮。然而，南北分裂的局面以及南北文壇的詩風都與這般盛世氣象嚴重不符。而該時期，由南北上的袁桷在彌合南北文風之間的裂隙與形成契合大一統王朝治世之貌的詩壇風氣方面做出了極大的努力與貢獻。

袁桷的詩學主張基本上是在批判宋季詩弊的風潮下逐漸形成并完善的。實際上，這種認識在某種程度上説明了文學内部的生成發展規律，即當一種文學現象過度偏離文學自身的發展規律時，其自身即會做出適當的調整，而其間問題意識較爲敏感的文人就會在這一調適過程中發揮先導作用，進而促使整個文壇形成一種潮流。袁桷在《戴先生墓志銘》中明晰且尖鋭地指出了宋詩出現的問題及緣由："力言後宋百五十餘年，理學興而文藝絶。永嘉之學，志非不勤也，挈之而不至，其失也萎；江西諸賢，力肆於辭，斷章近語，雜然陳列，體益新而變日多。故言浩漫者蕩而倨，極援證者廣而類，俳諧之詞，獲絶於近世，而一切直致，弃壞繩墨，棼爛不可舉，文不在兹，其何以垂後？"② 而且其在北上之後，以一種包容的心態統籌并融合南北詩風，并指出了元初詩歌的種種弊病："金之亡，一時儒先，猶秉舊聞於感慨窮困之際，不改其度，出語若一。故中統、至元間，皆昔時之緒餘，一一有能以自見"③，又"近世工清儉者局於律，師宕逸者鄰於豪，角立墨守，迄無以融液，詩幾乎息矣！"④ 在古人看來，反映三代之治的《詩經》所輯諸作盡善盡美、文質彬彬，不僅是詩歌之源頭，而且達到詩歌之極點，但是却不易企及，而祇能通過詩法承續《詩經》遺意的後世之作來達到上追《詩經》傳統的目的。此種觀念亦存在於袁桷的思想深處，是以其在反思這些詩壇問題的過程中，層層上追，試圖通過師法宋

---

① （宋）嚴羽：《滄浪詩話校釋》，郭紹虞校釋，人民文學出版社，1961，第 26 頁。
② （元）袁桷：《袁桷集校注》卷二八《戴先生墓志銘》，楊亮校注，中華書局，2012，第 1349～1350 頁。
③ （元）袁桷：《袁桷集校注》卷二一《樂侍郎詩集序》，楊亮校注，中華書局，2012，第 1117 頁。
④ （元）袁桷：《袁桷集校注》卷四八《書清江羅道士詩後》，楊亮校注，中華書局，2012，第 2129 頁。

詩、唐詩與魏晉詩歌中的佳作而達至《詩經》風雅傳統。

> 《詩》有經、緯焉。詩之正也，有正變焉，後人闡益之説也。傷時之失，溢於諷刺者，果皆變乎？《樂府》基於漢，實本於《詩》。考其言，皆非愉悦之語。若是，則均謂之變矣歟？建安、黃初之作，婉而平，羈而不怨，擬《詩》之正，可乎？濫觴於唐，以文爲詩者，韓吏部始然。而舂容激昂，於其近體，猶規規然守繩墨，詩之法猶在也。宋世諸儒，一切直致，謂理即詩也，取乎平近者爲貴，禪人偈語似之矣。擬諸采詩之官，誠不若是淺。蘇、黃杰出，遂悉取歷代言詩者之法而更變焉。音節凌屬，闡幽揭明，智析於秋毫，數殫於章亥，詩益盡矣，止矣，莫能以加矣！[①]

袁桷在上溯的過程中形成的詩學追求是節節上推的。在他看來，宋、唐、魏晉詩歌中均不乏可圈可點之作，是以均有可取之處，但是漢魏詩歌最得《詩經》遺意，而唐詩稍遜一籌，宋詩則更爲遜色。因此，其爲推進元詩上達《詩經》傳統，以最得《詩經》傳統者爲宗法對象，若力不能至，則降格以求。這實際上與劉因在《叙學》中所作的論述有某種契合之處："魏晉而降，詩學日盛。曹（植）、劉（琨）、陶（淵明）、謝（靈運），其至者也。隋唐而降，詩學日變，變而得正，李（白）、杜（甫）、韓（愈），其至者也。周宋而降，詩學日弱，弱而後强，歐（陽修）、蘇（軾）、黃（庭堅），其至者也。故作詩者，不能《三百篇》，則曹劉陶謝；不能曹劉陶謝，則李杜韓；不能李杜韓，則歐蘇黃。"[②]

首先，宗法魏晉詩歌。袁桷的這一詩學主張是在對南宋末年道學文派與詩派的批判中逐漸形成並有所發展的："近世言詩家頗輩出，凌屬極致，止於清麗。視建安、黃初諸子作，已憒憒不復省。鉤英掇妍，刻畫眉目，而形幹離脱，不可支輔。其凡偶拙近者，率悻悻直致，弃萬物之比興，謂

---

① （元）袁桷：《袁桷集校注》卷四九《書栝蒼周衡之詩編》，楊亮校注，中華書局，2012，第 2164 頁。

② （元）劉因：《静修先生文集》續集卷三《叙學》，《文淵閣四庫全書》本。

道由是顯，六義之旨，闕如也。"① 其認爲："言詩者以《三百篇》爲宗主，論固善矣"②，而"風、雅异義，今言詩者一之。然則曷爲風？黄初、建安得之。雅之體，漢樂府諸詩近之。蕭統之集，雅未之見也。詩近於風，性情之自然。齊、梁而降，風其熄矣"③，又"近世言詩，莫不以《三百篇》爲主，經緯之分，茫不知所以。由遠自邇，漸入魏、晋，詩寧有不工者乎？"④《詩經》集風雅於一體，爲詩歌之正宗，而且漢魏六朝時期的詩歌諸如漢之樂府、《文選》所輯之詩因去古不遠，三代風俗猶存而最具《詩經》風雅傳統。同時，相對於因文獻較少而無法細緻體會三代治世之盛、無以因循具體法度以致望塵莫及的先民之作，漢魏六朝的許多詩歌都可以通過前人的記述來研習作詩之道而達到出入於魏、晋之間的高度。是以，其認爲後人作詩祇要能以《詩經》爲宗主，以漢魏六朝詩歌爲具體宗法對象，即能承繼風雅遺意，工於詩歌。

其次，宗法唐詩。在袁桷看來，詩歌發展至唐人這裏，仍頗具《詩經》與漢魏詩歌之遺韵，并在文集中對之多有褒贊之詞："余嘗以爲，聲詩述作之盛，四方語諺，若不相似，考其音節，則未有不同焉者。何也？詩盛於周，稍變於建安、黄初。下於唐，其聲猶同也"⑤，又"唐詩之完，成於文敏，詩繇文敏興矣。詩盛於唐，終唐盛衰，其律體尤爲最精。各得所長，而音節流暢，情致深淺，不越乎律吕。後之言詩者，不能也"。⑥ 他認爲，唐詩承《詩經》、漢魏六朝詩歌一脉而來，都是盛世氣象之下的治世之音。而且，他還認爲唐詩中雖爲近體但仍未失却風雅傳統的律詩最爲精湛，并達到後世言詩者均無法企及的境界。

---

① （元）袁桷：《袁桷集校注》卷二一《李景山〈鵲巢編〉後序》，楊亮校注，中華書局，2012，第 1113 頁。

② （元）袁桷：《袁桷集校注》卷四九《書紇石烈通甫詩後》，楊亮校注，中華書局，2012，第 2191 頁。

③ （元）袁桷：《袁桷集校注》卷四八《書程君貞詩後》，楊亮校注，中華書局，2012，第 2144 頁。

④ （元）袁桷：《袁桷集校注》卷五〇《題閔思齊詩卷》，楊亮校注，中華書局，2012，第 2225 頁。

⑤ （元）袁桷：《袁桷集校注》卷四八《書余國輔詩後》，楊亮校注，中華書局，2012，第 2143 頁。

⑥ （元）袁桷：《袁桷集校注》卷四九《書番陽生詩》，楊亮校注，中華書局，2012，第 2149 頁。

盛唐諸詩，尤其是唐詩的兩座豐碑——李、杜詩歌是元人普遍的宗法對象，袁桷亦對此二人非常敬重。但是他除了以盛唐爲宗之外，對晚唐詩歌也持肯定態度，而且於李、杜之外其尤爲推崇晚唐詩人李商隱。

> 宋太宗、真宗時，學詩者病晚唐萎薾之失，有意乎玉台文館之盛。綈組彰施，極其麗密，而情流思蕩，奪於援據，學者病之。至仁宗朝，一二巨公，浸易其體。高深者極凌屬，摩雲決川，一息千里，物不能以逃遁。考諸《國風》之旨，則蔑有餘味矣。[①]

> 李商隱詩，號爲中唐警麗之作，其源出於杜拾遺，晚自以不及，故別爲一體。玩其句律，未嘗不規規然近之也。……私以爲近世詩學頓廢，風雲月露者，幾於晚唐之悲切；言理析指者，鄰於禪林之曠達。詩雖小道，若商隱者，未可以遽廢而議也。[②]

袁桷認爲，晚唐詩歌雖爲唐詩發展的衰落時期，詩中的下品之作自然不可避免，但其中亦不乏頗具《詩經》餘味的詩歌。而在他看來，李商隱詩歌就是其中一例。李詩由於時間和空間、現實生活與神話世界的交織而使詩歌具有多義性，換句話説，李詩爲讀者留下了充分的時間與空間去填補閱讀和想象，因而其詩能夠滿足讀者内心的感受。袁桷對李商隱的發現在元代獨樹一幟，他認爲李商隱繼承了杜甫詩歌清麗的一面，同時，他也注意到李詩有擅用典故、深於寄托、意象朦朧的特點。從這一角度來説，袁桷發現了李詩的創作規律及内在審美特質，將之付諸他的詩歌創作當中，成爲元人學習唐詩并深得唐人韵味的典範，而這種綺麗詩風也從一個角度反映了元代的盛世氣象，成爲元代詩壇上的一種風尚，并内化爲元人的一種審美範式。實際上，這種宗法唐詩而不拘於一家一體，不分初、盛、中、晚的現象在許多元代詩人那裏都有清晰的體現，但是南北兩方文士對具體詩法對象的選擇却有着明顯的偏嚮，其中北方文士主要以盛唐詩歌爲學習

---

① （元）袁桷：《袁桷集校注》卷四九《書鮑仲華詩後》，楊亮校注，中華書局，2012，第2189頁。

② （元）袁桷：《袁桷集校注》卷四八《書鄭潛庵李商隱詩選》，楊亮校注，中華書局，2012，第2110頁。

楷模，南方文士尤爲偏愛晚唐詩歌。而從某種程度上來講，南方文人重視晚唐詩歌、標榜李詩的趨嚮以及明人胡應麟所言的"自義山、牧之、用晦開用事議論之門，元人尤喜模仿"① 局面源於袁桷對李商隱的推重與推廣。

最後，宗法宋詩。宋元之際掀起的批判宋季之弊、宗法唐詩的議論已然成爲一種潮流，而元承故宋建立，宋詩在很大程度上仍然影響着元詩的發展。在這種情況下，許多文人諸如袁桷對宋詩持客觀公正的態度，依然推動着并非元代詩壇主流的宗宋論在詩壇上持續演進。

> 自西昆體盛，襲積組錯。梅（堯臣）、歐（陽修）諸公，發爲自然之聲，窮極幽隱。而詩有三宗焉：夫律正不拘，語腴意贍者，爲臨川之宗；氣盛而力夸，窮抉變化，浩浩焉滄海之夾碣石也，爲眉山之宗；神清骨爽，聲振金石，有穿雲裂竹之勢，爲江西之宗。……永嘉葉正則，始取徐（照、璣）、翁（卷）、趙（師秀）氏爲四靈，而唐聲漸復，至於末造，號爲詩人者，極凄切於風雲花月之摹寫，力屛氣消，規規晚唐之音調，而三宗泯然無餘矣。②

> 由宋以來，有三變焉：梅、歐以紆徐寫其材，高者凌山嶽，幽者穿岩竇，而其反復蹈厲有不能已於言者，風之變盡矣；黃（庭堅）、陳（師道）取其奇以爲言，言過於奇，奇有所不通焉；蘇公以其詞超於情，嗒然以爲正，頹然以爲近，後之言詩者爭慕之。③

> 楊（億）、劉（筠）弊絶，歐、梅興焉，於六義經緯得之，而有遺者也。江西大行，詩之法度，益不能以振。陵夷渡南，糜爛而不可救，入於浮屠、老氏證道之言，弊孰能以救哉？④

---

① （明）胡應麟：《詩藪》外編卷六，上海古籍出版社，1958，第 237 頁。
② （元）袁桷：《袁桷集校注》卷四八《書湯西樓詩後》，楊亮校注，中華書局，2012，第 2104 頁。
③ （元）袁桷：《袁桷集校注》卷四八《書程君貞詩後》，楊亮校注，中華書局，2012，第 2144 頁。
④ （元）袁桷：《袁桷集校注》卷四九《跋吳子高詩》，楊亮校注，中華書局，2012，第 2197 頁。

袁桷認爲，有宋一代亦不乏詩學造詣突出之人，如梅堯臣、歐陽修、蘇軾、王安石、黃庭堅諸人，他們開創了宋詩的"三宗"，在宋代詩歌由始至終的發展歷程中一直發揮着引領作用。而且袁桷還認爲："音與政通，因之以復古，則必於盛明平治之時。唐之元和，宋之慶曆，斯近矣。"① 其將宋代慶曆詩歌媲美於唐代盛世之詩，一方面高度肯定了宋詩取得的成就，而另一方面表明了他的宋詩亦可師法的觀點。但與此同時，袁桷也尖銳地指出了宋詩"三變"的過程中出現了諸多弊病，尤其是以晚唐詩歌爲法的境界逼仄、格局狹小的"四靈"一派與囿於法度、語僻生硬的江西末流。這種對宋詩既批判又褒揚的態度看似矛盾，實則是袁桷在深入瞭解宋詩發展規律及演變軌迹之後得出的公正客觀且深刻中肯的結論。而由此也可知，他雖認爲北宋亦有得風雅之作，但寥寥可數，整個宋代詩歌尤其是南宋詩歌基本已遺失了《詩經》傳統，是以宋詩可宗法之處不多。

袁桷的這種詩論并非全部由其首創，但其融合了南北詩學思想，并對之進行系統化、理論化提升，扭轉了元初南北兩方弊病種種的詩歌風格，極大地促成了反映盛世面貌的元代詩風的形成。顧嗣立於《寒廳詩話》中曾言及袁桷在鏟除宋金餘習，扭轉元詩風尚中的功績："元詩承宋金之季，西北倡自元遺山，而郝陵川、劉靜修之徒繼之，至中統、至元而大盛。然粗豪之習，時所不免。東南倡自趙松雪，而袁清容、鄧善之、貢雲林輩從而和之，時際承平，盡洗宋金餘習，而詩學爲之一變。"② 但值得注意的是，袁桷節節上追，宗法宋詩與唐詩，雖是爲了解決宋季及元初的詩弊問題并形成本朝的詩壇風氣，而其更爲深層的目的却是"力追古作，以鳴太平之盛"，進而超越唐宋，直追《詩經》與漢魏六朝詩歌遺意。元人因大一統王朝建立而萌生的盛世心態與高度自豪感，使他們相信聖朝定能"軼漢、唐而過之"，但超越的前提是學，學後方能超越，而學必須建立在廣泛學習的基礎之上，是以須不拘於一家一體或數家數體，凡是前代優秀的詩人作品都應成爲模仿的對象。③ 因此，從這一角度來看袁桷的詩學主張，則可以更深入地理解其中的深層價值及其時代背景。

---

① （元）袁桷：《袁桷集校注》卷四八《書程君貞詩後》，楊亮校注，中華書局，2012，第2144頁。

② （清）顧嗣立：《寒廳詩話》，《四部叢刊》本。

③ 查洪德：《元代詩學通論》，北京大學出版社，2014，第394～395頁。

二 袁桷詩學實踐的師古與革新

與元初南方詩壇上的眾人不同，袁桷在北上之後，不僅在詩論方面達到了非常之高的水準，而且其詩歌創作在很大程度上踐行了他提出的詩學主張，取得了極高的成就。但是相對於在元代詩壇關注度頗高的 "虞楊范揭"、趙孟頫詩歌，袁桷詩歌直到清人顧嗣立與翁方綱那裏，其中所具有的獨特價值纔真正地有所發覆。

> 元興，承金宋之季，遺山元裕之以鴻朗高華之作振起於中州，而郝伯常、劉夢吉之徒繼之。故北方之學，至中統、至元而大盛。趙子昂以宋王孫入仕，風流儒雅，冠絕一時。鄧善之、袁伯長輩從而和之，而詩學又爲之一變。於是虞、楊、范、揭，一時并起，至治、天曆之盛實開於大德、延祐之間。[①]

> 袁伯長才氣，在趙子昂之上。伯長《上京雜咏》，叙次風土極工，不減唐人。馬伯庸詩，亦極展才氣。然較之袁伯長，覺邊幅稍單窘矣。[②]

顧嗣立認爲袁桷是元代詩歌發展歷程中的一個重要轉折，對 "虞、楊、范、揭" 的興起有着一定引導作用。在翁方綱眼中，袁桷亦是元代詩歌史上的重要詩人，他還認爲袁桷詩歌高處 "不減唐人"，而且亦在趙孟頫、馬祖常等人之上。

《清容居士集》是袁桷傳世的唯一一部文集，共五十卷，收錄詩歌十四卷，基本上是根據詩歌體裁進行編排，其中有四言詩、五言古詩、七言古詩、歌行、五言律詩、七言律詩、絕句、六言詩等，由之可以看出其在詩歌領域進行的廣泛嘗試。雖然此文集未能囊括他的所有詩歌，但從這近千首作品中仍能窺測其對自己詩歌理論的成功實踐，并且可以由之總結出其詩歌創作的特點。從整體上來看，袁桷詩歌中的古詩與歌行成就最大，

---

① （清）顧嗣立：《元詩選》初集卷一九《袁學士桷》，中華書局，1987，第593頁。
② （清）翁方綱：《石洲詩話》，人民文學出版社，1981，第160~161頁。

而且最爲接近其提出的"詞華輕大曆，風雅近黃初"① 的詩學主張。

　　首先，五言古詩師法《古詩十九首》和漢魏六朝詩歌，含蓄温厚，質樸平淡。袁桷在其文集中對漢魏六朝詩歌多有贊美之語，其認爲"誦建安、黃初之作，推而至於風雅，則亦有徑廷矣"②，又"建安、黃初之作，婉而平，羈而不怨"。③ 在他看來，若使五言古詩不失風雅之意，則須遵循一定的創作原則：一方面要寓意深遠，語辭温厚，雍容不迫，合乎"婉而平"；另一方面要含蓄蕴藉而不傷感，美刺婉曲而不直露，合於"羈而不怨"。是以，其在創作五言古詩時，力求達到這種境界。如《酬蕭静安提舉二首》：

　　　　溜泉散餘塵，稍稍軒檻清。孤鳳起天末，縹緲參差鳴。佳音寂萬籟，异采含蜚英。衆葉豈不光，終然哆春榮。翩翩者何雛，和之欲成聲。乃知雲間意，非復區中情。

　　　　有客何方來，贈以雙南金。維時夏初溽，寒光激玄陰。至静閲真賞，獨晤諧希音。伊江渺風濤，伊林復崎嶔。出處各未得，冥思結長吟。於粲不能報，泠泠手中琴。④

讀此二詩，則能明顯感受到《古詩十九首》特有的風格，衹是袁桷在内容上將思婦念歸轉换到了對友情的珍視上。其一，袁桷以身份尊貴的鳳鳥自喻，雖生活於春榮華茂的天地間，并有暢游雲間的自由，但孤影無伴、孤鳴無和的寂寞與痛苦使其乏於起舞且無力鳴聲。詩歌語辭雖質樸淺淡，但袁桷寄於其中的情感却由淺及深，逐層地顯現了出來，并以渴望得到"知雲間意"的摯友作伴作結，韵味無窮。第二首與第一首有异曲同工之妙，

①　（元）袁桷：《袁桷集校注》卷九《次韵善之雜興七首》，楊亮校注，中華書局，2012，第436頁。

②　（元）袁桷：《袁桷集校注》卷五〇《題樂生詩卷》，楊亮校注，中華書局，2012，第2219頁。

③　（元）袁桷：《袁桷集校注》卷四九《書栝蒼周衡之詩編》，楊亮校注，中華書局，2012，第2164頁。

④　（元）袁桷：《袁桷集校注》卷三《酬蕭静安提舉二首》，楊亮校注，中華書局，2012，第159頁。

而特別是結句"泠泠手中琴"一語。對於遠方之客的贈金袁桷無以爲報，而這種友人間的美好亦是不能以此來衡量的，遂以手中的琴將其對友情的珍重輕撫而出。全詩造語平淡，而深情緩緩涌出。細品二詩，則有宋人吳可在《藏海詩話》中的所言之感："凡裝點者好在外，初讀之似好，再三讀之則無味。要當以意爲主，輔之以華麗，則中邊皆甜也。"① 詩意含蓄雋永，平淡而無乏味之感，出入《古詩十九首》之間，而從另一個角度來看，這説明了袁桷在五言古詩上用力甚多。

另外，袁桷在五言古詩中還非常擅用"比"的手法以使詩歌具有興象，如：

> 黄鵠海上來，逍遙游帝所。寥寥九萬里，五采紛异睹。朝霏西山霞，暮結平地土。喧啾舞晴翠，鵠首不復俯。孤鳴者何禽，振翮亦遐舉。② （《次韵范德機海鵠篇》其一）

> 南海有玄鶴，孤唳雲棱層。天池不肯下，厭此魚鱉腥。露冷懷長飢，慘澹舒寒翎。空岩蔽喬松，鬱鬱太古青。喬松意何悄，陰籟驅群靈。下有散髮翁，默誦離騷經。妙顏粲瓊芝，孰視眸晶熒。鏗然拔長劍，神光發新硎。倏忽去已遠，玄鶴空惋晚。爲言來何遲，迴風起前巘。③ （《贈徐中丞二首》其一）

這兩首詩均是通篇作比，構思十分巧妙。第一首是將元代詩人范德機以黄鵠作喻，而鵠即爲莊子所言之大鵬，全詩前後均在用典，贊美范德機的芝蘭情操，但讀來幾無人爲雕琢的痕迹，而是頗具自然流利之感。第二首是送行詩，其將友人比作玄鶴，認爲其志嚮高遠、品質淳厚。袁桷在詩中對黄鵠和玄鶴的通篇描寫，均是對象徵手法的巧妙使用。其中所描寫的景物都并非實指，而且友情一詞通篇都未曾直接出現，但其對友誼之珍視及對

---

① （宋）吳可：《藏海詩話》，中華書局，1983，第331頁。

② （元）袁桷：《袁桷集校注》卷五《次韵范德機海鵠篇》其一，楊亮校注，中華書局，2012，第248頁。

③ （元）袁桷：《袁桷集校注》卷五《贈徐中丞二首》其一，楊亮校注，中華書局，2012，第272頁。

友人之期望却處處可感。在某種程度上，宋人嚴羽對漢魏古詩的贊語——"氣象混沌，難以句摘"同樣適用於袁桷的一些呈現漢魏詩歌興象、古樸自然的五言古詩。

其次，七言古詩與歌行效法唐人李賀，清新綺麗。在古體詩中，袁桷的七言古詩和歌行成就最高，而且最能體現其詩歌特色，表現出了迥異於宋人的詩歌風貌。他的七言古詩經常呈現出清新綺麗的特點，既頗具自然本色又不失流麗之感；而歌行諸作則多融有李賀詩歌中的奇詭想象，散發出流轉跳蕩之美。如七言古詩《寄張伯雨道士兼簡鄧慶長二首》：

> 寢扉曉入香爐雲，尸坐朝日雙臉醺。南山鐘磬似有約，北山禽鳥如相聞。楊枝低昂碧霞袖，藕葉清淺青霓裙。更欲深居入林壑，築壇夜禮三茅君。

> 越羅作衫花纍纍，今年身長覺衣短。垂虹大堤迎棹船，彩袖翩躚酒卮暖。還家閉門百不知，桐葉題詩綠陰滿。鄰坊爲約張隱居，細雨湖橋乘款段。①

從整體上來言，這兩首七古之作都是對生活的本色描寫，同時袁桷又有些許着墨之處。南山的鐘聲，北山的鳥鳴，垂低的柳枝，清綠的藕葉，細雨過後的垂虹，相約飲酒的鄰坊，無不給人以清新自然之氣；而在遣詞造語上，如"碧霞袖""青霓裙"諸詞又給人以華美瑰麗之感。再如歌行之作《月海歌》：

> 水國紅葉下，萬山白嵯峨。扶胥無垠接天際，望舒力挽沈金波。人言老蟾那有光，爲借三足之烏起熒煌。烏已入地蟾在天，此說詎得然。或言大塊蓬蓬氣爲主，浮空五色神后輔。顧菟在腹不得吐，下入八瀛金碧聚。貝宮樓台珠結戶，穹龜前驅老蛟舞。千人之目皆在水，

---

① （元）袁桷：《袁桷集校注》卷六《寄張伯雨道士兼簡鄧慶長二首》，楊亮校注，中華書局，2012，第340頁。

　　各持一月得歡喜。夜闌斗轉銀河傾，變滅消沉去無趾。①

　　整首詩基本上在奇特大膽的想象、絢麗誇張的造語、跳躍多變的章法結構等方面的籠罩之下，但詩歌幾無生硬怪奇之感，并且明顯地透露出清新自然而又不失綺麗的風格，不僅可以看出袁桷師法李賀歌行的詩學淵源，而且可以看出其在詩歌上的創造性。另外，袁桷在《秋江釣月圖歌》《天瓢歌》《哀牢夷》等歌行詩歌中也都明顯地表現出了這種詩歌特點。

　　值得注意的是，袁桷在詩歌中對奇幻世界的描寫遠沒有李賀豐富且大膽，但其承繼李賀詩歌而來的奇異性想象、跌宕性章法、跳躍性意象，極大地拓展了元詩的內容空間，豐富了元詩的創作技巧，并爲元詩注入了新的審美因素。同時，這種對奇幻世界的描述與尋求也爲元詩開闢了迷離美與朦朧美的意境，而且時空之間的變換與交錯使詩歌更具奇幻色彩。而從另一方面來說，袁桷在詩歌上的這種虛構方式在某種程度上是其對內在人生體驗的一種表達，同時，其渴望在對未來世界的尋求中獲得生命的解脫，并能抵達詩化生命中的本真世界。

　　最後，近體詩宗法唐詩，并兼法宋詩。相對於古體詩取得的成就，袁桷的近體詩略顯遜色。其在近體詩上師法多家多體，而且既宗唐詩，又崇宋詩。在律詩上，唐代的杜甫、李商隱，宋代的歐陽修、黃庭堅都是其師法的對象；而在絕句上，其又以李白、李商隱等人爲宗主。但從某種程度上來說，他的許多律詩之作仍未徹底脫離江西末流的桎梏，"以文字爲詩、以才學爲詩、以議論爲詩"的傾嚮依然在其近體詩中留有痕跡。另外，在其詩學主張的框架中，他認爲"自次韻出，而唐風益絕，豪者俚，腴者質，情性自別，皆規規然，禪人韻偈爲宗，益不復有唐之遺音矣"②，但他的次韻之作數量頗多，而且仍未完全回避這些問題。如七律《次韻史獻父春游夜歸》一詩："留取餘春伴白頭，落花如雪翠如流。提壺不用頻沽酒，垂柳偏能獨繫舟。過雨月開雲母障，隔湖燈映水晶球。還家已覺衣裳冷，遙聽鐘聲是竹洲。"詩歌是對"春游夜歸"這一小事的記述，但其中亦有

---

① （元）袁桷：《袁桷集校注》卷八《月海歌》，楊亮校注，中華書局，2012，第408頁。
② （元）袁桷：《袁桷集校注》卷四九《書番陽生詩》，楊亮校注，中華書局，2012，第2149頁。

議論的痕迹，而且在語辭上既有如"水晶球"的雕飾之詞，也有如"還家已覺衣裳冷"的通俗之語。但是，袁桷的近體之作亦有一些佳作佳句，明人胡應麟在《詩藪》中曾言："七言律難倍五言，元則五言罕睹鴻篇，七言盛有佳什。如……袁伯長《宫怨》……皆全篇整麗，首尾匀均。"①

從總體上來説，袁桷的詩歌創作與仇遠的"近體吾主於唐，古體吾主於《選》"②有高度的一致性。其對多種詩體均有所嘗試，并在很大程度上踐行了其倡導的詩學理論，但就整體而言，其古體詩歌尤其是七古與歌行取得了很高的成就，呈現出清新綺麗的詩風特點，并帶動元人於近體詩之外將關注點集中於古體詩的創作上，以及在翰林國史院文士之間風行的雅正詩風之外另掀起一股綺麗詩風浪潮，促使元代詩風顯現出多樣性與多元化特徵。

三 袁桷與南北文士的詩歌交往及影響

從某種程度上來講，一種詩學主張的形成與盛行往往是文士之間頻繁的詩文酬唱活動的結果。袁桷的詩學主張從形成到完善再到盛行這一過程亦是在與文人廣泛的詩文唱和與贈答中完成的。在他的文集中，酬唱詩文占據很高的比例。就詩歌而言，《清容居士集》收録袁桷詩歌千餘首，其中唱和交往類詩歌有七百多首，單以次韵形式出現的酬唱詩就有四百餘首。而其不僅酬唱詩歌的數量令人驚訝，而且其交往人士之廣泛亦使人驚嘆。就地域而言，既有南方文人，又有北方文人；就時代而言，不僅有前輩名士，而且也有後進諸生；就文士身份而言，絶大部分爲仕進之士，但亦不乏方外之士。如次韵前輩趙孟頫詩作的《人日立春子昂承旨賦詩次韵》，送別北方文士元明善的《別仲章》，與少數民族文士馬祖常、南方文士虞集三人合作的聯句《槍竿嶺》，遥寄方外之士張雨的《寄張伯雨道士兼簡鄧慶長二首》，亦有祝壽詩《壽劉彦良宣慰母夫人九十五》，題畫詩《題張中丞東亭圖》等。而且，袁桷與許多文士有許多頻繁而緊密的詩歌往來，如其與馬祖常的往來之作多達 49 首、與元明善有 30 首、與虞集有 25 首。

---

① （明）胡應麟：《詩藪》外編卷六，上海古籍出版社，1958，第 232 頁。
② （元）方鳳：《存雅堂遺稿》卷三《仇仁甫詩序》，《文淵閣四庫全書》本。

在與南北衆多文士的交往中，袁桷接觸到多種詩學理論主張與多樣詩歌風格，并與之有所交流與交融，是以在這一過程中其逐漸完善了自己鏟除宋季之弊的詩學理論，形成了不同於南宋末世萎靡孤僻的詩歌風格，而同時這種融合多人詩歌理念的詩學主張具有了更爲廣泛的適用性，并擁有了更多的接受者。而且，其對晚唐詩人李商隱的成功學習成爲元人學習唐詩的典範，不僅爲元人開拓了宗法唐詩的範圍，而且爲之提供了研習唐詩的範本。另外，再加上袁桷翰林學士的政治地位與文壇領袖的文學地位使得這種詩學理論在元代中期詩壇上更爲盛行。是以在很大程度上袁桷的詩歌理論對"我元延祐以來，彌文日盛，京師諸名公咸宗魏、晉、唐，一去金、宋季世之弊"① 的文壇面貌的形成起到了極大的促進作用，而同時其合乎時代風貌的雅正與綺麗詩風又促成了逐漸定型於元代中期的元人審美範式。

首先，雅正審美。對《詩經》雅正傳統的追求，即宗法漢、魏、唐、宋詩歌，力求"不二於古今"②，不僅體現在袁桷的詩文理論與實踐中，而且貫穿於元代詩壇始末，其前有郝經的發端，後有歐陽玄作結。而在元代中期，其與虞集領導着南北文士力圖將南宋末世詩弊的痕迹一一清除，樹立符合元代氣象的詩壇風尚，遂在元代文壇掀起了一股復興雅正傳統的潮流。同時，在這一過程中，元人形成了雅正的審美範式。"我元延祐以來，彌文日盛，京師諸名公咸宗魏、晉、唐，一去金、宋季世之弊，而趨於雅正，詩丕變而近於古"，又"聖元科詔頒，士亦未嘗廢詩學，而詩皆趨於雅正"。③ 諸如此類的論述在後期文人的詩文中頗爲常見，而且後期詩壇也一直籠罩在"詩雅且正，治世之音也，太平之符也"④ 的論調當中，仍然秉持雅正審美觀念。關於雅正傳統在元代文壇的演變與地位，第八章有詳細論述。

其次，清新綺麗審美。相對與雅正審美，元人對清新綺麗的審美範式的接受并非十分廣泛，但是其仍在元人的審美思維深處占據重要位置。而這一審美範式在元代的定型，最大之功則應歸於袁桷。

---

① （元）歐陽玄：《圭齋文集》卷八《羅舜美詩序》，《文淵閣四庫全書》本。
② （元）黃溍：《文獻集》卷七上《山南先生集後記》，《文淵閣四庫全書》本。
③ （元）歐陽玄：《圭齋文集》卷八《李宏謨詩序》，《文淵閣四庫全書》本
④ （元）歐陽玄：《圭齋文集》卷八《羅舜美詩序》，《文淵閣四庫全書》本。

　　我元龍興，以渾厚之氣變之，而至文生焉：中統、至元之文龐以蔚，元貞、大德之文暢而腴，至大、延祐之文麗而貞，泰定、天曆之文贍以雄。涵育既久，日富月繁，上而日星之昭晰，下而山川之流峙，皆歸諸粲然之文意，將超宋、唐而至西京矣。①

　　在元人那裏，清新流麗、質實綺麗的詩風或文風均是他們所偏愛的，而且他們認爲體現此種風格的詩文足以媲美甚或超越唐、宋。事實上，元代這種審美範式的形成，一部分原因是西北少數民族作家群抒寫民族內質與性情而呈現出的“清”“麗”“雄”對元代詩壇風尚的融入②，但元代中期詩壇在袁桷引領之下對具有此種風格的李賀與李商隱詩歌的大力推崇與宗法亦不容忽視。

　　作爲以宋遺民身份而入仕元廷的袁桷，雖在詩文中多次高聲贊美元廷大一統王朝的盛世面貌，諸如“老人年周一甲子，至元大帝車書合文軌”③，然而其一直對自身仕於二朝的行爲不符合程朱理學規範下的忠義觀念而心懷愧疚，而且其仕於元廷，却因故宋遺民身份而受元廷蒙古族統治者的猜疑，始終未能完全融入新朝的統治。是以其精神上的這種矛盾更爲深刻，且更是久久而無法釋懷。這種無法排遣的愁悶在其詩文作品中多有體現，如《飲酒雜詩十二首》：

　　春至舊疾作，晝眠聽禽聲。總角耽六籍，萬化何縱橫。觀象太極初，始悟無虧成。環中秘靈根，群動一以貞。吾欲乘彩鳳，截篁以爲笙。上窮昆侖渾，下探渤澥清。（其一）

　　夜黑雪初白，高臥益自怡。起看庭前柳，冉冉青春姿。長松在西山，鬚髮流銀澌。豈不念歲苦，老壯當固持。事至勿獨戚，時來詎人爲。得酒且深醉，淵明果吾師。（其二）

①　（元）歐陽玄：《圭齋文集》卷七《潛溪後集序》，《四部叢刊》景明成化本。
②　參見第七章第四節“元代西北色目作家群創作的多重嚮度”。
③　（元）袁桷：《袁桷集校注》卷八《廬陵劉老人百一歌》，楊亮校注，中華書局，2012，第 414 頁。

京師二十載，酒中有深歡。大雨即閉戶，朔風嘗解鞍。客至輒笑之，是豈宜居官。振容篁神著，鴻飛漸于磐。百歲苦世短，萬鍾非我干。所以東方生，吏隱神益完。（其三）

南檐孤生竹，歲暮柯葉蒼。豈不念道里，因之摧雪霜。夷齊盧龍居，胡爲乃名揚。入水蛤有文，逾淮枳彌芳。受性諒匪移，臨風酹吾觴。（其八）

江梅生空林，歲晏美無度。挈身逾朔易，塊獨此室處。甄房望朝陽，耿耿不得語。雕籠粲珍禽，悵望秦鄉樹。爰居東門止，盛饗非素茹。臨風嗅其英，雅志懷故土。（其十一）

嵯峨白雲阡，種松在山腰。散之不盈掬，離離如麥苗。迎陽漱靈津，參差拂雲霄。露重碧天净，玄鶴時來巢。俯仰二十年，鬢齒日以凋。寄聲謝玄鶴，相期躋岑嶢。（其十二）①

袁桷作此詩時，任翰林待制一職，但一些居於高位的蒙古族人因其身份而頗爲顧慮，遂上薦仁宗將其驅出中央。在此種境遇下，袁桷追思前事，欲借酒排遣内心憂鬱之情。一方面，生活“京師二十載”的南方之士對故鄉的景物甚是懷念，“豈不念道里，因之摧雪霜”“臨風嗅其英，雅志懷故土”直接道出的鄉愁則使其内心非常惆悵煩悶。另一方面，回首往昔，回顧過往得失，發現已經“俯仰二十年”，但少年壯志却未能伸展，祇落得“鬢齒日以凋”，祇感受到了“百歲苦世短”，而更令人苦悶的是其頗爲内疚的入仕舉動却爲元廷疑心。這所有的矛盾與痛苦一并交織在其精神深處，逼迫着其開始在這種絕境中“觀象太極初”，試圖在“吟咏性情”的詩歌中考問人生，通過對詩歌中异域世界的探索，以期逃離現實中的苦悶，實現詩化生命的解脱。而他的這種意圖在李賀對奇幻世界進行孜孜不倦探索的歌行詩與李商隱旨趣遥深、難以情測的“無題”詩中找到了對人

---

① （元）袁桷：《袁桷集校注》卷四《飲酒雜詩十二首》，楊亮校注，中華書局，2012，第219～222頁。

生思索的某種契合，是以對二人詩歌的宗法使其對二人清新綺麗的詩風亦非常偏愛。值得注意的是，袁桷內心深處的這種矛盾與苦悶并非元代的個別現象，而是仕於元廷的南方文人比較普遍的精神共相。是以，對李賀與李商隱詩歌的宗法成爲元代詩壇上的另一股潮流，而清新綺麗的詩風亦成爲元代文壇上別樣的審美風尚。

總而言之，袁桷考諸元初衆人的詩學主張并結合時局，爲解決宋季詩弊提出了一系列較爲系統且完善的詩學理論主張。其在詩文交往中實踐了自己的詩歌理念，雖然其詩歌創作仍有宋季詩歌之病，并未達到其詩歌理論的高度，但不能否認其酬唱之作對其詩學主張的廣泛傳播以及風靡元代詩壇的促進之功。在一定程度上，其詩歌理論及詩歌風格對南宋末世文壇弊病的清除、翰林國史院詩風多樣性的呈現、元代詩壇風尚的形成以及元人審美範式的定型均做出了不可磨滅的貢獻，尤其是他在宗法李商隱成爲元人學習唐詩的典範案例，引領元人深入學唐方面，以及爲翰林國史院詩風甚或元代詩風融入清新綺麗特質方面，貢獻更爲突出。就此意義而言，元代中期文壇盟主地位遠不能囊括袁桷取得的成就及其對元代文壇的貢獻。

第四節　"書畫勝文"：多重文化身份叠加的趙孟頫

在元代衆多的翰林文士之中，趙孟頫可以説在後世是最爲人所熟知的一個。從明清到今天，趙孟頫不僅作爲一個文人，而且作爲一個文化符號被不斷關注和消費。回歸歷史，尋繹元人視野下的趙孟頫形象，就會發現，後世彌久不衰地對趙孟頫的評議和消費在元代就已經出現，這實際上説明了趙孟頫形象的複雜性。歸納整理有元一代士人對趙孟頫的評價，從其愛財、仕元、與姚燧的交往、在元代的詩歌地位和後世對其詩文書畫評價等不同方面，還原趙孟頫在元代士人心中的形象和地位。可以看出，趙孟頫真實歷史形象構建的過程，也是其價值不斷增值和其形象不斷符號化的過程。

趙孟頫在後世的叙述中，在一定程度上已爲人神話化。作爲神話的趙孟頫，具有很強的話語生產性和不斷被重新闡釋的可能性。趙孟頫作爲元代最著名的書畫家，其出身、經歷、藝術造詣無疑爲後世文人所矚目。他和妻子管道昇的琴瑟和諧，其中所衍生的各種故事，足以讓趙孟頫成爲公衆人物，伴隨而來的是其書畫作品的廣泛流傳。趙孟頫在世時，他就已爲當世文人所推崇，其詩、書、畫及音樂上的成就，使他在後世享有崇高的地位和廣泛影響。可以說趙孟頫是元代最爲多才多藝的文士。元代後期文士代表歐陽玄曾爲趙孟頫撰寫神道碑，文中稱他："爲文清約典要，諸體詩造次天成，不爲奇崛，格律高古不可及。尺牘能以數語曲暢事情。鑒定古器物、名書畫望而知之，百不失一。精篆、隸、小楷、行、草書，惟其意所欲爲，皆能伯仲古人。畫入逸品，高者詣神。四方貴游及方外士，遠而天竺、日本諸外國咸知寶藏公翰墨爲貴。"① 歐陽玄主要活動在元順帝年間，與趙孟頫并不相識，他所作神道碑多來自趙孟頫的學生楊載的記録。然而歐陽玄對趙孟頫的詩文、繪畫、書法的地位與價值的高度評價，很大程度上說明了在元人眼中趙孟頫就已經是世不二出的人物。通過元人流傳的各種趣聞逸事以及元人對於趙孟頫人格和詩書畫的評價，就可發現趙孟頫形象的演變有一個極爲複雜的過程。趙孟頫的形象是一個在真實形象基礎上的二次塑造，這種塑造不妨看作歷史人物的二次書寫。

一　趙孟頫入元後的生存境遇

趙孟頫在元代文壇上地位顯赫，不僅"被遇五朝，官登一品，名滿天下"，而且詩書畫堪稱三絕。然而這種榮耀是"遠觀"而得，并不是趙孟頫的全部形象。對於趙孟頫的日常生活，却少有人關注，而來自日常瑣碎生活的壓力往往影響着人們選擇與決斷的瞬間，趙孟頫便是如此。

宋亡元興之後，作爲趙氏後裔的趙孟頫，其日常生活最顯著的特點便是貧寠。元末孔克齊《静齋至正直記》中記載趙孟頫一事，以近似小説筆法記載了他的生活狀態：

> 其（趙孟頫）敏慧格物理、參造化之巧如此者，豈凡俗之所能擬其萬一哉！但亦愛錢，寫字必得錢，然後樂爲之書。一日，有二白蓮道者造門求字。門子報曰："兩居士在門前求見相公。"松雪怒曰："什麼居士？香山居士、東坡居士邪？個樣吃素食的風頭巾，甚麼也

---

① （元）歐陽玄：《圭齋文集》卷九《趙文敏公神道碑》，《四部叢刊》景明成化本。

稱居士!"管夫人聞之，自內而出，曰："相公不要恁地焦躁，有錢買
得物事吃。"松雪猶愀然不樂。少頃，二道者入謁罷，袖携出鈔十錠，
曰："送相公作潤筆之資。有庵記，是年教授所作，求相公書。"松雪
大呼曰："將茶來與居士吃！"即歡笑逾時而去。①

孔克齊的記載有諷刺趙孟頫愛錢貪財、有辱斯文之意。雖然這種文字類似
小説家言，不足爲據，但客觀上反映了趙孟頫在人們心目中的部分印象，
而這實際上是趙孟頫作爲文化符號被消費的結果。即便此爲筆記材料，但
它肯定是對當時情況的一種反映。從這則記載來看，趙孟頫不是聚斂之
徒，祇是家庭貧困，爲生活所迫，爲了"有錢買得物事吃"，不得已而收
"潤筆之資"。材料背後反映的是趙孟頫家庭經濟困難的現實。孔克齊在
《靜齋至正直記》中也有記載，説趙孟頫"入國朝（元朝）後，田產頗
廢，家事甚貧，所以往往有人饋送錢米肴核，必作字答之"。② 賣畫鬻文是
一種常見現象，貧窮文人常借此謀得生活之資。趙孟頫作爲南宋皇室後裔
而如此貧窮，這在不知實情的文人眼裏，自然難以想象。

　　宋元易代，對於趙孟頫而言，作爲南宋皇室成員，所受衝擊巨大是不
爭的事實。從趙孟頫的詩歌來看，他表現出的是一個寒門貧士的形象，未
露出絲毫煊赫家世，"敝裘擁衰疾，風雨何凄其"，③ "夜雨鳴高枕，春寒入
敝袍"④。這樣的反復述説，顯然不是純粹的文學修飾，而是趙孟頫生活境
遇的真實寫照。這種描寫家庭貧窮、生計無助的詩歌在趙孟頫文集中非常
普遍，可以説是他詩歌極爲重要的一個主題。"生事憐吾拙，懷人阻道
修"，⑤ 慨嘆自己拙於謀生。"無錢頻貰酒，多病倦登樓。……世已無劉表，
家徒有孟光。故衣寒未補，發篋動幽香。"⑥ 當日常維生都已十分艱難時，
再要竭力維持南宋宗室後裔的操守，顯然不切實際。所以出於謀生目的而

① （元）孔克齊：《靜齋至正直記》卷一《松雪遺事》，清毛氏鈔本。
② （元）孔克齊：《靜齋至正直記》卷一《松雪遺事》，清毛氏鈔本。
③ （元）趙孟頫：《趙孟頫集》卷三《病中春寒》，錢偉強點校，浙江古籍出版社，2016，
　　第54頁。
④ （元）趙孟頫：《趙孟頫集》卷四《春寒》，錢偉強點校，浙江古籍出版社，2016，第79頁。
⑤ （元）趙孟頫：《趙孟頫集》卷四《獨夜》，錢偉強點校，浙江古籍出版社，2016，第81頁。
⑥ （元）趙孟頫：《趙孟頫集》卷四《次韵馮伯田秋興》，錢偉強點校，浙江古籍出版社，
　　2016，第82頁。

進行的妥協，也是趙孟頫出仕元朝的一個原因。"何非親友贈，蔬食常不飽。病妻抱弱子，遠去萬里道。"這四句出自趙孟頫《罪出》一詩，正是他因貧窮而萬里赴大都出仕的寫照。

然而即便仕元，趙孟頫生活困難的現狀并沒有很大改觀。趙孟頫在剛到大都之時，主動爲出身康里貴族的不忽木寫詩，在大力誇贊不忽木的同時，也牢騷滿腹地説明了自己的生存窘境："賦詩時遣興，好客恨無錢。正爾韋編絶，俄聞束帛箋。風塵驅馹騎，霜雪灑鞍韉。別婦經春夏，離鄉整四千。家書愁展讀，旅食困憂煎。"① 另外，趙孟頫描寫大都官宦生活的詩歌説："清晨騎馬到官舍，長日苦飢食還并。簿書幸簡不得休，坐對枯槎引孤興。"② 可見趙孟頫在大都的官職也甚爲清要，生活仍是清貧，以至於"帝聞孟頫素貧，賜鈔五十錠"。③ 皇帝救助的行爲雖然可以説是優渥臣子，但言其生活的艱難并非誇張。

元貞元年（1295），因世祖去世，元成宗敕修《世祖實録》，趙孟頫又被召回大都。由於備受朝中蒙古、色目大臣猜忌，趙孟頫便借病乞歸回到了吴興，閑居了四年。閑居吴興時，趙孟頫拙於謀生，生活復又陷入困境："已無新夢到清都，空有高情學隱居。貧尚典衣貪購畫，病思弃研厭求書。圍人焚積夜防虎，溪女叩扉朝賣魚。困即枕書飢即飯，謀生自笑一何疏。"④ 趙孟頫家本貧窮，仍不惜典當衣服，購買歷代名畫，這無疑加劇了他生活的困窘。由宋入元，由壯年時的大都謀生出仕到晚年的隱居生活，生存窘境伴隨趙孟頫始終。終其一生，趙孟頫都在與貧窮作鬥争，賣畫鬻文衹是其生活之一隅。雖然趙孟頫曾仕至翰林學士承旨的從一品高官，但是任職都非樞機要職，多爲清要的翰林官。這也是趙孟頫在仕途時依然貧窮的原因。直至人生晚年，"且將閑散樂餘生，豈望殘念給殘俸"⑤，

---

① （元）趙孟頫：《趙孟頫集》卷四《投贈刑部尚書不忽木公》，錢偉强點校，浙江古籍出版社，2016，第92頁。

② （元）趙孟頫：《趙孟頫集》卷三《兵部聽事前枯柏》，錢偉强點校，浙江古籍出版社，2016，第58頁。

③ （明）宋濂等：《元史》卷一七二《趙孟頫傳》，中華書局，1976，第4020頁。

④ （元）趙孟頫：《趙孟頫集》卷四《德清閑居》，錢偉强點校，浙江古籍出版社，2016，第107頁。

⑤ （元）趙孟頫：《趙孟頫集》卷三《贈相師王蒙泉》，錢偉强點校，浙江古籍出版社，2016，第70頁。

仍是他的人生期望。

　　趙孟頫的生活拮据，拙於謀生的現實境遇，使我們可以從中一窺這位趙宋王孫顯赫的仕途經歷之外不爲人知的一面，也使我們對以趙孟頫爲代表的南人在大都的政治生活中的真實地位有了不同的理解與認識。

　　南宋皇室後裔的身份，一方面使趙孟頫在元朝官場順風順水，不斷升遷，但另一方面也使他生前身後招致不盡的罵名，并一生進退維谷，矛盾、愧疚心理一直揮之不去。在趙孟頫生前，對他的批評主要來自南宋遺民。自陸秀夫負南宋幼帝趙昺蹈海後，南宋滅亡已是不爭的事實，而趙孟頫等趙宋後裔，自然而然地成爲南宋皇室的最後象徵，在遺民看來，他應該成爲爲南宋守節的代表。因此他的仕元，最難讓南宋遺民文人所接受。所以"出仕胡元"等各種帽子便扣到了他的頭上，甚至出現了其弟趙孟堅不齒其出仕元朝，令僕人洗其坐具的故事。①

　　然而對於趙孟頫個人而言，爲趙宋守節的擔子顯得過於沉重。他是趙宋皇室後裔，但也是誦讀儒家經典的讀書人，實現儒家倡言的濟世致用、經邦治國是他的理想。在《送吳幼清南還序》中他説："士少而學之於家，蓋亦欲出而用之於國，使聖賢之澤沛然及於天下，此學者之初心。然而往往淹留偃蹇，甘心草萊岩穴之間，老死而不悔，豈不畏天命而悲人窮哉！誠退而省吾之所學，於時爲有用耶？爲無用耶？可行耶？不可行耶？則吾出處之計，瞭然定於胸中矣，非苟爲是栖栖也。"② 趙孟頫也希望自己所學能有用於世，而不是"淹留偃蹇，甘心草萊岩穴"，老死不悔。據傳母親邱夫人也勸他："聖朝必收江南才能之士而用之，汝非多讀書，何以异於常人。"③ 這種記載出現在楊載的墓志裏，應是來自趙孟頫的叙述，其真實性大可懷疑，却反映了讀書入仕以用於國家是社會普遍的價值取嚮。南宋遺民對趙孟頫出仕元朝的批評與他經世致用的個人理想之間的矛盾貫穿了趙孟頫一生，這種矛盾心理在他的詩文中隨處可見。而趙孟頫正是在這種

---

① 按此事最早見於元姚桐壽《樂郊私語》，民國實顏堂秘笈本。此事之不經，王作良《趙孟頫仕元問題再探》已作説明，詳見《西安電子科技大學學報》（社會科學版）2007 年第 6 期。

② （元）趙孟頫：《趙孟頫集》卷六《送吳幼清南還序》，錢偉强點校，浙江古籍出版社，2016，第 170～171 頁。

③ （元）楊載：《大元故翰林學士承旨榮禄大夫知制誥兼修國史趙公行狀》，載李修生主編《全元文》第 25 册，江蘇古籍出版社，1998，第 580 頁。

矛盾心理之中，出仕新朝，并做出了一番事業。

元人對於趙孟頫的認識，還有獨特的一面，即趙孟頫的姿容秀雅。在楊載所撰行狀和歐陽玄所撰神道碑中都有一段意思近似的文字：

> 仁宗聖眷甚隆，字而不名，嘗詔侍臣曰："文學之士，世所難得，如唐李太白、宋蘇子瞻，姓名彰彰然常在人耳目。今朕有趙子昂，與士人何异！"有所撰述，輒傳密旨，獨使公爲之。聞與左右論公，人所不及者數事：帝王苗裔，一也；狀貌昳麗，二也；博學多聞知，三也；操履純正，四也；文詞高古，五也；書畫絕倫，六也；旁通佛老之旨，造詣玄微，七也。①

這是元仁宗對趙孟頫的一個評價，概括全面，也是元人對趙孟頫的最高評價。可以看出，趙孟頫深受元皇室尊崇。元仁宗將趙孟頫比作李白、蘇軾一般的人物，足見對趙孟頫的重視。另一方面，姿容秀雅居然成爲他人所不及的條件之一，應該可以想見，趙孟頫的容貌、儀度確實非常出衆，迥异他人。《元史·趙孟頫傳》中也有描寫："至元二十三年，行台侍御史程鉅夫奉詔搜訪遺逸於江南，得孟頫，以之入見。孟頫才氣英邁，神采焕發，如神仙中人，世祖顧之喜，使坐右丞葉李上。"② 元人陸友仁說："鮮于伯機目趙子昂神情簡遠，爲神仙中人。"③ 元末的陶宗儀說："又獨引公（趙孟頫）入見，神采秀异，照耀殿庭，世祖稱之爲神仙中人。"④ 陶宗儀則評價爲"丰姿凝粹，內嚴外恕"。⑤ 元人陳基在《題趙魏公墨竹》中寫道："魏公仙者徒，清風動千古。夢斷江南春，飄飄游帝所。"⑥ 這些記載大同小异，均是說趙孟頫神情儀度非凡，如神仙中人，可見趙孟頫的相貌、儀度風姿都給當時人留下了深刻的印象。可以推測，趙孟頫的這種姿容儀態，一方面確實與他容貌秀雅有關，而另一方面與他造詣精絕的藝術

---

① （元）楊載：《大元故翰林學士承旨榮禄大夫知制誥兼修國史趙公行狀》，載李修生主編《全元文》第 25 册，江蘇古籍出版社，1998，第 585 頁。
② （明）宋濂：《元史》卷一七二《趙孟頫傳》，中華書局，1976，第 4018 頁。
③ （元）陸友仁：《研北雜志》卷下，民國影寶顔堂秘笈本。
④ （元）陶宗儀：《書史會要》卷七，《文淵閣四庫全書》本。
⑤ （元）陶宗儀：《書史會要》卷七，《文淵閣四庫全書》本。
⑥ （明）偶恒：《乾坤清氣》卷六，《文淵閣四庫全書》本。

氣質亦密切相關，因此纔被目爲"神仙中人"。

出身高貴、外貌俊朗秀麗、氣質出衆，文學和藝術才能杰出，皇帝對其贊賞不已，而這恐怕也是趙孟頫在元代名揚天下的原因，但如此盛名似乎并没有改變趙孟頫的生活狀態。有元一代，南人的生存狀態非常值得關注，而作爲南方文士代表的趙孟頫則可以作爲管窺的一個視角。

二　趙孟頫與北方翰林文士的關係

趙孟頫作爲南方文士的杰出代表北上之後，曾與許多頗負盛名的北方文士共仕於翰林國史院。姚燧爲北方文宗，與趙孟頫均在大都的翰林國史院任職，因而在趙孟頫的交往中，和姚燧的關係很有研究的必要，這不僅涉及了元代南人在大都的地位問題，而且還涉及了二人在元代文壇的地位及文風的變化等問題。

有關二人的交往，翻檢姚燧的《牧庵集》和趙孟頫的《松雪齋集》不見二人有詩文往來的記録。姚燧在元世祖至元二十七年，擔任大司農丞。元成宗大德五年，江東廉訪使，九年任江西行省參知政事。到了至大元年擔任翰林學士承旨，而此時趙孟頫由元仁宗提拔擔任翰林直學士，應該説姚燧是趙孟頫的直接上級，兩人應該非常熟知纔對。但二人并没有没有詩文往來的任何記録。

《元史·姚燧傳》透漏出一些信息："然頗恃才，輕視趙孟頫、元明善輩，故君子以是少之。"[1]《元史》的觀點一定有所依據，這可能是兩本文集中未見往來的原因。然而姚燧輕視趙孟頫、元明善的原因并没有説清楚。

清人姜宸英在讀《姚燧傳》時便大爲不滿，認爲其有悖於大儒的身份。[2] 姜宸英認爲《元史·姚燧傳》評價最爲名不副實，他認爲姚燧空有大儒之名却行爲乖張，而且没有資格輕視趙孟頫等人。姜宸英的評價并不客觀，而且没有點出問題的要害。但這説明至少在清人那裏，對姚燧爲何輕視趙孟頫、元明善等人，已不很清楚了。

首先可以肯定的是，趙孟頫與姚燧身份、地位有很大差距。趙孟頫儘管是南宋皇族出身，但從身份和地位上來説，仍是地位最低的南人。而姚

① （明）宋濂：《元史》卷一七四《姚燧傳》，中華書局，1976，第 4060 頁。
② （清）姜宸英：《湛園札記》卷三，《文淵閣四庫全書》本。

燧完全不同：從出身來説，他是元世祖忽必烈的潛邸舊臣姚樞之姪，金蓮川幕府勛舊之後；從學術淵源來説，他是元朝大儒許衡的嫡傳弟子。另外，就入仕經歷來説，趙孟頫是不能和姚燧相比的，姚燧不僅入仕較早，擔任實職的時間較長，地位也較高，而且亦是元初文壇領袖。

姚燧是否從元代民族身份地位的角度來輕視趙孟頫呢？并非如此。在《元史》記載的許多文士列傳中，多有姚燧的評價之語，從中可以看出姚燧評價人物的角度與態度：

> 翰林學士承旨姚燧以書抵溪曰："燧見人多矣，學問文章，無足與子肇比倫者。"①

> 謝端，字敬德，蜀之遂寧人。……史杠宣慰荆南，數加延禮，薦之姚燧，燧方以文章大名自負，少所許可，以所爲文視端，端一讀，即能指摘其用意所在，燧嘆獎不已，語人："後二十年，若謝端者，豈易得哉！"②

> 李洞，字溉之，滕州人。生有異質，始從學，即穎悟強記。作爲文辭，如宿習者。姚燧以文章負大名，一見其文，深嘆異之，力薦於朝，授翰林國史院編修官。③

孛术魯翀是色目人，謝端是南人，李洞是漢人，姚燧比較客觀地對他們都進行了評價，并有褒贊之語，而這實際上説明了姚燧不會因爲民族身份輕視趙孟頫，也説明了姚燧輕易不許可人的不恰當性。而且，元明善是大名清河（今河北邢台）人，是地地道道的北人，《元史·元明善傳》中有一段話這樣寫道：

> 董士選之自中台行省江浙也，二人者俱送出都門外……如復初

---

① （明）宋濂等：《元史》卷一八三《孛术魯翀傳》，中華書局，1976，第4219頁。
② （明）宋濂等：《元史》卷一八二《謝端傳》，中華書局，1976，第4206頁。
③ （明）宋濂等：《元史》卷一八三《李洞傳》，中華書局，1976，第4223頁。

（元明善）與伯生（虞集），他日必皆光顯，然恐不免爲人構間。復初中原人也，仕必當道；伯生南人，將爲復初摧折。今爲我飲此酒，慎勿如是。明善受巵酒，跪而釂之。起立，言曰：“誠如公言，無論他日，今隙已開矣。請公再賜一巵，明善終身不敢忘公言！”①

紬繹董士選最後一句話就會清楚，元初士人官吏似乎都明白這一點：儘管虞集是南方的博學大儒，但他的南人身份使他不可能在元廷受到重用。所以董士選說元明善一定會仕至要職。既然元明善身爲北人尚受到姚燧的輕視，那麼南人、北人的身份差別必定不是趙孟頫受到輕視的原因。

就二人在當時的文壇地位來講，姚燧無疑處於儒學領袖和文壇盟主地位。張養浩評價姚燧說：“皇元宅天下百許年，倡明古文纘牧庵姚公一人而已。蓋常人之文，多剽陳襲故，窘趣弗克振拔。惟公才驅氣駕，縱橫開闔，紀律惟意。”② 他認爲姚燧之文氣勢豪邁，爲文開合有法度，認爲在元代文壇上姚燧是當之無愧的第一人。又《元史》載：“燧之學，有得於許衡，由窮理致知，反躬實踐，爲世名儒。爲文閎肆該洽，豪而不宕，剛而不厲，舂容盛大，有西漢風，宋末弊習，爲之一變。蓋自延祐以前，文章大匠，莫能先之。”③《元史》的評價和張養浩的評價有內在的一致性，不過更具體地點出姚燧的古文基礎來源於儒家，其文風和西漢散文有相似之處。清代四庫館臣在繼承張養浩、柳貫、宋濂的評價基礎上引用了黃宗羲的話：“國初黃宗羲選《明文案》，其《序》亦云：‘唐之韓、柳，宋之歐、曾，金之元好問，元之虞集、姚燧，其文皆非有明一代作者所能及。’則皆异代論定，其語如出一轍。燧之文品亦可概見矣。”④ 在黃宗羲眼中，金元的大家祇有元好問、虞集、姚燧，其文學成就遠在明人之上。并沒有提到趙孟頫，說明在元人、明人那裏姚燧在古文上的地位和成就要遠高於趙孟頫。

作品篩選、歷史遺忘與啓動是研究一位作家如何通過“選本”進入文

<hr />

① （明）宋濂等：《元史》卷一八一《元明善傳》，中華書局，1976，第 4173 頁。
② （元）姚燧：《姚燧集》附錄二《牧庵姚文公文集序》，查洪德編校，人民文學出版社，2011，第 654 頁。
③ （明）宋濂等：《元史》卷一七四《姚燧傳》，中華書局，1976，第 4059 頁。
④ （元）姚燧：《姚燧集》附錄二《四庫全書總目·牧庵集》提要，查洪德編校，人民文學出版社，2011，第 658 頁。

學史的，隨着時間推移，我們對當時作家和作品會遺忘，這是文學史研究中的必然現象。如果從元人蘇天爵編選的《國朝（元）文類》來看，則更能説明問題，蘇天爵編選的這部書可以説是元人心中本朝作家地位的"座次表"，可以看出當時作家在元代文壇的地位，對認識元代詩文有重要價值。

從作品類別上來看，《國朝（元）文類》共收 832 篇。其中，詔赦 26、册文 16、制 54、奏議 10、表 26、箋 4、箴 2、銘 16、頌 4、贊 18、碑文 32、記 51、序 64、書 11、説 6、題跋 22、雜著 13、策問 7、啓 2、上梁文 6、祝文 9、祭文 8、哀辭 3、謚議 4、行狀 4、墓志 10、墓志銘 21、墓碣 12、墓表 12、神道碑 40、傳 10、賦騷 10、樂章 5、四言詩 2、五言古詩 36、樂府歌行 33、七言古詩 23、雜言 6、雜體 2、五言律詩 28、七言律詩 90、五言絕句 13、七言絕句 61。從作家作品來看，共涉及作家 164 位。其中涵蓋了從窩闊台時期到元順帝時期的大多數作家，比較有代表性的作家及所收篇數，依次爲：虞集 113 篇、姚燧 82 篇、劉因 63 篇、馬祖常 36 篇、元明善 27 篇、吳澄 26 篇、趙孟頫 23 篇、袁桷 21 篇、元好問 20 篇、閻復 17 篇、宋本 15 篇、王構 15 篇、歐陽玄 14 篇、程鉅夫 11 篇、李材 11 篇、孛术魯翀 10 篇、許衡 10 篇、鄧文原 10 篇。《元文類》實際上是元人自己編選的元人文學地位的"座次表"，可以看出，姚燧在元代文壇上的實際地位要遠遠高於趙孟頫。

從選文上來説，《元文類》中趙孟頫的文章祇有一篇神道碑，其餘均爲詩歌，以七言律詩爲最多。從《元文類》中所選趙孟頫詩文比例來看，至少趙孟頫的古文在當時并不占主要地位，這也説明了楊載提到的元仁宗讓趙孟頫單獨起草詔旨的描述很有可能是誇耀之詞，并不一定符合歷史事實。反倒是張養浩等人及《元史》的記載更爲符合元代文壇的實際，所以姚燧的自負與不輕易許可他人也是淵源有自。

從二人對古文的理解上來看，也能找到一點根據。姚燧爲文基礎實際上來自韓愈，其文章風格和韓愈確實有神似之處，并且對韓文下過苦功："余年二十四，始取韓文讀之，走筆試爲，持以示人。譬如童子之鬥草，彼能是，余亦能是。彼有是，余亦有是，特爲士林禦侮之一技焉耳。"[1] 在

---

[1]（元）姚燧：《姚燧集》卷四《送暢純甫序》，查洪德編校，人民文學出版社，2011，第 68 頁。

文學主張上源於儒家的道德修養論："玩其文之一二，大抵體根於氣，氣根於識。識正而氣正，氣正而體正。故勁特而偉健，明白而洞達，激烈而懇到。望而知其爲威仲之文，蓋君子之文也。"① 爲文要達到上佳的境界就是君子之文，而這在於要有儒家的道德修養論作爲基礎，有此基礎纔能由氣正達到識正，最後纔能達到體正。內在的儒家修養論正是姚燧的學術淵源，這也是姚燧從許衡那裏學到的。翻檢元人文集就會發現元代有一個很有意思的現象，來源於金元區域的文人往往比來自故宋區域的文人有更爲濃厚的儒家正統論和綱常意識，更强調對君主的忠誠和自身的責任感，有强烈的參政意識。其文風往往汪洋恣肆但流於粗豪，由於過分强調道統，爲文較爲質樸，而缺少情致，過分强調實用性而忽視了藝術性，還有一點就是模仿的痕迹較重，導致文章生硬晦澀，這在原來金源區域的文人中是一個普遍現象。

而來源於故宋區域的趙孟頫在古文的見解上則認爲："文者所以明理也。自六經以來，何莫不然。其正者自正，奇者自奇，皆隨其所發而合於理，非故爲是平易險怪之別也。後世作文者不是之思，始誇詡以爲富，剽疾以爲快，詼詭以爲戲，刻畫以爲工，而於理始遠矣。"② 趙孟頫的儒家道統意識并不强烈，他認爲爲文要言之有物，不要爲文造情，不要有意追求險怪的汪洋恣肆的文風。趙孟頫的批評不知是否有意針對姚燧，但是他和姚燧的文風明顯不同則是顯而易見的事實。

《元史·趙孟頫傳》評論其"詩文清邃奇逸，讀之使人有飄飄出塵之想"。③ 倒不似評價詩文，反像是評價人了。不過説明趙孟頫的詩文具有老莊文字的特點。元初文人中，同爲南人的戴表元與趙孟頫相交好，他曾爲趙孟頫詩文集作序，文中稱"吳興趙子昂與余友十五年，凡五見，必以詩文相振激，子昂才極高，氣極爽，余跂之不能及。……子昂古賦凌屬頓迅，在楚漢之間，古詩沉潛鮑、謝，自餘諸作，猶傲睨高適、李翱云"。④

① （元）姚燧：《牧庵集》卷三《盧威仲文集序》，武英殿聚珍版叢書本。（查洪德輯校本無此篇）
② （元）趙孟頫：《趙孟頫集》卷六《劉孟質文集序》，錢偉强點校，浙江古籍出版社，2016，第176頁。
③ （明）宋濂等：《元史》卷一七二《趙孟頫傳》，中華書局，1976，第4022~4023頁。
④ （元）戴表元：《剡源集》卷七《趙子昂詩文集序》，《四部叢刊》景明本。

以朋友的身份評價趙子昂，雖稍有溢美之嫌，但戴表元作爲宋末元初南方巨擘，其評價還是很獨到的。方回在《送趙子昂》詩中這樣寫道："文賦早知名，君今陸士衡。真能辨龍鮓，未可忘蓴羹。"① 將趙孟頫比作曹魏時的陸機，間接誇贊了趙孟頫的文章。張之翰在《趙學士子昂畫選詩湛湛長江水上有楓樹林扇頭見貺》中寫道：

> 子昂作選體，嘗愛阮嗣宗。阮詩清絕處，江水上有楓。參透句中禪，詩工畫尤工。②

詩中言趙孟頫作選體即古體詩，喜愛阮嗣宗，阮籍的詩歌風格清絕遥深，透露出瀟灑遺世的特點，這與趙孟頫希望歸隱山林的理想一致，因此他於古詩崇尚阮籍，詩風也相似。

歐陽玄之婿何貞立在《松雪齋集跋》中稱：

> 假是集觀之，若制誥，若碑志、記、序、銘、贊，若詩，若樂府與他雜著，皆讀之一再過，益信公爲世的稱慕者，名非虛也。然猶惜今人徒稱公書法妙絕當世，而未知公學問之博、識趣之深、詞章之盛，乃以其游藝之末蓋其所長，是固不得爲知公也。③

從何貞立這則跋文中可知，趙孟頫在世時，世人已多不知其文名，皆稱其書法。然而尚有一部分深知趙孟頫者如何貞立、楊載輩，皆知趙孟頫學問詞章，不在其書畫名聲之下。

總的來看，姚燧之所以輕視趙孟頫，主要是由於文章的關係，趙孟頫的文章數量很少，也不爲時人所關注，而姚燧則是國初文章大家，這方面可能使得姚燧輕視趙孟頫。另外，姚燧的另一個身份是北方儒者，而趙孟頫則全然文士做派，以書畫稱名大都，在儒學興盛的當時，儒學之士輕視文學之士是很正常的。隨着時間推移，姚燧幾乎被後世"遺忘"。一個作

---

① （元）方回：《桐江續集》卷一二《送趙子昂》，《文淵閣四庫全書》本。
② （元）張之翰：《西岩集》卷一《趙學士子昂畫選詩湛湛長江水上有楓樹林扇頭見貺》，《文淵閣四庫全書》本。
③ （清）陸心源：《皕宋樓藏書志》卷九六《松雪齋集跋》，清萬卷樓藏本。

家的作品傳世，要經過歷時的篩選，一個是時人的批評，一個就是隨着時間的變遷而發生的"遺忘"。還原姚燧與趙孟頫文學史"座次"，可以看出元人對趙孟頫在文學地位上的認識。

三　"國朝第一"：元人對趙孟頫的書畫評價

相比趙孟頫的詩文，他的書畫造詣和成就顯然更受時人推崇。其書法諸體皆精，楊載云："性善書，專以古人爲法。篆則法石鼓、詛楚，隸則法梁鵠、鍾繇，行草則法逸少、獻之，不雜以近體。"① 元鮮于樞《困學齋集》稱："子昂篆、隸、真、行、顛草爲當代第一，小楷又爲子昂諸書第一。"元末陶宗儀評價更高："魏國趙文敏公孟頫以書法稱雄一世，畫入神品。其書，人但知從魏晋中來，晚年則稍入李北海耳。嘗見《千字文》一卷，以爲唐人字，絕無一點一畫似公法度，閱至後，方知爲公書。"② 而且又在《書史會要》中稱趙孟頫"尤善書，爲國朝第一"。③ 元鄭玉《蘇字》云："未須好古談顔柳，當代爭誇趙子昂。寫出眉山元祐脚，世人都道是疏狂。"④ 元陸友仁《研北雜志》載："胡汲仲謂趙子昂書上下五百年，縱横一萬里，舉無此書。"元倪瓚在《題趙松雪詩稿》中說："趙榮禄高情散朗，殆似晋宋間人，故其文章翰墨，如珊瑚玉樹，自足照映清時。雖寸兼尺楮，散落人間，莫不以爲寶也。"⑤ 宋末元初人俞琰在《林屋山人漫稿》中說："蘭亭已矣，定武刻本且不可見，何況真迹乎？嗚呼！羲之之書吾不得而見之矣，得見子昂者斯可矣。"⑥ 元代陳高在《趙子昂學士帖跋》中記：

> 吳興趙魏公以善書名當代，片紙遺幅人争寶之，而流落人間者固亦不少。……上人出示此帖乃公得意之書，尤可寶也。⑦

---

① （元）楊載：《大元故翰林學士承旨榮禄大夫知制誥兼修國史趙公行狀》，載李修生主編《全元文》第25册，江蘇古籍出版社，1998，第586～587頁。
② （元）陶宗儀：《南村輟耕録》卷七，中華書局，1959，第81頁。
③ （元）陶宗儀：《書史會要》卷七，《文淵閣四庫全書》本。
④ （元）鄭玉：《師山集·遺文》卷五，《文淵閣四庫全書》本。
⑤ （元）倪瓚：《清閟閣遺稿》卷一一，明萬曆刻本。
⑥ （宋）俞琰：《林屋山人漫稿》，清鈔本。
⑦ （元）陳高：《不繫舟漁集》卷一四，《文淵閣四庫全書》本。

趙孟頫的片紙墨迹在元代就被當作珍寶收藏，可見元人對趙孟頫書法的推崇。元人給趙孟頫書法極高的評價，認爲他的書法雖從晉人書意中來，與晉宋相似，不輸唐代的顏真卿、柳公權。元人以身處盛世自居，詩文宗唐得古，欲與唐代相比肩，這種風氣也影響了書法評論，將趙孟頫的書法媲美魏晉書法名家。

趙孟頫畫作亦頗爲精妙，開創了元代文人畫的時代，他的山水、花鳥、動物等，都精細入微，富有雅趣。趙孟頫的山水畫中，最重要的一幅是《鵲華秋色圖》（今尚存）。元代楊載、范梈、虞集、錢溥等文人均曾題跋此畫作，并都對這幅畫的藝術價值給予了高度評價。其中楊載題跋說："觀《鵲華秋色》一圖，自識其上，種種臻妙，清思可人，一洗工氣，謂非得意之筆可乎？誠羲之之蘭亭，摩詰之輞川也。"① 范梈則在題跋中說："趙公子昂，書法晉，畫師唐，爲一代之冠。榮際於五朝，人得其片楮，亦誇以爲榮者，非貴其名而以其實也。今觀此卷，殊勝於別作，仲弘所謂公之得意者，信矣。"② 後來楊載在趙孟頫的行狀中談及其畫藝時說："他人畫山、竹石、人馬、花鳥，優於此或劣於彼，公悉造其微，窮其天趣，至得意處，不減古人。"③ 這些評價是說趙孟頫不是憑藉地位使作品得到流傳，而是憑藉作品的高超藝術水準得到認可的。

趙孟頫的書畫在元代時已風靡天下，元代各地碑志、匾額都以趙孟頫書寫爲尚，他的書畫真迹被當時的名公巨卿和文人雅士所經眼、收藏，并在這些書畫上寫下大量的題跋，這些題跋記錄了元人對趙孟頫書畫的評價。元代文壇名宿如戴表元、方回、虞集、袁桷、馬祖常、楊載等衆多文人集中均有題跋趙孟頫書畫的文字。可以說，趙孟頫的書畫是元代文人收藏題跋最多者。

有元一代，雖然趙孟頫以宋宗室之親出仕元朝而爲遺民所批評，然而尚未有批評其書畫者。明清時，多有因其入仕元朝而薄其人以至其書畫者。如明清之際的傅山曾言："貧道二十歲左右，於先世所傳晉唐楷法，無所不臨，而不能略肖。偶得趙子昂《香光詩》墨迹，愛其圓轉流麗，遂

---

① （清）張照：《石渠寶笈》卷三三，《文淵閣四庫全書》本。
② （清）張照：《石渠寶笈》卷三三，《文淵閣四庫全書》本。
③ （清）孫岳頒：《佩文齋書畫譜》卷五三，《文淵閣四庫全書》本。

臨之，不數過而欲亂真。此無它，即如人學正人君子，祇覺孤棱難近，降而匪人游，而無爾我者然也。行大薄其爲人，痛惡其書淺俗，如徐偃王之無骨。"① 傅山處明清之際，欲砥礪名節，故而批評趙孟頫出仕元朝并及其書畫。然而無論是對趙孟頫書畫的褒贊，抑或是對趙孟頫仕元的譏評，都擴大了趙孟頫的知名度，而正因此，趙孟頫的書畫更廣爲人知。所以近七百年來，談書畫者沒有不知趙孟頫者，以至民間產生了這樣的諺語，"宋徽宗的鷹，趙子昂的馬，都是好畫（話）"。文人進入民間諺語之中，實際上反映了其影響力不僅存在於精英上層并且進入了民間底層，而這證明了他的生命活力。

在元文人中，趙孟頫詩書畫三絕的名聲，已經普遍傳播，南北文士共同認同。如北方文士許有壬《題龍處厚所藏子昂畫馬并書杜工部詩》中寫道：

> 書具畫原柢，畫寫書象形。詩於二者間，神功毒而亭。工詩豈暇畫？能畫書或拙。獨有鄭伏虔，當時號三絕。湖州松雪翁，清風玉堂仙。三事各臻妙，前身是伏虔。世知公書畫，不知詩更雅。時還寫杜詩，千金莫酬價。②

其中已有稱贊趙孟頫"三絕"之意。至元末明初林弼，直接提出趙孟頫詩書畫三絕："趙文敏公詩畫皆妙絕，而世稱其書爲盛。噫，豈惟書哉！雖稱三絕可也。"③ 趙孟頫高超的畫技配合其俊逸的書法，書畫一體，構成了獨具個性特點的文人畫。這是趙孟頫名播天下原因，也是詩名被掩的一個原因，正如楊載在其爲趙孟頫所撰行狀中所寫的那樣："然公之才名，頗爲書畫所掩。人知其書畫而不知其文章，知其文章而不知其經濟之學也。"④ 而這也影響了人們對趙孟頫的全面瞭解。

但是爲趙孟頫作蓋棺論定者，大都能給予其全面客觀的評價。南方大

---

① （清）傅山：《霜紅庵集》卷四三，清宣統三年丁氏刻本。
② （元）許有壬：《至正集》卷三，《文淵閣四庫全書》本。
③ （明）林弼：《登州集》卷二三《題趙文敏公與袁禮部詩簡》，《文淵閣四庫全書》本。
④ （元）楊載：《大元故翰林學士承旨榮禄大夫知制誥兼修國史趙公行狀》，載李修生主編《全元文》第 25 册，江蘇古籍出版社，1998，第 587 頁。

儒吳澄在《別趙子昂序并詩》中説：

> 識君維揚驛，玉色天下表。伏梅千載事，疑讞一夕了。詩文正始
> 上，白晝雲能矯。《樂經》久淪亡，黍管介毫杪。瑟笙十二譜，苦志
> 諧古調。科斗史籀來，篆隸楷行草。字體成一家，落筆如一掃。草木
> 蟲魚影，自植自飛跳。曲藝天與巧，誰實窺奥窔。肉食肉眼多，按劍
> 横道寶。鶴書徵爲郎，瑚璉愜清廟。班資何足計，萬世日屬杲。蹇驢
> 屬十駕，天下君共操。①

吳澄這首詩可以説是對趙孟頫全面且精當的概括：既寫了趙孟頫想要歸隱
的理想（畸人），又描寫了趙孟頫擅長音樂，同時精於詩文，更兼各種書
體及高超的繪畫技巧。另外，元廷爲趙孟頫所定的諡文則代表了官方的
評價。

> 公於諸經無所不通……發爲詞章，雄渾高古。柄文衡，掌帝制，
> 有古作者之風，兹非公文章之可宗者歟？官登一品，名高四海，而處
> 之恬然若寒素，未嘗有矜己驕人之色，兹非公德行之可尊者歟？而又
> 善書絶倫，篆、隸、行、楷，各臻其極，縫掖之士，皆祖而習之；海
> 外之國知公名，得其書，褆襲珍藏，如獲重寶。鑒品古器、玩物、法
> 書、名畫，一經目，輒能識其年代之久近、製作之工拙，此又公學問
> 文章之緒餘也。宜乎弼亮五朝，寵數優渥，而非他詞臣之可比。②

這一官方性質的評價，可視爲對趙孟頫一生藝業的肯定。雖然有誇飾之
處，但是所述之事皆言之有據，代表了朝野上下的看法。趙孟頫的學問詞
章、音樂、書畫技藝，均爲當時之翹楚，這是他能夠在元代得享令名的重
要原因。

然而，能夠這樣全面認識趙孟頫藝術成就者，衹是他相交甚深的好

① （元）吳澄：《吳文正集》卷二五，《文淵閣四庫全書》本。
② （元）趙孟頫：《趙孟頫集》附錄三《諡文》，錢偉强校點，浙江古籍出版社，2016，第
525～526頁。

友。在普通文人士夫之間，人們關注更多的則是他的書畫藝術成就，而他的詩文成就爲之所掩，逐漸被後人遺忘。

四 趙孟頫多重文化身份的當下回應

"所有的思想靠符號。"[1] 我們説思想是對符號的操縱，構成符號的過程是靠符號自身、被表現的物體和闡釋的意義。趙孟頫的形象構成了一種符號，他的符號化不同的時代賦予他不同的意義，同時能在當下找到回應。趙孟頫没有隨着時間的推移而被遺忘，有着多重的原因。

首先，趙孟頫的身份特殊性使他具有了特殊的消費價值。他的南宋皇室身份、出仕元朝、姿容秀麗的外貌等特點，使他在元代成爲備受爭議的對象。這種爭議的本身可能給趙孟頫帶來很多"痛苦"，但這種"爭議"爲趙孟頫帶來了巨大的知名度，"傳播和傳播媒介都有偏嚮"。[2] 無論是在口頭傳播、書面傳播中都有偏嚮，都隱含了各種意圖。在很多南人那裏趙孟頫是有才而無行的；在蒙古人那裏，趙孟頫是可供展示的才子；在很多求仕的南人中，趙孟頫是他們的"偶像"，可以幫助他們得到一官半職。可以説，趙孟頫是元代最有故事的一個人，後世對趙孟頫的各種故事的衍生、流變，使趙孟頫在存在"爭議"的同時，成爲備受關注的公衆人物。這一點，實際上偏離了趙孟頫作爲單純的文人或藝術家的身份。可以説元代的很多文人和藝術家都没有趙孟頫的這種知名度，這應該是很重要的一個原因。

其次，就趙孟頫的文學才能來説，他的文壇地位在當時與北方的姚燧，甚至閻復等人不能相比。但隨着時間的流逝、文化中心的轉移，這些當時的北方文壇大家都被後世逐漸"遺忘"，甚至在文學史上也不怎麼提及。當時的地位重要，不見得後世的地位重要。在這樣的視野下，通過輕信歷史文獻而進行的刻板歷史還原，其意義有待考量，但趙孟頫則不同。元人都認爲他是詩書畫三絶，在元代和後世文壇中，各方面都突出的人物并不多見，多方面的藝術才能在趙孟頫身上得到了完美體現。這使得趙孟

---

[1] Charles S. Peirce. "The Writings of Charles S. Peirce：A Chronological Edition," *Indiana University Press* 1982 8. Eds Volume2，p. 213.

[2] 〔加〕哈樂德·伊尼斯：《傳播的偏嚮》，何道寬譯，中國人民大學出版社，2009，第6頁。

頫文學作品的流傳維度變得多元，即趙孟頫書畫作品的經典化爲其爲文學作品的流傳造就了廣闊的空間。這點祇有唐代的王維，宋代的蘇軾、黃庭堅等人可以相比，這正是趙孟頫的價值所在。

最後，趙孟頫留下的衆多書畫作品，及各種托名的仿作，市場價值巨大，不斷受到"關注"，這使趙孟頫獲得了很大的知名度，不僅元代的任何一個文人難以望其項背，就是在中國文學史和藝術史上，他也具有旁人難以相比的地位。趙孟頫不僅順利度過了文學史上的"遺忘"，其作品不僅傳世，而且到今天成爲一個文化消費符號，這倒是十分值得研究的。因爲元代的作家中，很難找到一個詩書畫這麼全面的人才，同時，又有大量的書畫作品傳世。很多作家和藝術家雖然當時名氣很大，但後世流傳的作品太少，也妨礙他進入公衆的視野，最後僅僅是被研究者關注纔避免了"遺忘"。湖州市曾舉辦了"歸去來兮——趙孟頫書畫珍品回家展特集"，展覽了趙孟頫的書畫作品 39 幅，而且這僅僅是他流傳後世的作品的一小部分，恐怕到現在想真正弄清楚趙孟頫的作品數量，也是一件難度比較大的事情，明清很多托名他的作品，也不斷流傳下來。我們可以看出趙孟頫的價值，可以説趙孟頫二者兼備。能引起研究者的關注，得到大衆喜愛的趙孟頫，其作品及研究至今仍然十分活躍。這樣來看，趙孟頫既是一個歷史人物，又是一個現實人物，通過各種媒介，通過對趙孟頫作品的欣賞，我們重新確認了趙孟頫的價值，也產生了圖騰式的崇拜幻覺。

對歷史人物的研究，文學史、哲學史、思想史等領域習慣於研究"扁形人物"形象[1]，習慣於從文獻資料的記載中構建出一個統一的人物形象。趙孟頫從元代開始就是市場的寵兒，這決定了趙孟頫不僅能順利避免被遺忘，而且隨着時間的推移他顯得越來越重要。比如趙孟頫留下數量衆多的書畫作品，就説明了他在元代書畫市場的重要性，比如《千字文》留下的不止一種，這些使他獲得了上層和底層的一致喜愛。這種喜愛使趙孟頫的價值不斷顯現，他的作品是每個時代收藏的精品，可以説趙孟頫創造了市場，市場也使他保持了旺盛的活力，因而就不可能被遺忘。這一過程，使他在古代成爲一種流行符號，代表了一種格調；在現代，他代表了一種傳統，一種品位。這種品位使他有了各種被闡釋的可能。他創造的畫風和理

---

[1] 〔英〕福斯特：《小説面面觀》，朱乃長譯，中國對外翻譯出版公司，2002。

論對元代和後世產生了巨大的影響，這種影響目前仍在持續。從這一角度來說，他開創了真正的文人畫傳統，因爲他憑藉衆多的作品影響了大衆的審美。類似的畫家雖然有很多，但是作品太少，無疑妨礙了大衆審美趣味的形成，文字遠沒有書法、繪畫直觀。所以說，如果說趙孟頫憑藉其廣泛流傳的作品取勝，一點也不誇張。和趙孟頫同時的姚燧、元明善、王惲、虞集、袁桷在文壇是也名聲顯赫，但他們都是憑藉詩文取勝，所以他們的影響一直停留在文學史的範圍之中，至於一般人就很難知曉了，但趙孟頫不同，按照今天的標準，他具有持續的、跨學科的影響力。

第七章　翰林國史院與元中期文壇的
演變及其新格局

　　論及元代詩歌時，後人經常將關注點放在元代的中期詩壇上，尤其是產生於這一時期的元詩四大家。正如明人陳繼儒《妮古録》所言："元文稱虞集、楊載、范梈、揭傒斯、馬祖常、歐陽玄、黃晉卿、柳貫、元好問、袁桷、姚燧。"[①] 清人顧嗣立在《元詩選》中就曾言："元詩之興，始自遺山；中統、至元而後，時際承平，盡洗宋、金餘習，則松雪爲之倡。延祐、天曆間，文章鼎盛，希踪大家，則虞、楊、范、揭爲之最。"[②] 在元人看來，元代中期的文壇不僅反映盛世之貌，甚至"軼漢唐而過之"[③]，而且這種盛況與元代的翰林國史院有着緊密的聯繫，許多聞名於文壇的詩人均在翰林供有職位，他們之間的酬唱交往極大地促進了詩歌的繁榮，也主導着整個詩壇的風氣以及詩歌的發展走嚮。實際上，他們是在入仕元廷、供奉翰林之後而才名愈盛，并引領了雅正與綺麗詩風在翰林國史院的風行，與虞集被共尊爲元中期文壇盟主的袁桷，不但在詩歌創作上，而且在詩學理論上的貢獻也相當重要。他提出的詩歌理論主張及其創作實踐，對元中期詩壇的蓬勃發展起着巨大的推動作用，而他對唐人李商隱的宗法，深得其意，成爲元人學習唐人詩作的典範之例，并由之形成了元人審美範式中的綺麗審美傾嚮。

　　以求仕、擴大視野、增長學識爲主要目的的元代南士北游，在將南方儒學與詩文觀念傳布北方的同時，其自身也得江山之助，一改宋以來詩壇狹窄猥瑣之氣。在南北交流的過程中，南士逐漸成爲元代詩壇的主導力量，掌握了詩歌話語權和理論闡釋權，復古最終成爲一種潮流。他們在北

---

① （明）陳繼儒：《妮古録》卷四，明寶顏堂秘笈本。
② （清）顧嗣立：《元詩選》初集《鐵崖先生楊維楨》，中華書局，1987，第 1975 頁。
③ （元）王禮：《麟原文集》後集卷二《長留天地間集序》，《文淵閣四庫全書》本。

游過程中不僅强化了南士在文學創作格局中的影響力，而且將宋文化發揚光大，最終形成了多元文化融合下南北詩文風氣的大一統局面和以大都文化圈爲核心的元代詩壇。但其與北方文士在“雅正”理論和效果上的不同，實則暗含着文化權力秩序的差異與矛盾。

此外，這一時期文壇出現了元代極具特色的兩個詩歌創作群體——扈從群體與西北作家群，從而產生了兩種獨具特色的詩歌樣式，豐富了元代文壇的詩歌創作。

第一節　元代科舉制與南北文風的混一[①]

科舉制，自實施以來一直是影響中國古典文學發展的重要因素，或言關鍵因素。在元代，二者之間的關係亦是非常緊密：有元一代詩文風尚的演變進程，實際上與科舉制在元代由久廢不用到恢復重興在階段上具有非常高的一致性。元仁宗延祐（1314～1320）年間，文壇上的詩文風氣發生了巨大變化，“宗唐得古”成爲人們普遍的審美風尚，平易雅正、春容和雅的風氣風靡於世。事實上，社會上任何一種風氣或習俗的普遍接受與廣泛傳播都不是一蹴而就的，元代延祐期間的這種詩文風氣的盛行亦是如此，簡而言之，元初南北兩方爲糾宋金詩文之弊而倡言的新的詩文風尚在經歷持續性混一趨同之後促成了這一現象。正如歐陽玄在《羅舜美詩序》中所言說的：“我元延祐以來，彌文日盛，京師諸名公咸宗魏、晋、唐，一去金、宋季世之弊，而趨於雅正，詩丕變而近於古，江西士之京師者，其詩亦盡弃其舊習焉。”[②] 在南北文風混融逐漸推進的同時，科舉制也漸由廢置而復興，實際上，元廷的這一舉措不僅順應了社會上的呼聲與詩文發展的趨勢及規律，而且極大地鼓舞并激勵了元代學者壓抑百餘年的經世理想。值得注意的是，元代平易雅正的盛世文風流衍的時間恰巧與科舉制恢復的時間趨同，而這兩者之間究竟有何聯繫是非常值得深入發覆的。事實上，這一現象的出現并非簡單的巧合，而是有着緊密的關聯——科舉制正

---

① 該部分内容發表於《元代科舉制與延祐以後南北文風的混一》，《河南社會科學》2015 年第 8 期。

② （元）歐陽玄：《圭齋文集》卷八《羅舜美詩序》，《文淵閣四庫全書》本。

是這種與時代風貌相映的文風盛行一時的極爲重要的外在推動力量。也就是説，元成宗大德（1297～1307）時就已有頌贊盛世的平易雅正詩文風氣的萌發迹象，發展至治世氣象之下漸有新變的延祐年間，科舉制的實行使得這種詩文風氣在社會上進一步且深入地推廣開來。在這一過程中，科場中的考官、欲仕進的舉子都是這種詩風的接受者和傳播者，書序、雅集等手段成爲多樣、多途徑的傳播方式，是以這一平易雅正的詩文風氣在元代文壇上風靡開來，并成爲有元一代的一種典型風尚。當然不容忽視的是，科舉制在其間所發揮的作用，主要是通過翰林國史院文士這一群體發揮出來的。

一 詞賦存廢與科舉制施行

自隋代行科舉取士以至明清，科舉一直是遴選人才的不二之選。然而這一取士之法在元代却曾遭到長期廢置。科舉遭廢，不僅與元朝統治者的眼光和治國策略有關，也與當時士人間的輿論有莫大關聯。

造成元代科舉久廢不設的原因實際上是非常複雜的[①]，但其中元初社會輿論對科舉非常不利的態度則是關鍵的因素，即社會上下——從世祖皇帝到普通文人多將關注點集中在了"科舉亡國"這一論點上，認爲科舉存在許多弊端。不可否認的是，中國古人在儒學思想的浸潤下的確非常偏愛事後反思這一舉動，并且還會非常積極地尋找一個或若干緣由作爲自身悟得的出口。面對宋、金的滅亡，兩朝遺民在反思這個問題時實際上仍限於依靠儒家思想建構的政治理念的統攝之下，并没有找出其中的根本緣由或言關鍵因素，但是他們必須爲提出的問題尋找一個服己并服人的答案，是以他們多將之歸罪於未能選拔出賢士來力挽狂瀾、治理國家的科舉制度。如故宋遺民中的領袖人物戴表元即在其文集中多次提到并論述"科舉之弊"，另外，與之同時期的趙文亦有此種觀點，其在科舉制度因宋朝覆亡而不設之後曾説："四海一，科舉畢。庸知非造物者爲諸賢蜕其蜣螂之丸而使之浮游塵埃之耶？"[②] 金代後期科舉取消經義科，祇設詞賦科，所以金

①　詳見姚大力《元朝科舉制度的行廢及其社會背景》，《元史及北方民族史研究集刊》1982年第6期。

②　（元）趙文：《青山集》卷三《學蜕記》，《文淵閣四庫全書》本。

代士人重視詞賦，“以詞賦立身”在金代後期士人中非常普遍。蘇天爵《元故徵士贈翰林學士諡文獻杜公行狀》中說：“時金將亡，儒者猶習文辭，爲進取之計。”① 因此在金代遺民中形成了“金以儒亡”的觀念。這種觀念對元初以北方金末士人爲主的朝廷影響尤大。所以在南北文人的觀念會合之下，科舉多弊無用的觀念也爲元初士人普遍接受并對科舉多有批判之語，如吳澄、王惲、胡祇遹等元初文壇上的許多大家即對僅以之選拔人才卻空疏無用的科舉程文給予了尖銳批評，胡祇遹在爲其學生的講習中就直言科舉是“記誦章句、訓詁注疏之學也，聖經一言而訓釋百言、千萬言，愈博而愈不知其要，勞苦終身而心無所得，何功之有？”② 絲毫不認爲科舉程文有任何實際功用。元廷統治者由西北少數民族中的一支而一統全國，在他們的邏輯思維中，生存是最爲關鍵的問題，所以他們非常注重實用，而對在他們看來毫無實用之功的漢族詩賦文章甚爲輕視。一言即可決定興廢與否的一國之主忽必烈，雖多與漢人交際，但其對科舉一向沒有好感。對於儒生的“日爲詩賦空文”，忽必烈的態度是十分不滿的。就科舉問題，忽必烈曾直問許衡：“科舉何如？”而儒學精深的許衡在重視實際功用的元世祖面前也祇能答道：“不能。”忽必烈“卿言務實，科舉虛誕，朕所不取”③ 一語顯然對其答覆很是滿意。蒙古統治者由漠北而進駐中原，時年不久，又加之儒學支撐的漢文化并不是易於學習的，是以他們對其中的精髓未能精確捕捉，而僅僅認爲詞賦乃是空虛無用之物，以之爲科舉考試内容而擇取的人才也祇會舞文弄墨，沒有其他實際能力。從這一角度來看進入元代翰林國史院的文士祇能治文事而不能參與實際政治會務這一問題則更易理解，而且也會發現這實際上成了元朝治國方略中的一部分。

在元代這一特定歷史環境之下，科舉制度的弊端成爲社會輿論關注的焦點，并被無限放大，輕視科舉、鄙薄科舉幾乎成了當時社會的統一論調，因而倡議恢復科舉者在當時的輿論環境下很難找到知音，此中的尷尬境況從張之翰的“自國家混一以來，凡言科舉者，聞者莫不笑其迂闊，以

① （元）蘇天爵：《滋溪文稿》卷二二《元故徵士贈翰林學士諡文獻杜公行狀》，陳高華、孟繁清點校，中華書局，1997，第375頁。
② （元）胡祇遹：《紫山先生大全文集》卷二六《語錄》，《文淵閣四庫全書》本。
③ （元）蘇天爵：《元朝名臣事略》卷八《左丞許文正公》，姚景安點校，中華書局，1996，第168頁。

爲不急之務"① 這一論斷中即可窺見一斑。

　　當時文人在詩文中普遍議論科舉的種種弊端，但文壇風氣的偏嚮多由官拜高位的有識文士主持，相對南方文士而言，元初文壇上的北方文士在朝廷中占絕對多數，而他們的學術淵源則是承金代而來，是以他們多從金代的經驗教訓出發，多把批判的矛頭指向考試中的詞賦科，批評詞賦考試空疏不切實用，并且束縛人心，無益於選舉人才。因而，之後的許多有識之士試圖建言重開科舉時，造成阻力的正是詞賦科的存廢問題。

　　自隋唐開科以來，科舉取士所發揮出來的優勢使之成爲中國古代士子理解中的能最大限度網羅人才、遴選菁英的最爲有效的方式與手段。是以元代建國初，漢族謀士宋子貞、史天澤就上言世祖請求開科取士，但是却徒勞無獲；至元四年（1267），翰林學士承旨王鶚等諸位漢族文士又上奏忽必烈懇請恢復科舉，但仍是無功而返②；至元七年，眾多文臣於朝堂之上再次商議是否實行科舉制度，其中圍繞科目這一切入點分成了兩派，并由之展開了激烈的辯論，互不退讓。其中一派是以金代科舉出身的禮部、翰林院文臣爲主，王鶚、王磐、徒單公履等人均是此派的支持者，他們主張沿襲金代舊制，以經義、詞賦取士；另一派則是由尚書省的許衡、董文忠等人組成的北方新理學派，他們借鑒宋代科舉之弊，秉承詞賦害理這一理念，竭力反對將詞賦列入科舉考試的内容之中。這便是元初關於詞賦是否應該納入科舉考試之列的爭論而形成的對立兩派：詞賦派與理學派，又稱"文章派與德行派"。③ 深入來看，這兩派的爭辯實際上反映了他們各自所代表的宋、金二朝文士思維深處的學術指導思想和治學路徑的差異。當時的元廷統治者對科舉之事本無好感，而兩派之間的論爭無疑更使得元廷在恢復科舉之事上持否定態度。

　　元初政壇上，北方文人占絕對掌控地位，他們幾乎都參與了這場爭論，并創作了許多詩文作品以支撐本派論點。但在這其中，亦有一些鋭敏明鑒之士能夠從更高的立足點看待這場爭辯，提出了許多建設性的意見，如同供奉翰林的王惲。他通過一系列的奏議文章諸如《論科舉事宜狀》《論明經保舉

①　（元）張之翰：《西岩集》卷一三《議科舉》，《文淵閣四庫全書》本。

②　詳見（明）宋濂等《元史》卷八一《選舉制·科目》，中華書局，1976，第 2017 頁。

③　〔日〕安部健夫：《元代的知識人與科舉》，《史林》四二卷第六號（1959）。

等科目狀》《議貢舉》等來表明自己的立場與觀點，即科舉考試的内容要以實用爲選定標準，而兩派所持觀點均有偏頗之處，一味沿襲金制的以詞賦取士行徑未免愚古，全盤否定詞賦的理學派主張又不免過於激進。故而，其就此問題提出了自己的看法，如在《論科舉事宜狀》中，他説：

> 然禮部所擬，止以經義、詞賦兩科取人。伏慮淺狹拘窒，於國於士兩有未盡。……國朝科舉之設，自戊戌以後未遑再議。天下之士往往留心時務，講明經史，捉筆著述，一尚古文。顧惟舉業多未素習，一旦取非其人，不適於用，返爲科舉之累矣。……以某愚見，審量時勢，必欲急得人材以收實用，莫若以務對策，直言極諫，切中利病，有經畫之略者爲首選。①

王惲基於元廷特殊的現實情況，并參考唐宋取士成功案例的特點，得出當時科舉應以“實用”和“得人材”爲首選標準及最終目的，而且其又針對兩派之間的論爭，并考慮到“詩賦立科既久，習之者衆，不宜驟停”②，提出了切實可行的建議，即在廷試中加強對經史的測試以規避學風尚虛文的弊端，也就是説，科舉考試内容中的經史、詞賦兩科要“轉經出題”，而且強調朝廷在這一過程中的引導作用，必須“先爲布告中外，使學者明知所嚮”。③ 由此可以看出，王惲有關科舉制的見解顯然是更加理智的，他基於當時文壇中研習詞賦者大有人在的事實，以及儒家傳統的文學社會功用觀，反對遽然將詞賦這一科目廢黜，而是建議朝廷引導士子在文學方面的研習方嚮與内容，以防諸如泛濫無端、專以虛文爲務等詞賦科的歷史弊端出現在元代科舉中。其謹慎且嚴謹地將蒙古人等少數民族務實的心理與朝廷在百廢待興的境況下需要賢才治理國家的現實需求緊密結合起來，并且仍未忘記將在實際政治中有着頗大功用的詞賦文章融入其中。

---

① （元）王惲：《王惲全集彙校》卷八九《論科舉事宜狀》，楊亮、鍾彦飛點校，中華書局，2013，第 3656 頁。

② （元）王惲：《王惲全集彙校》卷三五《貢舉議》，楊亮、鍾彦飛點校，中華書局，2013，第 1764 頁。

③ （元）王惲：《王惲全集彙校》卷八九《論科舉事宜狀》，楊亮、鍾彦飛點校，中華書局，2013，第 3656 頁。

　　翰林文士在延祐前期關於詞賦的這些爭論雖加劇了世祖、成宗、武宗三朝統治者的反感，但實際上却對仁宗皇帝於延祐二年（1315）恢復科舉時在科目設置問題的考慮上有着直接且深刻的影響。延祐元年，愛好漢文化的元仁宗終於下詔恢復科舉。《元典章》中收有《科舉程式條目》，其中記載了科舉條目中詞賦爭論的過程和結果：

　　　　延祐元年二月三十日，行省准中書省咨：皇慶二年十月二十三日奏：“爲科舉的上頭，前日奏呵，開讀詔書‘行者’。麽道，聖旨有來，俺與翰林院官人每一同商量，立定檢目來，聽讀過。”又奏：“爲立科舉的，俺文卷照呵，世祖皇帝、裕宗皇帝幾遍交行的聖旨有來。成宗皇帝、武宗皇帝時分，貢舉的法度也交行來。上位根底合明白題説。如今不説呵，後頭言語的人有去也。學秀才的，經學、詞賦是兩等。經學是説修身、齊家、治國、平天下的勾當，詞賦的是吟詩（和）［課］賦、作文字的勾當。自隋唐以來，取人專尚詞賦，人都習學的浮華了。罷去詞賦的言語，前賢也多曾説來。爲這上頭，翰林院、集賢院禮部先擬德行明經爲本，不用詞賦來。俺如今將律賦、省題詩、小義等都不用，止存留詔誥、章表，專立德行、明經科。明經內《四書》《五經》，以程氏、朱晦庵注解爲主，是格物致知、修己治人之學。這般取人呵，國家後頭得人才去也。”[1]

從上述可以看出，從世祖、裕宗、成宗、武宗直到仁宗，關於科舉的恢復問題歷經了長時間的討論。翰林院、集賢院雖上言廢黜詞賦，但是元仁宗并沒有徹底廢除詞賦，而是取消了以往詞賦科中注重文字技巧，以雕章繪句爲主的律賦、省題詩、小義等，祇考詔、誥、表、章等應用之文，這實際上體現了元朝廷注重實用的治國思想。另一方面，經義考試在“四書五經”中取題，以程朱注解爲尊，這在一定程度上説明了推崇質樸、反對華麗之言的理學思想在科舉中占據主導地位。對此，陶宗儀在《南村輟耕録》中有所記載：“初焉試論賦，蓋反宋金餘習。後則一以經學爲本，非

---

[1]　《元典章》卷三一《禮部卷之四》，陳高華、張帆等點校，中華書局，2011，第1098頁。

復向時比矣。"① 元代科舉對以理學爲根柢的應用之文的選擇，實際上在很大程度上決定了元代學術風氣無論是詩風抑或文風均呈現出質樸無華的傾嚮，是以延祐文壇對浮華艷麗、雕繢滿眼的文風持摒弃態度，轉而"平易雅正"的詩文風氣成爲文士相尚的對象，風靡於世。

從元世祖立國，到延祐元年舉行鄉試，重開科舉，經歷了近半個世紀的時間。雖然中間也不乏許多有識之士進言請求開科取士，然而對於科舉考試内容詞賦一科存廢與否的問題在政壇上引起的較大争端，以及元代早期統治者因多種原因而對科舉產生的輕視態度，都使得關於恢復科舉制的舉措一直延宕到延祐初年。其間對於詞賦的論争，實際是關於科舉程式之文弊病的討論，最終元廷決定以古賦取代律賦成爲科舉條目，這極大地反映了翰林國史院等所代表的文士群體所推崇的復古文風在社會風氣中的主流地位。

二　科舉恢復前的文壇格局

（一）元初承宋、金之弊與詩風歧异的南北文壇

元朝滅南宋之後，南北兩地不再存在地域上的分隔，均隸屬大一統王朝，但是在詩文創作上，南北兩方却仍各承宋、金舊習，呈現出各自的特點。從整體上來説，元初南方詩風呈現出浮艷之風，北方詩風則表露出粗豪之氣。若翻檢元初文人的集子則會發現這已成爲元代南北文壇的共同認識。

> 宋、金之季，詩之高者不必論，其衆人之作，宋之習近骫骳，金之習尚號呼。南北混一之初，猶或守其故習。②

> 一自士去科舉之業，例不爲詩，北音傷於壯，南音失之浮。③

> 余嘗謂北詩氣有餘而料不足，南詩氣不足而料有餘。④

① （元）陶宗儀：《南村輟耕録》卷一《科舉》，中華書局，1959，第 18 頁。
② （元）歐陽玄：《周此山先生詩集序》，見（清）陸心源《皕宋樓藏書志》卷九八集部，清光緒萬卷樓藏本。
③ 詳見（元）袁易《静春堂詩集》前序，清知不足齋叢書本。
④ （元）張之翰：《西岩集》卷一八《跋俞娱心小稿》，《文淵閣四庫全書》本。

歐陽玄對此現象的論説雖然夾雜着新朝評判故朝的成見，不過却比較精確地概括了元初南北詩歌創作的大致特點；龔肅則更爲深入地指出了南北詩壇在承宋、金遺緒的發展過程中出現的問題；張之翰關於南北詩風之間的不同也提出了自己的看法。由此可推知，南北詩壇風格之間的不同，已爲當時人普遍認識。但是，在這一普遍特徵之下，南北文風各自的特殊性則又表現出了不同的面貌。

首先，南方文壇。宋亡之後，通過科舉入仕的念想在南宋遺民心中被打破，是以對程式之文的精通不再是迫切的需求，而便於抒發亡國感慨及生存困境的詩歌成爲南方文人士大夫的首選文體，因此元初南方文壇上的詩歌創作呈現出非常繁榮的景象，其中最爲突出的便是詩歌創作猶如泉涌，而且流派風格也不斷變化，四靈、江西、江湖三種詩派成爲左右南方文壇的主要流派。

南方詩歌蓬勃發展的態勢，在當時人看來，與因宋朝覆亡而被迫終止的科舉有非常緊密的關聯。宋代科舉祇考察應試之文，不以詩歌爲考核的內容，故而汲汲於仕進的文人專習程文，對詩歌却用力較少，而真正認真進行詩歌創作者除了已沒有仕進壓力并在公務之外亦有閑暇的朝廷官員外，則是對功名利禄淡然處之的江湖文人，而在這兩類文人之外幾無淺吟低唱者。對於宋代文壇的此種狀況，虞集"宋人尚進士業，詩道廖落"[1]一語則直接道出了其問題所在。故而，在宋代滅亡、科舉被迫終止之後，程文失去了誘惑士子研習的價值，更爲方便直抒胸臆的詩歌於是成了宋遺民文士文學創作的重點，也就是戴表元在《胡天放詩序》中所説的"呻吟憔悴無聊，而詩生焉"[2]，是以在"宋迄，科舉廢，士多學詩"[3]成爲當時文士的普遍認識後，南方文壇詩學出現了大興面貌。虞集、袁桷、黄庚等學者對此多有描述[4]，而且大多對科舉制度給予了猛烈批評，而從士子科

---

① （元）虞集：《道園學古録》卷三三《硯谷居愧稿序》，《四部叢刊》本。
② （元）戴表元：《剡源集》卷八《胡天放詩序》，《四部叢刊》景明本。
③ （元）歐陽玄：《圭齋文集》卷八《李宏謨詩序》，《四部叢刊》景明成化本。
④ 宋遺民黄庚也算其中的一個代表，其在《月屋漫稿》卷首序中曾言："僕自紹龀時，讀父書承師訓，惟知習舉子業，何暇爲推敲之詩，作閑散之文哉。自科目不行，始得脱屨場屋，放浪湖海，凡平生豪放之氣，盡發而爲詩文。"（見黄庚《月屋漫稿》卷首序，《文淵閣四庫全書》本）從黄庚的切身經歷來看，科舉對宋朝士子的牢籠束縛不可謂不深，"平生豪放之氣"盡被壓抑，是以從此角度則可以理解其對科舉制度的猛烈抨擊。

考的複雜經歷則能對"士風頹弊於科舉之業"① 的社會言論以及文士對科舉的痛徹指摘予以理解。

然而值得注意的是，士子雖幾乎盡弃程文而轉向詩歌創作，但程文對他們的影響并不是説放弃即能放弃的，這導致他們的詩歌創作不免都沾染着時文習氣。科舉程文由於篇章結構、起承轉合等都有固定的模式，易於學習，故而深入人的寫作習慣中，科舉廢除，士子轉而作詩，科舉程文的固定模式自然而然又被帶入詩歌的創作中。② 故而元人批評宋末元初詩歌，最主要的一點，便是有"時文故習"色彩。③

就詩歌風氣而言，元初南方詩歌主要有三種流派在發揮着影響。三者均爲繼承南宋而來，分別是四靈、江湖、江西，其中尤以江西詩派影響元初詩人最多。在宋末的詩中，對元人影響最大的是須溪先生劉辰翁。劉辰翁對江西詩派有所改造，他原針對南宋時科舉程文之弊，以清新幽隽來矯正之，後來將此法用於詩歌評點，他的詩歌評點在當時影響甚大，"家有其書，人誦其言"④，遂使得江西詩風在方回之後又有一變，走向奇崛險僻一路。歐陽玄對江西詩派進行總結時曾言：

> 江西詩在宋東都時宗黄太史，號江西詩派，然不皆江西人也。南渡後楊廷秀好爲新體詩，學者亦宗之。雖楊宗少於黄，然詩亦小變。宋末須溪劉會孟出於廬陵，適科目廢，士子專意學詩，會孟點校諸家甚精，而自作多奇崛，衆翕然宗之，於是詩又一變矣。⑤

程鉅夫在《嚴元德詩序》中言：

---

① （元）虞集：《道園學古録》卷二七《廬陵劉桂隱存稿序》，《四部叢刊》本。
② 關於元初科舉程文對詩歌的影響，詳見史偉《宋元之際士人階層分化與詩學思想研究》第六章，人民文學出版社，2013。
③ 歐陽玄所説的："宋迄，科舉廢，士多所詩，而前五十年所傳士大夫詩多未脱時文故習"（見歐陽玄《圭齋文集》卷八《李宏謨詩序》，《四部叢刊》景明成化本）便是據此種情況而發。虞集所謂的"事科舉者以程文爲詩"（見虞集《玉井樵唱序》，載元尹廷高《玉井樵唱》，《文淵閣四庫全書》本）亦源於此。
④ （元）劉將孫：《劉將孫集》卷一一《須溪先生集》序，吉林文史出版社，2009，第101頁。
⑤ （元）歐陽玄：《圭齋文集》卷八《羅舜美詩序》，《四部叢刊》景明成化本。

自劉會孟發古今詩人之秘，江西詩爲之一變……會孟於古人之作，若生同時、居同鄉、學同道、仕同朝，其心情笑貌依微俯仰，千態萬狀，言無不似，似無不極，其言曰："吾之評詩，過於作者用意。"故會孟談詩，近世鮮能及之。①

從歐、程二人議論來看，劉辰翁推動了江西詩風的變化，這是無疑的。二者又都談到了劉辰翁精於評點詩歌。由此可知，劉辰翁之所以能推動江西詩風變化，也與他的詩歌評點有關。自宋亡科舉廢，士子爭相作詩，然而多不知詩歌作法，劉辰翁精到的評點顯然在士子中有極大的影響力。故而他的詩歌風格中的奇崛特點也流衍到學者中去。劉辰翁子劉將孫詩歌頗有其父之風，他的創作進一步擴大了江西詩風的影響。江西爲宋時文宗歐陽修之故鄉，一向重文，江西文風爲天下文章之所宗，而劉辰翁對詩風的改變也波及了文風，以至於學者批評過於險勁峭厲，不如舒緩和易。②

劉辰翁過於追求文章的個性特色，力求生新出奇，却矯枉過正，後人對其批評頗多。除了前面歐陽玄所批評的"自作多奇崛"外，劉辰翁之後的南宋遺民虞集批評之語則更爲尖銳："故宋之將亡，士習卑陋，以時文相尚；病其陳腐，則以奇險爲高，江西尤甚，識者病之。"③

但是在元初詩壇上成就頗高者亦不乏南方詩人，諸如戴表元、趙孟頫、仇遠、白珽等人亦可與北方詩壇上的佼佼者相頡頏。他們往往能够很好地把握糾偏救弊的量度，詩學淵源雖承宋末三派而來，但他們非常注重對人生感慨以及故國之思的抒寫，并將時代特徵融入詩歌創作之中，這使得他們的詩歌呈現出不同於宋末三派詩歌的面貌，不僅內容更加深厚，而且意境也有所擴大。在這些詩壇大家的帶領之下，文士們逐漸從南宋末期的詩弊走向更爲廣闊的詩歌創作，促使元初南方詩壇蔚爲大觀。

其次，北方文壇。元初同一時間上的南北兩地，在詩文風尚上却大爲不同。北方文士詩學淵源承繼金代詩歌而來，而金代統治的燕趙之地，自古就多豪杰之士，這種氣概在詩歌上則表現爲粗豪的詩風，是以元初北方

---

① （元）程鉅夫：《雪樓集》卷一五《嚴元德詩序》，《文淵閣四庫全書》本。
② （元）歐陽玄：《圭齋文集》卷八《族史南翁文集序》，《四部叢刊》景明成化本。
③ （元）虞集：《道園學古錄》卷四〇《跋程文憲公遺墨詩集》，《四部叢刊》本。

詩壇也不免帶有此種風氣，而元初的北方文士對此亦有所認識，并且元初之後的文人對此也多有論述，如歐陽玄在《此山詩集》的序言中言"金之習尚呼號"①，又張之翰在《跋俞娛心小稿》中言："北詩氣有餘而料不足。"② 這些均是從整體上來概括北方詩歌，是總結性的特徵。而在"呼號""氣有餘"的風格之下，北方詩歌是有多樣風格的。

對於北方詩歌的師承淵源，在清人"有宋南渡以後，程學行於南，蘇學行於北"③ 普遍論調的影響下，時人大多一致認爲北方詩歌學習蘇軾。而實際上，在金代後期，元好問等詩壇文士在學蘇之外，亦有一些文士偏愛黃庭堅之詩和韓愈之文，於是在金代後期的文壇上便呈現出學蘇之平易與學黃、韓之奇崛雖矛盾但并存的面貌，而這對元初北方的詩文家造成了很大的影響，是以在他們之間形成了與之相應的兩派。

元初北方詩文雖然沒有南方影響大，然而風格却也因人而异，不同詩人風格不同，張之翰曾這樣提及當時北方作者："盱江吳帝弼近由建學提舉得主安仁簿，以燕都諸公餞行詩見示。由鹿庵、左山二大老而下，如宋秘監之渾厚，王禮部之圓熟，閻侍講之典雅，李諭德之警戒，徐參省之情實，魏侍御之雄拔，馬刑部之精切，夾谷郎官之感慨，楊修撰之古秀，王儀曹之巧麗，皆余所素知南來所未見也。"④ 而今人在研究北方詩歌流派時，亦有學者對元代北方詩歌的總體特徵進行了比較精準貼切的概括，查洪德就曾在《元代學術流變與詩文流派》中有過關於此點的討論："在元初代表詩文家中，郝經、劉因、姚燧爲一派，他們承金末奇崛之脉，詩學李賀，文學韓愈；盧摯、王惲爲一派，他們接金末平易淡泊一脉，詩學唐代元、白，由元、白更上追魏晋，文宗宋代歐、蘇。"⑤

另外值得注意的是，理學詩風在元初詩壇上占據重要地位。理學詩在南宋詩壇上尤爲矚目，而南宋的許多詩家重視説理而不講文采的詩學傾嚮

① （元）歐陽玄：《此山詩集序》，見（元）周權《此山詩集》原序，《文淵閣四庫全書》本。
② （元）張之翰：《西岩集》卷一八《跋俞娛心小稿》，《文淵閣四庫全書》本。
③ 見（清）王士禎《帶經堂詩話》卷七，清乾隆二十七年刻本，翁方綱《石洲詩話》卷五，粵雅堂叢書本。
④ （元）張之翰：《西岩集》卷一八《書吳帝弼餞行詩册後》，《文淵閣四庫全書》本。
⑤ 見查洪德《元代學術流變與詩文流派》，《殷都學刊》2000 年第 3 期。

導致"理學興而文藝絕"①，爲當時一些眼光明鑒之士及後世詬病。南宋文壇上以葉適爲盟主的浙東學派，多有以文章名世者，他們研習理學，但强調不能以理害文。這一學派發展至元初，戴表元、袁桷則對理學害詩持嚴厲批評態度，而且承繼朱子理學一派的吴澄，亦認爲理學"未嘗不力於文也"。② 可以説，元初文士在面對南宋文壇重道輕文的凋敝風貌，都已不再拘守理學的深嚴門户，而且對"作文害道"的觀念也不再苟同，文道調和觀念也漸入人心，成爲共識。在元初文士對南宋重道輕文的一片批判聲中，元代理學在元人文道調和觀念的基礎之上繼續發展，而且朱子之學由南方傳布到北方，并成爲元代官學。而朱學獨尊當時的地位無疑會對之後元人的詩文創作産生影響，是以這種理學詩風在元代詩壇上一直未斷絕。

（二）南人北游與文風混一開啓

元初南北詩文風氣之間的歧異現象，隨着南宋滅亡，元建立大一統王朝而逐漸發生了改變。至元二十三年，程鉅夫奉世祖之詔南下求賢這一事件則是非常關鍵的節點。隨着第一批江南俊彦如趙孟頫、吴澄等 24 人北上仕元，大量南方才俊緊隨其後進入北方，一時之間詩文風氣不同的南北文士於大都相會，在兩地文士的交往酬唱過程中，兩種文風之間的碰撞、交融自然不可避免，是以南北文風之間的差異由此漸趨消融，而且在兩者融合的進程中，新的詩文觀念被提出，并在文人之間逐漸傳播開來。歐陽玄後來對此分析説："皇元混一之初，金、宋舊儒，布列館閣，然其文氣，高者崛强，下者萎靡。時見舊習承平日久，四方俊彦萃於京師，笙鏞相宣，風雅迭唱，治世之音，日益以盛矣。"③

南北文風融合潮流的推進，趙孟頫、劉因、吴澄、虞集、袁桷諸人的領導之功不可磨滅。至元年間，幾乎均爲北方文人主導大都文壇的發展。作爲趙宋宗室之後的趙孟頫，其在程鉅夫所求江南諸賢中以首選身份進入北方。當時的北方文壇"静修劉公復倡古作，一變浮靡之習"④，許多北方

---

① （元）袁桷：《袁桷集校注》卷二八《戴先生墓志銘》，楊亮校注，中華書局，2013，第1349頁。

② （元）吴澄：《吴文正集》卷一五《張達善文集序》，《文淵閣四庫全書》本。

③ （元）歐陽玄：《歐陽玄雍虞公文集序并札》，見（明）趙琦美《趙氏鐵網珊瑚》卷五，《文淵閣四庫全書》本。

④ （元）張翥：《蜕庵集》卷首，《文淵閣四庫全書》本。

文士欽慕趙孟頫的才名多與其交往唱和，趙孟頫也主動參與到北方文士的詩文交流中，盧摯、劉因等文士在文壇上"復倡古作""起而和之，格律高深，視唐無愧"。① 一時之間，"宗唐得古"在劉因、趙孟頫等詩文大家的倡導之下成爲風靡元初北方文壇的一種潮流。時至大德年間，北方文壇名宿相繼去世，領導此時北方文壇的主要是業已年邁且以文章名世的盧摯和姚燧。與此同時，吳澄、袁桷、虞集等許多南方文人在遺民情結漸淡之後大都選擇北上入仕，而且一些才俊之士先後進入翰林國史院，他們在詩文方面均有頗高的造詣，逐漸在大都文壇上嶄露頭角。故而大都文壇盟主這一接力棒逐漸過渡到了袁桷、虞集、吳澄這裏，同時元代文壇成爲他們馳騁才華之地，而且他們與北上之前即關係頗密而且頗爲敬重的趙孟頫一同②，力倡"宗唐得古"，極力促成反映盛世之貌的詩文新風尚的形成。

> 風、雅异義，今言詩者一之。……音與政通，因之以復古，則必於盛明平治之時。唐之元和，宋之慶曆，斯近矣。感昔時流離兵塵之衝，言不能以宣其愁，而責之以合乎古，亦難矣！夫詩之言風，悲憤怨刺之所由始，去古未遠，則其道猶在。越千百年，日趨於近，是不知《國風》之作，出於不得已之言也。程君貞，其爲詩，淡而和，簡而正，不激以爲高，春容怡愉，將以鳴太平之盛。其不遇之意，發乎心而未始以爲怨也。雅也者，朝廷宗廟之所宜用。儀文日興，弦歌金石，迭奏合響，非程君，其誰宜也？③

> 近世詩人，深於怨者多工，長於情者多美，善感慨者不能知所歸，極放浪者不能有所反，是皆非得情性之正。惟嗜欲淡泊，思慮安靜，最爲近之。④

---

① （元）張翥：《蛻庵集》卷首，《文淵閣四庫全書》本。

② 袁桷論詩推崇趙孟頫，其在《書番陽生詩》中言："然則詩果何自哉？唐詩之完成於文敏，詩由文敏興矣。詩盛於唐，終唐盛衰，其律體尤爲最精，各得所長，而音節流暢，情致厚淺，不越乎律呂。後之言詩者不能也。"見（元）袁桷《袁桷集校注》卷四九《書番陽生詩》，楊亮校注，中華書局，2012，第2149頁。

③ （元）袁桷：《袁桷集校注》卷四八《書程君貞詩後》，楊亮校注，中華書局，2012，第2144頁。

④ （元）虞集：《道園學古錄》卷三四《胡師遠詩集序》，《四部叢刊》本。

在袁桷看來，若要建立新的詩文風尚，則需要取法於《詩經》"風""雅"之義，合乎古意，并需要將"淡而和，簡而正"以及"春容怡愉"的氣度熔鑄其中，因此則可以"鳴太平之盛"。同爲元代中期文壇領袖的虞集，其倡言的詩歌理論與袁桷有异曲同工之處。他認爲"世道有升降，風氣有盛衰，而文采隨之。其辭平和而意深長者，大抵皆盛世之音也"。① 也就是説，"得情性之正"，合乎和平中正、雍容典雅之意藴的詩歌在他看來纔能真正譜寫元代呈現出的盛世氣象。袁桷與虞集的這些詩歌論點實際上都是當時文壇"宗唐得古"詩文理論中的核心論斷。而這些詩學理念之所以能够風靡當時，不僅是因爲它自身的系統性與合理性，而且與二人的廣泛交往有密切關聯。袁桷與虞集雖在文壇及政壇上居高位，但虚懷若谷，交友廣泛，且多喜獎掖後進，是以他們在文士之間有着頗高的聲響，交游廣闊。趙汸在《跋劉郎中所藏邵庵先生戴笠圖詩卷後》即曾記載有虞集之事："四方來見之士，道路相望，座上常滿。……每風日清好，則領賓客，從以門生子弟，山僧野老，徜徉山水間。"② 故而他們所倡導的詩學理念一出，衆多文士則積極響應，蜂擁而起，合乎盛世氣象的新的詩文風尚遂逐漸風行於世。

今天所謂的元代文壇南北文風的融合，實際上則是元初南北文人共倡的不甚明顯的"宗唐得古"傾嚮。大德年間，這一主張在趙孟頫、袁桷、虞集等文壇大家的倡導之下，作爲一種革新的詩學追求爲元人普遍接受。隨着這一詩學理念的廣泛傳播，其逐漸成爲元代文壇特有的詩文風尚，實際上也是元廷建立大一統王朝之後文風漸趨混一的産物。值得注意的是，在這一新的詩學風尚形成與倡導的過程中，南方文人發揮着主導作用，而北方文人却着力不多。

延祐初年，北方文壇上的領袖人物盧摯、姚燧相繼辭世，此時均爲來自南方的"元詩四大家"虞、楊、范、揭在大都文壇名重一時，而且延祐開科後，歐陽玄、黄溍等新晋文士也加入大都文化圈，但與此同時的北方文士却少有聞名者，元明善、馬祖常之後幾乎均不能言，而元明善以文章

---

① （元）虞集：《道園學古録》卷六《李仲淵詩稿序》，《四部叢刊》本。
② （元）趙汸：《東山存稿》卷五《跋劉郎中所藏邵庵先生戴笠圖詩卷後》，《文淵閣四庫全書》本。

見稱於世，與虞集并稱，但其詩名却不顯，故而後世對其關注不多，就此而言，北方文士中聲名大振者僅馬祖常一人而已。因此也可以説，延祐之後的大都文壇幾乎成了南方文士的詩文馳騁之地。

實際上，有元一代"宗唐得古"、平易雅正的詩文風尚在延祐之前，袁桷、虞集、吳澄等人已有所倡導，并開其端緒，但是大德之後南人的北上以及延祐初年科舉制度的恢復，促使這種歌詩文風尚在座主、門生、同年三個群體建構起的龐大的關係網絡中得到文士的普遍接受以及廣泛傳播。王禮在《元文類序》中對元朝一代文風的發展進行了概括："國初學士大夫祖述金人、江左餘風，車書大同，風氣爲一。至元、大德之間，庠序興，禮樂成，迄於延祐以來極盛矣。大凡國朝文類，合金人、江左以考國初之作，述至元、大德以觀其成，定延祐以來以彰其盛。"① 由此可以看出元代文風變化的脉絡，即國初祖承宋金之弊，至元、大德是新文風即混一文風形成之時，延祐爲混一文風興盛之時。而且，上至館閣之士，下至民間文人，均在大一統王朝的盛世氣象鼓舞下，努力譜出符合這般景象的治世之音。

三　南北師生網絡與文風混一

前文已提到元初文壇沿襲宋、金遺緒，南北兩地呈現出兩種不同的文風，没有形成統一的文壇風尚，但在大德年間這兩種异質文風開始混一趨同，逐漸形成了反映元代盛世氣象的平易雅正文風。而實際上直到延祐時期，這種混一文風纔真正風靡於世，成爲文壇普遍的追求，而科舉制則是這背後的重要推動力量之一。

科舉制的力量，簡言之，就是對學者的"利誘"，正如揭傒斯在《吳清寧文集序》中所説的那樣："須溪没一十有七年，學者復靡然去哀怨而趨和平，科舉之利誘也。"② 又王禮在《羅浮翁墓志銘》言："初，延祐甲寅科興，一時海内之士爭自濯磨以效用。"③ 可見科舉在引導士子方面力量非常强大。

而科舉考試在延祐之後，對混一文風流衍全國的推動作用，要通過兩

① （元）蘇天爵：《元文類》卷首，《文淵閣四庫全書》本。
② （元）揭傒斯：《文安集》卷八《吳清寧文集序》，《四部叢刊》影舊鈔本。
③ （元）王禮：《麟原文集》卷二《羅浮翁墓志銘》，《文淵閣四庫全書》本。

個方面來實現。其一是科舉考試科目中古賦科的引導，其二是科舉考試考官的影響。

元初在恢復科舉的討論中，翰林、集賢的文臣之所以一直強調要廢詞賦科，就是因爲科舉科目對士人學習有引導作用，而詞賦中律賦等重浮華巧飾，對於詩風氣顯然有不當的引導作用。仁宗復開科舉之後取古賦廢律賦，實際上是契合翰林院文臣的要求的。從實際效果來看，古賦列入考試，對於翰林院文士倡導的復古、雅正詩文風尚是有推動作用的。

古賦雖然在科舉考試中地位下降，不再占主要的比重，但當時士子在應試第二場時，幾乎全部選擇古賦，而極少有選擇其他應用文體的，這與古賦文學性強，又具有應用文體特點有很大關係。由於科舉取士的誘導，古賦在元代後期由復興走向了繁榮：書院、學校學習古賦；文人也樂於創作古賦，袁桷、虞集、趙孟頫、馬祖常、朱德潤等當時館閣文士，都創作了不少古賦；當時還有人將中試舉子的古賦作品編爲集子，作爲程文範本供應試者參考，由此古賦風靡全國。

關於古賦，明吳訥在《文章辨體序·古賦》中説：

> 按賦者，古詩之流。《漢藝文志》曰："古者諸侯卿大夫交接鄰國，必稱詩以喻意。春秋之後，聘問歌咏，不行於列國，而賢士失志之賦作矣。大儒荀卿及楚臣屈原，離讒憂國，皆作賦以風。其後宋玉、唐勒、枚乘、司馬相如，下及揚子雲，競爲侈麗閎衍之辭，而風諭之義沒矣。"迨近世祝氏著《古賦辨體》，因本其言而斷之曰："屈子《離騷》，即古賦也。古詩之義，若荀卿《成相》《佹詩》是也。"①

賦被認爲是古詩之流，賦與詩歌是所有文體中聯繫最緊密的，因而賦的風格取嚮也容易影響詩歌。

延祐復科之後以古賦取士，而士子所作古賦，唯以漢魏古賦爲模本，"祖騷而宗漢"是他們學習的途徑。袁桷多次任考舉考官，當時有士子叫高舜元，是袁桷的門生，他曾問袁桷："古賦當祖何賦？其體制理趣何由高古？"袁桷答曰：

---

① （明）吳訥：《文章辨體序説》，于北山點校，人民文學出版社，1962，第19頁。

　　屈原爲《騷》，漢儒爲賦。賦者，實叙其事，體物多而情思少。登高能賦，皆指物喻意。漢賦如揚、馬、枚、鄒皆實賦體。至後漢雜騷詞而爲賦，若左太冲、班孟堅《兩都賦》皆直賦體。如《幽通》諸賦，又近楚辭矣。晁無咎言變《離騷》，續《楚辭》，其説甚詳。私謂賦有三變，自後漢之變爲初，柳子厚之賦爲第二，蘇、黄爲第三，今欲稍近古，觀屈原《橘賦》、賈生《鵩賦》爲正體。又如《馴象》《鸚鵡》諸賦，猶不失古。曹植諸小賦尤雅潤，但差萎弱耳。①

陳櫟曾於延祐元年中鄉試，他也曾説過："律賦鑿之以人，惟古賦鳴其天。科目次場有賦，以古不以律，丕休哉！《離騷》，賦之祖，降是捨漢何適矣？"② 祝堯於延祐五年中進士，他曾作《古賦辨體》一書，在書中詳舉歷代古賦，作爲學子的古賦參考書，書中他也説了一些關於古賦的看法：

　　古今言賦，自《騷》以外，咸以兩漢爲古，已非魏晉以還所及。心乎古賦者，誠當祖騷而宗漢，去其怪淫而取其所以則可也。……殊不失古賦之本義云。③

祝堯提出賦當"祖騷而宗漢"，與袁桷、陳櫟等的觀點是吻合的，説明古賦取法秦漢，專一復古已成爲當時潮流。學子競相以《離騷》和漢賦作爲科場應試賦作的學習對象，確是又將這種復古的詩文風尚推向了繁榮。

　　賦風影響詩風的另一個證據是古賦對《詩經》的推崇和學習，即黄仁生所説的"以詩衡賦"。

　　"詩六義"是當時文人十分看重的，作賦者將它拿來作爲衡量自己詞賦優劣的標杆。祝堯在《古賦辨體》中言：

　　詩之六義，惟風、比、興三義，真是詩之全體；至於賦、雅、頌三義，則已鄰於文體。……殊不知古詩之體，六義錯綜。昔人以風、雅、

---

① （元）袁桷：《袁桷集校注》卷四二《答高舜元十問》，楊亮校注，中華書局，2012，第1888頁。

② （元）陳櫟：《定宇集》卷一《兩都賦纂釋序》，《文淵閣四庫全書》本。

③ （元）祝堯：《古賦辨體》卷三，《文淵閣四庫全書》本。

頌爲三經，以賦、比、興爲三緯；經其詩之正乎！緯，其詩之範乎！經
之以正，緯之以範，詩之全體始見，而吟咏情性之作，有非復敘事、明
理、贊德之文矣！詩之所以异於文者以此。賦之源出於詩，則爲賦者固
當以詩爲體，而不當以文爲體。後代以來，人多不知經緯之相因，正範
之相須，吟咏無怕因而發，情性無所緣而見，問其所賦，則曰："賦者，
鋪也。"如以鋪而已矣，吾恐其賦特一鋪叙之文爾，何名曰賦？①

祝堯在這裏提出，詩之六義是詩的經緯，衹有經緯相錯雜，詩纔能 "吟咏
情性"。同時他肯定賦源出於詩，"賦當以詩爲體，不當以文爲體"，由此
賦的創作，特別是古賦，當學習古詩，即《詩經》，也要 "吟咏情性"。這
實際上和祝堯所看重的 "詩人之賦" 是一致的。祝堯分賦爲 "詩人之賦"
和 "騷人之賦"，他對兩者都接受，但更看重 "詩人之賦"，這是因爲
"詩人所賦，因以吟咏情性也。騷人之賦有古詩之義者，亦以其發乎情
也"。② 由此來看，祝堯認爲古賦當學習《詩經》，以吟咏情性爲主。
　　這種以詩 "六義" 爲衡量，强調 "吟咏情性" 的文學理念，和翰林文
士的詩學理念是一致的，他們在闡揚 "宗唐得古" 這一理念時也總是溯源
至《詩經》，將《詩經》作爲他們詩歌創作的最高標準。袁桷曾説過：

　　近世言詩家頗輩出，凌屬極致，止於清麗，視建安、黃初諸子
作，已憒憒不復省。鈎英攝妍，刻畫眉目，而形幹離脱，不可支輔。
其凡偶拙近者，率悻悻直致，弃萬物之比興，謂道由是顯，六義之
旨，闕如也。③

袁桷認爲元初詩之靡，是放弃了《詩經》所具有的 "六義" 之旨。虞集等人
所推崇的唐詩，其魅力也在於唐詩有 "風雅之遺，騷些之變，漢魏樂府之
盛"。④ 他們在倡導 "盛世之音"、推崇 "宗唐得古" 之時，一個很重要的

---

① （元）祝堯：《古賦辨體》卷九，《文淵閣四庫全書》本。
② （元）祝堯：《古賦辨體》卷三，《文淵閣四庫全書》本。
③ （元）袁桷：《袁桷集校注》卷五〇《李景山鳩巢編後序》，楊亮校注，中華書局，2012，
　　第 1113 頁。
④ （元）虞集：《唐音》序，載陸心源《皕宋樓藏書志》卷一〇三，清光緒萬卷樓藏本。

理念就是詩歌要得"性情之正"，詩歌得"性情之正"的理念和祝堯所提倡的古賦要學習《詩經》"吟咏情性"的觀點有内在的契合。從這個角度來説，賦風實際上與詩風是一致的。

古賦借科舉考試的推行，對於翰林國史院文士所進行的文風變革運動起了很大的推進作用。浮華艷麗之文没有了發展的前途，"既雅且正"的文風成爲廣大士子的選擇，虞集、袁桷等人所暢想的混一文風終於成爲有元一代的文風。"聖朝科舉，中場用古賦，而賦者輒能一洗近代聲律之弊，復繼古人渾雄之作，猗歟休哉！"① 劉仁初此言便直接指出了科舉借由古賦而達到了引導并變革文風的顯著效果。

科舉，實際上，并不僅僅是一種選拔人才的制度，更是社會上層之間或社會上層與下層之間互動融通的一種交流平臺，也就是説座主、門生、同年之間的交往酬唱與相互影響，促成了一種社會關係網絡的形成，而這一網絡上的各個文士之間的聯繫是頗爲緊密的，這使得某一風氣在其間的傳播是非常迅速、便捷且普遍的。元代科舉考試的恢復，也使得這個社會關係網絡得以恢復②，而延祐盛世混一文風在文壇上的風靡之勢在很大程度上正是得益於這一社會關係網絡。

值得注意的是，在這個傳播網絡中，座主、門生、同年的地位是大有不同的，是以他們在文風傳播過程中所發揮的作用也是有所差別的，而這其中，考官即座主則發揮着十分關鍵的作用。考官的文風追求，成爲其評判士子文章優劣的衡量標準，也就是説，考官憑依衡文選士的權力或有意或無意地促使了其自身的文風追求爲士子所接受，進而影響了衆多仕進之士的詩文風氣。實際上，歷史上多有此例。如北宋時，石介任太學講官，批評西昆體，推行怪誕猥瑣的"太學體"以取代之，矯枉過正，當時士子中，太學體甚爲流行。歐陽修等起而改之，推行詩文革新運動。③ 與前代相似的是，元代新文風的推行，考官亦在其中發揮了頗大的作用。但是亦

---

① 見黃仁生《元代科舉文獻三種發覆》所輯科舉文獻，《文獻》2003 年第 1 期。

② 詳見蕭啓慶《元代科舉中的多族師生與同年》，《中華文史論叢》2010 年第 1 期。

③ 宋仁宗嘉祐二年（1057），歐陽修以翰林學士身份主持科舉考試，任主考官，他黜落了一大批寫"太學體"文章的考生，選取了蘇軾、蘇轍、張載、曾鞏等文風平易樸實之輩，這些人被録取者後來進入文壇并進一步主盟文壇主持科舉，繼續推行平易樸實的古文創作，與歐陽修等前輩共同推動了北宋詩文革新運動的成功。從中可見考官在推行文風革新中的關鍵作用。

有些許不同之處：元代對考官的選擇多將名望作爲重要的考量標準，是以翰林國史院文士及各地的名士宿儒成爲考官的首要人選，而且元代科舉中的考官一人可以多次擔任，如元代混一文風的大力倡導者袁桷，就曾有過"爲讀卷官二，會試考官一，鄉試考官二"① 的經歷②，實際上元廷對座主、門生之間可能形成類似宋代的朋黨、門派并沒有十分嚴苛的忌諱。虞集、元明善也屢任考官，取士尤多。《元史·虞集傳》中説："泰定初，考試禮部，言於同列曰：'國家科目之法，諸經傳注各有所主者，將以一道德、同風俗，非欲使學者專門擅業，如近代五經學究之固陋也。聖經深遠，非一人之見可盡，試藝之文，推其高者取之，不必先有主意，若先定主意，則求賢之心狹，而差自此始矣。'後再爲考官，率持是説，故所取每稱得人。"③《元史·元明善傳》記："升翰林侍講學士，預議科舉、服色等事。延祐二年，始會試天下進士，明善首充考試官，及廷試，又爲讀卷官，所取士後多爲名臣。"④ 揭傒斯亦屢任科試考官。歐陽玄爲其作墓志銘云："考鄉試、會試一，廷試爲讀卷官二，國子監公試七。多得名士居要路，所教勛舊子孫後多爲重臣，公待之泊然，不矜詡以爲聲援。"⑤此外，胡助、柳貫、鄧文原、周伯琦等翰林文士亦曾先後多次參與衡文選才。

考官一職允許屢任的政策，使得同一考官門下通常會有衆多門生。另外值得注意的是，自延祐恢復科舉之後的第二科，即 1318 年的科舉考試，就有元代的進士擔任考官一職，而且在"元十六考"之後的十四次科舉考試中亦不乏其人。⑥ 實際上，在元代科舉"十六考"中，延祐首科考試取才最多，而且對元代無論是政壇抑或文壇的發展都最爲重要。歐陽玄、黃溍、許有壬、王泊、馬祖常均是這一科的進士，後來均進入翰林國史院，與前輩諸公往來唱和，共同推動了延祐文壇興盛局面的出現。

---

① （元）蘇天爵：《滋溪文稿》卷九《袁文清公墓志銘》，中華書局，1997，第 135 頁。

② 延祐四年任鄉試考官，至治元年任會試考官和殿試讀卷官。

③ （明）宋濂等：《元史》卷一八一《虞集傳》，中華書局，1976，第 4176 頁。

④ （明）宋濂等：《元史》卷一八一《元明善傳》，中華書局，1976，第 4172 頁。

⑤ （元）歐陽玄：《圭齋文集》卷一〇《元翰林侍講學士中奉大夫知制誥同修國史同知經筵事豫章揭公墓志銘》，《四部叢刊》景明成化本。

⑥ 考相關文獻記載，本朝進士擔任考官的情況非常突出，歐陽玄、黃溍、于文傳、許有壬、馬祖常、王沂、張士元、李祁、吳師道、楊維楨、鄭復初、黃清老、俞鎮、宋本、宋褧、余闕、林泉生、吳暾、夏日孜、盧琦等是進士出身而擔任考官。

　　根柢於獨具特色的元代科舉，元代社會中座主、門生之間形成的關係網絡異常緊密，範圍异常龐大，而且不僅没有黨派之間的爭鬥，還彌合了南北之間的裂隙，是以在很大程度上保證了詩文風尚的穩定傳承與流衍。延祐文壇上盛世文風的倡導者諸如虞集、袁桷、鄧文原等人通過擔任考官，將反映治世氣象的文學理念與詩文風氣傳布給他們的門生，而門生復又擔任考官，他們的詩文特色又爲門生接受，如此代代相承，流衍有緒。這種科舉制度促使的詩文風氣傳續的穩定性實際上是單一詩文風尚能够在延祐以後的文壇上一直占據主導地位的重要原因。

　　具體來説，考官的文學理念與詩文風氣是通過他們批卷時所作的批語體現出來的，而考生爲了在衆多文章中脱穎而出，必須從這些批語之中悟得考官的文學理念。簡而言之，考官對考生的影響就是通過批卷選士這一方式實現的，而這也正是科舉的“利誘”作用所在。實際上，從考官所作的衆多批語中可以看出，他們認同的佳作，大都有復古色彩，有《詩經》《楚辭》習氣。[①] 這在很大程度上就給舉子們提供了一個信號——復古典雅風格的文章纔能中選。而元代社會中流傳有許多諸類如《新刊類編歷舉三場文選庚集》輯有科舉範文的選集，是以這一信號在士子們廣泛且精研之後，成爲他們的普遍共識。這便是盛世詩文風尚“宗唐得古”借由科舉制度廣泛傳播的具體路徑。

四　書序與雅集：混一文風的生成

　　雖然平易雅正詩風通過門生、座主、同年的社會關係網絡傳播，然而

---

① 以下批語詳見李超《元代科考文獻考官批語輯録及其價值》，《中國典籍與文化》2010 年第 3 期。元代劉仁初所輯科舉文獻《新刊類編歷舉三場文選庚集》收録了元代科舉中的考賦資料，裏面輯録了許多考官的批語。從這些批語可見考官所認同的優秀的賦的特點。在卷一湖廣鄉試第十二名陳泰的《天馬賦》中考官云：“氣骨蒼古，音節悠然，是熟於《楚辭》者，然不免悲嘆意，疑必山林淹滯之士。天門洞天，天馬可以自見矣。”所謂“氣骨蒼古”，其實意思還是説賦文有古風，又説“熟於《楚辭》”，可見賦文摹擬《楚辭》是比較受考官歡迎的。卷二江西鄉試第十八名馮福可，考官批云：“此賦雖簡，綽有楚聲。”第四名周尚之的《科斗文字賦》，考官批其試卷云：“諸卷形容科斗，殊使人閟，然此篇詞氣老□，有感慨懷古之意。”卷四江西鄉試第五名彭士奇《泰階六符賦》，考官李將仕批云：“賦雍容典雅，善於鋪叙，非苟作者。”卷五湖廣鄉試第二名周鐘《大別山賦》，考官揭傒斯批云：“筆力高古，遠追作者，六用江漢，愈用而情愈深，有三百篇之遺音焉。”卷六湖廣鄉試第二名曹師孔《靈台賦》，考官劉岳申批云：“此賦音韵鏗然，造語下字殊有楚聲，發明文王不忍勞民之意，又非雕蟲篆刻者比。”

傳播的具體方式具有多樣化的特點。其中，書序與雅集在表達詩文理念與
交流詩文風格方面可以説是最具效力的傳播方式。

　　首先，書序。中國的文人士大夫基本均有詩文創作，并都有各自的詩
文創作理念，但中國古代專門的詩文理論著作却并不豐富。實際上，古時
文人多借書序這一文體來表達自己的詩文理念，在很大程度上，這種文體
成了古人詩文理論最常見最有效的傳播方式。古人在詩文結集時往往請人
作序，而文人借序文提高了文集的層次水平并獲得了大量的讀者，所以當
時文壇上聲名顯赫之輩通常成爲他們的首選之人。故而，元代文壇上的名
宿大家諸如虞集、鄧文原、歐陽玄、黄溍等人經常受時人之托，爲之作
序。一方面，他們在文壇及政壇上極高的知名度通常可以使這些詩集的受
衆大增；另一方面，不厭其煩地爲人作序在一定程度上是因爲他們作爲文
風革新運動的先驅者與推動者，可以通過序言這種文體形式將其詩文理論
與主張迅速而廣泛地在文人士大夫之間傳播開來，是以他們在書序創作上
用力頗深。① 虞集的許多詩文理念俱是在詩序中闡發的，如其在爲李仲淵
自録的五言詩集《宗雅》所作的序文中稱：“五言之道，近世幾絶，數十
年來，人稱涿郡盧公。故仲淵自序，亦屬意盧公，然仲淵來朝廷爲學士，
而盧公去世已久，獨吴興趙公深知之，至以爲上接蘇州，吴興博古通藝，
精詣入神，兼古人之能事者多矣，而獨常吟諷其詩，每欲以詩人自稱。而
天下亦信其誠有不可及者，乃獨推公若此，信知言哉。某嘗以爲世道有升
降，風氣有盛衰，而文采隨之，其辭平和而意深長者，大抵皆盛世之音
也。其不然者，則其人有大過人而不係於時者也。……《宗雅》可以觀德
於當世矣夫！”② 認爲李詩亦符合“盛世之音”，雅正平和。歐陽玄後來在
《羅舜美詩序》中倡導“詩雅且正，治世之音也”，黄溍在張雨《師友集
序》中所説的“鋪張太平雍熙之盛”等，都説明了虞集等人所倡導的混一
文風經科舉而在後輩文士中傳播開來。

　　元代晚期詩人中，以領導鐵崖詩派的楊維楨最爲有名。楊維楨於泰定
四年（1327）中進士，他中進士後長期外放做官，在大都之日不多，然而

---

① 吴澄便是其中的突出代表，吴澄《吴文正集》中僅書序就有 8 卷，其中爲詩文集作序文
　　就有 96 篇，如果計算送行詩序，這個數量將會更多。而吴澄的詩歌僅有 10 卷，足見吴澄
　　對書序的重視。

② （元）虞集：《道園學古録》卷六《李仲淵詩稿序》，《四部叢刊》本。

與歐陽玄、黃溍等翰林前輩都有交游。他在爲黃溍所作的墓志銘中曾説：
"我朝文章雄唱，推魯姚公，再變推蜀虞公，三變而爲金華兩先生。……
太史考文江浙時，與余爲連房，卷有不可遺落者，必決於予。"① 提及他與
黃溍的交往及對其文章的推崇。楊維楨有《兩浙作者序》，其中記載了他
和黃子肅同年討論地方詩：

> 曩余在京師，時與同年黃子肅、俞原明、張志道論閩浙新詩，子
> 肅數閩詩人凡若干輩，而深詆余兩浙無詩。余憤曰："言何誕也！詩
> 出情性，豈閩有情性，浙皆木石肺肝乎？"余後歸浙，思雪子肅之言
> 之冤。聞一名能詩者，未嘗不躬候其門，采其精工，往往未能深起人
> 意。閲十有餘年，僅僅得七家。……蓋仲容、季和放乎六朝而歸準老
> 杜，可立有李騎鯨之氣，而君采得元和鬼仙之變，元鎮軒輊二陳而造
> 乎晋漢，斷江衣鉢乎老谷，句曲風格夙宗大曆，而痛厘去纖艷不逞
> 之習。②

從此文來看，楊維楨的詩作也是主"情性"的，與袁桷、虞集等前輩一
致，他後來所選浙人七家詩應該是他認爲的成就突出者，而是否具有唐詩
氣象則是他評判詩歌高下的標準。

> 評詩之品，無异人品也。人有面目骨體，有情性神氣，詩之醜好
> 高下亦然。《風》《雅》而隆爲《騷》，而降爲《十九首》。《十九首》
> 而降爲陶、杜，爲二李。其情性不野，神氣不群，故其骨骼不庳，面
> 目不鄙。嘻！此詩之品，在後無尚也。下是爲齊梁，爲晚唐、季宋，
> 其面目日鄙，骨骼日庳，其情性神氣可知已。嘻！學詩於晚唐、季宋
> 之後，而欲上下陶、杜、二李，以薄乎《騷》《雅》，亦落落乎其難
> 哉。然詩之情性神氣，古今無閒也。得古之情性神氣，則古之詩
> 在也。③

---

① （元）楊維楨：《東維子文集》卷二四《故翰林侍講學士金華黃先生墓志銘》，《四部叢
　刊》影舊鈔本。
② （元）楊維楨：《東維子文集》卷七《兩浙作者序》，《四部叢刊》影舊鈔本。
③ （元）楊維楨：《東維子文集》卷七《趙氏詩録序》，《四部叢刊》影舊鈔本。

由此可知，他亦是以唐詩爲宗。其又於《李仲虞詩序》中言：“詩者人之情性也，人各有情性，則人有各詩也。”但楊維楨所言的“人各有性情”“人有各詩”并不是一味地强調個人獨特性，而是有所根柢。所以，他在《剡韶詩序》中又説：

> 詩本情性，有性此有情，有情此有詩也。……詩之所出者，不可以無學也。聲和平中正必由於情，情和平中正或失於性，則學問之功得矣。我元之詩，虞爲宗，趙、范、楊、馬、陳、揭副之，繼者迭出而未止。吾求之東南永嘉李孝光，錢唐張天雨，天台丁復、項炯，毗陵吳恭、倪瓚，蓋亦有本者也。近復得永嘉張天英、鄭東，姑蘇陳嘩、郭翼，而吳興得郯韶也。韶詩情麗而溫，重無窮愁險苦之態，蓋其强力於學未止，深其本之所出，極其作之所詣，蓋得《騷》之聲、《雅》之情。[1]

從楊維楨的這些詩序中，可以看出，他的詩學觀念尊“情性”，强調“和平中正”，上溯《詩經》《離騷》，與虞集、趙孟頫、袁桷等翰林前輩文人的倡導一脉相承。他以東南大家的身份在詩序中反復提及重“情性”，這强有力地推動了延祐時肇端的混一文風。

其次，雅集。詩文雅集酬唱是承平盛世時代文人之間尤爲常見的社交活動，而各種詩文風可以借此廣泛傳播於與會者。事實上，這種雅集活動主要是元代科舉制度建構的社會關係網絡上的座主、門生、同年之間的聚會。文人之間的聚會、交往，自然免不了詩文作品的較量比拼。在比試的過程中，不同與會者的詩文作品相互交流、點評，不同詩文的風格也發生碰撞，并逐漸融合走向趨同。實際上，南北詩風混一進程的逐漸完成，文人間的雅集聚會是一種重要的實現方式。

元代科舉“十六考”中的進士，通常有很多同年聚會，如宋褧天曆三年（1330）中進士，與同年在拜見座主之後，舉行雅集賦詩，從其所作

---

① （元）楊維楨：《東維子文集》卷七《剡韶詩序》，《四部叢刊》影舊鈔本。

《同年小集詩序》①可以看出這次雅集參與者衆多，不僅有文壇前輩，還有右榜的蒙古、色目同年。在同年賦詩中，宋褧高贊盛世，"文星明似月，公道直似弦。世運逢熙治，吾儕屬引延"。②贊襄盛世似乎是元代翰林文人的共同點。後來黄清老也有類似的同年小集：

> 丁丑三月七日，會同年於城南。子期工部、仲禮省郎、世文編修、文遠照磨、學升縣尹、子威主事、克成秘書、志能照磨、子通編修，凡十人。③

> 曾記城南尺五天，重來攜手宴同年。春風遠塞葡萄酒，明月佳人玳瑁筵。苔上藥闌紅染露，鶯啼柳徑碧生烟。瓊林十載多離別，欲拂金徽思渺然。④

黄清老，字子肅，福建邵武人。中泰定四年進士，與楊維楨同年，曾任翰林國史院典籍官，後遷應奉翰林文字，知制誥，國史院編修官。黄清老雖任翰林，詩飄逸，無館閣雍容氣象，從上引同年詩中即可看出。

科舉中試之優者，大都可以進入翰林國史院。由於商議開科取士時，元代統治者即對詞賦文章頗爲輕視，是以元廷將翰林國史院文士祇能治文事而不能參與實際政治會務作爲其治國方略的重要一部分。在某種程度上，翰林國史院文士的空閑時間非常多，并且許多翰林文士在詩歌中描寫了這種清閑的生活。王惲曾言"擾擾黄塵若個閑"⑤，虞集則言"朝廷多暇

---

① 《同年小集詩序》："天曆三年二月八日，同年諸生謁座主蔡公於崇基萬壽宮寓所。既退，小集，前太常博士、藝林使王守誠之秋水軒，坐席尚齒，酒肴簡潔，談咏孔言，探策賦詩。右榜則前許州判官伊嚕布哈、前沂州同知庫春、前大司農照磨温都爾、奎章閣學士院參書雅勒呼，左榜則前翰林編修王瓚、前翰林修撰張益、前富州判官章毅翰林、應奉張彝、編修程謙，疾不赴者前陳州同知納沁、深州同知王理、太常太祝成鼎。"見（元）宋褧《燕石集》卷一二，《文淵閣四庫全書》本。

② （元）宋褧：《燕石集》卷五《同年小集探策賦詩得天字》，《文淵閣四庫全書》本。

③ （元）蔣易：《皇元風雅》卷一七，《文淵閣四庫全書》本。

④ （元）黄清老：《丁丑三月七日會同年於城南子期工部仲禮省郎世文編修文遠照磨學升縣尹子威主事克成秘書至能照磨子通編修凡十人二首》（其一），載（清）顧嗣立《元詩選》二集卷十五，中華書局，2002，第301頁。

⑤ （元）王惲：《王惲全集彙校》一八《題雪堂雅集圖》，楊亮、鍾彥飛點校，中華書局，2013，第1656頁。

日，別館又青春"。① 王惲在翰林院的時間主要是元世祖朝，當時翰林院文士許多還可參議朝政事宜，尚且感嘆翰林清閑，到虞集以後，南方文士祇能在翰林養老，悠游文字，自然是更清閑了。在儒學思想浸潤的文人士大夫眼中，政事與文章是他們生活的主打色調，而元代翰林國史院文士無緣參與政務，是以他們便將生活的重心放在文章上。從一方面來説，這是他們不得不作出的退步；從另一方面來説，投身於雅集聚會是他們打發時間、消遣時光的最好選擇。悠閑的生活，使得他們對晋人風流頗爲傾慕，而且促使他們的詩歌普遍表現出不怨不麗、平易雅正的風格。

一種詩文理念的傳播和接受，絶非一蹴而就。元代延祐時期以復古爲尚、以平易雅正爲指歸的詩文風氣，之所以在文壇被普遍接受，成爲後世認同的盛世文風，科舉制起了重要的推動作用。虞集、袁桷、吳澄等翰林文士中的領袖在大德年間提出融合南北的詩文理念之後，科舉制適當其時爲他們提供了傳播的平台和途徑。作爲文學清望之士，他們的詩文理念很快借助科舉中的座主、門生、同年之間的聯結而成關係網絡在整個文壇迅速流衍。在具體的傳播方式上，書序、雅集等多種文人活動方式，保證了詩風以多樣化的方式在文人中間傳播和接受。

第二節　南士北游與翰林文士詩歌風尚②

元代詩文風氣的變化經歷了三個階段，一是元初中統（1260～1264）、至元（1264～1294）年間，南北詩文風尚不同，南北承宋、金餘習，北方尚粗豪，南方尚冲曠，然在繼承中蘊育着新變；二變爲大德（1297～1307）、延祐（1314～1320）以及天曆（1328～1330）年間，爲元代文學最盛時期，詩文風尚以雅正爲宗，深淳典雅，盡顯盛世氣格；三變爲嗣後戰亂迭起，大都文壇不復昔日風流，唯東南顧瑛、楊廉夫輩於戰亂中倡導樂府，詩風轉爲清雅秀麗，爲元代文學最後的光輝。

元代詩文風氣的變化與元代翰林國史院文士有極大的關係，可以説元代文壇的變化，尤其是詩歌風氣的變化，主要是由翰林文士群體主導和影

---

① （元）虞集：《道園學古録》卷二《玉堂燕集圖》，《四部叢刊》本。
② 該部分内容發表於《哈爾濱工業大學學報》（社會科學版）2016 年第 1 期。

響的。由元初南北詩文風尚的不同，到大德、延祐的詩風融合，翰林文士一直參與并主導着元代文壇，直至順帝至正以後，變亂迭起，南方爲亂軍所控，翰林文士居於大都，影響難以及於南方。而在東南文壇，由顧瑛、楊維楨等與南方文人唱和賦詩，影響非常大，形成了元末詩壇的新風尚。從文士的活動和去嚮看，元代文學之士多被安置在翰林國史院，由此形成了翰林國史院文士群體，南北文士在這一平台之下相互唱和交游，其詩歌創作理念逐漸趨同——崇尚雅正詩風。據統計，《文淵閣四庫全書》集部別集類共收錄元代 163 人的詩文集，其中有 45 人曾入翰林國史院爲官，占總人數的 1/4 還多，這些人大多在文學史中占有非常重要的地位，如：張伯淳、趙文、鄧文原、胡祗遹、趙孟頫、吳澄、魏初、王惲、姚燧、程鉅夫、曹伯啓、陳孚、袁桷、張之翰、貢奎、劉敏中、王結、劉鶚、馬祖常、虞集、楊載、范梈、揭傒斯、王沂、黃溍、歐陽玄、柳貫、蒲道源、許有壬、程端學、宋褧、薩都剌、陳旅、李存、蘇天爵、余闕、周伯琦、李士瞻、胡助、張翥、迺賢、貢師泰、吳當、李繼本、李祁。45 人中生長於南方的文士有 28 人之多，足見南方文士在翰林國史院中的重要地位。

此外，元代詩風的變化與南方文士有非常密切的聯繫，尤其是在元代四等人制度的影響之下，南方文士的政治和社會地位處於第四等，在社會上的出路受到很大的限制，特別是讀書人在仕途上的晉升空間變得極其狹窄。南方文士要想在社會上擁有一定的話語權，祇有通過北上游歷來推介自己，以此進入權力階層，改變自己的政治地位。因此，大量南方文士憑藉詩文北上游歷，特別是與身處翰林國史院的文士進行密切的交往，逐漸在文壇上形成南士北游的社會風氣，南北文士的詩文交往，對元代詩文的走嚮起到了至關重要的影響。

元代滅亡南宋之後，建立了大一統王朝，其所轄地域之廣闊亘古未有。空前廣闊的疆域使得南北文士能够進行充分的交往。在元代，所謂的北士南游或南士北游都是頗爲常見的社會現象，其中最爲突出的是南士北游。元代南士北游現象興盛背後的原因是什麼？南士北游和元代詩壇風氣的內在關係是什麼？南士北游現象又隱藏着怎樣的文化權力秩序？這一問題甚少被關注。而隨着對元代詩歌研究的不斷深入，南士北游對元代詩壇走嚮與發展的深遠影響，不得不成爲我們必須關注的一個重要問題。

一　元代南士北游之風的興盛及原因

文士游歷乃是古已有之的社會現象，早在南宋中後期，以江湖詩人爲代表的游士開始出現，成爲社會中的常見現象。而到了元代，文士以游歷求取仕進之途蔚然成風。袁桷對於元代及以前的文士游歷有過較爲全面的表述，可視作元代文士對於游歷認識的代表。

> 戰國之士以雄辨長，説游諸侯，立致卿相，故其高自譽道，無所顧藉。雖困躓，有不肯悔，揣摩相師，遺言成編。今七十二子之書，皆足以爲游之具也。漢世尊尚黄老，游士屏息，武帝開絶域於萬里外，游者復至，盡其足之所歷，圖寫險厄，立功效能，以其荒怪异物輸於地圖，而口舌之學悉廢，與戰國之游有异矣。南北分裂，游不越其國，游之效不能以著。唐立科舉，各挾策自奮，窮山水之勝，履危陟幽，則皆其羈窮不遇之所爲，見於咏歌，蓋不以爲利達富貴也。若是，則游之道幾廢矣！宋承唐舊，岩居逸士見於聘徵，游者益耻，至於季年，下第不偶者輒爲篇章以謁藩府，京淮閩廣，旁午道路，數十年不歸，子弟不識其面目，囊金輦粟，求管庫之職以自活，視前之游夐夐然難相并矣。世祖皇帝大一海宇，招徠四方，俾盡計畫以自效，雖誕謬無所罪，游復廣於昔。①

袁桷首先對於元代以前文士游歷活動進行了描述與評議，分析各個時期之游的特點與動機。如戰國之士以游説各國君主爲主；漢代則以游歷中的地理之學見長；唐代文士將其游歷過程入詩，推動了詩歌的繁盛等。而袁桷本人雖未與南宋游士展開直接交游，但他的孩提時代正值宋末，經歷了社會的種種變化，對當時江南游士之風的描述顯然可信度頗高。南宋文士將游歷作爲其謀生的手段，雖然外在形式不同，但其動機與元代南士北游却有一致性。元滅亡南宋之後，得以統一南北，建立大一統王朝，因此在南北的地域阻隔這一問題消失之後，南北之間的交流及人員的流動更爲便

---

① （元）袁桷：《袁桷集校注》卷二三《贈陳太初序》，楊亮校注，中華書局，2012，第1186～1187頁。

捷。與南宋中後期相比，這一時期游士的人數以及游歷範圍和前代相比規模更大。與此同時，南北之間的文化不斷發生碰撞，其間的交融得到了空前的加強。雖然，這種游歷在袁桷看來并未能達到完成人才選拔的效能，"余嘗入禮部預考，其長短十不得一，將遍其游以喻之，游者訖不悟。朝廷固未嘗拔一人，以勸使果拔一人，將傾南北之士，老於游而不止也"。[1]袁桷對於當時南方文士大量通過游歷求取仕進的行爲有所反對，但從客觀而言，大一統王朝的地理格局拓展了游士的視野，其游歷軌迹由東南一隅擴展至上京乃至西北邊陲。而這種游歷之風并非因一時一人所提倡或反對而興盛或沉寂，其背後有着更爲複雜的歷史社會背景。元代江南文士由於身份皆爲四等人中的南人，在元代社會地位與待遇都無法與身爲漢人的北方文士相提并論，在出仕的難度上也遠大於北方文士。在這一前提下，他們獲取出仕的機會渺茫，唯有北上游歷大都，纔有可能走上仕途。因此，元代士人游歷成風，南士北游與北人南下相比具有典型性。到元代中後期，這股風潮仍未散去，許有壬曾對此現象有過形象的描述，"午門之外，東南人士游其間者，肩相摩，武相踵也"。[2]南方文士北上游歷在元代成爲一種令人矚目的現象。從社會影響力層面看，南士北游作爲一種大規模、長時段的群體行爲，其引起的社會關注要遠大於北士南游。從文化影響力層面看，終元一代從未停止的南士北游活動，對於元代詩壇文壇的塑造乃至整個元代文化圈，均產生了構造性的影響，在形成與確立元代詩文風尚的過程中發揮了重要作用。因此，厘清南士北游活動的動機與表現，對於理解元代詩壇風尚的轉型具有重要意義。

首先，南方文士之所以熱衷於北游京師，謀求入仕是其最主要的動機。二十世紀以來，元代研究者大多強調漢族文人尤其是南宋遺民與元朝政權的疏離甚至對立關係，因此在這一論調籠罩之下，大量南人北游求仕的舉動就被有意或無意地遮蔽了起來。而事實上，隨着科舉制度的廢除，元初江南文士難以通過以往正常的途徑入仕，而無法入仕的現實又造成了其生活的窘迫與無奈，"宋社亡，故家日降辱過，昔所崇建，揮手若不相

---

① （元）袁桷：《袁桷集校注》卷二三《贈陳太初序》，楊亮校注，中華書局，2012，第1187頁。

② （元）許有壬：《送朱安甫游大都序》，載李修生主編《全元文》第38冊，鳳凰出版社，2004，第84頁。

識"。① 當時南方文士若想入仕，補吏與出任儒學教授等職雖爲可行之途，然而名額甚爲有限，對於缺乏聲望的寒門士子而言，機會甚是渺茫，且入仕後亦缺少上升空間。此外，隨着元代的建立，其依據征服次第而設置的四等人制度，使得南方文士普遍被歸爲身份低微的南人一列，他們無法通過元代正常的人才選拔制度進入政治中樞。這對於在宋代享受較高社會地位的士人群體來説，無疑是沉重的打擊。而文士受到經世思想的浸潤，又尤爲渴求走上仕途，"自中州文軌道通，而東南岩氓島客，無不有彈冠濯纓之想。彼誠鬱積久而欲肆其揚揚者也"。② 從戴表元的表述中，不難體會元初南方文士對於入仕的熱切。而這種熱情受到阻隔，且在幾乎無法期待制度有所變革的情境下，元初江南文士則不得不尋求其他入仕方式，而隨着程鉅夫訪求的首批南方遺賢北上入仕之後，北游便成爲他們獲得入仕機會的途徑之一。

這種窘境至元仁宗延祐二年後略有好轉，延祐開科，分左右榜遴選士子入仕，"今天子崇尚儒術，立進士科。昔之舉茂才者，咸試吏以盡其材智"。③ 這一舉措對於迫切參與政事的南北文士無疑是極大的利好。而南方文士由於身份的局限，延祐開科使其重新擁有了穩固而確切的仕進目標，其意義自然重大。事實上，以延祐二年開科而入仕的南方文士中，有相當一部分日後成爲元代後期文壇的中堅力量，如楊載、黄溍、歐陽玄、干文傳等人均以此科入仕。儘管重開科舉使得元代人才選拔的穩定性大大增加，但元代重根腳、看出身的傳統仍未改變，南方文士依然難以進入權力中樞。④

---

① （元）袁桷：《袁桷集校注》卷一九《陸氏捨田記》，楊亮校注，中華書局，2012，第989頁。

② （元）戴表元：《剡源集》卷一四《送子儀上人北游序》，《四部叢刊》景明本。

③ （元）袁桷：《袁桷集校注》卷二三《贈孟久夫南台掾序》，楊亮校注，中華書局，2012，第1183頁。

④ 蕭啓慶曾言："元朝的科舉制度不及唐宋，施行時間甚短，規模始終不大。元朝開科甚晚，乃因當時環境對科舉取士頗爲不利。元世祖忽必烈（1260～1294年在位）立國中原後，表面上采用中原的中央集權官僚制，但未揚弃蒙古傳統的'家產制'，在官僚制的表像之下，政府用人注重'根腳'（根源、出身），高官厚祿幾乎爲少數'大根腳'家族所壟斷，輔以具有實用材能的胥吏。故其用人方法與科舉之注重憑才取人，可説南轅北轍，難以吻合。即在元仁宗愛育黎拔力八達（1312～1320年在位）采行科舉後，錄取進士始終不多，其法定名額爲每科一百人，前後共舉行十六次，歷時五十二年（1315～1366），扣除停科的六年，實爲四十六年。其中十五次所取皆不足原定之數。前後共（轉下頁注）

又元代科舉自復科後仍時常中斷，致使大量江南文士入仕無門，北游大都依然是他們重要的求仕手段。在他們看來，若想求取富貴通達，則必然要北上京師："京師，風雨之所交也，文獻之所宗也，四方之所轄也……遇則能使吾貴如瑚璉，通則能使吾明如秉燭，尊則能使吾重如九鼎，進則能使吾榮如春華，然則捨京師無適已。"① 在南方文士眼中，大都乃是錦繡繁華之地，充滿了機遇與挑戰，唯有游歷大都，方有機會尋得賞識自己的權貴，從而平步青雲，走入仕途。儘管南方文士進入大都者不計其數，其成功者却依舊寥寥，"近世先達之士類，言求進於京師者，多羈困不偶，煦煦道途間，麻衣弊冠，柔聲媚色，無以動上意，其言若諄切懇款。後進之士，懷疑而不進，百以十數"。② 可見南士北游的過程，自始至終充滿了無數的失意與痛楚。北游之所以成爲南方文士的選擇，并非因爲其是一條坦蕩通途，而更多是求仕無門困境下的無奈之舉，在這種環境下，承受失敗的打擊在所難免。因而即便如袁桷這樣的知名文士，也祇得將南士北游的成功與否歸結於命運："然遇不遇，命也。"③ 北上求仕所帶來的艱難處境，袁桷雖不曾有過切身體會，但其在京長期供職，親眼所見大量南士的失敗，使其很難不有所觸動，因此纔會發出這樣的感嘆。與袁桷同時代的揭傒斯對當時江南寒士的艱難境遇刻畫尤深，"眇眇寒門士，客途困台城。上無公卿故，下無舊友朋。裘褐不自蔽，藿食空營營。四顧灾沴餘，但聞號苦聲。日負道德懿，敢懷軒冕榮。節食慎所欲，聊以厚我生"。④ 北游的南方文士，幾乎無一例外地體會過這種酸辛。而對蒙古權貴而言，這種由等級差序而帶來的困頓是其無法理解的，正因如此，有元一代北游的南方

（接上頁注④）錄取進士 1139 人，每年平均僅錄取 24.76 人。與兩宋相較，相差五六倍之巨。兩宋科舉出身者（包括特奏名）約占官員總人數的三分之一强。而元朝科舉出身者僅占仕途總額的百分之四强而已。即在科舉施行之後，元朝絕大多數之官員仍係由怯薛、恩蔭及吏員出身，進士從未成爲文官之主流。而且晚唐、宋、金三朝的進士是構成宰執的一個主要來源，元代進士位至宰執者寥寥可數。"（見蕭啓慶《元代科舉中的多族師生與同年》，《中華文史論叢》2010 年第 1 期，第 36～37 頁）

① （元）魯貞：《桐山老農集》卷二《送程子長北游序》，《文淵閣四庫全書》本。
② （元）袁桷：《袁桷集校注》卷二三《送鄧善之應聘序》，楊亮校注，中華書局，2012，第 1159 頁。
③ （元）袁桷：《袁桷集校注》卷二三《送鄧善之應聘序》，楊亮校注，中華書局，2012，第 1159 頁。
④ （元）揭傒斯：《文安集》卷一《京城閑居雜言八首》，《文淵閣四庫全書》本。

文士普遍處於貧苦愁困的境地而無從改善。在這種艱難處境下，元代南士克服種種外部條件的不足而決意北游，是極需要勇氣的。南方文士北游過程中，其最大的希望便是能够得到權貴的賞識與推舉："昔之公卿貴人，居處要地，言語出口，足爲世重輕也。故希進之士，聯袂接屨，望塵伺色，日若有所不足者，其勢然也。登用更迭，一旦謝去，則引結儔類，議其短長，甚者旁及其子弟姻黨。得者未報，其不得者常忿誹。若是，則毀譽之説，固不足以爲誠然矣！"① 能够得到貴族的舉薦，哪怕是隻言片語，也會受到重視。南方游士一旦登第，則立時與此前處境迥然兩異，甚至能够與權貴結成姻親，從而實現飛黄騰達的理想。然而，除了少數有達官貴人引薦的幸運兒，大多數江南游士的社會交往圈并不具備這樣的條件，因此其仕進就會倍加艱難，自然會憤懣不已。

此外，當時北方人對南方文士也普遍有偏見，南北學術的差异在元代前中期頗爲顯著。

> 今之爲議者，則曰南士淺薄不足取，又曰其文學論議與中原大异。夫行事必本於經，考成均之法，惟文公是師，而南士獨有背，何耶？余嘗入議者之室，其服食器用由南以來者，頗若愜所好，其無乃貴物而賤士與？識患於不弘，黨患於過偏。自昔創業之君，合一海寓，必取遐陬荒域之士，以自近輔。維昔世祖皇帝能知之，選取蓋可稽也。文公五世孫煒君美，以宸旨入國學，議者亦若不滿，然以其所受學皆文公也，視其子孫少假之。今以書書之法出仕，將行，求余以言。念昔先正獻公與文公俱以僞學坐禁錮，政治更新，善類彙進，文公書大行於東南。今六合一家，文公之學行於天下矣，士能通其學者，其寧有固執之弊。②

袁桷認爲南人受朱熹學術影響極大，其學問得朱熹之精要，并非北人眼中的鄙薄之學。而當朱熹學問傳至北方并官學化的時候，其後人在入仕時居

---

① （元）袁桷：《袁桷集校注》卷二四《李慶長御史箴行序》，楊亮校注，中華書局，2012，第 1197 頁。

② （元）袁桷：《袁桷集校注》卷二四《送朱君美序》，楊亮校注，中華書局，2012，第 1218~1219 頁。

然遭到非議。這在袁桷看來無疑甚是荒謬，因而在序文中申説之。由此可見，因爲南北政治族群身份的差異，本是受朱學影響甚深的南方文士，即令是朱熹的直系後代，在求仕中仍然會受到挫折。在這一事件中，南方士人的身份問題無疑影響了人們對其學術成就的判斷，這就使得南方文士進入仕途异常艱難。

　　對於求仕艱難的南方文士來説，能够得到權貴青眼相待自非易事，但也并不是全無希望。"四方士游京師，則必囊筆楮，飾賦咏，以偵候於王公之門，當不當，良不論也。審焉以求售，若乘必駿，食必稻，足趼而腹果，介然莫有所遭。夫争藝以自進，宜有不擇焉者。心誠知之，孰慚其非？故幸得之，則歸於能。其不得之，則歸於人。惕然而自治，吾未之見也。"① 南方文士唯有倚仗自身才學本領，方能受到大都王侯之青睞，而成爲北方貴胄子女的塾師，無疑是最爲便捷、最爲有效的方式之一。元詩四大家中，虞集與范梈均有過家庭教師的經歷。虞集的經歷極具代表性，其正是通過董氏家族走向仕途："左丞董士選自江西除南行台中丞，延集家塾。大德初，始至京師。以大臣薦，授大都路儒學教授。"② 以虞集才學之高，一旦進入權貴視野，則很難不爲人所賞識，而董士選又素以禮遇文士著稱："時言世家有禮法者，必歸之董氏。其禮敬賢士尤至。在江西，以屬掾元明善爲賓友，既又得吴澄而師之，延虞汲於家塾以教其子。諸老儒及西蜀遺士，皆以書院之禄起之，使以所學教授。遷南行台，又招汲子集與俱，後又得范梈等數人，皆以文學大顯於時。故世稱求賢薦士，亦必以董氏爲首。"③ 作爲朝中重臣，董士選無疑具備推舉文士入仕的能力，而正因有了董士選的舉薦，虞集方能供職翰林，進入大都詩壇，成爲一代文宗。與虞集同屬元詩四大家的范梈亦是通過此途徑進入仕途。④ 范梈在北游的過程中，通過自身之才能而得董士選垂青，由此一躍而上，擔任翰林國史院的清望之職，亦因此成爲元代中期詩壇的代表人物之一。可見，在

---

① （元）袁桷：《袁桷集校注》卷二三《送范德機序》，楊亮校注，中華書局，2012，第1162頁。

② （明）宋濂等：《元史》卷一八一《虞集列傳》，中華書局，1976，第4175頁。

③ （明）宋濂等：《元史》卷一五六《董士選列傳》，中華書局，1976，第3678~3679頁。

④ （元）揭傒斯言："（范梈）年三十餘，辭家北游，賣卜燕市，見者皆敬异之……已而爲董中丞所知，召置館下，命諸子弟皆受學焉。由是名動京師，遂薦爲左衛教授，遷翰林國史院編修官。"見揭傒斯《文安集》卷八《范先生詩序》，《四部叢刊》景舊鈔本。

科舉未開之前，南方文士想要獲得入仕機會，首先需要引起當時權貴的注意，而這種機會可謂甚是微渺。爲了增加入仕的可能性，北游京師便成爲南方文士的必然選擇。

較早進入元廷任職，并擁有一定政治地位的南方文士，亦會主動對同樣是南方人的後起之秀倍加關照，使其仕途能够更爲順利，如揭傒斯得到程鉅夫的提携即屬此例："仁宗踐阼之初，程公在翰林，公（揭傒斯）至京師，因館於其門，執賓主之禮甚謹，人不知爲肺腑之親也。盧公尤愛其文，亟表薦之。"① 揭傒斯年二十游江漢間，時任湖北憲使的程鉅夫奇其才，以從妹妻之，結爲姻親之好。皇慶初年，程鉅夫入朝，揭傒斯館其門，因爲他獨特的才華，在京師識人甚多，甚至國初諸老亦"咸願識之"。② 揭傒斯此後歷任翰林國史院編修官、翰林文字同知制誥、國子助教等職。其詩文創作的成就也很突出，位列元詩四大家之一，是元代南方文士的代表人物。可見揭傒斯得到同爲南方文士的程鉅夫賞識，對其命運的影響之大。陳旅事迹與揭傒斯略有不同，但仍屬於通過前輩提携而入京師。陳旅入仕前與馬祖常相識且過從甚密，二人相識於閩，"延祐中公（馬祖常）以縣事入閩，歸而告諸朝之公卿大夫士曰：'閩中有陳旅者，可以言文事也。'則公亦旅之知己者矣"。③ 陳旅進入京師之後，虞集見其文，大加贊賞，延入館中，相與講習，"翰林侍講學士虞集見其所爲文……延至館中……中書平章政事趙世延又力薦之，除國子助教"。④ 正因有了多位文壇前輩的舉薦與賞識，陳旅入仕後歷任國子助教、江浙儒學副提舉、翰林文字等職，仕途雖非亨通，但亦尚屬平順。而當時作爲詩壇盟主的虞集，頗喜獎掖後進，除陳旅外，危素亦受其提携："虞文靖公集孫先生轍名德俱尊，其遇之一如吳公，由是公之名震動江右。"⑤ 由此可見，到了元代中後期，南方名士除了科舉入仕外，受到前輩推舉亦是進入仕途的良機。

---

① （元）黄溍：《金華黄先生文集》卷二六《故翰林侍講學士中奉大夫知制誥同修國史同知經筵事追封豫章郡公謚文安揭公神道碑》，《四部叢刊》本。

② （元）黄溍：《金華黄先生文集》卷二六《故翰林侍講學士中奉大夫知制誥同修國史同知經筵事追封豫章郡公謚文安揭公神道碑》，《四部叢刊》本。

③ （元）陳旅：《安雅堂集》卷六《馬中丞文集序》，《文淵閣四庫全書》本。

④ （明）宋濂等：《元史》卷一九〇《儒學二》，中華書局，1976，第4347頁。

⑤ （明）宋濂：《宋學士文集》卷五九《故翰林侍講學士中順大夫知制誥同修國史危公新墓碑銘》，《四部叢刊》景明正德本。

而從程鉅夫到虞集，他們對於後輩中佼佼者的幫助，無論其主觀動機如何，在客觀上無疑爲南方文士在大都形成文士群體及交往圈奠定了重要基礎。

在部分元代文士的表述中，他們對於游的内涵則不僅限於求取仕進，功名與事功儘管也爲他們熱望，然而要憑藉真才實學，方應當入仕。他們對於"志進取而學問之不知"，一心謀求功名而缺少才學的鑽營者頗爲鄙夷，但他們却并不否定能夠交結良友、增長學問以及獲得仕進兼得的游歷過程。劉詵就說"古之游者，志學問而進取之兼得"。① 對於古代以游歷而積極入仕的文人不僅不加以批判，反而有所贊揚。董復禮作爲終身不仕之人，亦認爲進取之游有着積極意義，并有實現的可能性："元興數十年，豈無高蹈絕識若主父、嚴徐輩，能伸所長，中上意。取通顯，著後世者耶？……今上即位，首下求言詔，以闢兹路，枯槁湮溺之士皆將纓弁束帶，蹶蹶然起矣。"② 許有壬以北方漢人文士視角，剖析了南士北游成爲一種社會現象的成因："蓋其游也，未始無所求；其求也，未始無所挾。儒者挾其學，才者挾其文，辨者挾其畫，巧者挾其藝。隨其所挾，而致其求，求焉而遂，挾焉而獲，則上書闕下，朝奏夕召可也；奏賦《子虚》，上方給札可也；浩歌新豐，徒步御史可也；賦詩沉香亭，白衣供奉可也，斯其大者爾。若夫季主之卜，越人之方，唐舉之風鑒，虚中之禄命，與夫抱寸能，負曲藝，幸而奇中偶合，皆可以仰大官而食厚禄。乘堅策肥，雍容都市往往而是。以故游者日衆，挾而求者日滋。"③ 在許有壬看來，大多儒生文士北游大都，皆是抱着求功名利禄之心，希望以自身之才藝求取職官，這一行爲并不可取。反之，若是無求功名之心，無挾才藝以仕進，僅僅是遍覽名山大川，以求完善個人修養氣度，這種游歷則是值得提倡的："吾里朱安甫將有薊門之行，踵門而告予曰：'吾少慕司馬子長之游，將歷覽名山大川以昌吾氣，願吾子一言之張之也。'問其有求乎？曰'無有也。'有挾乎？曰'無有也'。"④ 游的動機決定了游的結果，且值得注意

---

① （元）劉詵：《桂隱文集》卷二《送張子静游武昌序》，元人文集珍本叢刊。

② （元）董復禮：《送趙子采北游序》，載李修生主編《全元文》第49册，鳳凰出版社，2004，第4頁。

③ （元）許有壬：《送朱安甫游大都序》，載李修生主編《全元文》第38册，鳳凰出版社，2004，第84頁。

④ （元）許有壬：《送朱安甫游大都序》，載李修生主編《全元文》第38册，鳳凰出版社，2004，第84頁。

的是，許有壬所賞識的這種進取之游，所代表的是北方文士的立場。就
南方文士群體而言，仕進之游仍然是他們北游大都的重點與主要推手，
進取之游儘管也相當普遍，但很多時候往往是一種文士所倡導的境界，
與現實的南士北游情況存在差距。但不管怎麼說，在元人那裹，憑藉自
身才能獲得仕途上的突破，完善個人的生命體驗與學養的充實、增長，
其實質都是個人價值的實現，不僅不應受到批判，更應成爲典範，受到
欽羨與贊許。

其次，元代的一統格局爲南方文士提供了全新的地理視野，爲增長見
聞、增進學養，北游便逐漸成爲元代南方士人必不可少的活動之一。大一
統王朝統治下的疆域甚爲遼闊，南北兩地之間的水陸交通也頗爲發達便
捷，南士北游則從中獲得了非常便利的條件。當時文士游歷範圍甚廣，并
在游歷過程中開闊了視野，也大大增進了南北的交流：“至京師，北極和
寧之地，以觀乎興王之勝地，以交於國人大族之豪杰。”① 江南文士的游迹
之廣，不僅遠邁兩宋，甚至超過漢唐，其胸襟之開闊，見聞之廣博，在後
世亦難以企及，“以豪宕疏曠之才，游燕趙齊魯之邦，盡交其大夫士，東
極三韓，南際甌粵，北望大荒之野，西觀江水之源，其山川形勢，固以皆
爲胸次所有”②，通過游歷，見前人所不見的風光民俗，其所見絕非世居中
原與江南的文士所能想象。對於南方文士而言，最感興趣之處莫過於闕里
之游。在南宋與金南北對峙的百餘年中，南方文士由於政治的阻隔，無法
履足聖人故里，無疑是一大憾事。而當元朝統一中原之後，不再有南北地
域之隔，孔子故里的强大文化感召力吸引南方士人前往拜謁，增長學識，
尋求文化歸屬。元人文集中多有關於拜訪闕里的描寫，如戴表元《送鄭聖
與游闕里序》、吳澄《送黃通判游孔林序》等。虞集年老時還因“數經濟
泗之間，每以王事有程，不獲伸闕里之敬”③ 而懊悔不已。對於元代文士
而言，除却飽讀詩書外，游歷四方以廣見聞也是助長才思學識的重要機
會，所謂“宏才博學，必待山川之勝有以激於中而後肆於外”④ 就是如此。

---

① （元）虞集：《道園學古録》卷八《可庭記》，《四部叢刊》景明景泰翻刻本。
② （元）虞集：《張清夫詩集序》，載李修生主編《全元文》第 26 册，鳳凰出版社，2004，
　　第 261 頁。
③ （元）虞集：《道園學古録》卷三二《送李仲永游孔林序》，《四部叢刊》景明景泰翻刻本。
④ （元）劉敏中：《中庵集》卷一六《江湖長短句引》，《文淵閣四庫全書》本。

京師大都自然也是很多南方文士的必游之地，他們"一至京師，獲觀山河之高深，土宇之綿亘，都邑之雄大，宮殿之壯麗，與夫中朝巨公之恢廓嚴重。目識若爲之增明，心量若爲之加寬，此身似不生於江南遐僻之陬也"。① 江南和京師之地的天壤之別給南方文士很大的衝擊，不到京師一增見識，偏安一隅，祇能坐井觀天。"士之生斯世也，其必有以用於世也。用也者，其肖於器耶？雖然，是有三：上焉者不器，用可也，不用亦可也；次焉者器也，用則可，不用則廢；下焉者器之未成，未成而用，而用適其事者鮮矣。"② 吳澄從士人的個人價值實現方面來突出北游的重要性，以此來勉勵他的學生黃文中，北游以"用於世也"。而北方文士嚮慕江南盛景，亦是相同之理，如許有壬就爲過廬山而不得游深以爲憾，"余自幼樂登覽，所至有山，撥冗必往。讀樂天《草堂記》，太白、歐、蘇詩，知匡廬之勝，恨臂不翼而飛至其下也。延祐乙卯，有臨江之行，舟中望五老如碧蓬，懸瀑如玉虹，時以久曠定省，且同舟非一人，勢不獲留。私念歸日或可一償所願。而同舟益衆，兼夜趣程，順風下流，檣飛如箭，一時懷抱，不啻如遠行客過故鄉，而不得一少息也"。③ 四方游覽山川，亦是追慕古人的一種手段，在河山盛景中取得與古之先賢的共鳴，産生幽情神思，能够獲得極大的滿足與愉悦。

漫游的普遍化，也影響到了元代文學的走嚮，使其在某種意義上超脱了宋季以來江西詩派的冗瑣逼仄之弊，氣象與格局均變得更加開闊。這一點是與元代的地理格局相適應的。從游歷主體來看，元代的漫游群體也極爲廣泛，普通文人自不必説，就是道流之中，漫游也成爲一種風氣。從丘處機遠游西域起，元代許多道士都喜漫游。仇遠爲道士馬臻的《霞外詩集》作序，認爲馬臻詩所取得的成就即與游有關："汗漫萬里，遠覽崧岱之雄拔，江河濟淮之奔放，近把兩峰三潭六橋之佳麗秀整，交廣視闊，胸

① （元）吳澄：《送徐則用北上序》，載李修生主編《全元文》第 14 冊，鳳凰出版社，2004，第 104 頁。
② （元）吳澄：《送黃文中游京師序》，載李修生主編《全元文》第 14 冊，鳳凰出版社，2004，第 204 頁。
③ （元）許有壬：《送黎束山游廬山序》，載李修生主編《全元文》第 38 冊，鳳凰出版社，2004，第 73 頁。

次宏豁，宜其筆力不凡如此。"① 總體而言，南士北游之所以能够在元代擁有持久的生命力，是政治語境與文士自身理想共同作用的結果。一方面，元代社會的等級差序使得南方文士無法通過以往的常規手段走向仕途，而唯有借助北游這一方式，獲取權貴的賞識，以達到入仕的目的，在客觀上爲北游的勃興提供了外部條件。另一方面，元代所塑造的一統格局打破了此前南北對峙的僵局，南方文士在游歷過程中視野大大開闊，與北方士人的交流也日益增多。這種增益學問見識之游，無疑是衆多元代文士的理想之一，因而游歷之風在元代大興，亦有文士的主觀驅動在内。與此同時，元代在疆域上的極大拓展，交通的空前發達，都爲南方文士北上游歷提供了現實的便利與可能。而正是以上諸多因素的共同作用，南士北游纔得以成爲元代重要的社會現象。由此可見，中國士大夫階層與政治權力的關係緊密，隨着政治語境的改變，士大夫階層尋求獲得話語權力的策略與手段也隨之調整。元代南士北游現象的出現，正是南方文士在面臨政治困境時所選取的生存方式。在元代的等級制度中，南方文士爲取得更廣闊的政治前景，北游之舉勢在必行。同時，爲士人階層所掌握的詩文創作的文學話語，也在南士北游的過程中產生變化，使南士北游活動漸由社會現象轉爲一種文學現象，并深刻地影響了元代文壇的整體風貌。

二　南士北游之風與元詩風尚形成

南士北游從一種社會學現象轉化爲文學現象，主要是由於文士兼具政治權力載體與文學創作主體的雙重身份，所以在他們的政治活動中，往往伴隨着文學活動。這也就使得南士北游自發生之時，便具備了成爲文學現象的可能。而南方文士在北游過程中，不斷進行與壯大的文學創作活動使得南士北游對於文壇的影響之深遠，大大超過了其對於政治活動的影響。在此，揭示南士北游之風的多重面相，并分析這些現象是如何對元代詩壇的構成產生影響，便成爲揭示南士北游這一社會現象與元代詩壇内在關係

---

① （元）仇遠：《霞外詩集序》，見馬臻《霞外詩集》卷首，《文淵閣四庫全書》本。馬臻是江南錢塘人，他在宋亡後弃家學道於褚伯秀之門，并隱居於西湖之濱。後來馬臻曾於大德五年（1301）與正一派天師張與材至大都，這使他的視野較爲開闊，形成了"所作皆神骨秀騫，風力遒上，琅琅有金石之音"（見清永瑢等《四庫全書總目提要》卷一六七《霞外詩集提要》，中華書局，1997，第 2221 頁）的風格。

的重要關節。

第一，伴隨着南士北游活動的逐漸深入，南方的理學思想與文學觀念逐漸流傳至北方，并形成元代理學與文學互滲的格局。

元代理學的興起，始自於蒙古軍隊南下伐宋，在南下途中，一大批南方理學家被俘北上，其中最爲著名的是趙復。趙復傳書於姚樞，開啓了理學北傳的先聲。而元代最早出現的理學名家如姚樞、許衡、劉因等人，均深受趙復所傳之學的影響。其中，除劉因長期隱逸外，其他諸如許衡、姚樞、郝經等人，均受忽必烈之徵辟，爲元朝的一統及制度建設貢獻甚多。忽必烈在這些名臣的勸諫之下，行使漢法，較爲注重儒學。他不僅設立翰林國史院與國子學，還在各府州縣建立學校，使得理學教育成爲遍布南北的思想潮流。對此，陳垣有過較爲客觀的認識：“元時并不輕視儒學，至大元年加號孔子爲大成至聖文宣王。延祐三年，詔春秋釋奠，以顔、曾、思、孟配享。皇慶二年，以許衡從祀，又以周、程、張、朱等九人從祀。至順元年，以董仲舒從祀，至正廿一年，以楊時、李侗等從祀。”[1] 陳垣從文廟的角度考察元代崇儒之風，説明理學在元代的大倡，確爲不争之事實。事實上，隨着延祐開科，以“四書”爲主要的取士標準，理學開始擁有制度化保證，并對此後的中國歷史、政治產生了恒久彌遠的影響：“世祖皇帝制度考文朱氏之書，所以繼前聖而開來學者，大臣用以輔治，而道學遂與國家之運同盛於今日。”[2]

從元統一前理學之北傳，到統一初期忽必烈的興學校、許衡制定教育模式，以至仁宗朝延祐復科，理學在從傳播、發展、變遷到躋身統治地位的過程中，不僅對元代社會政治、思想文化產生了深刻的影響，而且將南方的詩文觀念一并傳布到北方，直接影響有元一代的詩文風氣。

理學在元代的學官化與制度化，所帶來的直接表現之一便是理學之士與文學之士身份的重合。在兩宋時期，理學家與文學家的身份涇渭分明，甚至有所對立，理學家認爲文學之士巧言空浮，文學家認爲理學之士刻板虚僞。然而到了元代，理學與文學的對立已然消弭，且長於文學者亦兼有

① 陳垣：《元西域人華化考》，上海古籍出版社，1999，第 133 頁。
② （明）陳能修，鄭慶雲、辛紹佐纂（嘉靖）《延平府志》卷五之一《延平路新修宣聖廟學記》，上海古籍書店，1961。

深厚的理學涵養。他們認爲"文與道一，而天下治盛；文與道二，而天下之教衰"①，講求文統與道統的協調一致。這種理念成爲元代南北文士的共識，幾乎所有在元代享有文名的文士，又是理學淵深之士。如元初郝經、姚燧、劉因等人，其詩文創作爲元代之大宗，其理學深湛，又是位列《宋元學案》中的大家。而以吳澄、許謙爲代表的南方文士，他們的門生弟子如虞集、揭傒斯、黃溍、柳貫、吳師道、歐陽玄等人，其詩學創作均深受理學思想的浸潤，凝華典雅，性情中正平和。元末戴良在回顧這一現象時，將"儒林四杰"視作典範加以贊頌："我朝興地之廣，曠古所未有，學士大夫乘其雄渾之氣以爲文者，固未易一二數。然自天曆以來，擅名於海內，惟蜀郡虞公、豫章揭公及金華柳公、黃公而已。蓋四公之在當時，皆涵淳茹和，以鳴太平之盛。治其摛辭，則擬諸漢唐，說理則本諸宋氏，而學問則優柔於周之未衰。學者咸宗尚之，并稱之曰虞、揭、柳、黃，而本朝之盛極矣。"② 虞集、揭傒斯、黃溍、柳貫，皆是學有所傳之人，虞集"以契家子從吳澄游"，其文風、思想均受吳澄影響頗深。黃溍、柳貫皆是婺州儒學的代表人物。黃溍長期在朝廷供職，多次擔任科舉考官，宋濂深得其濡染，因此對黃溍評價極高，"仁皇肇開科舉之初，即以儒學自奮，歷仕五朝，晚乃入侍今天子，掌述帝制，勸講經帷，嶷然獨任斯文之重。天下學士咸所師法，遂使有元之文章炳耀鏗鏘，直與漢唐侔盛。先生之功，固不細矣"③。雖有誇大之處，然黃溍在士人圈中頗具文名確爲事實。柳貫"嘗受性理之學於蘭溪金履祥，必見諸躬行，自幼至老，好學不倦。凡六經、百氏、兵刑、律曆、數術、方技、异教外書，靡所不通。作文沉鬱舂容，涵肆演迤，人多傳誦之"④。黃、柳二人，文章皆端嚴方正，氣象凝重，雖無法確切表明其對雅正文風的追求，但就其創作實踐而言，的確是在躬行"文與道一"的創作理念。

　　理學講求的修身養性之學一旦擁有了制度化的保障，文士自然會浸潤其中而深受影響。他們對於理學所倡導的雍容雅正的精神狀態與人格追求

---

① （元）許有壬：《許有壬集》，傅英點校，中州古籍出版社，1998，第 753 頁。

② （元）戴良：《九靈山房集》卷一二《夷白齋稿序》，《文淵閣四庫全書》本。

③ （明）宋濂：《文憲集》卷二五《故翰林侍講學士中奉大夫知制誥同修國史同知經筵事金華黃先生行狀》，《文淵閣四庫全書》本。

④ （明）宋濂等：《元史》卷一八一《柳貫傳》，中華書局，1976，第 4189 頁。

深爲嘆服，繼而在詩學創作中也力求體現出這種精神魅力，表達典雅醇正的美學理想。自元代中葉開始，以"雅正"爲核心的詩學觀念逐漸成爲這一時期詩壇的主流風尚。由於長期接觸理學思想，元代文士普遍有着較爲深厚的理學知識儲備，因而其在作詩爲文時，也要求得性情之正，遵循温柔敦厚的儒家詩教傳統。其中，最爲典型的代表是虞集。虞集幼年即開始跟隨理學大儒吳澄學習，在與吳澄的長期交流中，深受其理學思想的影響。這種經歷使得虞集的知識體系中有着濃厚的理學色彩，在他進行詩文創作時，理學所強調的渾樸蘊藉、精醇典雅自然會映射到其詩文中，形成以雅正爲主的風格特徵。在虞集看來，爲文者的涵養關乎辭章詩賦的品質，若無一定涵養，文章便容易爲自己的情緒所左右，而違背文章敦厚端嚴的法度："切謂古者，學文貴乎端本。涵養未至，出慮多生於血氣之私；辯問弗精，立論或違乎禮律之當。必兩者之無欠，乃沛然而有餘。"① 要想達到"沛然而有餘"的理想境界，必須提高自己的涵養，而涵養的修得，則應有理學的知識基礎爲底蘊。他認爲："《離騷》出於幽憤之極，而《遠游》一篇，欲超乎日月之上，與泰初以爲鄰。陶淵明明乎物理，感乎世變，《讀山海經》諸作，略不道人世間事。李太白汗漫浩蕩之才，蓋傷乎《大雅》不作，而自放於無可奈何之表者矣。後世詩人，深於怨者多工，長於情者多美。善感慨者不能知所歸，極放浪者不能有所返。是皆非得情性之正，惟嗜欲淡泊，思慮安静，寖爲近之。"② 虞集所崇尚的得情性之正，是一種平和冲澹的詩學審美觀，講求的是情感的含蓄與淡泊。激烈而恣肆的情感表達，在虞集看來并未臻於上乘。他首先將"温柔淵静"作爲詩學的最高境界，認爲古詩均合乎這種美學標準，而後世所出現的以放臣、出子、斥婦、囚奴爲代表的憂憤之言，其生命激烈的體驗使其難以保持平和的話語叙述。虞集在《李景山詩集序》中言："古之人，以其涵煦和順之積而發於咏歌，故其聲氣明暢而温柔，淵静而光澤也。至於世故不齊，有放臣、出子、斥婦、囚奴之達其情於辭者，蓋其變也，所遇之不幸者也。而後之論者乃以爲和平之辭難美，憂憤之言易工，是直以其感之

---

① （元）虞集：《答熊萬初論文啓》，載李修生主編《全元文》第 26 册，鳳凰出版社，2004，第 58 頁。

② （元）虞集：《旴江胡師遠詩集序》，載李修生主編《全元文》第 26 册，鳳凰出版社，2004，第 72 ~ 73 頁。

速，而激之深者爲言耳。"① 但在虞集看來，這種强烈的情感表現雖然有其合理性，却并非詩學的至美境界，由於用情深切，讀者便更能體會到著詩者的情感，但也失去了沖澹淡雅的美感。可見虞集所倡導的是涵煦和順的美學風格，强調詩歌要秉持平和，不可以意氣入詩，總體上提倡以復古爲尚的雅正詩學。由於虞集在元代中期以後詩壇上的盟主地位，他所主導的雅正復古詩風既是這一時期詩壇風尚的代表，又通過其話語叙述在塑造着元代中期詩壇的走嚮。

第二，元代疆域的極大拓展打破了南北分裂的壁壘，南方文士在北游過程中，視野逐漸開闊，詩境也隨之宏大高遠，開始掃除南宋末年逼仄瑣屑的江湖詩風，爲元詩的盛世之音奠定基調。

南宋偏居東南一隅，文士格局亦難免逼仄，自南宋中後期起，詩風便愈加細瑣，深爲後世所詬，而元詩則一掃其積弊，"我元延祐以來彌文日盛，京師諸名公咸宗魏、晋、唐，一去金宋季世之弊而趨於雅正，詩丕變而近於古"。② 經過大德、延祐年間的發展，社會相對穩定，經濟繁榮，在文學上需要一種穩定儒雅的文化來頌揚治世，而唐詩，尤其是盛唐詩具有這種恢宏之氣，伴隨延祐開科舉，詩風逐漸轉向了宗唐。蘇黄的詩風在元代被文人摒弃，"宗唐"成爲文壇的主流追求。"唐詩主性情，故於風雅爲猶近；宋詩主議論，則其去風雅遠矣。然能得夫風雅之正聲，以一掃宋人之積弊，其惟我朝乎！"③ 在元人看來，詩自應以風雅爲宗，實質上是在不違背儒家詩教倫理的前提下，對感情的自由表達。而從這種詩學審美觀出發，唐詩的自然空靈、不拘一格當然比宋詩"以學問爲詩"更有韵致。因此，有元一代的宗唐之風，正是基於唐詩"於風雅爲猶近"的詩學觀而來。

這種審美旨趣的變化，與元代的地理格局息息相關。元朝疆域空前遼闊，"若元，則起朔漠，并西域，平西夏，滅女真，臣高麗，定南詔，遂下江南，而天下爲一。故其地北逾陰山，西極流沙，東盡遼左，南越海表。……元東南所至不下漢、唐，而西北則過之，有難以里數限者矣"。④ 遠邁漢唐的地理空間使得元代文士的足迹能够到達前人未曾履足之處，且

---

① （元）虞集：《道園學古録》卷五《李景山詩集序》，《四部叢刊》本。
② （元）歐陽玄：《圭齋文集》卷八《羅舜美詩序》，《四部叢刊》景明成化本。
③ （元）戴良：《九靈山房集》卷二九《皇元風雅序》，《文淵閣四庫全書》本。
④ （明）宋濂等：《元史》卷五八《地理志一》，中華書局，1976，第1345頁。

南北貫通的格局帶來了交通的便利，也促進了元代多民族、多文化的交流與融合。因此，“東南慷愷士大夫，异時局於地狹，不得遠游以爲恨。自中原道開，游者響奔影赴，惟恐居後”。① 這不僅激發了南士北游的熱情，更增强了他們的自豪感和自信心，所謂“名山大川，足壯文氣”② 正是這種漫游精神的寫照。戴表元有“欲學詩，先學游”之論，認爲“其人之未游者，不如已游者之暢。游之狹者，不如游之廣者之肆也”③，不游，則眼界狹窄、思路僵化、孤陋寡聞，難有大的作爲。“士之游，必之通州大邑者，豈徒極登覽之勝，角聲利之雄哉？觀乎山川人物之富，以發其氣，益其見聞，必有近於道者矣。”④ 南方文士仇遠，北方文士張之翰、劉敏中等，也都有此類論述。張之翰以北方之士仕宦於南，對南方後學所作詩歌贊其“風骨秀整，意韵閑婉”，但又希望他能游歷北方山水之雄奇，以燕趙、鄒魯之風掃其腐熟：“中原萬里，今爲一家。君能爲我渡淮泗，瞻海岱，游河洛，上嵩華，歷汾晋之郊，過梁宋之墟，吸燕趙之氣，涵鄒魯之風，然後歸而下筆，一掃腐熟，吾不知楊、陸諸公，當避君幾舍地？”⑤ 明顯有以游歷學習北方之長，補救南方詩壇之弊的寓意。

　　受這樣的世風所染，南方文士對於元廷政權心悦誠服，并將文風與政治上混一海宇的宏大氣象結合起來，“天運在國朝，元氣磅礴於龍朔，人物有宏大雄渾之禀，萬方莫及焉。……於是則又發其心聲以爲歌咏，足以鳴一代之雄盛”⑥，其中點出了元代地理格局與詩風的相互適應，提出要爲元代的盛世格局進行頌贊，以顯示國力之昌隆、心態之雄健。與此同時，南方文士的代表人物如趙孟頫、袁桷、戴表元等人，開始反思與批判南宋末年萎靡不振的詩風，并試圖將自身的詩學創作納入元代盛世叙述的潮流中：“大江以南，地爲荆、揚，郡不過百十，其言語風俗、起居飲食之异，邈不相近。世方理文治，而士大夫言詞章高下，復人人殊。數十年來，文益偷，體益弊，乘高駕浮，滑稽恣睢，恍乎其不可詰，潔而至於道者，不

① （元）戴表元：《剡源集》卷一三《送鄭聖與游闕里序》，《四部叢刊》景明本。
② （元）張伯淳：《養蒙文集》卷五《跋楊有之北游集》，《文淵閣四庫全書》本。
③ （元）戴表元：《剡源集》卷九《劉仲寬詩序》，《四部叢刊》景明本。
④ （元）傅若金：《傅與礪文集》卷五《送張聞友游湘中序》，民國嘉業堂叢書本。
⑤ （元）張之翰：《西岩集》卷一八《跋草窗詩稿》，《文淵閣四庫全書》本。
⑥ （元）虞集：《崝山詩集序》，載李修生主編《全元文》第 26 册，鳳凰出版社，2004，第132 頁。

懼則債。溯源而論之，蓋方承平時，師表日增，士以其類至尊，其所傳過於自守，而樂凡近者，尤矜矜然秘重不妄與。一道德而同風俗，先王之教，誠不若是也。"① 南宋詩壇流派衆多，往往一地之隔，詩風亦不相類，且文人固守門户，眼界狹窄，因此格調日下，詩作傷之纖巧。"宋、金之季，詩之高者不必論，其衆人之作，宋之習近骫骳，金之習尚號呼。南北混一之初，猶或守其故習，今則皆自刮劘而不爲矣。"② 南北地理環境的差異造成南方詩風"骫骳"，北方詩風"號呼"。再者，南北詩學傳承上的差異也造就詩壇門派分野。"學者又習於當時之所謂經義者，分裂牽綴，氣日以卑。而南渡之末，卒至經學文藝判爲專門，士風頹弊於科舉之業。"③ 宋末的江南詩壇可謂積弊已久，南方文士對這一時代的批評與反思，終有元一代亦未停止。而袁桷、趙孟頫以後的南方詩人，也均是在這樣一種歷時性的反思中完成元代詩壇風尚的轉型。到延祐、天曆年間，以虞集爲首的元詩四大家開始主盟詩壇，他們提倡詩歌創作要符合儒家正統的禮教觀，秉持雅正平和的藝術風格，與日益昌盛的國運相適應："詩者，志之所之，以其志感人之志者，孰不足以有所感發哉。然則興者，豈非居先乎？……人聲之爲言，又其妙者，則其因於一時盛衰之運，發乎情性之正，而形見乎辭者可瞻已。"④ 楊載從音聲感人的角度對詩歌功能進行闡發，其秉持的核心觀點正是"發乎情性之正"，唯有以正聲起興，方能動人心魄。

　　這在南方文士的上京紀行詩中也得到了很好的體現，南方文士在扈從途中，領略到與江南迥然相異的漠北風光，在這一過程中形成了對元代疆域廣大、國力昌盛的直觀認識，因而其頌贊也就更爲真誠，"周陛夾馳道，大帳垂穹窿。鳴鞘下霄漢，別殿臨熏風。攝衣升玉除，穆穆瞻晬容"。⑤ 元代江南文士在扈從途中對於大元盛世的吟咏，正是這一時期代表性的話語

---

① （元）袁桷：《袁桷集校注》卷二二《曹邦衡教授詩文序》，楊亮校注，中華書局，2012，第1119頁。

② （元）歐陽玄：《此山詩集序》，載李修生主編《全元文》第34册，鳳凰出版社，2004，第447頁。

③ （元）戴良：《九靈山房集》卷一三《夷白齋稿序》，《文淵閣四庫全書》本。

④ （元）范梈：《傅與礪詩集序》，載（元）傅若金《傅與礪詩集》卷首，《文淵閣四庫全書》本。

⑤ （元）黃溍：《金華黃先生文集》卷四《丁亥春二月起自休致入直翰林夏四月抵京師六月赴上京述懷》（其五），元鈔本。

叙述。元代獨特的二元政治制度，使得在朝供職的江南文士遠游上京具有普遍性，使其視野不再拘泥於東南一隅，當這種視野成爲江南文士的共識時，上京紀行詩的主題與內容就被規定在一個相對穩定的範圍內。而在長達近半年的扈從過程中，文士之間不免會有許多交游酬唱、切磋詩藝的活動，而在這一過程中，不同的詩學理念發生碰撞，使得文人的詩學觀有了同質化的可能。應當說，上京紀行詩是江南文士得江山之助的一種集中體現，他們在扈從過程中加快了推進元詩風尚構建的進程。

元代江南文士無疑借助了元代疆域廣大、交通便利的優勢，其足迹遠至大都、上京等此前其無法到達之地，空間視野由東南轉向中原乃至漠北的廣大區域，其文化視域之廣也遠超南宋文士，因此在審視前代詩風時必然帶有空間與時間上的雙重超越性。南方文士在北游過程中得以結合親身見聞，反思南宋詩風之得失，糾正其弊。由於北游已成爲東南文士的共同趨嚮，是以在這樣一種群體性的社會現象中，對詩歌風尚的研討也必然成爲其關注的重點，自然會被重新審視與發覆。由此，元代詩風的轉型方成爲可能。

第三，江南文士在北游過程中與北方文士的積極交流，促進了南北詩風的融合，在元代中期以後形成以雅正爲核心概念的復古詩學觀，逐漸成爲元代詩學風尚的主流形態。

前文南方文士希望以才學文章求取仕進，必然要與北方漢人權貴進行交流，唯此方能由士人身份轉向官宦，因此在客觀上要改變自身的詩文風格，兼采南北詩風之優長。以南方文士爲主體的翰林文士一直參與并主導着元代文壇南北詩風的融合，并提出了詩宗風雅的主張。趙孟頫明確提出要遵循黃庭堅所倡導的美學典範，以《詩》《騷》爲宗："詩在天地間視他文最爲難工，蓋今之詩雖非古之詩，而六義則不能盡廢。由是推之，則今之詩猶古之詩也。夫鳥獸草木皆所寄興，風雲月露非止於咏物。又況由古及今，各自名家，或以清澹稱，或以雄深著，或尚古怪，或貴麗密，或春容乎大篇，或收斂於短韵，不可悉舉。而人之好惡不同，欲以一人之爲求合於衆，豈不誠難工哉！……山谷道人有言曰：'本之以《國風》《雅》《頌》，深之以《離騷》《九歌》，此作詩之良法。'"① 趙孟頫首先肯定詩歌

---

① （元）趙孟頫：《趙孟頫集》卷六《南山樵吟序》，錢偉强點校，浙江古籍出版社，2016，第177頁。

風格的多元化，但同時認爲好詩必須遵守六義之道，不得相與違背。而要達到這種境界，則必然要對《詩》《騷》進行系統學習。於此，袁桷提倡："悉本於五經之微旨，而優柔反覆，覊而不怨，曲而不倨，藹然六義之懿；宮商相宣，各叶其體，情至理盡，守之以嚴，無直致之失，世之號能爲詩文者，率不過是。"① 要求作詩要情感適度，不可過激，且要音律協整，格調規範，要遵守作詩法度。虞集則強調詩歌的教化意義，認爲作詩不能脫離禮教宗旨，"聖賢之於詩，將以變化其氣質，涵養其德性，優游厭飫，咏嘆淫洗，使有得焉。則所謂温柔敦厚之教，習與性成，庶幾學詩之道也"。② 無論是趙孟頫、袁桷還是虞集，都是詩壇上江南文士的代表，其詩名極高，在當時均影響甚大。因此在他們主盟的詩壇中，所提倡典雅密麗、醇正敦厚的詩風也爲當時衆多文士所接受。他們的主張通過在大都頻繁的文人雅集爲士人普遍認同，由之，南北詩風的融合之勢已然形成。而隨着科舉復開，他們長期擔任考官，借助座主與門生的關係，更是將雅正的詩歌風尚傳布至全國，使之成爲元代中期最爲重要的詩學潮流。而其中最爲典型的代表，則是虞集融合南北、匯通古今的盛世復古詩風。

虞集的盛世話語叙述之所以具有典型性，是由其文壇宗主與南方文士身份存在差異所造成的。南方文士普遍處於生存困境，即使是虞集這樣的翰林文士亦難以徹底擺脱，他們在朝中話語權的缺失，使其無法對朝政進行評價與抨擊，唯有頌贊與謳歌。但無論虞集寫作的主觀動機如何，其詩學主張對雅正平易詩風在元代的大倡在客觀上有不可忽視的影響和推動。他批判南宋末年專意於文辭，爲迎合科舉而無所不用其極的文風，對元初北方文壇領袖姚燧則深爲服膺："宋之末年，説理者鄙薄文辭之喪志，而經學文藝判爲專門，士風頹弊於科舉之業，豈無豪杰之出，其能不浸淫汩没於其間，而馳騁凌屬以自表者，已爲難得，而宋遂亡矣。……國朝廣大，曠古未有。起而乘其雄渾之氣以爲文者，則有姚文公其人。其爲言不盡同於古人，而伉健雄偉何可及也。繼而作者豈不瞠然其後矣乎？當是時，南方新附江鄉之間，逢掖縉紳之士，以其抱負之非常幽遠，而未見

---

① （元）袁桷：《袁桷集校注》卷二二《甬山集序》，楊亮校注，中華書局，2012，第1146頁。

② （元）虞集：《鄭氏毛詩序》，載李修生主編《全元文》第26册，鳳凰出版社，2004，第79～80頁。

知，則折其奇杰之氣，以爲高深危險之語，視彼靡靡混混則有間矣。然不平之鳴，能不感憤於學者乎？"① 可見虞集所認同的詩文風尚，并非以文辭精巧、用詞造作取勝的舉業之文，而是能够體現爲文者内心强健奮進精神的雄偉之文。而這種浩然的文氣，則應以典雅含蓄的風格呈現，方才算作盛世之音，"其辭平和而意深長者，大抵皆盛世之音也"②，對盛世文風的標準進行了明確的界定。虞集的典型之處在於，他將雅正詩風與鳴盛世之音相融合，提倡以《風》《雅》爲範式的詩學觀，并將這一點反復言説、論述，其實質是要將詩文風尚與大德、延祐的政治氣象結合，尊崇雅言正聲。"夫屈、宋之辭，遠接《風》《雅》，蓋出於亡國陋邦。建安諸人，亦號奇壯，而所居之朝，非世正緒"③，虞集在此并非要貶損屈、宋與建安諸子，而是認爲當時乃是衰末之世，其詩必然會走向變風、變雅，與元代的政治格局不相適應。也就是説，虞集所提倡的雅正詩風，已經超出了單純的詩歌審美功能，而上升爲與儒家詩教理論相一致的高度。他論詩的核心，考慮的并不是藝術上的高下，而是關注詩歌是否與時代的政治主題與政治格局互相吻合，其着眼點在於詩歌與政教的互動，背後隱含着更爲深層的權力話語關係問題。在虞集看來，詩宗風雅代表的是詩之正宗，更是在一定程度上與元代政權的合法性相統一。這種詩學觀念與當時的政治格局緊密結合，是元代混一海宇、四海升平的映射，也是大德、延祐及其以後文士心態的主流。虞集之所以爲元人及後世所認同，除了他清醇典雅的詩歌創作的藝術魅力外，原因還在於他所倡導的詩歌風尚代表了元代南方士人的普遍心理。因此，"虞雍公赫然以文鳴於朝著之間，天下之士翕然謂公之文當代之巨擘也"④ "我元之詩，虞（集）爲宗，趙、范、楊、馬、陳、揭副之，繼者迭出而未止"⑤，這樣的評價并非過譽，其評價者歐陽玄、戴良均爲南方文士，他們在爲虞集定位的同時，也是在對南方文士的

---

① （元）虞集：《劉桂隱存稿序》，載李修生主編《全元文》第 26 册，鳳凰出版社，2004，第 110～111 頁。

② （元）虞集：《道園學古録》卷六《李仲淵詩稿序》，《四部叢刊》本。

③ （元）虞集：《崞山詩集序》，載李修生主編《全元文》第 26 册，鳳凰出版社，2004，第 133 頁。

④ （元）歐陽玄：《圭齋文集》卷九《元故奎章閣侍書學士翰林侍講學士通奉大夫虞雍公神道碑》，《四部叢刊》景明成化本。

⑤ （元）楊維楨：《東維子文集》卷七《剡韶詩序》，《四部叢刊》影舊鈔本。

詩壇地位進行若有意若無意的話語權力書寫。

元代盛世文風的獨特性在於，文士對於元朝疆域廣袤，勢運昌隆的贊嘆，乃是真誠稱贊，而并非全是言不由衷之作。除却一些應制詩作外，元代文士在大量的贈答酬唱詩作及序贈文中均有對元朝國力强盛的歌頌，元人的時代自豪感與自信心由此可見："昔者王道盛而雅頌興，帝功成而樂章作。世隆，詩道固從而隆也。我元德邁於周漢，覆載之內，血氣之倫，仁涵義浹，百有廿年於茲矣。士之沐浴膏澤，咏歌泰和，若蟄之於雷，奮不可遏，則詩焉而復古之道也宜哉。"① 由於國力昌盛，文士大夫歌咏盛世被視作理所當然，鳴頌正音在元代士人那裏，是一種群體性的、高度自覺的創作行爲。"詩得情性之正"與盛世氣象相結合，構成了元代中期詩壇的主流。而這種詩學觀的集中表現，便是大德、延祐年間以虞集爲首的南方文士所倡導的館閣文風。張翥有文論之：

> 昔人論文章貴有館閣之氣，所謂館閣，非必扢藻於青瑣石渠之上，揮翰於高文大册之間，在於爾雅深厚，金渾玉潤，儼若聲色之不動，而薰然以和，油然以長，視夫滯澀怪僻，枯寒褊迫，至於刻畫而細、放逸而豪以爲能事者，徑庭殊矣。故識者往往以是概觀其人之所到，有足徵焉。本朝自至元、大德以訖於今，諸公輩出，文體一變，掃除儷偶迂腐之語，不復置舌端，作者非簡古不措筆，學者非簡古不取法，讀者非簡古不屬目。此其風聲氣習，豈特起前代之衰，而國紀世教，維持悠久，以化成天下者，實有係乎此也。②

在元人看來，館閣體并非追求辭藻華美，篇幅宏大，而是一種平和典雅的氣象，詩風端凝大氣，能够與元代昌盛的國勢相配合，既不能入險怪奇崛之窠臼，亦不能一味以豪邁恣肆爲尚，其詩學觀念高度符合儒家"温柔敦厚"的詩教傳統。同時，他們在廣泛的游歷過程中，目睹山河盛景、神州壯闊而所生發的時代自豪感，使得"平易正大""氣象宏朗"的詩風成爲其普遍追求，逐漸塑造并確立了以復古爲核心的雅正詩風。

---

① （明）張以寧：《翠屏集》卷三《桐華新稿序》，鈔明成化刻本。
② （元）張翥：《圭塘小稿序》，載《中州名賢文表》卷二二，《文淵閣四庫全書》本。

最後，形成了以大都文化圈爲核心的元代詩壇。

元代定都大都，將政治中心北移，無疑突破了中國此前的地理中心格局，而本處於古冀州的大都，也因此成爲元代人文薈萃之地："京師（大都）據山川形勝，四方舟車之所會，風物繁富。"[①] 四通八達的交通使得各方人才進入大都頗爲便捷，於是形成了"天下英俊咸在"[②] 的景象，才華横溢的南方文士自不例外。他們將大都視作最有發展前途，最爲嚮往之地，"人之厭江湖者則思山林，厭山林者則思城郭，居城郭者則思游乎通邑名都，以日充其所見聞。譬猶魚之處池沼則慕湖陂，處湖陂則慕江海，處江海則又欲脱鱗鬣，生羽翰，絶雲霓，負青冥，以達乎天池而止焉。京師，士大夫之天池也"[③]。顯然，在南方文士看來，仰慕大都的人文盛景，北游大都以求更好的發展，是人之天性。正是由於大都作爲全國政治、經濟、文化中心，集聚了最爲豐富的政治與文化資源，是以元代文士一旦具備條件，自然渴望進入大都謀求發展。[④] 到至元二十三年，在程鉅夫的倡議下，忽必烈遣其下江南選士："帝素聞趙孟頫、葉李名。鉅夫臨當行，帝密諭必致此二人。鉅夫又薦趙孟頫、余恁、萬一鶚、張伯淳、胡夢魁、曾晞顏、孔洙、曾冲子、凌時中、包鑄等二十餘人，帝皆擢置台憲及文學之職。"[⑤] 自是以後，南方文士紛紛北上，陸續進入翰林國史院、集賢院等館閣機構，他們雖大多充任詞臣，缺少核心的政治話語權，但畢竟打破了此前南人難以入仕的窘境。這一現象發展至大德、延祐年間，以趙孟頫、袁桷和虞集、楊載、范梈、揭傒斯等來自浙江、江西和福建等地的南方文人爲核心的翰林文士群，取代了元初北人的文壇主導地位，促進了南北文士的交流與碰撞，從而推進了元代文壇南北融合，形成了以大都爲核心的

---

① （元）許有壬：《許有壬集》，傅英點校，中州古籍出版社，1998，第404頁。
② （元）虞集：《雍虞先生道園類稿》卷四三《陳真人道行碑》，元人文集珍本叢刊。
③ （元）陳基：《夷白齋稿》卷一九《送陳希文北上序》，《四部叢刊》影明鈔本。
④ 從元代有籍貫可考的511位文學家的分布區域來看，主要集中在北方燕趙文化區和南方吳越文化區。南方雖然没有政治上的優勢，但文化優勢依然存在，這體現出文化的相對穩定性。而北方文學家的分布重心，則明顯由關中、中原地區轉移到了黄河以北，即燕趙、河東地區。從前的關中（長安）—中原（洛陽、開封）—齊魯（濟南）這一東西走嚮的文化軸心已經由燕趙（北京）—河東（太原）—齊魯（東平）—吳越（蘇州、杭州）這一南北走嚮的文化軸心所取代。（統計詳見曾大興《中國歷代文學家之地理分布》，商務印書館，2013，第312頁）
⑤ （明）宋濂等：《元史》卷一七二《程鉅夫列傳》，中華書局，1976，4016頁。

元代詩壇和大都文化圈。① 以此爲標志，真正形成元代詩風的條件成熟了。

從歷時性的脉絡來看，南方文士之所以在大德、延祐年間占據詩壇話語權，其原因是多層次的。首先，南北方文士在政治職能上存在差異。北方文士不管是元初的姚燧、王惲、郝經，還是之後的張養浩、胡祇遹、蘇天爵、許有壬，由於他們在朝中政治地位較高，能夠參與實際政事的决策，雖然自身也是富有盛名的文學之士，但并不將純粹的詩歌創作作爲其主要的志業。南方文士則從一開始就集中於翰林國史院、國子監等文化機構，"朝廷清望官曰翰林，曰國子監，職誥令，授經籍，必遴選焉"。② 就其職能而言，南方文士没有參與實際的政令决策，而是主要從事文化工作，文學才能是其安身立命之本。因此，南方文士對文學本身的關注遠大於北方文士，在詩歌創作上投入的時間與精力也遠非政務繁忙的北方文士可比。而延祐開科之後，南方文士大量充任科舉考官，其文學理念通過門生傳播，詩名能夠較快地流向全國。其次，南北方的文學傳統并不相同。元初的知名北方文士如郝經、王惲，在詩文創作上都受元好問影響頗深，而元好問所師法的對象，則是蘇軾，"遺山接眉山，浩乎海波翻。效忠蘇門後，此意豈易言"。③ 北方文士所宗的，乃是雄渾豪放的詩風，"國初，中州襲趙禮部、元裕之之遺風，宗尚眉山之體"。④ 眉山、遺山雖均是詩壇巨匠，其詩論亦頗爲完備，但其詩風本身具有難以複製的特點，後輩門人欲得其神髓極難。反觀南方文士，其詩人大多受到江西詩派的餘波，講求師法謹嚴，便於學習與模仿，在風格上具有同質性，容易形成"异口同聲"，便於出現群體性的建構。最後，後世元詩史的書寫，主要是由南方文士的後學完成。楊維楨、戴良等人均在詩學上推崇大德、延祐時期的南方詩人，對於北方文士，往往稱其文而不稱其詩，"學士大夫乘其雄渾之氣以爲詩者，固未易一二數。然自姚、盧、劉、趙諸先達以來，若范公德

---

① 在此所探討的大都文化圈，既是一個空間概念，又是一個特指的時間概念，專門指大德、延祐以後，以翰林國史院爲主體的士人群及其在大都流衍與傳布的文化現象，在此之外的文學、文化表徵雖在考慮的範圍之內，但因其既非本章的研究對象，亦非本章的核心內容，因此不再贅述。

② （元）袁桷：《袁桷集校注》卷二四《送程士安官南康序》，楊亮點校，中華書局，2012，第 1210 頁。

③ （清）翁方綱：《復初齋詩集》卷六七《讀元遺山詩四首》之三，清刻本。

④ （元）虞集：《傅與礪詩集序》，載傅若金《傅與礪詩集》卷首，《文淵閣四庫全書》本。

機、虞公伯生、揭公曼碩、楊公仲弘，以及馬公伯庸、薩公天錫、余公廷心，皆其卓卓然者也"。① 後世的元詩四大家，在此時雖無確定的稱呼，但已然初具雛形。而在戴良看來，當時能够代表北方詩壇的，反倒是馬祖常、薩都剌等色目詩人。明代興自江南，其詩學傳統更是純從南方士人而來，因此在後世的敘述中，元代南方詩人屢被提及，談及大德、延祐之時的元詩史，其關注點逐漸聚焦於南方詩人群體。

南方文士是如何將詩文風尚觀念在大都廣泛傳播，并最終取得詩壇的主導話語權這一問題很受當下學者關注。究其根本，是由於元代南方文士能够借助其詩文創作才能，尤其是通過詩歌這一重要媒介建立并維持聯繫，在大都這一文學場域中構建起一個文化社交圈。於此，南方文士在大都進行了一系列文學活動，從文士之間小範圍的雅集酬唱，到頻繁的序跋贈答，以及大量的品題賞鑒。在這些社交活動中，詩歌無疑是最具凝合作用的文學體式，而雅正復古詩風也藉此逐漸在大都廣泛傳布。大都作爲四方英才薈萃之所，在此文學場域內活動的文士數量之多、文名之盛，在當時全國無出其右。在文士活動如此密集的場域中產生的詩文風尚，其傳播速度之快、影響之大，均爲他處所不及。而各方文士爲了滿足游歷與求仕需要，至大都後必然要以詩文爲媒介進行酬唱贈答、雅集題跋等文學活動，在此過程中便能够與大都的詩文風尚產生交流與碰撞，爲雅正詩風注入新的活力。而反過來，在大都的翰林國史院文士群體時時會離京任職，他們的詩文理念又會傳播至其就任之處，使雅正詩風在全國傳布的速度大大加快。因此，這一文學場域既是開放的，又是相對恒定的。當時，南方文士主要集中於翰林國史院，其參與時政決策的機會不多，生活又頗爲優渥，優游於翰墨之間是其生活的常態。虞集曾回憶大德年間的這種現象："大德中，予始至京師，海宇混一之餘，中外無事。中朝公卿大夫士，敦尚忠厚，雅厚文學，四方名勝萃焉。四明袁公伯長在翰苑，最爲相知。濟南潘君仲德，同爲國學博士。"② 歐陽玄在爲揭傒斯所作墓志銘中介紹其交往情況時曾説："東南士聚輦下，如四明公栒、巴西公文原、雍郡公集，

① （元）戴良：《九靈山房集》卷二九《皇元風雅序》，《文淵閣四庫全書》本。
② （元）虞集：《雍虞先生道園類稿》卷三五《爲從子旦題所藏予昔年在京寫冬窩賦手卷後》，元人文集珍本叢刊。

有盛名公卿間。既而貢集賢奎章、周待制應極薦之，皆馳騁清途。公（揭
傒斯）與清江范梈德機、浦城楊載仲弘繼至，翰墨往復，更爲倡酬。"① 袁
桷亦常與馬祖常、虞集、王士熙等人相唱和，"公爲文辭，奧雅奇嚴，日
與虞公集、馬公祖常、王公士熙作爲古文，論議迭相師友，間爲歌詩倡
酬，遂以文章名海內。士咸以爲師法，文體爲之一變"。② 可以看出，當時
供職於翰林國史院的文士群體，有一個相對固定的文化社交圈，袁桷、虞
集、馬祖常、揭傒斯、楊載、范梈等人均在其中，成爲當時詩文風尚的引
領者。他們自進入大都後，便不斷切磋詩藝，交流詩文創作心得，統一了
詩求典雅、以古爲尊的詩文理念。他們又均爲詩名卓著的文士，因而能夠
通過頻繁的雅集酬唱、題跋序贈等文學活動將自己的詩文理念在文人之間
持續傳播，并進而對元代的詩文風氣産生一定的影響。而大力倡導這一詩
歌風尚的文士如袁桷、虞集等人，也由此而主盟詩壇，成爲此時文學話語
的實際主導者。正是在以他們爲首的翰林文士群體的不懈努力下，造就了
延祐、天曆年間，以雅正之音爲主導的詩壇盛況。

　　文人求仕最終并非都能成功，爲了提高入仕的成功率，到大都求仕的
南方文人往往會拜訪在大都任職的，有一定地域聯繫、師承關係的南方文
人。這在某種程度上強化了南方文士在元代文壇中的主導地位，前代南方
文人通過對後代文士的提携、推薦，使南方文士作爲一個群體在大都文化
圈綿延不絕。終有元一代，翰林國史院始終有南方文士的一席之地，并在
其中發揮着重要作用。從程鉅夫、趙孟頫、袁桷到虞集、楊載、范梈、揭
傒斯，再到稍後的柳貫、黃溍、歐陽玄、危素，均長期在翰林國史院、集
賢院供職，并在詩壇或文壇上負有盛名。也就是說，南方文士雖從未在元
代政壇掌握實權，然而元代中後期的文化話語權，主要是由江南文士所主
導。元中期以來，集賢院、翰林國史院、國子學、奎章閣等機構中，江南
儒士比較活躍，稍早的如程鉅夫、趙孟頫、袁桷，稍後的如虞集、揭傒
斯、柯九思等，都是足以引領一時風潮的人物，而且他們積極地舉薦人
才，獎掖後進，其文集中大量的贈序文就是明證。與此同時，他們借助大

① （元）歐陽玄：《圭齋文集》卷一〇《元翰林侍講學士中奉大夫知制誥同修國史同知經筵事豫章揭公墓志銘》，《四部叢刊》景明成化本。
② （元）蘇天爵：《滋溪文稿》卷九《元故翰林侍講學士知制誥同修國史贈江浙行中書省參知政事袁文清公墓志銘》，陳高華、孟繁清點校，中華書局，1997，第137頁。

量詩文贈答酬唱，强化了南方文士在元代文學創作格局中的影響力，并逐漸引領了元代詩壇的格局與走嚮。

三 南士北游與元詩風尚嬗變

南士北游在元代作爲一種社會現象，北游主體是知識階層的士人，因而經歷長期複雜的演進，便逐漸輻射衍化爲文化現象，并在深層影響了元代詩壇話語的轉嚮。而結合元詩的演進史，則可以發現南士北游所帶來的元代詩文風尚問題，并不能以簡單的"宗唐得古"稱之。

從歷時性看，元代詩文風尚凡總三變，"國朝之文凡三變，中統、至元以來，風氣開闢，車書混同，名家作者與時更始，其文如雲行雨施，雺霈萬物，充然有餘也。延祐初，繼禪之君虚己右文，學士大夫涵煦乎承平，歌舞乎雍熙，出其所長，與世馳騁，黼黻皇猷，鋪張人文，號極古今之盛。然屬金石以激和平之音，肆雕琢以泄忠厚之樸，而峭刻森嚴，殆未易以淺近窺也。天曆之際，作者中興，上探詩書禮樂之源，下咏秦漢唐宋之瀾，擺落凡近，憲章往哲，緝熙典墳，照熠日月，登歌清廟，氣凌《騷》《雅》，由是和平之音大振，忠厚之樸復還。其用力也，如藺相如抗身秦庭，全璧歸趙，嗚呼，亦不易矣"。[①] 元人已對本朝詩文做出歷時性的梳理，意識到中統、至元，大德、延祐以及天曆以後，其詩文風尚均有變化。這種梳理雖不完備，然而對元代詩文風尚轉型的時間節點，却已有了較爲深刻的把握。第一階段是中統、至元年間，此時南北由對峙逐漸走向了一統，但在統一之初，南北詩文風氣并未統一，各承宋金餘習，北方尚粗豪，南方尚冲曠。然而，詩文風尚隨着王朝的統一，亦逐漸打破了南北壁壘，在差异中蘊藏着新變。第二階段爲大德至天曆年間，此爲元代文學的繁盛時期。此時詩文以雅正爲宗，崇尚深醇典雅的藝術風格，彰顯盛世的恢弘氣態，元詩四大家正是其中代表。第三階段則爲天曆至至正時期，此時元朝國力日衰，東南戰亂漸起，大都文壇已不復昔時盛況，江南則有顧阿瑛開玉山雅集，楊維楨輩於戰亂中倡導樂府，詩風轉爲清雅秀麗，爲元代文學最後的光輝。

從前文可知，在元代詩文的變遷發展中，南北詩文風尚的分野是其中

---

① （元）陳基：《夷白齋稿》卷二二《孟待制文集序》，《四部叢刊》景明抄本。

一個重要的命題。具體説來，自蒙古滅金，元伐南宋後，王朝雖已一統，詩壇却并未立刻形成一致的詩風，前代詩文的南北差異仍極爲顯著。此時北方詩壇以河北、山西一帶的文人爲主體，主要代表如元好問、郝經、劉因等人，在此之後，姚燧、姚樞、楊果、閻復、王構、徐明善、盧摯等人繼承此脉傳統，詩文以質實豪放爲尚。這一派在元初政壇上身居高位，大多爲當時的名臣，是元初北方詩壇影響力最大的一支。而南方文壇則"文體大壞，治經者不以背於經旨爲非，而以立説奇險爲工。作賦者不以破碎纖靡爲异，而以綴緝新巧爲得。有司以是取士，以是應程文之變，至此盡矣"。① 南宋末年，詩風受到社會動蕩的影響，江湖詩風爲其主導，加之科舉的弊端甚重，南方的有識之士紛紛對其批判及反思，南方詩壇整體上呈現出破舊迎新之態，亟待重構。在這一時期，南北詩風的交流與融合尚未成爲主流，元代詩壇也正面臨統合與轉型。隨着元代國力日盛，政治趨於承平，南士北游亦已成爲元代普遍存在的社會現象。至元成宗大德年間，南方文士通過北游供職於翰林國史院與集賢院已甚爲常見。在這一時期，來自浙江、江西和福建等地的南方文人，如趙孟頫、袁桷和虞集、楊載、范梈、揭傒斯等人，在大都建立起一個以翰林文士爲核心的詩文創作群體，并在實質上成爲元代中期大都文化圈詩壇的中流砥柱。這一文士群體的形成加强了南北文士的交流，他們通過雅集酬唱、序跋題咏等文化活動，將以雅正復古爲宗的詩文風尚廣泛傳播，經過十數年的南北交流與詩文理念碰撞，終於在延祐年間得到南北文士的一致認同，成爲此時詩壇的主流。

然而，在元代中期南北詩風混一以及對於雅正詩風的共同追求的表象之下，尚潛藏一對無法規避的矛盾，即南北文士雖共同趨向雅正詩風，其理論出發點及創作效果却有所區别：北方文士在元代的四等人制度中屬於漢人，擁有相對較高的社會地位，其入仕較爲容易，且其擔任的也大多屬於擁有實權的職務。許多著名的北方文士也同時擁有名臣的身份，如郝經、王惲、張養浩、許有壬等人均是如此，他們身處要職，與蒙古權貴階層接觸頻繁緊密，因而保持很高的政治參與熱情。這就使得他們的詩文創

① （元）趙孟頫：《趙孟頫集》卷六《第一山人文集序》，錢偉强點校，浙江古籍出版社，2016，第172頁。

作理念偏向於經世致用一路，忌空談，少誇飾。如在北方著名文士王惲看來，"要當明德志學，思求其致用之方可也。世之所謂學者多矣，有有爲之學，有無用之學。窮經洞理，粹我言議，俾明夫大學之道者，此有用之學也；如分章摘句，泥遠古而不通，今攻治异端，昧天理而畔於道，若是，皆無益之學也"。① 也即學之是否有用，其標準在於能否對社會現實進行回應，關乎現實問題，方能做到有爲與有用。而固守於章句，執着於字詞的瑣碎學問，則不足以對社會構成實際的影響，因而祇能算作"無益之學"。王惲對學問是否有用的區分，在很大程度上正是其身份話語的展示。以其爲代表的北方文士，在叙述中也大多持此觀點。正因如此，王惲纔能夠對當時的一些社會問題進行批判與評議，如他寫有《儒用説》，正面回答時人對於儒士的輕視態度。

> 士農工賈謂之四民，四民之業，惟士爲最貴。三者自食其力，能傃所守，時雖弗同，固不失生生之理。唯士也貴賤用舍，繫有國者爲重輕。蓋其所抱負者，仁義禮樂，有國者恃之以爲治平之具也。國不爲養，孰樂育之？君不思庸，孰信用之？不幸斯道中微，我玄尚白，厄窮遺逸，隨集厭躬，此士之所以邅邅於下而可吊者也。幸有連茹爲引用爲主張者，曰"鄙儒俗士，烏足有爲也"。切嘗惑焉。謂有用也，時不見其所用；爲無用也，一爲時用，卓越宏達，莫可企而及者。烏可以時偶無用，概有用悉爲無用之具哉？②

王惲著《儒用説》的背景，乃是對於當時蒙古保守權貴們所認爲的"儒士無用論"的一種回應與批評。這種正面批判社會問題的行爲，在北方漢人儒士中并不鮮見。元初的許衡、竇默、姚樞、郝經等人，直到此後的張養浩、許有壬等人皆是如此，他們雖均富有文名，但是却不以文士自居，且其文集占據主體的是書、表狀等公牘文以及碑志文。這種特點導致北方文士普遍追求實用的文風，輻射到詩歌創作上亦是如此，而且有愈加程式化

---

① （元）王惲：《王惲全集彙校》卷四四《賤生於無用説》，楊亮、鍾彦飛點校，中華書局，2013，第2132頁。

② （元）王惲：《王惲全集彙校》卷四六《儒用説》，楊亮、鍾彦飛點校，中華書局，2013，第2183頁。

的傾嚮。這就使得元代北方文士在元代中期以後，其詩歌創作的藝術成就有限。而從創作主體看，北方儒士的精力多在政事，詩歌并非其關注的重心所在，其對於詩法詩藝的鑽研交流，自然無法與以翰墨詩賦爲業的南方翰林文士群相提并論。與之形成鮮明對比的是，南方文士身處四等人中的南人，他們很難進入元代政權的核心，因而其入仕多在翰林國史院、集賢院、國子學等機構中任職。在這種條件下，他們對於政治的參與度就很有限，其公牘文寫作雖頗多，然而缺乏充滿個人觀點的奏議文，大多是程式化的書寫。因此，這種境遇中的南方文士在仕途上做出努力而無明顯結果之後，祇好於閑暇時間行文學之事，注重詩歌的藝術性和審美性，追求合乎時代的雅正之音。正是通過對詩學中雅正詩風及典麗文辭的追求與實踐，南方文士中的佼佼者如袁桷、虞集、范梈、揭傒斯等人在元代中期相繼主盟元代詩壇，引領了有元一代詩風的轉嚮。而在此過程中，詩壇的發展可以説是隨着南士北游的不斷發展而完成轉型。最終，至大德、延祐年間，以元詩四大家爲代表的南方翰林文士群，通過大量的詩文理念交流與創作實踐，在大都這一"話語場"中完成了元代詩風以雅正平易爲宗的構建，并從而成爲元代中期詩學的代表。由上述可見，元詩風尚之所以存在南北詩歌理念的内在矛盾，實質上是由權力話語分配固有的等級差序所衍生出的詩學問題。這種權力話語的矛盾在元代不可調和，因此南北文士的身份認同及其所面臨的政治語境也截然不同。從這個角度來説，南士北游是由於南方文士的身份問題，使其不得不北上求仕，以尋求獲得入仕可能的門徑。而以此門徑入仕所帶來的問題是他們祇能位居元代政權的邊緣，根本無法與身居高位的北方文士相提并論。北方文士對於政治活動的實際參與和干預，增強了其對於詩文實用性的追求。詩詞文章在北方文士那裹，自然也有審美的職能，然而，能够通過奏議文書完成對政治事件的參與，掌握更關鍵的政治話語，纔是入仕的北方文士的首要追求，在這種語境下，其側重於詩文的經世實效，也就成爲必然。而南方文士則大多爲館閣文臣，寫作詩文辭章便是他們日常生活的重要組成部分，唯有精擅於此，方能在京師立足。南方文士特殊的入仕途徑，使其無法有效參與政治，因而不得不在翰墨之中優游酬唱，自然會重視詩文的審美意蘊與風格氣韻等相關問題。就此而言，南北文士詩學觀念的差異很大程度上是由其政治身份導致的話語權力所造成的。

　　南北詩風的深層矛盾之所以存在，除却南北文士政治身份的差异這一首要因素外，也與南北文士所繼承的詩學傳統不一有關。北方文士大多承續金統，受元好問一脉詩風的影響較大，元代早期最具詩名的文士如郝經、劉因等人，或直接師承元好問，或受其詩風影響頗深。元好問之詩沉鬱與豪氣兼具，文典麗而平實，乃是元代文士推崇備至的大家，在北方的影響力極爲深遠："遺山詩祖李、杜，律切精深，而有豪放邁往之氣。文宗韓、歐，正大明達，而無奇纖晦澀之語。樂府則清雄頓挫，閑婉瀏亮，體制最備，又能用俗爲雅，變故作新，得前輩不傳之妙，東坡、稼軒而下不論也。"① 作爲一位衆體兼備的文學巨擘，元好問無疑爲元代文士提供了一種範式，這種文學典範的效能在元代北方詩壇中持續存在。對這種詩文風尚的擬仿與學習，在元代北方文士中并不鮮見。儘管自元好問、郝經、劉因等人之後，元代北方詩壇缺少盟主式的人物，然而從創作實際看，北方文士在創作觀念上雖亦以雅正爲宗，但在本質上與南方文士的詩文創作仍存在差異，其詩追求豪邁之氣，文章崇尚質樸平實的整體風貌并未有過多的改變。

　　反觀南方文士，則會發現其詩學上學習的對象，與北方文士有着顯著差異。南方文士中的代表元詩四大家，實則與江西詩派淵源甚深，他們在實際的創作中，大量吸收了江西詩派格律謹嚴、擅用典故的特點。其中最爲典型的是虞集。② 其所形成的圓融匯通的思想造就了以雅正爲核心的復古詩學思想，并在元代中期詩壇上成爲最具影響的詩學觀念。與虞集同時的楊載、范梈、揭傒斯亦與其類似。雖然四人詩風略有差異，但其均以雅正這一詩學風貌爲核心，内容上主要是反映盛世中的承平氣象，詩文中的情感也較爲平和，很少有激烈的情緒流露。元詩四大家在其在世時已一同

① （元）徐世隆：《遺山先生文集序》，載《遺山先生文集》卷首，《四部叢刊初編》景明弘治本。

② 虞集少年時隨父親遷居江西崇仁，從吳澄游，開始了與其長達數十年的交往。吳澄爲江西大儒，學術上主張"合會朱陸"，文學上力主學習江西詩派，虞集自然深受影響。加之虞集"弱冠至臨川"，接受教育的最優時期正是在江西度過的，耳濡目染之下，受到地方文風熏陶以及師學教化，從而表現出宗唐學宋的詩作主張，自然是情理之中。但同時，在接受江西詩派師法杜甫、秉承黄庭堅的同時，他也認識到了宋詩嶕岈奇險、生硬説理之弊，又對江西詩派進行批判革新，率領元代文士進行矯正。虞集在游歷中博采衆長、多元繼承，在宗唐得古的過程中也學習宋詩，兼學六朝。他兼達通融的詩學思想，使得他的主張"亦此亦彼"，矛盾交錯，但以宗唐爲主。

比較，虞集便曾對四家進行過十分精到的比喻：楊載詩如"百戰健兒"、范梈詩如"唐臨晋帖"、揭傒斯詩如"美女簪花"、其詩如"漢廷老吏"①，這足以説明虞集對元詩四大家的風格知之甚稔。儘管此條材料中關注的是元詩四大家的個體差异問題，然而之所以將四家詩置於一個語境中進行比較，除却元詩四大家之間交往頻繁、互動甚多之外，本身便是對其整體風格近似的一種認定。而事實上，正是通過以元詩四大家爲首的翰林文士群體的倡導與推動，自大德至天曆年間元代詩壇的雅正復古詩風纔得以興盛，并由大都這一核心文化圈逐漸輻射至全國，形成了天曆年間元代詩壇的繁榮局面。

從詩學的角度來看，元代南士北游現象無疑推動了以雅正復古爲核心的詩文風尚，在他們不斷北上求仕、交游的過程中，逐漸通過進入翰林國史院等機構，形成以南方文士爲主體的翰林文士群，并在大都這一文學場域中與北方文士進行交流與碰撞。在此過程中，雅正作爲一種審美範式經過數十年的振蕩與調和，最終在大都詩壇構建起以風雅爲正聲，以得古爲心法的詩文風格。而這種風尚的話語權自然是以南士如元詩四大家等人爲主導的，這就導致後世在回顧這段詩學史時，關注的便是這些在當時政壇上并非叱咤風雲的南方文士。隨着主流詩學話語的不斷傳播與發酵，南方文士在元代的真實境遇受到了叙述話語的影響，其政治地位爲其詩學成就的輝煌所遮蔽。這種詩學與政治之間的差异性叙述，反過來又使得南北文士之間詩文理念的深層矛盾在一定程度上被掩蓋。這就使得後世在對元代詩學評議時，往往過度重視其文學話語的有效性，而忽視了由南士北游背景下文士的身份差异所引發的文學理念差异。值得注意的是，南士北游并非單純的社會現象或詩學問題，而應被視爲元代一種特殊的文化現象，其引發的文化共鳴與文化心態的轉型，不僅深刻地改變了元代文化圈，對於明代詩學亦有深遠的影響。從此角度觀察元代南北士人詩學理念的深層矛盾，便會發現其中存在的斷裂與融合，或許能爲研究元代文化圈的形成與轉型，提供一個更爲切近的切入點。

---

① "先生嘗謂仲弘（楊載）詩如百戰健兒，德機（范梈）詩如唐臨晋帖，曼碩（揭傒斯）詩如美女簪花，人或問曰：'公詩如何？'先生曰：'虞集乃漢廷老吏也。'蓋先生未免自負，而公論皆以爲然。"見（清）顧嗣立《元詩選》初集丁集《虞學士集傳》，中華書局，1987，第843～844頁。

四　南士北游與南北文化交流

元代南士北游作爲一種社會現象，對元代南北文化産生重要影響，其具體表徵有三。

第一，南方文士將其詩歌理念帶往北方的同時，也將宋型文化傳播至全國。所謂宋型文化，概而言之，即以宋代士大夫爲核心所創立的文化範型，其整體特徵是内斂含蓄，注重文士的生活，使藝術沾染生活氣息，同時又注重藝術形式的雅化。作爲一種文化範式，宋型文化不僅没有隨着南宋而滅亡，反而在南方文士入元後，伴隨着南士北游活動的不斷興盛，逐漸由江南傳布至北方乃至全國。其中，最爲典型的則是元代的文人畫。文人畫肇端於宋代，極具宋型文化特色，後在元代持續發展，并達至鼎盛。這實際上是宋型文化在元代繼續生存的重要標志。元代雖未設置如宋代杭州畫院這樣的宫廷繪畫機構，但文人作畫已然成爲普遍現象，他們通過豐富的創作實踐與畫論更新，將文人畫推向一個新的高峰。從趙孟頫、高克恭到"元四家"，文人畫家往往有深厚的學術修養，超越流俗的精神和高雅的意趣，其强調寫意的畫風，更便於詩與畫的完美結合，出現了元代題畫詩空前繁榮的景象。除了文人畫以外，産生於宋代的理學在元代被定爲官學，以一種制度的形式成爲時代思想的主導。文道并重的文學理念，對平和雅正詩風的追求，士人隱逸精神的彌漫等，都是宋型文化在元代繼續生存發展的具體表現。

第二，元代盛世話語中充滿自信張揚的大國精神，集中體現在南方文士北游過程所創作的詩文中。江東四大儒之一李存在《送魯志敏北游序》中即有對詩境之高下與游歷密切相關的論説："樂平魯志敏甚好作詩，嘗過余，出其編。余讀之，有以深見其工且勤也。它日，又來曰：'吾將泛秦淮，過黄河，東登泰山，北走京師，庶以昌吾詩乎！'余喜謂之曰：'文章之高下，蓋係其志意之小大；志意之大小，又係其耳目之廣狹。方今六合一家，光嶽之氣全，政教之具修。子能不遠萬里，閲寒暑之變更，歷山川之夷險，其間人事之可喜可愕，足以恢弘我、警戒我者，則亦何限！'"[1]

---

[1] （元）李存：《送魯志敏北游序》，載李修生主編《全元文》第33册，鳳凰出版社，2004，第350頁。

其認爲唯有在游歷中開闊視野，增長見識，方能立意深遠宏大，道常人所不能，自然纔能創作出優秀的詩作。而這種認識在元代可説甚是普遍，且極具歷時的延續性。從程鉅夫、戴表元、袁桷到虞集、揭傒斯乃至黃溍、柳貫等南方文士的詩作，均有許多創作於北游的過程中。北游對於南方文士來説，不僅是超越現實生存困境的有效手段，更是一種對儒家理想信念的躬行。事實上，元代南士在北游過程中有關盛世氣格與豪壯情懷的抒寫，是元代士人群體心態的典型表現，亦是那個時代南方士人對元朝政權合法性的話語叙述。

第三，將南士北游納入傳播學的視野中觀察，便可將詩歌視作一種静態的媒介傳播手段，而其本身有兼具讀寫與口頭兩種傳播途徑，這使詩歌所具備的傳播廣度與深度，在古代士大夫社會中無可匹敵。① 詩歌由個人體驗的藝術表現，轉而成爲一種傳播媒介，并在士人的交往中廣泛傳播，要得益於印刷術的長足發展。雕版印刷術的普及，使得士人群體可以更爲便捷地接受前代與當時的優秀詩作，繼而又使得元代大規模的詩歌創作能够普遍流傳。這就使得元代南方文士的詩作，能够及時地傳布各地，并藉此而使其詩文理念廣爲人知。與此同時，詩歌本身又是情感表達的方式，元代南方文人求仕的艱難，内心的失落，使他們需要借助詩歌以傳遞其生存困境所帶來的鬱悒。而這種生存狀態，正是在元代南方文士到北方的求仕過程中產生的。南士在北游途中，往往借詩歌來言説其困境，詩歌成爲其生命存在的一種重要表達。有元一代，"自世祖以後，省台之職，南人斥不用"②，南方文士在朝中多供職於館閣翰苑，政治地位不高，未能掌握實權。然而，詩歌話語本身也是一種權力，南方文士雖然在政治權力上被削弱，却逐漸掌握了詩歌話語權和理論闡釋權。因爲隨着南士北游，大量南方文士入仕北方，他們聚集在大都翰林國史院，成爲館閣文人群體的中堅力量。一個不爭的事實是，在大德、延祐之時南士已取代了元初北人的詩壇主盟地位，他們借助口頭與讀寫傳播的方式，取得了元代詩壇話語權的主導地位。這種影響之廣，除了原本出身南方文士的翰林作家外，甚至

① "在所有產生巨大能量和變革的大規模的雜交結合中，没有哪一種能超過讀寫文化和口頭文化交會時所釋放出來的能量。"〔加拿大〕麥克盧漢：《理解媒介——論人的延伸》，何道寬譯，譯林出版社，2011，第 75 頁。

② （明）宋濂等：《元史》卷一八七《貢師泰傳》，中華書局，1976，第 4295 頁。

連馬祖常、迺賢等色目作家，都受到了南人詩歌的影響，以復古爲宗而倡雅正的詩歌理念，得到當時翰林文士群的集體認同。同時，北方文士南下爲官，四方游歷，也在杭州等文化中心與江南文士進行詩學上的交流與互動，南北詩風得以進一步融合。正由於此，“雅正復古”的詩學理念終於在元代中期得到奠定，并成爲元代詩壇中一個重要而獨特的範型。總之，南士北游所引發的文化意義已超出了單純的詩學範疇，在繪畫、理學等領域也由東南一隅延伸至全國，將宋型文化潛移默化地滲透至元代文人生活的各個方面，并對整個元代文化圈乃至後世士大夫的生活方式、人格追求的演變產生了深遠的影響。

宋元之變所引起的社會歷史變局，使得中國歷史的走嚮發生了重大轉變，也對宋代文士的整體命運影響甚巨。在此前有關宋元之際的文士命運研究中，學者多把宋末文士置於朝代更迭的視野之下，認爲該時期的詩歌多表現文士的生存艱難與隱逸情懷。從歷時性的縱嚮思維來看，這種研究固然有其合理性。然而，若從更爲宏大的歷史與文學的視野中進行考察，則不難發現，宋元易代的天地逆轉對於南方文士并非全然不利。他們在不可逆轉的改朝換代的命運中，被迫接受了現實，爲了各種需要，大量北上，逐漸成爲南北文風融合的主導者。更值得注意的是，宋型文化并沒有隨着朝代更迭而消失，伴隨大量南方文士北上，和色目作家、漢族文士爲主體的北方作家群相互影響、滲透、交融，宋型文化產生了新的活力，他們以復古爲旗幟，在詩文、書畫方面進行了大量的實踐，使中國的文化傳統并沒有隨着異族政權的建立而消失，反而大放異彩。在這一點上，南方文士在元代從未停止進行的北游活動功不可没。

權力，作爲一種社會關係和社會力量，有政治性的、經濟性的、文化性的多方面因素。後世的研究者很容易認爲，元代南方文士政治地位低下，與核心權力疏離。這固然不錯，然而這使得元代南方文士對詩歌的藝術性特別重視，他們通過雅集、酬唱、序跋等文化活動，緊密地構成了以南方文士爲核心的網路群體，這一群體逐漸掌握了詩壇的主流話語權，他們的詩歌趣味、審美理念都成爲文士模仿、師法的對象。可以説，南方文士北上的結果是逐漸掌握了詩壇的話語主導權，而大都這一文化場域，正是他們發揚其詩學主張的最佳場所。大都作爲政治、文化中心所帶來的示範效應、象徵效應，使南方文士影響更爲廣大。元仁宗延祐間實行的科舉

制，由大量南方文士擔任考官，使其在選舉制度上居於主導地位，這爲他
們成爲文壇領袖提供了現實可能性。綜上可見，南方文士的北游使他們逐
漸掌握了文化權力，而這一權力通過科舉制不斷强化，使群體之間構成了
一個緊密的、系統化的關係網絡，暗含着南士群體文化權力秩序的變遷與
轉移，最終形成了元代以復古理論爲核心旗幟的詩風建構。

第三節　草原文學書寫下翰林文士的扈從紀行詩①

　　元代扈從紀行詩以新奇的眼光透視异域文化，通過對居庸關、李陵台
等地理意象的銜接組合，開闢了詩歌描摹對象的新空間，極大地豐富了唐
宋之後詩歌的内容和視界，并在情感表達上表現出异域文化的陌生感與中
原書寫交織的特點。元代的扈從紀行詩使上都成爲一個新奇的文學場域，
而這一場域促成了元代文學群體的形成。作爲元代文壇上一種獨特且長期
存在的文學現象，對後世的紀行詩創作有持續的影響。同時，扈從紀行詩
是元代文人生活場景的一種真切表達，也有極高的歷史文獻價值和豐富的
文化内涵。

　　因爲元代特殊的兩都巡幸制度，翰林國史院文士們創作了大量的扈從
紀行詩。從時間上考察，元初作品較少，自成宗大德以後，進入創作的勃
發期；從内容上考察，有記録巡幸之事的紀事詩，描摹風景、人文的邊塞
詩，以議論爲主的咏史詩，表現上都宮廷生活的宮廷詩四大類。總之，以
元代翰林國史院文士的扈從紀行詩創作爲主潮，不僅在當時帶動了元代文
壇扈從紀行詩創作的繁榮，而且具有重要的文學文獻價值。

一　元代兩都巡幸制度與扈從紀行詩

　　扈從紀行詩的産生，與元代的兩都巡幸制度有關。我國少數民族建立
的政權一般都有多個都城，在元之前的遼和金都有五個都城，遼設有上
京、中京、南京、東京、西京五座都城，以五京爲中心，分爲五大行政區
域，是爲五京道。金朝因之，也設五京，分全國爲十九路。金朝的中都燕
京即爲元朝的大都。元代實行的兩都巡幸制度，兩都分別是上都和大都。

---

① 該部分内容發表於《廣播電視大學學報》（哲學社會科學版）2016 年第 3 期。

上都也叫上京、灤京，或者夏都。元代翰林國史院文士所寫的扈從紀行詩中，提到上都很少稱上都，一般稱上京、灤京或者開平。上都與元世祖忽必烈有密切關係，是他龍飛之地。1251 年，元憲宗蒙哥汗即位時，命其弟忽必烈總領"漠南漢地軍國庶事"。爲了對河南、陝西關中等地進行有效的治理，忽必烈在桓、撫二州之間、灤河上游的衝積平原——金蓮川設大帳，作爲他的潛邸，"廣延四方文學之士，講論治道"，形成了著名的"金蓮川幕府"。當時著名的漢人儒士如劉秉忠、趙復、許衡、姚樞、竇默、郝經、宋子貞、商挺、李昶、徐世隆等都被忽必烈延至金蓮川幕府，接受他們的建議，行"漢法"，在金蓮川逐漸建立起一個類似中原王朝政治、經濟制度的政治集團。後來，因金蓮川幕府的大多數人不習慣穹廬、帳幕、逐水草而居的草原生活方式，忽必烈於憲宗六年（1256）三月，命劉秉忠選擇合適地點築造新城。劉秉忠選擇桓州之東、灤水北岸的龍岡爲新城地址，大興土木，歷時三年至憲宗九年建成。新城北依龍岡，南爲平坦的金蓮川，東西是廣闊的草原，除了北面的山岡，三面全爲一望無際的平原，因而被命名爲開平府。這也是扈從紀行詩中開平一詞屢屢出現的原因。在開平之前，蒙古汗國的政治中心一直是哈剌和林（在今蒙古國境內）。憲宗九年，蒙哥汗在親征南宋時突然駕崩，忽必烈從鄂州前綫返回開平，與阿里不哥爭奪汗位。1260 年，忽必烈被推舉爲大蒙古大汗，并在大臣勸進下即皇帝位，隨即建元中統，開平府爲臨時首都。同時阿里不哥在漠北和林被推舉爲大汗。中統四年（1263）五月，忽必烈下詔"升開平府爲上都"[①]，作爲都城，并設上都路總管府。忽必烈依靠開平地區的糧食供應和治軍支持，多次擊潰阿里不哥的軍隊，中統五年阿里不哥至上都向忽必烈投降，歷時四年多的汗位之爭終於結束。這一年改年號爲"至元"。至元元年（1264）八月，改燕京爲中都，兩都制度正式確定了下來。兩都之中，中都爲正都，上都爲陪都。兩都確定了以後，忽必烈就着手對兩個都城進行大規模的建設。特別是中都，更是重建新城。中都前身即爲金國的中都，金亡後稱燕京。燕京在戰爭中殘破損壞嚴重。至元四年，忽必烈又命劉秉忠在中都的東北主持興建新城。至元九年二月，改中都爲大都。至元十三年，大都初步建成。上都的擴建和改造工程，也持續了五六年。

---

① （明）宋濂等：《元史》卷五《世祖紀二》，中華書局，1976，第 92 頁。

元代還另有一個中都，僅有兩年多的時間。大德十一年（1307）六月，元武宗海山在隆興路的旺兀察都建立行宮，"立宮闕爲中都"。① 次年七月，行宮落成，正式置中都留守司，兼開寧路總管府，元都城也因此增加爲三個。至大四年（1311）正月，元武宗病死，其弟愛育黎拔力八達秉政，廢中都留守司，復置隆興路總管府，以前所設機構全部廢除。中都的建制，實際上衹有兩年多的時間。②

元代實行兩都制，以大都爲首都，是因爲大都是治理"漢地"的中心，對管理廣大的漢人地區具有非常重要的意義。而以上都爲陪都，可以把上都作爲聯繫蒙古本部的中心，同時對希望保持蒙古族傳統習俗的貴族來說，也有一個交代。上都作爲龍飛之地，是忽必烈的根本所在，地位甚是重要。虞集曾說：

> 世祖皇帝建上都於灤水之陽，控引西北，東際遼海，南面而臨制天下，形勢尤重於大都。大駕歲巡幸，中外百官咸從，而宗王藩戚之期會、朝集，冠蓋相望。③

上都在元代的地位，與後來清代時盛京（瀋陽）的地位有相似之處。都是作爲陪都，加強與本族的聯繫和管理。兩都制的確立，便於聯繫漠北和中原，加強對這兩地的管理。

兩都制的存在，決定了兩都巡幸制度的產生。自世祖忽必烈起，歷代皇帝每年都要由大都巡幸上都，此即《元史》所說的"歲一幸焉"。④ 除泰定帝之外（泰定帝是沒有廟號的，後來泰定帝又在上都舉行了登基儀式），歷代皇帝的即位，都要在上都舉行。

元代皇帝每歲巡幸上都，一般在夏曆二三月從大都起駕（也有四月始從大都起駕的，如元文宗、元順帝等），歷時一個多月至上都。元伍良臣

---

① （明）宋濂等：《元史》卷二二《武宗紀一》，中華書局，1976，第480頁。
② 以上詳見陳高華、史衛民《元代大都上都研究》，中國人民大學出版社，2010，第152～160頁。
③ （元）虞集《道園學古錄》卷一三《上都留守賀惠湣公廟碑》，《四部叢刊》本。
④ （明）宋濂等：《元史》卷五八《地理志一》，中華書局，1976，第1350頁。

有詩云："龍岡秀色常青青，年年五月來上京"① （伍良臣爲元代後期人，這一時期皇帝久在漢地生活，不太適應草原寒冷氣候，故而在四月甚至五月駕幸上都，纔有詩中所説五月來上京），説的就是扈從皇帝上京巡幸之事。選擇這個時間巡幸上都，與蒙古人不能適應夏季的酷熱氣候有關，上都靠近漠北，常年氣候嚴寒，適合夏季納涼避暑。自遼時，上都就曾作爲納鉢（契丹語，即漢語行在、行宮之義）所在地，後來金、元都在上都建有納鉢。故而元朝廷選擇在每年夏季到上都納鉢避暑，關於這一點，元孔齊在《静齋至正直記》中寫道："國朝每歲四月駕幸上都避暑爲故事，至重九還大都。"② 還大都時間，孔齊説是"重九"，是對的，一般都在八九月，這個時間上都氣温已經很低了，不適宜繼續避暑，所以選擇這時候還大都。元末人熊夢祥記："九月車駕還都，初無定制，或在重九節前，或在節後，或在八月。"③ 所以上都又被叫作夏宮，而大都則被稱爲冬宮。由於在上都居留時間長，元廷在上都另設立了一套辦公機構，大都各官署都在上都設有分署，如上都中書省、御史台、翰林國史院、蒙古翰林院、樞密院、大司農、大宗正府、宣政院、宣徽院、將作院、通政院等，由於扈從的宿衛中有許多是國子學生，爲了保證他們的學習不受影響，國子監還特意在上都設分學。因此每次巡幸，人員規模十分庞大，"天子時巡上京，則宰執大臣下至百司庶府，各以其職分官扈從"④，不但有大批官員僚屬同行，還要抽調大批扈從軍。此外，釋教首領也大多蒙恩隨侍，比如玄教嗣師吳全節便蒙成宗皇帝特旨令每歲隨侍，令有司供給其所需，待遇甚至超過翰林官員。當然後宮妃嬪也是扈從隊伍中的非常壯觀的一部分，柯九思在《宮詞十首》中就曾寫道："黃金幢殿載前驅，象背駝峰盡寶珠。三十六宮齊上馬，太平清署幸灤都。"⑤ 蒙漢兩翰林院文士都隨駕扈從，預備詔書典章等撰寫任務，此外還要"取經史中切於心德治道者，用國語、漢文

---

① 見《永樂大典》卷之七七〇二子部第十九"京"部"上京"條，伍良臣《上京》詩，中華書局，1986，第 3579 頁。

② （元）孔克齊：《静齋至正直記》卷一"上都避暑"條，清毛氏鈔本。

③ 北京圖書館輯《析津志輯佚》《風俗》，北京古籍出版社，1983，第 205 頁。

④ （元）黃溍：《金華黃先生文集》卷八《上都御史台殿中司題名記》，元鈔本。

⑤ （元）柯九思：《丹邱生集》卷一，光緒三十四年柯逢時刻本。

兩進讀"①，而擔當這類經筵官的多是"勛閥近臣、儒林大老與一時名人魁士"② 等，他們都是侍從文官的優先選擇對象。

從大都到上都有四條路綫，翰林直學士周伯琦在《扈從集序》中説："兩都相望不滿千里，往來者有四道焉，曰驛路，曰東路二，曰西路。東路二者，一由黑谷，一由古北。"③ 驛路實際上成爲兩都間最重要的交通幹綫。驛路，也叫望雲驛路，長八百餘里，主要經過以下地點：大都建德門、昌平、新店、南口、居庸關、榆林、懷來、統墓店、洪贊、桑干嶺（也稱槍杆嶺）、李老谷、龍門或雕窩、赤城、雲州、獨石口、偏嶺、牛群頭、察罕腦兒、李陵台、桓州、望都鋪、灤河。

元朝皇帝每年從大都到上都一般都走黑谷路，故而黑谷東道也稱"輦路"。總長七百餘里，即周伯琦《扈從集序》中所説的"爲里七百五十有奇"。黑谷東道主要經過十八站：大口、黃堠店、皂角、龍虎台、棒槌店、官山、車坊、黑谷、色澤嶺、程子頭、頡家營、沙嶺、牛群頭、鄭谷（察罕腦兒行宮所在）、泥河兒、雙廟兒、六十里店、南坡店。另一東道，即出古北口赴上都的"御史按行"東道，由大都出發，經順州、檀州、古北口、宜興州等站最後沿灤河西北上行至東凉亭，再行數十里即至上都。西道全程八百七十餘里。

皇帝每歲巡幸，大多"東出西還"，即由東道黑谷口輦路赴上京，經西道返回大都。西道也稱"孛老道"，周伯琦《扈從集》記載，全長一千零九十五里，計有二十五處網站：南坡店、六十里店、雙廟兒、泥河兒、鄭谷、蓋里泊、遮里哈剌（蒙語昂兀腦兒）、苦水河、回回柴、忽察禿、興和路、野狐嶺、得勝口、沙嶺、宣德府、鷄鳴山、豐樂、阻車、統墓店、懷來、嫣頭（棒槌店）、龍虎台、皂角、黃堠店、大口。④ 之所以詳列這些路綫的站名，是因爲這些網站大多是翰林國史院文士扈從紀行詩描述的重點，特別是東西兩道皇帝御駕行駛路綫，各網站都是皇帝駐蹕的納鉢，也就是周伯琦《扈從集》中所説的"巴納"，即漢語中歇宿、停留之

① （明）宋濂等：《元史》卷一八一《虞集傳》，中華書局，1976，第 4176 頁。
② （元）黃溍：《金華黃先生文集》卷八《上都翰林國史院題名記》，元鈔本。
③ （元）周伯琦：《扈從集》卷一，《文淵閣四庫全書》本。
④ 關於大都至上都四道的具體路綫，詳見陳高華、史衛民《元代大都上都研究》，中國人民大學出版社，2010，第 16～171 頁。

地。因而這些翰林國史院文士多在這些地方停留游玩，留下很多賦咏之作。

元代巡幸制度持續時間達百年之久，一直到元順帝末年，其間每位皇帝大都有巡幸上都之行。而且規模巨大，人員衆多，停留時間也長，因而以扈從巡行及上都爲題材的詩歌創作十分豐富，據統計，元代扈從紀行詩有六百多首。而扈從紀行詩的創作主體也很廣泛，凡當時能詩者，儒、釋、道之流都有歌咏之作。而以舞文弄墨爲專職的翰林國史院文士無疑是其中的主流。翰林國史院文士幾乎都曾有扈從之行，也貢獻了很多扈從紀行詩。其中許多人還有相關專集以吟咏記録上京之行，如袁桷的《清容居士集》中有專記開平之事的"開平四集"，周伯琦的《扈從集》等，除此之外還有許多文人以"上京紀行詩"爲題次韵唱和，黃溍作《上京道中雜詩》，柳貫有《上京紀行詩》一卷。所以研究和分析翰林國史院文士的上京紀行詩創作，對於深入瞭解元人詩歌創作實際和詩歌風尚，具有十分重要的意義。

翰林國史院文士扈從紀行詩的産生，依賴上都地區的自然環境和人文環境。自然環境指的是上都的草原、荒漠、高山以及苦寒的氣候，人文環境指少數民族的游牧生活及各種風物習俗，以及由於地處邊疆飽經歷代戰爭而具有的邊塞文化内涵。以此爲基礎，翰林國史院文士的扈從紀行詩也以這些自然和人文環境爲叙寫對象，具體來說，扈從紀行詩從内容來看，大多描寫上都地區的自然景觀、人文景觀，主要是邊塞風光、邊疆地理，少數民族風情和生活等；從題材上來看，有游歷詩、有咏物詩，也有咏史詩，還有送別詩，從審美風格上來看，由於扈從紀行詩常常選取關塞、大雁、戰馬、野草、強弓、駱駝等邊塞意象，因而具有邊塞詩廓大的氣象，相比館閣詩作，顯得粗獷豪邁。儘管難與盛唐邊塞詩雄渾、浪漫的風格相比擬，却由於視野的闊大和邊塞景物自身粗獷的特點，自然而然地具有了粗獷豪邁的氣勢，同時又有元人描摹細膩、清麗平和的特點，語言簡潔質樸，情感的抒發亦平和自然。當然，翰林國史院文士并不是被發配到上都的，而是隨從皇帝到上都辦公的，所以他們的扈從紀行詩還有一部分是描寫上都宮廷生活的，譬如朝會、宴饗、祭祀、游獵、宮廷歌舞等，也見諸詞賦。需要注意的是翰林國史院文士的扈從紀行詩雖然具有唐代邊塞詩的美學風格，但和唐代邊塞詩不同，元代疆域闊大，上都地區遠非邊疆，因而没有戰爭、征戍等場景，對於文人而言，相對大都和中原，上都地區具有邊塞的自然和人文特點。故而翰林國史院的扈從紀行詩雖是對唐代邊塞詩傳統的繼承，却少有唐代邊塞詩表現征戍、戰争和將士思家等内容，以及因此而蘊含的悲凉情感。

元代皇帝每年巡幸上都地區的時間比較長，幾乎和在大都的時間相垺，因而翰林國史院文士也有很長時間待在上都，由此創作的扈從紀行詩數量多、規模大。相比其他類型的詩歌，扈從紀行詩在他們的詩集中，占有很大的比重。與他們在大都翰林國史院所創作的詩歌相比，所表現的内容更寬廣，風格更豪邁，所以内容狹窄風格、雍容和平從容不迫的館閣氣息，在扈從紀行詩中表現得比較淡薄。這是我們研究翰林國史院文士扈從紀行詩的關鍵所在。

二 扈從紀行詩創作概况

比較奇怪的是，在元初諸翰林文士的詩歌中，關於扈從紀行的詩作，數量并不多。王惲、程鉅夫、張伯淳、郝經、姚樞等幾乎都無相關詩作。王惲的《秋澗集》卷帙宏富，其中有十幾首有關上都之事，但大部分是送别同僚至上都的作品，如《送劉侍御司公上都兼呈中丞》《送吴僧清琬長游上都》等，并不是扈從之作，唯有兩首《開平夏日言懷》《開平晚歸》爲扈從之作。而這兩首詩都表達了希望歸家的心願，前一首寫道：

> 土屋罌燈板榻虚，一瓶一鉢似僧居。半編翰草從人讀，兩鬢霜華嚮曉梳。客子衾裯殘夢短，暑天風物暮秋初，故園松菊荒多少，豈不懷歸畏簡書。[①]

可見王惲在開平時光景甚是慘澹，土屋破廬，别無長物，且年事已高，祇有文章相伴，客居開平，滿心盼歸。此時，王惲似乎尚無官職。第二首《開平晚歸》下有小注"七月一日授翰職"，應該是剛授翰林官職時所作。這首詩首句云"龍首崗邊野草深，秋風瀍水動歸心"。看來歸家的希望仍是十分急切。雖然後面詞句因爲授翰林官職而表現出欣喜之情，但歸家之

---

① （元）王惲：《王惲全集彙校》卷一五，楊亮、鍾彦飛點校，中華書局，2013，第658頁。

情仍是不可遏制。

元初特別是世祖中統、至元年間，也有巡幸上都之時，并且在至元初由於大都建設未徹底完成，元世祖大部分時間多居於上都。實際上，元初扈從紀行詩歌偏少的原因主要是這時國家草創，國事冗雜，諸事未靖，文治不興，相應地，這一時期翰林文士創作并留下的詩文數量也較少，因而元初扈從紀行詩作貧乏也就不難理解了。

值得注意的是，扈從紀行詩作的繁榮和元代文壇繁榮局面的出現是同步的。而這一繁榮之貌具體是在大批南方文人進入翰林院後，也就是在成宗大德以後，尤其是在仁宗至文宗時期。這一時期海內晏安，文治大興，文壇繁榮局面出現。而巡幸上都的規模也遠比初期大，因而這一時期扈從紀行詩的創作勃發，成爲文壇上一個令人矚目的現象。這一時期創作扈從紀行詩比較多的翰林文士有袁桷、許有壬、周伯琦、胡助、楊載、柳貫、馬祖常、薩都刺、迺賢等。對於他們扈從紀行詩的不同內容，我們將分類展開敘述。

扈從紀行詩分類可以有很多種，比如按行程來分，可以分爲扈從途中紀行詩和表現上都風情的詩歌兩大類；按內容分又可分爲表現邊塞自然風景、風俗的邊塞詩，歌咏歷史人物和事件的咏史詩，以及表現宮廷生活的宮廷詩。這裏將按記錄巡幸之事的紀事詩，描摹風景、人文的邊塞詩，以議論爲主的咏史詩，表現上都宮廷生活的宮廷詩這四類展開敘述。

（一）歌咏巡幸盛事的紀事詩

巡幸上都在當時是一年中的盛事，關於其人員、制度等，當時翰林文士多有吟咏，以歌咏盛世景象。通過欣賞他們的詩歌，我們對元朝巡幸制度的某些細節有比如時間、儀仗、規模、路綫、驛站設置等有大致的瞭解。

周伯琦《居庸關二首》其二云：

> 關南關北四十里，玉壘珠閣限兩京。列隊龍旗明輦路，重屯虎衛肅天兵。桑麻旂旂村無警，榆柳青青塞有程。却笑燕然空勒石，萬方今日盡升平。①

----

① （元）周伯琦：《近光集》卷一，《文淵閣四庫全書》本。

此詩描摹巡幸隊伍中護衛嚴肅謹嚴，旌旗飛揚的壯觀場面。龍旗爲先導開路，虎衛精兵殿後，雖旌旗招展却并沒有驚擾山村。這在周伯琦看來，是歷朝都不曾達到的升平景象，即便漢朝有燕然勒石的壯舉，但也沒有如元朝這般御駕親至居庸要塞。在疆域上，元人確實值得驕傲。

胡助的《京華雜興詩二十首》其九云：

> 翠華慰民望，時暑將北巡。牛羊及騾馬，日過千百群。廬岩周宿衛，萬騎若屯雲。氈房貯窈窕，玉食羅膻葷。珍纓飾駝象，鈴韵遙相聞。[1]

這首詩告訴我們巡幸儀仗的具體情形。御駕在天暑時北巡，牛羊騾馬千百成群，也跟隨着巡幸隊伍。這些牛羊騾馬的作用，估計是充當食物及力役。還有上萬的騎兵像雲一樣在護衛着巡幸隊伍，在氈房裏的，是皇帝的后宮妃嬪。豐富精美食物也在氈房羅列，主要是各種葷腥食物，這也和蒙古人的習慣有關。駱駝和大象也被裝飾了珍貴的纓絡，頸下繫着精緻的鈴鐺，遙遠就能聽到鈴鐺的清脆響聲。駱駝和大象應是馱皇帝和后妃御輦用的。周伯琦《入居庸關》：“馴象寶轡鳴，紫駝錦幪鮮。”[2] 前引柯九思《宮詞十首》中有“黃金幄殿載前車，象背駝峰盡寶珠”。裝飾大象和駱駝的都是寶轡錦緞和寶珠，這樣華麗的車駕，顯然祇會是供皇帝或者后宮妃嬪乘坐。楊允孚的《灤京雜咏》中也寫道：“駕鵞坡上是行宮，又喜臨高岐象馭通。”[3] 張昱的《輦下曲》：“當年大駕幸灤京，象背前馱幄殿行。”[4] 陳高華、史衛民的《元大都上都研究》等也考證了象輦是元代皇帝巡幸時的主要乘坐工具。

袁桷曾五次扈從巡幸，創作了很多扈從紀行詩，均在“開平四集”中，其中《開平第三集》是他在元英宗至治元年（1321）扈蹕上京時所作的詩歌。此次扈從，他和翰林待制王繼學同行，兩人在途中經常和詩，在《次韵繼學途中竹枝詞》裏有一些詩句描寫了巡幸隊伍的行止。“氈房錦幄

---

① （元）胡助：《純白齋類稿》卷二，金華叢書本。
② （元）周伯琦：《扈從集》，《文淵閣四庫全書》本。
③ （元）楊允孚：《灤京雜咏》卷一，知不足齋叢書本。
④ （元）張昱：《張光弼詩集》卷三，《四部叢刊》影明鈔本。

花簇勻，酥凝叠餅生玉塵。晚傳宮壺檀板急，酒轉一巡先吐茵。"① 氈房花團錦簇，擺滿了酥餅，氈房外檀板急響，催送酒漿。這是傍晚巡幸隊伍宿營歇息的情形。王繼學的詩句中也有很多描繪巡幸隊伍車水馬龍、人員衆多的場面。"後來纔度槍竿嶺，前車昨日到灤河。"② 從槍杆嶺到灤河還有十三站，差不多是路程的一半，而扈從的隊伍却前後逶迤蔓延這麼長，可見當時扈從隊伍的壯觀場面。"宮裝騕褭錦障泥，百兩氈車一字齊。"③ 寫巡幸隊伍的奢華，騕褭是古代的駿馬，用宮裝裝飾駿馬的車駕，用錦緞作障幕，而氈車達百輛之多，整齊排列，充分寫出了巡幸隊伍的盛大和奢華。"車簾都捲錦流蘇，自控金鞍搊僕姑。"④ 扈從軍士坐下金飾鞍韉，手控良箭，護衛着流蘇點綴的氈車。

　　從這些詩歌中我們可以想見，元代皇帝巡行上都當是每年的盛事，扈從隊伍浩浩蕩蕩，器用乘御極盡奢華，反映了元代國力的強盛。

　　（二）描寫邊塞風光和風俗人情的邊塞詩作

　　由唐代開創的邊塞詩傳統，在元代也沒有被拋弃。上都在元代疆域中也是塞外，畢竟上都在居庸關之外。因此，元代翰林國史院文士的扈從紀行詩，實際上大部分也是邊塞詩。祇不過，在唐代，邊塞向來是戰爭之地，沒有安寧，少見人烟，最多的人就是征人戍卒，因而唐代的邊塞詩總是以他們爲描寫對象和抒情重心，塞外風光反倒不是重點。而元代夷夏混一，疆域廣闊，邊塞戍守之事不復存在。因而詩人邊塞詩的描寫對象，轉向了自然山川、植被物產、民俗風尚等。唐人筆下的邊塞風光，往往從大處着眼，因爲蘊蓄積極進取而表現出闊大的胸襟氣魄。元人沒有開疆拓土的内在需求，因而對於邊塞風光，側重於客觀描繪。他們筆下的邊塞景物，在藝術手法上更加直觀細膩，描寫更真實，語言簡易質樸，絶少險韵僻字，在表現邊塞景物特點的同時，給人以平和自然的審美感受。

　　（1）描寫山川景物、自然風光

　　由於巡幸路綫中的網站多是皇帝納鉢歇宿之地，翰林文士也得隨同停

---

① （元）袁桷：《袁桷集校注》卷一五，楊亮校注，中華書局，2012，第836頁。
② （元）袁桷：《袁桷集校注》卷一五，楊亮校注，中華書局，2012，第838頁。
③ （元）袁桷：《袁桷集校注》卷一五，楊亮校注，中華書局，2012，第838頁。
④ （元）袁桷：《袁桷集校注》卷一五，楊亮校注，中華書局，2012，第838頁。

留，他們就在這些網站游覽，這些網站獨具特色的塞外山川景致、宮觀遺
址等成爲他們筆下所常賦咏的對象。王沂在爲胡助寫的《跋上京紀行詩》
中道："至順三年冬，余同翰林供奉王致道考試上京鄉貢士，出居庸關，
過龍門，歷赤城，涉灤水，覽山川之雄杰，宮闕之壯麗，遺台故迹之莽蒼
空潤，可喜可愕，爲之目駭心動，欲寫其狀一二以歸……一日，閱同館胡
君古遇諸詩，所謂雄深壯麗、蒼茫空闊之觀，皆歷歷在吾目中。"① 這些塞
外蒼茫空闊的景觀，給翰林文士們別樣的審美感受，故而他們都將這些景
觀一一用詩歌記錄下來。居庸關、望都鋪、李陵台、龍門、南坡等地是他
們賦咏最多的地方，他們甚至針對這些地方進行同題賦咏。試舉幾例以見
其狀。

袁桷的《開平第一集》第一首就是描寫居庸關：

> 太行領群山，萬馬高下拜。平蠻轉城隍，隱隱南北界。危坡互交
牙，寒溜瀉沣湃。陰風玄虬涌，巨石忽崩壞。周遭青松根，下有古木
寨。石皮散青銅，云是舊戰鎧。天險不足憑，歷劫有成敗。驅車上林
杪，出日浴光怖。肅肅空岩秋，天風迅行邁。②

除袁桷以外，還有很多翰林文士以此爲題賦咏居庸關。如黃溍、胡助、陳
孚、迺賢等分別有《居庸關》詩，柳貫作有《度居庸關》，周伯琦作有
《入居庸關》，馬祖常有《度居庸關次繼學韵》詩。

除了上述諸人之外，還有很多人就居庸關展開吟咏，并且往往不止一
首。居庸關向來有天下第一關的美譽，地勢極險要。《水經注集釋訂僞》
中寫道："居庸關在京師北一百二十里，兩山夾峙，一水旁流，關跨南北
四十里，懸崖峭壁，最爲險要。"③ 居庸關的地形簡單來説就是兩山夾峙，
一水旁流。這成爲以上諸人賦咏的重心。在這些詩歌中，詩人都極力描摹
居庸關地勢的險要，表現居庸關兩崖聳峙、叠嶂橫天的形勢。居庸關的景
色也很好，山石峻嶒，飛泉瀑流，禽鳥相和，這些詩人都在詩中予以體

---

① （元）胡助：《純白齋類稿》附錄卷二，金華叢書本。
② （元）袁桷：《袁桷集校注》卷一五，楊亮校注，中華書局，2012，第802頁。
③ （北魏）酈道元：《水經注集釋訂僞》卷一四，《文淵閣四庫全書》本。

現。在寫景的同時，他們也不忘贊嘆盛世皇業，這也是館閣詩人的特點。

　　從以上這些詩我們可以發現，翰林文士在描寫扈從途中的山川景色時，多采取古體詩或樂府詩的形式，尤以五言古體爲多。事實上這正是邊塞詩的一大特點，唐代優秀的邊塞詩大都采用樂府的形式，如《塞下曲》《白雪歌》等。這是因爲這古體詩和樂府在韵律上要求不嚴，便於自由抒發感情。

　　由於時代的變換，上京雖處塞外，却沒有護衛邊塞的征人戍卒，不能像唐代邊塞詩那樣爲詩人提供表現邊關將士思鄉之情的抒情對象，但他們也有思鄉之作，祇不過他們筆下抒情的對象是他們自己。雖然扈從巡幸上都是一件很光榮的事，并不是誰都能隨侍皇帝巡幸上都，但許多翰林文士畢竟來自南方，難耐上都寒冷的氣候，并且難以忍受長途往來賓士顛簸。所以在他們扈從紀行的詩作中，我們可以看出他們思念南方、盼望歸家的惆悵傷懷之情。鄉關之情，全寓之詩歌，在扈從紀行詩的異域風情描寫之外，增添了幾許婉轉之情。許有壬便是極好的例子。在許有壬的上京紀行詩中，思鄉歸隱之情分外濃烈。《次上京》詩寫道：

　　　　望望龍岡樹，行人欲解驂。百年蝸角戰，三仕鳳池參。富貴人雖欲，驅馳老豈堪。預知今夕夢，的的到江南。①

此詩直言自己爲功名所累，爲了富貴，在年老時往來驅馳，這使他不由得夢到了江南家園。《分台上京往來宿洪贊徐千户家愛其雅潔留詩於壁》：

　　　　樹陰清入小窗幽，洗盡風沙出塞愁。桑下本無三日夏，尊前忍負一庭秋。山含晴靄青未了，花謝夕陽紅欲流。迹印雪泥聊復爾，雁程明日又神州。②

許有壬爲徐千户花樹清幽而歡喜，一洗塞外愁腸思緒。結句却又因看到了南還的大雁而思念神州。這裏的神州顯然指的是中原，而不是風沙遍野的塞外。

---

① （元）許有壬：《至正集》卷一三，《文淵閣四庫全書》本。
② （元）許有壬：《至正集》卷一六，《文淵閣四庫全書》本。

在《如上京》中許有壬又寫道："尊空客散郵亭遠，恰是思家第一程。"① 年年兩京往來，使得詩人白髮已生，因而心中愈發思念家鄉。《和閑閑宗師至上京韵二首》中他委婉寫道："却望居庸南去路，瘠田茅屋杳荊湖。"直道自己希望南歸，茅屋薄田，隱居荊湖的心願。其二云："太平裨贊慚無策，猶幸人間有五湖。"稱自己沒有致天下太平的良策，希望歸老五湖。在上京和張彥輔道士的兩首絶句中，許有壬又直抒思家歸鄉之情，"明日桑乾逢杜宇，多應遍告不如歸"。"歸去求田旋築亭，醉來乘興自書屏。仙人知我思家意，不遣雲山出户庭。"② 許有壬的思鄉之情，在詩中蓬勃而出，不可遏。顧嗣立《元詩選》許有壬小傳引揭傒斯云："相下許公文章譽望，矯然爲當世名臣。而扈從上京，凡志有所不得施，言有所不得行，憂愁感憤，一寓之於酬倡。"③ 這解釋了在許有壬詩中思鄉歸隱之情如此濃烈的原因。

黃溍有《上京道中雜詩》十二首，描寫了至上京途中十二地的風景，歌咏异域風情。但在其詩中也流露出複雜的情感。在《發大都》中他寫道："一身萬人中，敢不思努力。"④ 表明想要在扈從隊伍中努力奮進，爲功名進取之心還很强烈。但行至居庸關，感情就起了變化。他在《居庸關》中寫道："僕夫跽謂我，無爲久淹留。山川豈不好，但恐風雨惡。"⑤ 已經感嘆山川雖好，風雨却也險惡，明顯有了不願久留想要歸鄉之心。《搶竿嶺》中又寫道："獨憐山下水，遠向瀘溝去。"⑥ 瀘溝在大都，黃溍惆悵流水獨自遠向瀘溝流去，南歸之心，含而不露。到了上都，黃溍一顆歸心，又活潑起來。在《上都分院》中他這樣寫道："帝鄉豈不樂，父母遠莫將。"⑦ 功名富貴確實讓黃溍留戀，但是故鄉、家中的父母，這些一直在心中徘徊不去。吳師道在《題黃晋卿上京紀行詩後》中道："居庸北上一千里，供奉南歸十二詩。紀實全依太史法，懷親仍寫使臣悲。"⑧ 黃溍曾

---

① （元）許有壬：《至正集》卷一六，《文淵閣四庫全書》本。
② （元）許有壬：《至正集》卷二六，《文淵閣四庫全書》本。
③ （清）顧嗣立：《元詩選》初集丙集卷二四，中華書局，1987，第790頁。
④ （元）黃溍：《金華黃先生文集》卷四，元鈔本。
⑤ （元）黃溍：《金華黃先生文集》卷四，元鈔本。
⑥ （元）黃溍：《金華黃先生文集》卷四，元鈔本。
⑦ （元）黃溍：《金華黃先生文集》卷四，元鈔本。
⑧ （元）吳師道：《禮部集》卷八，《文淵閣四庫全書》本。

任翰林供奉，故云"供奉南歸十二詩"，指的是黃溍在扈從歸來時所寫的《上都道中雜詩》十二首。"紀實全依太史法"說的是司馬遷的"實録"精神，這裏稱贊黃溍描寫真實，不虛誇。"懷親仍寫使臣悲"則説的是黃溍詩中的鄉關之情。

除了歌咏扈從路綫上的景觀之外，上都草原美麗的自然風光也經常出現在翰林國史院文士的筆下。胡助在《灤河曲》中道："穹廬畜牧草連坡，青鸞白雁秋風多。勸君馬酒朱顔酡，試聽一曲敕勒歌。"寫廬帳和牧草綿延相連，白雁在天空飛過，牧人高唱敕勒歌。胡助此詩頗有北朝時民歌《敕勒歌》的風致。"天低雲搖蕩，土曠塵縱橫。"[1] 描繪的是上都空曠闊大之景。"帶水殘沙似暗潮，平坡軟草綠迢迢。"[2] "水繞雲回萬里川，飛鳥不下草連天。歌殘敕勒風生帳，獵罷焉支雪没韉。"[3] "千里茫茫草色青，亂雲飛逐馬蹄生。"[4] 一幅緑草茫茫、駿馬飛馳的景象展現在我們的眼前。"秋風起處黄榆落，夜雨盡時青草枯。雪壓黑山屯戍帳，雲飛白海獵圍圖。"[5] "夜來沙磧秋風起，鳴鏑雲間白雁低。"[6] 秋風、青草、大雪、白雲、暴雨、塞雁，這些在上都地區常見。"上京據高寒，三伏凛毛骨。"[7] "小雨陰風夏夜闌，穿窗撲面雪成團。平明笑與長官説，天上玉京如此寒。"[8] 這是對上都地區寒冷氣候的描繪。

（2）描寫上都風俗人情

上都地區深具特色的牧民生活和風俗以及各種物産，也是翰林文士喜愛描繪的對象，這一類詩，在扈從詩中占有很大比重。

許有壬在《李陵台謁左大夫二首》中寫道："馬馳如蟻散平岡，帳室風來百草香。瓬盞泛酥皆黑潼，瘦盤分炙是黄羊。"[9] 爲我們展現了李陵台附近草原肥茂、駿馬飛馳的風光和牧民喝酥油茶、烤黄羊的生活情形。

① （元）袁桷：《渡懷來沙磧》，《袁桷集校注》卷一五，楊亮校注，中華書局，2012，第804頁。
② （元）袁桷：《草地》，《袁桷集校注》卷一五，楊亮校注，中華書局，2012，第805頁。
③ （元）張翥：《上京秋日三首》其二，《蜕庵集》卷三，《四部叢刊》景明本。
④ （元）陳孚：《統幕》，《陳剛中詩集》《玉堂稿》，明鈔本。
⑤ （元）胡助：《灤陽述懷》，《純白齋類稿》卷八，金華叢書本。
⑥ （元）胡助：《灤陽雜咏十首》其五，《純白齋類稿》卷十四，金華叢書本。
⑦ （元）許有壬：《代祀壽寧宫二首》其二，《至正集》卷三，《文淵閣四庫全書》本。
⑧ （元）歐陽玄：《試院偶題贈巽齋》其二，《圭齋文集》卷三，《四部叢刊》景明成化本。
⑨ （元）許有壬：《至正集》卷二四，《文淵閣四庫全書》本。

"秋高沙磧地椒稀，貂帽狐裘晚出圍。射得白狼懸馬上，吹笳夜半月中歸。"① 迺賢這首詩爲我們描繪了一幅上都秋夜圍獵圖，很有意境。上都地區牧民逐水草遷徙的情形在迺賢詩中亦有體現，《塞上曲》其二云："雜遝氈車百輛多，五更衝雪渡灤河。當轅老嫗行程慣，倚岸敲冰飲騍駝。"② 在寒冷的早晨，老嫗敲擊冰塊喂飲駱駝，身後停着的大隊氈車，敲擊冰塊聲在空曠的草原上遠遠傳了出去，這又是一幅寫意的草原風俗畫。薩都剌在元統初曾扈從巡幸上都，寫了許多關於上都的詩歌。其《上京即事》《上京雜咏》等詩對上京的少數民族生活及風俗多有描寫，"牛羊散漫落日下，野草生香乳酪甜。捲地朔風沙似雪，家家行帳下氈簾"。③ 這是一幅上都傍晚時牧民生活圖。馬祖常咏上都之作，描寫上都生活和風俗極具民族特色，引人入勝，其《上京翰苑書懷》其一這樣寫道：

> 沙草山低叫白翎，松林春雨樹青青。土房通火爲長炕，氈屋疏凉啟小櫺。六月椒香駝貢乳，九秋雷隱菌收釘。誰知重見鰲峰客，颯颯臨風鬢已星。④

既寫了上都的風景，又寫出了上都的火炕、氈屋、地椒、駝乳、沙菌等風物特產，將上都美景勾勒在我們面前。

翰林學士危素在《贈潘子華序》中說："開平昔在絶塞之外，其動植之物若金蓮、紫菊、地椒、白翎爵、阿監之屬，皆居庸關以南所未嘗有。當封疆阻越，非將與使勿至其地，至亦不暇求其物產而玩之矣。"⑤ 周伯琦在《扈從集前序》中說："北皆芻牧之地，無樹木，遍生地椒、野茴香、葱、韭，芳氣襲人。草多异色，有名金蓮者，絶似荷花而黄尤异。"⑥ 這些居庸關以南地區少見的金蓮、地椒等動植物特產，正成了翰林文士們扈從紀行詩作中的常見意象。貢師泰曾多次扈從上京，留下了大量的扈從紀行

---

① （元）迺賢：《塞上曲》其一，《金台集》卷二，明末汲古閣刻本。
② （元）迺賢：《塞上曲》其二，《金台集》卷二，明末汲古閣刻本。
③ （元）薩都剌：《雁門集》卷六《上京即事五首》，上海古籍出版社，1982，第164頁。
④ （元）馬祖常：《石田文集》卷三，元至元五年揚州路儒學刻本。
⑤ （元）危素：《危學士集》卷五，清乾隆二十三年刻本。
⑥ （元）周伯琦：《扈從集》，《文淵閣四庫全書》本。

詩，他在詩中曾多次集中描繪上京風物，詩句 "野韭露肥黃鼠出，地椒風軟白翎飛"①，點出了草原上的四種特產：野韭、黃鼠、地椒、白翎。而在《和胡士恭濼陽納鉢即事韵》中，草原的風物則全部呈現在我們面前：

> 紫駝峰挂葡萄酒，白馬鬃懸芍藥花。綉帽宮人傳旨出，黃門伴送內臣家。
>
> 野闊天垂風露多，白翎飛處草如波。羃奴醉起傾渾脫，馬湩香甜奈樂何。
>
> 蕎麥花深野韭肥，烏桓城下客行稀。健兒掘地得黃鼠，日暮騎羊齊唱歸。②

從詩中我們可以看到草原的風物有芍藥花、白翎、馬奶酒、蕎麥、野韭、黃鼠等，這些動植物共同構成了草原獨特而又美麗的風景。地椒是上都特產，生於上都山地、草叢之中，有強烈香氣，牛羊吃了後肉質會更肥嫩。同時地椒也有藥用功效，因而大都居民常會采摘地椒，或作調料或作藥物。因爲常見，所以也成了詩人吟咏的對象。許有壬曾有詩咏地椒：

> 凍雨催花紫，輕風散野香。刺沙尖葉細，敷地亂條長。楚客收成裹，奚童擷滿筐。行厨供草具，調鼎汝非良。③

從這首詩裏我們可以大致知道地椒開紫花，有香氣，葉尖細，貼地生長等。同時説明地椒在上都是一種貨物，兒童會采摘地椒賣給南方來的客人。地椒在翰林國史院文士筆下特別常見，如李存有 "露透地椒清寶仗，風生天棘滿旄旗"④ 句，柳貫有 "牧馬新來秣地椒，街頭挏酒玉傾罃" 句，説明地椒的普遍。袁桷亦有 "不須回首更南望，下馬同兒摘地椒"⑤ 之句，也説明采摘地椒在當時是兒童之事。

---

① （元）貢師泰：《上都詐馬大燕》其三，《玩齋集》卷四，明嘉靖刻本。
② （元）貢師泰：《玩齋集》卷五，明嘉靖刻本。
③ （元）許有壬：《上京十咏·地椒》，《至正集》卷一三，《文淵閣四庫全書》本。
④ （元）李存：《和宗師濼京師二首》其二，《俟庵集》卷八，《文淵閣四庫全書》本。
⑤ （元）袁桷：《草地》，《袁桷集校注》卷一五，楊亮校注，中華書局，2012，第 805 頁。

馬乳或馬奶酒是草原牧民生活的必需品，蒙古族大都習慣飲用這種飲料，元皇室當然也飲用，祇不過更爲高級。在上都，馬奶酒是非常常見的日常飲品，翰林文士扈從上京，也常飲用，他們都喜歡馬奶酒的甜香，因而馬奶酒會出現在他們的詩中。許有壬這樣稱贊馬酒：

> 味似融甘露，香疑釀醴泉。新醅撞重白，絶品挹清玄。驥子飢無乳，將軍醉卧氈。桐官聞漢史，鯨吸有今年。①

許有壬筆下的馬奶酒，味道甘甜，色澤乳白清亮。馬奶酒是上都最主要的飲品，翰林文士也習慣於喝它。柳貫在《同楊仲禮和袁集賢上都詩十首》中寫道："醲人唯馬湩，勸客有駝蹄。"② 好的馬湩（馬乳酒）祇有皇室纔能享用，皇帝常拿馬湩來賞人，迺賢有《江東魏元德進所制齊峰墨於上都慈仁殿賜緋馬湩以寵之既南歸作詩以贈之》詩，可見馬湩在大都飲食中的地位。

黃鼠亦是上都特產之一。它以沙葱、牧草、植物種子等爲食，善挖洞穴，與草原老鼠類似。肉極肥美，是上都名貴食物之一。上都地區農人常有掘鼠穴捕黃鼠售賣的。許有壬有詩曰：

> 北產推珍味，南來怯陋容。瓻肥宜不武，人拱若爲恭。發掘憐禽獮，招徠或水攻。君毋急盤饌，幸自不穿墉。③

許有壬極力誇贊黃鼠肉美，又描寫其捕獲不易，或用掘坑，或用水逼，詩人若非親身觀察，哪能知道這麼詳細。迺賢亦有詩記黃鼠曰："日暮草根黃鼠立，雨晴沙際飛白翎。"④ 柳貫有詩句："割鮮俎上薦黃鼠，獻獲鞍間縣白狼。"⑤ 可見黃鼠和白狼一樣是當時比較看重的獵物。

野韭即上都草原特產沙葱，沙葱味道不如中原大葱，但香味濃郁，常用

---

① （元）許有壬：《上京十咏·馬酒》，《至正集》卷一三，《文淵閣四庫全書》本。
② （元）柳貫：《待制集》卷四，四部叢刊影元本。
③ （元）許有壬：《上京十咏·黃鼠》，《至正集》卷一三，《文淵閣四庫全書》本。
④ （元）迺賢：《送劉碧溪之遼陽國王府文學》，《金台集》卷一，明末汲古閣刻本。
⑤ （元）柳貫：《還次桓州》，《待制集》卷五，《四部叢刊》卷五。

來調味，能增加肉食的鮮美。許有壬有詩歌咏野韭：

> 西風吹野韭，花發滿沙陀。氣校葷蔬媚，功於肉食多。濃香跨薑桂，餘味及瓜荷。我欲收其實，歸山種澗阿。[1]

許有壬竭力誇贊野韭的香氣，稱它"功於肉食多"，是就增加肉食鮮美的作用而言。

上都草原多産菌菇，袁桷在《開平第一集》中有《采蘑菇》一詩，"官山蘑菇天下無，迸石菌蠢攢寶珠。……急投小烹養甘腴，上池三咽生醍醐。五芝高著神農書，我欲比之議匪迂。"[2] 還有一種沙菌常生長在車帳之下，煮食味道極好。許有壬曾賦詩以記之：

> 牛羊膏潤足，物産借英華。帳脚駝遮地，此物喜生車帳卓歇之地，夏秋則環繞其迹而出。釘頭怒戴沙。齋厨供玉食，毳索出氈車。莫作垂涎想，家園有莫邪。[3]

沙菌雖生長地方不好，不是牛羊脚下，就是帳邊脚下，物雖微小，却味道極好，令人垂涎，是供御厨的珍品。

除了以上所舉描寫上都風俗和特産的詩作之外，還有很多翰林文士的扈從紀行詩作描寫大都的塞外風光和人文特點，如袁桷的《開平四集》、馬祖常的《上京即事》、柳貫的《上京即事》、許有壬的《上京十咏》、薩都剌的《上京雜咏》、迺賢的《塞上曲》等組詩都集中表現了上都的風俗和物産，爲我們展現了上都地區美麗的風景和多姿多彩的少數牧民生活。

（三）咏史詩

在扈從途中，會經過一些歷史人物活動或歷史事件發生的地方，詩人免不了發思古之幽情，借古以咏今。

黃溍在去上京途中，經過劉蕡祠，有感於劉蕡忠直不受重用之事，心

---

[1] （元）許有壬：《上京十咏·韭花》，《至正集》卷一三，《文淵閣四庫全書》本。
[2] （元）袁桷：《袁桷集校注》卷一五，楊亮校注，中華書局，2012，第831頁。
[3] （元）許有壬：《上京十咏·沙菌》，《至正集》卷一三，《文淵閣四庫全書》本。

生感嘆，遂賦詩以咏其事：

> 劉君古遺直，祠堂在丘園。嗟此豪俠窟，文雄歘孤騫。平生二三策，匪徼明主恩。瑣瑣談得失，無乃市井言。憑高一長望，苦厭車馬喧。微風過疏雨，青山滿前軒。陰晴悠异態，浮雲實無根。悠悠千載心，去去勿復言。[①]

劉蕡是中唐名士，字去華，幽州昌平縣人。他有感於朝廷宦官當權，把持朝柄，遂上書唐文宗皇帝，指斥宦官亂政誤國，痛陳興利除弊，剪除閹宦的良策。而文宗皇帝忌憚宦官威勢，不敢重用劉蕡，劉蕡也被宦官打壓，不得不隱居深山。文宗皇帝的懦弱導致宦官最終把持唐王朝權柄近五十年，直到唐昭宗時纔清洗了宦官勢力，劉蕡也因爲當初的論述而被追封爲昌平侯。劉蕡祠在昌平，是由大都赴上都必經之地。黃溍在此詩中，既贊嘆了劉蕡不畏權勢的的豪俠品質，又在詩中透露出不以得失爲意的心情和厭倦世事、希望歸隱的願望。

　　在翰林國史院文士的咏史詩中，歌咏最多的是李陵台。李陵台是大都至上都的一個驛站，距上都有一百里許，是元皇帝巡幸上都必經之地，規模很大，其遺址在今天的内蒙古正藍旗黑城子。李陵台與漢代李陵有關，關於李陵台，一說是李陵因被困匈奴思念漢朝而築的望鄉台，例如唐代胡曾有《咏史詩·李陵台》云：“北入單于萬里疆，五千兵敗滯窮荒。英雄不伏蠻夷死，更築高台望故鄉。”[②] 宋代大詞人姜夔也有《李陵台》詩咏其事，“李陵歸不得，常築望鄉台。長安一萬里，鴻雁隔年回。望望雖不見，時時一上來”。[③] 一說是李陵的墓葬所在，清陳恭尹在《明妃怨》詩中寫道：“生死歸殊俗，君王命妾來。莫令青冢草，生近李陵台。”[④] 詩中暗含李陵台是李陵墳墓所在。不管怎樣，李陵台與之相關的歷史事件成爲詩人咏史的中心。元代翰林國史院文士在扈從上京途中，每經過李陵台，總不禁想起歷史上有名的李陵投降匈奴之事，便不由得發思古之幽情，寫詩以咏歌

---

① （元）黃溍：《過劉蕡祠》，《金華黃先生文集》卷四，元鈔本。

② （唐）胡曾：《咏史詩》卷二，《四部叢刊三編》影宋鈔本。

③ （宋）姜夔：《白石道人詩集》卷上，《四部叢刊》影清乾隆江都陸氏本。

④ （清）陳恭尹：《獨漉堂詩文集》卷九，清道光五年陳量平刻本。

之，因而在元代的扈從詩作中留下了許多咏嘆李陵台的詩歌。

周伯琦的《李陵台》寫道：

> 漢將荒台下，灤河水北流。歲時何袞袞，風物尚悠悠。川草花芬郁，沙禽語滑柔。暮梁遺句在，過客重綢繆。[1]

周伯琦此詩咏史意味不厚，旨在表現上都風景的美好。

袁桷關於李陵台的詩有兩首，其一云：

> 矢盡拳空計未疏，囊封朝奏似憐渠。漢家天子春秋責，從此降臣直筆書。雪滾寒沙風滾灰，眼穿猶上望鄉台。隴西可是無回雁，不寄平安一字來。[2]

袁桷此詩沒有過分表達對歷史事件的看法，衹是表達對李陵的同情和贊嘆司馬遷的秉筆直書。側重吟咏李陵思鄉之情。

在另一首《李陵台次韵李彦方應奉》中，袁桷則對漢代的對外政策進行了議論：

> 前坡聳頹基，云是望鄉台。往事已歷歷，亂石何嵬嵬。想此二子別，袂結不能開。河梁白日速，朔風袞沙堆。漢法重失律，輕生表奇才。一跌不能返，秋歛壯心摧。形影胡越分，骨肉參商乖。萬事已瓦解，誰能寫余哀。昂昂司馬生，義色與壯懷。子卿固偉節，屬國何低佪。褒功實讟淺，議刑良刻哉。坐令衛律輩，歲望邊城來。[3]

在此詩中，袁桷表達了對李陵失節導致骨肉分離的同情和對蘇武守節的贊嘆。同時袁桷認爲李陵事件主要原因是漢法嚴苛不均，賞功不厚，刑罰太嚴，這纔導致了李陵的悲劇和衛律輩的叛逃匈奴。

---

① （元）周伯琦：《扈從集》，《文淵閣四庫全書》本。
② （元）袁桷：《袁桷集校注》卷一五，楊亮校注，中華書局，2012，第 816 頁。
③ （元）袁桷：《袁桷集校注》卷一五，楊亮校注，中華書局，2012，第 828 頁。

柳貫的《望李陵台》也表達了對李陵之事頗爲複雜的看法：

覆軍陷囚虜，此志乃大妄。一爲情愛牽，皇恤身名喪。縷縷中郎
書，挽使同跌踢。安知臣節恭，之死不易諒。①

柳貫此詩中對李陵降匈奴一事是不贊同的，對於李陵想要劫持匈奴單于一
事，柳貫稱爲"大妄"，説他"一爲情愛牽，皇恤身名喪"，指責他在匈奴
娶妻生子之後，便不顧身名喪失。

張翥在《過李陵台》中寫道："路出桓州山縵回，僕夫指是李陵台。樹
遮望眼仍相吊，雲結鄉愁尚未開。海上抵羊秋牧罷，陵頭石馬夜嘶哀。英雄
不死非無意，空遣歸魂故國來。"② 情感主題是"鄉愁"，兼論蘇武和李陵，
對李陵還是表同情之意，認爲李陵不是苟且偷生，他的心中仍心懷故國。

不同詩人面對李陵台出發點往往不同。胡助在《李陵台》中對李陵投
降匈奴一事隱有責備之意，"西照荒台遠，猶慚太史公。君恩如水覆，臣
罪與天通。汗簡家聲墜，降旛士氣空。河梁他日別，凄斷牧羊風"。③ 他認
爲李陵辜負了太史公的維護之意和天子恩情，罪與天通。批評得很是嚴
厲，完全站在君主的立場上。其《再賦李陵台》云："李陵台畔秋雲黃，
沙平草軟肥牛羊。當時不是漢家地，全軀孥戮寧思鄉。塞垣西北逾萬里，
此去中原良邁止。安得有台灤水側，好事千古空相傳。可憐歸期典屬國，
雪裏幽窖無人識。"④ 這是對蘇武忠貞愛國的贊賞。黃溍則在《李陵台》中
贊嘆司馬遷的實録精神，"常憐司馬公，予奪多深意。奏對實至情，論録
存大義。史臣司述作，遺則敢失墜"。⑤ 這是對司馬遷史臣品格的贊賞。與
漢族詩人大多對漢朝廷的避而不談不同，迺賢則是直斥漢朝廷刻薄寡恩，
"嗚呼李將軍，力戰陷敵圍。豈不念鄉國，奮身或來歸。漢家少恩信，竟
使臣節虧。所愧在一死，永爲來者悲"。⑥ 迺賢直接指明是由於大漢朝廷缺

① （元）柳貫：《待制集》卷二，《四部叢刊》影元本。
② （元）張翥：《蛻庵詩》卷五，《四部叢刊》影明本。
③ （元）胡助：《純白齋類稿》卷八，金華叢書本。
④ （元）胡助：《純白齋類稿》卷五，金華叢書本。
⑤ （元）黃溍：《過劉蕡祠》，《金華黃先生文集》卷四，元鈔本。
⑥ （元）迺賢：《金台集》卷二，明末汲古閣刻本。

少恩信繾使李陵的臣節有虧，這可是振聾發聵之聲。其他漢族詩人在談及此事時，往往都是簡單的對李陵發出同情之聲，從未敢直接挑明漢朝廷在這一事上的錯誤。迺賢雖也點明了李陵不足的地方在於沒有慷慨一死，以致後來爲人譏刺，但最重要的還是對漢朝廷刻薄寡恩的揭露，這是迺賢作爲少數民族詩人和漢族詩人不同的地方，即沒有對漢王朝皇權的畏懼。馬祖常也有《李陵台二首》議論李陵之事，其一云："故國關河遠，高台日月荒。頗聞蘇屬國，海上牧羝羊。"其二云："蹛林聞野祭，漢室議門誅。辛苦樓蘭將，淒凉太史書。"[1] 兩首五絕，表達了不盡的哀嘆痛惜之情。貢奎在《李陵台》中寫道："赴死寧無勇，偷生政有爲。事疑家已滅，身辱義何虧。漢網千年密，河梁五字悲。荒寒迷宿草，欲問意誰知。"貢奎認爲李陵不赴死并非懼死，而是要保留有爲之身，圖謀大事，豈料家人慘遭滅族，自身被辱。歸結到一點，都緣於漢法的嚴密。

以李陵台爲中心，圍繞李陵投降匈奴一事，展開吟咏，是元代翰林國史院文士扈從紀行詩中咏史詩的主題。就翰林文士對李陵事件的描寫來看，并沒有脫離元代以前詩人對李陵事件議論的範圍。

（四）上都宮廷生活詩

翰林國史院的扈從紀行詩中，有一大部分記録了上都地區的宮廷生活，主要是祭祀、宴會、歌舞、狩獵等。其中宴會和歌舞是元大都宮廷活動最熱鬧的部分，也是詩人歌咏最多的部分。

薩都剌所寫《上京即事》十首詩中，有一半以上都以宮廷宴會爲内容：

　　一派簫韶起半空，水晶行殿玉屏風。諸王舞蹈千官賀，齊捧蒲萄壽兩宮。

　　上苑棕毛百尺樓，天風捶拽錦絨鈎。内家宴罷無人到，面面珠簾夜不收。

　　行殿參差翡翠光，朱衣花帽宴親王。綉簾齊捲薰風起，十六天魔舞袖長。[2]

---

[1]　（元）馬祖常：《石田文集》卷四，元至元五年揚州路儒學刻本。

[2]　（元）薩都剌：《上京即事》，《薩天錫詩集》，《四部叢刊》影明弘治本。

上都宴會主要有馬奶子宴和詐馬宴，馬奶子宴基本在皇帝到達和離開上都時舉行。詐馬宴則是上都最隆重、影響最大的宴會。詐馬宴也叫質孫宴或濟遜宴，源自窩闊台時期的選汗大會。質孫即蒙古語顏色的意思。質孫宴的參加者要穿皇帝賜給的貴重服飾，即金織文衣，每次一種顏色，按貴賤親疏進行排序各就其位，因此稱質孫宴。"凡勳戚大臣近侍，賜則服之。下至於樂工衛士，皆有其服。精粗之製，上下之別，雖不同，總謂之質孫云。"① 質孫服的衣帽都是全套的，其上根據等級不同而綴以不同的飾物。"伏日翠裘不知重，珠帽齊肩顫金鳳"② 説的就是質孫服。

關於詐馬宴，周伯琦在《近光集》之《詐馬行》序中有詳細介紹：

> 國家之制，乘輿北幸上京，歲以六月吉日，命宿衛大臣及近侍服所賜濟遜珠翠金寶衣冠腰帶，盛飾名馬，清晨自城外各持彩仗，列隊馳入禁中。於是上盛服御殿臨觀，乃大張宴爲樂，唯宗王、戚里、宿衛、大臣前列行酒，餘各以所職叙坐合飲，諸坊奏大樂，陳百戲，如是者凡三日而罷。其佩服日一易。大官用羊二千，噭馬三匹，它費稱是，名之曰濟遜宴。濟遜，華言一色衣也。俗呼曰詐馬筵。③

從序文中看，參加詐馬宴者主要是"宗王、戚里、宿衛、大臣"，其他官員亦得列序。參加者所穿質孫衣每日一換。

當時翰林文士如袁桷、宋褧、迺賢、貢師泰等都曾經歷詐馬宴，也都有詩篇流傳。如袁桷詩"伏日瓊林宴，名王總內朝。帽尖花壓翠，衣角錦團貂。炙熟牛酥芼，醅深馬乳澆。柘枝旋舞急，宛轉稱纖腰"。④ 就以極簡的筆法寫出了藩王會於一朝，人人衣錦，宴會食物豐盛，舞蹈曼妙的宴會情形。寫得最細的還是周伯琦的《詐馬行》：

> 華鞍縷玉連錢驄，彩暈簇譬朱英重。鈎膺障顱鏨鏡叢，星鈴彩校

---

① （明）宋濂等：《元史》卷七八，《輿服志一》，中華書局，1976，第 1938 頁。
② （元）袁桷：《裝馬曲》，《袁桷集校注》卷一五，楊亮校注，中華書局，2012，第 855 頁。
③ （元）周伯琦：《近光集》卷一，《文淵閣四庫全書》本。
④ （元）袁桷：《上京雜咏》其七，《袁桷集校注》卷一五，楊亮校注，中華書局，2012，第 824 頁。

聲瓏瓏。高官艷服皆王公，良辰盛會如雲從。明珠絡翠光籠蔥，文繒縷金紆晴虹。犀毗萬寶腰鞓紅，揚鑣迅策無留踪。一躍千里真游龍，渥窪奇種皆避鋒。藹如飛仙集崆峒，乘鸞跨鳳來曾空。是時閶闔含熏風，上京六月如初冬。金支滴露冰華濃，水晶殿閣搖瀛蓬。扶桑海色朝曈曈，天子方御龍光宮。袞衣玉璪回重瞳，臨軒接下天威崇。大宴三日酺群悰，萬羊臠炙萬瓮釀。九州水陸千官供，蔓延角抵呈巧雄。紫衣妙舞腰細蜂，鈞天合奏春融融。獅獰虎嘯跳豹熊，山呼鰲抃萬姓同。曲闌紅藥翻簾櫳，柳枝飛蕩搖蒼松。錦花瑤草烟茸茸，龍岡拱揖瀁水溁。當年定鼎成周隆，宗藩磐石指顧中。興王彝典歲一逢，發揚祖德并宗功。康衢擊壤登時雍，豈獨耀武彰聲容。願今聖壽齊華嵩，四門大啓達四聰。臣歌天保君彤弓，更圖王會傳無窮。[①]

周伯琦濃墨重彩地描摹了詐馬宴的奢華，開篇即寫參與其中的馬匹如何名貴，裝飾得如何漂亮，繼而又描寫宮殿的富麗堂皇，食物的豐富（全國各地難得的食材都彙聚大都，"九州水陸" 齊供大都）和宴會中舞蹈的美妙等，最後又盛讚皇帝功業。

宴會上有歌舞和 "角抵" 表演，前文中 "蔓延角抵呈巧雄"，指的就是著名的蒙古摔跤，曾任翰林待制的王沂有詩更詳細描寫 "角抵"："黃鬚年少羽林郎，宮錦纏腰角抵裝。得雋每蒙天一笑，歸來驕從亦輝光。"[②] 還有歌舞表演，周伯琦的《詐馬行》："紫衣妙舞腰細蜂，鈞天合奏春融融"，這裏表演的歌舞當是指蒙古著名的 "十六天魔舞"。天魔舞在元朝宮廷是非常著名的舞蹈，據史書言是元順帝所創，《元史・順帝紀六》載："帝怠於政事，荒於游宴，以宮女三聖奴、妙樂奴、文殊奴等一十六人按舞，名爲十六天魔。首垂髮數辮，戴象牙佛冠，身被纓絡、大紅綃金長短裙、金雜襖、雲肩、合袖天衣、綬帶鞋襪，各執加巴剌般之器，內一人執鈴杵奏樂。又宮女一十一人，練槌髻，勒帕，常服，或用唐帽、窄衫。所奏樂用龍笛、頭管、小鼓、箏、篌、琵琶、笙、胡琴、響板、拍板。以宦者長安

---

① （元）袁桷：《上京雜咏》其七，《袁桷集校注》卷一五，楊亮校注，中華書局，2012，第 824 頁。

② （元）王沂：《伊濱集》卷一二，《文淵閣四庫全書》本。

迭不花管領。"① 從所用器樂來看，十六天魔舞類似唐代的胡樂。十六天魔
舞在元代盛極一時，很多詩人都曾吟咏其事。薩都剌《上都雜咏》曾云：
"綉簾齊捲熏風起，十六天魔舞袖長。"② 張翥《宮中舞隊歌詞》記其事
甚詳：

> 十六天魔女，分行錦綉圍。千花織步障，百寶帖仙衣。
> 回雪紛難定，行雲不肯歸。舞心挑轉急，一一欲空飛。

其二云：

> 白玉雕釵燕，黄金鑿步蓮。簫吹鳳台女，花獻蕊宮仙。
> 香霧團銀燭，歌雲撲錦筵。請將供奉曲，同賀太平年。③

從詩歌文字來看，這十六天魔女的舞姿曼妙輕回、靈動非常，仿若蕊宮仙
女，讓人如登仙境。

還有一些扈從紀行詩反映了在上都發生的宮廷政治事件。薩都剌《紀
事》云：

> 當年鐵馬游沙漠，萬里歸來會二龍。周氏君臣空守信，漢家兄弟
> 不相容。
> 祇知奉璽傳三讓，豈料游魂隔九重。天上武皇亦灑泪，世間骨肉
> 可相逢。④

這首詩是薩都剌的借詩咏時事詩。雖然詩中所云皆是"周氏君臣""漢家
兄弟""武皇"等歷史人物，實則歌咏宮廷政變之事。詩中暗指的事與文
宗即位有關，泰定帝崩於上都，文宗圖帖睦爾自江陵入大都即位，而其兄
周王和世瓎正坐鎮漠北，文宗恐引起帝位爭奪，遂詐稱請周王南下即皇帝

---

① （明）宋濂等：《元史》卷四三《順帝紀六》，中華書局，1976，第 918～919 頁。
② （元）薩都剌：《上京即事》其三，《薩天錫詩集》，《四部叢刊》影明弘治本。
③ （元）張翥：《宮中舞隊歌詞》，《蛻庵詩》卷一，《四部叢刊》影明本。
④ （明）瞿佑：《歸田詩話》卷下，清知不足齋叢書本。

位，而自己於大都退位。周王由和林到上都，文宗也由大都至上都，兩方其實都在爲正式即皇位作準備，不過，在宴會上，周王和世瓎"暴卒"（實則死於文宗與燕帖木兒的合謀），文宗得以順利即位。[①] 該詩諷刺的就是這件宮廷秘事。詩中"二龍""兄弟""骨肉"指的就是文宗皇帝圖帖睦爾和其兄周王和世瓎。薩都剌在詩中委婉地諷刺了兄弟相殘之事。此外著名的"南坡之變""兩都之變"等歷史事件，在詩人筆下都有隱約的反映。

許多扈從紀行詩中表現的是翰林文人對大元盛世的自豪和驕傲之情。宋褧在《紀行述懷》中寫道："侍臣爭笑馮唐老，不向明時獻技能。"[②] 所謂明時，在宋褧心中自然是大元了。巡幸塞外上京，讓宋褧等文人感到元帝國的強大，而得以隨行扈從，也讓他感到確是生在明時，自己纔能得到重用。因而纔嘲笑馮唐老而無封。

三 扈從紀行詩的詩學意義

以元代翰林國史院文士的扈從紀行詩創作爲主潮，帶動元代文壇扈從紀行詩創作的繁榮。雖然如此，元代的扈從紀行詩在明清一直不被看重，清人顧奎光就認爲扈從紀行詩"如欲征風景、考土物，記載頗詳。然論詩法，則工拙互見"。[③] 也就是扈從紀行詩勝在記載風物等文獻價值上，在詩法上則是參差不齊，工拙互見。這算是比較中肯的意見。元人也有這樣的看法，柳貫曾在爲當時一位朋友的上京紀行詩所作的序中說"夫紀載而鋪張之，有不得以其言語之蕉拙而并廢也"。[④] 這等於說元人比較重視紀行詩在記載風俗上的功用，當然對於詩法的高低工拙，他們也意識到了。扈從紀行詩本身的價值在文獻和文學以及詩歌史上的意義需要我們評估并給予重視。

總體來看，以翰林國史院爲領導的元代扈從紀行詩對於元代詩壇來說有非常重要的意義。首先，這些扈從紀行詩作具有非常大的文獻價值，他們所記載的元代上都地區的地理、自然風景、少數民族生活和飲食風俗、

---

① 詳見陳高華、史衛民《元代大都上都研究》，中國人民大學出版社，2010，第 243～244 頁。

② （元）宋褧：《燕石集》卷七，《文淵閣四庫全書》本。

③ （清）顧奎光：《元詩選序》，《元詩總論》。

④ （元）柳貫：《上京紀行詩序》，《待制集》卷一六，《四部叢刊》影元本。

大都宮廷生活等方面的內容，是我們今天研究上都地區政治、經濟、人文方面的重要史料依據。

其次，對上都地區具有邊塞特點的風物的描摹和觀注，極大地增加和豐富了元詩的意象。

最後，扈從紀行詩在描寫异域風物時所表現出的雍容閑雅、質樸厚重的詩風，對於改變南宋以來卑弱萎靡的詩風，有極大的促進作用。這種促進作用，首先是從士氣改變開始的。蘇天爵曾詳細論述這一點：

> 嘗聞故老云，宋在江南時，公卿大夫多吳越之士，起居服食率驕逸華靡，北視淮甸已爲極邊，及當使遠方，則有憔悴可憐之色。嗚呼，士氣不振如此，欲其國之興也，難矣哉！今國家混一海宇，定都於燕，而上京在北又數百里，鑾輿歲往清暑，百司皆分曹從行，朝士以得侍清燕，樂於扈從，殊無依依離別之情也。余友胡君古愚，生長東南，蔚有文采，身形瘦削，若不勝衣，及官詞林，適有上京之役，雍容閑暇，作爲歌詩，所以美混一之治功，宣承平之盛德。余於是知國家作興，士氣之爲大也。後之覽其詩者，與太史公疑留侯爲魁梧奇偉者何以异。[1]

國家的卑弱影響士子的心態，南宋偏安一隅，安居享樂，自然影響士風，唯以綺麗藻繪爲事，以致詩歌氣勢不高。元代統一南北，疆土廣闊，翰林文士得以隨皇帝到達以前不能到達的邊塞之地，士子所見的是邊塞雄渾的風光，發於詩歌，當然有一種闊大的氣勢，是南宋以來詩歌所不能比擬的，而這也正是扈從紀行詩的特點所在。

從地理視野來看，扈從紀行詩是由長期居住於內地的文士所創作的，他們將上都及其周邊的地理空間視作异域。他們在長達千里的跋涉中，遠離故土，自然會產生地理空間的疏離感。對他們而言，全然陌生的草原風光，雖美不勝收，却也使得他們產生了難以磨滅的隔閡之感。在傳統的農耕生活中，鄉土在人們心中有無可替代的重要意義。元代扈從制度决定了

---

① （元）蘇天爵：《滋溪文稿》卷二八《跋胡編修上京紀行詩後》，陳高華、孟繁清點校，中華書局，1997，第470頁。

文士有將近半年的時間離開自己長久生活的環境，且又是身處於全然陌生的自然環境中。在這種生活狀態下，扈從文士生出流寓他鄉之感，其情感的複雜可以想見。在中國古典文學中，流寓的意識通常產出兩種不同的文學成果：一種是新奇地咏歌异地的風物民情；一種是表現人與地域的隔閡感。扈從紀行詩中的江南書寫和地域文化陌生感正是由人與地域的隔閡所帶來的地理鄉愁的具體表現。

文化習俗與身份認同上的壁壘，也使得扈從文士在情感上難以與上都的生活全然融合互通。扈從文士均爲飽讀儒家詩書者，亦均是儒家禮教最爲堅定且忠實的信奉者。而扈從制度與上都生活，在本質上是蒙古草原游牧文明的集中展示，其原始而又充滿野性的習俗，在儒學根基深厚的扈從文士眼中，自然有種種難以接受之處。無論是宴飲、狩獵、祭祀，扈從文士均祇能作爲旁觀者，極少能够參與到蒙古王公貴胄在上都的活動中，文化習俗上的隔閡使得扈從詩人難以真正適應并接受上都的生活。再者，漢人文士群體在元代一直處於被壓制的狀態，翰林文士幾乎都無法參與到實際的政事中，僅能流連於翰墨之間，爲皇帝奏寫章表。即便偶有漢人文士身居高位，也難免要受到蒙古貴族與權臣的排擠。顧嗣立的《元詩選》許有壬小傳引揭傒斯云：“相下許公文章譽望，矯然爲當世名臣。而扈從上京，凡志有所不得施，言有所不得行，憂愁感憤，一寓之於酬倡。”[1] 許有壬作爲漢人，在元代屬於第三等，比之身爲南人的虞集、袁桷等人，其仕途要顯赫許多。然而，即便是許有壬，也難以完全施展自己的抱負，數次因遭忌或誣告而被貶謫。在元代講求根脚的社會傳統中，漢人翰林文士群在扈從上都之行中注定處在邊緣位置。他們囿於出身，難以真正融入蒙古王公的生活。因此，他們祇能依靠彼此不間斷的詩歌酬唱贈答，以排遣内心的憂愁，也由此而成爲在上都游牧文化主導環境中，代表儒家精神的异質群體。

總而言之，元代文士在扈從途中，進入此前漢人文士難以接觸的空間中，也得以觀察到了大都及上都之間豐富的自然地理意象與人文地理意象，以及衆多草原文化習俗。這些意象給扈從文士帶來了極大的新奇感，他們將這些意象以詩歌的形式記錄下來，開拓了詩歌的審美空間，使扈從

---

① （清）顧嗣立：《元詩選》初集，中華書局，1987，第790頁。

紀行詩成爲元代詩壇上獨有的藝術形式。與此同時，由於扈從詩人關注的對象主要在於扈從途中所見的風俗物象，因而扈從詩中的情感較爲生澀甚至薄弱。且由於漢人文士身處全然陌生的空間，加之身份認同與文化接受上存在隔閡，因此在扈從詩中時常出現内地書寫與上都風光的對立。這一對立，是基於元代特定的兩都制、根脚制等政治制度而生成的。從這個角度説，扈從紀行詩雖然以摹物記事爲主，疏於詩歌意境的營造，却爲我們提供了一個重新認識元詩乃至元代歷史的新視野。而這或許也正是元代扈從紀行詩在文學史上的價值與意義所在。

第四節　元代西北色目作家群創作的多重嚮度[①]

以色目作家群體爲代表的元代西北民族詩人的出現并大發光彩，是元代詩壇迥异於其他時代的一個鮮明特點。對他們的研究，自學者陳垣啓其端，諸多研究者勠力於後，競相考據，漸成爲元代學術研究中最受關注的熱點之一。然而，對色目詩人群體的研究尚存在下列問題亟待厘清：元代何以會出現這樣一個文學創作群體？他們的創作各自有何特點？他們與翰林國史院文士有何互動的文學和學術交往？色目作家群對元代詩壇又產生了怎樣的影響？我們應該如何重新發覆其價值和意義？

相較於蒙古詩人，色目詩人不僅數量衆多，而且名家輩出，并在成宗大德年間趨向成熟，主要活躍於元代中後期。其在接觸并學習先進漢文化，并與漢人文士交往唱和之後，一改先前不習字書，“祇識彎弓射大雕”的境況，以异軍突起之勢出現在元代文壇上，彪炳之迹與中原文士之作交相輝映，而且個中優秀者足與漢人文士中佼佼者相頡頏。元廷在管轄大一統王朝時注重招賢納士，將衆多有才之士均攬入堪稱“智囊團”與“人才後備軍”的翰林院以供統治之用，而同時諸多文士也以能進入人才濟濟的國史院爲奮進目標，并以之爲榮。在西北少數民族文士群中，較早進入翰林院的色目詩人有貫雲石，稍後有馬祖常、薩都剌等。到元代後期，進入翰林國史院的色目文士數量尤爲龐大，詩文成就也特别突出，其中影響最

---

① 該部分内容發表於《中國遼金文學學會第九届年會暨草原文學論壇會議論文集》，2017年6月。

大的是迺賢和余闕二人。他們生存於"大山崇林、長河曠壤鍾於兩間"，并受"祖宗深仁厚澤浸灌陶煦"①，"多質直端重，才豐而氣昌"②，爲元代詩壇注入了一股"清新、綺麗、雄健"的异域之風。清人顧嗣立編《元詩選》遍覽元詩，其論元人詩歌，最有分量，他對於元代色目民族詩人詩歌成就不吝誇贊："要而論之，有元之興，西北子弟，盡爲橫經。涵養既深，异才并出。雲石海涯（貫雲石）、馬伯庸（馬祖常）以綺麗清新之派振起于前，而天錫（薩都刺）繼之，清而不佻，麗而不縟，真能于袁（桷）、趙（孟頫）、虞（集）、楊（載）之外，別開生面者也。于是雅正卿（雅琥）、達兼善（泰不華）、迺易之（迺賢）、余廷心（余闕）諸人，各逞才華，標奇競秀。亦可謂極一時之盛者歟！"③ 在他看來，元代中後期登上詩壇的色目詩人之所以能在"袁、趙、虞、楊之外"別開生面，乃是得益於其"綺麗清新"的創作風格。而具體來看，色目作家群詩歌的創作風格集中表現在"清""麗""雄"三個方面。

一　詩之"清"

《説文解字》釋"清"爲"澄水之貌"。"清"，本義爲水清，可引申爲環境的清雅，人格的清高，政治的清平等。在古典詩論中，"清"是一個有豐富內涵的審美範疇。虞集曾形容"清"是"春花結冰，塵滓都盡。秋空卓秀，一色青空"。④ 蔣寅認爲"'清'是與'渾厚'相對的一種審美趣味，它明快而澹净，有一種透明感，有時會有寒冽逼人的感覺"，行之於詩歌，則"語言的明晰省净，詩人氣質的超脱塵俗，立意與藝術表現的新穎，意境和情趣的凄冽和古雅等"，都可概之以"清"。⑤ "清"與其他詩美概念相融合，還可以衍生一系列的復合概念，如清麗、清剛、清雄、清壯、清淡、清逸、清空等。色目作家祖輩生活於遼闊草原，山地爲冰雪覆蓋，在天地山川清氣的涵養中，形成了民族氣質的渾厚清醇，他們的創作清麗而不纖弱，清剛而不粗糲，以一股清新勁挺之風爲元代詩壇帶來了

---

① （元）薩都刺：《雁門集》附録 干文傳《雁門集序》，上海古籍出版社，1982，第401頁。
② （元）薩都刺：《雁門集》附録 干文傳《雁門集序》，上海古籍出版社，1982，第401頁。
③ （清）顧嗣立：《元詩選》初集卷三四，中華書局，1987，第1185～1186頁。
④ （元）虞集：《道園學古録》卷四五《會上人詩序》，《四部叢刊》本。
⑤ 蔣寅：《古典詩學中"清"的概念》，《中國社會科學》2000年第1期。

新的活力。

迺賢詩歌清新俊逸，不染俗氣，聞名元末。今存《金台集》中題有"南陽迺賢易之學；臨川危素太樸編"，另書諸位名士題詩。其中前有歐陽玄、李好文、貢師泰、黃溍，後有泰不華、程文（字以文，曾任翰林國史院編修）、楊彝（字彥常，曾任翰林國史院檢閱官）、揭傒斯、危素的序文及虞集與張起岩的跋文，這些人都是當時的文壇名流，他們能夠欣然爲其題詩作序，一則說明了迺賢交游之廣泛，另外也表明了迺賢的詩作的確不同凡響，以及其名聲在當時甚是大噪。迺詩在一定程度上受元代寫意畫風影響很大，是以在營造詩歌意境時特別注重色彩的搭配，而且尤爲偏愛青色。在其詩作《金台集》中"青"字共出現 72 次，且往往與"白"對舉，如："水清淮白上，天闊海青低"[①]；"青山久不歸，白日去如水"[②]；"絕妙青松障，清凉白玉池"[③]；"芙蓉拔地白雲晴，七十二峰相對青"[④] ……從字源上考察，"青"乃"清"的本字，是指深綠色或淺藍色，和"白"同爲冷色調，給人以純净、高潔或凄清之感。"清"字也充溢於迺賢的詩作始末，出現的頻率極高。僅《巢湖述懷寄四明張子益》一詩中便接連出現了"清晨""清霜""清冰壺""清奇"等帶有"清"字的詞語，這些語詞散布在詩歌各個角落，使得整首詩都彌漫着清澈透明的色調，同時又不失雄渾剛健之氣魄，是以被漢人名士危素稱贊爲"清雄峻拔"。"雅志高潔，不屑爲科舉利禄之文"[⑤]，淡泊自守，清心寡欲，以詩爲業的清高追求，可以解釋迺賢對色彩"青"的審美偏愛以及詩歌清麗特點的成因。迺詩所具有的這種特質既爲當時文士稱道，又爲後世文人褒贊。在《金台集》叙中，衆多文士均對迺詩有不遺餘力的稱贊。其中歐陽玄稱："其詩清新俊逸而有温潤縝栗之容，七言杰者擬盛唐焉。"[⑥] 其認爲迺詩獨具魅力，而且七言杰作可以與盛唐詩歌相媲美。在某種程度上言之，這種評語不可謂不高。另外，翰林學士承旨李好文在《金台集》叙中也對迺詩有所

---

① （元）迺賢：《金台集》卷一《送王公子歸揚州》，《文淵閣四庫全書》本。
② （元）迺賢：《金台集》卷一《送道士袁九霄歸金坡道院》，《文淵閣四庫全書》本。
③ （元）迺賢：《金台集》卷二《萬壽寺》，《文淵閣四庫全書》本。
④ （元）迺賢：《金台集》卷一《望泰山》，《文淵閣四庫全書》本。
⑤ （元）黃溍：《金台集題詞》，迺賢《金台集》叙文，《文淵閣四庫全書》本。
⑥ 下引諸序均引自（元）迺賢《金台集》叙文，《文淵閣四庫全書》本。

評價：“惟吾易之之作，粹然獨有中和之氣，上可以追媲昔賢，下可以鳴太平之治。溫柔敦厚，清新俊邁，使人讀者雋永而不厭，兹非聖人之化，仁義漸被，詩書禮樂之教而致然耶？”這其中的誇贊之意溢於言表。貢師泰也在叙中論及迺詩之特質，其認爲：“其（迺賢）詞清潤纖華，每出一篇，則士大夫輒傳誦之。大抵五言類謝朓、柳惲、江淹，七言類張籍、王建、劉禹錫，而樂府尤流麗可喜，有謝康樂、鮑明遠之遺風。”此外，危素也在叙中以言簡意賅之辭評説了迺詩之獨特魅力：“其所爲詩，清麗而粹密，學士大夫多傳誦之。”歐、李、貢、危四人叙中從不同角度、不同層面不遺餘力地稱贊了超凡脱俗的迺詩，并都强調了迺賢詩歌“清”的特質。“清新”“清潤”“清麗”，迺詩“自有一種清氣”，極具魏晉名流詩歌特點，超拔絶倫，清麗脱俗，在當時的文壇極其難能可貴。迺賢這些爲翰林同僚大加贊賞的清新之詩，主要是其作於北方的一些近體詩歌。諸如《京城燕》：

> 三月京城寒悄悄，燕子初來怯清曉。河堤弱柳冰未消，墙角杏花紅萼小。[1]

京城的三月，嚴冬之寒還未褪盡，初飛來的燕子、河堤邊的柳枝、墙角的杏花均在清寒之氣中顫巍巍而又努力地生長着。詩中着一“清”字，使得整首詩歌都縈繞在清俊雋永之氣中。另外一首《送劉將軍姑蘇之官》，詩中“五月垂虹橋下路，畫船吹笛卧冰壺”[2] 一句，將對江南的美好回憶與瀟灑飄逸的詩筆相結合，一方面道盡了心中無法遮蓋的歡愉之情，另一方面則揮灑出了清新脱俗、明净俊逸的詩氣。追求淡泊名利、不爲世俗羈絆的平和心境的迺賢將“清”定爲其詩歌的底色，即使是常用豪放開闊手法的扈從紀行詩也不改這一基調，仍是清新之氣彌漫，明净之貌滿布，如“雙鬟小女玉娟娟，自捲氊簾出帳前。忽見一枝長十八，折來簪在帽檐邊”。[3] 作爲游牧民族的後裔，質樸清醇的特質如古老的民族血液流淌在身體中一般成爲迺賢天性中的一部分，并隨着其思緒的延展與深入而汩汩涌出。另外，加上其生

---

① （元）迺賢：《金台集》卷一《京城燕》，《文淵閣四庫全書》本。

② （元）迺賢：《金台集》卷一《送劉將軍姑蘇之官》，《文淵閣四庫全書》本。

③ （元）迺賢：《金台集》卷二《塞上曲五首》其三，《文淵閣四庫全書》本。

長於清雅秀麗的江南水鄉，山水靈氣的滋養、文化氣息的浸潤以及自身人格的修持都爲他後天所習之文、所題之詩注入了清新淡雅之氣。

又如元末另一文壇大家余闕，先世雖爲唐兀人，但其"留意經術，五經皆有傳注"①，儒學功底精湛深厚，較爲精通程朱之學，能詩擅文，并能將理學哲思融於詩歌而不顯，化入文章而無迹。生活於漢化趨勢日重的元代後期，其在儒家"修齊治平"思想的熏染下，格外注重自身道德的修養。在儒論方面，其論詩則追求感情真摯内斂，風格涵蓄深沉，雍和平易，并能彰顯理學家深邃的眼光及博大的胸襟氣度；其論文亦然。然而，余闕個人的詩文創作實踐却與他的文藝觀念不盡切合，其詩歌所呈現出的是清新脱俗的精神面貌，并帶有令人耳目一新的氣息。《元史》本傳説他"爲文有氣魄，能達其所欲言。詩體尚江左，高視鮑、謝、徐、庾以下不論也"。② 江左詩風以清新明麗著稱，而且文辭俊秀，杜甫即曾言："清新庾開府，俊逸鮑參軍。"③ 余闕的一些詩歌頗有江左詩風餘韵，即呈現出清新俊逸的特點。如他在《南歸偶書二首》（其一）中寫道："帝城南下望江城，此去鄉關半月程。同向春風折楊柳，一般離別兩般情。"④ 目望江城，手折楊柳，兩地將隔，一般離情。言雖樸而意實，語雖淡而情真，其叙寫的離別之情能如此深婉清醇，確實可以不讓六朝了。另外，他在《題劉氏聽雪樓》一詩中所狀之景給人以清幽静謐之感，"群峰擁臨檻，修竹鬱菁菁。蔭向曲池好，聲惟雪夜清"。⑤ 雪雖寒而尖竹青，夜雖暗而雪潔净，竹有聲而夜清和。其所摹之物、所狀之景、所繪之聲均融於其所營造的清幽意境中，静謐平和心境油然生於聽雪之人心中。《龍丘茝吟贈程子正》中"清音發疏越，逸響遺澗泉。悠悠鳳翔漢，婉婉虬媚川。清風自千古，何用能草玄"⑥，更覺清逸之氣迎面而來，并能體會到咏者暢於心中、顯於言語的歡愉之情。總體來看，余闕的詩主要是在"宗唐得古"大潮下另闢蹊徑，以漢魏六朝詩風爲宗，清勁俊逸，清新明净。戴良在《鶴年吟

---

① （明）宋濂等：《元史》卷一四三《余闕傳》，中華書局，1976，第 3426 頁。
② （明）宋濂等：《元史》卷一四三《余闕傳》，中華書局，1976，第 3426 頁。
③ （清）仇兆鰲：《杜詩詳注》卷一《春日憶李白》，《文淵閣四庫全書》本。
④ （元）余闕：《青陽先生文集》卷九《南歸偶書二首》（其一），《四部叢刊續編》影明本。
⑤ （元）余闕：《青陽集》卷一《題劉氏聽雪樓》，《文淵閣四庫全書》本。
⑥ （元）余闕：《青陽集》卷一《龍丘茝吟贈程子正》，《四部叢刊續編》影明本。

稿集序》中曾説："余公之詩則與陰鏗、何遜齊驅而并駕。"[①] 陰鏗、何遜均爲六朝中人，詩風相近，以格調清巧隽永名世。余闕之詩既與此二人并駕齊驅，則可知其詩歌風格近似二人，以"清"爲詩歌色調。宋濂與余闕活動於同一時期，并有所交往，其詩文集中有關余闕的言語、史事則較能令後世之人信服。《題余廷心篆書後》言"公文與詩皆超逸絶倫，書亦清勁，與人相類"。[②] 此記述不僅貼近史實，而且甚爲貼切恰當。後代之人胡應麟在詩評之作《詩藪》中也曾對余闕有所評説，其云："元人製作，大概諸家如一。惟余廷心古詩近體，咸規仿六朝，清新明麗，頗足自賞。惜中厄王事，使成就當有可觀。"[③] 他認爲余詩清新明麗，并對其在元詩上獨闢蹊徑之舉給予了肯定。四庫館臣在收録《青陽集》時所作的提要中亦稱"其詩以漢魏爲宗，優柔沈涵，於元人中別爲一格"。[④] 另外，明人劉夏更是以一語直接明瞭地指出"廷心文古而純用清氣"。[⑤] 由以上諸多文士序中所言可知，余闕詩歌有宗法漢魏六朝而表現出清麗俊逸風格的特點。雖然這種詩歌風格主要存在於其早期的酬唱送別與咏物類詩歌中，但不能否認詩之"清"在余闕詩歌中留下的印記與余闕於此所做出的成就，以及余詩對明代詩壇取法六朝詩學産生的影響。

不僅迺賢、余闕詩歌如此，而且色目詩人多數均以"清"見稱，衆多書畫藝術家之作亦具此風骨。薩都剌在《武夷詩集序》中曾言"詩乎，其天地山川之清氣乎！"[⑥] 如其所作《秋日池上》："飄風亂萍踪，落葉散魚影。天清曉露凉，秋深藕花冷。"[⑦] 滿目的蕭瑟凄冷，却呈現出一種病態之美，給人以清中帶寒之感。由薩都剌的詩論及衆多詩作可以看出其以"清"爲尚，而且絶句偏於清麗。另外，元初劉壎在文集中稱回鶻人薛超吾（薛昂夫）詩"清峻不塵"[⑧]，并對此種詩風甚爲欣賞，而且其在詩作

---

① （元）戴良：《九靈山房集》卷二一《鶴年吟稿序》，《文淵閣四庫全書》本。

② （明）宋濂：《宋學士文集》卷六六《題余廷心篆書後》，《四部叢刊》影明正德本。

③ （明）胡應麟：《詩藪》外編卷六，上海古籍出版社，1979，第238頁。

④ （清）永瑢等：《四庫全書總目提要》卷一六七，商務印書館，1931，第1447頁。

⑤ （明）劉夏：《劉尚賓文集》卷三《書孟左司文集後》，明永樂劉拙刻成化劉衢增修本。

⑥ （清）董天工：《武夷山志》卷二一，方志出版社，2007，第726頁。

⑦ （元）薩都剌：《秋日池上》，載（清）顧嗣立《元詩選》初集卷三四，《文淵閣四庫全書》本。

⑧ （元）劉壎：《水雲村稿》卷七《九皋蒼山詩選後》，《文淵閣四庫全書》本。

中也力求呈現此種風貌："崖挾飛泉響佩環，雲涵空翠鎖幽關。斜陽影戀殘碑外，遺像塵昏古寺間。"① 元代後期的泰不華（達兼善）於清剛勁健的詩歌之外又有清新妍麗之作："堤柳拂烟疏翠葉，池蓮過雨落紅衣。娟娟唯有窗前竹，長是清陰伴夕暉。"② 此外，元僧釋大訢對西域繪畫大師高克恭甚爲敬慕，其在《高彦敬尚書墨竹》中稱："西域高侯自愛山，此君冰雪故相看。"③ 他認爲高克恭所作之畫是其冰雪清潔的民族性格在藝術上的外化，用以勾勒墨竹的畫筆綫條自有一種清骨俊逸之氣。在元代少數民族畫家群中，與高克恭齊名的張彦輔亦在山水畫上造詣頗深，與其同時期的漢人書畫名家張雨曾在其所畫《雪山樓觀》《雲林隱居》二圖上題詩："清才絕似王摩詰，愛向高堂寫雪山。"④ 由此語可知，張彦輔畫作之中也蘊有"清"氣。

總體來説，色目詩人群體所體現的"清"，一方面來自少數民族的天性，較之漢族文士飄逸張揚的民族個性，使得他們在創作詩歌時較少受到儒家傳統禮法的拘泥，因而能夠展現出自然清麗的詩風。另一方面，色目詩人在其民族性格的驅動與元代詩學風尚的影響下，大多以漢魏盛唐爲宗，其詩法雖未必如漢族文士之謹嚴，但由於其情感的豐沛與想象力的過人，反而更能夠貼近建安乃至盛唐詩風的神韵，是以名篇迭出，清新自然，其詩歌之美顯現的更爲純粹。漢族文士由於受到温柔敦厚的詩教觀的深刻影響，其功力雖深，却往往失之峭刻生硬，反不及色目詩人之真情流露、異勢迭出。色目詩人所展現的詩風清雅天然，其深層是由於其文化身份的差異，使其不必顧及漢族文士深厚繁複的詩學語境，因而在一定程度上反而貼近了詩歌的審美意涵。

二　詩之"麗"

色目作家詩歌之"麗"，有文辭之麗，情思之麗，生命之麗，在審美特質上深契《二十四詩品》"綺麗"一品。"綺麗"本指綺靡華麗，投射

---

① （元）劉壎：《拜南豐先生墓》，載（清）顧嗣立《元詩選》二集卷三，《文淵閣四庫全書》本。

② （元）泰不華：《題柯敬仲竹二首》（其一），見（清）顧嗣立《元詩選》初集卷四九，《文淵閣四庫全書》本。

③ （元）釋大訢：《高彦敬尚書墨竹》，載（清）顧嗣立《元詩選》初集卷六七，《文淵閣四庫全書》本。

④ （元）張雨：《張彦輔雪山圖》，載（元）顧瑛《草堂雅集》卷五，《文淵閣四庫全書》本。

在詩歌上的典型代表是六朝之作，這時期的許多詩歌既華艷綺靡、采麗競繁，又頗具富貴之氣，且人爲雕琢的痕迹較爲顯露。不過，《二十四詩品》之"綺麗"，與此有所不同。"神存富貴，始輕黃金，濃盡必枯，淡者屢深。霧餘水畔，紅杏在林，月明華屋，畫橋碧陰。金樽酒滿，伴客彈琴，取之自足，良殫美襟"。① 從首二句便可看出其强調的是精神上與本質上的富貴綺麗，"麗"之美從顯到隱，從實到虛，由淺近深，由淡近濃，進而呈現爲兼具神、韵、趣、味諸旨的含蓄朦朧之境。所謂"淡者屢深"，指的是外在淡泊自然而内在豐富綺麗，此與東坡言陶淵明詩歌之"質而實綺，臞而實腴"② 异曲同工，也即指出於本真天然的生命自由之美而不假人工雕琢，自然涌出，呈現出樸質豐腴之貌。

　　活動於元代中期的貫雲石揚名很早，他是畏兀兒人中的第一個翰林學士，時人稱爲"小翰林"。在其精通漢學的畏吾氏族名儒外祖廉希閔的廉園中修文習武，而且還結識了許多當時文壇上的名宿巨儒，如程鉅夫、趙孟頫、袁桷、許有壬、張養浩、暢師文等人。少負盛名仍虛心求教的貫雲石很受文壇前輩的賞識，而且大都的許多名公都與其折節下交。貫雲石既能寫詩，又能作曲，而且造詣頗深，并有"擅一代之長"③ 的稱謂，但因"一代有一代之文學"④ 的觀念，後人在文學史上更爲强調他的元曲成就，致使其詩人身份一直爲散曲作家身份所掩。實際上，貫雲石深諳作詩之道，而且諸多詩歌深爲當時翰林同僚及詩壇大家贊服。詩文大家姚燧"於當世文學士少許可"⑤，"見其（貫雲石）古文峭厲有法，及歌行古樂府慷慨激烈"⑥ 而大奇之，連連贊其"才氣英邁，宜居代言之選"。⑦ 程鉅夫應邀爲其詩文集作跋時，觀其五七言詩及長短句，"嘆曰：'妙年所詣已如此，況他日所觀哉！君初襲萬夫長，政教育并行。居之頃，遜其北。以學行見知於上，而有今命。予聽其言、審其文，蓋功名富貴有不足以易樂者。世德之流，詎

① （唐）司空圖：《二十四詩品》，清同治藝苑捃華本。
② （宋）蘇軾：《蘇文忠公全集》東坡續集卷三《追和陶淵明詩引子由作》，明成化本。
③ （明）王世貞：《弇州四部稿》卷一五二《藝苑厄言附録一》，《文淵閣四庫全書》本。
④ 王國維：《宋元戲劇考》，中華書局，1987，第86頁。
⑤ （元）鄧文原：《巴西集》卷上《翰林侍讀學士貫公文集序》，《文淵閣四庫全書》本。
⑥ （元）歐陽玄：《圭齋文集》卷九《元故翰林學士中奉大夫知制誥同修國史貫公神道碑》，清《文淵閣四庫全書》本。
⑦ （元）鄧文原：《巴西集》卷上《翰林侍讀學士貫公文集序》，《文淵閣四庫全書》本。

可涯哉!"① 貫雲石出生於貴胄之家，雖進入翰林國史院，然上層統治者間的激烈爭鬥使其功名利祿之心很是淡薄，而幼時漢文化的熏陶使其詩人氣質特別突出，這也就使得他的詩歌、散曲清麗蕭散而無塵世庸俗氣息。其所作《美人篇》，雖有華詞艷語，却不囿於綺靡、雕琢之語，具有婉麗恬雅、超凡脫俗之氣。

> 仙風雕雪玲瓏温，吳姬翦月纖纖昏。行雲補髻翠光滑，鳳凰叫落空山月。手摘閑愁八字分，春山恨重畫不伸。肌濃汗膩朱粉勻，背人揮淚妝無痕。霜刀自製石榴裙，閉門不識諸王孫。綠烟熏透（一作暖）藍田玉，羅帶隨風換裝束。飛鳥銜怨過長門，芳菲不忍韶華屋。連環步窄玉佩響，霓裳袖闊春（一作東）風長。釧鬆腕瘦覺多情，舉手搔天天亦癢。錦香（一作枕昏）帳冷蘭燈沈，落花不入芙容衾。三山路杳銀河深，彩鸞高訴愁人心。天與美人傾國色，不如更與美人節。夢裏梅花夢外身，萬古千年對（一作一）明月。②

此時的貫雲石初涉官場，因未得到重用而心生哀愁，抑鬱苦悶。然此種心境并未持續很久，在他此後諸多詩歌中展現了其心境的轉變。《蘆花被》一詩，寫於他意識到自身政治危機之後稱疾辭歸江南的途中，感慨個人身世遭際，并在目睹歸途中的人、景、物後深有感觸。貫雲石揮筆立就，漁翁尚其清麗，將蘆花被輸於他。詩云：

> 采得蘆花不浣塵，翠蓑聊復藉爲茵。西風颭夢秋無際，夜月生香雪滿身。毛骨已隨天地老，聲名不讓古今貧。青綾莫爲鴛鴦妒，欸乃聲中別有春。③

詩中所透露的是其弃絶功名富貴的決心及逍遥江湖、縱情山水的追求。正

---

① （元）程鉅夫：《雪樓集》卷二五《跋酸齋詩文》，清《文淵閣四庫全書》本。
② （元）貫雲石：《美人篇》，見（清）顧嗣立《元詩選》二集卷七，中華書局，1987，第266頁。
③ （元）貫雲石：《蘆花被》，見（清）顧嗣立《元詩選》二集卷七，中華書局，1987，第268頁。

是由於這種不願爲權與名所累的心境，不願摒弃獨立人格的追求，使得貫雲石的詩歌幾乎没有沾染館閣氣息，淡雅秀麗，毫無俗氣。"嘗觀古今能文之士，多出於羈愁草野。今公生長富貴，不爲宴酣綺靡是尚，而與布衣章角其技，以自爲樂，此誠世所不能者。"① 元初文壇泰斗鄧文原此言，直接指出貫雲石雖生長於官宦富庶之家，但是詩文却没有富貴奢靡的氣息，而是純以才情詩懷發揮而出，綺麗雅致，清新脱俗，這也正是貫雲石詩歌的獨特之處及價值所在。

　　身爲色目人雍古部貴族後裔的馬祖常，相較貫雲石稍晚進入翰林院。其才華甚爲橫溢，於"鄉貢會試，皆中第一，廷試爲第二人"，仁宗直接"授應奉翰林文字，拜監察御史"。② "蒙古氏之有天下也，治率不師古，禮樂刑政，無足稱述，獨文章一脉，代有作者，未嘗絶響。若虞伯生、范德機、楊仲弘、揭曼碩、歐陽原功、馬伯庸、薩天錫，暨吾鄉黄晋卿、柳道傳諸人，各以其詩文鳴，莫不涵淳茹和，出入漢唐，郁乎彬彬，何其盛也。"③ 章懋所言蒙古"治率不師古，禮樂刑政，無足稱述"，雖有些失實，但其對元代文章的評價是比較中肯恰貼的。在其稱述的諸多蒙古氏文壇大家中，馬祖常亦在其列，由此可推知馬祖常取得了很大的詩文成就。另外，《元史》本傳稱其"工於文章，宏贍而精核，務去陳言，專以先秦兩漢爲法，而自成一家之言。尤致力於詩，圓密清麗，大篇短章無不可傳者"④，四庫館臣道"其文精贍鴻麗，一洗柔曼卑冗之習。其詩才力富健，如《都門壯游》諸作，長篇巨制，迴薄奔騰，具有不受羈勒之氣"⑤，元結贊其"文章簡潔精密，足以鳴一世而服群彦"。⑥ 此類評價，更爲直接而明晰地呈現出了馬祖常的詩文特點與詩文成就，以及其在元代文壇上的極高地位。馬祖常在詩歌創作上有個人的選擇偏好，他的詩歌内容豐富，應制贈答、咏史懷古、山水田園、題畫、咏物等均有涵蓋，而且形式多樣，絶句、律詩都有涉獵，尤其在七絶上的藝術成就最高。就詩歌風格而言，戴

---

① （元）鄧文原：《巴西集》卷上《翰林侍讀學士貫公文集序》，《文淵閣四庫全書》本。
② （明）宋濂等：《元史》卷一四三《馬祖常傳》，中華書局，1976，第 3411 頁。
③ （明）章懋：《楓山語録》藝文類，《文淵閣四庫全書》本。
④ （明）宋濂等：《元史》卷一四三《馬祖常傳》，中華書局，1976，第 3413 頁。
⑤ （清）永瑢等：《四庫全書總目》卷一六七《石田集十五卷》提要，中華書局，1965，第 1440 頁。
⑥ （元）元結：《文忠集》卷四《書松廳事稿略》，《文淵閣四庫全書》本。

良曾言"論者以馬公之詩似商隱"。① 綺麗瑰妍之貌、婉麗纖柔之態是李商隱詩歌最爲突出的特點,與之相似的馬詩自然也帶有綺麗婉媚的一面。其所作的《無題四首》就是模仿李商隱詩歌最有力的證據。

> 瓦溝銀竹曙翻江,閬苑涼風滿石幢。葛令寄來丹白一,陶公歸去酒瓢雙。梧桐寂寞陳公井,薜荔扶疏玉女窗。天畔帝車呼小鳳,桂花流水夜淙淙。②

"銀竹""閬苑"等類似李商隱的遣詞造語,纖巧、柔媚、婉轉等近似李商隱的情感基調,都使得整首詩籠罩着綺麗含蓄之氣。馬祖常在當時詩壇上備受推崇,時人所敬慕的正是此類纖巧詩作,其中的緣由自然與這種詩歌直追李商隱詩歌之神韻密切相關,另外,也與馬祖常善寫宮詞有些許關聯。其曾作《擬唐宮詞十首》,纖穠妍麗,不減唐人宮詞高處。"華清水殿繡芙蓉,金鴨香消寶帳重"③ "露蘭研粉壽陽妝,簾内新燒百刻香"④ 諸句,別有一番王建宮詞旨趣。此外,馬祖常在上京紀行詩歌中,也不乏綺麗明媚之作,如《上京書懷》云:"燕子泥融蘭葉短,疊疊荷錢水初滿。人家時節近端陽,繡袂羅衫雙佩光。"⑤ 再如《上京翰苑書懷》其二云:"門外春橋漾綠波,因尋紅藥過南坡。已知積水皆爲海,不信疏星又隔河。"⑥ 燕子、蘭葉、荷錢,碧波蕩漾、紅藥綻放、繡袂翩躚、羅衫飛舞,宛如江南明麗春色。顧嗣立在其詩評之作《寒廳詩話》中贊其詩歌"綺麗清新"⑦,綜觀馬祖常詩作,此語切中其要。

此二人後,後起之秀薩都剌如異軍突起般出現在元代詩壇上,其詩既有清麗之氣,又兼備雄厚、沉鬱之風貌。元人干文傳在爲薩都剌《雁門集》所作之序中説:"其豪放若天風海濤,魚龍出没;險勁如泰華雲間,蒼翠孤聳;其剛健清麗,則如淮陰出師,百戰不折,而洛神凌波,春花霽

---

① (元) 戴良:《九靈山房集》卷二一《鶴年吟稿序》,《文淵閣四庫全書》本。
② (元) 馬祖常:《石田文集》卷三《無題四首》其一,《文淵閣四庫全書》本。
③ (元) 馬祖常:《石田文集》卷五《擬唐宮詞十首》其一,《文淵閣四庫全書》本。
④ (元) 馬祖常:《石田文集》卷五《擬唐宮詞十首》其八,《文淵閣四庫全書》本。
⑤ (元) 馬祖常:《石田文集》卷二《上京書懷》,《文淵閣四庫全書》本。
⑥ (元) 馬祖常:《石田文集》卷三《上京翰苑書懷三首》其二,《文淵閣四庫全書》本。
⑦ (清) 顧嗣立:《寒廳詩話》,載丁福保《清詩話》,上海古籍出版社,1978,第86頁。

月之婳娟也。有詩人直陳之事，有援彼狀此、托物興詞之義。可以頌美德而盡夫群情，可以感人心而裨乎時政，周人忠厚之意具在，乃以一掃往宋委靡之弊矣。"① 指出了薩都剌的詩歌風格多樣，既有豪爽奔放之詞，亦有清麗婉媚之作，頌揚美德、裨補時政，一掃宋季詩歌委靡之弊。其詩風流麗清婉媚的一面，與他本人師承漢儒、逐漸漢化和多年在江南爲官的生活經歷密切相關。薩都剌一生大部分時間在江南度過，中年仕宦江南，游覽了諸多勝地，深爲水鄉澤國的秀麗美景吸引，晚年寓居杭州，"每風日晴美，輒肩一杖挂瓢笠，脚踏雙不借，遍走兩山間。凡深岩邃壑人迹所不到者，無不窮其幽勝。至得意處，輒席草坐，徘徊終日不能去，興至則發爲詩歌"。② 江南水鄉綺麗明艷的美景滋養着薩都剌追求恬淡寧静生活的詩性，其眼中的山川景物自然甚是可愛。"楊花點點衝帆過，燕子雙雙掠水飛"③ "蘆芽短短穿碧沙，船頭鯉魚吹浪花"④ "鯨魚風起江波白，霜落洞庭飛木葉"⑤，均是其親身體察之景，清新流麗，明净柔和，并以詩性的語言一一勾勒而出，情致雅淡，辭婉意清。薩都剌曾兩度仕職翰林國史院應奉文字，對宮中奇説逸事稍有聽聞。其以此爲詩料，并注入流麗清婉的情調，最終成就了更爲綺媚纖穠的聞名於詩壇的宮詞。"深宮盡日垂朱箔，別殿何人度玉筝。白面内官無一事，隔花時聽打球聲。"⑥ "楊柳樓心月滿床，錦屏绣褥夜生香。不知門外春多少，自起移燈照海棠。"⑦ 其眼中的宮中女性生活空虚乏味，并對女性身處幽宮大院猶如身陷黑暗地獄抱以真切的同情，這使得綺麗婉媚的詩風更爲幽約窅眇，也更爲精緻靈動。虞集曾在《清江集序》中言："進士薩天錫者，最長於情，流麗清婉，作者皆愛之。"⑧ 其友楊維楨也曾在《竹枝詞序》中説："天錫詩風流俊爽，修本朝家範，宮詞及《芙容曲》，雖王建、張籍無以過矣。"⑨ 薩都剌詩歌中的用

---

① （元）干文傳：《雁門集序》，上海古籍出版社，1982，第 402 頁。

② （明）徐象梅：《兩浙名賢録》卷五四《寓賢》，明天啓刻本。

③ （元）薩都剌：《雁門集》卷九《渡淮即事》，上海古籍出版社，1982，第 227 頁。

④ （元）薩都剌：《雁門集》卷一《過嘉興》，上海古籍出版社，1982，第 234 頁。

⑤ （元）薩都剌：《雁門集》卷一《芙蓉曲兼善狀元御史》，上海古籍出版社，1982，第 304 頁。

⑥ （元）薩都剌：《雁門集》卷四《春詞》，上海古籍出版社，1982，第 93 頁。

⑦ （元）薩都剌：《雁門集》卷四《醉起》，上海古籍出版社，1982，第 93 頁。

⑧ （元）虞集：《傅與礪詩集序》，見清陸心源《皕宋樓藏書志》卷一〇三，光緒萬卷樓藏本。

⑨ （清）顧嗣立：《元詩選》初集卷三四，中華書局，1987，第 1975 頁。

字煉句、風骨意象均源於唐代名家，并融入個體的生命體驗與感悟，使得諸多詩作清而不佻，麗而不縟，風流蘊藉，出神入化，自成一家。另外，與薩都剌同爲元代中期詩人追求"清"氣的迺賢也創作了許多類似此種風格的樂府詩，諸如《塞上曲五首》《西湖竹枝四首》《宮詞八首次契公遠正字韵》，都頗"流麗可喜"，且"有謝康樂、鮑明遠之遺風"。①

大德、延祐間，詩壇以虞、楊、范、揭館閣之風爲代表，西北作家自然受到影響，然比較而言，他們不像"四家"過多地承受了漢正統詩學的負荷，太過典雅、規範，拘謹委婉。色目作家的"麗"，與漢族文士的典雅深密不同，其風格近乎六朝，追求綺麗，清婉圓融，恣肆瀟灑，用詞造語偏重明快、艷麗的色彩，生動活潑而不失含蓄蘊藉。感情的豐沛與文筆的華麗相結合，造就了色目詩人群體在元代詩壇的大放异彩。縱觀元代詩壇乃至整個詩歌史，色目詩人群詩歌所展現出的清麗流婉，貼近六朝風致的秀麗詩境，具有獨特的審美意蘊。加之其身份的特殊性，使得其創作在明麗清新中不落俗套，有强烈的民族特色。色目詩人民族身份的漢語書寫，彰顯出一統王朝宏大視野下多民族文化圈的相互溝通、交融，是元代多族文化共生互滲現象在文學上最爲顯著的表現，也是在詩歌史上難以複製的亮色，亦是如戴良所言之境况，"此數公者（貫雲石、馬祖常、薩都剌諸人），皆居西北之遠國，其去幽、秦蓋不知其幾千萬里，而其爲詩乃有中國古作者之遺風，亦足以見我朝王化之大行，民俗之丕變，雖成周之盛莫及也"。②

三　詩之"雄"

色目文士的詩歌創作，雖體現了漢化的特點，但更重要的是保留了鮮明的少數民族精神氣質，因而呈現出獨特的視野風貌與審美取嚮。在元廷建立大一統王朝之後多民族趨向融合共存的大時代環境下，少數民族色目人創作的大量詩歌對元代文學總體格局的形成起着非常重要的參與和構造功用，更爲重要的是這些詩作展現出的獨特氣度與風貌爲元代詩壇帶來了雄渾剛健的曠野氣息和陽剛之美，并且在特定方嚮與某種程度上豐富和改變了傳統以來的以漢人爲創作主體的文學的內在特質。雄，有雄壯奇偉之

---

① （清）顧嗣立：《元詩選》初集卷四一，中華書局，1987，第1437頁。
② （元）戴良：《九靈山房集》卷二一《鶴年吟稿序》，《文淵閣四庫全書》本。

意，引發的是浩氣豪情；渾，則有混一盛大之味，顯現出包容萬象、混容萬物之貌，意味深長。在文學史上，存在許多關於陽剛之美的論述，其中桐城派領袖姚鼐的概括較爲中肯恰貼："其得於陽與剛之美者，則其文如霆、如電、如長風之出谷，如崇山峻崖，如決大川，如奔騏驥；其光也，如杲日，如火，如金鏐鐵；其於人也，如憑高視遠，如君而朝萬衆，如鼓萬勇士而戰之。"① 其言道出了陽剛之美的内在氣魄與力量，及其附於文、附着人後所發揮的神奇效力。這種内在特質在色目文士詩歌創作上的外化表現主要凸顯在審美藝術方面，諸如語言的豪爽超邁、音調的鏗鏘有力、意境的悲慨壯烈、氣象的雄渾圓融、章法的跌宕起伏等。

　　與漢族文人儒士一樣，色目作家生活於自祖輩已逐漸漢化的族群部落裏，支撐漢文化的儒學體系自然對其有很大的影響，是以在他們的詩歌裏也表現出了儒家獨立不拔、堅毅剛正的人格精神。此種儒家精神與少數民族特有的陽剛之質交織相融，一同充注於色目詩人體内，這使得他們的許多詩作中都滲透着一股"雄"氣。如雍古人馬祖常《初日八首》其一云：

　　　初日照我樹，我樹日華滋。檀欒綠陰合，四顧無曲枝。盛暑熾煩歊，其中有凉颸。成林蔭千畝，栖息任所宜。②

初日照耀下的"我樹"挺拔而無曲枝，并在盛暑之時無私地供給陰凉，其中儒士所具有的光輝形象顯現在眼前。同時，詩中蘊有的本民族的陽剛之氣與尚武精神也很明顯。另外，馬祖常在許多詩歌中既表現了豪爽粗放的氣勢，又顯露了脉脉的温情。如樂府歌行詩《和王左司柳枝詞十首》（其六）："橐馳馴象奴子騎，女郎能舞大小垂。蹛林獵罷各獻捷，捲唇蘆葉逐手吹。"③ 北方少數民族都有尚武的傳統，而且女子也習武，同男子一樣練習騎馬、射箭、狩獵。在西北地區，女子既能狩獵，亦能起舞。象與駱駝是比較常見的交通工具，女子畋獵結束後，帶着獵物大捷而歸，激

---

① （清）姚鼐：《復魯絜非書》，載王運熙、顧易生《清代文論選》（下），人民出版社，1999，第 572 頁。

② （元）馬祖常：《石田文集》卷一《初日八首》其一，《文淵閣四庫全書》本。

③ （元）馬祖常：《石田文集》卷五《和王左司柳枝詞十首》（其六），《文淵閣四庫全書》本。

動喜悦的心情自然不用言説，隨手摘下蘆葉吹出悦耳的音樂，生活舒適愜意，安定和諧。整首詩歌透着粗豪雄放之氣，而又蘊有平和静睦的基調。

因而可知，馬祖常的詩歌在流麗清婉的詩風之外，又兼具雄渾豪放的一面。再如薩都剌，其少年時代一直隨父親生活在靠近塞外草原的雁門，承繼遥遠先輩而來的少數民族家庭傳統以及塞北粗放簡樸的生活在他的詩歌中留下了難以磨滅的痕迹。他許多詩歌中蘊含的雄渾豪放氣勢，從根源上來講，既有文學上的承繼關係，也與其本民族的氣質、性格及文化的潜在影響密切相關。如《泊舟黄河口登岸試弓》：

> 泊舟黄河口，登岸試長弓。控弦滿明月，脱箭出秋風。旋拂衣上露，仰射天邊鴻。詞人多膽氣，誰許萬夫雄。①

北國男兒，縱横草原，弓馬射獵，其對勇士們表現出的錚錚鐵骨、颯颯英姿很是興奮激動。整首詩呈現出了少數民族狂放不羈、粗獷野性的草原弓馬生活的獨特意趣，其中不禁流露出的剽悍精神與英雄氣概一并融入詩中，鍛化出了一股頗有“建安風骨”遺韵的雄渾豪放、剛健有力的氣魄。而且，這種“雄渾剛健”之氣在上京紀行詩中表現得更爲渾融統一。這種體現既不同於以往中原詩人所作的邊塞詩對西域荒凉苦寒之境的格外突出，也没有一絲苦澀之相的顯露，而是多有從容自然、奔放豪爽的氣度。薩都剌《上京即事五首》云：

> 大野連山沙作堆，白沙平地見樓台。行人禁地避芳草，盡向曲闌斜路來。（其一）

> 祭天馬酒灑平野，沙際風來草亦香。白馬如雲向西北，紫駝銀瓮賜諸王。（其二）

---

① （元）薩都剌：《雁門集》卷一一《泊舟黄河口登岸試弓》，上海古籍出版社，1982，第302頁。

牛羊散漫落日下，野草生香乳酪甜。捲地朔風沙似雪，家家行帳下氈簾。（其三）

紫塞風高弓力強，王孫走馬獵沙場。呼鷹腰箭歸來晚，馬上倒懸雙白狼。（其四）

五更寒襲紫毛衫，睡起東窗酒尚酣。門外日高晴不得，滿城濕露似江南。（其五）①

四句雖少，七言意滿，寥寥數語，氣勢奔放。此組詩勾勒出了上京四周原野開闊、山川連綿的地理風貌，意境宏大寬廣，心境從容悠然。

除此之外，薩都剌、迺賢、余闕、丁鶴年等人均有大量對黑暗政治和民生疾苦進行大膽而深刻批判與揭露，并蘊有剛健豪邁之氣、沉鬱悲凉的詩歌。如薩都剌的《鬻女謠》《織女圖》《早發黃河即事》《題畫馬圖》等詩，從不同方面描寫了戰爭動蕩中窮苦百姓的艱難生活和官民貧富之間的社會矛盾；而且《過居庸關》一詩，"居庸關，山蒼蒼，關南暑多關北凉。天門曉開虎豹卧，石鼓晝擊雲雷張。關門鑄鐵半空倚，古來幾度壯士死。草根白骨弃不收，冷雨陰風泣山鬼。道傍老翁八十餘，短衣白髮扶犁鋤。路人立馬問前事，猶能歷歷言邱墟。夜來鋤豆得戈鐵，雨蝕風吹失顏色。鐵腥惟帶土花青，猶是將軍戰時血。前年人復鐵作門，貔貅萬灶如雲屯。生存有功挂玉印，死者誰復招孤魂。居庸關，何崢嶸！上天胡不呼六丁，驅之海外休甲兵，男耕女織天下平，千古萬古無戰争"。② 直接揭露了弒殺親兄的皇室内戰給底層百姓帶來的無盡灾難與苦痛，詩中的"反戰"思想在各個朝代的文學創作中都有體現，但此種直接披露統治者黑暗統治且全篇一股豪氣呵成的詩文作品在歷代詩詞中實屬少見。迺賢後期生活在南方時，親睹了元末戰亂所造成的社會動蕩與混亂，士子的家國之戀與淑世情懷促使其執筆寫就了多篇詩作，尤以古體詩與樂府歌行詩爲體，以映射和諷喻當時民不聊生的世況，《新堤謠》《行路難》《潁州老翁歌》等諸多名

① （元）薩都剌：《雁門集》卷六《上京即事五首》，上海古籍出版社，1982，第163~164頁。
② （元）薩都剌：《雁門集》卷一《過居庸關》，上海古籍出版社，1982，第155頁。

篇沉痛哀挽，充滿沉鬱頓挫意蘊，在當時有很大的影響。抱持對現實動蕩
與民間疾苦的悲憫情懷，諸多色目詩人故地感發，揮筆而就，創作了許多懷
古詩歌。此類詩作，不乏北宋豪放之詞中的激情、超邁，雄視千古，直追蘇
辛。薩都剌一生多處周游，歷經多地，創作了許多懷古之作，如《酹江月・
姑蘇台懷古》《酹江月・登鳳凰台懷古用前韻》等，其中《念奴嬌・登石頭
城次東坡韻》可以説是最具代表性的，"石頭城上，望天低吳楚，眼空無
物。指點六朝形勝地，惟有青山如壁。蔽日旌旗，連雲檣櫓，白骨紛如
雪。一江南北，消磨多少豪杰。寂寞避暑離宮，東風輦路，芳草年年發。
落日無人松徑裏，鬼火高低明滅。歌舞尊前，繁華鏡裏，暗換青青髮。傷
心千古，秦淮一片明月！"[1] 此詞次蘇軾《念奴嬌・赤壁懷古》原韻，不僅
有"望天低吳楚，眼空無物"的大氣包舉，蒼凉悲壯，而且有對"一江南
北，消磨多少豪杰"的南北區域民族慘烈戰爭的心痛反思，更有"傷心千
古，秦淮一片明月"的哀憫和警示，眼界高遠，氣勢蒼莽，意境恢宏，渾
然一體。因而可以理解，清人金武祥在《粟香隨筆》中指出"東坡'大江
東去'一詞，古今用韻者多矣"[2]，認爲此詞是諸多次韻之作中的五首佳作
之一。此外，迺賢的《南城咏古》、丁鶴年的《錢塘懷古》也是當時的懷
古名作，在對史事的感慨之中兼具雄渾闊大氣象，頗受時人推崇。

色目詩人以游牧族群的蒼茫眼光和浩蕩思維爲元詩開拓出另一片雄渾
壯闊的審美世界，加之其政治地位較高，言論更爲自由大膽，不同於漢人
文士被動的政治地位，他們的深沉吟咏、憂國憂民是建立在絕對的主人翁
意識上的，充滿了匡正扶危的豪情壯志。而且豪爽直率、耿介不阿的民族
性格，也使其抒情言志頗爲痛快直露，揮斥方遒，而這也是其詩風雄渾的
另一種展現。這種表現，正是色目詩人創作的難能可貴之處。他們在主動
學習漢語詩歌寫作時，并未受到太多來自傳統詩學形式上的束縛，反而能
够將建安乃至盛唐詩風中的剛健雄渾發揮得淋漓盡致。元代的格局造就了
色目詩人廣闊的視野與宏大的胸襟，同時賦予了他們在詩歌中表現出的恢
宏氣象。從詩歌史來看，色目作家的創作成就或許無法與建安、盛唐等詩
壇巨擘相頡頏，但其直抒情性、雄放直率的群體書寫，可以説在一定程度

---

① （元）薩都剌：《雁門集》附卷《登石頭城（百字令）》，上海古籍出版社，1982，第400頁。

② （清）金武祥：《粟香隨筆》卷二，清光緒刻本。

上恢復了"建安風骨""盛唐氣象"的詩歌傳統。而由於改朝易代後，色目詩人這一群體便不復存在，且元代疆域之廣大、民族之衆多在後世亦不可複製，如色目詩人群這樣詩境宏大、情感豪邁的書寫，便失去了其生發的土壤。明清詩學雖一直强調恢復風雅而宗法盛唐，然而在實際創作中却很難達到如色目詩人般雄渾豪健、遼遠壯闊的詩境。從這個意義上説，色目詩人筆下所展現的雄健詩風，在元代之後遂成絶響，同時彰顯出色目詩人群無可替代的獨特價值。

四　結語

色目詩人之所以可貴，在於其最能體現元代多民族士人圈的特質。元代作爲疆域空前廣袤的朝代，其治下民族之多無可計數，而此前漢族文士眼中的邊塞之境，在元代色目詩人眼中已成腹裹："國家建國全燕，盧龍畿甸之服，册聲名文物之所被，王澤之所先，非古盧龍矣。矧舜州之壤，孤竹之墟，朝鮮之封，其民固已熙洽於聖賢之域矣。漢唐之君，其德不能遠，故稱之爲塞，以途墁其疆理之隘爾。三光、五嶽、醫無閭，北鎮又東千里，天地絪緼磅礴，庬厚博大之氣，鍾於其間，區區以丈尺地量人物者，小夫之智也。今從義甫有士之行，而有位於朝，當世教化方興，特立於聖賢之鄉，貴而爲天子之郎官，有名於朝矣。"[①] 在元人的視野與格局中，盧龍屬於元朝統治的核心局域，是王畿所在之處，因而其文教必然要得到重視與發展。不難看出，在色目詩人眼中，漢族傳統的中原觀念已然不復存在，對其而言，此前在九州邊境的古冀州成爲正統王權的核心并不是難以理解之事。而這種觀念，可以説正是色目詩人乃至元人對此前地理中心格局的突破，也正是由於色目詩人有了這種心態上的轉型，其文學成就顯示出其獨特的一面。

元代色目作家之所以能够取得如此顯著的文學成就，與其較高的政治地位和對其有利的科舉制度有密不可分的關係。

首先，在政治地位上，色目人僅次於蒙古人，爲其主動學習漢文化提供了先天優勢。

---

① （元）馬祖常：《石田集》卷八《願學齋記》，元至元五年揚州路儒學刻本。

　　"色目"① 是一個內涵極爲廣泛的詞，它包括畏兀兒、答失蠻、欽察、乃蠻、康里、回回、阿速、唐兀、阿爾渾等二十多個部落或氏族。其中人數較多、地位較重要、所起作用較突出的是回回、畏兀兒與唐兀（或河西）三種，在元代官方檔案中經常見到以這三種人來代替整個色目群體。有元一代，"蒙古人的西征和擴張以及由此形成的政治格局，致使亞歐陸地境遇獲得全面開放，加之東西方驛站通道的設置及西域三大汗國與元廷始終保持着的特殊關係，乃爲大量西域人口自覺或不自覺地東嚮遷移提供了便捷條件"。② 東來的色目人中，以軍人最多，其次還有貴族顯宦、文人學者、商賈工匠、僧侶奴僕等各種社會成分。元朝統治者根據征服順序將國人劃分爲蒙古、色目、漢人、南人四等，四等人在政治和法律上的地位、待遇都不平等。作爲元朝統治者在征服與統治活動中的得力助手，第二等的色目人歷來受到元朝統治者的青睞和信任，尤其是色目貴族與豪商，享有諸多特權。

　　元代色目群體從西域遷移到中原和江南，對其接受儒家文化，推進其漢化進程無疑是很有益的。不過需要注意的是，優越的政治地位決定了上層色目文士并非被動漢化，而是以主人翁的姿態積極學習推廣漢文化。這種積極性和主動性，使他們有效地掌握了漢文化之精髓，而且與漢族文士之間建立起密切的關係網。比如在康里貴族世家中，除了赳赳武夫之外，也不乏彬彬文士，其中以不忽木及其子回回、巎巎最負盛名。不忽木爲追隨世祖打天下的名將，曾入國子監向許衡學習儒學，爲元代推動色目人漢化的重要人物。他從漢俗，自取漢名時用，字用臣，一生以振興儒學爲己任，并有元曲傳世，鍾嗣成《錄鬼簿》將其錄爲"前輩名公樂章傳於世者"。③ 不忽木兩子回回與巎巎俱爲當時名臣，號稱"雙璧"。巎巎爲不忽木幼子，幼入國子學，淹通群書，極富才情，對漢族文學藝術修養甚深，頗諳詩文之道，書法成就尤高。清人湯大奎曾言"元時二名重文者脫脫、

---

① "色目"一詞，在唐宋時已然流行，有"種類""各色各目"等含義。有時也將"姓氏稀僻"的人稱爲"色目人"，即指一般姓氏以外的各類人。元代，蒙古人接觸到許多西方各民族人，因其種類繁多，名目不一，故而用色目人來概稱之。參閱蒙思明《元代社會階級制度》，中華書局，1980，第30～37頁。

② 馬建春：《元代東遷西域人及其文化研究》，民族出版社，2003，第17頁。

③ （元）鍾嗣成：《錄鬼簿》，《文淵閣四庫全書》本。

嶧嶧之外，又有牙牙、回回。牙牙，康里人，以子脱脱顯；回回，字子淵，與弟嶧嶧齊名"。① 由之可窺見回回、嶧嶧兄弟二人的文章成就之大。另外，《元史》稱"嶧嶧善真行草書，識者謂得晉人筆意，單牘片紙人爭寶之，不翅金玉"。② 陶宗儀《書史會要》稱嶧嶧："風流儒雅，博涉經史，刻意翰墨，正書師虞永興，行草師鍾太傅、王右軍。筆劃遒媚，轉折圓勁，名重一時。評者謂國朝以書名世者，自趙魏公後，便及公也。"③ 當時有所謂"北嶧南趙"之譽，將其與趙孟頫并稱，足見其書法造詣之精深。文宗時授奎章閣學士院承制學士，兼經筵官，升侍書學士，同知經筵事，復升奎章閣學士院大學士。不久拜翰林學士承旨、知制誥、兼修國史，知經筵事，提調宣文閣崇文監。官望甚隆。他爲文宗講學，力勸文宗崇文尊儒。文宗一朝，文運最爲隆盛，這與嶧嶧不無關係。

其次，元代在科舉制度上對色目人有一定的優待，激發了其讀書的熱情，加速了其對漢文化的學習與融會。

追溯元代科舉制之發展，在經過至元年間關於施行科舉的幾次討論後，元代的科舉制度大概確定下來。元仁宗皇慶二年（1313），皇帝采納中書大臣上書，決定恢復科舉，并下詔制定科試例，定於次年開科取士。按照元朝的科舉與入仕政策，對蒙古、色目子弟有相當的照顧，色目人享有的待遇幾乎與蒙古人相同。比如：元代科舉考試沿襲宋金分鄉試、會試、殿試三級，且分左右榜，蒙古、色目人爲右榜，漢人、南人爲左榜，左右榜名額相同。但事實上，蒙古、色目人在全國人口中所占比重甚少，漢人、南人占了全國人口的絕大多數，而各地參加會試的名額和廷試録取進士的名額，蒙古、色目人和漢人、南人各占一半，這本身就非常不合理。又如科舉考試的程式，蒙古、色目人祇考兩場，漢人、南人却要考三場；所出考試題目的繁簡深淺懸殊：蒙古、色目人的試題相對簡單，不考古賦、詔誥和章表，而漢人、南人的試題就艱深得多；若蒙古、色目人願試漢人、南人科目，中選者則加一級注授。後期還規定，國子學積分及格生員，依例參加廷試，録取者所授官職品秩，蒙古人高於色目人，而色目

---

① （清）湯大奎：《炙硯瑣談》卷下，清光緒中武進盛氏刊本。

② （明）宋濂等：《元史》卷一四三《嶧嶧傳》，中華書局，1976，第3416頁。

③ （元）陶宗儀：《書史會要》卷三，《文淵閣四庫全書》本。

人又高於漢人和南人。這種種界限分明的不平等的科舉政策，都使得色目文士的錄取幾率大大提高，故而延祐恢復科舉後，極大地激發了色目人讀書學習漢文化的熱情。色目貴族子弟除了科舉之路外，往往可以充任怯薛，以捷徑得官。而對於沒有顯貴世家的普通色目子弟來説，通過科舉入仕，既能提高自己的聲譽，又可以走上一條較爲平穩的仕宦之路。因此，"（元）自科舉之興，諸部子弟，類多感勵奮發，以讀書稽古爲事"。①

可以説，經元初主要是世祖朝的漢化學習後，色目群體漸通儒學，至成宗大德年間，色目人中的文學之士也彬彬然進於朝。他們在文藝上與漢族知識分子相競爭，無論是詩文還是書畫藝術，色目人中都俊才迭出，這是其他朝代所不能比擬的，"國家興自龍朔，人淳俗質，初不知讀書爲事也。後入中國，風氣漸變。世祖大闡文教，乃命碩儒許文正公以經學訓北來弟子，然知學者，公卿貴游人耳。延祐科舉肇立，遂取國人如漢人之半，而彬彬乎四海矣"。② 不僅如此，色目文士中的優秀代表，還一度成爲科舉考試的主考官，足見其在文學上的造詣和在文壇的重要地位。如泰定三年（1326）江浙行省考試，馬祖常與鄧文原、袁桷、李源道等同爲考官。大德、延祐以來，南方文士先後進入大都，被置於翰林、集賢等館閣之中，作爲詞臣，等待帝王的詔用。翰林院中的色目詩人與南方文士往來酬唱、切磋詩藝，一起主導了元代中期大德、延祐以降的文學繁榮局面。

元代西北作家群在詩壇大放光彩，從元代時即爲文人所承認，戴良在《鶴年吟稿序》中説："我元受命，西北諸國若回回、吐蕃、喀爾喀（康里）、輝和爾（畏吾兒）、伊囉勒琨（也里可温）、唐古之屬，往往率先臣順，奉職稱藩。其沐浴休光，沾被寵澤，與京國內臣無少异，積之既久，文軌日同，而子若孫，遂皆捨弓馬而事詩書。至其以詩名世，則馬公伯庸、薩公天錫、余公廷心其人也。論者以馬公之詩似商隱，薩公之詩似長吉，而余公之詩則與陰鏗、何遜齊驅而并駕。此三公者，皆居西北之遠國，其去豳秦，蓋不知其幾千萬里，而其爲詩乃有中國古作者之遺風，亦足以見我朝王化之大行，民俗之丕變，雖成周之盛莫及也。"③ 從背景梳理

---

① 孫楷第：《元曲家考略》"阿魯威"條，上海古籍出版社，1981。
② （明）石禄修，唐錦纂《正德大名府志》卷一〇《伯顏宗道傳》，天一閣明代方志選刊影印。
③ （元）戴良：《九靈山房集》卷二一《鶴年吟稿序》，《文淵閣四庫全書》本。

到作家評定，這段話大概是研究西北作家群最爲權威的解釋了。戴良此文作於元末，元朝國勢已頹，變亂迭起，此文盛贊元朝王化之盛，有懷古傷今之意，但所評説諸人確可概括元代色目詩人在詩歌上的成就。當中原傳統文化在精密的建構中逐漸定型、模式化甚至趨向僵化的時候，漢族文士因過分儒化而失去了建安傳統。而西北作家群在學習漢文化的過程中，本於民族氣質，發乎自然性情，以其清新俊逸、明媚綺麗、充滿血性陽剛的創作風格突破原有的僵局，豐富和改變了中國文學的内在特質，其明朗的筆調、開闊的意境、强烈的現實感、充滿曠野氣息的生命意識和進取精神一定程度上恢復了建安以來的風骨傳統，爲詩壇重新注入一股原始的活力與新鮮的思維，從文學風格傳統的繼承角度來看起到了非常重要的作用。原本的江南和中原文風在元代也由此不再是一個獨立自足的封閉體系，各民族文化在游牧文明與農耕文明的衝突融合中，在胡化和華化的雙重作用下，在文學的歷時性和共時性構成上，形成了新的博大精深、多元一體的時代文學風氣。

第八章　元代翰林國史院與雅正詩風

元代翰林國史院是在金源王鶚、竇默等文士的促成下成立的，就元廷而言，這一機構的設置是出於籠絡和安置掌握儒家文化的宋金文士的需要。有元一代，大批優秀的熟悉儒家經典的文化精英聚集在以翰林國史院爲主的館閣中，翰林國史院成爲他們參與政治的主要舞台。元皇室對以漢族文士爲主體的館閣之臣在政治上的猜忌和種種限制，使得翰林國史院逐漸成爲一個没有實權或言虚職機構，而翰林文士的活動也主要局限在文墨間。元代中後期形成的雅正詩風正是在翰林國史院文士的倡導與實踐下形成的。

第一節　翰林國史院與元代館閣詩風嬗變

一　元人視野中的翰苑創作

元初任職翰林國史院的張之翰曾言："詩固多體，有館閣、有山林、有神仙、有英雄，蓋人之不齊，所作亦不齊。"① 張之翰已有意識地根據詩歌體式内容的不同，將其分爲館閣、山林、神仙、英雄四類。雖然他的這一分類在當時并未産生很大的影響，但館閣體被視作一種文體而獨立出來，則説明元人注意到了文體創作特徵。同時，元人的館閣體創作開始有了自己的特點。

探討元人對館閣體的認識，有必要梳理清楚關於館閣及館閣體的發展。北宋有昭文館、史館、集賢院三館和秘閣、龍圖閣等，分掌圖書經籍和編修國史等事務，通稱"館閣"。宋葉夢得《石林燕語》卷二："端拱

---

① （元）張之翰：《西巖集》卷一八《題資山集》，《文淵閣四庫全書》本。

中，始分三館，書萬餘卷，別爲秘閣，命李至兼秘書監，宋泌兼直閣，杜鎬兼校理，三館與秘閣始合爲一，故謂之'館閣'。"① 明代將其職掌移歸翰林院，故翰林院亦稱"館閣"。清代沿之。元代翰林國史院毫無疑問亦可稱爲館閣。而提到館閣體，現在多指書法，指的是工整勻稱、缺乏個性的書法風格。與詩文相關的則是台閣體。這一概念的形成，與明代館閣有關。"台閣體的代表人物是號稱'三楊'的三位台閣大臣楊士奇、楊榮、楊溥，'三楊'歷事永樂、洪熙、宣德、正統四朝，以閣臣之尊主持文柄數十年，使天下文風爲之一變，遂形成一個獨領時代風騷的文學流派。"② 這種詩文風格，以老成持重、溫柔敦厚、雍容典雅爲尚。到了清代，《四庫全書總目》中四庫館臣的評價，可使我們進一步理解館閣體的概念和内涵："文章多館閣之作，皆溫雅瑰麗，渢渢乎治世之音。"③ "集内大抵疏通暢達，切中事情，務爲有用之言，非篆刻爲文者可比。雖其格力稍弱，然春容和雅，能不失先正典型，在南宋館閣之中亦可稱一作手矣。"④ 四庫館臣的身份決定了他們偏好館閣之文，從以上所舉館臣評價可知，明清時期的館閣體的概念主要是春容典雅、圓潤溫麗、和平溫厚。既符合儒家詩教對文學的雅正要求，亦符合館閣實際。從這樣的概念出發，比較元詩的特點，我們可以説元代翰林國史院文士的詩文確實爲館閣體無疑。

與館閣體相對應，山林之作的藝術風格多蕭散淡遠，不假藻飾。如宋元易代之際的遺民詩人舒岳祥，"其詩文類皆稱意而談，不事雕繪"。⑤ 以咏花的咏物詩最爲突出，意境多清幽淡遠，情景交融；時事詩多抒發亡國之痛和故國之思，對戰亂之中普通百姓和自己的艱苦境遇多有觀照。其紀實的手法，通俗易懂，直面抨擊元軍入侵的真實和犀利，截然不同於"鳴盛世之音"的館閣文士，即使在元代遺民文士中也是不多見的；由於與館閣文士身份、地位的不同，其贈答詩，更多的是對自己在戰亂年代裏生活艱辛的傾訴，對動亂黑暗現實不滿而又無能爲力的悲憤，總之艱難苦恨與憂愁煩悶之作遠勝過歡娛之作，這與一般館閣文士中大量情感平和的應制

① （宋）葉夢得：《石林燕語》卷二，明正德楊武刻本。
② 魏崇新：《台閣體作家的創作風格及其成因》，《復旦學報》（社會科學版）1999年第2期。
③ （清）永瑢等：《四庫全書總目》卷一五二《宋元憲集》提要，中華書局，1965，第1309頁。
④ （清）永瑢等：《四庫全書總目》卷一六二《東澗集》提要，中華書局，1965，第1394頁。
⑤ （清）永瑢等：《四庫全書總目》卷一六五《閬風集》提要，中華書局，1965，第1412頁。

贈答之作區別非常明顯。而元末山林文學之代表倪瓚更爲强調的是山林隱逸之士孤高淡泊的襟懷，"《詩》亡而爲《騷》，至漢爲五言，吟咏得性情之正者，其惟淵明乎。韋、柳冲淡蕭散，皆得陶之旨趣，下此則王摩詰矣。何則富麗窮苦之詞易工，幽深閑遠之語難造。至若李、杜、韓、蘇固已煊赫焜煌，出入今古，逾前而絶後，校其情性，有正始之遺風，則間然矣"。① 極力推崇陶淵明，强調冲淡蕭散的詩歌境界。

關於館閣體的議論，實發端於北宋。宋人吴處厚説："然余嘗究之，文章雖皆出於心術，而實有兩等：有山林草野之文；有朝廷台閣之文。山林草野之文，則其氣枯槁憔悴，乃道不得行，著書立言者之所尚也。"② 可見宋代所謂館閣之氣，實爲廟堂之音，與山林草野俚俗之文相對，因而雅正是館閣體的一個追求。與文章相類，連樂藝"亦有兩般格調：若教坊格調，則婉媚風流；外道格調，則粗野嘲鯽。至於村歌社舞，則又甚焉"。③ 晏殊是宋代館閣之臣的杰出者，他詩文中所表現出來的"富貴氣象"爲當時文人所嚮往，被認作館閣氣象的代表。"晏元獻公雖起田里，而文章富貴，出於天然。嘗覽李慶孫富貴曲云：'軸裝曲譜金書字，樹記花名玉篆牌。'公曰：'此乃乞兒相，未嘗諳富貴者。'"④ 事實上，宋代文士中入館閣者甚多，然文章如晏殊般有"富貴氣象"者并不多見。館閣體在宋代并未形成潮流，但已有了館閣文章雍容典雅的認識。

元初張之翰提出館閣體并將其視作一種文體而獨立出來，其後黄溍亦曾論及館閣之文："予聞昔人論文，有朝廷台閣、山林草野之分。所處不同，則所施亦異。夫二者豈有優劣哉？"⑤ "夫立言者或據理，或指事，或緣情，無非發於本實，有是實斯有是文，其所處之地不同，則其爲言不得不異，烏有一定之體乎？"⑥ 黄溍從前人議論出發，承認文章有台閣與草野之分，却不認爲兩者有優劣高下之别。蓋因人所處不同，所要表現的内容當亦不同，不可能有一定的體式限制，故而不能以優劣高下斷之。而"今

---

① （元）倪瓚：《清閣閣全集》卷一〇《謝仲野詩序》，《文淵閣四庫全書》本。
② （宋）吴處厚：《青箱雜記》卷五，李裕民點校，中華書局，1985，第46頁。
③ （宋）吴處厚：《青箱雜記》卷五，李裕民點校，中華書局，1985，第46頁。
④ （宋）吴處厚：《青箱雜記》卷五，李裕民點校，中華書局，1985，第46頁。
⑤ （元）黄溍：《金華黄先生文集》卷一八《雲蓬集序》，元鈔本。
⑥ （元）黄溍：《金華黄先生文集》卷一九《貢侍郎文集序》，元鈔本。

四方學者，第見尊官顯人摘章繢句，婉美豐縟，遂悉意慕效之，故形於言者類多有其文而無其實"。① 黃溍反對的是一般文人欽慕尊官顯人所作摘章繢句的典麗豐縟的文章，空有其文而無其實。要求文章不光要有"文"（文采），更要有"實"（內容）。譬如"侍郎蚤從文靖公至京師，而與英俊并游於成均。逮釋褐授官，而踐揚中外，在朝廷台閣之日常多。故其蘊蓄之素，施於詔令，則務深醇謹重，以導宣德意，而孚衆聽；施於史傳，則務詳贍精核，以推叙功伐，而尊國勢；施於論奏，則務坦易質直，以別白是非邪正、利病得失，而不過爲矯激。他歌詩、雜著、贊頌、碑銘、記序之屬，非有其實，不苟飾空言，以曲徇時人之求"。② 黃溍欣賞貢奎在朝廷台閣時的詩文，因爲這是他素有蘊蓄而施於外的結果，也即厚積薄發。其文章以深厚的學養爲依托，表現出來的風貌是能依文體的不同而恰當表現其特點，在詩歌上的表現是重內容，不飾空言的特點。張翥對館閣之風的風格表現體會更深："昔人論文章，貴有館閣之氣。所謂館閣，非必掞藻於青瑣石渠之上，揮翰於高文大册之間，在於爾雅深厚、金渾玉潤，儼若聲色之不動，而薰然以和，油然以長，視夫滯澀怪僻、枯寒褊迫，至於刻畫而細，放逸而豪，以爲能事者，徑庭殊矣。故識者往往以是概觀其人之所到，有足徵焉。"③ 他認爲文章的館閣之氣非指高文大册，而是要雅正醇厚，深雅圓潤，不以枯寒褊迫、精於刻畫爲能事。"本朝自至元、大德以訖於今，諸公輩出，文體一變，掃除儷偶，迂腐之語，不復置舌端，作者非簡古不措筆，學者非簡古不取法，讀者非簡古不屬目，此其風聲氣習，豈特起前代之衰？而國紀世教維持悠久以化成天下者，實有係乎此也"。④ 張翥認爲元代館閣之風最重要的表現便是掃除儷偶，崇尚簡古，對於元代館閣之風與復古思潮之間的關係有較爲明確的認識。

到元末，戴良對元代館閣之風有所總結："蓋方是時……和以鳴太平之盛治，其格調固擬諸漢唐，理趣固資諸宋氏，至於陳政之大，施教之遠，則能優入乎周德之未衰，蓋至是而本朝之盛極矣。繼此而後，以詩名世者猶累累焉，語其爲體，固有山林、館閣之不同，然皆本之性情之正，

① （元）黃溍：《金華黃先生文集》卷一八《雲蓬集序》，元鈔本。
② （元）黃溍：《金華黃先生文集》卷一九《貢侍郎文集序》，元鈔本。
③ （明）劉昌：《中州名賢文表》卷二二《圭塘小稿序》，《文淵閣四庫全書》本。
④ （明）劉昌：《中州名賢文表》卷二二《圭塘小稿序》，《文淵閣四庫全書》本。

基之德澤之深，流風遺俗班班而在。"① 與張之翰、黃溍、張翥一樣，戴良亦看到詩文之體有山林與館閣之不同，譬如音樂有廟堂之音和民間歌謠的區分。但張翥在此所強調的是以詩文名世者，不論山林與館閣，皆本之性情之正，根本未曾涉及兩者之高下。元人對山林、館閣的認識證明他們對詩歌的風格有了深刻的理解，這種認識與作家的社會環境、才情、身份等密切相關，也可看出元人已注意到了自身詩壇創作風氣的不同。

可以說，宋人雖有對館閣體的初步認識，但是到了元代纔有清晰的理論主張。元人基於其館閣之士的身份，對館閣文章特點進行了反思，其對於館閣體的評價與前代及後人均有很大的不同，這在他們的館閣體詩文的創作中表現得尤爲突出。館閣文章的雍容典雅、具有承平之音的特點在元人那裏成爲一種理論主張。元代的館閣文士王惲、趙孟頫、袁桷、虞集、馬祖常、蘇天爵、許有壬、歐陽玄、危素等都是這一風格的主張者和實踐者。不過，這一認識并沒有得到廣泛的傳播，這大概與元代國祚短促有關。元人對館閣體的明確認識在明清時期得到了大力發展，但元人所做的文學實踐功不可没，這也說明了館閣體的形成是一個複雜而又長遠的過程。

二 雅正復古的館閣體詩風

元代翰林國史院與元代館閣體之間存在緊密的聯繫：翰林國史院爲元代館閣體詩歌創作提供了活動平台，大都文學圈的出現，文士交往活動的頻仍，南北文士文風的交融等都使翰林國史院文士的創作有了明確的趨同意識。雅正與復古成爲元代翰林國史院文士的美學追求和理論主張，具體説來，這其中隨着元代政治格局的變化也有一個發展變化的過程。

元代翰林國史院聚集了大量文學詞章之士，人才彬彬，爲一代之盛況。元初主要是北方金源文士發揮影響，其著名者如王鶚、王磐、竇默、閻復、王惲、郝經、李謙等都進入翰林國史院，成爲館閣之士，一時文學俊彦盡皆網羅其間。他們中的許多人都久居翰苑，主盟文壇，對館閣體的形成無疑有着推動作用。例如當時翰林名公閻復，深得時人敬仰："世祖皇帝應期握圖，肇函諸夏，文經武緯，各當厥職。……閻、徐、李、孟、

---

① （元）戴良：《九靈山房集》卷二九《皇元風雅序》，《文淵閣四庫全書》本。

世名以四杰焉。自至元至於大德，更進迭用，誥令典册，則皆閻公所獨擅。"① 再如北方文士王構，從元世祖時任職翰林國史院編修官，歷經元成宗、元武宗，最後任職翰林學士承旨，"歷事三朝，練習台閣典故，凡祖宗諡册册文皆所撰定，朝廷每有大議，必咨訪焉"。② 這些在元初主導文壇的北方文人屬於漢人權勢階層，在元代社會地位較高，入仕相對容易，入仕後的地位也往往比南方文人高，掌握了很多實際政治權力。他們始終與蒙古階層保持緊密聯繫，在政權操作層面占據重要地位，參政意識很強。故其更爲注重詩文的實用主義立場，表現出實用質樸和大氣雅正的特色，但詩歌的審美性略顯不足。此時元代館閣體還未真正形成，但館閣之氣已初現端倪。如元初的北方文士王惲久居翰苑，他積極倡導和平雅正的詩風，務求在詩歌中表現出藹然仁義、雍容不迫的理學涵養，符合風雅的指歸。其在《遺安郭先生文集引》中提出了他作新文風、詩風的文學理念："文章雖推衍六經，宗述諸子，特言語之工而有理者爾。然必需道義培植其根本，問學貯蓄其穰茹，有淵源精尚其辭體，爲之不輟，務至於圓熟，以自得有用爲主，浮艷陳爛是去，方能造乎中和醇正之域，而無剽切撈攘、滅裂荒唐之弊。……故詩文溫醇典雅，曲盡己意，能道所欲言，平淡而有涵蓄，雍容而不迫切，類其行己，藹然仁義道德之餘。孔子曰：'有德者必有言。'信乎，其有言也！"③ 王惲認爲優秀詩文必須以學問和道義爲依托，詩歌是個人仁義道德的外在體現，有德纔能有言，好的詩文風格應是"溫醇典雅"，"中和醇正"，"平淡而有涵蓄，雍容而不迫切"，是具有升平氣象的詩風。這和館閣體詩文的要求是很契合的。在詩歌上，王惲亦積極提倡"宗唐得古"之音，《偶書》一詩即流露出他對盛唐詩歌繁榮的傾慕："唐到開元極盛年，見人説似即欣然。時時夢裏長安道，驢背詩成雪滿肩。"④ 其至元三十一年所作《玉淵潭燕集詩序》記載他與翰林諸公效蘭亭雅集，秋日清游，一派盛世景象："簪鳥既集，風日清美，紅幢翠

① （元）袁桷：《袁桷集校注》卷二七《翰林學士承旨榮禄大夫遥授平章政事贈光禄大夫司徒上柱國永國公諡文康閻公神道碑銘》，楊亮校注，中華書局，2012，第1305頁。
② （明）宋濂等：《元史》卷一六四《王構傳》，中華書局，1976，第3856頁。
③ （元）王惲：《王惲全集彙校》卷四三《遺安郭先生文集引》，楊亮、鍾彥飛點校，中華書局，2013，第2051頁。
④ （元）王惲：《王惲全集彙校》卷三四《偶書》，楊亮、鍾彥飛點校，中華書局，2013，第1710頁。

蓋，間見層出。天光雲錦，瀲灩尊席。沙鷗容與於波間，幽禽和鳴於林際。"① 造語表現出從容不迫、典雅清麗的館閣風尚。

至元二十三年（1286），程鉅夫奉詔求賢於江南，後舉薦南方文士二十餘人，世祖皇帝均擢置憲台及文學之職。② 南方文士如趙孟頫、張伯淳、曾晞顏、袁桷等相繼入仕北方，聚集在翰林國史院任職，北方文士一統翰林的局面不復存在。如袁桷"在詞林幾三十年，扈從于上京凡五，朝廷制冊、勛臣碑版多出其手。嘗奉詔修成宗、武宗、仁宗三朝大典"。③ 他從入仕起就在翰林國史院任職，幾乎三十年，對於館閣文章勢必得心應手。他論詩認爲"建安、黃初之作，婉而平，羈而不怨，擬《詩》之正"④，得"風"之要義，提倡詩歌要平和雅正，批評近世詩家凌厲之氣。袁桷最爲推崇唐律，贊賞趙孟頫的律詩曰："松雪翁詩法高蹈魏晋，爲律詩則專守唐法。"并且認爲後之言詩者多不能達到唐詩的水準，如其《書番陽生詩》所言："詩盛於唐，終唐盛衰，其律體尤爲最精，各得所長。而音節流暢，情致深淺，不越乎律呂。後之言詩者不能也。"⑤ 而從他對趙孟頫的評價中，也可看出當時宗唐得古并非一人之主張，而是元代詩壇的普遍風氣。不過元代初中期的元代翰林國史院文士倡導的雅正詩風還沒有真正形成，"北詩氣有餘而料不足，南詩氣不足而料有餘"的局面并未真正改變。⑥

元中期大德、延祐以後，大江南北平定，域內一片升平，越來越多南方文人進入翰林國史院，元詩四大家虞、楊、范、揭等進入翰林，并馳騁文壇。政治清平，而仁宗、文宗兩位皇帝雅好文學，興科舉，文宗皇帝又開奎章閣，專治文學，故這一時期文治達於極盛。南士北游，北人南下，促進了全國範圍內的文化交流，詩文觀念在這一時期亦南北融合，文壇競鳴"雅正、升平之聲"，宗唐得古成爲文壇潮流所向。元文宗天曆二年（1329），虞集入仕奎章閣，每日與奎章閣文人學士相互唱和，切磋詩藝，

① （元）王惲：《王惲全集彙校》卷四二《玉淵潭燕集詩序》，楊亮、鍾彥飛點校，中華書局，2013，第2018頁。
② （明）宋濂等：《元史》卷一七二《程鉅夫傳》，中華書局，1976，第4017頁。
③ （元）蘇天爵：《滋溪文稿》卷九《元故翰林侍講學士知制誥同修國史贈江浙行中書省參知政事袁文清公墓志銘》，陳高華、孟繁青點校，中華書局，1997，第135頁。
④ （元）周權：《此山詩集》原序，《文淵閣四庫全書》本。
⑤ （元）袁桷：《袁桷集校注》卷《書番陽生詩》，楊亮校注，中華書局，2012，第1120頁。
⑥ （元）張之翰：《西岩集》卷一八《跋俞娛心小稿》，《文淵閣四庫全書》本。

逐漸形成了規模龐大的奎章閣文士群，并成爲元代詩壇的主要力量。在這一時期的文壇，詩歌的審美風尚是雅正。以虞集爲例，他推崇程朱理學，以治經名世，又長期居於館閣，故其論詩具有强烈的正統色彩，以雅正爲指歸。他所强調的"雅正"之詩，主要是得性情之正，辭氣沖和，"鳴太平之盛"的盛世之音。楊士奇《張光弼詩序》："少師虞文靖集，得詩法，文靖才高識廣，其詩浩博而不肆，變而不窮，而一宿於正。先生（張昱）之詩，氣宇宏壯，節制老成，而從容雅則，稱其博焉。"① 這裏對虞集以及學習虞集的張光弼詩風的評價，正是雅正詩風的表現。元代史學家、六人翰林、仕至翰林學士承旨的歐陽玄在《羅舜美詩序》中説："我元延祐以來，彌文日盛，京師諸名公咸宗魏、晋、唐，一去金、宋季世之弊，而趨於雅正，詩丕變而近於古，江西士之京師者，其詩亦盡弃其舊習焉。"② 從歐陽玄所述可以得出，這一時期的"宗唐"，實以"雅正"爲指歸，引領文壇風尚。

到元代後期，歐陽玄繼承了前輩雅正與復古這一傳統，并憑藉其在文壇的地位和影響力，將這一傳統推而廣之。在詩歌的審美風格上，歐陽玄同前輩文人虞集、袁桷等一樣，特別强調詩歌語言和表達內容的雅正。在《蕭同可詩序》中他説："詩自漢魏以下莫盛於唐，宋東都南渡，名家可數，而可恨者亦多。金人疏越跌宕，自謂吴人萎靡，然概之大雅，鈞未爲得也。"③ 所謂"概之大雅"就是以雅正爲衡量詩歌優劣的標準，以此爲標準，宋金詩人大多未能做到這一點。另外，歐陽玄還接受了文壇前輩對於詩歌合於性情，得性情之正的觀點，并進一步發揚闡釋："詩得於性情者爲上，得之於學問者次之；不期工者爲工，求工而得工者次之。《離騷》不及《三百篇》，漢魏六朝不及《離騷》，唐人不及漢魏六朝，宋人不及唐人，皆此之以，而習詩者不察也。"④ 基於性情論的雅正觀念有其合理性，但其理論的核心是後者不及前者的保守詩學觀念，説明了歐陽玄的雅正觀念反映了元代後期詩壇的守舊風氣，這使得詩壇的雅正觀念失去了指導詩歌創作的活力。

---

① （明）楊士奇：《張光弼詩序》，《虞集全集》附，天津古籍出版社，2007，第 1276 頁。
② （元）歐陽玄：《圭齋文集》卷八《羅舜美詩序》，《四部叢刊》景明成化本。
③ （元）歐陽玄：《圭齋文集》卷八《蕭同可詩序》，《四部叢刊》景明成化本。
④ （元）歐陽玄：《圭齋文集》卷八《梅南詩序》，《四部叢刊》景明成化本。

　　元代翰林國史院文士的文學侍從之臣的身份，加之元代特殊的政治體制，使他們與政治有了一定疏離。元代館閣文士是元代政治體制之內的旁觀者，這使得他們有更多的時間悠游於翰墨，頻繁地進行雅集聚會和往來酬唱。從題材上來看，館閣之作多爲反映同題集咏、書畫題跋、扈從紀行等文學藝術活動的唱和詩歌。王惲曾言："日長上直玉堂廬，思入閑雲待捲舒。重爲明時難再遇，等閑羞老蠹魚書。"① 反映了翰林文士的清閑生活。元初頗負盛名的雪堂雅集聚會是當時最大的文士聚會，其參與者中很多爲翰林國史院的文士。據姚燧於武宗至大三年（1310）所作《跋雪堂雅集後》一文可知，翰林國史院文士王磐、閻復、王構、王惲、趙孟頫、張之翰、夾谷之奇等都參與其中。王惲對此聚會曾作《題雪堂雅集圖》詩："擾擾王城若個閑，禪房來結靜中緣。機鋒爲道靈師峻，樽酒同傾繡佛前。談塵風清穿月窟，雨花香細揚茶烟。應慚十九人中列，開卷題詩又五年。"可以看出這種聚會的影響。從體裁上來看，館閣文士多有嘗試，諸體兼備，這與他們優秀的文學素養分不開。當然具體到個人，應當具體分析，因人而异。袁桷《清容居士集》的詩歌收録有四言詩、五言古詩、七言古詩、歌行、五言律詩、七言律詩、絕句，此外尚有六言詩，可以看出他在詩歌領域所進行的嘗試。其中以古詩、歌行和律詩的成就最大。比如其古詩的創作努力吸取漢魏六朝之傳統，認爲"建安、黃初之作，婉而平，羈而不怨"②，竭力扭轉宋末詩風，開創引領平和雅正的館閣氣象。如《次韵善之雜興七首》其一云："習隱漸成癖，苔光綠映扉。避名常好好，絕俗任非非。日落長鑱柄，天寒白苧衣。南鵬五月息，戢翼笑群飛。"③ 舒緩的叙述反映出袁桷翰林國史院的日常生活，閑適而又平淡。從風格上來看，如前文所分析，館閣之作多雍容典雅、平易正大。元中期，以虞集、揭傒斯等爲核心的館閣文人群體的崛起，使"雅正"的審美標準真正確立成熟起來。如虞集在創作上諸體兼備尤長七律七絕，格律精深，法度嚴謹。其

① （元）王惲：《王惲全集彙校》卷二七《夏日玉堂即事》，楊亮、鍾彥飛點校，中華書局，2013，第 1313 頁。

② （元）袁桷：《袁桷集校注》卷四九《書栝蒼周衡之詩編》，楊亮校注，中華書局，2012，第 2165 頁。

③ （元）袁桷：《袁桷集校注》卷九《次韵善之雜興七首》其一，楊亮校注，中華書局，2012，第 435 頁。

《挽文山丞相》云："徒把金戈挽落暉，南冠無奈北風吹。子房本爲韓仇出，諸葛寧知漢祚移。雲暗鼎湖龍去遠，月明華表鶴歸遲。不須更上新亭望，大不如前灑泪時。"① 在藝術風格上秉承了杜甫詩歌的典重深厚，并且引入了時局之思，整體上體現出宗唐得古的特徵。

元代翰林院文士雖然都講"雅正"，但細分之下，南北文士的"雅正"之風表現有所側重與區別：北方文士王惲的館閣詩體現出氣象博大的特點，呈現出和平雅正之音。如其《和樞院王仲常雪詩嚴韵》云："龍武新軍宿禁墻，鐵關風急走降王。雅歌望絶皇華使，朔雪春回黑帝祥。四海同風有今日，九天清吹表戎行。兩宮和氣春如水，并捲流霞入壽觴。"② 這是一首寫雪的詩，作者的視野却似乎遠眺塞外戰場，借戰場的激烈來描寫大雪的紛飛。"四海""九天"等詞讓人産生豪邁的氣勢。確實是詞彩華麗，氣象闊大。而南方文士袁桷的館閣往來贈答詩却別有風貌：《贈翰林何生》云："殘月疏星送曉鐘，伊吾聲徹炯雙瞳。盛年事業須黃卷，盡日交游謝碧筒。案上蟾蜍承夜露，門前叱撥立秋風。君家居士多陰德，佇看鷄翹列殿中。"③ 詞雅意深，用詞華麗典雅，音節錯綜。此外，袁桷另外一首寫李陵台的詩《李陵台次韵李彦方應奉》比較有代表性（詩見第八章第一節）：則咏史兼和同僚韵，用典表現出深厚的學養。兩首詩均爲元人館閣體的代表作，却都流麗可觀，無空疏瑣細之病，深得唐人規範。北士之作相對南士而言，氣象開闊但較爲質樸，南士之作流麗清婉，而審美性和藝術性更强。

元代中後期，南方文士大量進入大都任職，元皇室對漢人特別是南人的限制使用政策，使大批南方文士的政治理想，多局限於翰林院等清要機構中，造成有元一代翰林得人才最多的情況，一時馳名文壇者，皆在翰苑。然而也正是對於政權的游離，使得他們越發重視詩歌的藝術性和審美性，將南方詩風帶到了北方，由此而促進了南北詩文風氣的融合，真正形成了元代雍容、平和、雅正的館閣氣象。以南方文士爲核心的翰林文士群主導着元代文壇，由他們倡導實踐的館閣體創作，決定和影響着元代詩文

① （清）顧嗣立編《元詩選》初集，中華書局，1987，第922頁。
② （元）王惲：《王惲全集彙校》卷二二《和樞院王仲常雪詩嚴韵》，楊亮、鍾彥飛點校，中華書局，2013，第1086頁。
③ （元）袁桷：《袁桷集校注》卷一五《贈翰林何生》，楊亮校注，中華書局，2012，第861頁。

風氣的變化。

有元一代，南北詩壇在詩學理念上，都主張“宗唐得古”，向唐人學習。這種認識并非偶然，我們往往説元人的這種認識與元人對唐代的盛世圖景的傾慕有關，元代疆域廣大，唐人是元人的取法對象，這固然不錯，但如果深入追究，則發現這與有任職翰林國史院經歷的文壇領袖大力推舉有不可分割之關係，故而翰林國史院文士在詩文上有意識地通過宗唐得古的理論主張來倡導建立一種“温醇典雅”的館閣氣象和盛世文風，這是認識元人詩文風氣變化的關鍵。

三　理學官學地位確立與雅正詩風形成

以元代翰林國史院文士爲主體的元代文士在詩歌上倡導雅正。可以説，雅正風氣成爲元人的一種普遍追求。[①] 理學的廣泛傳播及統治地位的最終確立，爲“雅正”風氣得到普遍認同奠定了深厚的學術思想基礎。從大元統一之前理學之北傳，到統一初期忽必烈的興學校、許衡的制定教育模式，以至仁宗的延祐復科，程朱之學被定爲官學，理學以一種制度的形式成爲時代思想的主導。元人主張文道并重，通過文學與理學的融合，推動了理學的傳播，出現了“海内之士，非程朱之書不讀”[②] 的學術風氣，理學的深邃精義滲入了每個文人的知識結構和道德修養之中。統觀有元一代，大凡當時文壇、詩壇的重要作家、翰林文士，多爲理學、文學兼具的人才。從元初之郝經、姚燧、劉因、吳澄，至中葉之許謙、元明善、虞集、揭傒斯、黄溍、柳貫、吳萊、吳師道、歐陽玄、蘇天爵，以至元末之戴良、宋濂、王禕等，既在理學上淵承有自，均被録入《宋元學案》，同時，又在元代文學史上享有盛名。理學尤爲注重内在性情之正的涵養，元人在理學思想的影響與浸潤下，極力追求人格的提升和心靈的净化，認爲在詩歌上也應表現出雍容醇雅的人格魅力和人格理想，明於理而一趨於正。這種理學的理想人格，表現在詩風上，就是元人對雅正詩風的認同與

[①] 近來有些研究者關注挖掘元人詩歌之“清和”風格，如劉嘉偉《元大都多族士人圈的互動與元代清和詩風》（《文學評論》2011 年第 4 期）。筆者認爲“雅正”作爲元人統一的審美範疇，其涵攝的内容和情感非常豐富，“清和”乃是其在詩學上的一種美學呈現，具有一定的特殊性而普遍性不足。

[②] （元）歐陽玄：《圭齋文集》卷九《文正許先生道碑》，《四部叢刊》景明成化本。

追慕。

　　首先，元人"雅正"詩風表現在詩歌要鳴"盛世之音"，繼承《詩經》雅詩的平易、老成、温柔敦厚傳統，强調盛世氣象。虞集説："古之言詩者，自其民庶深感於先王之澤而有所發焉，則謂之風；其公卿大夫、朝廷宗廟、賓客、軍旅、學校、稼穡、田獵、宴享更唱迭和，以鳴太平之盛者，則謂之雅!"① 元代一統大江南北，疆域遼闊，可以説元代的詩歌風格與地理形態具有内在的一致性。元代南北文士以及少數民族文人之間得以自由地溝通交流，從而使南北文風漸趨統一成爲可能。當大德、延祐之時，國家承平，生活安定，元朝達到了其發展史上的極盛時期，這些都給翰林館閣之臣以强烈的盛世之感。爲盛世之感所激發，他們竭力推動形成與之相配合的盛世文風，"士生文軌混同之時，不能遐觀遠覽，以見於文辭，而懷居養安以没者，獨何人哉?"② 戴良説："自天曆以來，擅名於海内，惟蜀郡虞公、豫章揭公及金華柳公、黄公而已，蓋四公之在當時皆涵茹和，以鳴太平之盛治。"③ 虞集認爲："某嘗以爲世道有升降，風氣有盛衰，而文采隨之，其辭平和而意深長者，大抵皆盛世之音也。其不然者，則其人有大過人而不係於時者也。"④ 而他們的詩文亦是這種盛世之音的寫照。四庫館臣評袁桷詩文："當大德、延祐間爲元治極盛之際，故其著作宏富，氣象光昌，蔚爲承平雅頌之聲。文采風流，遂爲虞、楊、范、揭等先路之導，其承前啓後，稱一代文章之巨公，良無愧矣。"⑤ "承平雅頌之聲"與"盛世之音"是文壇的普遍追求，亦是元代翰林國史院文士創作的突出特點，這實際上也是元人盛世心態的表現。元人"宗唐得古"的詩學追求，取法唐人詩歌的"治平、盛大之音"，構成了元代整體上温柔敦厚、典雅雍容的詩歌風貌，在這種詩歌風貌下，翰林國史院文士的館閣身份及其閑淡雍容的交往活動，無疑對元代以雅正爲宗，追求復古的館閣體詩風的形成起到推動和促進作用。

---

① （元）虞集：《道園學古録》卷三一《飛龍亭詩集序》，《四部叢刊》本。
② （元）王沂：《伊濱集》卷一六《熊右心詩序》，《文淵閣四庫全書》本。
③ （元）戴良：《九靈山房集》卷一二《夷白齋稿序》，《文淵閣四庫全書》本。
④ （元）虞集：《道園學古録》卷六《李仲淵詩稿序》，《四部叢刊》景明景泰翻刻本。
⑤ （清）永瑢等：《四庫全書總目》卷一六七"《清容居士集》五十卷"條提要，中華書局，1965，第 1435 頁。

其次，“雅正”的另一表現是詩文要得性情之正。翰林國史院文士深受儒家詩教觀念的影響，既要求詩體之正，又要求詩法之正，當然最根本的還是“性情之正”。性情正，詩體、詩法自然正。這實則沿襲了《詩經》以來的詩教傳統，“雅”本《詩經》六義之一，《毛詩序》云：“雅者，正也，言王政之所由廢興也。”“雅正”合乎傳統的風雅之旨，其審美風範當爲典正、盛大。翰林學士盧摯説：“大凡作詩，須用《三百篇》與《離騷》，言不關於世教，義不存於比興，亦徒勞耳。夫詩發乎情，正乎禮義，《關雎》樂不淫，哀而不傷，斯得情性之正，古人於此觀風焉。”① 盧摯認爲作詩須合乎詩騷之義，得情性之正方爲上，這與“雅正”的風尚不謀而合。中期的館閣領袖虞集有同樣的看法：“近世詩人，深於怨者多工，長於情者多美，善感慨者不能知所歸，極放浪者不能有所反，是皆非得情性之正。惟嗜欲淡泊，思慮安静，最爲近之。”② 虞集的這種觀點要求詩風和淡有味，反對險怪，也注意到詩歌的生成論因素。這與理學“正心”“誠意”“思無邪”聯繫起來。元人對“性情之正”的理解，是一定要合於理學之“理”的，以宗唐得古爲旗號，最終把詩歌拉回温柔敦厚、正以情性、關乎政教風化的詩學思想軌道上來。虞集“得情性之正”的詩論在當時影響深遠，元代很多文士都受到虞集這種詩學觀念的浸潤，如黃溍在爲揭傒斯所撰神道碑中稱其“詩長於古樂府、《選》體，清婉麗密，而不失乎性情之正，律詩偉然有盛唐風”。③

雅正風氣的追求從現實的角度而言建立在對宋末文風的批判與理學的結合基礎上，要求繼承漢魏六朝以來如陶、沈、宋、王、孟、岑、韋、杜詩之風，達到如楊士奇説的“雄深渾厚，有行雲流水之勢，冠冕佩玉之風，流出胸次，從容自然，而皆由夫性情之正，不局於法律，亦不越乎法律之外，所謂從心所欲而不逾矩”的美學標準。④ 可見，元人詩學的雅正觀念對明人詩學的審美追求也有一定影響。歐陽玄在對虞集地位追認的基礎上，認爲他發揚了《詩經》以來的雅正風氣，將經學與文學結合了起來，“自漢魏六朝以來，經生、文士判爲兩途。唐昌黎韓公、宋盧陵歐陽

① （元）盧摯：《詩法家數》，載（元）傅若金《詩法正論》，明刻本。
② （元）虞集：《道園學古録》卷三四《旴江胡師遠詩集序》，《四部叢刊》景明景泰翻刻本。
③ （元）黃溍：《金華黃先生文集》卷二六《翰林侍講學士揭公神道碑》，元鈔本。
④ （明）楊士奇：《東里集》續集卷一四《杜律虞注序》，中華書局，1998。

公，力能一之，而故習未盡變也。濂、洛諸君子出其所著作，表里六經，言或似之，於是文極文之典奥，道極道之精微，一趨於至善而後止。……公之立言，無一不本於道"。① 元代文士將儒家思想與文學涵化之後，表現出了詩學面貌外在清麗而内在充實、質樸的一面。

再次，從館閣文士雅正詩風的趨同性作爲適應元代極盛時期的政治及文化需要來講，有其明確的動機和目的，對於成就一代"斯文之興"確實發揮了積極影響。但是，"雅正"畢竟不可能涵蓋文學風格的全部。即使在儒家的功利主義文學觀念之下，除了"温柔敦厚""性情之正"外，對於諷喻精神的追求也是同步的。多數翰林院文士的詩歌，過於强調平和雅正的一面，對内傾型抒情文學的緣情本位有所偏離，情感無法得到淋漓盡致的發揮。而且諷喻精神的缺失，也造成涉及社會生活的面偏窄，思想性流於膚淺。這些都限制乃至消弭了詩文對"氣韵""格調""興象"等傳統審美範疇的追求，很容易造成氣格不高、力量不厚等不足，削弱其文學價值。清人曾批評"元詩似多藴藉，實少奇偉，矜藻思而乏氣骨，工鋪排而失烹煉"。② 極力追求復古而造成的雷同現象也非常嚴重，"元人專於風調擅場，而句每相犯，如'銀河倒挂青芙蓉'等類之句，殆幾於人人集中有之。其所謂枕藉膏腴者，不出太白，則出長吉，此唱彼和，搖鞭拊鐸，至於千篇一律，曾神氣之不辨，徑路之不分，其亦可厭也已"。③ 可以説"不拘何題，不拘何人，千篇一律，千手一律"。④ 元人詩歌創作出現的這些問題，與元代政治生態密切相關，元文宗之後，朝政混亂，君主屢弱，權臣政治使政局不穩，科舉制的反復，使元代館閣之士創作大受影響，"積儲之不厚也，造詣之不遠也。取而遂竭，發而自枙，拘拘規仿"⑤ 的現象非常普遍，元代後期的北方文士許有壬長期在翰林國史院任職，并且擔任過翰林學士承旨，是雅正詩風的主導者，但此時他也有難以爲繼之感。元順帝之後遍布全國的農民起義，詩歌雅正風尚不可能持續下去，這些批

---

①　（元）歐陽玄：《圭齋文集》卷九《元故奎章閣仕書學士翰林侍講學士通奉大夫虞雍公神道碑》，《文淵閣四庫全書》本。

②　闕名：《静居緒言》，載郭紹虞主編《清詩話續編》，上海古籍出版社，1983，第 1648 頁。

③　（清）翁方綱：《石洲詩話》卷五，人民文學出版社，1981，第 192 頁。

④　（清）翁方綱：《石洲詩話》卷五，人民文學出版社，1981，第 175 頁。

⑤　（元）許有壬：《至正集》卷三五《宋顯夫文集序》，《文淵閣四庫全書》本。

評，雖不一定完全公允，但都不爲無據。

最後，從文化的角度來看，元代館閣體文風的追求與其他時代都有所不同，它不是出於官方的倡導，而是出於士人維護傳統的自覺，也可以稱爲文化的自覺。"雅正"是元人的一種自覺的美學追求，與元代國力強盛相伴而行。元人在理論上建構"雅正"的過程中，表現出這種新的審美觀念的自覺，維護了文化的正統性和合法性。

元代翰林院文人創造的"雅正"詩學話語系統，成爲有元一代的詩學主流，他們普遍追求典雅正大之審美氣象，其思想根基來自儒家正統詩學。這一詩學觀念在元代始終居於主導地位。應該看到元代翰林院文士，雖然沒有實際的政治權力，但他們掌握了元代詩壇的主流話語形態。也就是說，他們通過對詩歌話語權力的掌握對元代詩壇産生了重要影響，從而形成了以"雅正"爲核心的詩學審美風尚。同時，翰林國史院文士通過科舉制、師生關係、地域關係，構建出了以元代翰林國史院文士爲核心的詩學傳播網路。雅正詩學觀念以自上而下的發散式傳播爲主，致力於構建有元一代新的文風，使得文化傳統和正統文學觀重新確立。他們以復古爲旗幟，對當時文壇産生了積極的影響。他們主動承擔恢復北宋以來風雅正聲的歷史使命，艱辛卻成功地完成了傳統文化的傳承，這纔是元代館閣體所承載的最重要的文化和歷史意義。

第二節　雅正與性情并舉：歐陽玄詩文理論發覆

元朝自建立以來，國祚百餘年，其詩文理論在諸多文士的努力下不斷發展，從元初郝經、吳澄等人的發端，到中期的袁桷、虞集等文壇領袖的倡興，再到後期的歐陽玄等人的作結，雖然不及宋、明、清三代聲勢之浩蕩，但其在糾宋之偏與開明之端方面無疑有承上啓下的重要作用。在當下，基於反思宋代詩文理論而對唐以前詩風回歸的考察是元代詩文理論研究的重要部分，而且分析元人在"宗唐得古"理念指導下的詩文理論復古傾嚮是其中的重中之重，并由此産生了大量且重要的相關研究成果。而承繼元代盛時發展的元代後期的詩文理論，同樣在元代文論中占據舉足輕重的地位。

"實際上，如果我們仔細梳理元代詩文批評理論發展脉絡的話就會發現，在元代‘舉世宗唐’的表面之下，由於理學浸染百餘年之下的南方文士政治和文壇地位的提高，元代的詩文名家們已經開始有意識在扭轉盲目復古的潮流。"① 而在後期，主導着文壇發展方響的這些文士，早年即緊密接觸朱子理學主導下的科舉制度，并憑藉科舉入仕，而且他們在作詩習文時意識到了前期的"宗唐得古"逐漸陷入了盲目復古的桎梏中。因此，這些深受理學思想影響的文人試圖在詩文理論上作出革新，以指導詩文創作重現盛世之貌。他們一方面積極推動文壇文風趨向理性并具載道思想，另一方面大力倡導詩文要合乎雅正之旨及性情之正，從而出現了詩文創作風格呈現性與説明性、抒情性和解釋性并重的趨勢。

　　而後期詩文大家歐陽玄正是這一趨勢發展變化的重要推動者和實踐者。元代的翰林國史院籠絡了大量的有才之士，其中的一些文士在政壇和文壇上都發揮着主導作用，而且元代前、中、後三個階段文壇領袖的交接就是在這一機構内完成的。其中，元代中期到後期的文壇領袖由袁桷、虞集逐漸過渡到了歐陽玄。但是，由於歐陽玄文集的散佚，後世對其詩文批評理論的收集與整理又略顯寡少，致使其在後世逐漸被置於遺忘的窘境。實際上，歐陽玄在元代後期的文壇和政壇上具有非常重要的地位，詩文批評理論的深刻與在理論指導下詩文創作的豐富，加之翰林學士這一政治地位的影響力，使其在元代後期文壇上蔚爲大宗，是以其"雅正"與"性情"并舉的主張在元代後期文壇上成爲一種潮流。而這種潮流不僅是對元代前期詩文批評理論在後期文壇的繼續推進，也極大地促進了元代後期文壇的持續演進。

一　雅正觀："鳴太平之盛"的盛世文風

　　《毛詩·大序》曰："言天下之事，形四方之風，謂之雅。雅者，正也，言王政之所由廢興也。政有大小，故有小雅焉，有大雅焉。"② "雅正"概念，是傳統儒家詩學思想的重要命題，即儒家詩教所提倡的"温柔敦厚"，是政治清明的産物，是對治世之音的反映。而"雅正"這一概念在

---

① 解國旺：《元代後期詩文理論的發展與趨勢——歐陽玄的詩文批評理論再認識》，《河南大學學報》2014 年第 4 期。

② （周）卜商撰，（宋）朱熹辨説《詩序》卷上《大序》，明津逮秘書本。

不斷流傳，也即不斷符號化的過程中，不同時代賦予其不同的意義，并且
"雅即正"逐漸衍變成了"雅且正"，以"正"訓"雅"的思維模式也逐
漸演變成了"雅""正"分訓。"但古人論詩，特別是在儒家的詩論中，
不管是'雅即正'還是'雅且正'，都首先是一種定性判斷，或者説是一
種規範性、標準性的要求，雅則美，不雅則不美，正則善，不正則不
善。"① 時至元代，"雅正"概念在新的環境中根柢於傳統被重新闡釋，而
且元代文士不僅對"雅"與"正"作出詮釋論詩，而且論文。

　　"雅正"傳統盛行於元代始末，無論是欲糾時弊的虞集、袁桷等前期
文人還是承繼傳統的歐陽玄等後期文人，都一直堅守着儒家這一詩學傳
統。"我元延祐以來，彌文日盛，京師諸名公咸宗魏、晋、唐，一去金、
宋季世之弊，而趨於雅正，詩丕變而近於古。"② 此種論述在元代後期文人
的文集中頗爲常見，他們處於元代後期，有對前期文壇的發展狀況進行整
體把握的優勢，從而更能概其全貌。蘇天爵在《書林彦栗文稿後》中也
説："昔宋季年，文氣萎薾不振。國家既一四海，文治日興"③，又戴良在
《皇元風雅序》中言："然能得夫風雅之正聲，以一掃宋人之積弊，其惟我
朝乎!"④ 對於其中所言的"宋季世之弊"，元代前後期文人都有非常清晰
的認識，"宋之末年，説理者鄙薄文辭之喪志，而經學、文藝判爲專門，
士風頹弊於科舉之業"。⑤ 也就是説，宋代尤其是南宋，文與道分裂爲二而
非"文以載道"或"文道合一"，文學家與理學家分道揚鑣、界限分明，
并且相互批駁，致使詩文作品有質無文或有文無質，而非文質彬彬。而時
至朝政混亂的南宋末期，文道二者間的關係更爲惡化，造成文道俱弊的局
面。自元代建立即仕於元廷的郝經對宋詩中的弊病有一非常中肯的批語：
"詩自《三百篇》以來，極於李杜，其後纖靡淫艷，怪誕癖澀，浸以弛弱，
遂失其正。"⑥ 他認爲詩歌在李杜代表的盛唐之後，即詩歌發展至宋代，雖
有文采却失去了事理之正，也即雅而不正。元代中期文壇代表袁桷也對宋

① 查洪德:《元代詩學通論》，北京大學出版社，2014，第279頁。
② (元) 歐陽玄:《圭齋文集》卷八《羅舜美詩序》，《文淵閣四庫全書》本。
③ (元) 蘇天爵:《滋溪文稿》卷二八《書林彦栗文稿後》，陳高華、孟繁清點校，中華書
　　局，1997，第471~472頁。
④ (元) 戴良:《九靈山房集》卷二九《皇元風雅序》，《文淵閣四庫全書》本。
⑤ (元) 虞集:《道園學古録》卷三三《廬陵劉桂隱存稿序》，《四部叢刊》景明景泰翻刻本。
⑥ (元) 郝經:《陵川集》卷三五《遺山先生墓銘》，《文淵閣四庫全書》本。

詩之弊有一深刻認識："宋世諸儒，一切直致，謂理即詩也，取乎平近者
爲貴，禪人偈語似之矣。"① 其認爲宋儒以理爲詩，雖未失去詩道，但詩歌
過於直白平淡，近於僧人日常唱誦之語，没有詩之韵味，雖正不雅。因此，
元人出於糾宋末正而不雅或雅而不正之弊，在前期文壇上倡導"雅正"思
想，并將這一傳統詩學概念既用於規詩之病，又用於救文之要。是以元人於
文風倡導復古，力追秦漢文章；於詩風倡導雅正，力求宗唐得古。

　　對於詩歌，元人的論述鱗次櫛比，但主要是從不同的角度闡述何爲
"雅正"與如何達到"雅正"境界。

　　首先，元人定義的"雅正"與"淫靡"②"浮藻"③ 相對。具體而言，
"雅"即爲詩歌文采、章法等方面整體呈現出的典雅氣象，"正"就是内在
合乎正聲而非"鄭聲"，并蘊含着事理之正。"夫言者，心之聲，詩又言之
工者也。不明乎理，則龐雜而無叙；不充乎氣，則歉然而無章。理明氣
充，言雖不期工將不容於不工矣。嗚呼！公（李仲淵）之詩，其有得於斯
矣乎？不然，何其温醇雅正，各極其趣之妙也？"④ 理明，詩歌則具内在之
含蘊，主旨鮮明，能得事理之正；氣充，詩歌則富外在之光彩，文采斐
然，能得辭章之雅。若理明、氣充，則能工於詩歌，達至既雅且正、風格
温醇的境界。而"龐雜而無叙""歉然而無章"則是因爲"不正"或"不
雅"而偏執一方，未能合二者於一體。另外，元代後期的歐陽玄對"雅
正"概念也有自己的理解："江西士之京師者，其詩亦盡弃其舊習焉。廬
陵羅舜美以詩一帙屬予題其端，讀之佳句叠出，詩不輕儇則日進於雅，不
鏤薄則日造於正。詩雅且正，治世之音也，太平之符也。"⑤ 這段論述，一
方面指出了宋、金季世之弊，尤指宋末詩歌雅而不正或正而不雅之弊，另
一方面道出了歐陽玄所認爲的詩歌之"雅"與"正"。"輕儇"即輕佻，
不莊重，宋末江湖詩歌尤患此病；"鏤薄"即刻薄，不合正聲，宋代江西

---

① （元）袁桷：《袁桷集校注》卷四九《書栝蒼周衡之詩編》，楊亮校注，中華書局，2012，
第 2164 頁。
② 出自方回《十月十九日小酌分韵得里字》："幽哦陶倦情，閑讀探玄理。嗜古植雅正，憤
俗咸淫靡。"《桐江續集》卷一一，《文淵閣四庫全書》本。
③ 出自黄溍在《嘉議大夫禮部尚書致仕于公神道碑》中對于文傳的評價"爲文務雅正，不
事浮藻"。見（元）黄溍《金華黄先生文集》卷二七，元鈔本。
④ （元）貢師泰：《玩齋集》卷六《鵲華集序》，《文淵閣四庫全書》本。
⑤ （元）歐陽玄：《圭齋文集》卷八《羅舜美詩序》，《文淵閣四庫全書》本。

詩派之末流頗具此弊。由此可知，其認爲詩歌語辭、風格上的輕浮纏綿即爲"不雅"，詩歌主旨内容上的狹隘片面就是"不正"，若去此二病，詩則能"雅且正"，呈現盛世之貌。

其次，元人爲使詩歌具有"雅正"風格，以《詩經》傳統爲宗、盛唐詩歌爲法并兼及初、中、晚唐詩歌。元人認爲詩歌都應遵循《詩經》開創的傳統，既要"非出於古"，又要"非不出於古"。① 但元人意識到本朝去古已遠，"風雅遺音，猶有所徵"② 之貌已不常見，而與此同時，他們也認識到唐詩尤其是盛唐詩歌承繼《詩經》遺意且成就頗高，可以以唐詩爲法，宗唐得古，達到"不二於古今"。③ "《詩》自删後，至於兩漢，正音猶完，建安以來，浸尚綺麗，而詩道微矣。魏晋作者雖優，不能兼備諸體，其鏗鍧軒昂，上追風雅，所謂集大成者，惟唐有以振之，降是無足采焉。"④ 這種認爲唐詩"上追風雅""集大成"的論調一直持續於元代，前期如郝經的《遺山先生墓銘》、虞集的《易南甫詩序》《廬陵劉桂隱存稿序》，後期如歐陽玄的《潛溪後集序》、蘇天爵的《西林李先生詩集序》、戴良的《皇元風雅序》等文章，均對此有所言説。然而，也有許多元人認爲唐詩與宋詩没有優劣之分，如范梈在《詩法正論》中説：

> 然宋比唐氣象迥别……蓋唐人以詩爲詩，宋人以文爲詩，唐詩主於達性情，故於《三百篇》爲近，宋詩主於立議論，故於《三百篇》爲遠。然達性情者，國風之餘，立議論者，國風之變，固未易以優劣之也。⑤

但是，無論是前者還是後者，他們都認爲唐詩極大地繼承了《詩經》的精髓，并取得了巨大成就，是以元代詩人紛紛從唐詩中選擇模仿的對象。

在衆多唐代詩人中，大部分元人在決定師承方嚮時均將視野集中於盛唐詩人，尤其是李、杜二人。而且在元人的許多文集中，對李、杜及其他

---

① （元）黄溍：《文獻集》卷七上《山南先生集後記》，《文淵閣四庫全書》本。
② （元）戴良：《九靈山房集》卷二九《皇元風雅序》，《文淵閣四庫全書》本。
③ （元）黄溍：《文獻集》卷七上《山南先生集後記》，《文淵閣四庫全書》本。
④ （元）釋來復：《蜕庵集原序》，見元 張翥《蜕庵集》卷首，《文淵閣四庫全書》本。
⑤ （元）范梈：《詩法正論》，見（元）王用章《詩法源流》卷上，《文淵閣四庫全書》本。此書中《詩法正論》題下標明"傅與勵述德機范先生意"。

盛唐詩人大加贊賞的現象頗爲普遍。

> 唐人諸體之作，與代終始，而李杜爲正宗。①
> 唐詩辭之盛，至杜子美兼合比興，馳突《騷》《雅》，前無與讓；
> 然方駕齊軌，獨以予李太白，而尤高孟浩然、王摩詰之作。②
> 昔謂杜之典重，李之飄逸。神聖之際，二公造焉。觀於海者難爲
> 水，游李、杜之門者難爲詩歌。斯言信哉！③

由此可見，元人對盛唐詩歌的推重與景仰。但值得注意的是，元人在師法盛唐詩歌之外，又兼及初、中、晚唐詩歌。在一些元人看來，凡是唐代優秀的詩人、優秀的詩歌都有可借鑒之處，而不必拘於一家一體，也不必細分初、盛、中、晚唐。"作詩有體制，作詩包六藝。……淵明天趣高，工部法度備。謫仙勢飄逸，許渾語工致。郊島事寒瘦，元白極偉麗。休己碧雲流，顯洪大法器。精英炯胸臆，芳潤沃腸胃。法爲韶濩音，净盡塵俗氣。禪月懸中天，古風扇末世。專門各宗尚，家法非一致。"④ 在元僧釋英看來，盛唐的李白、杜甫，中唐的元稹、白居易、孟郊、賈島，晚唐的詩僧貫休、齊己，他們的詩歌各有特點、各有所長，均有可取之處，是以時人學詩可以各有宗尚，不必强爲一致。類似的論述在元代前後期頗爲繁多，蘇天爵在《西林李先生詩集序》中的論説即爲其中一例，"夫自漢、魏以降，言詩者莫盛于唐。方其盛時，李、杜擅其宗，其他則韋、柳之冲和，元、白之平易，溫、李之新，郊、島之苦，亦各能自名家，卓然一代文人之製作矣"。⑤ 另外，近人鄧紹基對元人宗法唐詩的具體情況作出了比較詳細的概括。

> 元詩學唐的結果，使元詩也像唐詩那樣萬木千花。以當時著名或
> 比較著名的作家而言，張翥、傅若金以李白、杜甫爲楷模，虞集、倪

---

① （唐）李白：《李太白詩集注》卷三四《叢説》，《文淵閣四庫全書》本。
② （元）柳貫：《待制集》卷一八《跋唐李德裕手題王維輞川圖》，《四部叢刊》景元本。
③ （元）辛文房：《唐才子傳》卷二《杜甫傳》，清佚存叢書本。
④ （元）釋英：《白雲集》卷三《言詩寄致祐上人》，《文淵閣四庫全書》本。
⑤ （元）蘇天爵：《滋溪文稿》卷五《西林李先生詩集序》，陳高華、孟繁清點校，中華書局，1997，第62頁。

瓚則以韋應物爲榜樣，姚燧、吳萊以學韓愈出名，朱德潤、迺賢又以學白居易新樂府見長。至於學李賀之風，北方劉因開其端，南方的吾邱衍也有這種傾嚮。到了元末，楊維楨和他的"鐵崖派"，還有一批浙東詩人如陳樵、項詗和李序，掀起一股"賀體"鏇風。①

鄧先生此處所言的這批元代詩人，其中有很多衹是詩風在某方面與此位唐人相似，但并非完似。實際上，很多元代詩人并不專學唐代某人，而是取法多人，博采衆家，後自成一體。

對於文章，元人面臨的問題及解決方法都與詩歌頗爲一致——需要解決宋季遺留下來的諸多弊病、以"復古"方法解決問題、以"雅正"傳統爲評論標準。而且，就元人對"雅正"概念的理解，二者在本質上非常一致。"唐人謂'心正則筆正'，豈獨筆哉？言者，心之聲也；聲者，言之衍也。雅正之文，必君子能之爾。其義趣氣和，其趨価不差，其憂歡得失不异，其規矩繩墨不犯，斯足尚也。……近比以文鳴者，往往浮險蕩譎，後進靡然尚之。"② 所謂的"雅"，就是文章不輕浮險怪，語辭雅馴，符合古人的章法規矩；所謂的"正"，即文章在主旨與内容上不放蕩、詭譎，理氣平和，合乎古之正聲。實際上，元文的"雅正"風格是在延祐年間科舉制恢復的影響與"復古"思潮的倡導下逐漸形成的。元仁宗延祐初年恢復科舉制度，朱子之學被奉爲官方哲學，并成爲科舉考試的主要内容，而且當時的社會"非程朱學不試於有司"，是以文人均專研四書五經，并大量研習以義理爲主旨的應制之文，"於是天下學術，凜然一趨於正"。③ 另外，元人力倡復古，文章之士均以古文爲尚，如劉因、吳澄、虞集等元代前期文章大家，均力倡古文，接續秦漢正宗，其文古雅雋永，且後之繼者如歐陽玄輩衆多，以致在元代出現了"作者非簡古不措筆，學者非簡古不取法，讀者非簡古不屬目"④ 的現象。

實際上，元人在詩文上倡導復古與推崇"雅正"傳統并不是純粹爲了

① 鄧紹基主編《元代文學史》，人民文學出版社，1991，第370頁。
② （元）徐明善：《芳谷集》卷上《周自昭文集序》，《文淵閣四庫全書》本。
③ （元）歐陽玄：《圭齋文集》卷五《趙忠簡公祠堂記》，《文淵閣四庫全書》本。
④ （元）張壽：《圭塘小稿序》，載（明）劉昌《中州明賢文表》卷二二，《文淵閣四庫全書》本。

解決宋季之弊，而更爲主要的目的是"力追古作，以鳴太平之盛"。① 首先，無論是文風上的復古，還是詩風上的雅正，都不僅是元代文人盛世之感在文學創作上的回應，而且還是對與大一統王朝盛世氣象相適應的詩文的追求。元代完成南北統一之後，建立了疆域遼闊的大一統王朝，此種境況可謂曠古未有。在元廷一統的邦畿之內，南北文人之間以及與少數民族文人之間可以自由便利地進行溝通與交流，從而促使南北文風漸趨融合，并逐漸走向統一，形成了獨具特色的元代文壇。在大德、延祐年間，天下承平，國運亨通，皇帝、朝臣勤於政事，國家正處於強盛之時，這種氣象給予文人強烈的盛世之感。是以無論是北方文人，還是南方文人，都在自豪感與自信心的激發下竭力推動形成與盛世之貌相呼應的文壇風尚，"士生文軌混同之時，不能遐觀遠覽，以見於文辭，而懷居養安以没者，獨何人哉？"② 的呼聲也在元人的詩文作品中非常風行。即使是活動於元朝已不復盛世的後期，歐陽玄、戴良等人仍感嘆元之強盛，并將這種情感明顯地表露於詩文之中，"故一時（元之盛時）作者，悉皆餐淳茹和，以鳴太平之盛治。其格調固擬諸漢唐，理趣固資諸宋氏，至於陳政之大，施教之遠，則能優入乎周德之未衰，蓋至是而本朝之盛極矣"。③ 字裏行間戴良對元朝盛世的認同感是非常強烈的。其次，元代文人的復古與崇尚雅正傳統也是考慮到"治世之音安以樂"④，雅正和平之聲纔是盛世詩歌應有的風格與氣象。"音與政通"，這種理念自三代以來未從中國古代文人的思想深處褪去，并在歷朝歷代中不斷被重新闡釋。王惲曾在《盧龍趙氏家傳》中言及"八音與政通，陰陽消長所在，可以卜時之治忽"。⑤ 袁桷在《書程君貞詩後》則更爲詳細地闡釋了此種理念："音與政通，因之以復古，則必於盛明平治之時。唐之元和，宋之慶曆，斯近矣。感昔時流離兵塵之衝，言不能以宣其愁，而責之以合乎古，亦難矣！"⑥ 盛明平治之時多有雅聲正

---

① （元）傅若金：《傅與勵詩文集》卷五《贈魏仲章論詩序》，《文淵閣四庫全書》本。
② （元）王沂：《伊濱集》卷一六《熊石心詩序》，《文淵閣四庫全書》本。
③ （元）戴良：《九靈山房集》卷二九《皇元風雅序》，《文淵閣四庫全書》本。
④ （周）卜商撰，（宋）朱熹辨説《詩序》卷上《大序》，明津逮秘書本。
⑤ （元）王惲：《王惲全集彙校》卷四八《盧龍趙氏家傳》，楊亮、鍾彦飛點校，中華書局，2013，第 2266 頁。
⑥ （元）袁桷：《袁桷集校注》卷四八《書程君貞詩後》，楊亮校注，中華書局，2012，第2144 頁。

音，而兵連禍結的時代，最多愁苦之音，這也是元人對宋詩多有批評之語的原因所在。在古人眼中，治世之音主要從合於盛世的詩文體現而出，其突出特點是和平中正、雍容閑雅，正如虞集在《李仲淵詩稿序》中所説的：“世道有升降，風氣有盛衰，而文采隨之，其辭平和而意深長者，大抵皆盛世之音也。”① 最後，元人對雅正傳統的倡導亦是爲了對自身進行定位。元人在慨嘆盛世之貌的同時，亦感慨反映治世風貌、接續正統而來的詩文之盛，并通過將之比諸漢、唐盛世之詩文來明確自己在中國詩歌史中的正統位置。

> 三代而下，文章唯西京爲盛，逮及東都，其氣浸衰。至李唐復盛，盛極又衰。宋有天下百年，始漸復於古。南渡以還，爲士者以從焉無根之學，而荒思於科試間，有稍自振拔者，亦多誕幻卑冗，不足以名家，其衰又益甚矣。我元龍興，以渾厚之氣變之，而至文生焉。中統、至元之文龐以蔚，元貞、大德之文暢而腴，至大、延祐之文麗而貞，泰定、天曆之文贍以雄。涵育既久，日富月華，上而日星之昭晰，下而山川之流峙，皆歸諸粲然之文，意將超宋、唐而至西京矣。②

歐陽玄認爲元代文章承古之盛文而來，仍具古文之正統性，而且元文取得的成就超越唐、宋，接軌西漢。歐陽玄此言或許有一定的偏頗之處，但在他看來或在元人看來，元文在文學史上占據舉足輕重的地位。因此，在元代文壇上，從前期的郝經、袁桷、虞集等人到後期的歐陽玄、戴良、蘇天爵諸人，前後相承，競相倡導“鳴太平之盛”的雅正傳統。

二　性情論：“詩得於性情者爲上”

“性情”一詞最早出現於《周易·乾卦》的卦辭中：“利貞者，性情也”③，此時的“性情”意義比較單一，均是就“喜、怒、哀、樂，情也。

---

① （元）虞集：《道園學古録》卷六《李仲淵詩稿序》，《四部叢刊》景明景泰翻刻本。
② （元）歐陽玄：《圭齋文集》卷七《潛溪後集序》，《四部叢刊》景明成化本。
③ （宋）朱熹注《周易本義》卷一《上經·乾》，中華書局，2009，第39頁。

其未發，則性也"① 這一理解而言的。但自《詩大序》提出詩歌"吟咏性情"② 這一命題，便將"性情"一詞引入了詩學領域，自此之後，"性情"這一概念經歷了一系列意義的演變，歧義紛呈。時至元代，"性情"成爲元人創作和品評詩歌時的重要概念，使用頻率之高爲前代所未有，但在元代詩學文獻中的含義仍然十分複雜。元代前期的諸多文人如郝經、吳澄、袁桷、虞集、劉將孫等人在倡導"雅正"的同時，不斷對"性情"作出闡釋。而元代前後期交替之際，一方面前期文壇倡導的"復古"在演變的過程中發生變質，出現由崇古向佞古演化的傾嚮；另一方面科舉制恢復後，"利禄一啓，人重得失，始有欲速而求捷者"在詩文上"假步蹈律，寸趨模仿，纍而始羅"。③ 是以這一時期在某種程度上陷入了一味模仿、擬古的桎梏中。而此時，歐陽玄基於前人論述，并立足於當時文壇出現的狀況，從對"性情"與學問、法度、義理之間關係的論述出發，在對"性情"概念闡發新意的同時提出了解決方法。

其一，性情與學問。關於詩與學問之間關係的論述，較爲經典的應爲嚴羽在《滄浪詩話》中的闡述："夫詩有別材，非關書也；詩有別趣，非關理也。然非多讀書，多窮理，則不能極其至。所謂不涉理路，不落言筌者，上也。詩者，吟咏情性也。"④ 嚴羽認爲詩歌以"吟咏情性"爲上，而非江西詩派末流的"以文字爲詩，以才學爲詩，以議論爲詩"。⑤ 這一觀點在後世不斷被闡發并有所衍生，活動於元代後期的歐陽玄即對這一問題有所論説。

> 詩得於性情者爲上，得之於學問者次之；不期工者爲工，求工而得工者次之。《離騷》不及《三百篇》，漢魏六朝不及《離騷》，唐人不及漢魏六朝，宋人不及唐人，皆此之以，而習詩者不察也。⑥

---

① （宋）朱熹：《四書章句集注·中庸章句》，中華書局，1983，第18頁。
② （周）卜商撰，（宋）朱熹辨説《詩序》卷上《大序》，明津逮秘書本。
③ （元）許有壬：《至正集》卷三三《林春野文集序》，《文淵閣四庫全書》本。
④ （宋）嚴羽：《滄浪詩話校釋》《詩辨》，郭紹虞校釋，人民文學出版社，1983，第26頁。
⑤ （宋）嚴羽：《滄浪詩話校釋》《詩辨》，郭紹虞校釋，人民文學出版社，1983，第26頁。
⑥ （元）歐陽玄：《圭齋文集》卷八《梅南詩序》，《文淵閣四庫全書》本。

在歐陽玄看來，發於性情與發於學問都可以成詩，并能成就好詩，祇是相對於經雕琢而成的詩歌，得於性情者不假雕飾，自然天成，更爲精妙。就如去古愈遠，《詩經》中發乎性情、自然而不造作的内在蕴味愈淺，而後之文人作詩時頗爲喜歡在語言、韻律、隸事等外在表現上舞文弄墨，是以"不期工而工"之作也愈來愈少。對於此點，從其對易南友詩歌的評價中可以更爲清晰地看出，"故其爲樂府、爲諸體詩，往往出於性情之所感觸，咸臻其妙。然其學問亦足以副之，二者雖未能定其優劣，而集中之詩，偉然固佳作也"。① 值得注意的是，歐陽玄雖認爲詩歌得於性情者優於得於學問者，但并沒有將性情與學問對立，而是在稱贊前者的同時肯定了後者亦有可取之處。歐陽玄這種詩文理論——以是否"得於性情"作爲評價詩歌的首要標準在元代後期文壇上甚爲風行。元末明初的詩僧釋來復亦對這種觀點頗爲認同，"善賦之士，往往主乎性情，工巧非足尚。蓋性情所發，出於自然，不假雕繪"② 一語，足見歐陽玄這種主張對他的影響程度。

其二，性情與法度。歐陽玄在將是否"得於性情"作爲評判詩歌標準的同時，發現有些得於性情之作仍無法企及《詩經》的高度，"古人之詩，被之弦歌，其入人之深，猶有待於聲。今人之詩，簡牘而已。或一字之工，一言之妙，真能使人心存而不忘。以是往往知音於千里之外，會心於百世之下，求其所以然，而莫知孰使，使非天乎？"③ 在古今詩歌的對比中，他察覺現在的詩歌之所以缺乏詩味，主要是因爲失去了先民傾注《詩經》中的最自然本真的東西。另外，針對文壇上出現的"今人往往因人已然之窮達而求之於詩，謂達者之詩容而有餘，窮者之詩戚促而不足"論調，他認爲"《豫》之爲卦，逸樂而有餘者也，鳴不當則凶；《謙》之爲卦，卑下如不足也，鳴而當則吉。何有於窮達乎？執中之鳴，據其境趣之實，發乎性情之真，吾見其鳴之昌也"。④ 在他看來，祇要根據自身境遇，抒發自己性情中最真實的東西，自然能創作出媲美三代的好詩。是以，他將"真"作爲詩文批評的另一重要標準。而實際上，這與吳澄在《陳景和詩序》中的論述"夫詩以道性情之真，自然而然之爲貴……作詩隨所感觸

---

① （元）歐陽玄：《圭齋文集》卷八《梅南詩序》，《文淵閣四庫全書》本。
② （元）釋來復：《蜕庵集原序》，載（元）張翥《蜕庵集》卷首，《文淵閣四庫全書》本。
③ （元）歐陽玄：《圭齋文集》卷七《虛籟集序》，《文淵閣四庫全書》本。
④ （元）歐陽玄：《圭齋文集》卷八《劉執中詩序》，《文淵閣四庫全書》本。

而寫其情，皆冲淡有味"① 幾無二致，換而言之，其在某種程度上繼承了
前輩吳澄所倡導的"性情之真"。

從這一角度出發，歐陽玄在元代詩壇復古風潮之下的真正態度就不難
理解。他反對機械模擬，一味擬古，尤其對那些生硬貧乏的模擬之作持非
常嚴厲的批評。

> 詩自漢魏以下，莫盛於唐。宋東都南渡，名家可數，而可恨者亦
> 多；金人疏越跌宕之音，自謂吳人萎靡，然概之大雅，鈞未爲得也。
> 至元間，山林遺老閒暇抒思之咏，一二縉紳大夫以其和平之氣，弄翰
> 自娛，於是著論源委，益陋舊尚。近時學者於詩無作則已，作則五言
> 必歸黃初，歌行、樂府、七言蘄至盛唐。雖才趣高下，造語不同，而
> 向時二家所守矩矱，則有不施用於今者矣。②

他認爲漢魏、盛唐之詩自有其法度規距，代代之間均有差異，古時之法度
未必適用於今時之形勢，而且今人"耳目之所聞見，身心之所感觸，既與
前人不同，而猶因襲其體制，必不能甚工"③，是以一味地模仿古人之作未
能達到古人的高度，反而會阻礙自身性情的抒發，致使詩歌愈爲萎靡。
在某種程度上，這和虞集"詩本性情，能知之矣；本於法度，知之不能詳
矣"④ 的詩文理論有一定的相似之處，或言承繼之處。另外，他在《劉桂
隱先生文集序》中又説：

> 士生數千載後，言性命道德如面質古人言，成敗是非如目擊古
> 人，其間命意措辭，則欲求古人之所未道，而又欲不背馳古人，其事
> 可謂難矣。或曰："難，可但已乎？"曰："不然。有一定之法而蓄一
> 定之用者，聖人之於規矩也。有無窮之言而懷無窮之巧者，造物之於

---

① （元）吳澄：《吳文正集》卷二三《陳景和詩序》，《文淵閣四庫全書》本。
② （元）歐陽玄：《圭齋文集》卷八《蕭同可詩序》，《文淵閣四庫全書》本。
③ 余嘉錫：《余嘉錫論學雜著》之《述也是園舊藏古今雜劇序》篇，中華書局，1963，第
　583頁。
④ （元）袁桷：《袁桷集校注》卷四九《跋吳子高詩》，楊亮校注，中華書局，2012，第
　2196頁。

文章也。是故巧能爲文章不能爲規矩，倔故常而爲規矩者，狂之於巧者也；法能爲規矩而不能爲文章，守故常而爲文章者，狷之於法者也。"①

簡而概之，今人在"體"與"用"上不必事事求合於古人要求，而祇要合於古人所言之道，在具體做法上可據當時之境況稍作調整，譬如在文章的命意措辭上，不必嚴格固守古人所立的條條框框，可以突破常規，有所創新。然而，歐陽玄所説的"變"并非徹底地非古，他在前文對詩文理論的論述是辯證的：完全違背故常而自立規距，則是祇注重技巧的狂生；而一味蹈襲故常不能創新，則是過於拘泥古法的狷介不通之士。他的這種觀點與其前輩郝經在《答友人論文法書》中的言論有某種契合："文有大法，無定法，觀前人之法而自爲之，而自立其法，彼爲綺，我爲錦，彼爲榭，我爲觀，彼爲舟，我爲車，則其法不死，文自新而法無窮也。……文固有法，不必志於法，法當立諸己，不當尼諸人。"② 二人實質上都是在强調寫詩作文時要有一種清醒的認識，即古法可守，但不能拘泥於法。

在歐陽玄看來，一味地倡導復古、固守法度會影響"性情之真"在詩文中的呈現，進而會影響到詩文作品的優劣程度。因此，其對守法而不拘於法的倡導，實際上是對"性情之真"的追求。而同時，其對"性情之真"的追求，使其在復古大潮下反對擬古、倡導守法而不拘於法的態度更易理解。

其三，性情與義理。在詩文理論思想形成與完善的過程中，歐陽玄深受理學思想的影響，是以在他的理解中，無論是在詩歌的語言上抑或是在情感的表達上，都不可哀怨凄楚，亦不可偏頗極端，而是要合於中正、古雅、雍穆之氣。首先，元代前期文人對性情與義理二者間關係的闡釋對歐陽玄產生了很大影響。元代初期的郝經在《五經論·禮樂》中曰：

> 喜怒哀樂之未發，性也；其既發，情也。可喜而喜，可怒而怒，可哀而哀，可樂而樂，則情之所以率乎性也。喜怒哀樂不當其可而

① （元）歐陽玄：《圭齋文集》卷八《劉桂隱先生文集序》，《四部叢刊》景明成化本。
② （元）郝經：《陵川集》卷二三《答友人論文法書》，《文淵閣四庫全書》本。

發，則非性情之正，而人欲之私也。①

又元代中期的虞集在《元風雅序》中説：

> 近世詩人，深於怨者多工，長於情者多美，善感慨者不能知所
> 歸，極放浪者不能有所反，是皆非得性情之正。②

此二人所言的"性情之正"中的"正"是一種倫理概念，他們承認詩歌需
要"吟咏情性"，但"情性"或"性情"要合乎儒家傳統倫理。而且郝
經、虞集在元代前期文壇的主導地位，使這種詩論影響了元代整個初、盛
時期的文風。黄溍在爲揭傒斯撰寫的神道碑中即以之評論其詩歌："詩長
於古樂府、《選》體，清婉麗密，而不失乎性情之正，律詩偉然有盛唐
風。"③ 是以這種義理規範下的"性情論"對歷經盛世的歐陽玄的"性情"
認識論的形成起到了一定的作用。其次，義理之學是歐陽玄自身的選擇。
特別是延祐初年恢復科舉後，朱子之學被奉爲官方哲學，主要活動於元代
後期的歐陽玄無疑仍處在理學思想的籠罩之下。在外部環境的影響下，理
學成爲歐陽玄主動選擇的思想資源。

可以説，歐陽玄非常精通義理之學，這點可以從與其交往甚爲頻繁的
宋濂在《歐陽公文集原序》中的記述有所了解。

> （歐陽玄）文學德行，卓然名世，羽儀斯文，黼黻治具，公之功
> 爲最多。君子評公之文意雄而辭贍……可謂奇偉不凡者矣。非見道篤
> 而擇理精，其能致然乎？嗚呼！自宋迄元三四百年之間，文忠公以斯
> 道倡之於其先，天下學士翕然而宗之。今我文公復倡之於其後，天下
> 學士復翕然而宗之，雙璧相望，照耀兩間，何歐陽氏一宗之多賢也，

---

① （元）郝經：《陵川集》卷一八《五經論·禮樂》，《文淵閣四庫全書》本。
② （元）虞集：《道園學古錄》卷三四《胡師遠詩集序》，《四部叢刊》景明成化本。
③ （元）黄溍：《文獻集》卷七下附錄《大元故翰林侍講學士中奉大夫知制誥同修國史同知
　　經筵事贈中奉大夫江西等處行中書省參知政事護軍追封江夏郡公謚文獻黄公神道碑》，
　　《文淵閣四庫全書》本。

不亦盛哉！①

由此可知，歐陽玄對"性情"的認識如"正心術""平心"論均是在其理
學思想的接受範圍内進行的。"醫道由儒書而出，非精於義理者不能，捨
儒而言醫，世俗之醫耳。……夫儒者讀書以正心術爲務，醫者讀書尤以正
心術爲急。心術正則學術亦正，心術偏則學術亦偏，正則人受其賜，偏則
人與己皆爲所累矣。"② 又"夫文，上者載道，其次記事，其次達言，烏以
尚人爲哉？歐陽公生平於'平心'兩字用力甚多，晚始有得。前輩論讀書
之法，亦曰'平心定氣'。人能平其心，文有不近道者乎？"③ 在他看來，
祇要在理學範圍之内修煉内心，使個人性情合乎義理，即達到"性情之
正"，由性情而發的詩文自然就會合乎聖人之道，并能成就好的作品。

總而概之，歐陽玄認爲詩文作品得於"性情之真"與"性情之正"就
很有可能成爲絕佳之作，同時他在詩文理論上對二者的倡導就是其面對後
期文壇過度擬古狀況提出的解決措施。

三　繼承與整合：歐陽玄詩學理論的詩史意義

歐陽玄"雅正"與"性情"并舉詩文理論的提出并非僅是因爲元代後
期文壇狀況的窘迫與嚴重，另一原因是在歐陽玄的理解中，這二者實際上
并無本質區別。從深處探求可知，他倡導的"雅正"觀仍是對儒家傳統詩
學——"吟咏情性"的堅守，而"性情"論則是理學影響下的產物，需要
合於既雅且正的儒學傳統。歐陽玄的這種認識有其合理依據，《四庫全書
總目》在評價元人周巽以"性情"爲名的詩集時，亦有相似的看法："巽
詩格不高，頗乏沉鬱頓挫之致。然其抒懷寫景，亦頗近自然，要自不失雅
則，集以'性情'爲名，其所尚蓋可知也。"④

歐陽玄對這種詩文理論的提倡，有力地扭轉了元代後期文壇上一味擬
古的風氣，而實際上，歐陽玄及以其爲代表的元代後期詩文理論的價值與

---

① （明）宋濂：《歐陽公文集原序》，載（元）歐陽玄《圭齋文集》卷首，《文淵閣四庫全
　　書》本。
② （元）歐陽玄：《圭齋文集》卷六《讀書堂記》，《文淵閣四庫全書》本。
③ （元）歐陽玄：《圭齋文集》卷八《族兄南翁文集序》，《文淵閣四庫全書》本。
④ （清）永瑢等：《四庫全書總目》卷一六八《性情集》提要，中華書局，1965，第1461頁。

意義并不僅限於此。

　　首先，元代後期文壇對元代前期的詩文理論進行了繼承與總結。在對後期文壇領袖歐陽玄提倡的“雅正”與“性情”的考察過程中，可以清楚地發現前期詩文理論大家如郝經、吳澄、虞集、袁桷、范梈、揭傒斯等人的許多思想都在他的詩文理論中留有痕迹。在元人看來，歐陽玄在對問題的理性認識及對前人推重的“雅正”觀與“性情”論在細緻梳理後進行的總結與提升方面則自有獨到之處。

　　其次，歐陽玄在“復古”浪潮下敏銳地認識到後期文壇出現的問題，而且其提出的用以解決此問題的文論主張代表了元代後期文壇的發展趨勢。雖然，歐陽玄以大力倡導“性情”來反撥盲目復古的主張出現了一定的矯枉過正問題，從而導致後期文壇的“復古”偏離變味，靡軟之音漸多而盛世風骨日少。但是，相對元初諸人在易代之際對宋季問題清醒而深刻的認識，歐陽玄在元代文壇衆人均沉浸在盛世心態與復古風潮的情形下，敏銳而犀利地指出大好形勢下的問題所在反而顯得更爲難能可貴。另外，歐陽玄頗高的政治地位與文壇地位使得其提倡的“雅正”與“性情”并舉詩文理論主導着元代後期的文壇風氣，而且在這一風氣影響下，形成了“有元之文，其季彌盛”[1] 的文壇面貌。一方面，這一主張對楊維楨張揚個性的“性情論”的提出有不可忽視的作用，是以風行於東南、以楊維楨爲宗主的“鐵崖體”詩自然離不開他的影響；另一方面，中國歷史上參與人數最多、持續時間最長的文人雅集就是在這種文壇風氣影響下由顧瑛主持的玉山雅集。[2]

　　最後，元代後期的詩文理論在某種程度上開啓了明代詩文理論。從一個角度來講，元末文壇矯枉過正遺留的問題，促使了明代前期文壇對“復古”主張的大力提倡。同時，元末之弊也導致了明初承襲無爲的問題，因此受到了後人的詬病，如王世貞在談及明初詩歌中的元詩習氣時即言：“勝國之季，業詩者，道園以典麗爲貴，廉夫以奇崛見推。迨於明興，虞氏多助，大約立赤幟者二家而已。才情之美，無過季迪；聲氣之雄，次及伯温。當是時，孟載景文子高輩實爲之羽翼。而談者尚以元習短之，謂辭

---

①　（清）顧嗣立：《元詩選》初集《貢師泰小傳》，中華書局，2002，第 1394 頁。

②　查洪德：《元代詩學通論》，北京大學出版社，2014，第 44 頁。

微於宋，所乏老蒼，格不及唐，僅窺季晚。"① 但從另一個角度來講，明初文壇的繁盛之貌都可歸功於元末的衆多文士。

> 明初，文學之士承元季虞、柳、黃、吳之後，師友講貫，學有本原。宋濂、王褘、方孝孺以文雄，高、楊、張、徐、劉基、袁凱以詩著。其他勝代遺逸，風流標映，不可指數，蓋蔚然稱盛。②

實際上，宋濂、王褘等人的創作與理論基本上完成於元末而延續到明初，因此明初文壇所謂的繁榮基本上屬於元末文壇的成就。而且，明初文壇上的許多大家都是元末遺民，"元末，東南地區有兩大文化與文學中心：浙東與吳中。高啓是當時'吳中四杰'之首，是吳中詩人和詩論家的代表。在浙東婺州，金華後學宋濂、王褘、胡翰、蘇伯衡、戴良等一大批詩人和文章家，也都是詩論家，發表過有價值的詩學見解"。③ 因此，對元末詩文理論批評的發展趨勢應一分爲二看待。對於此點，胡應麟即作出了比較理性的評論："元之才不若宋之高，而稍復緣情，故元季諸子，即爲昭代先鞭。"④ 他認爲元末雖在詩文格調上未回歸唐代，才學議論也未可與宋代比肩，但元末文士在此基礎上提出的"雅正"與"性情"并重的理論和實踐無疑是具有非常積極與深遠意義的。

然而，在細緻研究歐陽玄的詩歌理論及其詩文創作之後，會發現一個奇怪的現象，即其詩文創作與詩文理論存在比較嚴重的脫節現象。

> 我懷赤壁仙，此心已穿透。憶曾據虎豹，今與鶴俱瘦。⑤ （《東坡怪石》）

> 鈴索無聲玉漏稀，青綾夜直月侵扉。五更一覺梅花夢，催得江南

---

① （明）王世貞：《藝苑卮言》卷五，見丁福保輯《歷代詩話續編》，中華書局，2006，第1023頁。
② （清）張廷玉等：《明史》卷二八五《文苑傳序》，中華書局，1976，第7307頁。
③ 查洪德：《元代詩學通論》，北京大學出版社，2014，第47頁。
④ （明）胡應麟：《詩藪·外編》卷五，上海古籍出版社，1979，第206頁。
⑤ （元）歐陽玄：《圭齋文集》卷二《東坡怪石》，《文淵閣四庫全書》本。

學士歸。① ［《漫題四絕》（其一）］

　　東風園林花草香，芳閨寂寞春晝長。佳人獨守情默默，銀床錦被閑鴛鴦。終朝倦繡拈針指，怕向花前聽鶯語。喚回舊事千萬端，杏臉蛾眉泪如雨。玉郎去年辭家時，綠楊紅杏嬌春暉。綠楊紅杏色如舊，悵望玉郎猶未歸。一春魚雁音書絕，雪膚消瘦千腸結。斷腸猶立幾黃昏，那更青山苦啼鴂。②（《咏春歸怨》）

就歐陽玄提出的詩歌評判標準而言，其創作的以上三首詩歌不能完全算得上是絕佳之作。一方面，語辭缺乏典雅氣息與自然之態。如第一首詩“我懷赤壁仙，此心已穿透”一句，語言過於淺白而失雅致；第三首詩“玉郎去年辭家時，綠楊紅杏嬌春暉。綠楊紅杏色如舊，悵望玉郎猶未歸”兩句，多有重複而失精緻；第二首詩“鈴索無聲玉漏稀，青綾夜直月侵扉”一聯，雕琢之迹略濃而失性情自然流露之美。另一方面，內容主旨稍偏義理之正。如第三首詩《咏春歸怨》的主旨在一定程度上并不符合理學規範下的倫理日常。就此而言，歐陽玄雖享譽元末文壇，但是他的實際詩文創作尤其是詩歌作品并沒有達到其所倡導的詩文理論的標準，而且也沒有達到虞集、袁桷、趙孟頫等人的高度，就是和揭傒斯、馬祖常、黃溍、柳貫相比也稍顯遜色，清人翁方綱對此有所論述：“歐陽原功詩，所傳雖不甚多，而精神亦少，又在黃、柳之次。蓋學有本原，詞自規矩，初非必專精於詩也。”③ 而此種矛盾現象不僅出現在歐陽玄身上，元代後期諸多理論大家如許有壬等人都存在此種問題。若細究其中原因，則會發現在某種程度上，這種矛盾的產生是由“雅正”與“性情”并重的詩文理論造成的。元代後期的文壇基本上一直沉浸在大力倡導具有濃烈復古色彩的“雅正”觀與理學規範下的“性情”論的風潮下，這種審美傾嚮促使“臺閣詩風”在後期頗爲盛行，但是這種感情抒發淺易、表達主旨一致的詩風在另一方面說明了後期文人之詩在創新性上的缺乏，是以失去了獨特之處的詩歌根本

---

① （元）歐陽玄：《圭齋文集》卷三《漫題四絕》（其一），《文淵閣四庫全書》本。
② （元）歐陽玄：《圭齋文集》卷四《咏春歸怨》，《文淵閣四庫全書》本。
③ （清）翁方綱：《石洲詩話》，人民文學出版社，1981，第166頁。

無法超越古人之作，而祇能停留在復古的陰影之下。

綜而言之，歐陽玄作爲元代著名理學大家和史學大家，在元代後期文壇上居於盟主地位，可以説元代後期詩文風氣中的理學色彩，與歐陽玄的倡導有密切關係。同時，他對作品自然與本真的追求，使其非常重視文學表達的真誠，進而促使其在文學創作的發生上有較爲深刻的理性認識。雖然歐陽玄在實際創作上并没有達到元代前期文壇大家的高度，但"歐陽原功之文章，豈易及邪"① 之嘆及"一代盛名，其文終可傳也"② 之語定有其合理之處。另外，這也在一定程度上説明了充滿理性與可行性的創作目標和實際創作效果之間的錯位與差异。

---

① （明）宋濂等：《元史》卷一四二《徹里帖木兒傳》，中華書局，1976，第 3405 頁。
② （清）李慈銘：《越縵堂讀書記》，上海書店出版社，2000，第 924 頁。

第九章　明清詩論視野下的元詩與元詩史

元詩作爲上銜唐宋、下啓明清的一代之詩，其意義在以往的文學史叙述中并未得到有效的厘清。事實上，元代詩歌自元亡以後，有關其風格與特徵的論述在明清詩學話語中并不鮮見，元詩也正是在明清兩代的詩學傳播中不斷完成自身的詩壇圖景重塑。可以説，明清詩論者眼中的元詩，爲我們認知元詩在提供依據的同時，也在潛移默化地影響着當代對於元詩的認識前提。從某種意義上説，若要理解并重讀元代詩歌的意義，則必須厘清元詩在明清詩論中的傳播，元詩是以怎樣的面目爲明人與清人所接受。明清詩論者在有關元詩的論述中，是如何定位元詩，又是如何將對於元詩的風神格調進行評議。在此基礎上引發出的問題是，明清人爲何要如此評定元詩？明人與清人對於元詩的理解，是否存在交織與分歧？這種差異是否延宕至今，影響了當下對於元詩圖景的書寫？而明清兩代詩論中對於元詩譜系與層級的認定，又是否在一定程度上推動了元詩名家的經典化？這些問題，仍待進一步的闡釋與總結。而下文對於明清兩代的元詩傳播與流衍的梳理，或可對上述問題進行初步的回應。

第一節　疏離與排异：元詩風尚在明代的傳播與流衍

明人對於元詩的評價，個體之間有較大的差异。就整體而言，明人看待元代詩歌的差异，與其所處時代的詩歌風尚密切相關。因此，討論明代詩論中對於元詩的態度，應將其置於詩學史演進的視野中進行考察，或能窺見元詩在明人眼中的本來面目。

（一）明代初期

明人對元詩的評論，隨着明代詩學風尚的不斷轉變而發生變化。就明初而言，重要文士或在元代已頗有文名，或是元代文士之後學，自不能否定自身學統，因此普遍對元代詩文持肯定的態度。在元代長期生活的文士，入明之後，其詩學觀念并未因時代的轉移而出現劇變，是對於元代詩學的延續。

1. 貝瓊

貝瓊作爲元末明初著名文士，與楊維楨關係密切，因其入明修撰元史，是以後世多將其視作明人。但由於貝瓊之詩學形成多在元代，因此對於元代詩歌自然高度認同。在他看來，元詩的成就與唐詩可相頡頏："有元混一天下，一時鴻生碩士若劉、楊、虞、范，出而鳴國家之盛，而五峰、鐵崖二公繼作，瑰詭奇絶，視有唐爲無愧。"[1] 不難看出，貝瓊其實仍是在元人"宗唐得古"的背景中對元詩進行評議。他對於元詩的高度評價，是在以元人自居的視角下進行闡發的，而這種對於元詩風尚的體認，有其切身的體驗與感受在内。事實上，不惟貝瓊，元代後期士人均致力於對元詩進行回顧與梳理，對於元代詩歌的整體成就進行把握。在元末明初文士眼中，元代詩歌的成就堪與唐人相頡頏，其雅正清新之風格，潤色鴻業之雄闊，均是詩歌史上極具代表的審美風格，因此有着獨特之處，堪稱一代之詩。而這種觀念，在明初并不罕見，在那些曾受業於元人的明初文壇巨擘的叙述中，不難發現其對元詩的認同。

2. 劉基

作爲明初古文大家，劉基亦對元代文章詩文甚是欽服，"元承宋統，子孫相傳僅逾百載，而有劉、許、姚、吳、虞、黃、范、揭之儔，有詩有文，皆可垂後者，由其土宇之最廣也"。[2] 劉基在議論元詩時，尚未脱離元代詩學的慣性，他認爲北方的劉因、許衡、姚燧，南方的元詩四大家均是詩文俱佳之士，而這種成就，得益於元代的疆域之廣大，國力之强盛。也就是説，在劉基看來，元人的詩文之所以能够傳於後世，與元代疆域遼闊所帶來的大國心態有密切的聯繫。地理上的擴張給文士帶來的恢宏視野與新奇意象，使得他們的詩文呈現清新雄健、典雅平易的風格。這種風格爲明初文士所普遍繼承，而又有所轉型。四庫館臣稱劉基"其詩沈鬱頓挫，

---

[1] （元）貝瓊：《清江文集》卷一《乾坤清氣序》，《四部叢刊》影清趙氏亦有生齋本。
[2] （明）劉基：《誠意伯文集》卷五《蘇平仲文集序》，《四部叢刊》影明版。

自成一家，足與高啓相抗；其文閎深肅括，亦宋濂、王褘之亞"。① 不管是劉基、高啓、宋濂還是王褘，其知識結構的完善均在元代完成，與元代文士有很密切的師承淵源。他們生逢易代之際，因此詩風較之元人略有差异，但其對元代詩歌，普遍持肯定的態度。祇是在元末明初離亂的社會中，他們很難冷静地對元詩這一詩學問題進行總結與反思，因此無法形成系統的元詩批評理論，但其創作風格與詩學觀念均直承元詩而來，却是不爭之事實。

3. 宋濂

宋濂作爲明初三大家之一，其詩文學術，大多得自金華黄溍、柳貫等人。這樣的師承淵源，使得宋濂對元代詩歌，尤其是南方文士的創作深爲認同，他在評價戴表元的詩文成就時，首先關注的就是其對於宋季詩學的撥正。

> 辭章至於宋季，其敝甚矣，公卿大夫視應用爲急，俳諧以爲體，偶儷以爲奇，靦然自負其名高。稍上之，則穿鑿經義，隳括聲律，孳孳爲嘩世取寵之具。又稍上之，剽掠前修語録，佐以方言，累十百而弗休，且曰："我將以明道，奚文之爲？"又稍上之，騁宏博，則精粗雜糅而略繩墨；慕古奥，則删去語助之辭而不可以句，顧欲矯弊而其敝尤滋。私自念辭章在世，如日月之麗乎天，雖疾風暴雨動作無時，將不能蔽蝕其精明。獨怪夫當時之士，奚爲乏一人障其狂瀾邪？復念豪杰之士，何代云無？第區區所見孤陋，故鮮能知之，非誠然也。及覽先生之文，新而不刻，清而不露，如晴巒出雲，姿態横逸而連翩弗斷，如通川縈紆，十步九折，而無直瀉怒奔之失。嗚呼！此非近於所謂豪杰之士邪？②

由上可見，宋濂對於宋代詩文多有不滿之處，認爲其詩文穿鑿經義，一味以説理或矜博爲務，使得詩文喪失本來面目。而對於戴表元的創作，

---

① （明）劉基：《誠意伯文集》卷首，《四部叢刊》影明版。
② （明）宋濂：《宋濂全集》卷二二《剡源集序》，黄靈庚點校，人民文學出版社，2014，第448頁。

宋濂認爲其有自然含蓄之雅致，可謂力矯宋末文風之弊習。在這裏，宋濂將戴表元視作宋元文風變革的典型。其背後所隱藏的，則是宋濂對待宋代詩文的否定態度。宋代偏重於説理與堆砌典故的風尚，使得南宋末士人的創作普遍出現支離破碎、堆砌雕琢的風格，從而引起了許多宋末有識之士的不滿。對於宋濂而言，其詩文直承元代金華文士而來，追求的是自然典雅的文學風格，因此對於宋代詩文殊少好感。雖然這種評價是基於肯定戴表元的成就而做出的對比，但不難看出，宋濂對於元人詩文成就頗爲認可，將其視作對宋代詩文風氣的改正。從宋濂的創作上看，其文氣充盈，典雅莊正，深得元代南方文士之精粹。因此，其對於元代詩文的認同，亦在情理之中。

4. 方孝孺

作爲宋濂的後學，明初名儒方孝孺亦對元詩有所評議，并在此基礎上進行發揮。方孝孺在其組詩《談詩》五首中，對於古今詩歌進行了簡潔的勾勒與闡釋。首先，他認爲詩之最上乘乃是《風》《雅》，即令是才如李杜，也是學自《詩經》。[①] 而對於元詩，他認爲得唐人風骨，然亦不免粗豪之病："天曆諸公製作新，力排舊習祖唐人。粗豪未脱風沙氣，難詆熙豐作後塵。"[②] 兩宋詩壇在三百餘年的漫長歷程中，始終試圖擺脱唐詩榮光下的陰影，獲得自身在詩歌發展史上的一席之地。然而，在宋詩取得矚目成就的同時，其過度着意於尖新顯怪的特點在後世時常爲人所詬病。元代詩人在批評宋詩之弊的基礎上，有意識地規避南宋以降詩風逼仄腐熟的狹小格局，轉而學習宋以前的詩歌。唐詩作爲近體詩的高峰，自然成了元人首先效法的對象。經過近四十年的努力，至元代延祐、天曆年間，元詩終於走向了盛世，元詩名家紛紛涌現，以元詩四大家爲代表的漢族詩人群體以及西北色目作家群成爲當時詩壇的主體。方孝孺所説的"製作新"，正是對這一時期詩壇盛景的概括。元代詩歌對於唐詩的擬仿，在一定程度上已學得其高邁豪放之態，然而確實存在較爲粗糙之弊。這一問題終元一代未能解決，而元廷便已走向了衰亡。元代後期時局動蕩，文士或明哲保身而

---

① （明）方孝孺：《遜志齋集》卷二四《談詩》其一："舉世皆宗李杜詩，不知李杜更宗誰。能探風雅無窮意，始是乾坤絶妙詞。"（《四部叢刊》影明本）

② （明）方孝孺：《遜志齋集》卷二四《談詩》，《四部叢刊》影明本。

退爲遺老，或殺身成仁以殉舊國，或歸附新朝擔任臣屬，罕有於詩歌美學的純粹追求。即令是玉山雅集的主持者顧瑛，也因元末的大亂而最終離開其故土昆山。元代短促的國祚，使得其詩風未能得到進一步的發展。元詩以雅正爲核心的詩學風尚，本身即是政治安定、國力繁盛的外現，因而當其根基受到撼動，詩歌的走嚮也隨之出現了偏轉。然而，自元代中期所確立的"宗唐得古"的詩學風尚，却并未因朝代的更迭而有所中斷。事實上，有明一代的復古思潮，正是對元代詩風的繼承與延續，從這個意義上說，明人在評價元詩的同時，在某種程度上亦是從一個特殊的角度在審視明代詩學的發展歷程。

（二）明代中期

1. 周瑛

儘管明代詩文的主流素以復古爲旨，然而在一些文士的論述中，仍可看出明代有一部分士人喜愛元詩，并以其作爲師法的對象："古者之詩，大要以養性情爲本。自後世觀之，唐詩尚聲律，宋詩尚理趣，元詩則務爲綺麗以悦人。然而今之學詩者，喜自元入手，豈綺麗之語易於移人，而澹白之辭難以造意耶？"[1] 儘管在周瑛眼中，元詩無疑不可爲法，但也點出了元詩"綺麗"的特點。由於元詩整體風格流麗婉轉，便於擬仿，因而在明代仍有其受衆。周瑛從創作論的角度指出元詩之弊端，認爲其失之浮麗，不得詩之性情根本。值得玩味的是，在元代衆多的詩論中，對於詩歌的至高追求却恰恰是"雅正"，虞集便明言："詩之爲教，存乎性情，苟無得於斯，則其道謂之幾絶可也。"[2] 從本質上説，這一觀點與周瑛的詩學追求幾無二致。然在議論唐以後詩歌時，許多元明詩論者皆持宋（元）詩不足論的態度。這種"格以代降"的詩學觀點，在唐以後的詩論中屢見不鮮，并在嚴羽手中得到了長足的發揮，"入門須正，立志須高；以漢魏晉盛唐爲師，不作開元天寶以下人物"[3] 就是對這一觀點的高度概括。在此之後，作詩須以復古爲旨的觀點便逐漸成爲論詩者的主流觀點，并在元明兩代得

---

[1] （明）周瑛：《翠渠摘稿》卷四《跋陳可軒詩集》，《文淵閣四庫全書》本。

[2] （元）虞集：《元風雅原序》，載李修生主編《全元文》第 26 册，鳳凰出版社，2004，第 135 頁。

[3] （宋）嚴羽：《滄浪詩話校釋》，郭紹虞校釋，人民文學出版社，1961，第 1 頁。

到了更爲廣泛的傳播與發揮。周瑛對於元詩的評價，正與這種觀念息息相關。而元詩也在如周瑛等人"不足爲論"的反復論述中，逐漸在明人心中愈無可取之處，連批評亦少言及，成爲詩論上的"空白時期"。

2. 都穆

有明一代整體而言對於前代詩歌的態度是尊唐抑宋，然而在一些詩論者眼中，宋詩也并非無足取處，反倒是擬仿唐詩甚多的元詩，在藝術價值上無法與宋詩相提并論："昔人謂'詩盛於唐，壞於宋'，近亦有謂元詩過宋詩者，陋哉見也。劉後村云：'宋詩豈惟不愧於唐，蓋過之矣。'予觀歐、梅、蘇、黃、二陳至石湖、放翁諸公，其詩視唐未可便謂之過，然真無愧色者也。元詩稱大家，必曰虞、楊、范、揭。以四子而視宋，特太山之卷石耳。"① 都穆的態度十分明確，在他看來，元詩中的佼佼者如元詩四大家，從才情格局上殊非歐陽修、蘇軾、黃庭堅等宋代詩壇巨擘之敵。都穆的這種看法，與其重視詩道之悟性有關，"嚴滄浪謂論詩如論禪，禪道惟在妙悟，詩道亦在妙悟。學者須從最上乘，具正法眼，悟第一義。此最爲的論"。② 他受到嚴羽詩論之影響，且有"詩格以代降"的傾嚮，因而對於元詩不甚青睞。另一方面，都穆與下述李東陽、王世貞等人不同，其詩論中除了對於元詩四大家一帶而過，僅從現存文獻中看，其視界似乎并未投射到元代北方優秀的詩人如劉因、薩都剌、馬祖常等人，對於元詩之瞭解似不及李、王二人。都穆的觀點雖略顯偏狹，然而却很能反映出當時人對宋元詩的輕視。唐詩的經典化在明代乃至元代已然基本完成，而宋元詩之高下，却成了此後詩論者持久爭論的話題。

3. 李東陽

到了明代中葉，由於去元日遠，文士的學統已有相當程度的改變，因此對元詩的推崇便不復存在。李東陽便以爲元詩無甚足取之處，唯一二名家可觀，"宋詩深，却去唐遠；元詩淺，去唐却近。顧元不可爲法，所謂'取法乎中，僅得其下'耳。極元之選，惟劉靜修、虞伯生二人，皆能名家，莫可軒輕。世恒爲劉左祖，雖陸靜逸鼎儀亦然。予獨謂高牙大纛，堂堂正正，攻堅而折銳，則劉有一日之長。若藏鋒斂鍔，出奇制勝，如珠之

---

① （明）都穆：《南濠詩話》，清知不足齋叢書本。
② （明）都穆：《南濠詩話》，清知不足齋叢書本。

走盤，馬之行空，始若不見其妙，而探之愈深，引之愈長，則於虞有取焉"。① 對劉因、虞集二家甚是贊賞。李東陽所持的"元詩淺，去唐却近"之論，實有所本，戴良在《皇元風雅序》中已有總結，"唐詩主性情，故於風雅爲猶近；宋詩主議論，則其去風雅遠矣。然能得夫風雅之正聲，以一掃宋人之積弊，其惟我朝乎！"② 二人均認爲元詩與唐詩肖似，然而二者立足點并不相同。戴良是從元人本位出發，爲元詩找到文本的經典性，即認爲元代詩歌比唐宋詩更接近《詩》中的風雅正聲，其參照系在於《詩經》，是對元詩"得情性之正"的闡釋。而李東陽則將參照的原點落在唐詩上，是在對元代"宗唐得古"風尚的基礎上對元詩展開評議，因此認爲元人詩不可作爲師法對象。在這種視角之下，李東陽將元代詩人與唐代詩人互相比較，則很自然地會得出元人名家不過一二的結論，單純地從詩學審美角度而言，其論確甚爲深省，同時却也在某種程度上遮蔽了元詩更深層的文學史意義。李東陽對於元詩的態度，從其對於明初"吴中四杰"之高下品評亦可見出一二。

　　國初稱高楊張徐。高季迪才力聲調。過三人遠甚。百餘年来，亦未見卓然有以過之者，但未見其止耳。張來儀、徐幼文殊不多見。楊孟載《春草》詩最傳，其曰"六朝舊恨斜陽外，南浦新愁細雨中"，曰"平川十里人歸晚，無數牛羊一笛風"，誠佳，然綠迷歌扇，紅襯舞裙，已不能脱元詩氣習。至"簾爲看山盡捲西"，更過纖巧，"春來簾幕怕朝東"，乃艷詞耳。今人類學楊而不學高者，豈惟楊體易識，亦高差難學故耶？③

　　楊基《春草》詩膾炙人口，流衍甚廣，爲其詩中佳作，然而仍被李東陽目爲"元詩氣習"。可見在李東陽眼中，"元詩氣習"指的是詩歌呈現出的纖巧穠麗之弊，無疑需要學詩者竭力規避。而李東陽作爲明代復古思潮的領袖之一，他對元代詩風的批評，正是基於其對古詩質樸渾厚、大巧不

---

① （明）李東陽：《麓堂詩話》，載丁福保輯《歷代詩話續編》，中華書局，1983，第 1371 頁。
② （元）戴良：《九靈山房集》卷二九《皇元風雅序》，《文淵閣四庫全書》本。
③ （明）李東陽：《懷麓堂詩話》，清知不足齋叢書本。

工的認識上展開的。"元詩氣習"作爲一種詩學批評的符號化叙述,也成爲此後明代乃至清代文士時常提及的一種詩學風格。

(三) 明代後期

1. 游潛

在宋元詩孰高孰下的爭論中,明代論詩者雖有對於元詩勝於宋詩之論,然而認爲元不及宋者仍然是許多人贊同的觀點。如游潛之觀點,幾乎與都穆一致,他們都認爲宋詩與元詩的藝術成就不在同一層級,根本不能相提并論:"宋詩不及於唐,固也。或者矮觀聲吠,并謂不及於元,是可笑歟?"① 可見在明代部分士大夫心目中,唐以下之詩雖大多不足觀,然而在宋元詩高下的問題上,却幾乎都傾向於元不如宋的結論。他們的理由也相當簡單,即宋代之著名詩人如蘇軾、黃庭堅,其詩才實在元代諸位名家之上,是真正的詩壇大宗,"近又見胡纘宗氏作《重刻杜詩後序》,乃直謂'唐有詩,宋元無詩',無之一字,是何視蘇黃公之小也!知量者將謂之何?"②

元代作爲明之勝國,亦偶爾作爲與明詩的對比對象出現在論詩者的視野中。在明代游潛《夢蕉詩話》的一則詩評中,唐、宋、元、明詩的特徵與高下均得到了簡明的評述。其中"元詩近乎於唐,明詩近乎於宋"的論點,也頗值得玩味與闡釋。

> 或問:"謂元詩似唐,當代之詩似宋,然歟?"曰:"元有唐之氣,當代得宋之味。氣主外,蓋謂情之趣;味主內,蓋謂理之趣,要之皆爲似而已矣。"又問:"以元詩與當代詩較如何?"曰:"元浮而麗,當代沉而正,此其大約也。若以元之虞、楊、范、楊③諸大家與當代以來諸名世宗匠較之,則固各有所就,非予所可知也。先正詩云:'讀書未到康成地,安敢高聲議漢儒。'須俟執權度立堂上者語之。"④

游潛對於元詩似唐、明詩似宋的觀點進行了剖析,并道出自己的理

① (明)游潛:《夢蕉詩話》,明刻本。
② (明)游潛:《夢蕉詩話》,明刻本。
③ 原文即如此,應爲"揭"字之誤。
④ (明)游潛:《夢蕉詩話》,明刻本。

解。在他看來，元詩風格較爲清麗圓融，長於情而少談理，重視情感的外在表達，這些特點均與唐人的飄逸詩風相近，因而謂其得"情之趣"。相反，明代詩人則將詩之審美聚焦於詩歌内部所蘊含的理趣，喜愛在詩中談理，其整體風格與宋代更爲接近，因此被認爲有"理之趣"。事實上，元詩與明詩實則并未能得唐、宋詩之神韵，在一定程度上僅能做到皮相上的酷似，而缺乏唐宋詩中的真正動人的氣象。同時，游潜對於元、明兩代詩的整體特點即高下亦做出了自己的評價。他認爲元詩浮麗而明詩沉正，即元詩語言風格明快艷麗，明詩則在氣象上更加莊嚴肅穆，二者均有其亮點，也自有其值得詬病之處。但游潜又直言，他對於元詩四大家等元詩名家并無評價的資格，認爲其與明代當時之詩宗各擅所長，持不偏不倚之論。在衆多認爲元詩不值一哂的明代詩論家中，游潜能夠較爲公允地看待元、明兩代詩之長短，殊已難能。

2. 張四維

較之游潜等人，活躍於萬曆年間的内閣大臣張四維之觀點更爲偏激，他認爲元詩的藝術成就雖無法與已然經典化的唐詩相比，却猶勝明代諸家，即令是在明詩史上享有盛名的李夢陽、李攀龍、李東陽等人亦無法與元詩名家相頡頏："元詩雖不如唐，譬之今時猶勝。如文馬二段三李之流，皆一時名筆，亦難概以時弃。至如國朝諸公，原不以詩名，何必虛張此伎倆，徒增浮薄子之詆訾耳！"[①] 三李之詩在明代素來爲人所推崇，認爲其能夠"一洗宋元之弱"[②]，可見其在明人中之地位。張四維此論在舉世標榜本朝詩歌遠勝宋元，得唐詩之真髓的明代詩論者中實屬异數。然而，張四維的身份首先是名臣而非詩論家，其論元詩亦不過是一筆帶過，并無詳細的理據支持，因而在當時與後世均無回響。但從此不難看出，明代論元詩者也并非全然持否定之態，亦有少數文士對元詩甚爲推崇，衹是在明代標舉盛唐詩風的詩學風尚中音量甚微，幾不可聞。

3. 謝榛

在一些態度較爲通達的明代詩論家眼中，元詩尚有可觀之處，但仍然離以風雅爲代表的古詩精神差距甚遠，然似可與宋詩相提并論："宋詩偏

---

① （明）張四維：《條麓堂集》卷一八《復吕岫雲》，明萬曆二十三年張泰征刻本。

② （明）胡維霖：《墨池浪語》卷二《三李詩》，明崇禎刻本。

於濁而不瀟灑，元詩偏於清而不沉鬱。國朝宣德以前是元，弘治以前是宋，正德、嘉靖間駸駸有古義。"① 元詩之優點在於清麗圓融，在技巧上學習漢魏樂府與唐詩之格律，加上其疆土廣袤、國力雄厚，士人之視野開闊，因此詩風呈現出瀟灑飄逸的特點。然而，元詩之弊在於其詩人均多供職於翰林國史院，且大多生活在清平之年，少遇離亂戰禍，因而在情感上難以將家國天下的興亡融入詩中，出現"沉鬱"的深厚詩境。"宣德以前是元"這一論斷，在一定程度上體現了明代晚期詩論者對於元明兩代詩風關係與風格的認識。明初的著名詩人如高啓、劉基等人，均是在元代生活并成長，其詩風自然與元代整體的詩文風格相一致。而稍後登上詩壇的"三楊"（楊士奇、楊榮、楊溥）所引領的"台閣體"，則與元代延祐、天曆年間興盛的館閣詩風有相近之處。② 從這個角度説，元代詩歌雖已隨元朝統治的結束而宣告終結，然而其詩歌風格却一直到入明百年後，仍然在潛移默化中影響着明代詩人的創作。

4. 王世貞

晚於李東陽的王世貞，在其詩論《藝苑巵言》中，則給出對元詩更爲感性的直觀認識，集中於個體而不涉及整體風格，"元詩人，元右丞好問、趙承旨孟頫、姚學士燧、劉學士因、馬中丞祖常、范應奉德機、虞學士集、揭應奉傒斯、張句曲雨、楊提舉廉夫而已。趙稍清麗，而傷於淺。虞頗健利。劉多傖語，而涉議論，爲時所歸。廉夫本師長吉，而才不稱，以斷案雜之，遂成千里"。③ ——指出元代著名詩人之不足，其評論略顯苛刻。然而同樣在《藝苑巵言》中，王世貞又認爲元詩有其可觀之處，未可一概貶損，"勝國之季，業詩者，道園以典麗爲貴，廉夫以奇崛見推。……而談者尚以元習短之，謂辭微於宋，所乏老蒼，格不及唐，僅窺季晚。然是二三君子，工力深重，風調諧美，不得中行，猶稱殆庶，翩翩乎一時之選也"。④ 對元詩的佼佼者如虞集、楊維楨甚是看重。這一言論與前論并不

---

① （明）謝榛：《四溟詩話》卷四，清海山仙館叢書本。
② 明代台閣體與元代館閣詩風的形成與表現，究其深層原因有較大差异，不可一概而論。但在明人看來，其典雅雍容的詩歌風貌有其相近之處，因而可作爲比擬的對象。
③ （明）王世貞：《藝苑巵言》卷四，載丁福保輯《歷代詩話續編》，中華書局，1983，第1021~1022頁。
④ （明）王世貞：《藝苑巵言》卷五，載丁福保輯《歷代詩話續編》，中華書局，1983，第1023頁。

相悖，是對明代中葉士人普遍認爲元詩一無是處論調的反駁，認爲元詩有其特色，不能一概抹殺。然而，無論是李東陽還是王世貞，他們對元詩之批評，雖有其獨到眼光，但并未進行系統的研究與總結，僅是在對古今詩歌進行評議時以一二條目論之，其關注的重心仍然在於漢魏六朝古詩及唐詩，這也與明代"文必秦漢，詩必盛唐"的文學風尚相一致。

5. 胡應麟

胡應麟《詩藪》的出現，則在很大程度上填補了明代詩論對於元詩評點的空白。胡應麟在對古今詩歌進行批評時，也將元詩作爲全面評價的對象，分析元詩之優劣，并將其與唐宋詩進行比較，其意義深遠，可以視作明人所撰的元詩史，其意義可大致總結爲如下三方面。

首先，是對元詩的重新發現與審視，將元代詩歌及詩人視作詩歌史上承上啓下的一環。胡應麟對自己所撰《詩藪》頗爲自得，自稱"某於詩歌，即結髮從軍，大小百戰，而僻處海邦，進寸退尺，曾不足稱。王夜郎擁衆扶餘，而敢妄希壇坫之盛？惟近所著《詩藪》內外四編，頗竊自信管中之豹，蓋平生精力，皆殫此矣"。[1]《詩藪》乃是胡氏一生詩論觀精華之所在，對歷代各名家、各詩體均有較爲深入全面的論述，"其世，則自商、周、漢、魏、六代、三唐以迄於今；其體，則自四言、五言、七言、雜言、樂府、歌行以迄律絶；其人，則自李陵、枚叔、曹、劉、李、杜以迄元美、獻吉、于鱗；發其檀藏，暇瑜不掩。即晚唐弱宋勝朝之籍，吾不欲觀，雖在糠秕，不遺餘粒"。[2] 可見胡應麟的詩學史已頗爲完備，其中對於元詩的研究，更是彌補了明代士人普遍對元詩關注不足的空白。當時的明代詩壇，在前後七子的復古思潮導嚮下，認爲元代詩歌無足論處，上述李東陽、王世貞之言就是明證。爲《詩藪》作序的汪道昆，更直言元詩爲"糠秕"之作，其評價不可謂不低。胡應麟正是在這種思潮下，認爲元詩在詩格、詩風方面皆有可取之處，是詩歌史上的重要一環，未可輕忽。

　　皆句格莊嚴，詞藻瑰麗，上接大曆、元和之軌，下開正德、嘉靖

---

① （明）胡應麟：《少室山房集》卷一一二《雜啓長公小牘九通》之二，《文淵閣四庫全書》本。

② （明）汪道昆：《詩藪序》，載（明）胡應麟《詩藪》卷首，上海古籍出版社，1958，第1頁。

之途。今以元人，一概不復過目，余故稍爲拈出，以俟知者。①

在胡應麟看來，元詩成就固然無法與唐詩相提并論，然而，其音調諧和整密，風格柔靡華美，與宋詩正可一争短長。

> 宋主格，元主調。宋多骨，元多肉。宋人蒼勁，元人柔靡。宋人粗疏，元人整密。宋人學杜，於唐遠；元人學杜，於唐近。國朝下襲元風，上監宋轍，故虞、楊、范、趙，體法時參；歐、蘇、黃、陳，軌躅永絕。②

胡氏指出，元人之詩有自己的特點，其注重音律的諧整，强調辭藻的典雅秀麗，均爲宋詩所不及，在這一點上，元詩較宋詩爲長。胡應麟同樣注意到了明初詩風與元詩的相承關係，認爲明代詩歌對元代虞集、楊維楨、范梈、趙孟頫之詩均有學習。這本是詩史演進的正常現象，然而從明代中葉開始，詩人諱談宋元詩，即便偶一言及，也是貶多於褒。因此胡氏此論，實是對元詩的重新發現與建構，真正將元代詩歌視爲可與宋代詩壇相提并論的一代之詩，并對其展開了相當深入的剖析。

其次，將元詩與唐詩、宋詩進行比較，闡發其源流關係及异同，是把元詩放在大的詩歌流變中對其進行批評，對元詩的價值進行定位。

胡氏論元詩最具價值的部分，便是將其與唐詩、宋詩進行對比，在比較中確定了元詩的特點。在胡氏看來，宋元詩可同作一觀，各有優長，甚至元詩以“宗唐得古”爲旗幟，力求模擬唐詩而至形神兼備之境，比之宋詩“以學問爲詩”，“以才學爲詩”的詩學主張更爲可取：“宋人調甚駁，而材具縱横，浩瀚過於元；元人調頗純，而材具局促，卑陋劣於宋。然宋之遠於詩者，材累之；元之近於詩，亦材使之也。故蹈元之轍，不失爲小乘；入宋之門，多流於外道也。”③ 宋詩另闢蹊徑，別爲一格，却也在同時犧牲了部分詩歌的審美功能。這在元人看來并不可取，因此元代詩人普遍

---

① （明）胡應麟：《詩藪》外編卷六，上海古籍出版社，1958，第234頁。
② （明）胡應麟：《詩藪》內編卷二，上海古籍出版社，1958，第40頁。
③ （明）胡應麟：《詩藪》外編卷六，上海古籍出版社，1958，第229頁。

以唐詩爲師法對象，後來更成了元代詩壇主流的詩歌風尚。在胡應麟眼中，元代詩歌尚在詩法正道中，而宋詩已偏離了詩歌的本質，因此宋不如元。從整體上看，胡氏此觀點自然失之偏頗，然而從對"温柔敦厚"詩教觀的繼承方面看，元詩確實比宋詩更能體現"興觀群怨"的詩歌功能。正是這一點，使胡應麟將元詩列入"小乘"之道，也間接道出了元代詩人關注的重心并不在尖新造奇，而是更爲注重通過詩歌來發揮詩之教化。

胡應麟論元詩，常將唐宋詩與之作比較，在其比較中完成對元詩的定位，如：

> 唐人詩如初發芙蓉，自然可愛。宋人詩如披沙揀金，力多功少。元人詩如縷金錯采，雕繢滿前。三語本六朝評顏、謝詩，以分隸唐、宋、元人，亦不甚誣枉也。①

胡氏將唐詩、宋詩、元詩置於同一平面内，進行整體風格上的形容與對比，這一點在明代詩論中較爲罕見。尊唐抑宋爲明代詩論的共識，對其比較幾乎是每位詩論家必須進行的詩學批評環節，而胡應麟將元詩納入唐宋詩的比較中，本身就是一種突破。從歷時的角度看，唐代詩歌上繼建安之風骨，下承六朝之清麗，在李白、杜甫、孟浩然、王維、高適、岑參等人的創新下，形成了剛健雄渾與清新典麗并舉的盛唐詩風。唐詩的成就難以複製，因而宋代詩歌對唐人的學習，一直力求避免落入唐詩之窠臼。總體上宋詩普遍有内省性的特點，他們偏向於内心的觀照，側重於從生活瑣碎事物中發現詩意，因而詩境狹小寒微但哲理很深，與盛唐詩歌的雄渾廣大明顯不同。比至元代，政治上的大一統，疆域的廣袤使得文士普遍開始突破南宋以降逼仄細瑣的詩境，在詩法上力求擬唐。早期趙孟頫、袁桷均對南宋文士耽於場屋科試，其詩風破碎狹窄展開批評；中期以虞集爲代表的元詩四大家則以盛唐爲標杆，提倡"鳴盛世之音"的雅正詩風；到了元代後期，則有楊維楨學習李賀，創制出獨特的"鐵崖體"。總的而言，元詩在各個時期所師法的對象并不一致，而其注重辭藻、音律的特點却一以貫之。在胡應麟看來，元人最主要的通病是因爲刻意模仿而失真，唐人作詩

---

① （明）胡應麟：《詩藪》外編卷六，上海古籍出版社，1958，第234頁。

是真情流露，雖然綺麗，但其中骨力剛勁，情真意切，而元人因是刻意模仿，故失真，缺少宋人的創新之處，所以給人感覺詩味淺薄，流於圓滑，與追求內在理性思考的宋詩頗爲不同。胡氏所指確實也切中了元代詩壇流行的通病，就今元人詩集而言，元詩音調確實圓轉清麗有餘，但造境平淡，給人一種圓滑軟熟的感覺，而乏深致，因此將其風格定義爲"纈金錯采"是有其依據的。

最後，胡應麟對元詩的代表性人物進行分析，并由此對元詩"宗唐得古"的詩學風尚展開評議。

在《詩藪》中，胡應麟對元詩史之起承轉合雖無系統性的發覆，然而卻在散見的話語中，藉由對元詩代表人物的點評完成了其對元詩史的構建。胡應麟認爲，元代詩風的形成是南北詩風經過對話、碰撞後交織、融合的結果，其源頭是南方的趙孟頫與北方的元好問："趙承旨首倡元音，《松雪集》諸詩何寥寥，卑近淡弱也。然體裁端雅，音節和平，自是勝國濫觴，非宋人末弩。"又，"元右丞好問，才力頗宏，而格調多雅。古詩歌行勝趙，近體絕句弗如"。[1] 然而，不管是元好問還是趙孟頫，在胡應麟眼中都有其缺陷，完成元代詩風的構建，需要更多後來者對詩學主張的確立與傳播，方能成一代之風潮，而這一任務，則落在了大德、延祐時期的元詩四大家手中。

> 元人先達者，無如元好問、趙子昂。元，金遺老；趙，宋宗枝也。元體備格卑，趙詞雅調弱，成都諸子，乃一振之。伯生典而實，仲弘整而健，德機刻而峭，曼碩麗而新，至大家逸格，浩蕩沉深之軌，概乎未聞也。[2]

評價雖然有些苛刻，但亦能從整體上得出元代詩歌的整體特點，元詩雖然靡麗，但也體裁端雅，音節和平。實際上其他元代詩人正是在這一風貌之下形成自己的特點，如虞集的"典而實"，正說明其詩法度謹嚴，用典貼切，楊載的剛健，范梈的孤峭，揭傒斯的清新自然，正是元代詩壇整體風

---

① （明）胡應麟：《詩藪》外編卷六，上海古籍出版社，1958，第 240 頁。
② （明）胡應麟：《詩藪》外編卷六，上海古籍出版社，1958，第 234～235 頁。

貌的具體顯現。

元代所謂的"宗唐得古"思潮，其所師法的對象隨着時代變遷亦發生改變，雖均爲宗唐之作，但若加以細分，其宗法的對象亦有所不同，這一點在元人那裏已有論述，如郝經曾言："於是近世又盡爲辭勝之詩，莫不惜李賀之奇，喜盧仝之怪，賞杜牧之警，趨元稹之艶。又下焉，則爲溫庭筠、李義山、許渾、王建，謂之晚唐。"① 胡應麟更是較早地注意到這一現象，"勝國歌行，盛時多法供奉、拾遺，晚季大仿飛卿、長吉。蘇、黃體制，間亦相參。全篇可觀者……皆雄渾流麗，步驟中程。然格調音響，人人如一。大概多模往局，少創新規，視宋人藻繪有餘，古澹不足"。② 又認爲元詩之弊在於同類化，致使其詩寡淡而少韵致，"宋近體人以代殊，格以人創，巨細精粗，千歧萬軌。元則不然，體制音響，大都如一。其詞太綺縟而乏老蒼，其調過勻整而寡變幻，要以監戒前車，不得不爾。至於肉盛骨衰，形浮味淺，是其通病。國初諸子尚然"。③ 他進一步探討這種現象背後的成因，認爲原因在於所師法的并非盛唐詩，而是晚唐的李賀、溫庭筠，模擬偏向辭藻華美、格律嚴密，反而失去了真情實感，致使元詩的境界與格調有限，"勝國歌行，多學李長吉、溫庭筠者，晦刻濃綺，而真景真情，往往失之目前。盛唐則不然，愈近愈遠，愈拙愈工，讀王、岑、高、李諸作可見"。④ 元詩中存在大量的交游酬唱、題跋贈別之作，許多詩作的功能是作爲交往而非述懷，因此難以抒寫真情，從這一點上來説，胡應麟對元詩的批評是頗爲一針見血的。

此外，胡應麟作爲明代中葉文士，其個人又與王世貞等復古運動的領袖交往甚篤，其詩學觀念可以説仍是未脱離明代的復古思潮，因此他持詩"格以代降"的觀點，認爲宋詩、元詩格調皆不高，反倒是在其他文體上有所突破，"詩至於唐而格備，至於絶而體窮。故宋人不得不變而之詞，元人不得不變而之曲。詞勝而詩亡矣，曲勝而詞亦亡矣"。⑤ "四言不能不變而五言，古風不能不變而近體，勢也，亦時也。然詩至於律，已屬俳

① （元）郝經：《陵川集》卷二四《與撖彦舉論詩書》，《文淵閣四庫全書》本。
② （明）胡應麟：《詩藪》外編卷六，上海古籍出版社，1958，第 229~230 頁。
③ （明）胡應麟：《詩藪》外編卷六，上海古籍出版社，1958，第 230 頁。
④ （明）胡應麟：《詩藪》內編卷三，上海古籍出版社，1958，第 56 頁。
⑤ （明）胡應麟：《詩藪》內編卷一，上海古籍出版社，1958，第 1 頁。

優，況小詞艷曲乎！宋人不能越唐而漢，而以詞自名，宋所以弗振也。元人不能越宋而唐，而以曲自喜，元所以弗永也。"① 這一論點，可以說正是一代有一代之文學的最好注腳，文學的發展在每一階段都以其獨特性而被後人注意，當時人們輕視之小詞、艷曲在後世也成了宋元時期獨特而輝煌的成就。

縱觀明代近三百年的詩論史，對於元詩的評價無疑是貶多於褒，雖也有如胡應麟這樣將元詩納入其詩歌史體系中進行考察的詩論者，但終究僅爲個例。大多數明代詩論者對於元詩，大多持"六朝宋元詩就其佳者亦各有興致，但非本色，祇是禪家所謂小乘，道家所謂尸解仙耳"② 的態度。個中原因，除了元詩本身確實存在擬仿過度、情感不夠真摯的缺陷外，明人在以崇漢魏盛唐、貶六朝宋元爲主流的詩歌風尚的語境中，對於元詩普遍有所輕視亦是原因之一。這種情況造成了明代文士在論詩時較少涉及元代，即使提及，也多與宋詩一起進行批評或論議，單獨對於元詩進行評點、剖析的詩論者在明代頗爲罕見。即如元詩四大家等聲名甚隆的詩人，也少有人對其具體的詩風特性進行分析。元詩在明代詩論中的"沉寂"，直到晚明亦未得到太大改觀。

第二節　認同與系統化：清代元詩史的構建與反思

清代對於元代詩歌的反思與評價，在深度以及廣度上均超越了明代詩學，已經由簡單的個體評議轉爲對於元代詩史的關注。從宏觀上說，清代詩學對於前代詩歌史進行了統合與重構，對於歷朝歷代之詩均展開了詳盡的討論，元詩自也不例外，這就對此前明代對於元詩論議略有不足的現象進行了彌合。從微觀而言，清代詩論家第一次將元詩作爲一代之詩進行觀照，而非僅僅對其一二名家進行點評，已經開始重視其內部的層級劃分與地域差异，并提出如西北詩人群體等群體性概念。當然，這種嘗試在清代亦并未形成普遍認識，但在若干詩論家的議論中，已不難發現他們有意爲元詩進行系統的評議，并試圖對於元詩史進行初步構建。在這種層累式的

---

① （明）胡應麟：《詩藪》內編卷二，上海古籍出版社，1958，第23頁。
② （明）周子文：《藝藪談宗》卷一，明刻本。

討論之中，元代詩歌史的基本格局已然得到了初步的奠定，并一直綿延至今，影響了當今的文學史書寫。

1. 顧嗣立

清代詩學的整體旨趣與明代大异，其對於元詩史的構建與品評，亦與明代有所區別。如果説胡應麟是通過對元詩與唐詩及宋詩的比較，分析出元詩的得失優劣，那麽清代顧嗣立則是從元詩分期及流派角度對元詩進行了系統而深入的研究，可以視作元詩史的獨立構建。顧嗣立一生致力於《元詩選》的搜集和編纂，"余家藏元集，合之亦陶手鈔及所借傳是樓藏本，得縱觀采擇，甚爲快事。以至屬在親朋好古博雅之士，凡有元詩，必皆借閲入選"。① 正是顧嗣立傾畢生心力所輯纂而成的元詩選本，使爲數不少的元詩文獻得以留存，而顧氏也在編纂《元詩選》的過程中，完成了對元詩的批評。

顧氏評價元詩，首先是將其置於文學史大的流變格局下看待的：

> 五言始於漢魏，而變極于唐。七言盛于唐，而變極于宋。迨于有元，其變已極。故由宋返乎唐而諸體備焉。百餘年間，名人志士項背相望，才思所積，發爲詞華，蔚然自成一代文章之體。上接唐宋之淵源，而後啓有明之文物。②

認爲元詩上銜唐宋，下接明代，自成一代之詩，在詩歌史上不可忽視。顧氏論元詩最爲關鍵的一大貢獻便在於對元詩的流派與分期進行了清晰的劃分。他在廣泛搜羅與整理元詩文獻的同時，也逐步加深了對元詩的理解與認同，這使得他的劃分較前人更爲清晰且有條理，并明確提出了元詩轉變的時間節點，其《寒廳詩話》云：

> 元詩承宋、金之季，西北倡自元遺山，而郝陵川、劉静修之徒繼之，至中統、至元而大盛。然粗豪之習，時所不免。東南倡自趙松雪，而袁清容、鄧善之、貢雲林輩從而和之，時際承平，盡洗宋、金

---

① （清）顧嗣立：《元詩選》初集凡例，中華書局，1987。
② （清）顧嗣立：《元詩選》初集凡例，中華書局，1987。

餘習，而詩學爲之一變。延祐、天曆之間，風氣日開，赫然鳴其治平者，有虞、楊、范、揭，一以唐爲宗，而趨於雅，推一代之極盛，時又稱虞、揭、馬、宋。繼之而起者，世惟稱陳、李、二張。而新喻傅汝礪、宛陵貢泰甫、廬陵張光弼皆其流派也。若夫揣煉六朝，入於唐律，化尋常之言爲警策，則有晉陵宋子虛、廣陵成原常、東陽陳居采，標奇競秀，各自名家。間有奇才天授，開闔變怪，駭人視聽，莫可測度者，則貫酸齋、馮海粟、陳剛中，繼則薩天錫、楊廉夫。廉夫當元末兵戈擾攘，與吾家玉山主人領袖文壇，振興風雅於東南。柯敬仲、倪元鎮、郭羲仲、郯九成輩，更倡迭和，淞、泖之間，流風餘韻，至今未墜。廉夫《古樂府》上法漢、魏，而出入於少陵、二李。門下數百人，入其室者惟張思廉一人而已。明初袁海叟、楊眉庵爲開國詞臣領袖，亦出自鐵崖門。而議者謂"鐵崖"靡靡，妄肆譏彈，未可與論元詩也。①

這是顧嗣立最爲系統的關於元詩分期的論述，他將元代詩歌分爲三期，其中第一階段爲延祐之前的元代詩壇。元初詩壇主要分爲南北兩支，一派以北方元好問爲代表，其後繼者有劉因、郝經，其詩效杜甫，兼學蘇軾、黃庭堅，詩風趨向雄渾剛健一路。元好問個人才力渾厚磅礴，遠超當時儕輩，可謂金元之際最爲杰出的文人，對當時北方文士乃至有元一代的詩風均有影響。但他的詩風偏於雄渾剛健，其詩難以模仿，稍有不慎即流於粗疏。因此當時的北方文士劉因在《叙學》中即對這一時期的北方詩風提出批評："學詩當以六藝爲本，《三百篇》，其至者也。《三百篇》之流，降而爲辭賦。……隋唐而降，詩學日變，變而得正。李、杜、韓，其至者也。周宋而降，詩學日弱，弱而後強，歐、蘇、黃，其至者也。故作詩者，不能三百篇，則曹、劉、陶、謝；不能曹、劉、陶、謝，則李、杜、韓；不能李、杜、韓，則歐、蘇、黃。而乃效晚唐之萎苶，學溫、李之尖新，擬盧仝之怪誕，非所以爲詩也。"② 可見當時北方文士學詩之弊病。而顧氏所言的"粗豪之習"，正是與劉因此論相互印證。

---

① （清）顧嗣立：《寒廳詩話》，載丁福保《清詩話》，上海古籍出版社，1963，第83～84頁。
② （元）劉因：《靜修先生文集》卷一《叙學》，畿輔叢書本。

　　無獨有偶，入元的南宋文士如趙孟頫、戴表元、袁桷、鄧文原等人，亦對南宋末年的江湖詩風展開了深刻而激烈的批判。袁桷認爲宋代之詩，隨着國力衰弱，其詩風亦每況愈下："二宗爲盛，唯臨川莫有繼者，於是唐聲絕矣！至乾淳間諸老，以道德性命爲宗。其發爲聲詩，不過若釋氏輩條達明朗，而眉山、江西之宗亦絕。永嘉葉正則，始取徐、翁、趙氏爲四靈，而唐聲漸復。至於末造，號爲詩人者，極凄切於風雲花月之摹寫，力屢氣消，規規晚唐之音調，而三宗泯然無餘矣。"① 南宋詩人由於政治上的制約不斷加強，加之普遍耽於科舉場屋，其詩境愈加狹窄，難以突破風花雪月之末調，因此引起了如趙孟頫、戴表元、袁桷等東南文士的不滿，詩風變革已勢在必然。正由於元初的南北方詩風均有前代之弊，因此南北方文士在批判的過程中，通過交流與互動，逐漸使學習盛唐詩成爲一種共識，而這時則進入了顧氏言及的元詩第二階段，即延祐、天曆詩壇。

　　顧嗣立認爲，若無元初至延祐時期元代文士對於前代南北詩風的持續批判，那麼在延祐以後的元詩盛況便難以出現，"於是虞、楊、范、揭，一時并起，至治、天曆之盛，實開於大德、延祐之間"。② 這一時期，元代文士確立了以盛唐爲法，以雅正爲宗的師法目標，其詩風注重聲律諧和，強調氣度雍容，辭藻華美，詩法圓融，爲表現元代盛世宏大的氣象。而這種恢弘之氣也成了元詩最爲獨異之處，對此元人已有相當深刻的認識，"學士大夫乘其雄渾之氣以爲詩者，固未易一二數。然自姚、盧、劉、趙諸先達以來，若范公德機、虞公伯生、揭公曼碩、楊公仲弘，以及馬公伯庸、薩公天錫、余公廷心，皆其卓卓然者也"。③ 這一時期，正是顧氏所認爲的元詩極盛時期，不僅名家輩出，且形成了元詩的獨有風貌，因此值得重視。其中如虞集、楊載、范梈、揭傒斯等元詩四大家自不待言，而極爲令人矚目的色目詩人群體更爲顧嗣立所注意，"有元之興，西北子弟，盡爲橫經，涵養既深，异才并出，雲石海涯、馬伯庸以綺麗清新之派振起于前，而天錫繼之，清而不佻，麗而不縟，真能于袁、趙、虞、楊之外別開生面者也。于是雅正卿、達兼善、迺易之、余廷心諸人，各逞才華，標奇

① （元）袁桷：《袁桷集校注》卷四八《書湯西樓詩後》，楊亮校注，中華書局，2012，第2104頁。

② （清）顧嗣立：《元詩選》初集《袁學士桷》，中華書局，1987，第593頁。

③ （元）戴良：《九靈山房集》卷二九《皇元風雅序》，《文淵閣四庫全書》本。

競秀，亦可謂極一時之盛者歟！"① 這是較早注意到色目詩人的特殊身份以及這一身份爲其詩風所帶來的新奇之處。色目作家群這一現象，在文學史、文化史上均有特異之處，而顧嗣立已注意到這一派詩人詩風的綺麗清新，與延祐、天曆詩壇的主流風尚同中有異，是元代詩壇上的奇葩。而後世對於色目詩人的關注與研究，可以説正是建立在顧氏對其的發現與強調的基礎之上。

元詩分期的第三階段是從天曆之後一直到元亡，該時期最有影響的詩人是楊維楨。他所創的"鐵崖體"獨步詩壇，其詩飄蕩灑脱，瑰麗奇崛，音節鏗鏘，爲元詩風采的殿軍，"廉夫上法漢、魏，而出入少陵、二李之間，故其所作，隱然有曠世金石聲，又時出龍鬼蛇神，以眩蕩一世之耳目，斯亦奇矣"。② 無疑楊維楨是元代最有特色和最有影響的詩人之一。後世對楊維楨有看法乃是因其縱情聲色，寫過香奩詩，故被正統詩人所輕視。然而顧嗣立在其著述中，一直強調楊維楨的詩歌成就之高、之妙，認爲其影響一直延續到明初，其評價不偏不倚，甚爲公正，對於清代以後關於楊維楨乃至元代詩壇後期創作的評價奠定了基調，使議論者走出道德評判的僵化標準，更爲客觀地認識楊維楨及元代後期詩風在元詩史上的地位與成就。

由於顧氏論述元詩始終是在一個系統化的標準下進行的，他對於元詩嬗變的分界，使他能夠從更爲宏觀的角度來審視元代詩壇的面貌，在此基礎上對元代詩人的評議與定位就顯得更爲準確與客觀。且顧氏所論元人詩家，往往使用元人評論，其説服力便遠比憑空而談要可靠得多，這也與他在元詩搜羅輯補的過程中所見的元代文獻豐富有關，因此《元詩選》之詩人小傳，幾乎均是在有所本源的基礎上，成顧氏的一家之言。如虞集小傳：

先生嘗謂仲弘詩如百戰健兒，德機詩如唐臨晉帖，曼碩詩如美女簪花，人或問曰："公詩如何？"先生曰："虞集乃漢廷老吏也。"蓋先生未免自負，而公論皆以爲然。③

---

① （清）顧嗣立：《元詩選》初集《薩經歷都剌》，中華書局，1987，第 1185~1186 頁。
② （清）顧嗣立：《元詩選》初集《鐵崖先生楊維楨》，中華書局，1987，第 1975 頁。
③ （清）顧嗣立：《元詩選》初集《虞學士集》，中華書局，1987，第 843~844 頁。

　　虞集關於元詩四大家的這一論述，最早見諸揭傒斯爲范梈所作的《范先生詩序》，而後陶宗儀《南村輟耕録》對其加以整合，二者評價有細微差別①，顧氏在此所本當爲《南村輟耕録》。虞集爲元代詩壇倡復古詩風最力之人，要求詩以六藝爲本，提倡詩宗風雅，以鳴盛世之音，其詩論有“格以代降”的傾嚮并不爲怪。在虞集看來，楊載、范梈、揭傒斯之詩均爲上乘，但妙則妙矣，却不近於古詩，最多不過“唐臨晋帖”。而自己的詩作却如“漢廷老吏”，乃是得古詩之真髓，是以較餘三家爲高。在這裏，顧嗣立對於虞集詩風不加一語評説，却用文獻説明了其對於元詩四大家風格的把握，正與《南村輟耕録》所載一致，其詩學評議有顯明的文獻學家色彩。

　　《元詩選》作爲元詩選本中影響最大、選取最精且全者，其對於詩歌的擇取與對詩家的評價，均有較爲明晰的標準。通過對《元詩選》中各種詩體的統計，可發現在顧嗣立眼中的元詩生態，亦可從大資料的角度探析元詩在清代的流傳與分布情況。在《元詩選》的編選中，曾在翰林國史院任職的文士群體占據了極爲重要的地位。《元詩選》初集所擇取之詩人，大多在元代影響較大、成就較高。這種擇取的界限，從實質上而言，并非由顯明的詩學評價標準爲主導，而基本是以顧嗣立搜羅而得的元代詩集的次序與難易程度爲導嚮。然而，從另一個側面看，能够在初集即入選之詩人，在一定程度上説明其文集在清代流傳甚廣，其詩往往所得較易，因此首先入選。而在《元詩選》初集中，曾在翰林國史院、集賢院供職的詩人占四分之一强，且大部分詩人選入詩作均近百首，實際上占據了《元詩

---

①　（元）揭傒斯：《文安集》卷八《范先生詩序》：“伯生嘗評之曰：‘楊仲弘詩如百戰健兒，范德機詩如唐臨晋帖，以余爲三日新婦，而自比漢庭老吏也。’聞者皆大笑。”（《四部叢刊》影舊鈔本）元陶宗儀《南村輟耕録》卷四《論詩》：“虞伯生先生集、楊仲弘先生載同在京師，楊先生每言伯生不能作詩，虞先生載酒請問作詩之法，楊先生酒既酣，盡爲傾倒，虞先生遂超悟其理，繼有詩送袁伯長先生桷扈扈上都，以所作詩介他人質諸楊先生，先生曰：‘此詩非虞伯生不能也。’或曰：‘先生嘗謂伯生不能作詩，何以有此？’曰：‘伯生學問高，余曾授以作詩法，余莫能及。’又以詣趙魏公孟頫，詩中有‘山連閣道晨留輦，野散周廬夜屬橐’之句，公曰：‘美則美矣，若改山爲天，野星爲星，則尤美。’虞先生深服之，故國朝之詩，稱虞、趙、楊、范、揭焉。范即德機先生梈，揭即曼碩先生傒斯也。嘗有問於虞先生曰：‘仲弘詩如何？’先生曰：‘仲弘詩如百戰健兒。’‘德機詩如何？’”曰：‘德機詩如唐臨晋帖。’‘曼碩詩如何？’曰：‘曼碩詩如美女簪花。’‘先生詩如何？’笑曰：‘虞集乃漢廷老吏。’蓋先生未免自負，公論以爲然。”（《四部叢刊》本）

選》初集將近一半的篇幅。而以收入百首爲界，則會發現，《元詩選》初集中收詩超過百首的詩人共計40位，有翰林國史院、集賢院、國子學經歷的則多達19人。而餘下21位詩人，其生活年代則大多集中於元初與元末，且有較多經歷易代之際的詩人在内。這就表明，在元代政權統治穩固的時代中，富有文名的文士大多進入了元代的館閣機構供職，并且在此場域中進行詩文風尚的交流。

2. 王士禎

與顧嗣立關係甚篤的王士禎，其藏書與識見對於顧氏《元詩選》的成書頗具功勞，也在其文集或詩話中間或流露出自己對於元詩的看法。王漁洋對於元詩態度較爲複雜，然而亦有内在的一致性。一方面，王士禎認爲元詩之藝術成就，由於受到時人喜談唐詩風氣所宗，而爲人所忽略。元詩人中如楊維楨、吴萊等人之樂府歌行，皆爲佳作，却少有人知："鐵崖樂府氣淋漓，淵穎歌行格盡奇。耳食紛紛説開寶，幾人眼見宋元詩。"① 其眼光老辣，爲尋常文士所不及。王士禎作爲一位"越三唐而事兩宋"② 的清初詩學大家，他的這種觀點無疑是對時人僅關注盛唐詩歌的偏狭觀點的一種調和。然而，在另一方面，王士禎認爲元詩之成就有限，他雖認可虞集詩作的藝術性，"元詩稱虞、楊、范、揭，道園自負如漢廷老吏，愚數觀《學古録》，其詩誠非三家所及"③，在詩學造詣上爲元詩四大家之冠。但也指出，元詩除虞集、吴萊、楊維楨等人，其詩多犯"靡弱"之病："元詩靡弱。自虞伯生而外，唯吴立夫長句瑰瑋有奇氣，雖踈宕或遜前人。視楊廉夫之學飛卿、長吉，區以别矣。"④ 王士禎所謂元詩之靡弱，其所指并非元詩全體，而是專指元代館閣文臣所創作的詩作。明代以來，以元詩四大家爲代表的館閣詩人成爲元詩人中最受關注的群體，因而在一定程度上，元代館閣詩人也逐漸成爲元詩的代名詞，使得明清詩論家在論及元詩時往往着眼於館閣詩人的創作。然而，這種詩論上的聚焦却在同時忽視了元詩風尚的多樣性。在這種視野下，王士禎認爲元詩"靡弱"，乃是指元代館

---

① （清）王士禎：《漁洋山人精華録》卷五《戲仿元遺山論詩絶句三十二首》其十六，《四部叢刊》影林佶寫刻本。
② （清）錢林：《文獻徵録》卷二《王士正》，清咸豐八年有嘉樹軒刻本。
③ （清）王士禎：《帶經堂詩話》卷四，清乾隆二十七年刻本。
④ （清）王士禎：《帶經堂詩話》卷四，清乾隆二十七年刻本。

閣文士所創作的大量交游酬唱之作，這些詩作大多缺少自身之情感，因而
很難引起欣賞者的共鳴。

3. 毛奇齡

在康熙年間活動的學者毛奇齡則認爲論詩不應祇以時代爲限，應當較
爲客觀地看待一代詩歌中的優劣高下，而非一概將其抹殺，毛奇齡先以比
喻，將唐詩與宋金元之詩進行比較："昔昭明選文，謂文有變本不相仍襲，
譬之椎輪爲大輅所始，而大輅不必爲椎輪；增冰爲積水所加，而增冰不必
皆積水。審如是，則漢魏六季升降甚懸然，猶不能存漢魏而去六季。而欲
以三唐之詩一舉。夫宋金元五六百年之所作而盡去之，豈理也哉。夫唐之
必爲宋金元者，水之爲冰也。然而猶爲唐則冰之，仍可爲水也。宋金元之
大异於唐者，鉛之爲丹也。然而不必爲唐者，丹即不爲鉛，而亦未嘗非鉛
也。"① 在毛奇齡看來，宋金元詩之成就雖不如唐詩，然而正是自唐詩而
來，乃是唐詩之延續與承繼，其中亦有得唐詩之神韵者。而他認爲，無論
是對於宋元詩還是明詩，均不能認爲這一時代之詩毫無可取之處，持此觀
點者無疑走上了極端："曩時嘉隆間論詩太嚴，過於傾宋元而竟至于亡宋
元。夫宋元必不能亡，而欲亡宋元，遂致竟陵、公安，競相篡處，勢不至
于傾唐不止。今之爲宋元之説者，過于重宋元而抑明。夫明必不可抑，而
過于抑明而重宋元，其勢亦不至于傾宋元不止。"② 每一時代之詩，均有其
自身的價值與意義，雖然有所弊端，然而因此而矯枉過正，對於論詩甚是
不利。毛奇齡敏鋭地指出元詩在明代受到的輕視實際上正是這種風氣所導
致的。與此同時，他也指出清初對於明詩的普遍批判以及對於宋元詩的贊
揚，亦是步明人之後塵，因此應該儘量規避。在這種較爲公允的視野下，
毛奇齡認爲元詩人中得唐人家法者并不在少數："夫不見虛中、好問之近
韓韋，師拓、麻革之近郊島，趙承旨、虞學士之近錢劉，鮮于樞、薩都剌
之近温李，揭傒斯、太不花之近張籍、王建，迺賢、郭奎、張憲、兀顔子
敬之近方羅、近滄渾哉！"③ 由此可見，毛奇齡對於金元名家之作的風格甚
是熟稔，也認爲其學唐有所成就，不可一并抹殺。但是，同時應當看到的

① （清）毛奇齡：《西河集》卷四五《王舍人選刻宋元詩序》，《文淵閣四庫全書》本。
② （清）毛奇齡：《西河集》卷四五《王舍人選刻宋元詩序》，《文淵閣四庫全書》本。
③ （清）毛奇齡：《西河集》卷四五《王舍人選刻宋元詩序》，《文淵閣四庫全書》本。

是，毛奇齡爲元詩辯護的基準點，依然是元詩中去唐未遠的詩作。也就是説，在毛奇齡那裏，唐詩代表的是一種臻於完美的詩學風格，無論宋元明詩，均是在唐詩所確立的範式中進行擬仿，幾乎不存在超越的可能。在這種詩學觀念的指引下論及元詩，元詩僅是對唐詩名家的學步，其獨特的風格與其時代特性，也就隨之消弭無存。

毛奇齡這種觀點，可以説是以唐詩爲本位出發，以唐詩爲正道以及經典，其藝術成就已不容置疑。而與此同時，宋元詩則僅能成爲偏門，失去了其審美的範式效用，而被目爲流俗之作。

> 人能爲唐詩而後可以爲宋元之詩，如衣冠然。攣手局步鄰於拳械，而後稍稍爲開襟偃裼之狀，差足鳴快，而不然者，則裂冠毀冕而已。顧能爲唐詩者，必不爲宋元之詩，如琴瑟然。搏拊咏嘆，已通神明，而欲偶降爲街衢巷陌之音，以爲娱樂，則流汗被地。而世人不知，則以爲弦匏無异聲，鐘釜無异鳴而已。①

這種觀點，在今日看來無疑頗爲偏狹。然而無論如何，毛奇齡雖然以唐詩爲正聲，以宋元爲旁流，但他能夠發現宋元之詩的意義，未將其斥爲"宋元無詩"的境地，無疑已是一種較爲開明的詩學觀念了。

4. 宋犖

清代文士除顧嗣立輯選《元詩選》外，對於元詩的論述與評議，整體上較之明代更多，對元詩亦較爲認同，如宋犖便認爲元詩中優秀詩人并非少數，"唐以後詩派，歷宋、元、明至今，略可指數。……元初襲金源派，以好問爲大宗，其後則稱虞集、楊載、范梈、揭傒斯，元末楊維楨、李孝光、吴萊爲之冠，前如趙孟頫、郝經，後如薩都剌、倪瓚，皆有可觀"。②對於元代較爲知名的詩人均給予了肯定，并不似其他詩論家那樣認爲元詩僅一二名家，餘者皆不足論。

5. 田雯

宋犖此論在當時并非孤例，田雯從更細微的角度分析元詩成就，認爲

① （清）毛奇齡：《西河集》卷四五《何生洛仙北游集序》，《文淵閣四庫全書》本。
② （清）宋犖：《漫堂説詩》，載丁福保編《清詩話》，上海古籍出版社，1963，第 419 ~ 420 頁。

其七言古詩、七言絕句均有名家佳作，比之宋詩亦不遑多讓。

　　　金元之間，元好問七言妙處不減東坡、放翁，又虞集、楊仲弘、
范梈、揭傒斯四家，各擅其長，他如劉因、吳淵穎、薩都剌輩，亦有
數家可采者。①

　　　金元人絕句，如元好問、薩都剌、馬臻、宋无諸家，多有可觀。②

可以見出，清代詩論家雖不再將唐、宋、元詩并論，然而對於宋元詩的態
度，較之明人已溫和許多，大致是宋元并舉，認爲元詩有其獨到之處。

　6. 李重華

　　活躍於康乾詩壇的翰林館臣李重華亦是將元詩納入至大的詩學史視野
中進行定位："唐以聲律取士，宜其工者，固多於宋。然公道論之，唐之
中拙者什四三，宋之中工者亦什四三，原不可時代限矣。"③ 李重華首先指
出唐代科舉以詩賦取士的特殊制度使得其詩整體水準高於後世，却亦不盡
是佳作，不可以時代概而論之。這就使得李重華在看待金元詩歌時，不至
於將其全盤否定，對其名家之得力處亦評價甚高："金元詩體略同，最著
者爲元遺山、虞伯生、薩天錫、趙子昂諸家。遺山自是杰出，其祖述子
美，未及蘇長公者，尚巧處略多故也。要之，宋人惟無意學唐，故法疏而
天趣間出；金元人專意學唐，故有法而氣體反弱。後先升降，豈風會使然
與？"④ 在對金元名家元好問、虞集、趙孟頫等人肯定的同時，李重華也指
出元詩不及宋詩，其原因乃是尚巧太多，即着眼於詩歌技法的雕琢，反而
失却詩之情趣。而他也認爲，唐以後之詩大多學其形而不得其神，因而難
得唐詩之真韵："金元詩法宗唐者衆，而氣力總弱，亦風會使然。明之能
詩者，孰不追唐，然得其貌似頗多，取其精華特鮮。蓋唐法不傳久矣。"⑤
李重華這種觀點，在明清詩論中自不少見，然而其對詩史的把握較爲老辣

①　（清）田雯：《古歡堂集》卷一七《論七言古詩》，《文淵閣四庫全書》本。
②　（清）田雯：《古歡堂集》卷一七《論七言絕句》，《文淵閣四庫全書》本。
③　（清）李重華：《貞一齋詩説·論詩答問》，清昭代叢書本。
④　（清）李重華：《貞一齋詩説·詩談雜録》，清昭代叢書本。
⑤　（清）李重華：《貞一齋詩説·論詩答問》，清昭代叢書本。

精到，對清代以前詩歌均有宏觀而準確的體認，因而其有關元詩的論述雖較爲略，却依然能够代表清代前中葉詩學評論家對元代詩歌的印象。

7. 喬億

清代前中期文士喬億在其詩話類著作《劍溪説詩》中，對元詩亦有評價，其觀點偏重於宏觀的勾勒。其將宋元并舉，認爲其并非鄙陋不堪，世人對於宋元詩的鄙視，很大程度上是一種偏見："謂漢魏晋盛唐詩不能仿效者，自畫之詞也。謂宋金元詩不可寓目者，拘墟之見也。"① 喬億在否定"漢魏盛唐詩不可逾越"的同時，也强調要欣賞宋金元之詩作，如七言之詩中，素爲人鄙夷的南宋、金代詩壇中，亦有如陸游、元好問等名家，不可忽視："七言則坡谷已下，如放翁、遺山，餘均有取焉。"② 而對於元代詩家，喬億雖未刻意指出某一名家作爲元代之代表，然而從其整體對待元代詩學的態度看，他對元詩并未徹底否定，而是認爲元詩在詩史的變遷發展中自有其一席之地，如咏物詩："咏物詩齊梁及唐初爲一格，衆唐人爲一格，老杜自爲一格，宋元又各自一格。宋詩粗而大，元詩細而小，當分别觀之，以盡其變，而奉老杜爲宗。"③ 咏物詩素來爲古典詩學中重要的一體，而其風格確實隨着時代又有所變化。喬億在此對於元代咏物詩，則認爲其風格"細而小"，正與宋代的"粗而大"相對應。而由此也可看出，喬億在對咏物詩進行歷時梳理的同時，也對元代咏物詩進行了大致的勾勒，而這種概况雖然簡單，却抓住了咏物詩在宋元間風格的變化與演進。儘管其并未有所舉證，然而亦是對元代詩學進行的一種整體總結。

8. 張景星

在這種思潮下，元詩選本除《元詩選》外，尚有張景星等編的《元詩别裁集》，其序曰：

> 人謂元詩纖弱遜宋，此未究元人大全，遽爲一方之論也。遺山未嘗仕元，而巨手開先，冠絶於時，固不必言。至如趙、虞、楊、范，皆卓然成家爲正宗，晋卿、道傳，代興無愧。其餘騁奇鬥麗，不一而

---

① （清）喬億：《劍溪説詩》卷下，清乾隆刻本。
② （清）喬億：《劍溪説詩》卷下，清乾隆刻本。
③ （清）喬億：《劍溪説詩》卷下，清乾隆刻本。

足。掇錦囊之逸藻，嗣玉溪之芳韵，又非獨雁門、鐵崖已也。蓋宋詩末流之弊也，爲粗率，爲生硬；元詩則反是。欲救宋詩流弊，捨元曷以哉？①

對元詩之藝術成就，雖略有誇大，但絕非失當之論。元代對於金、宋末期的詩壇之弊，經過了數十年的批判與改革，終於在元仁宗延祐時期，形成了一股以復古爲名，實則最能代表元詩特點的雅正詩風。《元詩別裁集》在選詩眼光、體例、體制上自然無法與《元詩選》相提并論，然其對於元詩的重視却無二致，其認識亦相近似。二者皆重視趙孟頫、虞集等江南文士，也注意到馬祖常、薩都剌等色目詩人，并且一改以往對楊維楨其人其詩的偏見，對其甚是推崇，爲日後元詩學史的建構奠定了基調。

9. 翁方綱

清代另有一家值得關注的元詩論家，即翁方綱，其論調雖稍偏狹，然在其詩論著作《石洲詩話》中，對於元代名家名作，皆頗有論述，亦可視作對元詩的專門研究。翁方綱論詩，采取的是傳統印象式的片段點評，因此對於元詩史的構建，并没有進行系統的闡釋。然而從他的點評中，依然可以看出他對元詩的整體看法。

翁方綱認爲，金元詩家以元好問第一②，"遺山崛起党、趙之後，器識超拔，始不盡爲蘇氏餘波沾沾一得，是以開啓百年後文士之脉。則以有元一代之文，自先生倡導，未爲不可"③，認爲元代文壇實肇自元好問。翁氏對於元好問甚是推崇，認爲其詩才不遜蘇軾，自有其氣概，"遺山雖較之東坡，亦自不免肌理稍粗。然其秀骨天成，自是出群之姿，若無其秀骨，而但于氣概求之，則亦末矣"。④ 除元好問外，翁方綱亦對虞集甚是青睞，將其認作元代中期乃至有元一代最爲杰出的文學家，"入元之代，雖碩儒輩出，而菁華醖釀，合美爲難。虞文靖公承故相之世家，本草廬之理學，

---

① （清）張景星等編選《元詩別裁集》卷首，中華書局，1975，第 1 頁。
② 翁方綱對於《元詩選》將元好問列入其中深爲不滿，然亦肯定遺山之詩對於元代詩歌的重要意義。由於《全元文》《全元詩》等總集均將元好問作品收入其中，因此在本書論述時，仍將元好問視作入金、入元兩可的詩人。
③ （清）翁方綱：《石洲詩話》卷五，清粵雅堂叢書本。
④ （清）翁方綱：《石洲詩話》卷五，清粵雅堂叢書本。

習朝廷之故事，擇文章之雅言，蓋自北宋歐、蘇以後，老于文學者，定推此一人，不特與一時文士爭長也"。① 又認爲虞集獨出於元詩四大家，爲餘三家所不及，"總之，楊、范、揭三家，不應與虞齊名。其所以齊名者，或以袁伯常、馬伯庸輩，才筆太縱，轉不若此三人之矜持格調者，謂可以紹古乎？"② 這一觀點，可以説是較爲公允的。除元好問、虞集二人外，翁方綱對於劉因、趙孟頫、袁桷、馬祖常、貢師泰等著名詩人，亦有較爲客觀的評價。可見清代元詩學發展至乾隆朝，對於元代詩人的品級已基本論定，基本均是認爲虞集、楊維楨的詩歌成就爲元詩之大宗，而劉因、趙孟頫、袁桷、馬祖常、薩都剌等人成就亦自不凡，其下楊載、范椁、揭傒斯、貢師泰、黃溍等人之詩，雖有微瑕，亦不失爲名家。

清代論元詩者，已没有了明代對於元詩的普遍輕視，而大多是將其視作詩歌史上的一環來論述。儘管在清代論詩者看來，元詩有些許問題，如同質化較爲嚴重，詩風傷於纖巧，然亦頗有可取之處，并不能一味否定。而元詩大家如元好問、劉因、虞集、趙孟頫、袁桷、馬祖常等人，其一些佳作亦被清代詩論家譽爲無愧唐人，可見清人對於元詩較有好感，也能够較爲客觀地認識與探討元詩。其中，顧嗣立無疑是貢獻最大、成就最爲突出的一家，而翁方綱等人，其詩論雖不够系統，但對於元詩基本面貌與元代詩人的成就的認識，也起到了很大的推動作用。

10. 鄧繹

事實上，"元無詩"的概念，不僅在明代有相當數量的受衆，清代詩論家持此觀點者亦不在少數。在"得風雅之正"的詩論者眼中，唐詩已然失去了教化的功能，而宋元明三代更是淪於不可挽回之地，因此宋元明詩更是衰陋已極。晚清時期的學者鄧繹即持此論。

> 詩之有風雅頌賦比興也。人心自然之禮樂與天地中和之氣相應，而爲節宣。先王因人情之至而教之以詩，且取以爲六藝之首而傳之，以爲六義焉。其旨信深遠矣，可以經百世而無弊者也。孔門魯論於孔子言詩之旨，必再三記之，以垂成人小子之訓者，此意也。而末流儒

---

① （清）翁方綱：《石洲詩話》卷五，清粵雅堂叢書本。
② （清）翁方綱：《石洲詩話》卷五，清粵雅堂叢書本。

者治詩之義，乃鹵莽而無序，失溫柔之意，開攻擊之漸，禮日勝而樂日微矣。曾氏有感於是其言，曰："性理之説日密。庸人鰓生喜謗畏諛於世，所稱豪杰長者，哆口奮舌，攻擊慘毒。而於權要深險之小人，則緘口而不敢一風其短。"曾氏能知樂者也，故其言與道真冥合。凡今人之好毀而疾名者，皆詩教之失使然也。昌黎《原毀》未嘗及此。唐之詩教雖衰，未若宋明以來之甚也。其繩墨君子，人猶不至於苛切，則曾氏性理説密之言信矣。蓋借庸人鰓生以攻擊之利器者，其風習自兩宋而深也。宋元詩之衰陋可知矣。教失樂崩，往而不反也。而詞曲纖新仄艷之流連靡靡者，伊胡底矣。①

可見元詩進入經學家的視野，則被認爲是詩教衰毀的表現。鄧繹認爲，詩之六義要與天地人心相合，秉持溫柔敦厚之教化傳統，方是詩之上乘。這一觀點其實并無太多創新之處，與自古以來之詩教觀并無相悖之處。衹是鄧繹將其納入評價宋元明三代之詩，以此來感嘆世風日下，人心不古，而反映與展現人性情之正的詩歌，也逐漸淪喪了其教化功能。在鄧繹看來，則在教失樂崩的時代中，宋元之詩自無可能達到秉情性之正的境界。然而，元代詩學風尚自大德、延祐始，詩風即努力轉向了要"得情性之正"的路徑上。這種詩學觀念實際與鄧繹之觀點類似，均強調詩歌的教化功能，認爲作詩要得雍容敦厚之旨。然時隔數百年，元代詩風却受到了後代詩論者的質疑與否定。個中原因，除去鄧繹自身的詩學觀念不够開明外，也可見出中國傳統詩學內在理路的穩定。而在此詩學觀念下評價元詩，無疑使得元詩在後世的傳播中受到質疑與阻礙。

11. 潘德輿

活動於嘉道年間的詩論者潘德輿，對元詩亦曾有過較爲集中的論述，也傳遞出構建元詩譜系的意圖。衹是其論詩範圍主要集中於虞集等元詩名家，比之顧嗣立與翁方綱略顯單調。但其詩論能够看到元詩的獨立性，因此自有此意義。

潘德輿論詩，首先標舉虞集爲元詩大家，他認爲虞集特出於元詩諸家之外，深得風雅遺意，元代之詩人皆不可及，足可與北宋梅堯臣之詩相頡

---

①　（清）鄧繹：《藻川堂譚藝》比興篇，清刻本。

顧："余於宋詩取梅聖俞之澹，於元詩取虞伯生之質，以爲風雅遺意。"①
所謂風雅遺意，即中正平和，温柔敦厚的詩學風尚，是發之於性情而止乎
禮義的詩歌創作。潘德輿認爲虞集與梅堯臣之詩皆可得《詩》之真髓，對
其評價自是頗高。基於這種認識，潘德輿將虞集目爲元詩之正宗，同時以
其爲中心，對於元詩諸家展開了一系列論述。

對於虞集自身的創作風格，潘德輿進行了較爲詳細的界定，而整體上
被總結爲"質直"。

> 道園詩乍觀無可喜，細讀之，氣蒼格迥，真不可及。其妙總由一
> "質"字生出。"質"字之妙，胚胎於漢人，涵咏於老杜，師法最的。
> 故其長篇，鋪放處雖時仿東坡，而不似東坡之疏快無餘地；老勁斬絶
> 又似山谷，而黃安排用人力，虞質直近天機，等級亦易明耳。②

虞集之詩蒼勁平實，看似無華而實則氣韵深厚，因而格外受潘德輿之
青睞。他認爲虞集之古詩風格質樸，深得漢代古詩與杜甫之精華，能在平
淡中見功力，詩情内斂，正是得古詩之真意，因此對虞集詩評價甚高。且
潘德輿將虞集與蘇軾、黃庭堅等宋詩巨擘相較，認爲其詩亦有得蘇黃神韵
之處，却力除蘇黃之弊，而得"天機"，即詩風渾然天成，自然平易，無
東坡之狂放，亦少山谷之險僻，是以能够成爲元詩之冠。這種評價，其實
與虞集自評其詩爲"漢廷老吏"的考語甚是相合。而從此不難見出，虞集
對於漢魏古詩乃至杜甫的學習，可謂是相當成功的，這種質直的風格使得
他與元代其餘名家存在差距，因而在後世廣泛爲詩論者所推崇。

在評價虞集詩歌風格的同時，潘德輿還對於虞集的各體詩歌進行了評
議。他認爲虞集詩最佳者爲古體詩，爲其最接近雅正古樸風格的詩體，而
律詩次之，絶句又次之。對於這種現象，潘德輿解釋道：

> 道園以質直之氣行於爭尚綺靡之時，故能矯然獨出。其詩絶句不
> 如律詩，律詩不如古體，蓋質直者與古體爲近也。四言詩亦雅而質，

---

① （清）潘德輿：《養一齋詩話》卷三，朱德慈輯校，中華書局，2010，第41頁。
② （清）潘德輿：《養一齋詩話》卷三，朱德慈輯校，中華書局，2010，第41頁。

未能追踪曹氏父子，要不染潘、陸習氣，信乎其爲一代之雄也。七律
如"三日新春三日雪，一分深雪一分春"，"氣似酒酣雙國士，情如花
擁萬天姝"，氣粗筆縱，頗非雅音，然類此者亦鮮矣。①

潘德輿對於元詩的整體評價，與後世大多詩論者觀點一致，皆以爲其綺靡
纖巧，氣格不高。然而虞集能不墜於時代風尚，其詩神韵内收，形成了質
樸蒼勁的風格，因而能够與元詩整體風格相區别，成爲元代詩壇之冠冕。
潘德輿指出，虞集的這種詩歌風格，用以創作古體詩最爲相契，因此能够
成爲虞集詩中的上乘之作。潘德輿是由詩體風格論的角度探討虞集之古體
詩，而更應認識到的是，律詩、絶句其體裁短小，創作相對簡易方便，因
此用以題咏酬唱，應制贈答，均更具有實用價值。而元詩中大量存在題畫
酬唱之作，虞集久居翰苑，與當時之著名文士均有交游，因此其詩作中律
詩、絶句，存在大量的酬唱、贈答、題跋之作，在這種詩歌的創作模式
下，自然難以出現情意真切、古意悠長的作品。相較之下，古體詩的創作
更多是紀行咏古、感發咏嘆之用，更能展現虞集内心的波瀾悲歡，其情韵
自然真摯感人，將虞集質直的詩歌風格體現得淋漓盡致，深得古意，故爲
後世詩論家如潘德輿者所推崇。

其次，在潘德輿對元詩的論議中，其前提是將虞集作爲元詩的典範進
行評價，因而在涉及元代其他詩人時，虞集便成爲詩學範式與審美標杆，
用以界定該詩人的創作成就。傅若金爲元代後期著名詩人，其師從范梈，
與揭傒斯、虞集等人亦相友善，其詩風格清勁，深受元詩四大家所推重。
潘德輿亦認爲其詩甚佳，可爲虞集之羽翼：

> 人以"杏花城郭青旗雨，燕子樓台玉笛風"，"翡翠飛来春雨歇，
> 麝香眠處落花多"，"萬點愁心飛絮影，五更殘夢賣花聲"，爲元詩之
> 佳者，而元詩信不足重矣。不知"霜氣隔蓬纏數尺，斗杓插地已三
> 更"，"天連閣道晨留輦，星散周廬夜屬橐"，"松杉繞屋清宵響，雷雨
> 懸崖白晝陰"，亦元詩也。道園、與礪可以晚唐概之乎？人若常常研
> 摩《學古録》，可安步而入老杜之門矣。與礪諸體清蒼，長律亦杜之

---

① （清）潘德輿：《養一齋詩話》卷三，朱德慈輯校，中華書局，2010，第41頁。

正傳，羽翼道園，頗無愧色。①

　　潘德輿試圖修正時人對元詩的整體觀感。元詩家中多以中晚唐名家爲師法對象，學習如李賀、李商隱、温庭筠等人之詩，詩風流麗綺靡，音節婉轉，辭藻華美，然而容易流於淺俗，顯得不够厚重，後世許多對元詩的負面評價，往往由此而來。而潘德輿則指出，虞集與傅若金之詩，深得杜詩之風骨格調，蒼勁有力，因而爲元詩之上乘者。也就是説，元詩中并非缺乏名家佳作，而是讀詩者形成了對元詩整體風尚的偏見，因而遮蔽了這些格調高古的作品。

　　虞集與元好問作爲金元兩代詩壇之正宗，在後世素爲人所重。然而，在潘德輿的詩論體系中，虞集詩高於元好問，亦是其較爲獨特的觀點。

　　　　今人詩無一句不求偉麗峭雋，而怒張之氣、側媚之態，令人不可嚮邇，此中不足而飾其外之過也。道園詩未嘗廢氣勢詞采，而了無致飾悦人之意，最爲今人上藥，惜肯學其詩者希耳。夫道園之在元，猶遺山之在金，皆大宗也。而後人學遺山者多，學道園者少，豈以其精神渾質，藏而不露故也？然用此知道園高於遺山矣。②

　　潘德輿立論的基點仍然在於虞集詩風格的渾樸精純，認爲其詩能够矯正當時詩風之弊，因此高於元好問。可以説，潘德輿對於虞集詩的推崇，首先是因虞集之詩秉持雅正，崇尚詩教而得性情之正的詩風與潘氏之詩學觀頗爲相契，因此格外受潘德輿的推重。同時，潘德輿標榜虞集之詩，除了對於虞詩本身的偏愛外，更有希望以虞集爲標杆，能够規正時人作詩之弊的願景在内。在詩以教化爲本的評價體系内，由於虞集自身詩風的特點正是以風雅爲本，力求漢魏古意、渾樸含蓄的風格，因而被潘德輿目爲元代詩人之冠。元詩名家若趙孟頫、吳萊、薩都剌等人，雖亦有自身優長之處，然較之虞集終究稍遜一籌。

---

① （清）潘德輿：《養一齋詩話》卷三，朱德慈輯校，中華書局，2010，第40頁。
② （清）潘德輿：《養一齋詩話》卷三，朱德慈輯校，中華書局，2010，第42頁。

今人喜讀《雁門集》，然才極清發，而骨不堅重，尚非吳淵穎敵手，況道園哉？道園寄詩云："玉堂蕭爽地，思爾佩珊珊。"嗟賞其才調，而下語有分寸如此。

趙、虞并稱，趙音節純似唐人，而無真氣，殊不耐咀味。"故國金人泣辭漢，當年玉馬竟朝周。"自言之，自蹈之，氣焉得激昂哉？

"文章不如仲氏好，叔氏最少今亦老。五郎十歲未知學，嗟我何為長遠道？諸兒讀書俱不多，又不力耕知奈何。"此等筆力，元一代惟道園能之，大家本色本領在此。吳淵穎研煉老重，而能密不能疏，能華不能樸，以此遜道園矣。①

不難看出，在潘德輿的元詩評價體系中，虞集無疑是標杆式的人物，而趙孟頫、吳萊、薩都剌則有明確的高下之別。趙孟頫詩失之真，吳萊詩少於質樸，薩都剌詩骨氣稍弱，均存在弊端，因而不如虞集。潘德輿在對元詩人個體的評價中，試圖構築詩人的層級與高下，完成元詩等級的劃分。他將虞集視作元詩最高成就的代表，并以此為基準衡量元代其他詩人的創作成就。從元詩人的層級構築而言，潘德輿所涉及的範圍自然稍顯狹窄，其論述僅局限於虞集、吳萊、趙孟頫、薩都剌、傅若金、元好問等人，對其他元詩名家卻殊少提及。然而，將虞集作為元代詩學成就的標杆，標舉其質樸的詩學風格的範式作用時，潘德輿反而能夠特出於其他詩論者之外，發現較為冷僻的元代詩人之價值。

元人爭尚工麗，然亦有質樸與道園相近者，岑安卿靜能是也。略錄其數首於此："田園日蕪穢，衰邁不自治。童僕肆疏懶，子孫習娛嬉。良苗雜稂莠，瓜瓞纏葳蕤。草深狐兔聚，水積蛙蚓滋。念茲每獨往，遰焉起遐思。世事亦如此，重令我心悲。""石燕拂雲杪，河魚落簷前。天公半月雨，下士舒憂煎。槁壤蚓發唱，素壁蝸流涎。禾蔬鬱佳秀，樂彼園與田。既無溝壑虞，體受期歸全。插架有遺軸，足以消餘年。""群耕斥鹵地，此計誠迂疏。種瓜春夏交，幸不致荒蕪。青丸熟秋實，漲水為漂如。天災世難測，詎敢尤耘鋤。農家刈粳稻，我乃

---

① （清）潘德輿：《養一齋詩話》卷三，朱德慈輯校，中華書局，2010，第41頁。

憂空虛。遠思韋蘇州，不如坐觀書。""雨下山雲黑，雨收山月明。涼
風蚊蚋散，活水蚓蛙鳴。露頂中庭坐，披衣曲砌行。遙憐荷戈士，觸
熱入占城。""越客半年住，閩溪千里流。山高不礙夢，日暮易爲愁。
兄弟終相憶，鄉關非所憂。何當先隴側，同理釣魚舟。""梅花落盡五
更雨，清曉捲簾庭草新。身世百年吾獨老，乾坤一氣物皆春。床頭酒
熟堪留客，夢後詩成覺有神。更欲東皋共舒嘯，醉來隨意脫烏巾。"
"東山景物吾州稀，蓮宮璀粲浮春暉。過湖人騎白雪馬，待客僧立青
苔磯。花邊舉杯酒一斗，石上解衣松十圍。最愛東岡老禪伯，夜窗爲
我談玄機。"静能隱居樂道，人品甚高，故其詩質而無飾如此，雖未
逮道園之渾健，亦元人之特立者。[①]

　　岑安卿（1286～1355），字静能，自號栲栳山人，余姚（今屬浙江）
人，終身不仕，有《栲栳山人集》三卷行於世。是集雖爲《四庫全書》所
收，然在清代論元詩諸家中却鮮有人提及，可謂在元詩人中關注度較低。
而潘德輿對岑安卿詩的青睞，其根本原因正是其詩之質樸與虞集有近似之
處。岑安卿詩的淡雅樸實，無疑與元詩崇尚格律工整，用詞綺麗的整體風
格大相徑庭，是以引起了潘德輿的注意。正是由於潘德輿的詩論出發點是
以虞集作爲元詩的範本，方能將諸如岑安卿這類"元人之特立者"納入其
審美視野進行評論。而虞集之所以能够在潘德輿的詩論體系中代表元代詩
歌，則是由於其詩歌風格的質樸渾健滿足了潘氏詩言教化以風雅爲正宗的
雅正觀念。加上虞集詩歌本身即具備成爲經典的可能，因此作爲潘德輿元
詩論議中的典範與標杆而屢屢出現，也就不難解釋了。

　　最後，潘德輿亦對元代詩風進行了宏觀的論述，將其與唐、宋、明詩
置於同一平面展開比較，對唐宋元明四代詩的整體風尚做出勾勒，并對其
風格成因進行闡釋。

　　　唐詩大概主情，故多寬裕和動之音；宋詩大概主氣，故多猛起奮
　　末之音；元詩大概主詞，故多狄成滌濫之音。元不逮宋，宋不逮唐，
　　大彰明較著矣。且唐之高出宋、元者又有故：唐一代以詩取士，人好

① （清）潘德輿：《養一齋詩話》卷三，朱德慈輯校，中華書局，2010，第42～43頁。

盡力其間，故名家獨多。多則風尚所漸被者遠，雖未成家數、不著姓氏者，往往有一二詩足爲絕調。宋、元校士，詩非所重，雖名家皆以餘力爲之，因此名家較少於唐，而不足成家者更不待言。然則宋、元之遜於唐也，一以詩所主者不同，一以詩成名者較少故耳。後村謂宋實勝唐，阿其本朝，固非實論。正學謂宋詩無匹，而天曆大手仍不脫粗豪氣，亦未免抑揚太偏。即西涯謂宋去唐遠，元去唐近，又豈能自言其故哉？使能確言其故，元去唐近，何以不可法也？且宋人如歐、蘇、陳、陸，元人如虞、楊、范、揭，即置之唐人中，豈易多得？特以宋、元如此數公者太少，故爲唐絀。今必統一代而概謂之非本色，概謂之無所得，何其不近情、不達理至此！楊用修謂“唐詩固多佳篇，然如燕、趙雖產佳人，亦往往有疥且痔者雜處其中”。語雖諧諢，却屬平允之論。學者大綱自宜宗唐，而宋、元兩代亦何可薄？明人大都鑽仰唐人，鄙宋、元不足道，所以音調勝宋人，風格勝元人，於唐人又有形骸太似之病。西涯所謂“開卷視之，宛如舊本。細味之，求其流出肺肝、卓然有立者，指不能一再屈”。明人半犯此失耳。①

歷代詩話中對於前代詩歌的總結與比較，無疑是詩論家所熱衷的詩學命題之一。自唐宋兩大詩學範式在後世逐漸定型，便成爲明清詩論中極爲重要的議題，宗唐還是宗宋的爭論，自元代開始便大量出現於詩論中。唐宋以後的詩論者通過關於唐宋詩學範式的論辯，或是爲了凸顯本朝詩學的成就，或是爲了找尋詩壇革新的學理支撐，因而將大量精力投入對唐宋詩風格的論辯中。而元詩作爲唐宋詩之外的一種詩學風尚，一方面由於自身缺少獨特性，另一方面由於明清詩論者的選擇性忽視，使得元詩的整體風格論較少出現在明清詩論中。潘德輿對於唐宋元詩的宏觀把握，在明清詩話中是相當罕見的。他將唐宋元詩最爲核心的創作特質分別歸結爲“情”“氣”“詞”，而三者所孕生出的詩學風格則分別表現爲“寬裕和動之音”“猛起奮末之音”“狄成滌濫之音”，在格局境界上存在差異。的確，元詩在整體創作中大量借鑒、擬仿唐人，重視音律協整，工於辭藻，因而爲後世歸結爲“綺麗”。這種創作習慣在詩論家看來，很難與唐詩於肺腑流出

---

① （清）潘德輿：《養一齋詩話》卷四，朱德慈輯校，中華書局，2010，第 56~57 頁。

的真摯情感相提并論，也很難與宋詩善於談理哲思的深度相頡頏。但潘德興畢竟能夠正視元代詩歌，將元詩作爲一代之詩，總結與概括其風格，對於元詩，已可説相當重視。

同時，潘德興敏鋭地指出唐詩與宋元詩之所以存在高下之分，乃是由於唐代科舉以詩取士的制度保證，而宋元科舉之業，詩賦已非選拔人才的重心所在，因而名家較少。這一觀點與唐詩主情、宋詩主氣、元詩主詞之論結合，則解釋了唐詩取得偉大成就的原因。而潘德興的可貴之處在於，他重視宋元詩中的名家，認爲其詩無愧於唐人，不可簡單地全盤否定。宋元詩雖不若唐詩那樣名家輩出，然而亦有其佼佼者。因此他批評明代詩論者之觀點過於偏狹，一味貶損宋元詩之成就，僅以盛唐爲法，使得明詩成就有限。如此一來，潘德興之論便可視作對於"格以代降"論的反思與修正，在這一宏觀把握的基礎上，潘德興對於元詩纔有可能投入關注，前引其對元詩諸家的議論纔有可能產生。

清人看待元詩的態度，整體看來較明人要更加溫和，他們對於元詩典雅潤麗、清新自然的風神氣韻給予了較爲公允的評定，并將元詩視作一代之詩加以對待，正視其中如西北作家群、元詩四大家、玉山雅集詩人群等重要創作群體所作出的藝術成就。與此同時，清人開始將元詩進行分期，并遴選出各個時期的代表詩人，可視作最初的元詩史建構，而現下的元代詩歌史研究依然受到清人叙述的影響。應該説，清人對於元詩整體格局的界説與分析已頗具心得，在一定意義上已然做出了對元代詩壇圖景的描繪，同時亦是對古典詩學的一種反思與填補。

第三節　多元與重構：元詩批評的維度與明清詩論史

通過以上對元詩在歷代詩學評價中的簡要梳理，不難發現，不論是明人還是清人，其對待元詩的態度都與當時大的詩學思潮關係密切。幾乎所有知名詩論家，都是在書寫元代詩學史的過程中，折射出當時學術風尚對個體的影響。明清兩代論及元詩的區別，從宏觀意義上而言，正是由明清詩學風尚的不同而導致的。因此，若要探究元詩在明清發展嬗變的深層原因，則不得不考慮詩論家對於明清詩學的參與和構建，在何種程度上影響了其對於元詩學的評議與闡發。那麼，這一討論則將由單一的明清元詩觀探討轉爲元詩史在明清的動因問題。

首先，明清詩論家對元詩的態度有異，很大程度是由於他們的時代立場不一。

明代作爲繼踵元代的王朝，其江山的鼎革是在戰勝了元朝統治的基礎上完成的，因此在審視元代的制度、學術、文學時，其勝利者的姿態決定了對於元代的種種事物不可能不産生反思與批判。縱觀明代詩學史，論詩者對元代詩歌的態度大多是不願提及或評價不高，而這種現象，在不同時期亦各有其原因。明代前期的知名文士，如宋濂、劉基、高啓等人，皆是由元入明，與元代南方主流學術關係緊密，自身亦受到元代詩文風尚的深刻影響，對於元代詩學自不可能有所否定。加之他們面臨一系列的重大政治問題，本無閑暇念及於此，因此入明後在詩學問題上普遍處於沉默狀態。在生存的困境面前，詩歌便不得不退居次席，文士在天地易轉的格局中，唯有投身於政事方能找到自身在歷史中的定位。即便是顧瑛、高啓等避世爲詩的隱者，也無可比避免地受到政局動蕩的波及。在這種外部環境下，文士發而爲咏歌，抒寫懷抱自屬尋常，但刻意去探討詩學中的問題，并對元代詩學進行評議，便已非其關注的核心問題。因此，在明初的詩學話語中，元詩乃至詩學均逐漸淡出了文士的論議範圍，顯得頗爲寂寥。比至李東陽及“前後七子”逐漸登上文壇，明代文士亟待構建代表有明一代獨特的文學思潮，因而勢必要涉及對元代詩歌的定位與評價。但詩壇風尚的重塑與統合，從來都是在對前代詩學進行批判的基礎之上而完成的。在“前後七子”高舉復古大旗的詩學思潮中，元詩雖不若宋詩那樣受到了持久而激烈的批判，却陷入了另一種尷尬的無人問津的境地。不管是李東陽還是王世貞，其對於元詩的議論皆爲吉光片羽，僅是在其詩論中略一涉及，并不專門研究，究其原因，自是認爲元詩缺少詩學評議的典型性，因此便約略而過。的確，明代詩論家對元詩普遍有所輕視，或采取略而不談的方式，或是輕描淡寫地對其進行零星的評議。在舉世關注建安風力、盛唐氣象的明代文士看來，元詩在“宗唐”觀念下的擬仿無疑不能算作學得唐詩的真髓，至多得其形而失其神，因此難以成爲一種典型的詩歌範式。事實上，明代詩論者除胡應麟特出於時代之外，鮮有對元詩做出專門論述者。這固然與元詩自身偏重於復古而非開新的特點有關，但更爲重要的是，明代士人在勝國昭代心理與復古詩論的影響下，認爲元詩成就有限，除一二名家外整體無甚可觀之處，因此罕見對其議論者。

清代去元已遠，勝國昭代之感蕩然無存，且均爲少數民族建立的正統王朝，文士對於元代的關注，在某種程度上是其政治心態的映射。元代文士的生命處境與清初文士所面臨的頗爲類似，相似的歷史語境使得清代文士對於元代歷史的興趣頗爲濃厚，因而更多將注意力集中於元史及其相關研究中，元代詩文并不爲主流。然而，自康熙時期開始，有關元詩的輯選、評論便大量出現，顧嗣立的《元詩選》則是個中代表。清代文士在評議元代詩學時，雖然也有大量與明代詩論者觀點相近之處，但整體上對待元代詩歌的態度要更加溫和。對於元代詩歌的藝術成就，清代文士雖不認爲其能够與唐詩相提并論，然而普遍認爲其與宋詩各有所長。元代館閣詩風如袁桷、虞集的典雅雍容，西北詩人群如馬祖常、薩都剌等人的清麗雄放，均在清代受到了關注與認同。較之明代士人對於元詩的嚴厲與忽視，清代論詩者試圖挖掘元代詩歌成就，將元代詩歌視作一代之詩并對其進行論議，在心態上無疑要寬和得多。從宏觀上來看，清代的政治環境與元代無疑差异巨大，但身經王朝鼎革的清代文士，必然要尋求相似的歷史語境來反思自身的生存困境。正因如此，清代文士很難不對元代文士的政治境遇産生隔代之思，他們對於元代的歷史、制度、學術的興趣，自然也就較之明人要濃厚得多。因而，元詩研究在清代的"復活"，與當時的歷史局勢與政治語境息息相關。

其次，明清詩論中對元詩的看法出現轉換與其主流詩學風尚的變化亦步亦趨。明代中期以後由"前後七子"所高舉的復古旗幟，在一定程度上成爲明代文學思潮的主流，由此所引發的種種論爭、非議，其餘緒至清代仍未散盡。在這樣一種復古思想主盟文壇的情境下，明代詩學的重心關注點在乎盛唐詩風，其崇古思想濃厚。明代詩學出現對元詩普遍輕視的現象，亦受此主流詩學觀念的影響甚大。元代詩壇雖以宗唐著稱，實際上却不僅限於宗唐，漢魏古詩亦爲其學習的重點。這種復古思潮看似與明代詩論有共通之處，實則却存在較深的斷裂。從師法對象來看，僅就唐代而言，明代詩論者將較多精力投注於盛唐諸家，而元人則對於唐詩之分期的界限不甚分明，學習盛唐、中唐、晚唐者皆有，可謂是關注個體大於時代風尚。從理論成就來看，元代詩文評類著作多集中於詩法類，即關注作詩的技巧，也就是注意"形"的完備，詩話中對於歷代詩史的構建以及詩歌

意境高下等理論性命題，則大多在詩序及題跋中完成。明代則屬於詩話的
大發展時期，幾乎創作名家均有詩話傳世，詩論較元代更爲完備，理論性
也更強，對於一些核心詩學命題均展開了較爲集中的討論，這使得明代詩
學有更爲系統的表述。這兩種現象無疑使得明人對於元代詩學有所不滿，
認爲其并未能够繼承唐代以來輝煌的詩學成就，在理論上亦顯得乏善可
陳。加之元代詩學重視風格的擬仿與學習，使其不若宋詩那樣風格鮮明，
缺少話題性，因而在明代鮮有人問津，并不難以理解。而"前後七子"主
盟下的明代詩壇普遍認爲宋代以後詩之成就難以超過唐人，認爲宋已"無
詩"，"經亡而騷作，騷亡而賦作，賦亡而詩作。秦無經，漢無騷，唐無
賦，宋無詩"。① 宋詩已不必多加討論，更遑論元。宋詩的價值在明代復古
派文士眼中，其弊甚多，而言及盛唐詩之妙，其反例多舉宋詩，因此有明
一代，對於唐宋詩之論議極多，而對於元詩，則幾乎不予涉及。在這種思
潮下，即便是對於元詩有所關注的胡應麟，在評議元詩時亦是秉持今不如
古之論，"《三百篇》降而騷，騷降而漢，漢降而魏，魏降而六朝，六朝降
而三唐，詩之格以代降也"。② 胡應麟將元詩視作一代之詩加以評論，其目
的是對詩歌史進行梳理，以證其復古詩論，因此在具體的元詩研究中是將
其放在大的時代變遷下而言的，注重其與唐詩、宋詩之差異，在比較中對
元詩進行定義，而對元詩本身的流變，則無更深一層的研究。

　　到了清代，詩學風尚不再一味以古爲尊，以唐爲尚，甚至在一定程度
上出現了重宋元而輕唐的現象，"今之詩家，大半厭唐人而趨於宋元矣。
或謂文不如宋，詩不如元。赤城許廷慎非之，以爲宋詩非元人所及，要亦
一偏之見也"。③ 可見至清代前期，此時的詩學風尚已與明代大不相同。朱
彝尊作爲康熙詩壇最具影響力的人物之一，對於當時的詩壇風尚知之甚
稔，從他描述的現象中，不難發現當時明清詩學風尚的嬗變。清代作爲學
術的發達時代，其以學問爲詩，重理氣的觀點也成爲清代詩壇的重要風
尚，因而對待宋詩的態度要較以往開明，而作爲繼宋而後的元代詩學，清
代學者也對此有所關注，致力於完成詩歌史的構建，在整體上較之明代人

---

① （明）何景明：《大復集》卷三八《雜言十首》其五，明嘉靖刻本。
② （明）胡應麟：《詩藪》内編卷一，上海古籍出版社，1958，第 1 頁。
③ （清）朱彝尊：《曝書亭集》卷三九《南湖居士詩序》，《四部叢刊》影清康熙本。

論詩更具理性。清人欲盡揭明代學術之弊，因此關注視野常常投射於前代未能涉獵之處。正因如此，清代詩學纔能够不因循明代之舊，試圖進行新的詩學史譜系的建構，而元代詩學則無疑是清人所做的重要工作之一。顧嗣立的元詩編選工作，本身就帶有爲選本填補空白的意味，"獨有元之詩闕焉未備，故竊取前人之意，編成十集。非敢效顰遺山，亦以一代文獻所關，不可泯没云爾"。① 而在其選輯的過程中，顧嗣立完成了對元詩流派與分期的梳理。清人論及元詩，往往并非單純對元詩整體面目與唐宋詩對比，在論述上常集中在元詩內部的討論，如元詩的流變，元代名家的特點，對於著名詩人的風格概述，雖也常用唐人名家類比，然而大多有對其詩風的直觀描述。這種現象，與清代學術注重經史，善於從細微之處切入問題的風格不無關係。

再次，明清詩論對於元詩的論述差異，還與元人文集與元詩總集的傳播流布情況大有關係。

元人詩文集在明代刊刻并非少數，其中亦不乏善本，然而多是家刻或藩府刻本，雖頗爲精良，但在流通過程中依然未能爲廣大士人所熟知，即令是十分知名的文士，亦不能盡覽元詩之全貌。因此，元詩的傳播從一開始便需要選本的推動。元詩選本在元代本不算少，然而或是遴選無次，大家名作入選寥寥，如傅習、孫存吾輯《皇元風雅》十二卷及《後集》十二卷，"首尾頗無倫序，或有一人而兩見者，殊乖體例"②；或是流傳不廣，如蔣易輯《皇元風雅》三十卷，"載諸焦竑《國史經籍志》，近《浙江采集遺書目》止二卷，天一閣寫本，知此書之流傳非廣矣"③；或是并非單純的詩歌總集，如蘇天爵編《國朝文類》七十卷，是以并不能很好地承擔元詩在明代的廣泛傳布。在這種情況下，加之明代文士一味求之於古，對宋元詩大都嗤之以鼻，因此元詩難以在明代得到太多的認同便非罕事。胡應麟能够對元詩進行專門論述，與其大量購書，得見衆多元人文集亦有一定關係，"元瑞築室山中，後先購書四萬餘卷，分別部類，仿佛劉氏《七略》"。④

清代之所以論元詩者較明爲多，與元人文集的再度流通及元詩總集的

---

① （清）顧嗣立：《元詩選》初集凡例，中華書局，1987。
② （清）永瑢等：《四庫全書總目》卷一八八，清乾隆武英殿刻本。
③ （清）黃丕烈：《士禮居藏書題跋記》卷六《皇元風雅三〇卷》，清光緒十年滂喜齋刻本。
④ （明）王世貞：《弇州四部續稿》卷六九《胡元瑞傳》，《文淵閣四庫全書》本。

編纂有相當密切的關係。查閱《中國古籍善本書目》可以發現，幾乎所有的元人名家文集在清代均有數種刻本或抄本，而明代則常有空白或僅有一二種。這從另一個側面可以反映明清對於元代詩文的態度之不同，這當然會影響到其對元詩的看法。而同樣重要的是，顧嗣立《元詩選》的編成與刊印，使得元詩有了一部真正體制完備、遴選謹嚴的選本，并在清代的流傳較爲廣泛，這也間接使更多的文士得以瞭解與接受元詩。顧嗣立與康熙文壇的核心人物朱彝尊、王士禎、宋犖等人關係密切①，因此《元詩選》的影響在這些文士的推崇下，迅速地爲世人所知，這無疑加速了元詩在清代的傳播。比至乾隆時期編修《四庫全書》，四庫館臣對於《元詩選》已甚爲熟悉，翁方綱認爲“顧秀野《元百家詩》，體裁潔净，勝於吳孟舉宋詩鈔遠矣”②，對其評價頗高。在這種情形下，清人對於元詩較爲關注，其元詩觀較之明代更爲立體與完備，也就不難解釋了。

最後，明清文士對元詩風尚的認識，在很大程度上與其對於唐宋詩的態度相關。自唐宋以後，唐詩與宋詩可謂代表了兩種近體詩的審美範式，而其所推尊的自《詩》以下的經典文本，亦成爲後世文人在詩論所不斷申明與闡釋的詩學範式。可以説，經歷了唐宋兩代的詩歌發展及詩論演進，詩歌創作與詩學理論均已達到了相當完備的地步，此後歷代文士的詩論及詩歌創作，均難以躍出唐宋詩家所限定的範圍。元代文士，尤其是翰林國史院文士的創作與詩論，亦是從唐宋名家所開創的審美範式中汲取靈感，繼續完善與推進詩學史的構建。然而，這并非意味着元詩就僅僅生活於唐宋詩人的“陰影”之下，而無法構築起自身獨有的詩歌風格。此前對元詩風尚與翰林國史院文士的剖析中，元詩作爲詩歌史上的重要階段，其整體風格經過明清兩代文士的闡釋與界定，被闡釋爲清新雄放，而多進於唐人。然而，從此前的考察可以看出，元詩風尚的主流，從一開始便帶有强烈的經世色彩，而到了元代中期，翰林國史院文士所代表的雅正復古詩風成爲主流。隨着元代國勢的衰弱，元末文士的詩風，儘管保留了以風雅爲正聲的詩學傳統，亦逐漸引入了奇崛綺麗一脉。這種詩學風格的嬗變，在

---

① 關於顧嗣立的師承與交游情況，參見凌郁之《顧嗣立與康熙文壇》，《蘇州大學學報》（哲學社會科學版）2007 年第 4 期，第 59～63 頁。

② （清）翁方綱：《石洲詩話》卷五，清粵雅堂叢書本。

明清兩代的詩論家眼中，或是以勝國之心態對其有所貶斥，或是對其詩學史之流變進行梳理，而其認爲元詩風尚表現出清麗圓熟、典雅復古，無疑是將其視作一代之詩來對待，認爲元詩有其獨異之處。明清文士或以唐詩爲尊尚，或以宋韵爲指歸，對元代詩文風尚的態度，大多以唐宋詩爲參照，以此評介元代詩歌的成就。而這種評價體系，從詩學史的發展角度而言，自然有其合理之處。然而，元詩風尚的内部發展，亦非全然爲明清文士所忽視。縱觀明清兩代詩論，便不難發現，元代詩風，總體而言正是在元代翰林國史院文士的主導與倡議下，逐漸由宋金詩風的餘波而走向自身雅正復古的詩歌風尚。而這種審美風格，在一定程度上亦對於明清詩論的形成有深遠的影響。從明清詩論中對於元詩的評價可以看出，元詩儘管不若唐宋詩那樣受到後世文士的重視，但其清麗典雅的風神氣韵，仍然能够爲後世文人所欣賞并重視，將其視作一代之詩來看待。而在明清文士的層層叙述中，元詩風尚的特性亦逐漸被勾勒成形，并成爲詩歌史的重要環節之一。儘管這些明清文士對元詩的評價并非全然正面，但大多是受到"格以代降"的詩學思潮的影響，未能真正正視其藝術價值。而在大多數較爲公允平和的詩論家眼中，元詩風尚無疑是詩歌發展史不可或缺的一環，代表唐宋詩風之後銜接明清的重要節點。明清兩代所風行的復古詩論，正是在元代詩歌强調雅正復古的詩論風潮中得以展開，并加以深化。因此，探求元詩風尚的形成與嬗變，以及其在明清詩論視野下的轉型，不僅是對於完善詩學史的發展脉絡有所闡發，更是對於既往唐宋詩審美範型的突破。可以説，明清的擬古與復古詩學，正是沿着元代詩學的理路發展，并最終形成一個以《詩經》爲中心，以漢魏古詩爲羽翼，以唐宋古詩爲垂範的詩學典範系統，從而完善了中國古代詩歌史與詩學史。隨着對元詩的不斷認識，元詩的獨特之處逐漸爲明清文士所認知，而其所歸納的元詩之價值，亦是當下學界深化對於元詩認識，應當投入關注之所在。

綜而論之，從明代到清代，元代詩學的傳播演進史呈現出不斷深化、細化的特點。儘管元代詩學在明清詩論中并非主流論題，然而在論及歷代詩學的整體風格時，元詩依然被廣泛提起。元詩雖處於明清詩學話語中的"邊緣地帶"，却時時與詩學的核心問題密切相關，隨着詩文風尚、士人心態等因素的變易，元詩也逐漸成爲詩史建構中難以忽視的一環。以此爲基礎而展開的有關元詩風尚的討論，便不再是孤立的詩學問題，而已然涉及

文化層面。明清兩代隨着時代、思潮、傳播情況的變遷，對待元詩的看法
發生了較大的改變。明代文士雖受當時復古思潮影響，大多對元詩較爲不
屑，然而也有清醒之士對元詩進行了較爲客觀的評議，如胡應麟等人。清
代文士欲除明代之弊，在元詩研究上亦有新的發覆。顧嗣立編選《元詩
選》在一定程度上推進了元詩在清代的傳播與接受，使清代的元詩論述較
明代更爲普遍。要之，明代對於元詩的研究，主要是在復古視野下將元詩
置於大的歷史背景下對待，其具體形式往往是用唐、宋詩與其進行比較，
以證明其價值或闡明其風格，在本質上是論述唐、宋詩的餘波，彌補當時
詩論中對元詩的忽視。到了清代，元詩作爲元代文學重要的組成部分，其
合法性已爲大多人所認同，是以清代詩論家將關注點投射至元詩本身，對
於元詩的分期與流派乃至個體進行評議，對元代一些特異的現象如色目詩
人群體亦有所關注，其論述的具體內容已轉向了元詩史的初步建構。因
此，由明至清，對於元詩實際上是由單純的詩學評點逐漸演變爲對元詩史
的構建，認識也逐漸理性與客觀。明清兩代對於元詩態度的演進與轉嚮，
在一定程度上體現了當時學術背景的轉型，更對當代的元詩史構建產生了
深遠的幾乎是構造性的影響。

參考文獻

宋、金、元、明、清人著作

（宋）宇文懋昭：《大金國志校證》，崔文印校正，中華書局，1986。

（宋）彭大雅：《黑韃事略校注》，許全勝校注，蘭州大學出版社，2014。

（宋）周密：《齊東野語》，中華書局，1983。

（金）劉祁：《歸潛志》，中華書局，1983。

（元）蘇天爵：《元朝名臣事略》，中華書局，1996。

（元）蘇天爵：《元文類》，商務印書館，1958。

（元）脱脱等：《宋史》，中華書局，1985。

（元）脱脱等：《金史》，中華書局，1975。

（元）佚名撰《元典章》，陳高華、張帆等點校，中華書局、天津古籍出版社，2011。

（元）徐元瑞：《吏學指南》（外三種），浙江古籍出版社，1988。

（元）耶律楚材：《西游錄》，中華書局，1981。

（元）周致中：《异域志》，中華書局，1981。

（元）蔣易：《皇元風雅》，北京圖書館出版社，2006。

（元）釋祥邁：《大元至元辨僞錄》，元刻本。

（元）陶宗儀：《書史會要》，上海書店出版社，1984。

（元）陶宗儀：《南村輟耕錄》，中華書局，1959。

（元）王士點、商企翁編次《秘書監志》，浙江古籍出版社，1992。

（元）劉郁：《西使記》，《文淵閣四庫全書》本。

（元）佚名：《通制條格》，浙江古籍出版社，1992。

（元）劉一清：《武林掌故》，丁氏八千卷樓重刊本。

（元）崇喜：《元代西夏遺民文獻〈述善集〉校注》，焦進文、楊富學校注，甘肅人民出版社，2001。

（元）熊夢祥：《析津志輯佚》，北京古籍出版社，1983。

（元）趙承禧等編《憲台通紀》，浙江古籍出版社，1992。

（元）佚名：《廟學典禮》，王頲點校，浙江古籍出版社，1998。

（明）宋濂等：《元史》，中華書局，1976。

（明）陳邦瞻：《元史紀事本末》，中華書局，1979。

（明）董斯張：《吳興藝文補》，明崇禎六年刻本。

（明）權衡：《庚申外史箋證》，任崇岳箋證，中州古籍出版社，1991。

（清）黃宗羲：《宋元學案》，中華書局，1986。

（清）張廷玉等：《明史》，中華書局，1974。

（清）永瑢等：《四庫全書總目》，中華書局，1965。

（清）錢大昕：《補元史藝文志》，中華書局，1955。

（清）錢大昕：《十駕齋養新錄》，楊勇軍整理，上海書店出版社，2011。

（清）趙翼：《廿二史札記校證》，中華書局，1984。

（清）顧嗣立：《元詩選》，中華書局，1987。

（清）魏源：《元史新編》，光緒三十一年邵陽魏氏慎微堂刻本。

（清）邵遠平：《續弘簡錄元史類編》，康熙三十八年繼善堂刻本。

（清）汪輝祖：《元史本證》，中華書局，1984。

（清）施國祁：《金源札記》，《文淵閣四庫全書》本。

（清）曾廉：《元書》，宣統三年層漪堂刻本。

（清）陳衍：《元詩紀事》，上海古籍出版社，1987。

（清）孫承澤：《元朝人物略》，台灣文海出版社，1982。

（清）張景星、姚培謙、王永祺編選《元詩別裁集》，上海古籍出版社，1979。

（清）洪鈞：《元史譯文證補校注》，田虎校注，河北人民出版社，1990。

（清）潘德輿：《養一齋詩話》，朱德慈輯校，中華書局，2010。

宋、金、元、明人別集

（金）元好問：《遺山先生文集》，《四部叢刊》本。

（元）耶律楚材：《湛然居士文集》，謝方點校，中華書局，1986。

（元）劉秉忠：《藏春集點注》，張昕太等點注，花山文藝出版社，1993。

（元）張弘範：《淮陽集》，《文淵閣四庫全書》本。

（元）郝經：《陵川集》，《文淵閣四庫全書》本。

（元）張養浩：《張養浩集》，李鳴校點，吉林文史出版社，2008。

（元）方回：《桐江續集》，《文淵閣四庫全書》本。

（元）方回：《桐江集》，宛委別藏本。

（元）楊奐：《楊奐集》，吉林文史出版社，2010。

（元）黃庚：《月屋漫稿》，《文淵閣四庫全書》本。

（元）戴表元：《戴表元集》，陸曉冬、黃天美點校，浙江古籍出版社，2014。

（元）張伯淳：《養蒙文集》，《文淵閣四庫全書》本。

（元）陸文圭：《墻東類稿》，《文淵閣四庫全書》本。

（元）劉詵：《桂隱文集》，《文淵閣四庫全書》本。

（元）劉壎：《水雲村稿》，《文淵閣四庫全書》本。

（元）鄧文原：《鄧文原集》，羅琴整理，浙江人民美術出版社，2016。

（元）胡祇遹：《胡祇遹集》，魏崇武點校，吉林文史出版社，2008。

（元）趙孟頫：《趙孟頫集》，錢偉強點校，浙江古籍出版社，2012。

（元）吳澄：《吳文正集》，《文淵閣四庫全書》本。

（元）仇遠：《金淵集》，聚珍版叢書本。

（元）仇遠：《山村遺集》，武林往哲遺著本。

（元）白珽：《湛淵遺稿》，知不足齋叢書本。

（元）楊弘道：《楊弘道集》，吉林文史出版社，2010。

（元）許衡：《許衡集》，毛瑞芳等校點，吉林文史出版社，2010。

（元）劉因：《劉因集》，商聚德點校，人民文學出版社，2017。

（元）魏初：《青崖集》，《文淵閣四庫全書》本。

（元）劉將孫：《劉將孫集》，李鳴等點校，吉林文史出版社，2009。

（元）龔璛：《存悔齋稿》，《文淵閣四庫全書》本。

（元）耶律鑄：《雙溪醉隱集》，《文淵閣四庫全書》本。

（元）徐謙：《白雲集》，叢書集成簡編本。

（元）程端禮：《畏齋集》，《文淵閣四庫全書》本。

（元）王惲：《王惲全集彙校》，楊亮、鍾彥飛彙校，中華書局，2013。

（元）姚燧：《姚燧集》，查洪德編校，人民文學出版社，2011。

（元）程鉅夫：《程鉅夫集》，張文澍點校，吉林文史出版社，2009。

（元）曹伯啓：《曹文貞公詩集》，《文淵閣四庫全書》本。

（元）曹伯啓：《漢泉漫稿》，涵芬樓秘笈本。

（元）陳孚：《觀光稿》，《文淵閣四庫全書》本。

（元）陳孚：《交州稿》，《文淵閣四庫全書》本。

（元）陳孚：《玉堂稿》，《文淵閣四庫全書》本。

（元）袁桷：《袁桷集校注》，楊亮校注，中華書局，2012。

（元）周權：《此山集》，《文淵閣四庫全書》本。

（元）劉岳申：《申齋文集》，《文淵閣四庫全書》本。

（元）張之翰：《張之翰集》，鄧瑞全等校，吉林文史出版社，2009。

（元）楊弘道：《楊弘道集》，吉林文史出版社，2010。

（元）貢奎：《雲林集》，《文淵閣四庫全書》本。

（元）劉敏中：《劉敏中集》，鄧瑞全等校，吉林文史出版社，2008。

（元）王結：《文忠集》，《文淵閣四庫全書》本。

（元）劉鶚：《惟實集》，《文淵閣四庫全書》本。

（元）馬祖常：《馬祖常集》，王媛校點，吉林文史出版社，2010。

（元）同恕：《矩庵集》，《文淵閣四庫全書》本。

（元）虞集：《虞集全集》，王頲校注，天津古籍出版社，2007。

（元）楊載：《楊仲弘詩集》，《四部叢刊》本。

（元）范梈：《范德機詩集》，《四部叢刊》本。

（元）揭傒斯：《揭傒斯全集》，李夢生注，上海古籍出版社，2012。

（元）宋無：《翠寒集》，《文淵閣四庫全書》本。

（元）王沂：《伊濱集》，《文淵閣四庫全書》本。

（元）吳萊：《吳萊集》，張文澍校注，吉林文史出版社，2010。

（元）黃溍：《黃溍全集》，王頲點校，浙江古籍出版社，2013。

（元）歐陽玄：《歐陽玄集》，魏崇武等點校，吉林文史出版社，2009。

（元）柳貫：《柳貫集》，魏崇武、鍾彥飛點校，浙江古籍出版社，2014。

（元）蒲道源：《閑居叢稿》，《文淵閣四庫全書》本。

（元）許有壬：《許有壬集》，傅瑛、雷近芳點校，中州古籍出版社，1998。

（元）許有壬：《圭塘小稿》，《文淵閣四庫全書》本。

（元）吳師道：《吳師道集》，邱居里、邢新欣點校，浙江古籍出版社，2012。

（元）宋褧：《燕石集》，《文淵閣四庫全書》本。

（元）薩都剌：《雁門集》，上海古籍出版社，1982。

（元）陳旅：《安雅堂集》，《文淵閣四庫全書》本。

（元）李孝光：《五峰集》，《文淵閣四庫全書》本。

（元）錢惟善：《江月松風集》，清武林往哲遺著本。

（元）傅若金：《傅與礪詩文集》，民國嘉業堂叢書本。

（元）蘇天爵：《滋溪文稿》，中華書局，1997。

（元）余闕：《青陽文集》，《四部叢刊續編》本。

（元）周伯琦：《近光集·扈從詩》，《文淵閣四庫全書》本。

（元）李士瞻：《經濟文集》，湖北先正遺書本。

（元）胡助：《純白齋類稿》，金華叢書本。

（元）李存：《俟庵集》，《文淵閣四庫全書》本。

（元）張翥：《蛻庵集》，《文淵閣四庫全書》本。

（元）迺賢：《金台集》，《文淵閣四庫全書》本。

（元）陳鎰：《午溪集》，《文淵閣四庫全書》本。

（元）吳鎮：《梅花道人遺墨》，學生書局景印舊鈔本。

（元）貢師泰：《玩齋集》，《文淵閣四庫全書》本。

（元）張雨：《張雨集》，彭萬隆點校，浙江古籍出版社，2015。

（元）鄭元祐：《僑吳集》，《文淵閣四庫全書》本。

（元）吳海：《聞過齋集》，叢書集成簡編本。

（元）吳當：《學言稿》，《文淵閣四庫全書》本。

（元）許恕：《北郭集》，《文淵閣四庫全書》本。

（元）丁鶴年：《丁鶴年集》，《文淵閣四庫全書》本。

（元）王逢：《梧溪集》，知不足齋叢書本。

（元）戴良：《戴良集》，李軍等點校，吉林文史出版社，2009。

（元）楊允孚：《灤京雜咏》，知不足齋叢書本。

（元）李祁：《雲陽集》，《文淵閣四庫全書》本。

（元）楊翮：《佩玉齋類稿》，《文淵閣四庫全書》本。

（元）倪瓚：《倪瓚集》，浙江人民美術出版社，2016。

（元）顧瑛：《玉山璞稿》，楊鐮整理，中華書局，2008。

（元）楊維楨：《東維子文集》，《四部叢刊》本。

（元）楊維楨：《鐵崖古樂府》，《四部叢刊》本。

（元）楊維楨：《復古詩集》，《四部叢刊》本。

（元）楊維楨：《麗則遺音》，《文淵閣四庫全書》本。

（元）陳基：《陳基集》，邱居里點校，吉林文史出版社，2009。

（元）杜本：《清江碧嶂集》，學生書局景印汲古閣刊本。

（元）朱德潤：《存復齋文集》，《四部叢刊續編》本。

（元）李庭：《寓庵集》，藕香零拾本。

（元）閻復：《靜軒集》，藕香零拾本。

（元）元明善：《清河集》，藕香零拾本。

（元）孛术魯翀：《菊潭集》，藕香零拾本。

（元）貝瓊：《貝瓊集》，李鳴點校，吉林文史出版社，2010。

（明）宋濂：《宋濂全集》，黃靈庚編校，人民文學出版社，2014。

（明）張以寧：《翠屏集》，《文淵閣四庫全書》本。

（明）楊士奇：《東里文集》，劉伯涵、朱海校，中華書局，1998。

現當代著作（以出版年份爲序）

蔡美彪編著《元代白話碑集錄》，科學出版社，1955。

周振常：《鐵崖古樂府善本書所見錄》，商務印書館，1958。

郭味蕖：《宋元明清書畫家年表》，人民美術出版社，1958。

邵懿辰：《增訂四庫簡明目錄標注》，中華書局，1959。

袁冀：《元史研究論集》，台灣商務印書館，1974。

陸峻嶺：《元人文集篇目分類索引》，中華書局，1976。

劉兆佑：《四庫著錄元人別集提要補正》，台灣商務印書館，1978。

袁冀：《元史論集》，台灣商務印書館，1978。

韓儒林編《中國通史參考資料·元代部分》，中華書局，1981。

蕭啓慶：《元代史新探》，新文豐出版公司，1984。

姜一涵：《元代奎章閣及奎章閣人物》，台灣聯經出版事業公司，1986。

蔡美彪主編《中國歷史大辭典·遼夏金元史卷》，上海辭書出版社，1986。

韓儒林：《元朝史》，人民出版社，1986。

王德毅、李榮村、潘柏澄：《元人傳記資料索引》，中華書局影印台北新文
　　豐出版公司本，1987。

鄭素春：《全真教與大蒙古帝國》，台灣學生書局，1987。

黄時鑒輯點《元代法律資料集存》，浙江古籍出版社，1988。

陳世松等：《宋元戰争史》，四川省社會科學院出版社，1988。

詹石窗：《南宋金元的道教》，上海古籍出版社，1989。

《中國古籍善本書目·史部》，上海古籍出版社，1991。

顧建華：《中國元代文學史》，人民出版社，1994。

蕭啓慶：《蒙元史研究》，允晨文化實業股份有限公司，1994。

吕宗力主編《中國歷史官制大辭典》，北京出版社，1995。

陳高華、史爲民：《中國政治制度通史》（第八卷·元代），人民出版社，
　　1996。

《中國古籍善本書目·集部》，上海古籍出版社，1996。

張帆：《元代宰相制度研究》，北京大學出版社，1997。

白壽彝主編《中國通史》第十三册，上海人民出版社，1997。

鄧紹基：《元代文學史》，人民文學出版社，1998。

陳得芝、邱樹森、何兆吉輯點《元代奏議集録》，浙江古籍出版社，1998。

傅海波：《劍橋中國史》，中國社會科學出版社，1998。

雒竹筠遺稿，李新干編補《元史藝文志輯本》，北京燕山出版社，1999。

舒大剛、李勇先：《中華大典·文學典·宋遼金元文學分典》，江蘇古籍出
　　版社，1999。

陳垣：《元西域人華化考》，上海古籍出版社，1999。

李修生：《全元文》（1–60 册），鳳凰出版社，2001~2006。

周少川：《元代史學思想研究》，社會科學文獻出版社，2001。

桂栖鵬：《元代進士研究》，蘭州大學出版社，2001。

傅璇琮、謝灼華：《中國藏書通史》，寧波出版社，2001。

何廣博主編《〈述善集〉研究論文集》，甘肅人民出版社，2001。

〔意〕伯藏克：《元代西藏史研究》，張雲譯，雲南人民出版社，2002。

查洪德、李軍：《元代文學文獻學》，中國社會科學出版社，2002。

黄寶華、文師華：《中國詩學史·宋金元卷》，鷺江出版社，2002。

邱樹森主編《元史辭典》，山東教育出版社，2002。

楊鐮：《元詩史》，人民文學出版社，2003。

國家圖書館善本金石組：《遼金元石刻文獻全編》，北京圖書館出版社，2003。

陳高華編著《元代畫家史料彙編》，杭州出版社，2004。

陳高華:《元代畫家史料彙編》,杭州出版社,2004。

徐蜀:《宋遼金元正史補訂文獻彙編》,北京圖書館出版社,2004。

賈敬顏:《五代宋金元人邊疆行記十三種疏證稿》,中華書局,2004。

黃仁生:《稀見元明文集考證與提要》,嶽麓書社,2004。

趙琦:《金元之際的儒士與漢文化》,人民出版社,2004。

楊鐮:《元代文學編年史》,山西教育出版社,2005。

查洪德:《理學背景下的元代文論與詩文》,中華書局,2005。

陳得芝:《蒙元史研究叢稿》,人民出版社,2005。

陳高華:《元史研究新論》,上海社會科學院出版社,2005。

張晶:《中國古代文學通論·遼金元卷》,遼寧人民出版社,2005。

胡傳方:《金代文學研究》,安徽大學出版社,2005。

黃仁生:《楊維楨與元末明初文學思潮》,東方出版中心,2005。

胡務:《元代廟學——無法割捨的儒學教育鏈》,巴蜀書社,2005。

鄧紹基、楊鐮:《中國文學家大辭典·遼金元卷》,中華書局,2006。

陳文新:《中國文學編年史》,湖南人民出版社,2006。

沈鵬主編《中國美術全集·書法篆刻編·宋金元書法》,文物出版社,2006。

傅喜年主編《中國美術全集·繪畫編·元代繪畫》,文物出版社,2006。

范金民、高榮盛:《江南社會經濟研究·宋元卷》,農業出版社,2006。

蕭啓慶:《內北國而外中國——蒙元史研究》,中華書局,2007。

劉達科:《遼金元詩文史料述要》,中華書局,2007。

孔凡禮:《元好問資料彙編》,學苑出版社,2008。

蕭啓慶:《元代的族群文化與科舉》,台北聯經出版社,2008。

查洪德主編《中國古代詩文名著提要·金元》,河北教育出版社,2009。

陳高華、張帆、劉曉:《元代文化史》,廣東教育出版社,2009。

楊亮:《宋末元初四明文士及其詩文研究》,中華書局,2009。

王國維:《王國維全集》,謝維揚、房鑫亮主編,浙江教育出版社,2010。

陳高華、史爲民:《元代大都上都研究》,中國人民大學出版社,2010。

羅鷺:《虞集年譜》,鳳凰出版社,2010。

張燕瑾選編《20世紀中國文學研究論文選》(遼金元卷),中國社會科學
　　出版社,2010。

姚大力:《蒙元制度與政治文化》,北京大學出版社,2011。

〔美〕巴菲爾德:《危險的邊疆:游牧帝國與中國》,袁劍譯,江蘇人民出版社,2011。

余太山主編《北方民族史與蒙古史譯文集》,蘭州大學出版社,2012。

〔法〕沙海昂注《馬可波羅行紀》,馮承鈞譯,中華書局,2012。

楊鐮:《全元詩》,中華書局,2013。

邱江寧:《元代奎章閣學士院與元代文壇》,中國社會科學出版社,2013。

邱江寧:《奎章閣文人群體與元代中期文學研究》,人民出版社,2013。

〔法〕貝凱、韓百詩譯注《柏朗嘉賓蒙古行紀》,耿昇譯,中華書局,2013。

〔伊朗〕志費尼:《世界征服者史》,J. A. 波伊勒英譯,何高濟譯,商務印書館,2013。

〔美〕柔克義譯注《何高濟譯魯布魯克東行紀》,中華書局,2013。

〔法〕雷納・格魯塞:《蒙古帝國史》,龔玥譯,翁獨健校,商務印書館,2013。

〔波斯〕拉施特主編《史集》,余大鈞、周建奇譯,商務印書館,2014。

查洪德:《元代詩學通論》,北京大學出版社,2014。

邱江寧:《元代館閣文人活動繫年》,人民出版社,2015。

柯劭忞:《新元史》,張京華、黃曙輝總校,上海古籍出版社,2018。

查洪德:《元代文學通論》,東方出版社,2019。

顏慶餘:《元好問與中國詩歌傳統研究》,上海古籍出版社,2020。

求芝蓉:《元初"中州士大夫"與南北文化統合》,社會科學文獻出版社,2020。

後　記

　　我早年在廣西師範大學跟隨李復波先生、力之先生（劉漢忠）問學，懵懂無知。力之先生多次講到治學之法：首先需要熟悉問題的原點（根源），研究問題的現狀，了解原點產生的背景；然後需要了解原點研究史與產生史，熟悉每個時代的研究成果，從而一看別人的文章就知道是否具有創新性；在這些工作之後，研究者能够跳出原點來考察原點。再者，文獻材料是展開工作的基礎，搜集材料一定要盡其所能，竭澤而漁。在具體寫作過程中，尤其是辨別宋、元、明、清以來的學者的觀點在後世學者的引用與評述是否正確，這樣就能追源溯流。這些方法不見得是多麼討巧的技法，但確是從力之師的治學體驗而來，其意義和價值值得重視。後師從佟培基夫子，使我明白讀書自有波瀾，文字自然平易，治學格局方纔闊大。多年之後，這些方法仍時時給我以啓發，現在想來，深愧師恩。

　　一個人在尋求思想創獲的過程中，必須經受思想錘煉的痛苦，當然也有收穫的喜悦，因爲把思想的碎片凝練，進行系統研究的過程不可能輕易而成，必須靜下心，力求避免浮躁之氣，否則難以顯現思想的穿透力。文史之學和年齡、積澱都密不可分，百煉成鋼就是此意。一般學養基礎好，而天分又高的人，比如梁啓超、王國維、陳寅恪，這些學者都是各個領域的開拓者，他們都有非常深厚的古典學修養。他們的古典素養從小浸潤而成，知識誦記之學早年打下了很好的基礎。中西之間的交匯成就了那一代學者，開風氣之先，如果沒有現代方法論的意識，他們這些人或許仍沿着乾嘉的學術路徑走下去，但是否能超越清代一流學者還是未知數。中國的傳統知識素養有了現代方法論的意識，使中國古典學問形式與路徑都發生了徹底轉嚮。我們這一代人都是在此基礎上進行，得失之間，我們做的仍是修補之學。

　　本書是我涉足元代文學領域以來的一些心得。我常感嘆金元二朝文人的艱難與不易，特別是那些歷經複雜變局的文人，他們所面臨的各種問題都是前所未有的，遠超他們的知識視野和承受能力，我總擔心自己下筆過於輕率。清人計六奇《明季南略跋》談著述的所需具備的條件，有"三資四助"之言："三資者，才、學、識。四助爲何？一曰勢，倚借聖賢；二曰力，所需隨致；三曰友，參訂折衷；四曰時，神旺心閑。"真可謂深明著述之不易者。拙著在編輯與出版的過程中，"三資"在個人的學養和天分，我祇能臨深履薄，勉力爲之，但在"四助"上得師友極多。

河南大學文學院就讀的范先立博士幫助我核對文獻，啓發了我關於元代翰林國史院與元詩風尚的思考，并參與部分章節的寫作與潤色，多次商討全書整體的結構布局等，在諸多方面給予很多積極的建議，爲此書順利出版做了很多不可或缺的工作。

馬奧遠、梁建功、王楨、吕高昇、燕穎諸位學友曾與我多次深入討論，查找文獻，審定書稿，給了我很多真誠而又無私的幫助。

此外，特別感謝河南大學高等人文研究院在出版資金方面給予的大力支持。

感謝社會科學文獻出版社編輯的辛苦審稿。在本書作爲國家社科基金項目成果的階段，得到學界同道的多次無私指導和助益，在此一并致謝。

楊　亮

庚子年臘月十五草於開封臥雲樓

圖書在版編目（CIP）數據

混一風雅：元代翰林國史院與元詩風尚／楊亮著
. -- 北京：社會科學文獻出版社，2022.8
（河南大學哲學社會科學優秀成果文庫）
ISBN 978 - 7 - 5228 - 0151 - 3

Ⅰ.①混… Ⅱ.①楊… Ⅲ.①古典詩歌 - 詩歌研究 -
中國 - 元代 Ⅳ.①I207.227.47

中國版本圖書館 CIP 數據核字（2022）第 087104 號

河南大學哲學社會科學優秀成果文庫
混一風雅
———元代翰林國史院與元詩風尚

著 者／楊 亮

出 版 人／王利民
責任編輯／李建廷
責任印製／王京美

出 版／社會科學文獻出版社
地址：北京市北三環中路甲 29 號院華龍大廈 郵編：100029
網址：www. ssap. com. cn
發 行／社會科學文獻出版社（010）59367028
印 裝／三河市東方印刷有限公司

規 格／開 本：787mm × 1092mm 1/16
印 張：30.25 字 數：492 千字
版 次／2022 年 8 月第 1 版 2022 年 8 月第 1 次印刷
書 號／ISBN 978 - 7 - 5228 - 0151 - 3
定 價／138.00 圓

讀者服務電話：4008918866